說書人1

說書人1

說書人1

說書人1

「微妙」的「平衡」

A Fine Balance

羅尹登．米斯崔Rohinton Mistry－著
張家瑞－譯

說書人1

微妙的平衡

原文書名　A Fine Balance
原書作者　羅尹登・米斯崔（Rohinton Mistry）
翻　　譯　張家瑞
美　　編　劉桂宜、吳佩真
文　　編　謝孟希、王舒儀
主　　編　高煜婷
總 編 輯　林許文二

出　　版　柿子文化事業有限公司
地　　址　11677台北市羅斯福路五段158號2樓
業務專線　（02）89314903#15
讀者專線　（02）89314903#9
傳　　真　（02）29319207
郵撥帳號　19822651柿子文化事業有限公司
E-MAIL　service@persimmonbooks.com.tw

初版一刷　2012年05月
　　二刷　2012年05月
定　　價　新台幣480元
I S B N　978-986-6191-21-3

國家圖書館出版品預行編目(CIP)資料

微妙的平衡 / 羅尹登・米斯崔（Rohinton Mistry）作；張家瑞譯. -- 初版. -- 臺北市：柿子文化, 2012.05
面；　公分. --（說書人；1）
譯自：A fine balance
ISBN 978-986-6191-21-3（平裝）
885.357　　　101002593

——橫掃歐美文學大獎，各界媒體同聲讚嘆——

歐普拉選書

洛杉磯時報小說獎

加拿大季勒獎

不列顛作家獎・最佳書籍獎

英國皇家學會温尼弗雷德・霍爾比獎

入圍英國布克獎

入圍愛爾蘭時報國際小說獎

入圍國際IMPAC都柏林文學獎

2001年亞馬遜年度暢銷小說Top50

2003年BBC「The Big Read——大閱讀」Top200

2004年澳洲ABC最愛書籍「My Favorite Book」Top 25

2005年加拿大人最喜歡的100本書TOP10

2007年英國《衛報》生命中不可缺少的100本書

2007年英國《每日電訊報》「Best Books Since 1982」25年來最佳書籍 Top 100

2008年英國《每日電訊報》Top 100 Books

2009年美國私立名校Top3. Groton School中學生（9~12年級）暑假推薦書單

2011年英國世界讀書夜Top25

2011年英國《泰晤士報》「25 Books You Must Read」25本必讀經典

書店一致好評

（依姓名的英文字母順序、中文筆劃排列）

你甚至尋不著一個字眼來形容這本書有多棒，因為這個美麗與苦難交雜的故事，會震撼得讓你啞口無言……

一九七五年的印度民情環境並不為我所熟悉，但對比現況之下，我們所覺得的很多不幸，竟然被認為是一種理所當然的幸福。

女孩可以好好念書，人生最終遠大目標不必是嫁人、有個夜夜安眠的容身處、隨心所欲的購買食物、洗澡等，諸如此類的簡單，在那個一九七五年的印度是不成立的——在書中的荒誕怪異，竟然是真實的；而在殘酷裏，那些美好時光是在經歷裡懸浮的光芒，一閃而逝卻又真的到來過……。

——**Emanda，金石堂網路書店文學線PM**

在命運深淵之處，我們終於見識人性裡的無情與脆弱、無奈與掙扎；卻也在命運最卑微的時刻，我們才能懂得對於夢想有多麼渴望與堅持，對於人生懷有那麼多的勇氣與力量。

《微妙的平衡》，說的就是這樣一個故事。人們在命運裡流轉，相遇別離、希望失落、抗衡妥協、得到失去，彷彿走在天秤之間，左右進退，微妙的平衡著一段人生、一個家族、一個時代。

——Hugo，Page One書店圖書企劃主任

以旁觀者的立場，描述在大環境的壓迫下仍然堅持自己的信念、努力活著的人們。看起來是壓迫別人的人和受到壓迫的人各有各自的痛苦，卻依舊捍衛自己生為人的尊嚴，努力地活下去。用客觀的立場閱讀，將能體會本書中人與人之間微妙的平衡。

——吳建明，墊腳石圖書文化廣場重南店店長

這是一部很美麗的小說，發生在牢不可破的種姓制度下的印度。在卑微的人種切割背景下，四位跨齡的朋友因緣際會相遇在一起，發生各自但又相互依存的生命際遇。

用門當戶對來形容印度的種姓制度，可能比較能了解當四個身分不太相同的庶民百姓，同病相憐地處在政治動蕩的家園底下，因必然的相逢，發生了何必曾相識的苦難情誼。

這部異國的小說，讓人看到了在暢銷電影《貧民百萬富翁》、《心中的小星星》、《三個傻瓜》之外，二十五年前的印度，有時不禁這樣想，是不是要有這樣的悲劇情節，才能創造出「要更開懷」的人生觀！

——**陳筱華，法雅客書店文化商品部副理**

contents

把這本書捧在手上，

舒服的坐在扶手椅中，

你會對自己說：「或許會很有意思。」

在你讀過書中一切的**不幸**後，

無疑的你仍吃得好，

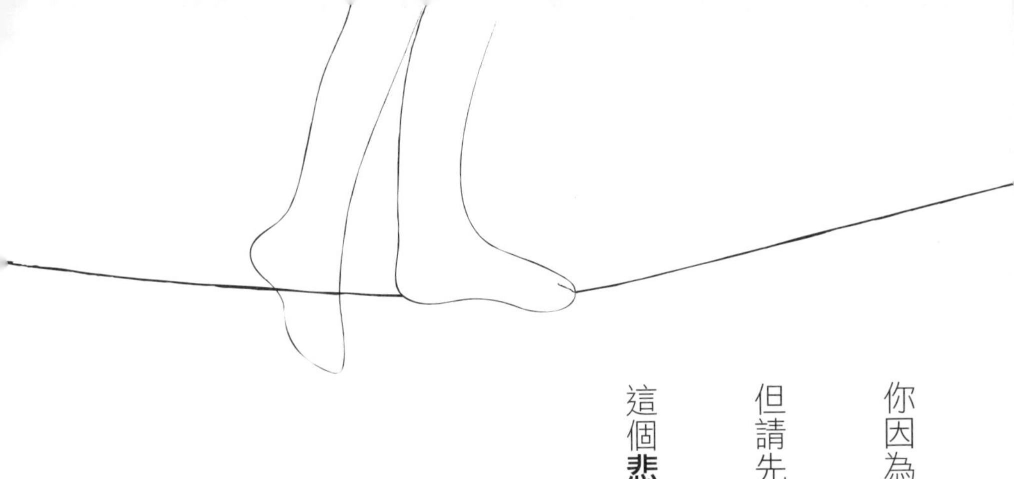

你因為自己的不敏感責怪作者、怪他**太過誇張**、想像力太豐富。

但請先別激動：

這個**悲劇**並非虛構，全是**真實的**！

——巴爾札克，《高老頭》

一九七五

一輛滿載乘客的晨間特快車，在鐵軌上拖著臃腫的車廂減速緩行中。被擠到門口的人多到向外鼓起，而且還在危險地膨脹中，彷彿肥皂泡到達它的臨界點。突然間，一個緊急煞車顛得滿車乘客瞬間劇烈震晃了一下。

車廂裡，馬內克・柯拉握著頭上方的扶桿，試圖在震晃中牢牢地穩住自己；在人潮的擠壓下，他覺得有人碰掉了自己手中的書。鄰座，一個削瘦的小夥子因為緊急煞車而彈撞到對面男士的手臂，馬內克的教科書便不小心掉落在他們身上。

「噢！」小夥子因為書打到他的背而叫了一聲，他和伯父笑了一笑，然後分開來。

伊斯佛・達吉的左頰上有個缺陷，他把跌到他大腿上的姪子扶了起來，讓他回到座位上，「沒事吧，歐文？」

「除了我背上的凹痕外，一切都很好。」歐普拉卡希・達吉回答，一邊撿起兩本用棕色紙包著的書。他用纖細的雙手掂掂重量，環顧四周看看是誰掉的。

馬內克承認了，一想到厚重的教科書打在人家那麼脆弱的脊椎上，他就忍不住緊張得打起顫來。他憶起被自己用石頭打死的麻雀，雖然事隔多年，但那件事一直讓他感到不安。

他慌忙道歉：「真對不起，不小心讓書滑掉了……」

「別擔心，」伊斯佛說，「不是你的錯。」他轉向姪子繼續說道：「幸好情況不是反過來，嗯？假如是『我』跌到你的大腿上，我的體重會壓碎你的骨頭。」他們又笑了起來，馬內克也抱著歉意跟著笑了。

伊斯佛並不是矮胖型的男性，但與歐普拉卡希乾瘦的四肢相較下所形成的對比，常是兩人拿來開玩笑的題材，這些玩笑話有時是其中一人起頭，有時是另一人。每次晚餐時，伊斯佛一定會舀一大半菜餚到他姪子的搪瓷盤裡，若在一家路邊的小吃攤用餐，他會等到歐普拉卡希去喝水或解手時，迅速地把自己的食物挖一些到對方的芭蕉葉上。如果歐普拉卡希抗議，伊斯佛便會說：「當我們回到村子時他們會怎麼說？說我在城市裡只顧自己吃而讓我的姪子挨餓？快吃！快吃！保住我面子的唯一方式就是把你餵胖。」

「別擔心！」歐普拉卡希會取笑回去，「就算你的面子只有你體重的一半，仍然是很大的。」

然而，無視於伯父的努力，歐普拉卡希的體型依舊骨瘦如柴；他們的口袋也是毫無進展地停留在阮囊羞澀的局面，衣錦還鄉仍然是遙不可及的夢想。

南下的特快車又慢了下來，在空氣裡發出嘶嘶的聲音中，這隻大怪獸匡啷一聲停住了。火車停在兩站之間，它的氣閥散發著排氣聲，持續了好一會兒才停息。

歐普拉卡希看看窗外，想確定他們停在哪裡。鐵道柵欄後是簡陋的木屋，屋旁的溝渠裡流著家用及畜舍污水；孩童們以棍棒和石頭玩著遊戲，一隻小狗興奮的繞著他們跳，試圖加入他們；附近還有一個打赤膊的男人在擠牛奶……根本看不出這是什麼地方。

一股燃燒牛糞的刺鼻味飄向火車，前方不遠處，一群人聚集在鐵路岔口附近。有些男士跳下火車，開始在鐵道上步行。

「希望我們能及時趕到，」歐普拉卡希說，「如果有人比我們早到那裡，我們鐵定完蛋！」

馬內克問他們還有多遠的路要走，伊斯佛說出了站名。「哦，我正好要到那兒。」馬內克用手指撫摸著他稀疏的八字鬍。

伊斯佛想找隻錶看時間，便探頭看看那一堆向上高舉、多如灌木叢的手腕。「請問幾點？」他問了一個站在身旁的人，那位男士俐落的翻開袖口，露出手錶：「八點四十五分。」

「快點動啊！」歐普拉卡希說，拍打著他兩腿間的座椅。

「不像我們村裡的閹牛一樣聽話，是嗎？」他伯父說，馬內克在一旁笑著。伊斯佛說這是真的，打從他小時候起，他們村子在慶典的賽事中就從未輸過任何一場牛車比賽。

「給火車一劑鴉片，它就會跑得像闍牛一樣快啦！」歐普拉卡希說。

一位賣梳人撥著大梳子上的塑膠梳齒，在擁擠的車廂中往前擠，人們對他抱怨或咆哮，憎惡那惹人厭的舉動。

「喂！」歐普拉卡希叫住他。

「塑膠髮圈，摔不破。塑膠髮夾，有花形、蝴蝶形。彩色梳子，摔不破。」賣梳人用冷冷的單調語氣複誦著，不確定歐普拉卡希是真的客戶，還是打發時間開玩笑而已。「有大梳子、小梳子，粉紅色、橘色、紅褐色、綠色、藍色、黃色，都摔不破。」

歐普拉卡希拿了幾把梳子在頭髮上試用，最後選定一把口袋型的紅色梳子，他從褲子裡掏出一枚硬幣。賣梳人在找零錢時遭到人們以手肘和肩膀惡意的推擠，至於那些試了沒買的梳子，他就用衣袖擦掉上面的髮油，然後放回小背包裡，繼續輕撥著手中的大雙排齒梳穿過車廂。

「你之前的黃色梳子怎麼了？」伊斯佛問。

「斷成兩截了。」

「怎麼會？」

「放在褲子後面的口袋裡，被我坐壞了。」

「那不是放梳子的地方，歐文，它是給你的頭用的，不是屁股。」他習慣稱自己的姪子歐文，只有在對他感到焦慮時才會用歐普拉卡希。

「假如那是『你的』屁股，梳子會碎成上百片。」他的姪子還以顏色，伊斯佛笑了起來。缺陷的左頰並不妨礙他的笑容，反倒像是穩固的泊船區，笑容漣漪般的在周圍安全地輕輕泛起。

他輕撫歐普拉卡希的下巴，大多時候他們的年紀——四十六和十七——會讓人對他們的實際關係有所誤解。「笑一個，歐文，氣呼呼的嘴角不適合你英挺的髮型。」他向馬內克眨眼，讓他跟著開心。「只要像這樣吹口氣，就會有一大票女孩追著你跑！但別擔心，歐文，我會幫你挑個好太太。一個又高又壯、比一般女人豐腴兩倍的女人。」歐普拉卡希開懷地笑了，用新買來的梳子將頭髮整理得帥氣些。

火車依然沒有任何開動的跡象，那些剛剛在外面流連的男士回來後說，鐵道上發現了一具屍體，就在岔口附近。

馬內克擠到門邊去聽，他心想，火車當時若是筆直的撞上那個人，這樣的死法倒算痛快。

有人說：「或許跟『國家緊急狀態』的頒布❶有關。」

「什麼『緊急狀態』？」

「今天早上總理透過廣播發言，說什麼國家正遭到內亂的威脅。」

「聽起來好像又有一樁政亂了。」

「為什麼大家都非得選擇死在鐵軌上不可！」有人抱怨道，「也不為我們這些人想想，謀殺、自殺、納薩爾派恐怖分子屠殺、警方拘禁死亡……最後都導致火車誤點。就不能喝毒藥、跳樓或用刀子嗎？」

經過長久的等待後，車廂內終於又隱隱響起火車啟動的隆隆聲，火車好似從漫長的沉睡中甦醒，乘客們露出如釋重負的表情。當車子緩緩駛過鐵道岔口，大家都伸長了脖子想看車子誤點的原因，有三個身穿制服的警察站在草草覆蓋的屍首旁邊，等著將它送往停屍處，有些旅客手碰著額頭或雙手合十低聲地禱告。

馬內克跟在那兩伯姪之後下車，三人一起離開月台。「抱歉。」他說：「我初到此地，你們能告訴我怎麼到這個地方嗎？」

「你問錯人了，」伊斯佛看也不看的回答，「我們對這裡也不熟。」

但歐普拉卡希瞥見了信上的名字，說：「看，是同一個地方！」

伊斯佛從自己的口袋摸出一張小紙條比對，他姪子說得沒錯，寫的正是：迪娜．達拉，後面就是地址。

歐普拉卡希突然間對馬內克產生了敵意，「你去找迪娜．達拉做什麼？你是裁縫師嗎？」

---

❶ Emergency，一九七五年印度女總理英迪拉．甘地（Indira Gandhi）被指控在一九七一年大選期間舞弊，引起一連串抗議示威，所以她要求總統頒布國家進入緊急狀態，強制執行各項政策，時間長達十九個月。

「我？裁縫師？才不呢，她是我母親的朋友。」

伊斯佛輕拍他姪子的肩膀道：「看，你就是太緊張了。好了，我們還是先找到地方吧！」

馬內克聽不懂他們在說什麼，直到出車站後伊斯佛向他解釋才弄清楚，「所以你知道了，歐文和我是做裁縫的，迪娜．達拉缺兩個裁縫師，我們正要去應徵。」

「所以你認為我要趕到那裡和你搶飯碗？」馬內克微笑著說：「別擔心，我目前只是個學生，迪娜．達拉和我母親以前在學校時就常在一起，她讓我在她那兒待上幾個月，就這樣。」

他們找了一個檳榔小販問路，沿著街道走下去就看到指標了。歐普拉卡希心裡還是有一點懷疑：「假如你打算在她那兒待上幾個月，那你的行李和其他東西呢？你就只帶兩本書嗎？」

「今天我只是去拜訪她，下個月才要把我的東西從學校宿舍送來。」

他們看到一個乞丐垂坐在裝了小腳輪的木板上，板子離地面約十公分高。他的手指都沒了，雙腿從臀部以下也完全被截斷。「先生，施捨點錢吧，您會有美好的一天！」他一邊吟唱，同時用纏著繃帶的雙掌捧著一個錫罐子揮舞。「先生，親愛的先生，哦，大好人，施捨點錢，您會有美好的一天！」

「這是我到這個城市以來看過最糟的事情之一。」伊斯佛說，其他兩位也表示同感。歐普拉卡希停下來，在錫罐裡丟了一枚硬幣。

他們穿越馬路後，又再次找了人問路。「我在這個城市住了兩個月，」馬內克說，「但這裡又大又複雜，我只認得幾條大街，小巷子看起來都一樣。」

「我們在這裡待了六個月，但也一樣不熟悉這地方。起初我們是完全迷路了，第一次搭火車時我們甚至上不了車，兩三班車子過去之後，我們才學會怎麼擠上去。」

馬內克說他討厭這裡，等明年從學校畢業後，他會恨不得立刻回到山上的家。

「我們來此也只想待個短暫的時間。」伊斯佛說：「就為了賺點錢，然後回到村子裡。這麼大的城市有什麼用處？又吵又擠，沒地方住，還缺水，到處都是垃圾，真的是太可怕了。」

「我們的村子離這裡很遠，」歐普拉卡希說：「要坐一整天的火車——從清晨到晚上，才能到達那兒。」

「到了之後，我們就會覺得，」伊斯佛說：「金窩銀窩也比不上自己的狗窩。」

「我的家在北方，」馬內克說：「要花一天一夜的時間，再額外加上一整個白天才到得了。從我家的窗戶就可以看到雪——覆蓋在山峰上。」

「有條河流經我們的村莊，」伊斯佛說：「你可以看到河面金光閃耀，聽見潺潺水聲，那真是個美麗的地方。」

一行人被思鄉的情緒籠罩著，靜靜地走了好一陣子。歐普拉卡希首先打破沉默，指著賣西瓜露的小攤子道：「在那麼炎熱的天氣裡，這不是太棒了嗎？」

小販拿著勺子在桶子裡攪拌，浮在深紅色汁液上的大冰塊被弄得匡啷響。「我們喝點吧！」馬內克說：「看起來好好喝哦！」

「我們不用，」伊斯佛很敏捷地反應道：「我們早餐吃得很飽。」歐普拉卡希也跟著抹去臉上渴望的表情。

「好吧。」馬內克懷疑地說，自己點了一大杯。他注意到他們的眼光刻意迴避，瞧也不瞧那充滿誘惑的果汁桶或他手裡結霜的杯子。他看著兩人疲憊的神情，穿著破舊的涼鞋，多麼寒傖啊！

他喝了半杯的西瓜露，然後說道：「我喝飽了，你們要嗎？」

他們搖搖頭。

「這樣會浪費掉的。」

「好吧，兄弟，如果是這樣的話。」歐普拉卡希接過杯子，大口地喝了一些，然後遞給他的伯父。

伊斯佛一飲而盡，將空杯還給小販。「真好喝！」他喜形於色地說，「謝謝你跟我們分享，我們真的很開心。」

他姪子卻頗不以為然地看了他一眼，認為他太過謙卑了。

只是一點西瓜露就讓他們如此感激萬分，馬內克心想，稀鬆平常的小惠對他們來說都是奢侈。

廊房的門上掛著一面黃銅色的招牌：魯斯登．達拉夫婦。招牌上的字歷經多年風霜，已生滿了銅鏽。

迪娜・達拉前來應門，接過那張皺巴巴的小紙條，認出上面是自己的字跡。

「你們是裁縫師嗎？」

「是的。」伊斯佛用力的點頭。三人在她的邀請下走進廊房，但都拘謹地站著。

廊房原本是個開放的空間❷，後來另闢成房間，那是迪娜已故的先生還是小孩的時候，他的雙親決定把它改為這個小公寓的遊戲室，走廊以磚塊砌成，並裝上了鐵條窗。

「可是我只需要兩位裁縫師。」迪娜說。

「抱歉，我並不是裁縫師，我叫馬內克・柯拉。」他從伊斯佛及歐普拉卡希身後走向前。

「哦，你就是馬內克！歡迎！抱歉，我沒認出你來。我跟你媽上次見面已經是好幾年前的事了，而且我從來沒見過你。」她將伯姪倆留在廊房上，引領馬內克進到前廳。「你能在這裡等我一下嗎？我先跟那兩個人談談。」

「沒問題。」馬內克環顧身邊破舊的擺設：扁塌的沙發、兩張邊緣磨損的椅子、有刮痕的三腳桌，以及一張餐桌，上面覆蓋著破舊而褪色的仿皮桌巾。她一定不住在這兒，他很肯定；這裡或許是家族企業用的招待所，牆壁亟需要重新粉刷。他玩弄著牆上褪色斑駁的泥灰，就像他看著雲，想像成動物和景物的形狀一樣：小狗握手、老鷹俯衝，或是拿著拐杖爬山的人。

在廊房上，迪娜先用手順一順她烏黑的頭髮，再接待兩位裁縫師。雖然四十二歲了，她的額頭仍然光滑細緻，十六年來她自食其力，歲月卻沒在她臉上留下多少痕跡。因為貌美的緣故，在很久以前，她哥哥的朋友們總爭先恐後地搶著要獲取她的芳心。

她問了他們的名字以及裁縫的經驗，伯姪倆篤定地回答，表示說了解一切的婦女服飾。

「我們甚至可以直接丈量客戶的身材，並縫製任何妳想要的樣式。」伊斯佛很有自信地說，他負責所有的對話，而歐普拉卡希只是在一旁點頭。

「這份工作不需要丈量客戶的身材，」她解釋：「要縫製的樣式會直接從紙模上取得，你們每週必須依照公司需求縫製兩三打款式相同的衣服。」

「輕而易舉！」伊斯佛說，「但我們願意做。」

「那你呢？」她轉向歐普拉卡希，他給人的印象很孤傲，「你沒說過一句話。」

「我姪子只有在不同意時才會表示意見，」伊斯佛說，「他的沉默是好現象。」

她喜歡伊斯佛的臉，雖然他的下巴相對顯得太小，但是笑起來時一切卻看似恰如其分，是那種讓人感到輕鬆且易於交談的類型。可惜身邊卻站了一個惜字如金的跟班，什麼話也不說。

她開始說明工作條件：他們必須自備縫紉機，所有的工作都是按件計酬，「你們縫得愈多，就賺得愈多。」伊斯佛同意這點很公平。價格將視款式的複雜性而定；工時從早上八點到下午六點——不能少於這個時間，但很歡迎加班；工作時不能抽煙或嚼檳榔。

「我們不吃檳榔，」伊斯佛說：「但有時我們會想抽點煙草。」

「那你們必須到外頭去抽。」

他們接受了這些條件。「妳店面的地址在哪裡？」伊斯佛問：「我們要把縫紉機放到哪兒？」

「就在這裡。你們下週來的時候，我會帶你們去看放置的地方，在後面的房間。」

「好的，謝謝。我們星期一一定會出現。」他們離開時向馬內克揮手道別：「我們很快就會再見面的。」

「沒問題。」馬內克也揮手致意。他察覺到迪娜的神色有異，於是向她說明他們在火車上認識的經過。

「你必須當心你說話的對象，」她說：「天曉得你會遇上什麼樣的壞人，這兒可不比你們山上的小村子。」

「但是他們看起來人很好。」

「哼，是啊。」她語帶保留地說，接著她為將馬內克誤認為裁縫師的事再次道歉，「我沒認出你，因為你站在他們身後，我的視力不好。」我真糗啊，她心想，竟把這可愛的孩子當作卑微的裁縫師。他長得那麼健壯，就像人家說的，一定是因為住在山上，有新鮮空氣、吃健康的食物和水的關係。

② Verandah，廊房，英國人殖民印度時為抗熱所衍生的外廊式建築設計，是類似涼台或陽台的開放空間，主要是因為印度氣候太炎熱，於是在建築物前架出類似涼台的開放空間，遮陽並改善通風。

她走上前更靠近一點，並把頭歪向一邊凝視著他，「已經過了二十多年，但我可以從你臉上看到你母親的特徵，你知道阿班和我以前同校。」

「是的。」他回答，但對她那麼貼近的仔細觀察感到很不自在。「媽咪在信中告訴我，她想讓妳知道我從下個月開始要搬來住，她會把房租用支票寄給妳。」

「好的，好的，那沒問題。」她說，腦子很快又沉浸到過去，沒再注意聽其他的細節。「我們在學校時跟另一個女孩——珊諾比雅——可是風雲人物。每當我們三人走在一起，只有『麻煩』兩個字可以形容，老師們都這麼說。」回憶讓她臉上堆起了微笑，「總之，先讓我帶你看看房子和你的房間。」

「妳住在這裡？」

「不然還會是哪裡？」在帶他認識這間破舊昏暗的小公寓時，她問他在學校主修什麼。

「冷凍和空調。」

「我希望你能對這麼熱的天氣想想辦法，看能不能讓我的公寓更舒適些。」

他無力地笑了笑，對她所居住的地方感到難過，他心想，這裡不比學校的宿舍好到哪去。看了環境之後，雖然他也很期望能對這公寓做些什麼，但最後也只能聳聳肩，試著想點其他的事。

「這裡就是你的房間。」

「很不錯，謝謝妳，達拉太太。」

房間的一角有個衣櫃，衣櫃上有道刮痕，頂端放了一個廢棄的箱子；衣櫃旁是小書桌。這裡跟前廳一樣，天花板又暗又斑駁，牆壁褪色，剝落了許多大片的泥灰。還有一些明顯的水泥補牆，是最近塗上去的，突兀得像是剛癒合的傷口。在右邊的角落，靠牆擺了兩張單人床，他擔心是不是她也睡同一間房間。

「我會把我的床搬到另一個房間。」

他從房間門外瞥見另一個房間，更小更糟，裡面擠了一個衣櫃（上頭也放了個箱子）、一張搖搖晃晃的桌子、兩張椅子，和堆在支架上三個生鏽的大箱子。

「我把妳趕出自己的房間了。」馬內克嘴裡咕噥著，面對這樣的環境，沮喪迅速地襲上他的心頭。

「別傻了！」她爽朗地說：「我正需要一個房客，現在來了一個祆教徒年輕人真是我的好運氣，還是我學生時代好友的兒子呢！」

「達拉太太，妳人真好。」

「哦，還有一件事，你要叫我迪娜阿姨。」

馬內克點點頭。

「你隨時可以把你的東西帶來，假如你不喜歡住宿舍，這個房間已經準備好了，我們不一定要等到下個月。」

「不，沒關係的。謝謝妳，達拉……」

「嗯?什麼?」

「我是說，迪娜阿姨。」他們相視而笑。

馬內克離開後，迪娜開始整理房間，一股焦躁不安的情緒卻油然而生，就好像是要準備遠行似的。現在，終於不用造訪哥哥向他乞討下個月的房租了。她深深吸了一口氣，她又再一次維護了自己那脆弱的獨立與自主。

明天，她要從奧荷華出口公司帶回第一批成衣材料。

1 海邊的城市

迪娜・達拉很少用悔恨或不滿的態度來審視自己過往的人生，或質疑事情為什麼後來會變得那樣——雖然在學校的時候，大家都說她前途無量，那時她還叫做迪娜・史洛夫。假如偶爾不小心陷入了負面情緒時，她會很快地讓自己跳脫出來。一再反覆回想著從前的事有什麼用，她這麼問自己，結局還不是一樣，不管她選擇哪一條路，最後還是會繞到這裡。

迪娜的父親是位家醫科醫生，擁有一間小診所，熱忱地奉行執業前所立下的希波克拉底誓言。在史洛夫醫生職業生涯的早期，他對工作的投入被同儕、家人以及資深醫師評斷為典型年輕人的熱情與活力，「這種年輕的熱忱多有朝氣啊！」他們心有所想地微笑、點頭，相信隨之而來的冷酷現實及家庭責任，會讓時間澆滅理想主義的火焰。

但婚姻及兒子的到來，還有十一年後女兒的出生，都沒有改變史洛夫醫生，時間只是讓他在減輕人們痛苦的熱忱及收入豐厚的渴求間，日益忙碌。

「真令人失望，」親戚和朋友們都搖頭惋惜，「我們對他有這麼高的期望，而他卻像職員般一直辛苦工作，像個工作狂，拒絕享受人生。可憐的史洛夫太太，從來沒渡過假，也從不參加派對，她的生活一向毫無樂趣可言。」

史洛夫醫生五十一歲時——大多數家醫科醫生到他這把年紀時，會開始考慮其他人生選擇，例如工時減半、雇用相對而言酬勞較低的資淺醫生，甚至賣掉診所，提早享受退休生活——但他既沒有銀行存款，也沒有允許自己放縱的個性，相反的，他號召醫學院畢業生組成醫療團隊，到各個偏遠地區服務。那些受傷寒與霍亂肆虐的村莊，科學與技術皆不發達，史洛夫醫生卻努力嘗試阻擋死神的鐮刀，或至少，使它不再鋒利。

然而，史洛夫太太負責的卻是一個截然不同的陣營：努力說服她先生遠離那些她認為被死神所籠罩的區域。她試圖教導迪娜用言語動搖她爸爸的心意，畢竟當時只有十二歲的迪娜，是她父親的心肝寶貝。史洛夫太太知道，她的兒子努斯旺在這件事情上是一點兒幫助也沒有，拉攏他，只會搞砸任何使她先生回心轉意的機會。

他們父子關係產生裂痕的轉捩點發生在七年前，努斯旺十六歲生日的那天，叔叔和阿姨們都應邀來晚餐，席間有人說道：「努斯旺，你很快就會讀書當醫生，像你爸爸一樣。」

「我不想當醫生，」努斯旺回答：「我要經商，做進出口業。」有些叔叔阿姨們讚許的點頭，有些則故作震驚的問史洛夫醫生：「這是真的嗎？沒有子承父業？」

「當然是真的，」他說：「我的孩子可以做他們自己想做的事。」但卻私下隱藏起失落的心情。當時才五歲的迪娜，已經從父親的神情看出來了，她跑向父親，爬到他的腿上說：「爸爸，『我』想要當醫生，等我長大以後。」

大家聽了都笑著鼓掌，說她是聰明的小女孩，知道如何得到她想要的東西。後來，他們又竊竊私語地說，顯然兒子跟爸爸不是同一個模子出來的——沒有抱負，胸無大志。

次年，迪娜又許下了同樣的願望，也依然把父親當神一樣的崇拜，因為他為人們帶來健康，努力抵抗疾病，而且有時也成功的暫時阻擋了死神。史洛夫醫生很欣慰能有個這麼聰慧的孩子，迪娜讀的是女隱修會學校，在家長會上，校長及老師們都對她讚譽有加，給予她最好的評價。史洛夫醫生深信，只要是他女兒想做的，必能手到擒來。

史洛夫太太也知道，她的陣營一定要爭取女兒來對付史洛夫醫生愚蠢的慈善計畫——在遙遠、被神遺忘的村莊服務。但迪娜拒絕合作，她不贊成用不光明的手段讓摯愛的父親回家。

史洛夫太太只好訴諸於其他方法。她不用金錢、他的個人安全或家人來說服他；她利用他的病人來打動他，說他的做法是在棄他們於不顧，他們既老、虛弱又無助。「如果你遠行，他們要怎麼辦？他們那麼信任你、依賴你，你於心何忍？你不知道自己對他們有多重要。」

「不，這不是重點。」史洛夫醫生說，他很清楚這種拐彎抹角的爭執，是出於她對他的愛。他很有耐心的解釋，這個城市有足夠的家醫科醫生可以診療這類的病痛，而他要去的地方卻沒有這樣的醫生。他給她許多擁抱與親吻，甚於平常，安慰她說這只是暫時性的工作。「我答應妳，我一定會很快回來，」他說，「甚至在妳習慣沒有我之前。」

但史洛夫醫生卻沒能實現諾言，加入醫療團隊才三週就身故了。他並不是死於傷寒或霍亂，而是遭眼鏡蛇咬傷而中毒，在偏遠地方，救命用的血清根本來不及送達。

史洛夫太太收到消息時顯得很冷靜，大家都說因為她是醫師夫人的關係，比起任何形式的打擊，她更熟悉死亡。他們推測，史洛夫醫生一定常常告訴她病人過世的消息，讓她有了「人難免一死」的心理準備。

當她打起精神安排喪禮、以高超的效率打點一切時，大家不免懷疑她的表現是不是有點反常。在不斷支付喪禮各項費用的同時，史洛夫太太也忙著接受各方弔唁、安慰悲慟的親友、小心照料史洛夫醫生床頭的油燈、洗淨熨整她的白色沙麗、確定家裡有足夠的香與檀香可用，她還親自吩咐廚師準備好隔日要用的素食。

經過整整四天的喪禮，迪娜仍傷心得泣不成聲，史洛夫太太這時正忙著計算寂靜塔[1]對布置靈堂的收費，她精神奕奕地說道：「過來，女兒，要堅強些，爸爸不會喜歡看到妳這樣。」因此迪娜極力抑制自己的情緒。

然後史洛夫太太心不在焉的繼續開著支票，說道：「妳原本可以阻止他的，若妳真的想——他會聽妳的話的。」

迪娜的淚水再也止不住地狂洩，除了悲慟父親的死，現在更包含對母親的憤怒，甚至憎恨。直到事情過了幾個月之後她才了解，其實這段話並沒有惡意或指責，那不過是她母親認為是事實的心酸話。

史洛夫醫生過世六個月後，原本受眾人所倚靠的史洛夫太太，精力終於油盡燈枯。她開始疏離於日常生活，無心打理家務甚至是自己的事情。

這對努斯旺來說並沒什麼影響，他已經二十三歲，且有積極的人生規劃。但迪娜當時只有十二歲，這個年紀的孩子還需要仰賴父母教養多年。她極度地思念、需要父親，而她母親卻對一切撒手不管，徒令她的處境更窘困。

❦

父親過世前兩年，努斯旺就開始靠自己的力量經商賺錢。他仍然單身、與家人同住，努力存錢的同時，他也在物色合適的房子和妻子。隨著父親過世與母親的消極避世，他了解找房子並非當務之急，但這個家很需要一位女主人。

他現在承擔起一家之主的責任，也是迪娜的法定監護人，以他們家當時的情況看來，這一切都理所當然。大家都稱讚他無私的決心，承認之前對他的能力看走眼了。他也肩負起家裡的經濟責任，承諾讓母親及妹妹生活無虞，他會用自己的薪水照顧她們，但他知道其實沒有這個必要，賣掉史洛夫醫生的執業處就有一筆可觀的錢。

努斯旺身為一家之主的第一項決策，就是削減人事支出。每天工作半天、準備兩餐的廚師，要留下；住在家裡的傭人莉莉，就讓她離開。「我們的生活無法像以前那樣奢侈，」他宣布，「我負擔不起那些薪資。」

史洛夫太太對這樣的改變產生疑惑：「那誰來做打掃工作？我的手腳可不像以前那樣靈活。」

「別擔心，媽媽，我們可以一起分擔。妳做簡單的事情，像是擦拭家具上的灰塵之類的；我們洗自己的杯盤。迪娜還年輕、充滿活力，做家務對她有益，該教她怎麼照顧這個家了。」

「也許你說的沒錯。」史洛夫太太說，糊里糊塗地相信這是家裡節省開支的必要方法。

然而，迪娜知道事有蹊蹺。上週的一個夜晚，迪娜起床去廁所時經過廚房，看到哥哥和女傭莉莉在一起：莉莉坐在桌子的一端，雙腳靠在桌緣；努斯旺的睡褲褪到了腳邊，站在莉莉的大腿間，然後抱緊她的屁股往自己靠過來。迪娜帶著睡意好奇地看著努斯旺光溜溜的屁股，後來，她沒上廁所就帶著羞紅的臉悄悄回房睡覺。不過她一定是逗留久了些，因為努斯旺已經注意到她了。

之後沒人提起過這件事，莉莉離開時（拿了一筆史洛夫太太並不知情的資遣費）聲淚俱下地說，她再也找不到像他們一樣親切的家庭了。雖然迪娜為她感到遺憾，但同時心裡也瞧不起她。

新的家務安排很快上了軌道，每個人都有公平的付出，嘗試自食其力的結果好像很有意思。「有點像在露營呢！」史洛夫太太說。

「這就是它的精神啊！」努斯旺附和道。

然而經過一段時間之後，迪娜的雜務開始增加。努斯旺象徵性地表示他的參與，雖然上班前繼續洗自己的杯盤，但之後就什麼都不做了。

❶ 祆教舉行葬禮（天葬）的地方。

一天早上，他大口地嚥下最後一口茶便說：「我要遲到了，迪娜，請幫我洗我的餐具。」

「我又不是你的僕人！自己洗你的髒杯盤！」連日來堆積在心裡的怨恨，她一股腦兒地發洩出來。「是你說我們都要自己做家事的，但你把你的髒東西都丟給我做！」

「聽聽這隻小母老虎。」努斯旺逗著她說。

「妳不可以這樣跟哥哥說話！」史洛夫太太輕聲叱責她。

「他耍詐！他沒做任何事情，都是我在做！」

史洛夫太太試著安撫迪娜，答應她晚一點兒會跟努斯旺商量，或許說服他去雇個兼差的女傭，但她很快就打消了這個念頭——問題仍然沒有解決。過了幾個禮拜之後，史洛夫太太不僅不能在分配家務上主持公道，就連她自己都變成了女兒的負擔。

現在史洛夫太太該做什麼事都得人家提醒。食物要擺在她面前，她才吃，不過顯然食物對她沒什麼幫助，她的體重仍持續下降。不只洗澡、換衣服需要人家提醒，連牙膏都要擠在牙刷上遞給她，她才會刷牙。對迪娜來說，她最不喜歡的就是幫媽媽洗頭髮——頭髮大把大把地掉在浴室地板上，洗好後梳髮時掉得更多。

每一個月，史洛夫太太都會到祆教神廟一次，為亡夫祈禱。聽到老者佛蘭吉大祭司用撫慰的語調為亡夫的靈魂祈禱，能使她感到安慰。迪娜擔心母親到處亂走會迷路，每次都缺課陪她一起去。

在儀式開始前，大祭司奉承的與史洛夫太太握手，並給迪娜一個久久的擁抱——用那種他專保留給女孩們及年輕婦女的方式。他嗜愛擁抱和撫摸女性的名聲，讓人家給他安上了「搭膊——掐膊大祭司[2]」的名號。其實這是出自於同僚的惡意散布，主要不是因為他的大膽作風，而是不夠敏銳的粗神經，不肯將他的行為掩飾成父親式的或精神上的關心。他們擔心，總有一天大祭司會過火到直接將口水流在他的獵物身上或什麼的，而使神廟蒙羞。

迪娜被大祭司抱在懷裡，很是侷促不安，他輕撫她的頭、摩挲頸子、撫摸背部，然後再讓兩人的身體靠得更緊。他的短鬍鬚看起來就像是用磨碎的椰子做成的薄片，在她的臉頰和額頭上磨來磨去，直到她鼓起足夠的勇氣推開他，他才罷手。

從神廟回家後，迪娜都在試著讓母親說話。她問母親關於家務或是料理的意見，見她沒反應，又問了關於父親的事，以及他們新婚時的生活。面對母親出神的沉默，迪娜覺得非常無力，但沒多久，她對母親的關切就被青少年那種不耐煩的天性沖淡了，她對這一切也有悲傷與難過的時候，然而現在要她承受這樣的重擔還太早。

後來，史洛夫太太連說話都簡化為單音節的字或嘆息，只會盯著迪娜的臉等答案。至於擦拭家具的工作，她永遠只能停留在她先生的畢業照前擦相框，其餘大部分的時間都在凝視著窗外。

努斯旺把母親精神渙散的狀態視為寡婦正常的表現：她因悲傷絕望而放棄無意義的現世，轉而專注於精神層面的事物。他自己則把注意力放在扶養迪娜上面，他要負起這個家所有的重責大任，一想到此，他便擔憂不已。

過去，努斯旺總認為父親是個紀律嚴明的人，他很敬畏父親，甚至可以說，有點怕他。如果自己頂替了父親的角色，他就必須讓別人也同樣敬畏自己，他下定決心，並且常常禱告，請求獲得勇氣與指引。他向親戚們——那些叔叔阿姨們——吐露心聲，說迪娜的輕蔑、固執快把他逼瘋了，只有全能的神才能給他力量，面對責任。他誠懇的態度打動了親戚們，他們答應幫忙祈禱。「別擔心，努斯旺，一切都會順利的，我們會在神廟幫你點一盞燈。」

受到叔叔阿姨們的鼓舞，努斯旺開始每週帶迪娜去神廟一次。到了神廟，他會把一柱檀香塞到迪娜手裡，在她耳邊嚴厲地說：「現在好好祈禱——請求神明讓妳變成好女孩，請求祂讓妳聽話。」

當她在聖壇前低頭祈禱時，努斯旺沿著外牆觀賞掛在上面許多大祭司與高階教士的畫。他一區一區的瀏覽，輕撫花環、擁抱畫框、親吻聖杯，最後在索羅亞斯德❸的巨畫上深深一吻，足足有一分鐘那麼久。聖壇的門口放了一罈香灰，他抹了一點在自己的額頭上，然後是喉嚨，並解開衣服最上面的兩顆釦子，在胸口揉上一大把。

好像爽身粉，迪娜心想，她彎腰的姿勢，正好可以用眼角看到這一幕。她努力抑制著不笑出來，在努斯旺結束滑稽的舉止後，才敢抬頭。

「妳有好好禱告嗎？」他們走到外面後，他嚴肅地問。

---

❷ Daab-Chaab，在古吉拉特語（印度雅利安語的一部分）中指「按、捏」之意，暗諷大祭司的輕薄行為。

❸ 祆教的創始人。

迪娜點點頭。

「很好，現在妳腦袋裡所有的壞思想都被驅離了，妳心裡會感到平靜安寧。」

迪娜再也不被允許假日在朋友家逗留。「沒這個必要，」努斯旺說：「妳在學校每天都看得到她們。」朋友在獲得努斯旺同意後可以拜訪她，可是覺得一點意思也沒有，因為他總是在附近監視著。

有一次，他聽到她和珊諾比雅在隔壁房間取笑他的牙齒，這件事更讓他堅信這個小惡魔需要受監視——珊諾比雅說他看起來像一匹馬。

「對，有一副廉價假牙的馬。」迪娜說。

「看到他的牙齒，連大象都會為自己的豪華象牙感到驕傲。」珊諾比雅加油添醋地打趣。

他走進房間時，她們還在笑個不停。他分別給了她們一個白眼，然後轉身故意慢慢地離去，留下沉默害怕的兩人。是的，方法奏效了，他知道自己贏了——終於，她會感到恐懼了。

努斯旺一直對他的一口爛牙很敏感，在他快成年時，也曾試著矯正牙齒，但矯正的過程實在太痛苦，他最後放棄了。迪娜當時只有六、七歲，卻毫不留情地取笑他。努斯旺只能抱怨身為醫生的爸爸竟沒能好好照顧他孩童時期的牙齒，還把迪娜一口漂亮的牙齒，當作父親偏心的證明。

母親心疼他所受的委屈，向他解釋道：「兒子啊，一切都是我的錯。我不知道兒童的牙齒每天都要按摩，輕輕地向內推。生迪娜時老護士教我這個要訣，但對你來說已經太晚了。」

努斯旺從不相信這番話。現在，迪娜的朋友離開了，她要為此付出代價。他要迪娜重複剛剛的話，沒想到她竟也大膽的照做。

「妳就是有這種壞毛病，大嘴巴不假思索的說出任何想說的話。可是妳已經不是小孩了，總得有人教妳如何尊重別人。」他嘆了口氣說：「而這就是我的責任。」他毫無預警的開始掮她耳光，直到她下嘴唇出現一道裂痕。

「你這隻豬！」她哭喊道：「你想讓我看起來跟你一樣醜！」

於是努斯旺拿起一把尺朝她全身上下揮打，她只能狼狽地奔跑逃竄。

史洛夫太太也曾注意到事情不對勁，問：「妳在哭什麼呀，我的女兒？」

「那個笨蛋！他把我打流血了。」

「乖，乖，我的寶貝。」她抱了一下迪娜後，又回到窗邊的椅子坐著。

這件事過後兩天，努斯旺想與妹妹言歸於好，送了她一盒緞帶。「繫在妳辮子上很好看。」努斯旺說。

她走到書包旁，從裡頭拿出學校用的美勞剪刀，把緞帶剪成小碎片。

「媽，妳看！」他的眼淚幾乎奪眶而出。「看妳的壞女兒！我把辛苦賺來的錢都花在她身上，這就是她感謝我的方式！」

戒尺變成努斯旺維護原則的工具，而他的衣服成為迪娜最常受罰的理由。衣服洗過、熨過、折過之後，要分成四疊放在他的衣櫃裡，分別是：白色上衣、有色上衣、白色褲子、有色褲子。她有時會把細條紋上衣和白色上衣放在一起，或將碎格子褲放到白色褲子之間。雖然受到責打，但她絕不是有意激怒哥哥的。

「看她的行為，我覺得好像魔鬼就藏在她心裡一樣。」他疲憊地向關心詢問的親戚們說，「也許我應該把她送到寄宿學校。」

「不，不要採取這麼激烈的手段，」他們懇求他，「寄宿學校已經毀了許多祆教徒女孩。要有信心，你的耐心和付出，神會賜予報酬的。當迪娜長大懂事後會了解你是為她好，她也會感謝你。」

在眾人的鼓勵之下，努斯旺又重拾信心，持續監控著迪娜的生活。他親自為她採買衣服，決定什麼樣的衣服適合她，不過所買的通常都不合身，因為他規定，在他採購時她不准現身。「我不想在老闆面前做無謂的爭執，」他說：「妳總是讓我難堪。」

當她需要新的制服時，他會挑裁縫師在場的那一天陪她去學校，監督量身過程。他會向裁縫師探問價格及布料，想算出校長拿了多少回扣。每年這時候都讓迪娜怕死了，擔心在同學面前發生什麼丟臉的事。

現在她的朋友們都開始留短髮，她要求哥哥也允許自己跟同學一樣。「假如你讓我把頭髮剪短，餐廳的地板原本兩天拖一次，我可以改成天天拖，」她討價還價地說：「我還可以天天幫你擦皮鞋。」

「不，」努斯旺說，「十四歲並不適合留時髦的髮型，辮子很適合妳。再說，我也付不起美髮師的費用。」但他立刻就把擦鞋列為她的工作項目之一。

最後一次的努力依然無效，一週後，迪娜在珊諾比雅的協助下，在學校的浴室中一把剪掉了辮子。珊諾比雅一直夢想能成為髮型設計師，當好友把自己的頭髮交付給她時，她簡直樂昏頭了。「我們來大肆剪修，」珊諾比雅說：「剪成齊耳的短髮。」

「妳不是開玩笑吧？」迪娜說：「努斯旺會氣得跳到月球上。」一番商議之後，她們決定剪成離肩上三公分齊平的髮型。結果雖然多少有些參差不齊，兩人還是非常滿意。

迪娜猶豫著要不要將剪下的辮子扔到垃圾桶，最後還是塞進包包裡帶回家。她得意的在房子裡走來走去，不斷經過每一面鏡子前，用不同角度欣賞自己的新髮型。然後她走到母親房間等著媽媽的反應——驚喜、開心或什麼都好，但史洛夫太太卻什麼也沒發現。

「喜歡我的新髮型嗎，媽媽？」她終於憋不住地問。

史洛夫太太茫然地盯著她看了好一會兒才說：「很漂亮，女兒，很漂亮。」

那晚努斯旺很晚才回到家，他先問候母親，說辦公室的工作好多。接著他看到迪娜，他長長的倒抽了一口氣，無力地把手放在額頭上。他工作一整天已精疲力盡，不希望再有任何爭執了，但是對於她的傲慢及忤逆，怎麼能就這樣算了？他以後要怎麼面對自己？

「請妳過來，迪娜。告訴我，為什麼妳不聽我的話？」

她抓了抓脖子後方，上面掉滿了細小的髮渣，讓她癢得難受。「我怎麼不聽你的話了？」

他賞了她一耳光，「當我問妳的時候就回答，別問問題。」

「你說你付不起剪髮的錢，這不用錢，是我自己剪的。」

他又甩了她一巴掌，「不要頂嘴，我警告妳。」他拿起戒尺打她的掌心。因為他認為這次惡行重大，他再用尺緣剁打她的指關節，「這頭髮讓妳看起來像不正經的女人。」

「也不照照鏡子看看自己的頭髮，你根本像個小丑！」她一點也不害怕的回嘴。

努斯旺的髮型，在他自己看來是莊重優雅的表徵——中分線將頭髮向兩旁梳開，兩側再用厚重的髮油整理得井然有序。迪娜的嘲弄讓嚴肅規矩的他怒不可抑，立刻拿起戒尺抽打她的小腿和手臂，還把她拽到浴室裡，撕掉衣服。

「我不要聽妳說任何一句話！今天是妳太過分了！把自己洗乾淨，妳這污穢的髒東西！把那些髮渣沖掉，別弄得家裡到處都是，會為我們帶來不幸！」

「別擔心，你的臉可以嚇跑任何不幸。」她赤裸著身子站在地磚上，但他還不離開。「我需要些熱水。」她說。

努斯旺提了一大桶冷水往她身上潑，她冷得發抖，惡狠狠地瞪著他。她的乳頭因冷而縮硬，他用力捏了一下，她嚇得退避。「瞧妳才剛發育的小乳房，妳以為自己已經是個女人了嗎？我應該把它們跟妳討厭的舌頭一起割下來。」

努斯旺看著她的方式令人心生畏懼，她知道自己尖刻的話把他惹火了，要不然他不會直盯著她大腿附近剛長毛的地方。為了使他息怒，聽話的結果會比較安全，於是她轉過身去掩面哭泣。

努斯旺這才滿意的離開。他看到她放在床上的書包，想隨便看看，一翻開就發現放在最上頭的辮子。他用拇指和食指捏起辮子晃了晃，咬著牙好像決定了什麼，臉上才又慢慢展現出笑容。

等迪娜洗完澡後，他拿了一捲黑色的絕緣膠帶，把辮子黏回她的頭髮上。「以後妳就像這樣戴著辮子。」他說，「每天，即使上學也是，直到妳的頭髮長回來。」

迪娜很後悔沒把討厭的辮子丟到學校的馬桶，真像是頭上掛了兩條死老鼠。

隔天早上，她偷偷的把膠帶帶到學校，在走進教室前就把辮子扯下來。感覺很痛，因為膠帶實在是黏得太緊了。放學後，她再請珊諾比雅幫忙，把辮子黏回去。靠著這種方式，她可以在非假日的時候躲避努斯旺的處罰。

不過，這樣的光景維持不了幾天。英國人撤離印度之後，國家內部的分裂，使得全國到處都發生暴動。迪娜與努斯旺被困在家裡，每個地方都有全天候的宵禁令[4]，公司行號、商業活動，大學、中小學，所有的機關都停業或關閉

---

[4] Curfew，宵禁令，指政府或軍隊等機關禁止人民於特定時間（夜晚或全天候都有可能）到特定場所的命令，常在戰亂、國內緊急狀態時期使用。

了，沒有地方可以讓她暫時逃避那討厭的辮子。努斯旺只准她在洗澡的時候把辮子取下，洗完澡後，他會盯著她立刻黏回去。

生活像是軟禁在房子裡一樣，努斯旺對國家的災禍抱怨不已，「每天我坐在家裡就是損失金錢，那些該死、沒教養的野蠻人根本不值得讓他們獨立。如果他們一定要彼此廝殺，至死方休，我希望他們自己找個地方靜靜地做，在他們的村子，或許吧，別來擾亂我們這個可愛的海邊城市。」

宵禁解除後，迪娜飛也似的奔向學校，快樂得像隻自由飛翔的小鳥，巴望著沒有哥哥在的八小時美好時光。而努斯旺，終於也能恢復正常工作了。

城市宵禁解除的第一個晚上，努斯旺帶著無比的好心情回家。「宵禁解除了，妳的處罰也隨之結束，我們現在可以把妳的辮子丟掉。」他很大方的表示，「妳知道，短髮真的很適合妳。」

他打開公事包，拿出一條新髮帶。「妳可以戴著這個，而不用再黏膠帶了。」他開玩笑的說。

「留著你自己用吧！」她回答，不肯領情。

父親死後三年，努斯旺結婚了。沒隔幾個禮拜，他母親完全從生活中退避下來，以前她還會聽從別人的指示——起床、喝茶、洗手、吃藥，現在卻對一切毫無理解力。

現在，照顧母親的責任已超出迪娜的能力範圍了。

當史洛夫太太的房間傳出的臭味已經超過可以容忍的程度時，努斯旺便戰戰兢兢的開始和太太討論。他不敢直接要求她幫忙，但希望她內在的善良天性能驅使她自願去做，「露比，親愛的，媽的狀況愈來愈糟了，她無時無刻都需要人照顧。」

「那就送她到養老院，」她回答：「她到那兒去比較好。」

他木然地點頭，然後採取了折衷的方法——雇了一個全天的護士，花費較少，也不用把母親送到老人工廠去，有些沒良心的親人就會這麼做。

不過，這護士的工作沒做多久就結束了。史洛夫太太在那年過世了，人們終於了解到，醫生的太太也一樣是人，禁不起悲傷的折磨。

她過世的那一天正是史洛夫醫生在皇家日曆❺上的忌日，他們的祈禱文同樣由同一個神廟的佛蘭吉大祭司執行。這次，迪娜已經知道要怎麼躲避他過於親切的擁抱。當他靠近時她先禮貌地伸出手，然後退後、退後、一再的退後。祈禱大廳中的巨大香爐裡燃燒著檀香，讓他難以在香爐間追逐，只好放棄而傻傻的笑著。

史洛夫太太首月的祈禱儀式完成後，努斯旺也決定不讓迪娜申請大學了。她的成績表現糟透了，要不是校長顧念史洛夫醫生的情分，把她當作一時失常，她早就被留級。

「蘭柏女士這樣提拔妳真是好心，」努斯旺說：「但事實上妳就是無可救藥。我不會再把錢浪費在學費上！」

「你讓我在家裡一直又擦又洗的，我整天連一個小時的讀書時間都沒有！你還想怎樣？」

「別找藉口，像妳這樣健壯的年輕女孩，只不過要妳做點家事，跟讀書有什麼關係！妳知道自己有多幸運嗎？在

❺又稱薩卡日曆，為印度民間常用的一種曆法，類似中國農民曆。

城市裡有成千上萬的窮人家小孩在火車站幫人擦鞋，或回收紙類、瓶子、塑膠，晚上要去讀夜校，而妳還要抱怨？妳所缺乏的就是求知欲，就這樣，妳的書讀夠了。」

迪娜不甘就此放棄，她心裡也希望努斯旺的太太能幫她說說話，可是露比並不想介入兄妹倆的爭戰。因此第二天當努斯旺要迪娜上市場買東西時，她跑去找祖父幫忙。

祖父和一位叔叔同住，房間的味道聞起來像腐壞的香油。她憋住氣，給他一個擁抱，然後連珠炮似地說出她所遇到的麻煩。「拜託，祖父，告訴他不要再這樣對我了！」

祖父年事已高，費了一番工夫才搞清楚迪娜是什麼人，又花了更久的時間來理解她想做什麼。他沒戴假牙，講起話來含含糊糊的。「要我幫忙拿假牙嗎？祖父？」她建議。

「不用，不用！」他舉起手來用力的揮，「不要假牙，都變形了，放在嘴裡會痛。那個混蛋笨牙醫，沒用的傢伙，我的木匠都可以做得比他好。」

迪娜用很慢的速度重複剛剛的話，祖父終於抓到重點。「上大學？誰？妳？妳當然一定要申請進大學，當然，當然。妳一定要讀大學。是的，我一定會告訴那個可恥的渾球讓妳上大學。我會命令諾斯，不，努佛，呃……努斯旺，對，努斯旺。我會命令他！」

他派了一個僕人轉告努斯旺，要他盡快去見他。努斯旺無法拒絕，他很在乎家族成員的意見。這件事因為工作忙碌的關係耽擱了幾天，他去的時候拉著露比一起，好有人跟他同一陣線；努斯旺囑咐她盡量討好老人家。

迪娜離開之後，祖父其實已經忘掉很多東西，也不記得談話的內容。這次他戴上了假牙，但幾乎沒說什麼話。經過一番提醒，他才認出他們。接著，他不明究理的擅自定論努斯旺和迪娜是夫妻，全然漠視露比的存在，無論迪娜怎麼哄，他就是放棄不了這個觀點。

露比坐在沙發上握著老人的手，殷勤地問他需不需要按摩。不等他回答，便主動抓起他的左腳在上面揉來揉去。他的腳趾甲又長又黃，看得出來很久沒修剪了。

老人勃然大怒，從她手中抽回左腳，對著她嘰哩呱啦吼了一堆印度語。露比對突如其來的爆發嚇得目瞪口呆，祖父轉頭對努斯旺說：「她聽不懂嗎？你的女傭說什麼語言？叫她離開我的沙發，到廚房裡去等。」

露比沒好氣的起身站到門邊，「沒禮貌的糟老頭！」她嘀咕道：「就因為我的皮膚比較黑嗎？」

努斯旺馬虎的道了再見後跟上太太，還故意停下來回頭看看迪娜，露出得意的表情，而迪娜正試著跟老人將一切解釋清楚。她留下不走，希望能喚回祖父的記憶來挽救她。一個小時過後她終於放棄，親吻他的額頭然後離開。

那是她最後一次看到他，一個月後他在睡夢中過世。喪禮上，迪娜看到祖父全身覆蓋著白布，只露出臉來，不禁好奇地猜想白布下的腳趾甲到底有多長。

四年來，努斯旺一直規律地為迪娜的婚禮存錢，現在已有一筆可觀的數目，而他也計畫早點把她嫁掉。他很有把握的認為，為她找個好丈夫不難——他會很自豪地對自己說，迪娜已長成亭亭玉立的美女，她只值得最好的東西。婚禮一定要豪華體面，畢竟她是一個成功生意人的妹妹，這很符合她的身分，也會為大家津津樂道很長一段時間。

當妹妹十八歲時，努斯旺便開始物色適合的對象，並邀請他們到家裡作客。但迪娜一視同仁的討厭他們，他們是哥哥的朋友，將來無論做什麼、說什麼都會讓她想到努斯旺。

努斯旺確信她早晚會找到喜歡的對象，也就不再嚴格限制她的出入——她已跨過了青少年的階段。現在，假如家裡發生爭吵，就是露比和迪娜之間的事了，好像努斯旺把這個「任務」轉而委託給他太太似的。所以，只要她在做家務或出門購買露比要的東西，家裡就相對平靜得多。

上市場時，迪娜有時會憑自己的直覺買東西，例如用花椰菜取代甘藍菜，或突然間想吃奇果⑥，就把柳丁換掉。露比發現後氣得當場指控她故意破壞她精心規劃的菜色：「妳這可惡、邪惡的女人，毀掉我丈夫的晚餐。」她以盡職的妻子自居，理直氣壯地宣判了迪娜的罪行。

⑥ 一種長得像馬鈴薯的褐色水果。

不過，她們之間也不是只有鬥嘴和爭執而已，這兩個女人愈來愈能友好相處了。露比結婚後為家裡買了些東西，其中一項是一台小型的手搖式縫紉機。她為迪娜示範用法，教她做簡單的東西，像是枕頭套、床單或窗簾等。

露比的第一個小孩出生，取名為傑利斯，迪娜就幫忙照顧他。她為姪子縫製嬰兒衣服、編織小帽子和背心，在他第一個生日時，她還做了一雙嬰兒軟鞋。在那個歡樂的早晨，她們幫他戴了一頂用玫瑰及百合做成的花冠，額頭上還垂著一朵紅色的大花。

「他真是個小甜心。」迪娜開心的笑著說。

「還有妳做的小鞋子，真是太可愛了。」露比高興得給她一個大大的擁抱。

只是，像那天一樣可以整天都不吵架的日子其實很少。有一回迪娜做完家務後，想多花些時間在外頭逛，至少像待在家裡的時間那麼多。她逛街的零用錢是從平常採買家裡東西的錢中省下的，但她心安理得，認為這是辛苦工作的一小部分酬勞，是他們積欠自己的一小部分。

露比要求核對最近一次的花費和收據，「我要看每一項物品的帳單和收據。」她的拳頭用力敲在廚房餐桌上，把鍋蓋震得匡啷作響。

「路邊的魚販和菜販什麼時候開始會給收據了？」迪娜反擊回去，丟下採買東西的帳單以及做過手腳的零錢後離去，留下嫂子在廚房地板上拾錢、數銅板。

存下來的錢夠付巴士車資。迪娜到公園散步、流連於博物館和市集、參觀戲院（只是站在外面看海報），然後忐忑的去公共圖書館。到圖書館埋頭苦讀的人把空間擠得水洩不通，每個人看起來都好認真，她卻連大學都沒申請過。

她發現這些人手中的書從約翰．米爾頓的《論出版自由》到《印度圖畫週報》都有，有些書名她甚至念不出來。這分格格不入的感受很快就消失了，偌大的讀書室有挑高的天花板、嘎嘎作響的地板和灰暗的鑲板，全都變成她最喜歡的小天地。堂皇宏偉的吊扇用長長的桿子吊著，旋轉時的呼呼聲讓人聽了覺得舒服，深座位的皮椅、陳舊的氣味，以及翻書的沙沙聲也令人感到平靜。這裡最好的一點是大家都極小聲的說話，唯一能讓迪娜聽到的叫囂，是警衛怒吼著趕走想偷溜進來的乞丐。她盡情地瀏覽百科全書、欣賞藝術書籍、好奇的翻閱布滿灰塵的厚重藥典，時間就這樣過去了。結束前，她在這棟老建築裡找到一個陰暗的角落，闔上眼休息，那一刻，好像時間可以任意停止一樣。

較現代化的圖書館設有音樂室，那裡有螢光燈、佛麥卡塑膠桌、空調設備、明亮的牆壁，而且總是很擁擠。她覺得環境冷漠又不友善，只有想聽音樂時才會到那裡去。她對音樂懂得不多——少數叫得出名字的像布拉姆斯、莫札特、舒曼和巴哈，是小時候父親轉開廣播或留聲機時聽過的。父親會將她抱在腿上說：「音樂可以使妳忘卻世上的煩惱，不是嗎？」而迪娜會認真的點頭。

在圖書館裡，她會隨意的挑錄音帶，試著憶起她曾經熟悉的曲名，但真的好困難，因為那些交響曲、協奏曲和奏鳴曲都是以代碼辨識，在數字前加了縮寫像是Op.、K.或BWV等，她根本不了解這些字的意義。終於很幸運的，她找到一個可以喚起她豐富回憶的曲子，當熟悉的音樂迴盪在腦海，過往的一切又短暫地佔據她的心頭，一種完滿的狂喜突然令她感傷，就像是找回了自己失落的一角。

對音樂濃烈的體會、在音樂室裡所感受到的寧謐幸福，令她既渴望又害怕。當她回到與努斯旺跟露比相處的現實生活後，一切都化為無由的憤怒情緒，最激烈的爭執總發生在她參觀音樂室的那幾天。

雜誌和報紙的內容都相當簡單，透過每天的閱讀，她知道市區裡有幾個受文化團體贊助的音樂會和獨奏會，這些表演有許多是免費的——表演者通常是沒沒無名的外國籍業餘人士。她開始用自己的巴士車資去音樂會，發現這原來是圖書館中受歡迎的非固定表演。而那些表演者，在觀眾寥寥無幾的晚上，無疑的很感激她的蒞臨。

劇場大廳內眾人聚集，她徘徊在人群外圍，覺得自己像個冒牌的內行人。每個人看起來都很懂音樂、很了解表演者似的，對著手裡的節目表指指點點，彷彿經驗老到的評論者。她多希望會場門快點打開，裡面昏暗的燈光才能夠掩飾她的徬徨。獨奏廳裡的樂聲，無法給予她在圖書館裡獨處時的那股感動，在這裡，喜劇與音樂表演各佔一半的時間。體驗了幾場獨奏會後，她開始認得觀眾裡的一些常客。

有一個老人，每當樂曲的第一章開始四分鐘之後便會準時入睡，後面進來的人會體恤地避開他那一排的座位，以免撞到他的膝蓋。七分鐘後，他的眼鏡開始滑落到鼻子上；接著十一分鐘後——假如曲子長到他沒被喝采聲驚醒——他的假牙會從嘴裡慢慢滑出來，不禁讓迪娜想起自己的祖父。

還有一對五十歲左右的姊妹，長得瘦瘦高高，還有著尖尖的下巴。她們通常坐在第一排的位置，總是在不適當的時機鼓掌，無端打擾了打盹中的老人。迪娜並不懂奏鳴曲的節奏，卻知道表演尚未結束，因為音樂中有延長音。有一位蓄山羊鬍、戴鑲邊眼鏡及貝蕾帽的人，看起來很懂門道，清楚什麼時候該拍手，迪娜便以他為指引。

另外，有一個很有趣的中年男子，在每場音樂會中都穿著同樣的褐色西裝，而且跟每個人都很熟。他會瘋狂的在大廳裡跑來跑去向人們問候，又快又有力的頻頻點頭，向大家保證當晚的表演會很精采。他的領帶成為每次出現時的焦點話題：有時候長長的垂在胸前，幾乎遮住他整個上半身，在褲襠上擺盪；有時卻短到甚至不及胸膛。領結的大小也很多樣化，有小到幾乎看不到，也有大到像超大印度咖哩角那麼大。他總是長話短說，趕場似的趕去跟下一個人致意，因為正如他所說的，距離表演開始只有幾分鐘的時間，而他還有那麼多的人要問候。

迪娜注意到大廳裡有一位年輕男子，習慣像她一樣躲在角落裡觀察那些歡樂的音樂愛好者們——因為亟欲逃離家裡，通常她會比較早到。她會看著他站著將腳踏車騎過來，俐落地躍下車，然後將車子推進大門。看門的收下小費，就施給他一點方便。他把車子鎖在大樓側邊，確認自己拿起了放在後面置物架上的手提包，再啪噠的抽起褲子上的吊帶，扔進手提包裡，接著將自己隱沒在他最喜愛的大廳角落，研究節目表和人群。

偶然他們四目相接，心照不宣的相互示意。那個穿著褐色西裝的中年男子會略過迪娜和他寒暄，「嗨！魯斯登，你好嗎？」他大喊道，迪娜因此得知那年輕人的名字。

「很好，謝謝。」魯斯登回答，他的眼光落在中年男子身後的迪娜，愉快地看著她。

「告訴我，你覺得今天的鋼琴演奏者彈得如何？他是否有展現出慢節奏上應有的深度？你認為慢板……哦，抱歉，抱歉，我待會兒回來，我先去跟那邊的馬荷拉先生打聲招呼。」他咻的一下子就離開了。魯斯登先向迪娜微微一笑，再搖頭裝出失望的表情。

鈴聲響起，觀眾席的門隨之打開，那一對瘦高的姊妹迫不及待的連跑帶跳，奔向第一排的座位，拉下折椅跳上去坐好。她們露出得意的笑容看著彼此，像是又贏得一場祕密遊戲的勝利。迪娜照舊坐在中間的走道上，大約是大廳中間的位置。

當座位快坐滿時，魯斯登走到她身旁，「這個位置是空的嗎？」

她點點頭。

他坐下來，說道：「泰迪瓦拉先生真是個怪人，不是嗎？」

「哦，這是他的名字？是啊，他真有趣。」

「即使獨奏表演得馬馬虎虎，妳還可以欣賞他帶來的娛樂。」

燈光暗了下來，舞台上出現兩位表演者，接受大家的鼓掌歡迎。「對了，我叫魯斯登・達拉。」他靠過去並伸出手，此時長笛正回應著鋼琴清亮的聲音，響起悠揚的樂聲。

她輕聲說：「迪娜・史洛夫。」黑暗中她沒及時發現他伸出手來，當她伸出手還禮時已經太遲，他已收回去了。

中場休息時，魯斯登問能否請她喝杯咖啡或冷飲。

「不了，謝謝。」

他們看著走道上的觀眾前往洗手間尋求解放。他把雙腿交叉，說道：「妳知道，我常在這些音樂會中見到妳。」

「是的，我很喜歡音樂。」

「妳自己玩什麼樂器？鋼琴，還是……？」

「不，我沒有……」

「哦，妳有那麼漂亮的手指，所以我以為妳彈鋼琴。」

「不，我沒有。」她又重複了一遍，臉頰有點熱了起來，她低下頭看看自己的手指，「我一點也不懂音樂，只是喜歡聽。」

「我想，這是最好的方法。」

她不確定他指的是什麼，但附和著點頭，「那你呢，你玩樂器嗎？」

「就像所有的祆教徒父母一樣，在我很小的時候，我爸媽就送我去學小提琴。」他笑著說。

「那你現在不再玩了嗎？」

「哦，偶爾才會。當我想給自己找罪受時，我就拿起小提琴拉出尖嘯或悲鳴的聲音。」

她微笑說，「至少你父母會高興聽到你演奏。」

「不會的，他們過世了，我自己一個人住。」

她斂起笑容想道歉，但他隨即又說：「我拉小提琴時，唯一的受害者就是我的鄰居。」他們又相視而笑。

自此之後他們便常坐在一起。一週後某次的中場休息時，她接受喝芒果汁的邀請。當他們正在大廳內啜飲冰涼的果汁、愉快的欣賞附著於瓶上的水珠時，泰迪瓦拉先生走向他們。

「所以，魯斯登，你覺得上半場怎麼樣？依我看只是個不算差的演出。如果那個吹笛手下次還想要獨奏的話，最好先多做些換氣練習。」他這次特意逗留得久些，好有時間讓對方把自己介紹給迪娜認識，這也是他先來找魯斯登的原因。然後他又離開，迅速地躍向下一個目標。

音樂會結束後，魯斯登推著腳踏車陪她走到公車站，離席中的觀眾都在瞧著他們。為了打破沉默的尷尬，她先說話：「在這種交通狀況下騎單車，你從來都不擔心嗎？」

他搖搖頭答道：「我這樣做很多年了，已經成為我的第二天性。」他陪她等到公車到站，然後騎車跟在紅色的雙層巴士後，直到路線不同而分開。他沒看到她從巴士上層的窗子望著他，目光隨他而移動，雖然偶爾失去蹤影，但很快又在街燈下找到。就這樣看著，直到他變成遠方的小黑點——只有她才認得出，那就是魯斯登。

幾個禮拜之後，音樂會的常客就把他們視為一對，他們的一舉一動都受群眾矚目。魯斯登和迪娜受到這樣的關注雖然很開心，卻又因不自在而感到古怪，就像對泰迪瓦拉先生的感覺一樣。

有一回魯斯登到了音樂會現場之後，在人群中四處環顧尋找迪娜。「第一排姊妹」的其中一個立即來到他身邊，輕聲害羞地告訴他：「她在這裡，不用擔心，她只是先去廁所。」

之前外頭下了一陣大雨，迪娜全身濕透了，正在女廁裡把身體擦乾淨，但她的小手巾實在太小不夠用，掛在架子上的毛巾看來也不是供觀眾使用的，她只能盡力而為。步出女廁時，她的頭髮還在滴水。

「怎麼了？」魯斯登問。

「我的雨傘被狂風吹翻過去，我沒能趕快把它拉回來。」

他把自己的大手帕遞過去給她，這個意義重大的舉動可沒被周圍的好事者忽略——到底她會拿，還是不會？

「不，謝了，」她說，用手指梳著濕漉漉的頭髮，「很快就會乾的。」旁觀者都屏息以待。

「手帕是乾淨的，別擔心。」他微笑說：「聽著，進去把自己擦乾，我去買兩杯熱咖啡來。」她還在猶豫，他便威脅說要在大庭廣眾下脫掉上衣給她當毛巾。她噗嗤地笑出來，接過手帕後走進女廁，大家也跟著高興的微笑嘆息。

迪娜在女廁裡用手帕擦著頭髮。她覺得手帕好像有股香味，不是香水，而是人乾淨的體味，他的味道，和坐在他身邊時偶然聞到的一樣。她把手帕拿近鼻子深深吸了一下，然後羞怯的折好收起。

音樂會結束後天空仍然飄著小雨，他們走到公車站。雨點颼颼地打在樹上，好像樹葉在發出沙沙的聲音，迪娜打了個冷顫。

「妳會冷嗎？」

「有一點兒。」

「希望妳不會因此發燒，剛剛全身都濕透了。這樣吧，妳穿我的雨衣，我拿妳的雨傘，好嗎？」

「別傻了，傘是壞的。而且，你拿著傘怎麼騎車？」

「當然沒問題，有必要的話我還可以用頭騎。」他的態度很堅持，他們在公車站的棚子下做交換，他幫她穿上雨衣時，手無意間滑過她的肩膀，她冰冷的肌膚感受到他溫暖的指尖。這件雨衣袖子長了點，不然是很合身的，雨衣上他的體溫猶存，慢慢地驅走了她身上的寒意。

他們並肩而立，靜靜看著街燈中的斜風細雨，然後第一次牽起彼此的手，一切發生得那麼自然。每當巴士駛近那一刻，他們就覺得難分難捨。

從此之後，魯斯登只在上下班時騎車。晚上他改搭巴士而來，這樣他們便能一路相伴，魯斯登還能目送她回家。

迪娜很樂於見到魯斯登不騎單車赴約，甚至覺得他可以完全放棄單車，因為在城市的道路上騎車真的太危險。

「我要結婚了。」迪娜在晚餐時宣布。

「啊，」她哥哥滿意的笑著，「很好，很好。是哪個？索利或普魯斯？」這兩位是他最近介紹的人。

迪娜搖頭。

「那一定是達若或費多希，」露比的微笑帶著弦外之音：「他們都對妳好著迷。」

「他叫魯斯登．達拉。」

努斯旺很意外，三年來他介紹給迪娜的人不計其數，但這名字並非其中之一。也許這是迪娜在家族聚會上認識的某個人，雖然他很討厭那些聚會。「我們在哪兒遇過？」

「不是我們，是我。」

努斯旺不喜歡這樣的答案，他覺得自己所有的努力、所有的選擇，都被迪娜一腳踢開，只為了一個陌生人。「妳就這樣想嫁給那傢伙？妳對他和他的家人了解多少？他又對妳和妳的家人了解多少？」

「一切。」迪娜回話的語氣令他感到難安，「我認識他已經一年半了。」

「我懂了，真是保密到家！」他挖苦地說，「那他是做什麼的，這個叫什麼達拉的傢伙，妳神祕的魯斯登？」

「他是個藥劑師。」

「哈！藥劑師！根本是該死的混藥者！為什麼妳不乾脆這麼說？他的工作就是那樣，整天只是在櫃台後面混合處方藥粉。」

他提醒自己在此時還沒必要發脾氣，「那麼，我們什麼時候去見妳的白馬王子？」

「為什麼？好讓你親自羞辱他？」

「我沒有理由要羞辱他，但我有責任要見他，然後給妳適當的建議，最後還是由妳決定。」

到了約定的那天，魯斯登帶了一盒蜜餞送給努斯旺和露比，他把禮物交給快滿三歲的小傑利斯。另外，他為迪娜帶了一把新的雨傘，她體會出箇中情意，還以微笑，他則趁大家不注意的時候向她眨眼睛。

「好漂亮，」她把傘撐開，「這寶塔的圖樣真好看。」它的布料是海綠色，整支傘柄是不鏽鋼材質，傘頂有尖尖的傘頭。

「那可是危險的武器，」努斯旺開玩笑的說：「小心妳對準的人。」

他們一起享用茶點，起司三明治和奶油餅乾是露比和迪娜準備的，席間沒有任何的不愉快發生。但到了晚上魯斯登離開後，努斯旺說他不了解他妹妹的腦袋裡裝了什麼——腦子還是木屑。

「選擇一個沒長相、沒錢、沒前途的人。有的未婚夫送鑽石戒指，有的送金錶，或至少送個胸針。而妳那傢伙送什麼？一支該死的雨傘！想想我浪費了多少時間和力氣，介紹給妳的可都是律師、有執照的會計師、警察督察長、工程師，而且都出身高貴。如果人家知道我妹妹要嫁給一個沒野心、只會混合藥品的笨蛋，我要怎麼抬起頭來？別指望我會給予祝福或參加婚禮，那將會是我沉重、陰暗、哀傷的一天。」

很悲哀，他嘆息著，為了報復他，她竟然選擇毀掉自己的人生，「記住我的話，妳的怨恨會回過頭來傷害妳。我無力阻止妳，妳已經二十一歲了，再也不是我能照顧的小女孩了。假如妳決定要將自己的人生投向深淵，我只能眼睜睜的看著，卻無能為力。」

迪娜早知道結果會是這樣，這些話她左耳進，右耳出，一點也沒被動搖到，她腦海裡在回憶著那個美麗的夜晚，雨水從魯斯登雨衣上滑落的樣子。但她又開始疑惑了，而且以前就常疑惑著，她哥哥那麼老練的發怒本領是從哪兒學來的，即便是他們的母親或父親都沒這樣的天分。

幾天後努斯旺平靜多了，假如迪娜要結婚而且永遠不再回來，那就讓它順其自然，別再有什麼爭執了。私底下，他也暗自慶幸魯斯登沒有什麼好條件，不然，他介紹的朋友們若真的在優劣的比較下被淘汰，他豈不是很沒面子。

他參與婚禮的規劃，那種熱忱與慷慨真是出乎迪娜意料之外。他要包下整個大廳做接待，用他為迪娜準備的錢支付所有費用。「婚禮在日落後舉行，然後吃晚餐。我們讓大家見識整個排場——他們會羨慕死妳。有四人樂團、鮮花裝飾，還有燈光，我可以負擔大約三百位賓客。但是不要含酒精飲料，太貴也太冒險了，執行禁酒令的警察到處都是。就妳新娘一個人，再加上另外十個人喝就行了。」

露比懷著他們的第二個孩子，那晚在床上，她對努斯旺的鋪張表示沮喪，「假如魯斯登和迪娜要結婚，應該由他們去決定花費，那不是你的責任。尤其迪娜還不讓你幫忙選丈夫，她從不感激你為她做的任何事。」

然而，魯斯登和迪娜喜歡簡單一點的規劃。婚禮在早上舉行，依照迪娜的意思，在她父母每年做祈禱的神廟裡辦一個寧靜的儀式。而佛蘭吉大祭司，現在又老又駝，只能在陰暗處觀禮，對於沒被邀請主持儀式感到不安。時間讓他的行動變得遲緩，而他曾經敏捷的身手如今再也掠攫不到那些年輕女性的身體，可是「搭膊——掐膊大祭司」的名號還是緊跟著他，即使他已到了凋零的遲暮之年。「真沒面子！」他向一位同僚抱怨，「尤其是我與史洛夫家的淵源那麼深，他們人死了會找我——誦經、禱告、祭祀，但對於結婚這種歡樂的場合，我卻沒被邀請，這真是情何以堪。」

晚上在史洛夫家辦了一場派對，是努斯旺堅持最起碼要有的慶祝，並且包給外燴辦理。席間有四十八位客人，其中六位是魯斯登的朋友，再加上他的雪琳嬸嬸和達若巴叔叔，其餘都屬於努斯旺的社交圈，也包括旁支家庭成員——不能冒著被指責的風險把他們排除在外，不然含沙射影或耳語的批評會讓努斯旺敏感的神經受不了。

餐廳、畫室、努斯旺的書房和另外四間房間，都安排成可以合併和移動的空間，裡面準備了放置食物與飲料的桌子。小傑利斯和他的朋友在每個房間之間跑來跑去，像瘋狂的探險一般，又叫又笑。突然間獲得這樣的自由讓他們樂歪了，小朋友之前來這裡拜訪，都認為住在這兒好像監獄一樣，傑利斯總是被嚴肅的父親嚴格地監視著。每次有小朋友衝撞到努斯旺時，他便在內心發出呻吟，但還是面露笑容地輕撫他們的頭。

晚上的宴席間，他在一片歡呼聲中拿出四瓶蘇格蘭威士忌，「現在，讓我們給這個夜晚和這對新婚佳偶來點樂子！」他向賓客一一致意，酒酣耳熱之際笑語不斷，也有人咬著耳朵，耳語女性不宜的話題。

「好了，我的妹婿，」努斯旺拎著兩隻空杯到魯斯登面前，「你是專家，為大家調一劑約翰走路的藥方吧！」

「好的。」好脾氣的魯斯登接過杯子。

「哦，不，只是開玩笑。」努斯旺握住瓶子。

「怎麼能讓新郎官在自己的婚禮中工作呢？」這是他那晚唯一挖苦他的話。

酒喝了一小時之後，露比走進廚房，是上晚餐的時候了。餐桌被移到牆邊待命，供菜人員手上滿是又熱又重的菜餚，一邊搖晃地走著一邊喊道：「借過！借過！」大家徐徐、有禮的讓出一條路來。

屋子裡飄著激起眾人食欲的菜餚香，不斷地挑逗嗅覺、誘惑味蕾，香氣霎時瀰漫了整個會場，室內一片寂靜。這時有人低聲笑著說：祆教徒最關心的事情還是食物，講話排第二；馬上有人糾正說：不，不，講話第三，排第二的是不能在婦女和小孩面前提的事。雖然是老笑話，聽到的人還是給予會心一笑。

露比拍拍手道：「好了，各位！晚餐準備好了！請自己動手，別客氣，食物很多！」她四處穿梭，扮演好女主人的角色，不能免俗的頻頻向每位客人致歉：「招待不周，請見諒。」

「怎麼會，露比，一切都很棒。」客人會這麼回覆，一邊拿菜時，他們趁機問她懷孕後的狀況和預產期。

努斯旺檢查客人手裡的盤子，玩笑似的責備客人拿得太少，「這是怎麼回事，米娜？妳一定在開玩笑吧，這一點東西連我的寵物麻雀都吃不飽。」他為米娜舀了更多的蔬菜燉飯。「等一下，荷沙，等一下，多吃點烤肉串。真的很好吃，相信我，再一點，來，來，好人做到底。」然後以迅雷不及掩耳的速度放兩匙在客人盤裡，「等一下再來拿些，一定哦？」

當每個人都在大快朵頤時，迪娜注意到魯斯登的雪琳嬸嬸和達若巴叔叔在廊房上，有點兒和大家疏離了，便過去瞧瞧，「你們有吃飽嗎？要吃夠哦。」

「吃得很飽，孩子，吃得很飽，菜很美味。」雪琳嬸嬸示意她靠近些，又示意再靠近，直到迪娜的耳朵湊到她嘴巴旁。「假如妳需要任何東西，記住，什麼都沒關係，妳可以來找我和達若巴。」達若巴也在一旁點頭，他的聽力非常敏銳。「無論有什麼事情，我們就像魯斯登的父母一樣，而妳就像我們的女兒。」

「謝謝你們。」迪娜說，知道這不只是歡迎家庭新成員的客套話。她坐下來陪他們用餐，努斯旺站在餐桌附近，拿著盤子和叉子比劃著，示意她去多拿點菜吃。好的，等一下，她也比劃回去，然後繼續陪著雪琳嬸嬸和達若巴叔叔，他們則一邊吃，一邊對她投以讚許的眼光。

席散人去，只有幾位賓客還逗留著，努斯旺讓外燴承辦人開始收拾，賓客收到暗示後便向主人道謝離去。在門口，有人抓住魯斯登的衣領然後咯咯的笑，含著酒氣向新郎耳語說，新郎新娘都很幸運沒有公婆及岳父岳母。「不公平！不公平！沒有人會質問初夜時你那玩意兒管不管用，你這幸運的渾球！也沒有人會去檢查床單，哼！」他用手指頭戳魯斯登的胃，「你就這麼輕易的脫身了！」

「晚安，各位。」努斯旺和露比說，「再見，再見，謝謝你們的光臨。」

當最後一位客人離開後，魯斯登說：「真是愉快的夜晚，謝謝兩位這麼費心。」

「是的，沒錯，非常感謝你們。」迪娜說。

「不客氣，應該的，」努斯旺說，露比也跟著點頭，「這是我們的責任。」

原本迪娜和魯斯登同意努斯旺的建議，留下來住一晚，但後來發現派對後房間需要經過整理才能用，所以他們還是直接回到魯斯登的住處比較方便。

「別擔心任何事，這些人會整理乾淨，這就是付錢給他們的用處。」努斯旺說，「你們走吧！」他給兩人各一個擁抱。這是他今天給迪娜的第二個擁抱，第一個是在早上，當大祭司完成婚禮祝禱式之後——也是七年來的第一次。當努斯旺用手指揉眼睛的時候，忽然間，她覺得好像有東西哽在她的喉嚨裡似的，她嚥了下去。「祝你們幸福美滿。」他說。

迪娜的東西早已打包好，裝在手提旅行袋裡，她提起袋子，其他的東西以後再送過去，努斯旺也想把父母留下的家具分一些給迪娜。他陪他們下樓，走到鋪石步道上招計程車，然後道別。她很驚訝的注意到當努斯旺說話時聲音在顫抖：「祝一切安好，上帝祝福你們。」

他們次日睡到很晚，魯斯登請了一個禮拜的假，雖然他們沒有錢去任何地方度蜜月。

迪娜在陰暗的廚房裡泡茶，魯斯登有點擔心的看著。廚房是屋子裡最暗的房間，它的天花板和牆壁都被煙燻黑了。魯斯登的母親終其一生都用木炭煮飯做菜，她曾很短暫的使用過煤油，但卻帶來了不幸——它不小心灑了出來，然後起火，接著燒到她的大腿上；後來她的結論是木炭比較好用。

魯斯登本來打算在婚前將廚房重新油漆，還有其他房間也是，但他的經濟情況不允許。他開始為公寓的狀況道歉：「妳以前住的地方不像這裡，看看這些可怕的牆壁。」

「沒關係，沒事。」她開心的說：「我們之後再油漆。」

也許是因為迪娜出現在公寓裡的關係——通常在早餐時間，魯斯登才察覺到自己周圍缺乏些什麼。「自從我父母過世後，我就不需要那些東西了，對我來說都是一堆垃圾。我以前還打算過著苦行僧的生活，只有小提琴伴著我。不過我不用釘床，而是用貓腸線發出的尖銳聲音來抑制自我。」

「那些絃真的是用貓的腸子做的？」

「很早以前是的。在很久以前，小提琴手必須外出狩獵，以取得自己要用的絃。那時並沒有像福爾塔多或戈登公司之類的樂器行，歐洲所有具規模的音樂學校，不僅教音樂，也教人如何去除動物的內臟。」

「哦，別一大早就說傻話。」她玩笑似的責備他，但其實他那古怪的幽默，正是她最喜歡他的地方。

「不過呢，我已經找到了我美麗的天使，所以修道的日子結束了，琴絃也可以休息一下了。」

「我好喜歡聽你拉小提琴，你應該要多演奏的。」

「妳在開玩笑吧？我比上週在帕特卡表演廳演出的傢伙還要糟呢，他的ｆ孔好像被卡住似的。」

「是啊，真丟臉！」

她扮的表情讓他笑了出來，「真是受不了——他們就是這樣說的。來，我讓妳看我的ｆ孔。」他把小提琴盒從衣櫥上拿下來，「看到音箱上兩個開口的形狀了嗎？」

「哦，它看起來的確就像手寫的ｆ一樣。」她用手指描著那個曲線，然後輕輕碰觸琴絃，「既然打開了，就演奏一曲吧！」

他闔上蓋子，然後踮起腳尖把琴盒推回衣櫥上。「演奏，演奏，演奏——我爸媽以前就是這麼說的。」他拿起她的手按在自己的嘴唇上。「我真希望有留下他們的雙人床。」然後他害羞的問道：「昨晚睡得舒服嗎？」

「哦，是的。」昨夜在狹窄的單人床上兩人緊緊相擁的記憶猶新，不禁讓她臉紅了起來。

早餐吃過煎蛋捲和奶油吐司後，他打開前門說有個驚喜要給她，「昨晚夜色太暗，無法讓妳看到。」

「那是什麼？」

「妳要走出去看。」

迪娜看到一個嶄新的黃銅招牌在陽光下閃耀，上面刻著「魯斯登・達拉夫婦」，魯斯登希望這能讓她高興。

「是我前天刻上去的。」

「看起來好漂亮。」

「換招牌很容易。」他莞爾而笑，「要變更租屋契據上的名字就沒那麼容易了。」

「你是指什麼？」

「房屋承租人是用我爸爸的名字，雖然他已經過世九年了。房東希望我會失去耐心，拿錢出來把承租人的名字改成我的，他一直在暗示著。」

「你會這麼做嗎？」

「當然不會，他也不能怎麼樣，租屋協會會保護我們。租屋契據上的名字是誰的都沒關係，而妳是我的妻子，也有權利住在這裡，即便我明天就死掉了。」

「魯斯登！別說這種話！」

他笑一笑，「當收租人拿著寫有我爸爸名字的契據來，有時我好想告訴他到天上去，到承租人的新地址去。」

迪娜將頭靠在他的肩上，「對我來說，天堂就在這個公寓裡。」

魯斯登把她拉過來抱著，「對我而言也是。」然後他用袖子擦亮招牌。當他們欣賞招牌時，有兩輛手推車停在他們門前，卸下史洛夫居處的東西。

起初魯斯登安排了小貨車，因為迪娜原本要求努斯旺將父親的大型衣櫥給她，它用黑檀木做的門上雕飾著陽光與花朵。她說，她可以放棄其他的東西來換取這一樣。努斯旺答應會考慮，但後來還是拒絕了。他的理由是，將大衣櫥擠進魯斯登住處的小門時，很容易損壞，刮痕會傷害對父親的紀念，況且它的體積並不適合小公寓。

努斯旺因此給了迪娜另一個衣櫃——較小也較樸素、一張小書桌，以及一張雙人床。另外還有一個裝著廚房器具的大盒子，是露比謹慎的問過魯斯登的廚房設備是否齊全後放的，裡面有鍋子及平底鍋等、一個爐子、一些刀叉等餐具、一塊砧板和擀麵棍。

推車上的物品都卸下後，雙人床也組合好了。其中一個推車工人想要買那張舊的單人床，魯斯登算他三十盧布；床墊被另一個工人以十盧布買去。

迪娜看著他們把床帶走，魯斯登說，「我知道妳在想什麼，但這間公寓容不下另一張床。」她揣想著今晚他們會睡多近，因為現在他們有雙人床了。

他們兩人睡得都很好。第二天起床後，迪娜花了一整天的時間把新居整理成她想要的樣子。首先，她告知塞娃・沙登不用再為魯斯登送晚餐；至於午餐，當他下週回去上班時，她會為他準備些吃的。

「再也不用在外面隨便亂吃，或者是根本不吃了。」她說，然後爬上椅子檢查廚房吊櫃的高度，她發現一系列黃銅及銅製容器、一個水壺，還有一組廚房用刀具。

「那些東西都壞了。」魯斯登說，「我本來就想要賣給收廢棄物的，明天就做，我保證。」

「別傻了，這些可都是堅固的舊東西，可以修理或鍍錫。現在你買不到品質這麼好的了。」

下次當補鍋匠經過他們窗前吆喝的時候，迪娜把他叫來修補漏水的容器，並釘牢水壺壞掉的把手。她看著補鍋匠把事情做好，每補好一個鍋子，她就拿到浴室裝水測試。

磨刀人肩上扛著磨刀機經過外頭時，補鍋匠先暫停敲打，她拍了拍手叫喚他。

鈍舊的刀鋒很快被磨得鋒利。在同時，她心裡對一些事情有了新的註解，那些使家務變得井井有條的元素——活力、用心、激烈而努力的奮鬥，在未來與魯斯登數十年的婚姻生活中也會一直持續著。她認為人生需要塑造，就跟任何東西一樣，必須要鑄型、淬鍊、磨光，才能達到最好的境界。

磨刀人轉過頭去避開磨刀時產生的火星，在她看來那就像排燈節[7]的煙火一樣，而耳中不斷迴盪著補鍋匠錘子的敲打聲。

---

[7] Divali（Diwali），印度慶典中非常重要的節日，時間在印度舊曆的七月間。

為了慶祝第一年的結婚紀念日，迪娜和魯斯登去看電影、上館子。他們選的片子是威廉・荷頓主演的《潛艇突擊戰》，影片中他飾演駐軍在韓國的美國海軍艦長。觀賞電影的時候他們一直牽著彼此的手，之後到維賽飯店享用雞肉燉飯。

次年，迪娜想看比較不那麼沉重的片子，所以他們選了平・克勞斯貝主演的《上流社會》，是剛上映的影片。為了這天，她事先買了一件藍色的新洋裝，飄逸的荷葉邊令她走起路來搖曳生姿。

「我不知道妳該不該這樣穿。」魯斯登說，走到她身後朝她屁股拍了一下。

「為什麼？」她微笑道，故意擺動身體逗弄他。

「妳會讓街上的男人為之瘋狂，最好帶著那支有寶塔圖案、頂端尖尖的雨傘來保護自己。」

「難道你不會保護我，把那些人打跑嗎？」

「好啊，這樣的話我要帶著妳的魚叉，最好再帶著我的小提琴——刺耳的聲音可以把他們嚇跑。」

他們很喜歡這次所選的影片，而藍色洋裝也成為他們那晚的私房笑話，他們假想有嫉妒的女人和好色之徒垂涎著爭相染指那件洋裝。晚上他們到夢吉尼餐廳用餐，那裡的醬汁遠近馳名。

在結婚三週年紀念日，他們決定邀請努斯旺、露比和孩子們（他們有兩個孩子了）來晚餐，他們的關係自從婚禮後變得真誠起來，迪娜和魯斯登常受邀參加孩子的生日會、波斯新年和索羅亞斯德冥誕。其他時候有時迪娜自己去，有時會和魯斯登一起，為孩子們帶些糖果餅乾，或只是問候一聲。兄妹之間的嫌隙完全煙消雲散，甚至難以憶起，他們寧願把它當作記憶中被想像誇大的往事。

這個小型的週年紀念派對進行得相當順利，迪娜買不起新的衣服，所以穿了去年的藍色洋裝。露比很讚賞，也誇迪娜的廚藝好，直說扁豆炒飯非常美味。迪娜也很謙虛的回答說以前跟嫂子學了很多，「但在達到妳的程度之前，我還有很多要學習。」

那兩個小男孩，現在分別是六歲和三歲，迪娜另外為他們準備了不辣的食物。不過，傑利斯和札利堅持要和大人吃一樣的東西，露比讓他們嚐了一點，結果被辣得直吐舌頭，但他們還是想要再吃。

「沒關係。」迪娜笑著說：「冰淇淋可以降火。」

「我現在能吃嗎？」孩子們異口同聲的問。

「魯斯登姑丈等一下才要去買，」迪娜說：「我們家不像你們一樣有冰箱，現在先吃這個吧。」她從放著花圈和椰子的禮儀托盤上拿起冰糖放到他們嘴裡。

稍後露比幫她一起整理桌子，魯斯登覺得該去買冰淇淋了。「萬一沒草莓的，要買什麼——巧克力還是香草？」

「巧克力。」傑利斯說。

「香島。」札利說，聽得大夥兒哄堂大笑。

「香島！」魯斯登故意學他講話，「你就是要不一樣，是不是？」

「真不知道是誰的遺傳，」努斯旺說：「當然不是他爸爸。」大家又笑了起來。他趁機接著說：「那你們兩個呢，魯斯登？我想，是該組成家庭的時候了，三年的蜜月期夠長了。」

魯斯登只是微笑，並不回應這個話題，打開門就要離開。努斯旺從椅子裡跳起來：「要我陪你去嗎？」

「哦，請別忙，你是客人。而且，我們走路要走很久，我一個人可以騎腳踏車去，來回只要十分鐘。」

迪娜一邊清理待會兒吃冰淇淋要用的盤子和湯匙，一邊燒開水，「等他回來的時間剛好可沖壺好茶。」

過了十五分鐘後，大家還在等著。「他會去哪兒？茶都變得過濃了，你們兩位先喝吧！」

「不，我們等魯斯登。」露比說。

「一定是冰淇淋店人太多了或什麼的。」努斯旺說。

迪娜燒了第二壺水來稀釋濃茶，然後把壺放回保溫罩裡，「他已經離開四十五分鐘了。」

「可能是第一家店賣完了。」努斯旺說：「草莓口味很搶手，常賣到缺貨，或許他到比較遠的地方去買。」

「不會的，他知道我會擔心。」

「也許是車胎漏氣。」露比說。

「就算車胎漏氣，走回來也只要二十分鐘。」

她到廊房上看能不能望見他從遠處踩著腳踏車回來，這使她想起他們在音樂會後分手的那個夜晚，她在巴士上層望著他漸行漸遠的身影。

回憶勾起她的微笑，但隨即又被眼前的焦慮抹去，「我想，我該去看看發生什麼事了。」

「不，讓我去。」努斯旺說。

「可是你不知道那家店在哪裡，或魯斯登會走哪條路，你們可能會錯過彼此。」

最後他們兩人一起去，看見迪娜這麼緊張，他不斷地安慰說：「一定是有事情絆住了。」她點點頭，更加快她的步伐，努斯旺必須加緊腳步才能跟上。

現在已經過了九點，街道上靜悄悄的，冰淇淋店就在巷尾，有一小群人聚在人行道上。再走近些，努斯旺和迪娜發現還有警察在場。

「不知道發生什麼事了。」努斯旺說，試著隱藏他的擔憂。

迪娜先看到了腳踏車，「那是魯斯登的。」她說，不安的情緒使聲音都變樣了。

「妳確定嗎？」他其實知道她很確定。

腳踏車已嚴重損毀，只有坐墊還完好。努斯旺從人群中往前擠到警察面前；迪娜霎時間感到晴天霹靂，好似一道雷霆貫穿她的耳朵，人們的聲音變得好微弱，就像是從遠方傳來的。

「可惡的貨車司機肇事逃逸。」副巡官說，「我看那個受害者沒希望了，頭顱整個破裂，不過，救護車已經送他去醫院了。」

迪娜木然地想，其實草莓口味還有存貨。

腳踏車附近有一灘被染紅的水坑，一隻流浪狗在那舔水喝，一位警察上前踹了小狗一腳，牠嗚咽地叫著退避，但隨即又回來喝水。警察再補上一腳，此時迪娜大喊：「住手，這會對你怎樣？讓牠喝！」

警察很驚訝的答道：「是的，女士。」然後退開。小狗一邊飢渴的咕嚕嚕喝著，喉頭發出愉快的低鳴，一邊機警地盯著警察的腳。

努斯旺問出醫院的名字，副巡官把地址交給愣在那裡望著變形腳踏車發呆的迪娜，並輕聲的解釋說，車子暫時會保留為證物——假如逮到了那個貨車司機。他還說願意送他們到醫院去。

「謝謝你，」努斯旺說：「但家人會擔心發生了什麼事。」

「這沒問題，我會派個警員送口信，說不用擔心，發生了點意外，你們現在在醫院。」副巡官說：「你們可以晚一點再作筆錄。」

在副巡官的幫助下，筆錄程序很快的在醫院完成，努斯旺和迪娜才能趕快離去。

「搭計程車吧。」努斯旺說。

「不，我想走路。」

他們到達家門的那一刻，淚水悄悄的從迪娜臉上滑落。努斯旺抱住她，輕撫她的頭輕聲說：「可憐的妹妹，我希望我有能力把他帶回來給妳。現在哭吧，沒關係，想哭就哭吧！」

當他悄悄告訴露比那個意外時，他自己也不禁落淚。

「哦，天啊！」露比啜泣道：「為什麼會發生這樣的不幸！只有短短的幾分鐘，迪娜的世界就被毀了！怎麼會這樣？神怎能允許這種事？」

喚醒孩子前，露比整理了一下情緒，迪娜則換下她的藍色洋裝。

「我們現在能吃草莓冰淇淋了嗎？」傑利斯和札利猶帶睡意的問。

「魯斯登姑丈人不舒服，我們要回家了。」露比說，覺得還是以後再慢慢解釋。

迪娜隨即從房間出來，努斯旺到她身邊：「妳必須跟我們一起回家，妳不能單獨留在這兒。」

「是的，沒錯。」露比緊握住迪娜的手說。

迪娜點點頭，走進廚房將剩下的扁豆炒飯包起來，露比好奇的看著，有點兒擔心地問：「需要幫忙嗎？」

迪娜搖頭：「沒必要浪費食物，在回家的路上我們可以把它送給街角的乞丐。」

後來，努斯旺把這件事告訴周遭所遇到的人，在那個殘酷、不幸的夜晚，妹妹仍竭力維持尊嚴，他深受感動。「沒有哭天搶地、沒有捶胸頓足，不像你想像中受到嚴重打擊的女人那樣。」但他也記得在類似情況中，他們母親所表現出來的莊重，以及後來如何演變至精神渙散，他希望迪娜不會走上同樣的模式。

迪娜將白色沙麗和未來幾天需要的東西打包到手提旅行袋中——那個三年前她結婚那晚的同一只袋子。

在喪禮及四天的祈禱式之後，迪娜準備回到魯斯登的小公寓。「這麼匆促？」努斯旺說：「再多待幾天。」

「是啊，」露比說：「在這裡妳有家人陪伴，回去後一個人孤伶伶的做什麼？」

迪娜動搖了，因為她自己也還沒準備好要回去，黎明前的時刻是最難熬的，她抱著一個枕頭睡著，有時用手肘輕推枕頭，那是她要魯斯登抱著她睡的暗語。當枕邊人消失後，她從一片空虛中醒來，日昇前只能在黑暗中一再地感受失落。偶爾她會叫出他的名字，露比和努斯旺假如聽到了，會到房間裡抱緊她、輕撫她的頭。

「留在這裡並不會對我們造成負擔，」努斯旺說：「事實上，露比就有伴了。」

迪娜因此留了下來，她暫時住在哥哥家的消息傳出去後，一大票的親戚都趕來慰問。之前打的電話奏效了，前往關懷的問候絡繹不絕，努斯旺和露比對於這樣的交際很滿意，他們都同意：「這樣對迪娜最好。」

魯斯登的雪琳嬸嬸和達若巴叔叔在寂靜塔全程參與了四天的祈禱式，但過了一週之後又來了。他們坐了一會兒，喝了一杯檸檬汁，說道：「對我們而言就像失去了一個兒子一樣，但記得，妳仍然是我們的女兒，若妳有任何需要，可以來找我們。記住，任何事都好。」露比在一旁聽到了便插話說：「你們真的很好心，但還有我們在，努斯旺和我會照顧她的。」「是的，當然，感謝上蒼。」那對老人說，被她犀利的聲調止住了念頭，「願神賜福你們兩位健康長壽，迪娜有你們照顧很幸運。」他們不久後離去，希望剛剛的話能平息露比的情緒。

一個月過去後，迪娜重拾她往日的工作，擔任起以往打理家務的角色。於是努斯旺讓僕人離開了，但迪娜不介意，這樣她在漫長空虛的日子裡才有事做。傑利斯和札利對於能和迪娜姑姑一起住，簡直樂歪了，傑利斯現在二年級，札利還在讀幼稚園，她自願帶他們去上學；很輕鬆，早上去市場時可以順路送去。

星期天晚上努斯旺會叫大家來玩紙牌，三個大人玩「酒鬼」的幾個小時裡，孩子們就在旁觀看，有時迪娜會讓傑利斯和札利拿著她的牌。七點兩個女人開始準備晚餐，努斯旺就陪孩子用紙牌堆房子自娛，或再看一遍週日的報紙。

每隔一週，迪娜會回到空屋清掃，她依循和魯斯登共同處理家務的習慣來做。工作結束後她會為自己泡杯茶，端著杯子獨自坐在昏暗的廚房裡回憶過去，有時也會輕聲哭泣；最後茶都變涼了，她會倒掉喝剩一半的茶。

祕密的哀悼儀式持續幾週後，她開始讓自己假裝一切都正常，公寓不是空無一人，只是暫時分離。這個方法看起來沒什麼壞處，假裝的生活是她心靈的慰藉。

一天傍晚正當薄暮低垂時，她發現有車子的燈光迫近，竟然跑到廊房上去看是不是魯斯登騎著腳踏車回來了，她被自己的舉動嚇得背脊發涼。她覺得已經夠了——假裝錯亂的生活是一回事，但開始被錯亂襲擊時，就該是停止一切的時候了。她放棄每週固定清掃的模式，假如有必要去空屋，她不再自己去，而會帶小姪子作伴。傑利斯和札利很喜歡在空屋裡探險，這曾經熟悉的公寓轉眼間變得遙遠詭祕，塞滿了家具卻又有說不出來的空虛，像博物館般的寂靜氣氛使他們感到困惑，他們在屋內又跑又叫的，看能不能趕走這種空虛。

一天下午，迪娜來拿一些自己的東西，發現房東放了一封信。孩子們開始玩著橫越國家的競賽，傑利斯負責規劃路線，「我們會從廊房開始，然後一直跑到廚房、廁所，再一直跑回來，要經過所有的房間。懂了嗎，札利？」

「好的。」札利說。迪娜負責為他們宣布「預備，開始」，然後她打開前廳的窗戶讀信。信上一開始說，因為公寓已經沒人住，故通知公寓內的動產應被清空，鑰匙應於三十日內歸還。那晚她把信拿給努斯旺，他看得臉色青紫，「看這可恥的混蛋房東，可憐的魯斯登才走沒三個月他就出陰招了。別理他，妳一定要保留住那間公寓。」

「是的，我下週會搬回去。」她也贊同。

「我不是這個意思，只要妳喜歡，在這裡待一兩年都沒關係，但不要放棄妳的權利。記住我的話，人們在城市裡將很難覓得容身之所，這樣的日子不遠了，妳的老公寓到時候就是金礦。」

「沒錯。」露比說：「我聽說普里．馬斯的兒子付給一個纏頭巾的男人兩萬盧布，才讓自己的腳走進大門，那裡的租金是每個月五百盧布，他住的公寓比妳的還小。」

「是的。」迪娜說：「但我的房租……」

「別擔心，我會支付。」努斯旺說：「我的律師會回覆這封信。」他首先想到的是：迪娜遲早會再婚，到那個時候他們夫妻若沒有房子，恐怕會成為婚姻中的一大難題。他絕對不願讓小倆口跟他住，那會是衝突與爭執的開端。

在魯斯登的第一個忌日，努斯旺向辦公室請假前去致哀。前一天，他也向傑利斯的學校及札利的幼稚園寫了紙條，說他們要「請假一天到神廟參加已故姑丈的祈禱式」，迪娜很感激他們全家人的參與。

「真難想像，」回程時努斯旺說：「一年就這樣過去了，時間過得真快。」

幾天後他為之前的哀悼正式做個結束，於是請了一些朋友來喝茶。

受邀者中有普魯斯與索利，是他幾年前極力推薦給迪娜的黃金單身漢中的其中兩人，他們倆現在仍然單身，而且依舊很有身價——在努斯旺看來是如此，假如可以忽略一些小瑕疵，像是微凸的小腹和灰白的頭髮。

他對於自己的心思敏銳很自負，私底下問迪娜說：「妳知道的，普魯斯和索利都想抓住機會成為妳的丈夫。普魯斯的法律事務所生意興隆到無法想像，而索利現在是會計事務所的正式會計師，他們一點兒也不介意妳是個寡婦。」

「他們人真好。」

他不喜歡這樣挖苦的話，這讓他想起以前的迪娜——固執、輕蔑、傲慢的妹妹，他以為她已經改頭換面了。但他忍了下去，保持冷靜，「妳知道的，迪娜，妳讓我很敬佩，沒有人可以指責妳在守喪期間不守婦道，這一年來妳的行為是那麼正當、完美。」

「我不是在表演，這並不好受。」

「我知道，我知道。」他連忙說，後悔自己用詞不當，「我的意思是，我讚賞妳高尚的情操，但重點是妳還年輕，已經過了一年，而妳該好好想想自己的未來。」

「別擔心，我了解你對我的關切。」

「很好，我要說的就是這些。來，還有時間玩牌，露比！」他向廚房喊著，「玩酒鬼的時間到了！」他相信，從現在開始會有些進展了。

接下來幾個禮拜，他不斷邀請之前那些單身漢來家裡，「來，迪娜。」他會說：「我為妳介紹……」然後想起什麼似的停頓一下，又猛然醒悟的喊道：「等一下，等一下，我在說什麼啊?妳見過泰頓的，那就再介紹一次吧！」

他的用意是想暗示兩人以往有過匪淺的關係，好讓他們「舊情復燃」。雖然此舉讓迪娜非常惱怒，但在倒茶或遞三明治時，她盡量不皺起眉頭。

訪客離開後，努斯旺又開始疲勞轟炸，讚美這一個的長相，誇獎那一個的事業有成，又說某某也可以考慮。

經過四個月與單身漢的聯誼交流後，迪娜仍然無動於衷，努斯旺也沉不住氣了：「我很用心、我很寬容、我也很通情達理，難道妳還要等什麼王公子弟嗎？每一個我介紹的男人妳都不正眼瞧一下，妳到底想要什麼？」

「什麼都不要。」

「怎麼可能什麼都不要呢？妳的人生會變得毫無意義，現實點！」

「我知道你所做的是為我好，但我就是沒興趣。」

這答案又讓努斯旺想起以前的迪娜，不知好歹的小妹妹，他懷疑她根本就瞧不起他的朋友，而他們卻全都是那麼好的人。算了，他不想為她生氣，「好，就像我所說的，我是個通情達理的人，如果妳不喜歡這些人，沒人強迫妳，妳自己去找。或者我們可以找一個媒婆，我聽說吉瓦拉太太撮合的成功率最高，先讓我知道妳要的條件。」

「我不想那麼快再婚。」

「快？妳說這叫快？妳已經二十六歲了，妳還期望什麼？等魯斯登奇蹟似的回來？要小心點，不然妳會像帕布希嬸嬸那樣發瘋，她至少有個藉口——碼頭爆炸後她先生的屍首始終沒被找到。」

「這麼說太殘忍了！」她覺得噁心，轉身離開房間。

那件事情發生的時候她還很小，但記得很清楚。戰爭期間，有兩艘載運軍火的英國艦艇停靠碼頭後爆炸，海港內數以千計的人遭受廣大的波及而罹難。爆炸案進行調查的期間，關於納粹間諜的謠言甚囂塵上。有關單位說，難以計數的罹難者在威力巨大的爆炸發生時蒸發了，但帕布希嬸嬸拒絕接受這個論點，她覺得自己的丈夫尚在人間，只是因失憶而走丟了，在他回來之前，一切只是時間問題。或者是，帕布希嬸嬸也有另一種假設，他被無恥的苦行僧催眠或餵了什麼藥物，帶走當奴隸。不管怎樣，她相信會找到丈夫的，十七年過去了，光陰一點兒也沒有削弱她的信仰，她把他的照片放在銀色的相框裡，每天起勁的對著照片講話，詳細地告訴他每天的新聞和八卦。

「是妳消極的行為讓我想起帕布希嬸嬸，」努斯旺跟在迪娜身後走進另一個房間，「那妳有什麼藉口？妳辦了喪禮，妳看到魯斯登的屍體，妳聽到祈禱文，他已經死了一年多，屍體也腐朽了。」他說完後立刻望著上方，請求上天原諒他的不敬。

「妳知道身在我們社區裡妳有多幸運嗎?在那些落後的地方，寡婦像垃圾一樣的被拋棄。如果妳是印度教徒，在過去妳甚至必須把自己當作陪葬，跳到妳亡夫火葬的柴堆上跟他一起燒死。」

「我可以到寂靜塔上讓禿鷹吃掉我，假如這會令你開心的話。」

「可恥的女人！壞嘴巴！竟敢如此不敬！我所要說的是，看看妳的處境，妳可以過完滿的生活、再婚、生小孩，還是想一輩子接受我的救濟？」

迪娜沒有回答，但次日努斯旺上班的時候，她收拾起私人物品準備帶回魯斯登的公寓。

露比想阻止她，跟在她身後走來走去，不斷地懇求她，「妳知道妳哥哥就是直腸子，其實那不是他的本意。」

「他的本意也好不到哪裡去！」她回答，然後繼續收拾。

到了晚上，露比把這事告訴努斯旺，他嘲笑道：「哈！」聲音大到讓迪娜聽見，「她要的話就讓她走，我倒要看看她怎麼養活自己。」

晚餐後，在餐桌上他清了清喉嚨：「身為一家之主，我有責任告訴妳，我不贊同妳所做的事，妳犯了個大錯誤，妳會後悔的。外面的世界困難重重，但我不會乞求妳留下，不過假如妳能理性些，妳可以留下。」

「謝謝你的演說。」迪娜說。

「是啊，戲弄我，妳一生中都在這麼做，為什麼現在要停手呢?記住，這是妳的決定，沒人把妳趕出家門。親戚裡沒有人會責怪我，我盡了一切努力來幫助妳，而且還會持續下去。」

沒過多久，孩子們就知道迪娜姑姑要搬走，剛開始他們有點疑惑，但接著轉為憤怒。傑利斯把她的袋子藏起來，叫著：「姑姑，不要，妳不要走！」當她威脅說沒有袋子也要離開時，札利才涕淚縱橫的取出袋子給她。

「你們可以常來看我，」她試著安撫孩子們，把他們擁在懷裡、擦掉眼淚，「在週六和週日的時候，還有放假時，一定會很有趣的。」雖然孩子們很期待這樣的拜訪，但更希望姑姑能永遠留下來陪伴他們。

在回到自己家的第一個早上，迪娜拜訪了魯斯登的達若巴叔叔和雪琳嬸嬸。

「達若巴！看看是誰來了！」雪琳嬸嬸興奮的叫著：「我們親愛的迪娜！請進，孩子，請進！」達若巴叔叔走出來，身上還穿著睡衣，給迪娜一個擁抱說他們等這天等了好久了。「抱歉我還穿著睡衣。」他說，眉開眼笑地坐到迪娜對面。

一如往常，迪娜對他們見到她時的熱情反應很感動，覺得他們對她全心的關愛顯見而清晰。這使她想起孩童時期生日時媽媽讓她洗過的牛奶浴，浮在牛奶上的玫瑰花瓣隨著牛奶涓涓地流到她臉上、脖子及胸部，像白色小河一樣的淌在她淡棕色的皮膚上。

「最難的，」她說：「就是要離開那兩個孩子，我變得好黏他們哦！」

「是啊，跟孩子在一起就是這樣，」雪琳嬸嬸說，「但妳知道，魯斯登曾告訴我們妳哥哥在妳婚前是怎麼苛薄的對待妳。」

「他不是壞人，」她無奈的辯駁道：「他只是凡事都有自己的想法。」

「是的，當然！」雪琳嬸嬸附和地回答，感覺得出家庭忠誠的信念給予迪娜的壓力，「總之，妳可以和我們住，我們竭誠歡迎妳。」

「哦，」迪娜擔心誤會愈扯愈大，「事實上，我已經決定從現在起要住在魯斯登的公寓，我只是來問問你們能不能幫我找工作。」

她的話讓達若巴叔叔欲言又止，他用力嚥下突如其來的失望，一片沉默中隱約聽得到他嘴裡的嚅動聲。雪琳嬸嬸一直想弄好她長外套上的褶邊，「工作啊……」她說，腦筋裡一片空白，「迪娜……這……對，工作，妳一定要有工作。那什麼工作呢，達若巴？你覺得她能做什麼工作？」

迪娜很困窘，靜靜等著他的回答，但他仍然在思考著要怎麼說。「去換件衣服！」雪琳嬸嬸斥責道：「都快到下午了，還穿著睡衣閒晃。」

他乖乖的起身走進房裡，雪琳嬸嬸放棄弄衣服了，把手放在臉上揉，然後坐好。

達若巴叔叔再回來的時候，已經把藍色條紋睡衣換成了卡其色的褲子以及軍裝式襯衫。雪琳嬸嬸為迪娜的問題先起個頭。

「告訴我，孩子，妳會縫紉嗎？」

「是的，會一點兒，露比教我用過縫紉機。」

「很好，那麼妳就有工作了。我有多的一台縫紉機可以給妳用，它很老舊，但運作得很好。」

雖然她先生在國家運輸公司有份工作，但多年來，雪琳嬸嬸一直為一些家庭做縫紉工作貼補家用。她都做些簡單的東西，像是睡衣褲、睡袍、嬰兒衣服、床單、枕頭套及桌巾等。「妳可以跟我合夥，」她說，「工作很多，已經超過我能處理的量，因為我的眼力退步了。我們明天就開始！」

迪娜拿起手提包，給雪琳嬸嬸和達若巴叔叔一個擁抱。他們送她到前門，接著街上的騷動把他們引到廊房上，一個大型的示威遊行從街的那頭浮現。

「又是關於語言的蠢遊行。」達若巴叔叔看到了示威標語說：「那些笨蛋想用語言界線來把國家一分為二。」

「每個人都想改變，」雪琳嬸嬸說：「人們為什麼不能學著滿足於現況？我們先進到裡面，迪娜不能在這時候離開，交通被阻塞住了。」她聽起來反而很愉快的樣子，高興迪娜可以多陪他們兩小時，直到街上恢復正常。

過了幾天，迪娜被帶去介紹給大家認識。到了每個地方，她都緊張的站在雪琳嬸嬸的身邊候著，害羞地微笑，試著記住一籮筐的名字和裁縫簡介。

雪琳嬸嬸一直把自己大部分的工作交給她，一週後迪娜終於抗議說：「我不能拿那麼多，我不能這樣剝奪原本屬於妳的收入。」

「我親愛的孩子，妳並沒有剝奪我任何東西，達若巴的養老金就足夠養活我們，反正我要放棄縫紉了，它對我來說愈來愈困難。拿去，別忘了這個新樣式。」

除了這些工作外，雪琳嬸嬸還遞給她顧客背景資料，有助於迪娜與他們交涉。

「木希家是最好的，總是立刻付款；帕芮克家也是，除了喜歡為小事爭執之外，妳要堅持原則，就說是我定的價格。還有誰？哦，對了，薩佛克索先生，他的問題是貪杯，每次到了月底他可憐的太太幾乎沒錢可用，最好能先拿預付款。至於索地家的情況就比較特別了，每次索地先生與索地太太吵架時，索地太太就不做菜，反而從衣櫥裡拿出先生的睡衣燒掉，再把灰燼和炭化的纖維擺到晚餐盤裡，等他下班後端到他面前。」

「結果是，」雪琳嬸嬸說，「妳就有更多事要做。每兩三個月他們和好之後，索地太太會向妳訂一大疊的睡衣，但妳要假裝這很正常，要不然她下次就不會找妳。」

迪娜要記的家庭資料不斷增加，雪琳嬸嬸繼續敘述了達瓦家、寇特瓦家、麥塔斯家、帕佛利家、伐特查家和錫爾瓦家，並且把它們放到資料夾中。「妳一定要逐漸地把這些細節記起來，」她說：「最後還有一件事，也是最重要的：不要直接丈量先生們的身材，跟他們要個樣本去縫。如果行不通，要確定當妳量身時有其他人在場，太太或妹妹都好。不然，在妳搞清楚之前，他們會這裡動一下、那裡動一下的把妳不會想要的東西放到妳手裡。相信我，我有過很糟的經驗，當時我既年輕又無知。」

佛瑞頓先生是獨居的單身漢，迪娜被帶去見他時，腦海裡浮現了嬸嬸最後給的忠告。雪琳嬸嬸警告她不要一個人去他的住處，「雖然他是個紳士，但人言可畏，他們會說發生了有趣的事情，那妳的名聲就毀了。」

迪娜並不在意人們怎麼說，也覺得佛瑞頓不會帶來危險，因此當他叫她去量身時，她準備大膽前往。為了使雪琳嬸嬸安心，她說會有位朋友跟著她，但她沒說出口的是，那位朋友就是佛瑞頓本人。他所委託的東西包括外衣、短褲和圍兜；為了幫助迪娜，他會在朋友或親戚小孩的生日時送他們衣物以取代紅包。

他們之間的友誼慢慢加深，迪娜常陪他到織品店幫忙挑做禮物的材料，購物後，他們會到貝斯塔尼喝茶吃蛋糕。有時候佛瑞頓邀她到住處晚餐，回去的途中順便外帶炸羊排或咖哩肉。他常常鼓勵她嘗試做新款的衣服，在客戶的面前強力肯定自己，以爭取更好的價格。

幾個月之後，迪娜對自己更有信心了。縫紉的工作相當輕而易舉，這得感謝嫂子過去的訓練，而當遇到較複雜的樣式時，她會請教雪琳嬸嬸。她的造訪讓兩位老人家喜出望外，於是她定期的去，假裝遇到了什麼不解之處或不會做的，像褶領、外套袖子、打褶等。

裁縫的過程中，每天都會剪下很多布料，雪琳嬸嬸建議把它們收集起來，「不要浪費東西——記住，每個東西都有可用之處，這些碎布頭是非常有用的。」她很快地示範做出一個衛生棉。

「真是個好主意呀！」迪娜說。她的預算需要盡可能的節省，雖然這種材質的填充料，吸水性不同於她平常所買的，但自己做的東西可以更常更換，因為不用錢。就當作是額外的預防措施好了，雖然她在那期間都穿深色裙子。

工作使得時間過得很快，她的眼跟手一直忙於縫紉，卻讓她對這公寓周遭的聲音變得更敏銳了。她收集這些聲音後分類、重播，然後製成鄰居們的生活想像圖，就像她把量身結果轉化成為衣服一樣。

魯斯登和鄰居相處的對策是盡量避免互動，稍微打個招呼也就足夠了，他說，不然可能會引起難以掌控的閒話和流言。但是洗鍋碗瓢盆、門鈴作響、和小販討價還價、洗衣的吵雜聲、在肥皂水裡翻動衣服的劈啪聲、家人吵架、和傭人爭執——這些不也都和閒話流言一樣嗎？因此她領悟到，從這間公寓傳到鄰居耳裡的聲音，就是對她生活的描述——假如他們不厭其煩地去聽的話。根本沒有所謂完美的隱私，人生是一個永恆的表演廳，裡頭只有一個被禁錮的觀眾。

有時候，去欣賞免費音樂會那段過往的日子會誘惑她，但她不願意再嘗試，任何看似與往日有關聯的東西都令她憔悴，自力更生的路途不能鋪設在過去之上。

日子一天天過去，裁縫的工作對迪娜來說已經是輕鬆的例行事項，於是雪琳嬸嬸開始教她織背心。「羊毛製品本身沒有太多的要求，」她說：「但有些人會希望做得時髦些，像是要去山區避暑小鎮渡假之類的。」當她們進行到複雜的樣式時，雪琳嬸嬸把她所有的樣式設計書及棒針拿出來給迪娜用。

最後，她指導迪娜刺繡，並提醒她：「桌墊及桌巾等針織品非常受歡迎，而且價錢很好，但對眼睛是很大的負擔，別做太多，不然四十歲之後就會嚐到苦頭了。」

三年後雪琳嬸嬸過世，沒幾個月達若巴叔叔也走了，迪娜在那時已對自己獨自處理事務的能力產生信心，但她仍然覺得很孤單，就像失去第二對父母一樣。

努斯旺堅信沒有人會因迪娜的離去而責怪他，但事實上，親戚很快就分成兩派，只有少數很泰然的處於中立，覺得兩方都沒錯。至少有半數是極力支持迪娜的，為了表示贊同迪娜獨立的精神，他們熱心地向她提出多到數不清的賺錢主意。

「奶油比司吉，簡直就是現成的鈔票。」

「開間托兒所，比起雇用奶媽，媽媽們更願意讓妳來照顧她們的孩子。」

「調製可口的玫瑰雪酪，妳不需要太費心，大家會整桶整桶地買。」

迪娜滿懷感激的一直聽到傍晚，每當有人開始說明計畫細節時，她便顯出有興趣的樣子傾向前聽，她已經可以很熟練的含糊點頭。當裁縫的工作沒那麼緊湊時，她會利用空檔為客戶做蛋糕、油炸餅等小點心。

她的朋友珊諾比雅靈機一動，建議經營兒童家庭理髮。珊諾比雅已實現學生時期的抱負，她現在是維納斯美髮沙龍的首席髮型設計師。晚上店鋪打烊後，她用石膏模特兒上的假髮教迪娜剪髮，但梳子一直被廉價的蓬亂髮絲卡住。

「別擔心，」她向迪娜保證：「在真的頭髮上就簡單多了。」她從店裡多餘的用品中挑出剪刀、髮夾、刷子、滑石粉及粉撲等，組成一個工具包，然後列出一份名單，看看哪些親戚朋友有小孩，或許可以友情贊助小白老鼠。然而傑利斯和札利卻被摒除在外，就算努斯旺可能很歡迎免費剪髮的機會，但迪娜在他那兒會感到不自在。

「去找那些小傢伙，一個接一個的，直到妳技巧成熟為止，」珊諾比雅說：「只是練習的問題而已。」她幫忙驗收成果，很快就宣布迪娜出師了；現在，迪娜可以開始挨家挨戶的做生意。

然而幾天之後，這門生意根本還沒開張就結束了。她和珊諾比雅都忘了一件重要的事，大部分的人都認為住處內有剪下的頭髮會帶來噩運。迪娜把噩運的說法告訴她的朋友，頭髮落地這種事是怎麼讓準客戶們氣得跳腳，「這位女士，難道妳一點兒都沒想過嗎？我們對妳做了什麼事，妳要把不幸帶到我們家裡？」

有些人會讓她幫孩子剪頭髮，「只要妳能在外頭做。」他們說。但迪娜拒絕了，因為她也有自己的原則，她是兒童的家庭髮型設計師，不是戶外的路邊理髮師。

一開始的不順遂，並未讓她就此擱下美髮剪，她朋友的孩子們繼續受惠於她的手藝。孩子們中，有的看到她便想起之前的練習，在迪娜阿姨到達時還會躲起來；等到她進步些後，孩子們也比較不害怕了。

不過即便兼了那麼多差事，還是會遇到無力支付房租或電費的時候。雪琳嬸嬸及達若巴叔叔在世時，常以每次四、五十盧布的金額援助她，現在唯一能求助的對象只有努斯旺。

「當然，我責無旁貸。」他誠懇地說，「妳確定六十盧布夠嗎？」

「是的，謝謝，我下個月就還你。」

「不用急。那麼，告訴我，妳找到妳的甜心了嗎？」

「沒有。」她回答，懷疑他是不是聽到了關於佛瑞頓的事，會不會有人看到他們在一起，然後向努斯旺報告。

雪琳嬸嬸過世後的兩年裡，那位單身漢和她已經從朋友進展為情人。雖然迪娜很難再有結婚的想法，但她真的很高興有佛瑞頓相伴，因為在她面前他顯得十分樂意與她聊天搭話或一起出席適合情人的社交活動，沒有任何勉強的感覺。能到他的住處坐坐，或到公園走走，就讓他們心滿意足了。

但當他們大膽的進入私密的世界時，關係就比較麻煩了。有件事她始終無法說服自己去做——上床——那種只保留給夫妻間神聖的事。任何的床都不可能，因此他們使用了椅子。然而，有一天當她提起一隻腳跨坐在佛瑞頓身上時，這個動作突然令她腦海閃現魯斯登提起腿跨上單車的畫面，所以現在椅子和床一樣，再也不能用了。

「哦，天啊！」佛瑞頓幽怨的低吟，穿上長褲後去沖杯茶。

幾天後他說服她使用站姿，而迪娜並沒有反對。他很細膩的盡量讓過程舒適，還找了個墊腳的讓她站在上面，使他們在擁抱時的高度相當。下次的時候他買了張凳子，親自測量過後精確地鋸掉五點七公分，高度讓她剛好把一隻腳擺在上面。有時她舉起左腳，有時舉起右腳，因此他把這些工具靠牆擺放，再從天花板垂下幾個枕頭，約在她頭部、背部以及臀部下方的高度。

「舒服嗎？」他溫柔的問，她點點頭。

他們的程度僅次於在床上的滿足了。但當偶爾為固定菜單增添風味的香料變成主菜之後，事情會變得怎麼樣?常把胃口吊得糊塗或難以滿足。

這面牆的對牆上有一扇小窗戶，窗外有一盞街燈。有一次在日暮時分，他倆鎖在房裡靠著牆纏綿時，外頭開始下起雨，花園潮濕的氣息從窗戶透進來。

她半闔著的眼睛瞥見紛飛的細雨，好似街燈四周的薄霧。偶爾，他們的手、手肘或肩膀不小心從枕頭上滑落到光溜溜的牆上，溫熱的肌膚貼在上面愈覺冰冷。

「嗯……」她嬌喘著，很沉醉於那股感受，而他也感到愉悅。現在雨勢變大了，她看到雨像針一樣斜斜地穿過窗外的街燈。

她盯著瞧了一會兒，然後突然間警醒似的，「停下來。」她在他的耳邊輕聲說道，但他繼續動。

「停下，我說過了！拜託，佛瑞頓，快停下！」

「為什麼？」他乞求道：「為什麼？怎麼了？」

她顫抖著說：「雨……」

「雨怎麼了？如果妳喜歡的話我可以把窗戶關上。」

她搖搖頭，「對不起，我想起了魯斯登。」

他把她的臉捧在雙手中，但她推開了，也掙脫他的擁抱，思緒游移到很久以前的那個夜晚：她的雨傘在狂風暴雨中吹壞了，音樂會結束後，兩人在公車站的棚子下，她身上穿著魯斯登溫暖的雨衣，他們第一次牽起彼此被綿綿細雨沾濕的手……。

回憶起當時純淨的愛，與此時相比，她與佛瑞頓在這房裡所做的實在太齷齪了，還有那些為了親密關係而設計的東西，都讓她因為羞恥和悔恨而戰慄。

佛瑞頓默默地把迪娜的內衣褲遞給她，她縮到角落背對著他穿上；他穿上褲子後去沖壺茶。過一會兒，他想讓她開心起來，「在所有暴力的印度電影中，雨都讓主角和女主角更親密，」他抱怨說：「但從現在開始，它變成我生命中的死穴了。」她以微笑回應，讓他心靈受到鼓舞，「沒關係，我會把它們拆掉，然後為我們之間設計新的東西。」

佛瑞頓繼續嘗試，但儘管他有任何創新的想法甚至參考了性愛指南，也不能讓她完全地遠離過去。他發現，她的過往是個狡猾的東西，能閃躲開最強的防禦，用微不足道的藉口闖進他與她的現在，然而他依舊毫無怨尤。迪娜就是喜歡佛瑞頓這點，她也決定盡可能不讓努斯旺知道他的存在。

「還是沒男朋友嗎？」努斯旺問，一邊從皮包倒出錢來數著，「記住，妳已經三十歲，一旦枯竭後要生孩子就太晚了。我仍然可以幫妳找個稱職的丈夫，何苦再做牛做馬的奮鬥呢？」

她把六十盧布放進皮包，任由他嘮叨，就當做是向他借貸的利息——雖然有點兒過度，但她狡黠地想，這是她僅能支付的，也是他所能接受的貨幣。

小提琴放在衣櫥上已有五年的時間都沒人碰過，每半年迪娜會繫上白頭巾、拿起長柄掃帚清掃牆壁和天花板，當她清到衣櫥上面時並不挪動那只黑色箱子。有六年多的時間她都這樣處理那把小提琴，刻意漠視它的存在，現在是魯斯登過世的第十二個年頭，她下定決心，是該賣掉它的時候了，最好能讓什麼人用它演奏，總比擺著堆積灰塵好。她爬上椅子將琴盒取下，扳開生鏽的扣環時響起尖銳的聲音，接著打開蓋子，她發出一聲驚呼。

音箱自f孔周圍已完全腐壞，四條絃無力地趴在繫絃板和調音軫之間，盒內的毛氈內裡被入侵的蟲子咬成垂下的破布，碎成一片片，一些勃根地羊毛黏到她的手，令她覺得反胃。她顫抖著雙手把弓扔回盒蓋裡，懸在其中一端的馬鬃毛像根細細的馬尾，沒幾條線完好如初地留在原位。她把所有東西都放回去，並且決定帶到福爾塔多樂器行。

途中她遇上遊行示威的人群，不得不躲到圖書館暫時避一下。他們打破玻璃、高呼口號，抗議湧入城市的南印度人搶走他們的工作。警方的吉普車到達時遊行剛好結束，人群散去；迪娜又待了好一會兒才離開。

到了福爾塔多，馬斯卡仁哈先生正在監督大型窗戶的清掃工作，窗戶的碎片四散在兩隻吉他、一把五絃琴、一組手鼓和克里夫．李察新歌的曲譜之間。看到迪娜帶著提琴進門，馬斯卡仁哈先生走回到櫃台後。

「真可惜呀。」她指著窗戶說。

「這是在這段日子營業的代價。」他說，然後打開她放在他面前的盒子，裡面的東西讓他表情嚴肅了起來。「什麼時候發生的？」他並未認出迪娜，魯斯登介紹他們兩人認識是很久以前的事了，當時他們來這裡買E調絃。「沒人在用嗎？」

「好幾年沒用了。」

馬斯卡仁哈先生搔搔右耳，將黑框眼鏡上的眉頭嚴厲地皺起。「小提琴擱置不用時應鬆掉絃，弓也要放鬆，」他犀利的說：「當我們人類回家想放輕鬆時，不也會鬆掉我們的皮帶嗎？」

迪娜點頭稱是，覺得很不好意思，「那可以修好嗎？」

「什麼東西都可以修，問題是它修好之後的音色如何。」

「那它聽起來會怎麼樣？」

「很可怕，像在打架。但我們可以為琴盒重新加襯裡，這是個很好、很堅固的盒子。」

她把琴盒以五十盧布賣給馬斯卡仁哈先生，並把破舊的小提琴留在店裡。他說初學者或許會以折扣價購買這把修復後的琴，「反正初學者都會拉得嘰嘰咯咯的，音色對他們來說沒差。假如賣出去了，我會再付妳五十盧布。」

想到也許會有一個充滿熱忱的年輕人買下它，她內心覺得很安慰，魯斯登也會樂見於此的——他的小提琴可以繼續折磨著人們。

偶爾，迪娜會因小提琴感到罪過、苦惱。真傻呀，她想，把它棄置在衣櫃上十二年不聞不問，白白地毀了它。至少可以給傑利斯或札利，鼓勵他們去上課。

一天清晨，有人來到她家門前，說有包裹要給達拉太太。

「我就是。」她說。

那年輕人穿著時髦的緊身褲和鮮黃色的襯衫，上衣的前三顆釦子沒扣上。他跑回車上拿東西，迪娜猜想會不會是小提琴，自從她去過福爾塔多到現在已經六個月了，或許是因為舊到沒人想買，馬斯卡仁哈先生就把它送回來。

年輕人又回到她門前，拖著魯斯登變形的腳踏車，「從警察局來的。」他說。

正當他準備要請她簽收時，她的手從門框上滑落，身體慢慢地滑到地板上，她暈過去了。

「女士！」送貨的男孩驚慌了，「我要叫救護車嗎？妳是不是生病了？」他用送貨名冊用力的幫她搧風，從各個不同的角度朝她的臉搧去，希望其中一道風會有效，能讓她恢復氣息。

她動了一下，他就搧得更用力，眼見有進展了，他拉過她的手腕想測脈搏。他並不確定要怎麼把脈，但他在電影裡看男女主角做過，男主角是醫生，忠貞又豐滿的女主角便是護士。

迪娜又動了一下，送貨的男孩鬆開她的手腕，對於他首次的救護成功感到滿意。「女士！發生什麼事了？要我叫人來嗎？」

她搖搖頭，「熱……現在沒事了。」車子扭曲的支架和手把又隱約映入眼簾，她一時間無法了解警察為什麼把車子漆成紅棕色，它本來是黑色的。

待朦朧退去之後，她的注意力恢復正常，「它整個生鏽了。」她說。

「完全的。」他點頭同意，然後檢查標籤上的檔案編號和日期，「難怪，它放在證物室十二年了，那兒的窗戶破損，屋頂也漏水。歷經十二個雨季，人的骨頭也會生鏽。」

迪娜內心的澎湃激動讓她把氣發到那年輕人身上，「這就是對待重要證物的方式嗎？假如他們抓到了犯人，而證物毀損，他們要怎麼提出呈堂證供？」

「我同意妳的說法，但整棟大樓都在漏水，員工和證物都一樣潮濕，重要的檔案也是，墨水字都模糊了；只有大老闆的辦公室是乾的。」

他的解釋讓她稍微釋懷些，他又接著說：「妳知道的，女士，我們曾經在貯藏室放了一袋麵粉，有人殺了它的所有者然後偷走，黃麻袋上留有血漬。當案子上了法庭，老鼠已經把袋子咬得面目全非，吃掉了大部分的麵粉，法官就以缺乏證據的理由駁回案子。」他說完後很小心的笑著，希望她能看出好笑的地方。

「你覺得這很好笑嗎？」迪娜憤怒的說，「罪犯逍遙法外，那正義怎麼辦？」

「這很可怕，真的很可怕。」他頻頻點頭稱是，然後請她在名冊上簽名，謝過之後轉身離去。

她檢查了收據複本，上面寫著本案結案，故證物歸還原所有權人之最近親屬。

迪娜並不是迷信的人，但腳踏車重現於小提琴消失之後，她無可承受；她相信這是捎給她的訊息。她完成了佛瑞頓的最後一筆訂單——一件給姪女的外衣，交付後與他握手致意，說以後不可能再見面，因為她要放棄裁縫生意結婚去了。

從那時起，迪娜就沒再見過佛瑞頓，而且為了避免偶然遇上他，她甚至放棄了那棟大樓的其他客戶，幸好別處的工作機會就足夠支持她的生活。

就這樣又過了五年，然後就像說好的一樣，雪琳嬸嬸的預言實現了。在四十二歲那年，迪娜的眼睛開始看不清楚，在十二個月中她換過兩次眼鏡，鏡片實在厚得嚇人。

「別再讓眼睛承受壓力，不然遲早會失明。」醫生說。他是個削瘦而結實的男士，有個很好玩的習慣，當他檢查周圍視覺時會快速揮動他的手指，讓迪娜想起小朋友玩弄蝴蝶的樣子。

醫生突然宣布的事情讓她又怒又怕，她不知道沒有了縫紉自己該怎麼辦。

然而，幸運有它自己的時間表，隨之為迪娜帶來了解決之道。她的朋友珊諾比雅告訴她，有個大型織品公司的出口部經理，「戈普塔太太是我的常客之一，我幫過她很多忙，她一定可以幫妳找到一份輕鬆的工作。」

那週的一個下午在維納斯美髮沙龍，迪娜忍受過氧化氫以及其他化學物品的難聞氣味，等著與戈普塔太太會面，她正在頭罩式吹風機下吹髮。「再稍等一下，」珊諾比雅小聲的說，「我會幫她弄一頭漂亮的蓬鬆髮型，待會兒她的心情一定會超好的。」

迪娜坐在接待區的椅子上，看珊諾比雅雕塑那位出口部經理的髮型，像弄了一座紀念碑似的。迪娜瞥見鏡子裡自己的側面，想像那超高的建築物放到她頭上的樣子。

沒多久，戈普塔太太頭上多如棚架的髮夾和髮捲被小心翼翼的拆下，髮型終於完成了。那兩個女人走到等待區，戈普塔太太面帶愉快的微笑。

「看起來真漂亮。」經過介紹後，迪娜覺得不得不說些讚美的話。

「哦，謝謝！」出口部經理說，「都是珊諾比雅的功勞，這是她的手藝，我只是提供原料而已。」

她們都開心得笑了出來，珊諾比雅堅持她沒做什麼，「戈普塔太太天生麗質的臉，看這兩個顴骨，還有她優雅的舉止，它們才是造成一切結果的功臣。」

「快別這麼說！妳讓我臉都紅了！」戈普塔太太尖聲說。

藉著討論進口洗髮精及髮型噴霧劑所造成的奇蹟，珊諾比雅把話題巧妙的帶到成衣工業上，戈普塔太太很高興談到她在奧荷華出口公司的成就。「僅在一年的時間內我就讓營業額激增為兩倍，」她說，「全世界負有盛名的品牌都來向我索求創意。」她的公司——她從頭到尾都說成是自己的公司，開始將女裝行銷到歐美的精品店，他們在本地縫製國外的特別款式，而且在小地區做案件外包。

「這樣對我來說比較經濟，也比擁有大工廠方便，工廠有可能因罷工而癱瘓。假如可以避免，誰會想要跟那些粗里粗氣的工會惡棍談判？尤其是這些日子以來國家遇到的問題已經夠多了。精神領袖像是傑・亞普拉卡希・納拉揚鼓勵人民反抗，我看根本只是在製造問題而已，他簡直是甘地第二。」

在珊諾比雅的推薦之下，戈普塔太太同意迪娜很適合那份工作，「是的，妳可以輕鬆的雇幾位裁縫師然後監督他們工作，不用勉強自己的身體。」

「但我從來沒有處理過複雜的東西或最新的款式。」迪娜很坦白的說，一旁聽見的珊諾比雅向她皺眉頭，「我只做過簡單的衣服，像是兒童外衣、學校制服和睡衣等。」

「這份工作也很簡單。」戈普塔太太向她保證，「妳所要做的就只有照著紙模來做，就像直覺那樣簡單。」

「的確，」珊諾比雅被迪娜的猶豫逼急了，「而且不需投資資本，妳後面的房間剛好能容納兩個裁縫師。」

「那房東怎麼辦？」迪娜問，「假如他發現我在公寓裡設了工作室，他一定會找我麻煩的。」

「他沒有必要知道，」珊諾比雅說，「悄悄的進行，不用告訴妳的鄰居或任何人。」

裁縫師需要自備裁縫機，戈普塔太太說這是常規，而且採用按件計酬的方式比較好，對工作成果有激勵性，採日薪的方式有可能只是浪費時間。「一定要記住一件事，」她強調，「妳是老闆，妳要訂下規則，絕不能失去控制。裁縫師是很奇怪的人——他們用很細微的針工作，但趾高氣揚的走路姿態就好像他們配了把劍在身上。」

迪娜因此有了信心，並開始找兩位裁縫師，就在城市裡各個大街小巷的稠密住宅區到處尋覓。她每天都要進出許多頹廢的大樓和商店，每一處都像危樓一般搖晃的立著。她已見過為數不少的裁縫師，委身在狹窄的閣樓、蹲在看似祕密地窖的小公寓、低頭屈身於難聞的小隔間，或在街角盤腿而坐。他們分別從事各種不同的工作內容，從做床墊的到提供結婚用品的都有。

渴望加入她工作室的人，看起來並不擅於處理出口的工作，她看過他們縫製的樣品：衣領扭曲、褶邊不平坦、袖子也長短不一。而那些縫工很好的人則希望工作可以直接遞給他們，但戈普塔太太有一條嚴格的規定：縫紉工作必須在包商的監督下完成，沒有例外，即便是珊諾比雅的朋友也不行，奧荷華的獨家款式是最高機密。

迪娜現在所能做的，就是在紙條上寫下她的地址，把它留在品質合格的店鋪裡。「假如你知道有人縫工像你一樣好而且需要一份工作，請讓他們來找我。」她說。許多店主在她離開後就把紙條扔了，也有人把紙條捲成小棒子，掏完耳朵再丟掉。

此時，珊諾比雅又給迪娜另一個建議：找一個寄宿生。只需要一點基本的東西，像是床、衣櫥、浴缸；至於用餐的問題，她吃飯的時候只要多煮一點兒就行了。「妳是說，就像付費房客一樣？」迪娜說，「絕對不行，應付這種客人很麻煩。我還記得那個在菲若茲哈．巴格家的例子，那些可憐人的日子真可悲。」

「別以偏概全，我們又不會允許那種雜七雜八的人住進來。想想看每個月的房租，那就是收入的保證。」

「不，我不想冒險，我聽過很多老人家和單身女性被騷擾的事情。」

但隨著存款愈來愈少，她的堅持退讓了。珊諾比雅向她保證，她們只接受可靠的人，最好是暫時到這城市觀光，想找個地方住的。「妳去找裁縫師，」她說，「我來找寄宿生。」

因此迪娜繼續到裁縫店分發留有姓名及地址的紙條，並把範圍擴大，搭火車到南方的郊區，有些地方甚至是此城市裡她四十二年來從未到過之處。抗議政府的遊行或隊伍常常阻斷交通，也延誤了她的進展。有時候從巴士上層的窗戶，她能很清楚地看到激動的人群，以標語和口號譴責總理及政府腐敗，要求她下台並遵守法院判決——法院已判定她在選舉中舞弊。

然而即使總理下台了，會有任何改善嗎？迪娜內心很疑惑。

一天傍晚，她搭乘的慢行區間車停下來等待信號變換。她望著鐵道柵欄外，看到一道黑色的泥濘污水從下水道溢出來，一些人正用力拖著一條從地底伸出來的繩子，他們手肘以下被染黑，黑色的污水不斷從那些人的手上和繩子上滴下；他們身後的貧民區升起炊煙，工人們正忙著堵住溢出的污水。接著，一個男孩身上繫著那條繩子從地洞裡探出頭來。他身上覆蓋了濕滑的淤泥，站起來之後，竟在夕陽的照射下閃耀發光，景象美麗動魄。淤泥凝結住他的頭髮，在餘暉中閃動，像是黑焰做成的王冠；炊煙從他身後裊裊往天空攀升，結束了地面下的污穢工作。

迪娜被他的外表所震懾，睜大了眼睛戰慄著，而惡臭使她不覺以手掩鼻，直到火車駛離該地。之後的幾天，那如地獄般的景象一直浮現在她腦海，久久揮之不去。

漫長又令人消沉的旅程，以及所見污穢的景象讓她精疲力竭，她的士氣降到了最低點。珊諾比雅從她眼中看出異樣，「怎麼滿面愁容的樣子？」她用手指輕戳迪娜的臉。

「我已厭倦這樣子拼命，做不下去了。」

「妳現在絕對不能放棄！聽著，有更多人向我打聽寄宿的事情，其中一個叫馬內克．柯拉，是阿班的兒子。她以前跟我們同校，她寫信給我說馬內克不喜歡他學校的宿舍，一直想搬走——我確定我們找到好房客了。」

「我花的火車票只是在浪費錢。」迪娜只顧著說心裡的事，沒在注意聽，她希望得到朋友的贊同，放棄這樣費神的長途跋涉。

「好好想想，一旦妳找到兩個裁縫師，妳的生活會變得多輕鬆；難道妳想放棄獨立的生活，搬回去跟努斯旺住或什麼的嗎？」

「別開這種玩笑。」這話果然激勵她繼續尋找更多的裁縫店留下訊息。她想起童話故事裡迷路的小孩，一邊走一邊撒下麵包屑，希望能找到回家的路，只是麵包屑都被小鳥吃光了。她懷疑自己能獲得拯救嗎？或是她所留下的小紙條會像麵包屑一樣消失，在風中、在黑色的泥濘污水中，或被街上那群飢餓的拾荒人搜刮進他們的袋子裡。

她拖著疲憊又氣餒的身體走進一條巷子，路中央有一條淌著廢水的小溪，果皮菜葉、雪茄蒂、蛋殼等在上面載浮載沉。再往前點，巷子縮窄，小溪變得幾乎像水溝，孩子們在水面放紙船，追逐緩慢漂流的船玩。幾片厚重的木板橫跨在溪上，成為通到商店或房子的走道，當紙船消失在木板下，又從另一端安全出現時，孩子們便歡欣鼓舞地拍手。

迪娜聽見從某間屋子裡傳來縫紉機熟悉的嘰嘰嗡嗡聲，她決定，這是今天最後一家了，只要小心地走過木板，然後入門拜訪就結束了。

走在木板上時她踩到了腐朽之處，驚叫一聲，雖然很快恢復平衡，卻掉了一隻鞋。孩子們尖叫吶喊著擠過來看，伸手在黑色的水面下摸索，爭相撈取。

她走到店門口，拿回她濕漉漉的鞋子，掏出一個二十五派薩的硬幣給找到鞋子而興奮不已的男孩。縫紉機轉動的聲音停止了，有人走到門口察看剛剛的騷動。

「你們又在搞什麼鬼？」他向孩子們喊道。

「他們是在幫我，」迪娜說：「我要到你店裡，但鞋子不小心掉到溝裡了。」

「哦，」他嘴裡嘀咕著，把剛剛的火氣收回來，「因為他們常常惡作劇。」猜想眼前的這位應該是客人，他立即轉變語氣說：「請進，請進。」

她開口打聽裁縫師後令他很失望，冷淡的說：「好，我會試試。」一邊把玩他手上的量尺，靜靜看著她寫下姓名和地址。

忽然間他眼睛一亮，「我想妳來對地方了，我有兩個很好的裁縫師，明天我就叫他們去找妳。」

「真的嗎？」她問，對突然的轉機感到不可置信。

「哦，是真的。保證是很優秀的裁縫師，不然我就不叫納瓦茲。他們沒有自己的店鋪，所以要到外面工作，可是他們技術很好，跟他們一起工作會很開心的。」

「好的，我等著明天見他們。」她離開時並不懷抱太大期望，過去幾週已經遇過好幾個沒有實現的承諾。

一到家，她先洗腳換鞋，想到孩子們玩紙船的巷子就心生厭煩。她的期望不會實現，裁縫師的擔保不會、珊諾比雅的擔保也不會，雖然她信誓旦旦地說寄宿生就在不遠處，她們學生時期好友的兒子馬內克·柯拉隨時會來看房間。

因此，次日清晨當門鈴響起，迪娜展開雙臂歡迎她的轉機。房客就站在她門前，還有叫伊斯佛和歐普拉卡希·達吉的兩位裁縫師——是昨日努力的成果。

珊諾比雅會說，這是雙喜臨門。

2 夢想茁壯

奧荷華出口公司無論看起來、聞起來都像一個倉庫，地板上高高堆著一捆捆用麻布袋裝的布料，空氣中飄著新布料所散發出的刺鼻化學氣味，塵埃遍布的地面上盡是塑膠、紙張、麻繩以及包裝材料的碎屑；迪娜瞥見經理坐在鐵架後的辦公桌旁。

「嗨！珊諾比雅的朋友，達拉太太，妳好嗎？」戈普塔太太說。

兩人握過手後，迪娜報告說她找到兩個手藝很好的裁縫師，可以開始工作了。

「太好了，真的是太好了！」顯然戈普塔太太極佳的興致並非全衝著迪娜而來，事實上，今天下午她約好了要去維納斯美髮沙龍，過去一週來倔強的捲髮幾乎糾結成辮子，等一下經過整理後又可以蓬鬆飄逸了。

光是髮型這件事就足以令戈普塔太太興奮不已，但好事還不只這一樁，一直令她有如芒刺在背的小事情也要消失殆盡了——總理昨日發表關於國內「緊急狀態」的聲明，拘禁了大部分的國會在野黨人士，還有數千個貿易工會人員、學生及社會工作者。「真是個好消息，不是嗎？」她眼裡閃爍著喜悅。

迪娜心存疑慮地點頭，「我以為法院判她選舉舞弊有罪呢！」

「不，不，不！」戈普塔太太說：「都是胡說，還會再上訴的。現在那些製造麻煩、毀謗她的人已經關進牢裡去，再也不會有罷工、遊行和該死的暴動了。」

「哦，那很好。」迪娜提心吊膽的說。

經理打開她的訂單本，選了一款樣式作為第一宗買賣，「現在，這三十六件洋裝是給妳的測試，測試整齊度、精準度與一致性。假如妳那兩位裁縫師證明了他們的能力，我會繼續給妳訂單，更大的訂單。」她承諾：「就像我跟妳說過的，我比較喜歡做個人外包，工會的渾蛋只希望錢多事少，這就是這個國家的詛咒——懶惰。而且竟然還有些白痴領袖鼓勵他們，告訴警察和軍隊不要遵守違法的命令。妳來告訴我，法律怎麼可能是違法的？全是胡說八道！被關到牢裡是他們罪有應得。」

「是的，他們罪有應得。」迪娜被洋裝訂單收買，也跟著附和，她希望經理能夠繼續下訂單，但不要再談論政治了。「戈普塔太太，妳看，樣本上洋裝的縫分有三吋寬，但紙模上的只有兩吋。」

這種事對戈普塔太太來說太微不足道，她點頭聳聳肩，肩上的沙麗順勢滑落。「感謝神，總理總算採取強硬措施了，就如她在廣播中所說的。我們很幸運，在這個充滿危機的時刻還有一個這樣堅強的人。」她跳過剛剛的疑問，「我對妳有信心，達拉太太，只要依著我的樣本做。對了，妳看到今天的新海報了嗎？到處都有張貼。」

迪娜並沒有注意到，她急切的想要測量配給那三十六件洋裝的布料，以免短少。但再想一想，還是算了，這麼做可能會讓經理惱羞成怒。

「非常時期需要紀律——那是總理登在海報上的口號，我認為她絕對正確。」戈普塔太太靠過來輕聲透露：「貼幾張海報在奧荷華的門口也不錯，看角落裡那兩個打混的工人，沒把貨物上架，只顧著摸魚聊天。」

迪娜望著那兩人搖頭，做出不認同的表情，「我一週後再回來嗎？」

「是的，祝妳好運。記住，對妳的裁縫師態度要強硬些，不然他們會騎到妳頭上。」

迪娜正想拿起打包好的布料，卻被經理阻止，她彈了兩下手指喚人用起重機幫忙拿布料。

「我下午會代妳向珊諾比雅問好，也祝我好運啊！」戈普塔太太咯咯笑著，「我可憐的頭髮又要挨刀子了。」

「是的，祝妳好運。」

迪娜把好幾匹的布料帶回家，並為那兩位裁縫師將後面房間的空間清出來。房客直到下個月才會住進來，她有足夠的時間利用那房間做一件事：她研究紙模並檢查標籤，上面寫著「香黛精品店‧紐約」。緊接著她依紙模剪下布料，為星期一的工作做好準備。

道，要是這個試做的訂單不能如期交貨，那會給對方很糟的印象。

她對發布緊急狀態有些疑惑，假如真有暴動，那麼裁縫師或許沒辦法到這兒來。其實她連他們住在哪裡都不知

達吉伯姪倆星期一早上八點乘計程車準時抵達，並帶了自己的縫紉機。「分期付款買的，」伊斯佛說，很驕傲地拍著縫紉機，「等三年後款項付清，機器就屬於我們的了。」

他們能省下的每分錢一定都拿去付頭期款了，因此現在她必須先幫他們墊付車資。「請從我們本週的工資中扣除。」伊斯佛說。

他們把機器帶到後面房間，裝上皮帶、調整各種車縫法的張力、裝上線軸、再用碎布頭跑縫線以測試車針；十五分鐘後他們一切就緒。在迪娜看來，他們做裁縫的樣子真如天使般的脫塵，踏板有節奏地擺動、車針隨著轉輪的嗡嗡聲工整起舞、布料上顯現出狹窄的縫間，一片片的布料轉眼間做成了袖子、領子、前片、後片、褶襉和裙子。

我是監督人，她不斷提醒自己，我不能跟他們一起工作。她來回巡視、檢查完成的部分，並給予鼓勵及建議。她仔細觀察裁縫師埋首工作的表情，他們都專注得皺起眉頭，然而他們小指上長達三公分的指甲也引起她的好奇，原來是用來折疊接縫及打褶子用的。伊斯佛臉頰上的缺陷很奇特，她想，到底是怎麼造成的？他看起來不像是會拿刀子打架的人，他的微笑和風趣，還有那個令他看起來優柔寡斷的八字鬍，都緩和了這個缺陷。她把注意力轉到歐普拉卡希身上，骨瘦如柴的外表使他看起來有稜有角，好像是從縫紉機延伸出來的一部分，也像水晶雕花玻璃一樣脆弱；她不由得替他的身體擔心起來，至於他頭上的髮油，她希望不會沾到布料上。

午餐時間到了又過，他們持續工作，只偶爾停下來要水喝。「謝謝妳，」伊斯佛一飲而盡，「又涼又好喝。」

「你們現在不吃午餐嗎？」

他猛烈搖頭，好像這個建議十分荒謬似的，「只要晚上一餐就夠了，多出來的不過是在浪費時間和食物。」他停頓一下問道：「迪娜女士，我們聽到人家說的『緊急狀態』是怎麼回事？」

「是政治問題——有權勢的人玩的遊戲，它不會影響到我們一般老百姓。」

「我也是這麼說的，」歐普拉卡希喃喃道：「我伯父就是太過擔心了。」

他們的注意力又拉回到工作上，迪娜覺得按件計酬的主意實在是太好了。她把杯子洗好，與其他的杯子分開放，從現在開始它們是裁縫師專用的杯子。

午後又過了好一陣子，伊斯佛顯得有點坐立不安。她注意到他駝背前傾、雙腿夾緊，好像胃不舒服似的，腳也在踏板上顫抖。「怎麼了？」她問。

「沒事，沒事。」他尷尬的微笑。

他的姪子幫他說話，舉起小指頭說：「他要去解手。」

「你為什麼不早講？」

「有點兒難以啟齒。」他羞赧的說。

她為他指示廁所的位置。門關上後，她聽見水流的聲音，起起落落、斷斷續續，正是脹滿的膀胱不能順暢解放的樣子。

伊斯佛回來後換歐普拉卡希去，「沖水裝置壞了。」她從後面叫他：「用水桶沖水。」

廁所的味道令她感到困擾，她心想：獨自一個人住那麼久，我已經變得太挑剔了。不同的飲食、不同的習慣，因此很自然的，他們的尿液對我來說氣味很怪。

做好的洋裝愈堆愈高，除了每天早上開門以外，迪娜什麼都不用做。伊斯佛會向她打招呼或微笑，而歐普拉卡希削瘦的身形只是在她面前沉默的一閃而過，便坐到凳子上，她覺得那副樣子好像一隻在生氣的貓頭鷹。

三打衣服在約定的日期前就完成了，戈普塔太太對成果相當滿意。她又給了一筆訂單，這次要做六打的衣服。第一批的貨款已安穩地落入迪娜的皮包，她覺得好像不勞而獲似的，有一絲絲的罪惡感。想起她之前為生計打拼奮鬥，手眼永無止息的忙於縫紉與刺繡，現在的日子變得多輕鬆啊！

得知他們的成品被出口公司接收，裁縫師們大大鬆了一口氣，「假如第一批被接受，以後的就沒問題了。」伊斯佛面帶笑容，突然間充滿了信心，此時迪娜一邊正算著要付給他們的酬勞。

「是的，」迪娜警告說：「但他們會持續檢查品質，因此我們不能鬆懈，而且也要準時交貨。」

「是的，別擔心。」伊斯佛說，「高度品質，準時完成。」迪娜放心的相信她吃苦及煩惱的日子過去了。

後來裁縫師們開始規律地吃午餐。迪娜推斷，伊斯佛上週所說每天一餐的飲食方式是出於經濟考量，而不是來自於苦行主義或嚴格的工作倫理。

當歐普拉卡希說：「我餓了，咱們走吧！」兩人就把衣服擱在一旁、剪刀放回抽屜，然後離開。

他們在轉角的菲希朗素食餐廳用餐。在菲希朗沒有任何祕密，一切都是露天進行的：一個人切菜，另一個人用黑色大平底鍋來炒，還有個男孩負責清洗。小小的店鋪裡只有一張桌子，伊斯佛和歐普拉卡希不排隊等空桌，而是跟大部分用餐的人一樣站在外邊吃。吃完後再趕回去工作，途中會經過那個坐在裝著生鏽小腳輪的板子上，嘰嘰嘎嘎滑來滑去的沒腳乞丐。

很快的，迪娜發現製成速度不再像之前那樣火速，他們休息的時間變得愈來愈多，都到前門外吞雲吐霧去了。很典型——她認為，他們賺了一點錢之後就鬆懈了。

她記得珊諾比雅和戈普塔太太給她的忠告：做一個嚴厲的老闆。她用自己認可的嚴厲聲音指出進度落後了。

「不，不，別擔心。」伊斯佛說，「每一件都會準時完成，如果妳喜歡，為了省時，我們能邊縫紉邊抽煙。」

迪娜討厭煙味，而且，只要一丁點兒星火就能將布料燒出個洞來。「你們不該在任何地方抽煙，」她說：「無論室內或室外，癌症會吃掉你們的肺。」

「我們不用擔心癌症。」歐普拉卡希說：「毫無疑問的，這個昂貴的城市會先活生生吃掉我們。」

「你說什麼？我終於聽到你開口說話了。」

伊斯佛咯咯的笑，「我告訴過妳，他只有在不同意時才發言。」

「為什麼要擔心錢？」她說：「努力工作，你們會賺更多的錢。」

「以妳付給我們的方式就不會。」歐普拉卡希用幾乎聽不到的聲音嘀咕著。

「你說什麼？」

「沒什麼，沒什麼。」伊斯佛趕忙說：「他是在跟我說話，說他頭疼。」

迪娜問他是否需要服用阿斯匹靈，歐普拉卡希拒絕了，但自此之後就愈來愈常聽到他的聲音。

「妳要到很遠的地方才能把東西帶回來做嗎？」他問。

「不遠，」迪娜說：「大約一小時的時間。」她很高興他對工作室開始有了認同感。

「如果妳需要人手把衣服帶來這裡，就告訴我們。」

他人真好啊，她這麼想。

「妳去的那家公司叫什麼名字？」

正為他那種不合群的沉默終於結束而高興，她險些脫口而出，但隨即正色假裝沒聽到，他又重複一次問題。

「公司名字不重要，」她說：「我只關心工作做得好不好。」

「沒錯。」伊斯佛說：「那也是我們所關心的。」

他的姪子向他皺皺眉頭，過一會他又再試：只有一家公司，或是幾個不同的公司？是整批委外辦理，還是每筆訂單逐一計價？伊斯佛感到很尷尬，「少說話，歐普拉卡希，多做事。」

現在迪娜開始想念以前那個沉默寡言的姪子了，她也了解他想追問出什麼。自此之後，從奧荷華出口公司帶回來的布料她都會確定沒有原廠標籤，包裝上的貼紙與標籤也會被撕下，收據牢牢地鎖在衣櫥裡。她的樂觀開始出現裂縫，她知道，前方的路途將會變得崎嶇難行。

達吉伯姪住得很遠，幸好有火車可搭。到現在，迪娜仍會擔心他們遲到，尤其她曾被暗示過應支付更好的酬金。

不過，她當然不能讓他們看出她在擔心受怕，所以總是在他們到達後以不悅掩飾自己方才等待的不安。

在交貨期限的前一天，他們直到上午十點才現身。「發生意外了，所以火車誤點。」伊斯佛解釋：「又有人死在鐵軌上。」

「太常發生這種事。」歐普拉卡希說。

他們嘴裡飄出空腹的氣味，迪娜感到難以言喻的討厭。她對他們的藉口一點都不感興趣，愈早開始工作愈好。可是她的沉默可能會被曲解成軟弱，因此她冷淡的說：「在緊急狀態期間，政府說火車會準時行駛，你們的火車一直誤點可真是奇怪。」

「假如政府說話算話，神仙都會下凡表揚他們。」伊斯佛笑著想打圓場，以平息她的怒氣。

他的和平策略打動她了，看見她的微笑他才鬆了一口氣。他很擔心穩定的收入來源會被切斷，冒這樣的風險實在太愚昧，他和歐普拉卡希能為迪娜・達拉工作已經是萬幸。

他們拉出木頭板凳、裝上新線軸開始工作。此時外頭似乎風雨欲來，烏雲遮蔽住陽光，歐普拉卡希暗示四十瓦的燈泡太暗了。

「假如用電量超過月配額，電表會跳電。」她說：「那我們就會永遠處於黑暗之中。」

伊斯佛建議把縫紉機搬到前廳去，那兒採光較好。

「不可能，從街上可以看得到機器，房東就會來找麻煩。即便只有兩台縫紉機，在住宅中設工廠還是違法的，況且他早就用其他理由騷擾過我。」

裁縫師們能夠理解，他們清楚房東愛找麻煩的情況。雖然兩人早上一直安分的工作著，但飢腸轆轆令他們很期待午休時刻，自清晨醒來後他們滴水未進。

「我今天要雙份的茶，」歐普拉卡希說：「還要用奶油麵包來沾著吃。」

「專心工作，」伊斯佛說：「小心不但沒喝到茶還被掃地出門。」他們倆不斷注意時鐘，休息時間一到，雙腳立刻離開踏板穿上涼鞋要離去。

「現在不能走！」迪娜說：「這是份急件，而你們今天早上遲到，假如不能準時交貨，經理會非常生氣的。」

她很擔心交貨期限，萬一他們明天又遲到怎麼辦？她提醒自己，為了保險起見，要堅決。

伊斯佛在猶豫，但他的姪子一點兒也不理會，眼神中冒著怒氣。

「我們走，」歐普拉卡希低聲說，看也不看迪娜，「我餓了。」

「你的姪子老是肚子餓，」她對伊斯佛說：「他身體裡有蟲嗎？」

「哦，不，歐文很好。」

但迪娜不相信，打從第一週起她就開始懷疑，除了歐普拉卡希瘦得皮包骨、常常抱怨頭痛、肚子餓等原因，她還發現他常用手搔肛門處止癢，一切現象令她十分確信她的推論。

「你應該帶他去給醫生檢查，他那麼瘦，像極了火柴公司的活廣告。」

「不，不，他很好，而且誰有錢看醫生？」

「努力工作就有足夠的錢，趕快把事情做完。」她想誘之以利。

「花五分鐘喝茶有什麼關係。」歐普拉卡希吼道。

「你們的五分鐘常常有三十五分鐘那麼久，『我』晚點會幫你們準備茶，特製的高級茶，不是你們在街角喝的那種又苦又澀的農藥。但首先要完成工作，這樣可以皆大歡喜——你們，我，還有經理。」

「好吧。」伊斯佛不再堅持，甩掉腳上的涼鞋回到座位上。鐵製的踏板整個早上被他的腳踩得溫熱，一直沒時間涼下來。

兩台縫紉機又開始運轉。

歐普拉卡希憤怒的喃喃怨言伴隨車針運作的嗡嗡聲傳入他伯父的耳朵，「你『總是』任她欺凌我們，我不知道你是怎麼回事，從現在開始由『我』來說話。」

伊斯佛點點頭，不想節外生枝，讓迪娜聽見他與歐文爭執是相當尷尬的。

到了下午兩點，縫紉機的聲音開始讓迪娜心神不寧，她決定先交付已經完成的部分。她很氣惱自己，竟用茶來乞求、賄賂他們，根本不像個嚴厲的老闆。有了第一次之後他們就會食髓知味，她下定決心要繼續採取強硬手段。

她從工作桌下取出奧荷華公司包裝布料的透明塑膠袋和棕色紙袋，心中銘記著雪琳嬸嬸的忠告，不要浪費任何東西。裁下的碎布頭不斷堆積成小山，她心想，能做成衛生棉的數量足夠讓一整個修道院的修女使用了。較大塊的碎布條另外堆成一堆，只是還沒有想好要怎麼用，或許可以用來做被單。

她把做好的洋裝打包起來並拿起錢包，若能在期限前一天交貨，定能讓戈普塔太太另眼相看。歐普拉卡希之前問東問西的，一直讓迪娜持有戒心，所以她離開時特意將門反鎖，以免被跟蹤。

裁縫師們工作得眼瘦屁股疼，趁機暫時移動到前廳休息。老沙發雖然彈簧壞了，但坐了一上午的硬板凳之後，它的柔軟舒適可真是奢侈的享受，這種偷來的閒情分外珍貴。他們讓身體倚著靠枕，頓時融化了因工作而僵直的骨頭；抬起赤腳大喇喇地擺在茶几上，再拿起煙草來點，貪婪地吞雲吐霧起來，還不忘撕下一小片煙草紙當煙灰缸。

歐普拉卡希搔搔頭，然後檢查指尖的頭皮屑，再用三公分長的小指指甲刮下，把油垢彈到地板上。他不會承認這樣做是出自於無聊，浪費工時是他智取迪娜．達拉的策略。假如她認為她可以把他們當成牛一樣隨心所欲的駕馭，那就錯了，他有自己的男性尊嚴，雖然伯父有時在行為上並不認同他。

伊斯佛任他的姪子偷閒打混，此時兩人的肚子已經餓到極點。歐普拉卡希把身體倚在靠枕上蹭來蹭去，定要從迪娜．達拉的沙發上得到最舒適的休息。伊斯佛覺得好笑的看著，用手指觸摸臉頰上那禁錮著一半笑容，彷彿被冰凍住的僵直肌肉。

兩人嬉鬧、打哈欠、伸懶腰、抽煙打發時間，儼然是破沙發上的國王、這間小公寓的主人，直到前門響起一陣急促的敲門聲。

「我知道妳在裡面！」造訪者喊著：「門上的掛鎖騙不了我！」

裁縫師們嚇呆了，敲門聲繼續響著，「付了房租不代表什麼！我們知道門裡面在搞什麼名堂！妳和妳非法的生意會被扔到街上！」

現在他們明白了，是房東！但門鎖是怎麼回事？

狂烈的敲門聲停止了。「快點，趴到地上！」伊斯佛輕聲的說，怕萬一敲門的人從窗戶往裡頭查看。

有東西從郵件孔投入，接著就是一片寂靜。他們等了幾分鐘才挪到門邊，地上躺著一個給迪娜．達拉的大信封。伊斯佛拉開門閂，門才開了一點點就碰到外面的搭扣，證明門外的確上了掛鎖。

「她把我們反鎖在裡面！」歐普拉卡希憤恨的說，「那個女人，她到底在想什麼？」

「一定有個好理由的，不要生氣。」

「我們拆她的信來看。」

伊斯佛從他手中把信抽走，放到一旁。他們回到沙發上想找回舒適的感覺，重新點上新的煙草，但剛剛的打擾已經掃了興致，在軟軟的沙發上愈坐愈不安穩。黏附在衣服上的線頭讓他們想起還有工作要做，時鐘上的時間似乎也在猙獰的提醒他們：迪娜快要回來了。很快的，這些被禁止的行為都必須停止。

「她騙我們！」歐普拉卡希抱怨：「我們應該直接為出口公司做裁縫，為什麼一定要讓她做中間人？」他說話時小心地把嘴唇癟得小小的，以免叼在嘴角的煙草掉到地上。

伊斯佛很縱容他的言行，只是在一旁笑著。懸在嘴角的煙草意味著歐普拉卡希對迪娜．達拉的輕蔑，但殺傷力充其量不過跟玩具手槍一樣。「她或許快要回來了，你的表情像吃到酸檸檬一樣。」他繼續說：「她能在中間，那是因為我們沒有店鋪，而她讓我們在這裡做裁縫。她從公司那兒取得訂單，還得拿回布料；況且，按件計酬的方式讓我們有比較自由的空間。」

「算了吧，她把我們當奴隸一樣對待，還講什麼自由呢？靠我們的汗水賺錢，她連針都沒碰過一下。看看她的公寓，有電、有水，什麼都有了。然而，我們有什麼？只有貧民窟裡發臭的破茅屋，我們永遠都沒辦法存到足夠的錢回村子去。」

「現在就放棄了嗎？這樣是無法在人生中獲勝的。要奮鬥、努力，歐文，即便你身處逆境。」他把煙草夾在無名指和小指間，先歇一下，再放回唇上。

「我會找出她去哪裡，你等著瞧。」歐普拉卡希說，不屑的甩了一下頭。

「你那樣做的時候，噴出來的煙很漂亮。」

「等著瞧，我會找到公司的地址。」

「怎麼做？你以為她會告訴你？」

歐普拉卡希走到後面房間，帶回一隻又大又尖的剪刀，他用兩隻手握著雙柄，作勢向空中猛刺。「把這個對著她的喉嚨，她就會說出我們想知道的任何事。」

他伯父在他頭上用力一敲，「要是你爸爸聽到了會怎麼說？從你嘴裡吐出來的話就跟縫紉機的車針一樣快，都不經過大腦。」

歐普拉卡希慚愧地放回剪刀，「總有一天我要把她從中間踢掉，我會跟蹤她到公司。」

「我還不知道你可以像魔術師高菲亞・帕夏一樣有穿牆的本領，或者我該叫你歐普拉卡希・帕夏？」他停下來吸一口煙，再用鼻子噴出來，然後微笑看著姪子陰鬱的表情。「聽著，我的好姪兒，世界就是這樣，有些人在中間，有些人在邊緣。有耐心方能使夢想茁壯、結果。」

「當你想留鬍子的時候耐心很有幫助，但就憑她給的酬勞，我們甚至負擔不起酥油和自己的火葬柴堆。」歐普拉卡希狂亂地抓著頭髮，「還有，你為什麼總是對她唯唯諾諾，好像自己是小嘍囉一樣。」

「我不正是這樣嗎？」伊斯佛說，「人都喜歡有優越感，假如我的語氣能讓迪娜女士感覺良好，有什麼不對？」品嚐了最後一口煙草後，他重申：「要有耐心，歐文，有時候事情就是無法改變，你必須接受事實。」

「你以為有辦法可以兩全其美嗎？首先你說要努力、不要放棄，現在又說要接受它。牆頭草，兩邊倒，就像沒有屁股的茶壺一樣。」

「你祖母蘿帕常常這麼說。」伊斯佛愉快的笑著。

「下定決心吧，只能選一種。」

「怎麼可能？我也只是凡人。」他又笑了出來，但才笑到一半便被咳嗽止住，嗆得他不住顫抖，他走到窗戶旁拉開窗簾吐痰。假若他再靠近些看，就可以看到不尋常的血絲。

他離開窗邊時有輛計程車駛近，「快點，她回來了！」他嘶啞的小聲說。

他們趕忙清除偷閒的痕跡：把靠枕打膨起來、茶几放回原位、火柴和煙灰收到口袋裡。歐普拉卡希的嘴裡飛出煙草的火花，好像諷刺他之前的火冒三丈一樣。他把火花從家具上撣掉，衝回工作室前抽了最後一口，把煙蒂按熄後從後窗扔出去。

迪娜付過車資後在包包裡翻找鑰匙，生鏽的黃銅掛鎖依舊冷冷地懸在門上，她轉鑰匙開門時突然有股罪惡感，懺悔自己並不是有心想當獄卒的。

歐普拉卡希伸出手幫她拿東西，「我聽到妳回來了。」

「還有呢！」她說，意指門外還有好幾捆布料。他望了一眼，看能不能瞧見公司名稱或地址。東西都搬進來後，伊斯佛把信封遞給她，「有人來敲門，說外面的掛鎖騙不了他，並留下這個給妳。」

「一定是來收房租的。」她把信封先放在一旁，「他看到你們了嗎？」

「沒有，我們躲起來了。」

「很好。」她去把包包收好，換上拖鞋。

「妳離開時把我們反鎖在屋裡？」伊斯佛問。

「你們不知道嗎？我必須這麼做。」

「為什麼？」歐普拉卡希激動的說：「把我們當成小偷嗎？我們會拿了妳的東西遠走高飛？」

「別傻了，我會有什麼好東西需要擔心被偷？房東才是原因，他會趁我不在時衝進來把你們扔到街上；但門若上鎖他就不敢了，破壞門鎖可是違法的事。」

「的確。」伊斯佛說，他急著想看新洋裝的紙模，便將餐桌的桌巾抽掉，好挪出空間放紙模；而他姪子還在怒視著迪娜。

「這次每件多少錢？」歐普拉卡希突然插話，指著新的府綢問。

迪娜沒有理會他，繼續看著伊斯佛排列洋裝的各部分。就像玩七巧板的小孩子一樣，他很快就被拼湊的複雜性吸引住了。

歐普拉卡希再試一次：「很複雜的樣式，看看這，所有的擺緣襠布都要縫到裙子上，這次收費一定要高些。」

「別再呶呶不休了，」她責備他：「讓你的長輩好好做事，就算你不能尊重我，至少尊重一下你伯父。」

伊斯佛依照樣品洋裝把布料片拼起來，自言自語道：「袖子，有了。還有後片，中間有道接縫，很簡單嘛！」他的姪子懊惱的對他皺眉頭。

「是的，相當簡單，」迪娜說，「比你們剛剛做好的還要簡單。另外有個好消息，他們依舊每件付五盧布。」

「免談！」歐普拉卡希說，「妳說過要帶更貴的衣服回來，這次的不值得我們這樣花時間。」

「公司給什麼我就拿什麼，不然我們就成了拒絕往來戶。」

「我們會做，」伊斯佛說，「趁機哄抬價格是不道德的。」

「要做你做，只有五盧布我不幹。」歐普拉卡希說，但伊斯佛很肯定的對迪娜點頭。

她到廚房準備答應過他們的茶。他們之間有歧見對她來說是好事，伯父或許能整治姪兒的叛逆。她斜眼看了一下茶杯和茶碟，粉紅色或紅色？她決定，裁縫師用粉紅色的，把它們跟另外放置的玻璃杯擺一塊兒，紅色的自己用。

等水燒開的時間，她檢查罩在破窗上的鐵絲網，發現一個缺口。又是那些壞貓幹的好事，她心中怒罵著，溜進來偷東西吃或躲雨，誰知道牠們是不是從貧民窟帶了什麼細菌進來。

她把鐵絲網拉緊，再將一角扭緊勾在釘子上。此時水壺鳴起了飽滿的氣笛聲，她讓水再滾一會兒，一邊享受著濃厚的水蒸汽和滾水噗嚕嚕的聲音：不正是熙攘生活中人們喋喋敘話、交際的象徵嗎？

她頗不情願的把火關掉，白色迷霧頓時四散飛滅。她倒了三杯茶，其中兩杯用粉紅色杯子裝著端出。

「啊……」伊斯佛發出讚嘆的聲音，滿懷感激地接過茶。歐普拉卡希卻頭也不抬的繼續工作，還在生悶氣，迪娜把茶放到他旁邊。

「我才不要。」他嘴裡咕噥道。迪娜沒說什麼，轉身回廚房喝茶。

「好美味呢！」伊斯佛等她回來後說，還故意嘖嘖作響地喝，想要誘惑頑固的姪子，「比菲希朗素食餐廳的好喝多了。」

「他們一定讓茶滾了一整天，」迪娜說：「那會破壞風味，疲勞時來杯新鮮的茶最好了。」

「沒錯。」伊斯佛又啜了一口，嘴裡發出誘人的讚嘆聲。歐普拉卡希禁不住誘惑的把身體挪靠近茶杯，另外兩人假裝沒看到，他終於卸下一直板著的臉孔，又飢又渴的大口吞茶。

那天只剩兩個小時的工時裡，歐普拉卡希邊埋怨邊不甘願的工作。當時鐘指著六點時，伊斯佛終於能鬆一口氣，但想到要維持姪子和迪娜間的和平，似乎是愈來愈難了。

時間漸漸接近中午，收租人伊伯瑞尹在人行道上吃力的走著，準備去見迪娜．達拉，要求她對昨天的信作出回應。土耳其紅氈帽和黑色長袍讓他自覺尊貴，一路上他會向遇到的租戶微笑致意說：「早安。」和「你好嗎？」他臉上常掛著一副渾然天成的微笑，每當他開口說話時就自然形成。笑容洋溢的臉讓人覺得親切可靠，然而有時為了對付遲交房租的租戶，他也會作出嚴肅的樣子，像皺眉頭什麼的。

雖說伊伯瑞尹是上了年紀的人，但實際年齡並不如外表蒼老。昨天猛烈的敲門讓他的左手猶痛未已，他戴著橡皮手套的手抱著一個大塑膠封套，裡面裝了他所看管的六棟大樓的房租收據、帳單、修繕收據、爭議記錄和法院案件。有些爭議案件甚至可以追溯到他十九歲、剛開始跟著父親為現在的房東服務時，而有些還更為古老，是從父親的前任手中留下來的。裡面的每件事情都記錄得非常詳實，讓伊伯瑞尹有時覺得好像是把那六棟房子繫在身上拖著走的感覺。這個文件夾半世紀前從退休的收租人手上傳下來時並不是塑膠的，而是由兩片木板夾著，外頭包上一層摩洛哥羊皮——上面還留有那人的味道——羊皮上縫著一條磨損的棉帶，將裡面的東西一圈圈纏緊保護好。然而經年累月之下，包覆在羊皮下的木板已變黑、產生裂痕，打開時嘰嘎作響，還散發出煙草的甜味。

那時的伊伯瑞尹年輕又有抱負，自然不好意思把那麼破舊的東西抱在手上，雖然裡面除了租金收據之類別無其他。他知道大家都是以貌取人，文件夾破爛的外觀，像極聲名狼藉的占卜師或算命師手中的卷宗，專門收納他們粗糙的圖表和偽造的線圖，他有可能因此被誤認為江湖郎中，一想到此便令他頹喪。他開始對這工作抱持很深的憂懼，工作迫使他不得不帶著啟人疑竇的文件夾——他有被玩弄的感覺，就好像市場小販賣東西給他而在秤上做手腳一樣。

終於，在某個幸運的日子裡，那張羊皮破掉了。他把破爛的外皮帶到房東的辦公室，辦事員先檢查過、確定起因是自然形成，再填寫適當的申請單。在紙本作業期間，他們給伊伯瑞尹一條繩子先勉強用著。

兩週後，新的文件夾到了，它是用硬紙板做的，看起來新穎又時髦，還有著高貴的暗褐色。伊伯瑞尹滿心歡喜，他開始對這個工作有了樂觀的憧憬。

現在手臂下夾著新的文件夾，他可以在出巡時抬頭挺胸的走路，彷彿自己跟律師一樣了不起。新文件夾的設計遠比舊的還要複雜，裡面有很多的小袋子和隔層，案情摘要、抱怨函和信件通通可以井然有序的收藏好。這樣正好，因為此時伊伯瑞尹要關心的事無論於公於私都增加了。

伊伯瑞尹的父母是老來得子，他自己現在也結婚生子了。工作上除了是收租人，也得為房東充當間諜、送黑函、放話恐嚇、對租戶全方位的騷擾，現在還包括揭發在六棟大樓裡見不得人的事情，像婚外情等祕密，而他也接受老闆教導如何將通姦的罪行轉化為提高房租的籌碼——有罪的兩造絕不會抗議，或膽敢向租屋協會檢舉。當情況需要時，伊伯瑞尹也會扮演請願者或和事佬，假如房東太過火而受到法律手段的報復，收租人會聲淚俱下的讓租戶心軟，同情如落水狗的房東、現代租屋紛爭中的犧牲者，他一開始並沒有任何惡意。

為了將伊伯瑞尹的多重角色分類整理，文件夾裡的小袋子和隔間是絕不可或缺的工具。而就在生涯的這個階段，他開始覺得他那會自動展現的笑容是個阻礙：一邊對人施以恐嚇威脅，一邊面露愉悅的微笑，實在不具說服力。假如可以把微笑調整成邪惡的笑容，那就太完美了，可惜肌肉的牽動方式並不是他能控制的。此外，為延誤修繕致歉，或向辦喪事的租戶表達哀悼之意時也有同樣的困擾。不久之後，那個讓他倍感沉重的笑容使他背負了名不符實的惡名，人家都說他冷酷無情、無能、弱智，甚至說他是被附身了。

他的笑容就一路伴隨他的工作，歷經三個硬紙板文件夾，顏色都跟第一個一樣是暗褐色，裡頭存放了他二十四年來的戰績。二十四年的歲月奉獻給辛勞的工作，青春就這樣埋沒掉，他人生黃金時期的崇高抱負也因長年的勞苦而凋萎。他意識到自己不可能再有什麼前途，故而絕望、心傷；但看著太太、兩個兒子、兩個女兒卻都對他寄予厚望，他內心背負著極大的痛苦。他問自己，到底做錯了什麼而要過著如此疲憊的人生，毫無前景可言。或者這是每個人都會有的感受？宇宙的主宰難道不在乎世間的平衡——世上就沒有公平的標準嗎？

他原本常去清真寺，但似乎再也沒有必要，從前每週五參與的祈禱會也不一定會去了。反之，他以往所鄙棄、視之為無物的東西，卻開始成為他尋求指引的所在。

他發現占卜師和算命師最能令他寬慰，他們為他的財務問題提供解決之道，教他如何改善轉眼即成過去的未來；他從他們振振有詞的演說中找到安定的感覺。

此外，他不再限制自己別去相信手相及占星術。為了尋求更強烈的安定感，他求助於非正統的預言術：撿紙牌的算命鴿、看圖形的算命鸚鵡、懂得溝通的神牛、會畫圖騰的靈蛇等。不過老實說，他很擔心過程中會被熟人看到，因此即使心中有千萬個不願意，也只好把紅氈帽摘下，感覺就像拋棄好友一樣的難過。除此之外，他這一輩子只有一次離開過這頂每天配戴的帽子：那是在一九四七年的分裂期間，當時在新邊界發生的集體屠殺事件引發各處暴動，土耳其紅氈帽出現在印度地區要命的程度，簡直就像在伊斯蘭教地方沒割過包皮一樣。在某些地方，最明智的選擇就是不戴帽子出門，因為若在紅氈帽區錯戴了白帽子——纏頭巾——結果有可能就是人頭落地。

幸而小鳥占卜的那個地方還蠻隱密，他可以和鳥主人蹲在人行道角落裡，他問問題，鴿子或鸚鵡就會從鳥籠中跳出來指點他。不過牛的情況就不一樣了，因為那是種大型的表演，所以會聚集看熱鬧的人潮。

神牛身上披著華麗的織錦彩衣，脖子上繫著一只小銀鈴，由一位持鼓人帶領到觀眾圈內；雖然那人的上衣和頭巾很明亮，但是在花枝招展的神牛旁卻黯然失色。人和牛一起繞著圈圈走：一圈、兩圈、三圈……，端視那人對牛的介紹有多長，強調從開始到現在牠的預言和預測有多精準。他用震耳欲聾的大嗓門喊著，激動到兩眼充血，再配合誇張的動作，一切舉止與神牛的氣定神閒形成強烈的對比。簡述完神牛的神蹟後，一直靜靜掛在他肩上的鼓開始活躍起來，但它不是拿來敲打，而是拿來摩擦的。那人繼續帶牛繞圈走，一邊用棒子在鼓上摩擦，產生可怕的哭號聲，又像呻吟，又像悲鳴。那是喚醒亡者、驚駭活人的聲音，那是一種怪誕之聲，要召喚死靈的力量，請它降臨、開眼，輔佐神牛占卜。當鼓聲停止後，那人對著牛耳大聲說出客人的問題，足以讓所有圍觀的群眾都聽得到，然後化著濃妝的牛或點頭或搖頭來回答，頸上的小銀鈴跟著叮咚作響，群眾又驚又喜的報以掌聲，然後收賞錢時又響起鼓的摩擦聲。

有一天當伊伯瑞尹的問題傳入牛耳後卻不見任何反應，那人便更大聲的重複一遍，這回牛有反應了，然而不知是長年遭受淒厲的鼓聲摧殘，還是耳朵日日飽受咆哮之苦的緣故，牠竟用尖尖的牛角刺傷牠的飼主。

剛開始圍觀的群眾以為只是牛的反應稍微激動了些，直到牛接著把人擲到地上，踐踏他的身體，大家才了解這不是表演的一部分，尤其是看到鮮血從那人身體流出的時候。

驚慌四散的群眾邊逃邊喊：「牛發瘋了！牛發瘋了！」但牠的奴役者被解決之後，牛又回復平靜的站著，眨著溫順、長睫毛的眼睛，揮動尾巴驅趕覓食的蒼蠅。

飼主橫死的慘狀，讓伊伯瑞尹確信這不再是獲得天啟的好方法。一陣子之後，有新的牛與人的搭檔接手那個地盤，可是伊伯瑞尹不再觀看那種表演了，另有其他更安全的方式可以尋求超自然的幫助。

瘋牛意外在他腦海裡記憶猶新時，他又目睹了另一樁死亡事件。這次是飼養靈蛇的弄蛇人，因為弄蛇人沒按時擠蛇牙的毒液。自此之後，伊伯瑞尹只要想到那個畫面就會嚇得發抖，被眼鏡蛇用毒牙狠咬的人可能是自己，因為他曾蹲得很近去看蛇移動之間形成的圖騰。

受到雙重的打擊後，這位收租人因此放棄所有的動物算命法。就像從惡夢中驚醒一般，他戴上被遺忘已久的紅氈帽，決心重拾曾經迷失的自我。獨自坐在海邊看著夕陽落在長堤盡頭，還有映照在餘暉中的清真寺，他終於領悟到自己因一時心志沉淪，已耗費不少家用所需在旁門左道的算命上。凝望著潮水退去後裸露的地表，他不禁打了個冷顫，自己心中最深沉的祕密，也像潮水退去一般，再次從迷惘、絕望的深淵浮現。他想把它們推回去，壓到水面下，讓它們溺死，但它們像鰻魚一樣滑溜，又鑽回水面上糾纏他。只有一個辦法可以征服它們，那就是到清真寺懺悔，甘願接受命運的安排。

諸多煩心事中，有一件是關於塑膠文件夾。硬紙板文件夾跟他一起度過了二十四個年頭，而在房東辦公室，現在是使用塑膠製品的時代。但伊伯瑞尹再也不在乎了，他學到尊嚴不來自於配備及工具，該來的時候它自然會來，它源自於一個人的毅力。如果辦公室交給他一個苦力用的肩上置物籃讓他放文件，現在他也會逆來順受。

不過塑膠文件夾確實有其優點——風雨對它無可奈何，現在他幾乎不需要因為文件上的墨水被雨水暈開而重謄；有時候他的手會抄到顫抖，這東西對他來說是件福音。還有，當有人遞過濕抹布，或打噴嚏留下了污漬，無論綠色或褐色，都很容易擦拭乾淨，再也不會令他在謁見房東時感到尷尬。

自從他懂得接受命運後，居家生活也有了改變；畢竟，還能有什麼其他選擇？他的大女兒死於肺結核，接著是他的太太；然後他的兒子消失在下層社會，偶爾回家也只會咒罵他。正當他認為僅剩的女兒是他唯一的救贖時，她離家成為娼妓。他覺得自己的人生好比一齣印度大爛片——再剪掉歡喜大結局。

他質疑，為什麼自己還要努力的工作，定期巡視那六棟大樓和收租金？為什麼自己沒從大樓上往下跳？為什麼沒放把火燒了那些收據和現金，然後把自己澆上煤油往火堆裡跳？自己是怎麼活到現在而沒失控爆發，是怎麼保持理智而沒一蹶不振？自己身上的元素都是堅韌的合成物，像塑膠文件夾一樣歷久不壞嗎？還有，時間，那巨大的破壞者，為什麼現在對他是那麼的不在乎呢？

其實，塑膠製品也是有其大限的。他發現，塑膠可以像硬紙板一樣的撕裂、扯斷和破裂，就如同人的皮膚和骨頭一樣，這個事實令他鬆一口氣——不過是時間的問題而已。目前使用的文件夾是二十一年來的第三個，款式與前兩個相同。

他常常檢視文件夾，它陳舊的外皮與自己額頭上的皺紋形成呼應，內部的黏縫開始脫離，整齊的隔層似乎就要散掉；而他體內的各部分早就已經七零八落了。這場荒謬的競賽究竟誰會贏得最後勝利，是塑膠，還是肉體？他一邊走向公寓一邊想著，用手揉了揉鼻子，然後按下門鈴。

迪娜從窺視孔瞥見他的紅氈帽，向裁縫師示意安靜，「他在的時候不要出聲。」她輕聲說。

「妳好嗎？」收租人面帶微笑地問候，露出發黃的牙齒和兩道牙縫，那是老天使甜美、純真的微笑。

沒先向他的問候致謝，她問道：「什麼事？房租還沒到期。」

他把文件夾換到另一手，「是的，還沒到期。我是來請妳答覆房東的信。」

「知道了，等一下。」她關上門，去取出那封信來看。「我放到哪裡了？」她小聲的問裁縫師。

三人在堆積如山的桌上搜尋，她忍不住盯著歐普拉卡希，看他纖細的手和手指東摸西找的有趣模樣，她再也不會為他削瘦的身材感到煩擾，反倒從他身上發現一種罕有的似鳥的美感。

伊斯佛在一疊布料下抽出信封，她連忙撕開閱讀。一開始看得很快，接著注意到法律名詞後就慢了下來。重點很快就明白了：住宅用屋禁止經營商業行為，她必須立即停止商業活動，否則將面臨驅逐處分。

她臉上一陣紅熱，跑向門去，「這是在胡說八道什麼？告訴房東這樣騷擾是沒用的！」

伊伯瑞尹嘆口氣，挺起胸膛提高聲音說：「達拉太太，妳已受到警告，違法的事是不允許的！下次就不是通知信，而是遷出通知！別以為……」

她砰的摔上門。伊伯瑞尹立刻閉上嘴巴，慶幸省得多費唇舌，氣喘吁吁的擦掉額角上的汗水後離去。

迪娜把信再讀一遍，內心激動而驚駭，開工才三個星期的時間就被房東找麻煩。她猶豫著要不要把信拿給努斯旺，問問他的意見。不，她下定決心，他是那種會小題大作的人，最好別理它然後保持謹慎。

她現在別無選擇，只好找裁縫師懇談，向他們強調對裁縫的事情務必保密——她只與伊斯佛討論。他們商量好的對策是，假如收租人發現伯姪倆出入迪娜的住處，他們會說是來為她做打掃和烹飪的工作。

歐普拉卡希覺得丟臉，「我是裁縫師，不是掃地、擦桌子、侍奉她的僕人。」下班後他跟伊斯佛抗議。

「別孩子氣，歐文，這只是避免房東找麻煩的權宜之計。」

「找誰的麻煩？她的！那我幹嘛擔心？她甚至不給我們公平的酬勞，假如我們明天就死了，她只要再找兩個新裁縫師就行。」

「你說話能不能用點大腦？如果她被踢出公寓，我們也沒地方工作了，你是怎麼回事？這是我們到這城市後第一份像樣的工作。」

「所以我就應該謝天謝地囉？這份工作的條件有公平對待我們嗎？」

「我們才工作三個禮拜，要有耐心，歐文。這城市裡的工作機會多的是，你可以讓你的夢想成真。」

「我厭倦了這個城市，我們到這裡之後只看到不幸的事。我真希望自己早就死在村子裡，我希望自己跟其他家人一樣被燒死。」

伊斯佛神色凝重，他帶疤的臉頰因姪子的傷痛而抽搐，他抱著姪子說道：「會好起來的，歐文。」他懇求，「相信我，情況會好轉，我們很快就能回到村子裡去。」

3 河畔的村莊

在裁縫師的村子裡，他們原本不做裁縫，而是卑微的工匠——他們家族是查瑪階層中的鞣皮匠和製革工人。但很久以前，早在歐普拉卡希出生前，他父親納若揚和伯父伊斯佛分別在十歲及十二歲時被他們父親送去當裁縫學徒。

他們父親的朋友都為那家人擔憂，「杜奇．莫希已經瘋了！」他們為之惋惜，「竟然眼睜睜看著自己毀掉一個家。」恐慌遍及了全村莊：有人膽敢打破世襲的階級制度，會很快遭到報應的。

杜奇．莫希決定將兒子的身分轉換為裁縫師，這需要極大的勇氣。想想看，畢竟他自己大半輩子的時間都謹遵種姓制度的傳統，奉守不渝。就像他的祖先一樣，他從孩提時代就得接受今世已注定的職業。

杜奇．莫希五歲就開始跟在父親身旁學習查瑪的職務。當地只有少數的伊斯蘭教人口，附近並沒有屠宰場可以作為查瑪取得皮革的來源，他們必須等到村莊裡有牛隻自然死亡，才會有人叫查瑪去把屍體處理掉。有時候畜屍是免費的，有時候需要付費，端看牠的飼主那年是否已從查瑪身上取得足夠的免費勞力。

查瑪剝下畜屍的皮，吃牠的肉，將皮鞣製成皮革，再做成涼鞋、鞭子、馬具和水袋。動物屍首能為家人帶來溫飽，杜奇心懷感恩。然而當技巧純熟之後，杜奇發現自己身上有一種跟父親一樣揮之不去的味道，雖不明顯，但很惱人——那是製革工人專有的氣味，即便在什麼都能洗乾淨的河裡擦洗後都去除不了。

杜奇原本並不知道自己身上的每個毛孔都充滿了這個味道，直到有一天他母親抱著他，皺起鼻子嗅，然後用既驕傲又悲傷的聲音對他說：「我的兒子，你已經變成大人了，我可以聞得出來。」

後來他就一直舉起前臂來聞，看看怪味道是否還在。他也想過，若把皮剝掉是不是就能擺脫那氣味，或者它已深深滲入皮膚之下？他還曾在自己手指上刺破個小洞來聞血的氣味，可惜血量不足，因此結果不足採信。至於肌肉和骨頭，怪味道也潛藏在裡面嗎？其實他並沒那麼希望味道會消失，他喜歡聞起來和父親一樣。

除了鞣皮與製革工作，杜奇也學習了解查瑪的角色與定位。就像他和父親工作時身上沾滿了畜屍的髒污一樣，社會上到處瀰漫著階級制度的思想文化，在他這個階層的人不需要接受特別的教育，假如想要知道得更多，大人的言談、他父母間的對話，就是他了解這世界的一切知識來源。

這村莊座落在一條小河邊，查瑪被允許住在下游由貴族及地主所擁有的一塊地方。傍晚，杜奇的父親會與其他查瑪一起坐在住處的樹下抽煙、聊天，談著將盡的今日與即將到來的明日，小鳥被他們閒聊的話語吵得鼓噪不安。越過河堤，升起的炊煙提醒著飢腸轆轆的人們，而河裡緩緩流動的水面漂著貴族家庭丟下的垃圾。

杜奇從遠處眺望，等著父親回家，然後夜幕漸深，那群人的模樣愈來愈模糊。不久後，杜奇只能看到煙草燃燒的紅色微光，隨他們的手而移動，像螢火蟲一樣飛舞，然後紅色光點一個接著一個消失，那群人便散去了。

杜奇的父親吃飯時，把今日所見聞的一切說給太太聽，「龐地家的牛生病了，他想在牠死前賣掉。」

「如果牛死了誰要買？這次輪到你了嗎？」

「不，輪到波拉。但在他工作的地方，大家都說他偷竊，即使龐地把牛賣給他，他也會需要我的幫助——他們今天剁掉他左手的手指頭了。」

「波拉已經算是幸運的了。」杜奇的母親說，「去年查根的手自手腕處剁掉，也是同樣的理由。」

杜奇的父親喝了一口水，漱漱口再吞下，用手背擦去唇上的水滴，「杜蘇因為太靠近井水受到鞭打，他就是學不乖。」一陣沉寂之中，濕氣凝重的夜晚只聽見此起彼落的蛙鳴聲，然後他對妻子說：「妳有缺什麼嗎？」

「日子有點緊。」她的意思是，家裡沒有足夠的食物。

杜奇的父親點點頭，又吃了一口，「妳最近有沒有見過布德胡的太太？」

她搖搖頭，「很多天沒見面了。」

「那接下來的許多日子妳都見不到她了，她一定躲在自己的小茅屋裡羞於見人。她拒絕跟地主的兒子下田，所以他們剃了她的頭髮，還剝光她的衣服遊街。」

就是因為他連在孩子面前也毫不掩飾事件的真相，杜奇才會從父親口中得知村裡發生的一切，在孩提時代，他就已經充分了解所有下等人所能犯下的罪行，其相對應的懲罰也深刻地烙印在腦海中。跨入青少年時期後，他已具備所有需要的知識，讓他清楚地知道：在階級間有一條自己永遠也無法跨越的隱形界線，讓他在村裡像祖先一樣得以生存，讓他用卑微、容忍的態度生活，就像他許多的同伴一樣。

杜奇・莫希步入十八歲之後不久，他的雙親為他娶了一個十四歲的查瑪女孩，名叫蘿帕。前六年的婚姻中她生了三個女兒，但都活不了幾個月。

後來他們生了一個男孩，家人都欣喜若狂，那個孩子便是伊斯佛。蘿帕學過專門照顧男嬰的方法，特別全心全力地看護他。她寧可自己餓肚子也要給孩子足夠的食物——這是當然，她對待杜奇也常常如此。為了孩子她甚至不惜偷竊，她認識的母親中沒有一個不會這樣為孩子冒險。

分泌不出乳汁之後，蘿帕開始到各個地主的牧欄裡夜盜牛乳。當杜奇和孩子入睡後，她會用一個小黃銅鍋墊在腳下爬出小茅屋，有時則選在午夜到雞鳴前的那段時間進行。白天記熟了路線後，夜晚走在黑鴉鴉的路上才不致蹣跚顛躓——因為不能冒著被發現的危險點燈，夜晚的黑暗像蜘蛛網一樣迎面撲來，有時則是真的蜘蛛網。

每頭牛她只擠一點奶，這樣飼主就不會察覺泌乳量短少。早晨當杜奇看見牛奶時他便懂了，假如他半夜醒來發現她不在，他也沒說什麼，只是躺在床上擔心，直到她回來。其實他常常想著，是不是該代替她去偷奶。

很快的，伊斯佛斷奶了，蘿帕開始每週造訪果園，尋找當季準備收成的水果。在黑暗中，她先用手指感覺果子的成熟度再摘採；同樣的，她限制自己每株果樹上只採一點，如此就不會有人發現水果變少。在黑夜裡，四周黑鴉鴉的，只聽得見她自己的呼吸聲，以及被她驅趕飛竄的小蟲子。

一天夜裡，她正要把柳丁裝到袋子裡時，樹叢中突然亮起燈火。在一片小空地上，有個男人坐在一張竹蓆上看著她。她想，我完蛋了，丟下手中的袋子準備逃跑。

「別害怕。」那人說，他的語氣輕柔，手裡握著一根沉重的棍子。

「妳拿一點我不介意。」她轉回來，害怕令她呼吸急促，懷疑該不該相信他。

「繼續吧，多拿一點。」他微笑道：「這裡的主人雇我來看守果園，但我才不在乎，他只是個有錢的混蛋。」

蘿帕忐忑地將袋子拉回到身邊，繼續摘果子。她顫抖的手將柳丁放入袋口時不慎掉落，她轉過頭去，看見他的眼神貪婪地打量著她的身體，令她很不安。「我很感謝你。」她說。

他點點頭：「妳很幸運是我在這裡，而不是什麼壞男人。繼續，想拿多少就拿多少。」他嘴裡哼著單調的歌，聽起來像是把呻吟和嘆息混雜在一起，然後他放棄哼歌，想用吹口哨的方式吹出調子，結果還是沒有音感。他打個哈欠不出聲了，但仍繼續盯著她看。

蘿帕看果子採夠了，該是向他道謝離開的時候。見她要離去，他說：「我只要叫一聲，就會有人跑來。」

「什麼？」她見到他臉上的笑容突然消失。

「我只需要叫一聲，主人和他的兒子就會立刻跑來，他們會剝光妳的衣服鞭打妳，處罰妳偷東西。」

她嚇得打哆嗦，接著他臉上又回復了笑容，「別擔心，我不會叫喊的。」她把袋口收緊，然後他繼續說：「鞭打妳之後，他們或許會出示無禮的東西，玷污妳的名聲，他們會輪流對妳柔軟可人的胴體做羞羞臉的事。」

蘿帕合起雙手致謝並道再見。

「先別走，妳想拿多少就拿多少。」他說。

「謝謝，我拿夠了。」

「妳確定嗎?假如妳還想要，我可以輕而易舉的雙手奉上。」他放下棍子從竹蓆上站起來。

「謝謝，這些就夠了。」

「是嗎?等等，妳不能就這樣走掉。」他笑了一笑又說，「妳還沒回報我任何東西。」他向她走去。

她倒退幾步，勉強擠出笑容：「我什麼也沒有，所以我才會在夜裡到這裡來，為了我的孩子。」

「妳的確有東西。」他伸出手按揉她左邊的乳房，她推開。「我只需要叫一聲。」他警告她，然後迅速地把手伸進她的衣服裡。她顫抖個不停，但這次沒敢反抗。

她畏縮著被扭倒在竹蓆上，上衣前三顆鈕子被扯開，她用手擋在胸前，他拉開她的手然後把嘴埋到她胸脯上。

她扭動身體掙扎，他輕輕笑道：「我給了妳那麼多柳丁，妳還不讓我品嚐妳『香甜的芒果』？」

「請讓我走。」

「在我餵妳吃了我的『大麻茄子』之後。把衣服脫掉！」

「求求你，讓我走。」

「我只要喊一聲……」

她邊脫衣服邊輕聲啜泣，然後照他的指示躺下，他在她身上移動、喘氣時她也不停地流淚。身旁的樹像沒用的警衛站立在那兒，她聽見微風拂著樹葉的沙沙聲；一隻狗在嚎叫，引起其他狗兒共鳴。那男人頭髮上的椰子油，在她臉上和脖子上留下氣味，還沾染到胸部，那味道在她鼻息中是那麼的強烈。

幾分鐘後，他離開她的身子。蘿帕抓起她的衣服和裝著柳丁的袋子就跑，直到她確定他沒跟上來，才停下來將衣服穿上。

她回家時杜奇假裝睡著，那晚他聽到幾次細微的啜泣聲，而且從她身上的氣味可以知道，她在離家的這段期間發生了什麼事。他覺得該馬上安慰她、跟她說話，但他不知道要說些什麼，而且他也害怕知道太多。他靜靜的哭泣，用淚水發洩他的羞恥、憤怒和屈辱；那晚他真希望自己就這樣死掉。

翌日清晨，蘿帕表現得像什麼事都沒發生過似的，因此杜奇什麼也沒說，他們一起吃著柳丁。

伊斯佛出生兩年後，蘿帕和杜奇又生了一個兒子，取名叫納若揚，他的胸前有一個紅黑色的胎記。蘿帕分娩時是一位年長的鄰人來幫忙，她說以前曾經看過這種胎記，「那表示他有一顆勇敢慷慨的心，這孩子會令妳感到驕傲。」

他們第二個孩子的出生，引起一些貴族家庭的嫉妒，那些人結婚的時間與杜奇及蘿帕差不多，但女人至今沒生孩子，或者是沒生兒子，她們很難不感到怨恨——生女兒的結果往往招致丈夫或夫家的毆打。有時候家人命令她們謹慎地處理掉新生女嬰，她們別無選擇，只好把嬰兒悶死、毒死，或活活餓死。

「這世界是怎麼了？」他們抱怨，「一個賤民家庭連生了兩個兒子，而我們卻一個也沒有。」查瑪能把什麼好東西傳給兒子，讓神這般的眷顧他？有問題，秩序被攪亂了，一定是村子裡有人觸犯神威，所以必須舉行一些特殊儀式來平息神怒，讓這些空虛的家庭充滿男性的氣息。

這群沒孩子的太太們當中，有一位抱持比較貼近現實的理論，來解釋她們不比人家會生兒子的原因。她說，有可能這兩個孩子並不是杜奇的，或許是查瑪跋涉到遠地綁架了名門貴族的新生兒——這個理由可以解釋一切。

這個謠言流傳開來後，杜奇很擔憂家人的安危，於是他違背自己的個性逢迎諂媚，就當作是種預防措失。每當他在路上看到貴族人士，就奉承的匍匐敬禮，但會保持安全距離，才不會被指控用影子褻瀆人家。他也剃掉了嘴上的八字鬍，即使鬍子的長度和形狀符合階級制度的規則——鬍子末梢謙卑的向下彎曲，而不像貴族的驕傲地往上翹。他和孩子穿的衣服是僅有的幾件破衣裳，但為了避免被控訴褻瀆罪，他告訴蘿帕不要靠近村裡的井水，由她的朋友帕蒂瑪為他們取來飲用水。無論人家吩咐杜奇去做什麼事，他都照辦不誤，從不奢望賞錢；他眼光盯著貴族的腳，而不敢直視他們的臉——他知道只要有人對他感到一絲絲氣惱，這樣的火花可以煽成火焰，吞噬掉他的家人。

很幸運的，大部分的貴族對於生不出兒子的問題並不想深究，這件事情就此打住。他們說，很顯然的，這個世界正歷經惡魔時期及黑暗時期，生不出兒子的妻子們並不是宇宙秩序裡唯一出問題的地方。「目睹了最近一次的旱災就會知道，」他們說：「即使我們意正心誠地做禮拜，仍不能阻止乾旱的降臨，而當下雨時，雨勢又一發不可收拾，如滔滔洪流，請回想那些被洪水沖走的房屋。另外，鄰近村子的雙頭牛又怎麼說？」

這個村子裡沒有一個人看過雙頭牛，因為距離太遙遠了，更何況啟程後要在日暮前安全的回到家，這根本是不可能的事，但他們都曾聽說過這件事。「對，對，對！」他們同意，「智者們絕對是正確的，邪惡才是為我們帶來麻煩的原因。」

智者們建議，補救之道就是更謹慎地遵守「業」法的秩序。這世上每個人都有一個適當的位置，只要大家都能謹守自己的本分，他們就能從黑暗與邪惡中安然度過並嶄露頭角。可是若有人違逆秩序——一旦秩序被褻瀆了，就很難說會有什麼大災難降臨此世。

大家對這個論點有了共識後，村子裡鞭打賤民階級的情況驟然暴增，因為塔庫爾和龐地階級想鞭策這個世界走上正軌，而按上的罪名更是千奇百怪，例如：邦吉階級膽敢用他不潔的眼睛直視婆羅門的眼睛；查瑪在寺廟的路上走錯邊就是侮蔑神明；貴族進行禮拜時有查瑪晃到附近，用他卑微的耳朵聽到了聖潔的詩歌；邦吉的小孩在塔庫爾的院子裡打掃完後沒把腳印清乾淨，而掃帚已不堪使用並不是能夠接受的理由。

為了將世界從黑暗的魔爪裡拯救出來，杜奇也受了皮肉之苦。一群羊的主人某天有事要離開村子，他被召喚去顧羊吃草。「小心的看顧牠們，」羊主人說：「特別注意那隻長鬍鬚、羊角破掉的，牠的脾氣很壞。」他答應回來後用一瓶羊奶作為酬謝。

杜奇花了一早上的時間看羊，歡欣的夢想著伊斯佛和納若揚有奶喝的樣子。但到了下午天氣開始熱起來，他就不小心睡著了，那些沒人管的畜生伺機晃到鄰人家，結果杜奇不但沒有得到羊奶還挨了一頓打。

他認為這只是一個小小的代價，假如一個人連夢想的能力都被奪走，後果才不堪設想。那晚蘿帕又悄悄溜出家門，偷了奶油塗在他背部及肩膀的鞭痕上。

奶油是蘿帕毫不猶豫就偷的東西，事實上她根本不認為這叫偷，畢竟，難道這不是黑天神克里希那[1]少年時期一直在做的事嗎，就是很久以前……在馬圖拉吧？

當孩子到了適當的年齡，杜奇開始教他們工作技巧，那是他們一生下來就注定要從事的工作。伊斯佛七歲時面對他第一隻要處理的畜屍，納若揚也想跟去，但杜奇說他還沒到那個年紀。杜奇答應他可以幫忙醃皮、用鈍刀剝離毛髮及腐肉，以及收集用來鞣皮的欖仁果，納若揚感到非常高興。

杜奇及伊斯佛和其他的查瑪到了塔庫爾．普朗吉的農場，他們被帶到水牛倒下的地方。一隻白鷺鷥正棲息在屍首上撿拾皮上的蟲子吃，看到有人靠近便飛走，換成一群蒼蠅圍繞過來覬覦著大餐。

「牠死了嗎？」杜奇問。

[1] Krishna，印度三大神中毗濕奴的化身之一，常被畫成拿著笛子的孩童樣。

「當然死了。」那個塔庫爾說，「把活生生的家畜丟掉，你覺得我們負擔得起嗎？」他搖頭喃喃責備這些下層賤民的愚蠢，留下他們處理善後。

杜奇和朋友準備將水牛裝上車，從車上斜擺下一片厚木板，抓住腿部將牠龐大的身體慢慢往上推，並讓板子保持潮濕，好使工作更順利些。

「看！」其中一個人說：「牠沒死，牠還在呼吸！」

「丘圖兄弟，別這麼大聲，」杜奇說：「不然他們不會讓我們把牛帶走。反正牠快死了，頂多再撐幾小時吧。」

他們因此繼續工作，邊流汗嘴裡邊嘀咕，丘圖小聲咒罵塔庫爾，「混蛋的偽君子，讓我們累到趴。殺了牠不是比較簡單嗎？我們可以就在這裡剝皮，把屍體切成小塊。」

「沒錯，」杜奇說，「可是要破壞他土地的聖潔，狗屎貴族先生怎麼可能允許這種事？」

「他唯一符合貴族階級的地方只有他肉食性的小東西。」丘圖說：「它每晚都以太太的下體為食。」

他們低聲的咯咯笑，振奮一下精神後又繼續使勁，當中有人說：「有人看到他每週進城一次，狼吞虎嚥吃著雞肉、羊肉、牛肉……，想吃什麼就吃什麼。」

「他們都是這樣的，」杜奇說：「人前吃素，人後吃肉。來，用力推！」

伊斯佛很留心他們的對話，一邊用自己的小手努力幫忙，大家鼓勵他：「我們快成功了！推啊，伊斯佛，推啊！用力，再用力！」

在一陣嬉笑漫罵聲中，水牛突然迴光返照，牠抬起頭來，做死前最後一次的掙扎。大人們驚聲喊叫，紛紛退避閃開牛角，但躲避不及的伊斯佛被尖銳的牛角刺中左臉，他驚嚇過度而昏厥。

杜奇把孩子抱入懷裡急忙奔回家，三步併作兩步跑，午時的陽光將父子倆的影子一起融合在他腳下。汗水如注的從額角滴下，濺到孩子臉上，伊斯佛動了一下，伸出舌頭舔滴在唇上的汗水，杜奇看到孩子有反應，稍微鬆一口氣。

「哦，天啊！」看到兒子流血，蘿帕尖叫出來。「伊斯佛的爸爸，你對我兒子做了什麼？為什麼非要急巴巴的在今天帶他上工？他還那麼小！就不能等他再大一點兒嗎？」

「他七歲了，」杜奇平靜的回答，「我五歲時就跟著父親去工作。」

「這也算是理由？如果你在五歲時受傷死掉了，你還會對兒子做同樣的事？」

「假如我五歲時就死了，現在也不會有孩子。」他這次回答得更平靜。杜奇出門收集可以治癒傷口的樹葉，把葉子剁得碎碎的像糊一樣，然後回去工作。

蘿帕把又深又長的傷口洗乾淨，敷上深綠色的藥膏。過一會兒她稍微平靜下來，對杜奇的怒氣也消了一大半。後來，她把護身符繫在兩個孩子的手臂上，認為是貴族婦女的邪惡眼神傷害了伊斯佛。

另一方面，這件事讓那些沒孩子的太太們驗證——世界恢復正常了，賤民的兒子容貌毀損不再漂亮，事情本來就應該是這樣。

杜奇傍晚回到家，蹲在角落——那是他吃飯的位置，伊斯佛和納若揚開心的擠到他身邊，聞著父親身上熟悉的煙草味，那股煙味暫時淡化了獸皮、鞣酸和動物內臟的臭味。蘿帕端出剛烤好的印度薄餅，室內頓時瀰漫著烤麵糰的香味，引得大家口水直流。

伊斯佛的傷口後來潰爛化膿，過了幾天才開始結疤癒合，這樣就不用擔心了。然而受傷處卻在伊斯佛的臉上留下了永久而僵硬的痕跡，他父親想淡化這個傷害，便說：「神讓我孩子的哭泣只有別人的一半。」

他刻意忽略伊斯佛微笑時，也只能用一半的臉笑。

當伊斯佛步入十歲那年，納若揚八歲。大雨下個不停，杜奇必須很辛苦地對抗雨季，忙著到處收集可以覆蓋屋頂的茅草，以免屋頂漏水。後來田野從乾旱中復甦、恢復生機，牲口也健康茁壯，杜奇等著若有動物死亡就可以獲取獸皮，結果卻是空等待一場。

好天氣一直持續下去，讓地主有個豐收的好年，但對沒土地的賤民來說卻是淒涼的季節。當作物成熟時他們會有工作可做，但到時會得到大量的工作或是少得可憐的零工，全由地主決定。

過了幾天閒混的日子，杜奇滿懷感激地接受塔庫爾·普朗吉的工作。他被帶到一間屋子後，那裡放了一袋要磨成粉的乾紅辣椒，「你能在日落前做完嗎？」貴族普朗吉問，「還是我再叫個人來一起做？」

即便是微薄的酬勞，杜奇也不願意被稀釋掉，他答道：「別擔心，先生，工作一定會在日落前完成。」他將辣椒倒在沉重的石臼裡，從三支又長又重的木杵中挑一個用，然後開始精力十足的搗著，還不時向站在一旁觀察的塔庫爾微笑。但他離開後杜奇就慢了下來，只有在三人同時使用杵、連續交替的搥搗時，才能一直保持快速的節奏。到了中餐時間他剛好完成一半，然後休息用餐。他先四處張望確定沒人在看，才到石臼旁偷拿了一點辣椒粉灑在自己的印度薄餅上；此時塔庫爾正好遣人來取水，差點兒被發現。

午後近傍晚前，辣椒快磨光時卻發生了意外。木杵搗下後依照預定的軌跡彈回來，但石臼竟整齊的裂成兩半倒下，其中一半還壓傷了杜奇的左腳。

塔庫爾的太太正好從廚房窗戶看到，「天啊！老公，快來！」她尖叫道：「那個查瑪蠢蛋把我們的石臼毀了！」

塔庫爾．普朗吉在屋前的雨棚下抱著孫子打瞌睡，聽到她的驚呼聲先將孩子交給僕人，然後跑到屋子後頭。杜奇痛苦地坐在地上，拆下頭上的頭巾來包紮流血的腳。

「看你做的好事，你這沒腦筋的畜生！我是雇你來搞破壞的嗎？」

杜奇把頭抬起來，「請原諒我，先生，我沒對它做什麼，一定是石臼上已經有裂縫了。」

「你說謊！」他氣沖沖地舉起棍子，「先打破石臼，接著又對我說謊！如果你沒有做什麼，它怎麼會破掉？這麼堅硬的大石頭會像玻璃一樣說破就破？」

「我以我孩子的性命發誓。」杜奇乞求道：「剛剛我只是在搗辣椒，就跟我這一整天所做的一樣。先生，你看，袋子幾乎都空了，工作……」

「起來！立刻滾出我的地方！我再也不想看到你！」

「但先生，工作……」

塔庫爾拿起棍子朝杜奇背上打下去，「起來，我說過了！滾出去！」

杜奇搖搖晃晃地站起來，一跛一跛的倒退，「先生，發發慈悲吧，好幾天沒工作了，我不……」

塔庫爾開始狂亂抽打，「給我聽清楚了，你這隻臭狗！你弄壞了我的財產，我還讓你走，要不是我心軟，早就把你交給警方了。現在，給我滾！」他仍不停地揮著棍子。

杜奇很想閃避，可是受傷的腳卻走不快，一直到逃出大門前，又挨了好幾記棍子。他一跛一跛的走回家，一路上咒罵著塔庫爾和他的子孫。

「別理我。」杜奇嘶啞的回應蘿帕關切的詢問，但她很堅持，靠到身邊求丈夫讓她檢視受傷的腳。杜奇推了妻子一把，憤怒又羞辱的情緒讓他久久不能自己，整晚沉默地坐在屋子裡。伊斯佛和納若揚感到很害怕，他們從來沒有看到父親這樣子過。

後來杜奇讓蘿帕清潔並包紮傷口，吃了她拿給自己的食物，卻仍然不肯說話，「說出來會讓你好過些。」蘿帕溫柔的說。

兩天後杜奇才把事情告訴妻子，他內心的苦痛傾洩而出，就像腳上出的血水一樣。他並不介意上次因為羊的事情被打，他在看羊時睡著了，那是他的錯；但這次他沒做錯事，他辛苦工作了一整天，人家卻用鞭打作為他的酬勞。「接著我的腳就壓傷了。」他說：「我可以殺了那個塔庫爾的，不過是個下賤的小偷。他們都一樣，把我們當畜生看，一直都是這樣，從我們祖先時代就開始了。」

「噓。」蘿帕說：「讓孩子聽到了不好，算我們運氣差，石臼剛好破了，就這樣。」

「我唾棄那些貴族，從現在開始，我不需要他們給的卑劣工作。」

杜奇的腳傷痊癒之後，他再也不理會村子裡的事情。他在黎明時離開村子，中午前搭乘牛車或貨車進入城裡，找到附近沒有其他修鞋匠的一處街角。他自備金屬鞋模、錐子、鎚子、桶子、防滑釘和補釘用的皮革等，繞著自己圍成半圓形，就在人行道上等著需要修鞋的城市人。

看著各種款式與顏色的皮鞋、鹿皮軟鞋、涼鞋等從面前走過，引發他心中的不安，假如有人停下來要修鞋，他真的有能力修好嗎？那些鞋子看起來比他常穿的鞋子複雜多了。

過一會兒有人在杜奇面前停住，把右腳的涼鞋解下，用大腳趾指著它破損的交叉帶說：「修這個要多少錢？」

杜奇拿起鞋子翻過來檢查，「兩個安那。」

「兩個安那?你瘋了嗎?我可以買一雙新鞋了。」

「誰會把新涼鞋用兩個安那賣給你?」他們討價還價了一陣子,最後以一個安那成交。

杜奇刮掉鞋底露出溝槽,那裡就是縫線斷掉的地方,鞋垢大片剝落,他覺得村子裡的鞋垢和城市裡的鞋垢沒什麼不同,看起來、聞起來都一樣。他把帶子插回槽口,用新縫線牢牢固定住。那人在修好的地方先用力拉了一下才穿回鞋子,試走幾步,再扭動一下腳趾頭,嘴裡發出滿意的聲音然後付錢。

之後的六小時裡又來了五位客人,現在該回家了。杜奇用賺來的錢買了些東西——一點麵粉、三顆洋蔥、四個馬鈴薯、兩支綠辣椒,然後踏上回家的路。路上的車子比早上還稀少,他走了很久才搭到車,抵達村子時已經很晚了,蘿帕和孩子們都在焦急的等他。

街角的生意做了幾天後,有一天杜奇看到他的朋友阿施若夫從人行道上的一頭走來。「我不知道你在我附近做生意呢!」阿施若夫見到他很驚訝。

阿施若夫是城裡的伊斯蘭裁縫師,與杜奇年紀相仿。杜奇偶爾有能力為蘿帕和孩子們做衣服時,會為了特別的場合要穿而去找他,因為印度裁縫師不為賤民階級做衣服。

聽過了杜奇在村裡悲慘的遭遇後,阿施若夫問:「你想試試不同的工作嗎?薪水更好的工作?」

「在哪兒?」

「跟我來。」

他收拾起工具連忙跟上阿施若夫。他們走到城的另一邊,越過火車鐵軌後到了一個木材場,阿施若夫的叔叔管理那個地方,他介紹兩人認識。

從那天起,杜奇在木材場總是有工作可做:木材裝車、卸貨,或協助送貨。杜奇很喜歡這種裝卸、送貨的工作,可以在人群中抬頭挺胸地走路,比起整天蹲在人行道上跟客人的腳做生意好太多了,況且新鮮木材的芳香,與鞋裡污穢的腳臭味真是天壤之別。

一日清晨，杜奇在去木材場的路上看到很多車子，他所乘的牛車被蒙在風塵中，而且必須一直把車子拉到路旁。有一次一輛大巴士經過，為了閃避，害他們差點兒卡在溝渠裡。

「發生什麼事了？」他問車伕：「那些人要去哪裡？」車伕聳聳肩，一心只顧著要把牛車拉回路上，但怎麼試都沒有用，兩個人只好跳下車，跟牛一起把車拉回來。

到了城裡，杜奇看到街上到處都綁上標語和旗子，他聽說一些印度國大黨的領導級人物來訪，便走到阿施若夫的店裡告訴他這件事，他們決定混在人群中看熱鬧。

領導人開始演說，說他們是來散布聖雄甘地的訊息：要為自由奮鬥、為正義奮鬥。「我們在自己的國家身為奴隸太久了，現在是為自由奮鬥的時刻，我們不需要刀槍，我們不需要惡言或憎恨，只要真理與不殺生，我們要讓英國知道，現在就是他們該離開的時候。」

群眾鼓掌叫好，演說者繼續說道：「你們也會贊同，為了打破奴隸制度的枷鎖，我們必須堅強，這點無庸置疑，只有真正的堅強才能駕馭真理的力量。可是，假如我們自己內部都弊病叢生，還怎麼堅強得起來呢？因此，我們首先必須革除這個使母國遭受苦難的弊端。

這個弊病是什麼？你或許會問。各位鄉親，這個弊病就是賤民階級的存在，它數百年來戕害著我們，拒絕給予我們的同胞平等的尊嚴與尊重。這種弊病一定要從我們的社會、我們的心靈、我們的觀念中根除，沒有人是低賤的，因為我們都是神的子民。記得甘地先生所說的，賤民觀念毒害印度社會制度，就像滴在牛奶裡的砒霜一樣。」

後來，演說者又向群眾陳述關於爭取自由的議題，以及因拒絕服從不公平的法律而光榮入獄的兩位民運人士。杜奇和阿施若夫一直聽到最後，領導人要求群眾從思想、言語及行為中摒棄所有的階級偏見，「我們要把這項觀念帶到全國，要求各地民眾團結奮鬥，來反抗這個荒誕、偏執、邪惡的制度。」

群眾附和著甘地的誓言一起發誓，集會在一片激動、熱忱的聲音中結束。

「我懷疑，」杜奇向阿施若夫說：「我們村子裡的地主也會為擺脫階級制度的演說鼓掌嗎？」

「他們會鼓掌，然後繼續過著跟以前一樣的生活。」阿施若夫說：「魔鬼攫走了他們的正義感，他們可以視而不見或毫無感覺。你應該離開村子，把你的家人帶來這裡。」

「那我們要待在哪兒？在村子裡至少我們有間小茅屋，再說我的祖先都一直住在那裡，我怎能離開那片土地？一個人遠離故鄉並不是好事，會讓人忘記自己的根。」

「是沒錯，」阿施若夫說：「但至少讓你兒子到這裡待一段時間，學點生意。」

「他們不可能被允許在村子裡執業的。」

阿施若夫對他的悲觀感到不耐煩：「情況會改變，你也聽到剛剛那些人說的。把你兒子送到我這裡來，我在自己的店裡教他們做裁縫。」

有一陣子杜奇眼中泛著希望的光芒，想像光明的未來。「不，」他說：「還是留在我們自己的地方好。」

作物成熟後杜奇不再去木材場，他發誓躲開地主的決心轉弱了，因為去城裡的路途遙遠，交通也不便利。他在黎明前就到田裡頭去收穫作物，黃昏後才腰痠背痛地返回家裡，附近的村子都流傳著他失蹤了幾個月的消息。

杜奇小時候，曾經每個晚上聽著同類型的傳言，只是人名不同罷了。斯塔因為在路上走到了貴族那一邊而被扔石頭，雖然沒被打死，但也流了不少血；甘比爾就沒那麼幸運了，他的耳朵被灌熔鉛，因為他晃到寺廟附近聽到了禮拜的內容；達亞朗違背了為地主犁田的約定，被迫在大庭廣眾下吃掉糞便；迪瑞為龐地甘希揚砍木頭，地主只想給些木材作為當天的酬庸，但他在工作前想談薪水，惹火了地主，便被控告毒死地主家的牛，最後被吊死了。

製皮工作持續冷清，杜奇在田裡工作，兒子就沒工作做了。蘿帕想讓伊斯佛和納若揚有事可忙，就叫他們去找木柴。偶爾他們會找到牧牛者忘記撿起的無主牛糞，這算是稀有又珍貴的日用品，牛主人一定會積極收集。蘿帕喜歡將牛糞塗在家門入口處，乾了之後變得又硬又平坦，感覺起來像是大庭院裡用陶土做的堅固門檻。

除了一點家務之外，兩個孩子仍然有很多時間在河邊玩耍或追逐野兔。他們很清楚自己的階級准許做什麼，不准做什麼；一半是天性，一半是從大人口中聽來的，在他們的認知裡形成如石牆般分明的界線。然而他們的母親仍擔心他們會惹上麻煩，她憂慮的等待打穀、簸穀的時節結束，那時候她就可以教他們篩選撿來的穀粒，親自看管他們。

有時兩兄弟會在村子的學校附近消磨一上午，他們聽貴族小孩朗讀字母、唱有關顏色、數字或雨季的歌，他們稚嫩的聲音從窗戶傳出來，活像一群嘰嘰喳喳的麻雀。然後兄弟倆會躲到河邊的樹叢裡，憑記憶複唱剛才聽到的歌。假如伊斯佛和納若揚因為好奇，不小心靠得太近而被老師瞧見，他們會立刻被趕開，「不要臉的小蠢蛋！快滾開，不然我打斷你們的骨頭！」但他們兩人已經非常熟練於窺伺教室裡的動靜，可以潛伏得很近，甚至聽到粉筆畫在黑板上的吱嘎聲。他們對粉筆和黑板很著迷，渴望像其他孩子一樣拿起粉筆學寫字，畫房子、牛、羊和花朵。它就像魔術一樣，可以憑空把東西變出來。

一天早晨，伊斯佛和納若揚又躲在樹叢裡，學童們被帶到前院練習慶祝收穫的舞蹈。當時晴空萬里無雲，能夠依稀聽到遠方的歌聲，工人們的歌聲裡有背痛和皮膚曬傷的苦惱，伊斯佛和納若揚聽到他們父親的聲音，但很難從眾多的合音中分清楚。

學童們赤著腳、手牽手形成兩個同心圓，分別向相反的方向移動。兩個圓不時切換移動的方向，有的學童轉身慢了，導致擠在一塊或隊伍塞住，產生很多好笑的情況。

看了一會兒，伊斯佛和納若揚突然想到現在教室裡空無一人，他們沿著院子繞到屋子後方，然後從窗戶爬進去。學童們的鞋子整齊地排在其中一個角落，黑板後放著他們的便當盒，食物的味道與粉筆灰混雜在一起。兩個人直接往放置小黑板和粉筆的壁櫥走去，他們每種各拿了一個，把小黑板放在腿上席地而坐，就像平常看到其他孩子做的一樣。不過接下來他們就不知道該做什麼了，納若揚等著看哥哥的動作。

伊斯佛有一丁點兒緊張，他把粉筆拿到板子上，擔心會發生什麼事。他小心翼翼的把筆放上去，畫一條線，再畫一條，然後一條一條的接著畫。他開心地對納若揚咧著嘴笑，做自己的圖畫是多麼簡單的事啊！

現在納若揚的手興奮得發抖，也用粉筆畫了一條線，然後驕傲的展示著。他們愈畫愈開心，除了直線，又在板子上畫了圈圈和曲線，隨意畫上各種形狀，偶爾停下來欣賞，對於自己可以輕易創造的能力感到不可思議，用手擦去後又再重新畫。沾在手心和指頭上的粉筆灰也讓他們開心得咯咯笑——讓他們可以在前額畫出粗而有趣的線條，看起來很像婆羅門階級的徽記。

他們又到壁櫥去看看裡面還有些什麼，他們打開字母圖表和圖畫書，迷失在禁忌的世界中，甚至沒注意到院子裡的舞蹈結束，沒注意到老師在他們身後悄悄接近。他擰起他們的耳朵，把他們拽到外面。

「你們這些查瑪混蛋！好大膽，竟敢進到學校！」他用力扭他們的耳朵，直到他們痛到叫出來，開始哭泣。

「你們的父母就是這樣教你們的？玷污學習知識的工具？回答我！是不是這樣？」他放開他們的耳朵，兩人耳朵上的痛楚直達腦門，然後又再抓住他們。

伊斯佛啜泣道：「不，先生，不是的。」

「那你們怎麼會在這裡？」

「我們只是想看……」

「想看！好，我就讓你看！我讓你們看我的手背！」他一手抓住納若揚，一手在伊斯佛的臉上連續搧了六個耳光，然後也同樣打了納若揚六下。「還有，你們額頭上的是什麼？你們這些可恥的東西，如此褻瀆神明！」他又開始打他們耳光，打得手痠。

「把壁櫥裡的藤條拿來！」他向一個女孩下令，「你們兩個脫掉褲子，等一下結束後，你們兩個壞孩子就再也不敢奢望不屬於你們的東西了。」

藤條取來了，老師叫四個年紀比較大的學生抓住他們的手和腳踝，面朝下的按在地上。他開始執行處罰，交替的鞭打他們，旁觀的學童被咻咻的鞭笞聲嚇得一直退縮，一個小男孩被嚇哭了。

兩兄弟各被打了十來下，老師才停手。「這些夠教訓你們的了。」他喘著氣說，「現在滾出去，你們骯髒的臉永遠別出現在這裡。」

伊斯佛和納若揚連褲子都來不及提好，就歪歪倒倒地逃離現場，還不小心摔了一跤，孩子們看了一直笑，忘卻不久前的恐懼。

杜奇一直到晚上才聽說兒子被處罰的事，他沉重的告訴蘿帕晚點再烤印度薄餅。「為什麼？」她擔憂的說：「在田裡工作一整天後你不餓？你究竟要去哪裡？」

「去找龐地．拉路朗，一定要請他想想辦法。」

「你先別管，」她祈求道：「別在晚餐時打擾這麼重要的人物。」但杜奇洗掉手上一整天的塵埃後就離去了。

龐地．拉路朗不是一般的婆羅門，他是哲巴范婆羅門——承襲自神聖知識的守護者，正統而純粹，他既不是村中領袖，也不是政府官員，但他的同儕說他的年紀、正義感以及他所擁有的神聖知識，搏得了他們忠誠不移的尊重。

無論什麼樣的糾紛，土地、水或動物方面，都可以在他面前得到公平的仲裁。家庭爭執像是不聽話的媳婦、固執的妻子和花心的丈夫，也都臣服於他的裁判。由於他無懈可擊的公信力，「大家」都能服氣滿意的離開：受害者獲得正義支持的安慰，犯錯者也能逍遙法外的繼續過日子，而龐地．拉路朗，他唯一的困擾，就是常收到兩方贈予的禮物，如布料、穀粒、水果及甜食等。

而智者龐地對提升社會和諧的名聲也感到榮幸，舉例來說，在社會熱烈抗議伊斯蘭教徒和屠牛行為的那一段期間，龐地．拉路朗說服與他同一信仰的人說，印度人譴責吃牛肉者是不對的。他解釋，伊斯蘭教徒依據教規可以擁有四個妻子，可憐的男人需要吃動物的肉才能有充沛的精力來服侍四個太太——他是因為需要才吃肉，並不是因為喜歡牛肉或想騷擾印度人，因此大家應該同情他，並且讓他安然地達成他宗教上的要求。

因為有著無瑕疵的記錄，龐地．拉路朗的擁護者眾多，人們都說，他是如此的公平公正，即使是賤民也能從他手中獲得正義的伸張；不過，還沒有活著的賤民能證實這種說法。人們或許還記得，有位地主打死一個邦吉，因為他應該要把地主家裡的糞便清走，但卻遲到了，在太陽完全升起之後才到。龐地．拉路朗裁決——或者是他的父親，也或許是他的祖父，反正就是有人做了裁決，犯行嚴重，但罪不至死，因此地主未來六年必須提供食物、容身處和衣物給死者的太太和小孩作為補償；或者是六個月，還是六週？

深信這則正義的傳奇，杜奇坐到龐地．拉路朗的腳邊告訴他伊斯佛和納若揚被打的經過。這位智者坐在扶手椅上，剛吃完晚餐，在聽取描述時大聲打了好幾次嗝。杜奇每次都禮貌的停下來，龐地．拉路朗嘴裡含糊的向他道謝。

「他打我兒子時下手多重……你應該看看他們發腫的臉，龐地先生。」杜奇說：「而且他們背上像被一隻憤怒的老虎用虎爪抓傷似的。」

「可憐的孩子。」龐地．拉路朗很同情的說。他站起來走向櫥櫃，「給你，把這個藥膏塗在他們背上，可以緩和灼燒般的疼痛。」

杜奇鞠躬致謝，「謝謝，龐地先生，你真是好人。」他把頭上的布拿下來包起這扁扁的小錫罐，「龐地先生，一段日子前我被塔庫爾．普朗吉重重責打，但那不是我的錯。當時我沒有來找你，因為不想打擾你。」

龐地．拉路朗挑了一下眉毛，然後揉揉大腳趾。他一邊點頭，一邊用手指頭搓出汗水與污垢結合成的黑色泥條。

「那時我默默承受，」杜奇說：「然而現在為了我的孩子，我必須來找你，他們不該受到不公平的責罰。」

龐地．拉路朗仍然沒說什麼，嗅著剛搓完腳趾的手指頭，然後抬起一邊的屁股放了一個屁。杜奇往後靠，讓氣味散去，心裡不禁猜想妨礙婆羅門屁味的飄散會有什麼樣的處罰？

「他們只是孩子，」他懇求道：「而且他們又沒傷害誰。」他等著回應，「他們沒有傷害誰，龐地先生。」他又重複一次，希望眼前的智者至少認同他，「那個老師應該為他的所作所為受到處罰。」

龐地．拉路朗長長的、冷冷的嘆了一口氣，他斜倚著，從鼻孔裡擤出一條粗粗的鼻涕，噴在地上，濺起微微的灰塵。他揉了揉鼻子又嘆口氣，「杜奇．莫希，你是個勤奮的好人，我認識你很久了。你總是本著自己的階級地位克盡職責，不是嗎？」杜奇點點頭。

「很明智，」龐地．拉路朗讚許他，「這是通往幸福的道路，否則世界就會一團亂。你知道社會上有四種階級：婆羅門祭司、剎帝利武士及貴族、吠舍平民還有首陀羅奴隸，我們每個人隸屬於其中一種，而且不能混淆，對吧？」杜奇又點點頭，隱藏起心裡的不耐煩，他不是來聽關於種姓制度的教條的。「你身為一個製革工人，得為家人和社會盡業法的職責，那位老師也是，你不能否認吧，杜奇？」杜奇搖搖頭。

「處罰你兒子的行為不端是老師的責任，他別無選擇，你了解嗎？」

「是的，龐地先生，處罰有時候是必要的，但需要下這麼重的手嗎？」

「他們的犯行很嚴重……」

「他們只是孩子，好奇心重，就像……」

龐地．拉路朗翻了個白眼打斷他，伸出右手食指靠在唇上示意杜奇安靜。「我要怎樣才能讓你了解？你根本不具有理解這些事情的知識。」他耐心的態度開始變得嚴厲些了，「你的孩子闖入教室，玷污了那個地方，他們接觸學習教具，他們褻瀆黑板和粉筆，那些是只有中上階級的小孩才能碰的。你很幸運壁櫥裡沒放像是《薄伽梵歌》❷等聖書，沒有神聖的文字，不然處罰會更激烈。」

杜奇輕撫龐地．拉路朗的涼鞋，平靜的準備離開，「我完全了解，龐地先生，謝謝你的說明。我真的很幸運，你身為哲巴范婆羅門，卻願意浪費寶貴的時間在像我這樣無知的查瑪身上。」

龐地．拉路朗心不在焉的舉起手道別，他心裡有個小小的疑問，他是被奉承還是被羞辱了？此時他胃裡的空氣又直沖而上，打了一個大嗝，剛剛的疑惑隨之消散，心裡和胃裡都舒坦了。

回家的路上杜奇遇到朋友，他們還在河邊的樹下抽煙，「喂，杜奇，那麼晚了還到村子那頭去？」

「我去見哲巴范婆羅門。」杜奇說，並詳細描述了經過，「他應該叫做吃桶飯婆羅門！」

他們談笑得開心，丘圖說吃屎婆羅門更適合，「他怎麼胃口這麼好，每餐都吃半斤的印度奶油和一斤甜食？」

「他讓我給孩子擦這個藥膏。」杜奇說。他們傳著看，一面檢查一面嗅味道。

「我覺得聞起來像鞋油，」丘圖說，「他一定每天早上都往頭上擦，所以頭才會亮得像太陽一樣。」

「嘿！你把他的頭和屁眼弄反了，他是擦在屁股上，所以那個地方才會發亮，就像他的婆羅門兄弟說的，這就是為什麼那些吃屎的都想湊上去舔。」

「我有一曲建言要送給他們。」達亞朗用嘲諷的調調，模仿教士提高嗓子念聖書的樣子，裡面提到雞姦及交媾的片段讓其他人狂笑不已。杜奇把小錫罐丟到河裡就轉身回家，他的朋友還留在原地討論龐地．拉路朗的胃是什麼做的。

他跟蘿帕說次日一早就要進城，「我決定了，我要跟裁縫師阿施若夫談談。」

她沒有問原因，她心裡在忙著計畫夜裡要去哪戶人家的攪乳器上搜刮奶油，這次是為了孩子們。

❷ 印度史詩《摩訶婆羅多》的一部分，後來也獨立成冊廣為流傳，種姓制度不允許賤民閱讀此類經典。

阿施若夫不要求報酬的收下杜奇的兒子當學徒。

「他們可以幫我忙。」他說：「況且兩個小孩子哪吃得了多少東西，我們煮什麼他們就跟著吃，這樣好嗎？他們有什麼不能吃？」

「沒有。」杜奇說。

兩週後他帶伊斯佛和納若揚到裁縫店裡，「阿施若夫就像我的兄弟一樣，」他跟孩子們說，「你們倆一定要稱他阿施若夫叔叔。」

聽到叔叔的稱呼，那裁縫師喜上眉梢。杜奇繼續道：「你們要在阿施若夫叔叔這裡待一陣子，向他學習。仔細聽他說的每件事，對他要像對我一樣的尊重。」

孩子們對於跟父親分離早有了心理準備，現在只是形式上的回答：「是的，爸爸。」

「阿施若夫叔叔要把你們變成跟他一樣的裁縫師，從現在開始，你們就不是修鞋匠了。假如有人問你們的名字，不要說伊斯佛．莫希或納若揚．莫希。從現在開始，你們是伊斯佛．達吉和納若揚．達吉。」

杜奇在他們兩人背上都拍了一下，輕輕向前推，就像要把他們送到別人的守護之下。他們離開父親身邊走向裁縫師，他伸出雙手接納他們。

杜奇看著阿施若夫用溫暖的手緊握孩子的肩膀，阿施若夫仁慈又善良，他知道自己的兒子可以得到很好的照顧。天下的父親都是一樣的，此時一股冰冷的疼痛感在他心中蔓延。

回村子的路上，他沉沉地躺在牛車裡，覺得筋疲力盡，幾乎沒感覺到車子的顛簸震得他骨頭難受。此時，他感到體內有一股狂烈的活力可以讓他跳出車外飛奔。他知道他為兒子做了最好的打算，心中的包袱沒了，但是，為什麼他沒覺得輕鬆些？是還有其他事令他牽掛嗎？

下午回到村子的路上，他跳下牛車，進門時發現蘿帕呆呆的坐在屋子裡，凝望著門口。他告訴她一切都搞定了。

蘿帕埋怨地看著丈夫，他在自己的生命裡挖了一個填補不了的大洞。每次想到那兩個孩子跟一個陌生人住在好幾里外，而且還是個伊斯蘭教徒，她的悲傷就哽在喉嚨，覺得自己快要窒息了，她這樣告訴她先生。杜奇沉重地說，至少他的伊斯蘭教朋友待他比印度朋友好。

穆沙佛裁縫公司是座落於街上的小型家庭生意，那條街上還有五金行、煤油商、雜貨店、磨坊，每家店面的大小和外觀都一樣，只有裡面的聲音和味道不同；穆沙佛裁縫公司是唯一掛了招牌的。

阿施若夫的店裡很狹窄，學徒只能睡在店裡。樓上是起居處，只有一個房間再加上一個廚房。他在去年結婚，現在有一個剛滿月的女兒。他的太太蔓塔茲對他另邀了兩個人一起住很不滿。

伊斯佛和納若揚對突然間的改變很不習慣，大樓、電燈、從水龍頭流出來的水——什麼東西都跟村子裡的不一樣，而且那麼的令人驚奇。第一天他們畏怯的坐在店門外的石階上望著街道，看到了一個混亂嚇人的世界。漸漸的，他們看懂了街道上川流不息的車陣，裡頭有手推車、腳踏車、牛車、巴士，偶爾也有貨車。現在他們了解這個車陣的性質，知道它不只有瘋狂和噪音，很多東西是有它的模式的。

他們看到有人上雜貨店買鹽、香料、椰子、豆子、蠟燭和油，也看到磨坊主人工作時手臂漸漸沾滿白粉，有時臉上和睫毛上也有。煤油商人的臉則隨著時間過去而變黑，他的送貨小弟整天就帶著幾籃子的煤油跑來跑去。伊斯佛和納若揚喜歡看著鄰居晚上工作結束後把身上的顏色洗掉，露出被覆蓋住的古銅色。

阿施若夫就這樣任他們晃兩天，直到他們的好奇心自動轉到裁縫店裡，引起他們注意的焦點自然是縫紉機。為了滿足他們，他讓他們輪流運作，自己則拿了一塊碎布在車針下示範，兩兄弟因為能親自讓機器運作，激動得顫抖，就像拿粉筆在小黑板上畫圖一樣令人振奮。

現在他們已經準備好進行其他沒那麼興奮的事情，像是穿針、手工縫紉。強烈的學習欲望讓阿施若夫見識到他們快速俐落的手腳，下一次當有客人上門時，他決定讓伊斯佛記下量身的結果。

那人帶了一匹條紋布料來做衣服，阿施若夫將訂單冊翻開至新的一頁，記下客人的名字，然後唰的一聲展開捲尺，孩子們看了自是崇拜不已，在一旁就趕緊練習起來。

「領口，十四吋半。」他口述著：「胸圍，三十二。」他向伊斯佛瞧了一眼，看到他半吐吞頭，正埋頭專注地寫著。「袖子……長袖或短袖？」

「要做長袖，」那人說：「我要穿去參加朋友的婚禮。」量身程序完成後，客人先確認上衣在下週婚禮前能夠做好才離去。

「現在我們來看一下尺寸。」阿施若夫說。

伊斯佛得意的微笑，把本子遞給他，那一頁布滿了黑色的抓痕和潦草難辨的字體。

「哦，是的，我了解了。」阿施若夫抑制住氣餒的情緒，拍拍他的背，「你做得很好。」他迅速記錄下他記得的數字。

晚餐後，他開始教孩子們字母和數字，蔓塔茲很是不悅，「現在你又變成他們的老師，接下來呢？等他們夠大了，你還要幫他們物色太太不成？」

次日他就完成了客人要參加婚禮的上衣，客人週末前才來試穿，一切都合身，除了長度：下擺長及膝蓋之上，超過應有的長度。那人在鏡子前轉來轉去、狐疑的看著。

「絕對太完美了！」阿施若夫讚美道：「現在很流行這種北巴尚尼風格。」客人帶著疑惑離開後，三個人一起放聲大笑。

實習的日子過了一個月之後，一天晚上阿施若夫被輕輕的貓叫聲吵醒，他坐起來想聽個仔細，聲音就消失了，他躺下來準備再入睡，幾分鐘後同樣的聲音又打擾了他的睡眠。「怎麼了？」蔓塔茲問：「你為什麼一直醒來？」

「有聲音，是寶寶在哭嗎？」

「不是，但如果你一直這樣跳起來，她就會了。」

接著又傳來哭泣的聲音，「在樓下。」他下床點亮一盞燈。

「你去幹嘛？你又不是他們的父親。」他走下樓到店裡時，她的怒斥隨後而至。

他進去後將燈舉起，燈光照在納若揚泛著淚光的臉上，阿施若夫到他身邊跪坐在地上，輕撫他的背。

「怎麼了，納若揚？」他問道。雖然他知道，他們在這裡遲早會有思鄉情緒。「我聽到你在哭，哪受傷了？」

那男孩搖搖頭，阿施若夫一隻手繞在他肩上，「你爸爸不在的時候，我代替他的位置，而蔓塔茲阿姨就像你們的媽媽一樣，知道嗎？有任何事都可以告訴我們。」

納若揚聽了後失聲痛哭，把伊斯佛也吵醒了，他揉揉眼睛，用手遮擋燈光看著他們。

「你知道你弟弟為什麼哭嗎？」阿施若夫問。

伊斯佛凝重的點點頭，「他每天晚上都在想家，我也會想，但我不哭。」

「你是個勇敢的孩子。」

「我也不想哭，」納若揚說，「可是天黑後大家都睡了，我就想起爸爸媽媽。」他一邊抽咽一邊擦掉淚水，「我看到我們的小茅屋，我很難過，然後我就哭了。」

阿施若夫把他抱到腿上，說想爸媽沒關係，「但是不要難過，幾個禮拜之後爸爸會來帶你們回去一陣子。等你們學會所有裁縫的手藝之後，你們可以自己開店，賺很多錢，你們的爸媽會感到很驕傲，懂了嗎？」

他告訴孩子們每當他們感到難過時，可以來找他，跟他說些關於村子、小河、田野和朋友的事，他安慰他們說，一起談談家鄉的事就可以把悲傷轉為快樂。他躺在他們身邊直到他們睡著，然後把燈光轉弱再上樓去。

蔓塔茲坐在黑暗中等他回來，「他們還好嗎？」她擔憂的問。

他點點頭，她的關心讓他安心許多，「他們只是覺得孤單。」

「或許明天開始我們應該讓他們睡在樓上。」她的提議讓他很感動。

阿施若夫眼神中閃爍著慈輝說：「他們是很勇敢的孩子，他們要學習自己睡才會變得堅強。」

杜奇的兒子學習製革以外的生意，這個消息很快就傳遍了全村。在以前，逾越自己所屬的階級會被處以死刑。杜奇現在雖然能保住一命，然而從此生活卻更艱難了，人家不再給他畜屍，而且他必須到很遠的地方才能找到工作。有時他能從查瑪同伴那兒偷偷的得到獸皮；對他們來說相當困難，萬一被發現的話就糟了。他製作好的成品也必須到遠地兜售，到一個沒有人知道他和他兒子的地方。

「你讓我們遭受這樣的折磨，」蘿帕幾乎每天都這樣埋怨，「沒工作，沒食物，沒兒子。我犯了什麼錯要受到這種處罰？我的人生將永遠陷入黑暗之中。」

不過，隨著兒子回來的日子接近，蘿帕的心情也好轉起來。她夢想並計畫著，一定要準備可以好好招待他們的東西，假如負擔不起，那麼就用不花錢的方式——在夜裡取得。

自從孩子長大以後，杜奇第一次察覺到她在夜間外出，當她躡手躡腳回來時，他說道：「聽著，納若揚的媽媽，我想妳不應該去。」

蘿帕跳起來，「哦，你嚇死我了！我以為你睡著了！」

「這樣冒險真是太傻了。」

「你以前從沒這樣說過。」

「那時候不一樣，現在又不是孩子餓著了，沒奶油、沒桃子或棕櫚糖什麼的。」

蘿帕走開，承諾這是最後一次，畢竟她兒子離家三個月了，她想給他們一點特別的東西。

在漫長等待的那一天，杜奇黎明時就出發，預計把孩子帶回來住一個禮拜。孩子們緊坐在父親身旁，一路上不停觸摸他；他們分別倚在他兩旁，納若揚把手放在他的膝上，伊斯佛抱著他的手臂。他們不停說話，回到家後又重複一遍給媽媽聽。

「那個機器好神奇，」伊斯佛說，「那大大的輪子……」

「你的腳要像這樣動，」納若揚揮動他的手，模仿踏板的樣子，「然後車針跳上跳下的，好厲害哦……」

「我可以做得很快，但阿施若夫叔叔做得更快。」

「我也喜歡用手拿小針，它可以在布料上穿上穿下。可是它很尖，會刺到我的大拇指。」

他們的母親立刻查看手指，確定不會留下永久的疤痕，然後再讓他們繼續說。到晚餐時他們已經累壞了，趴在餐桌上就睡著，蘿帕幫他們擦嘴擦手，然後杜奇帶他們去睡覺。在鋪上自己的墊子前，夫妻倆凝望他們的睡容好一會兒，「他們看起來健康又健壯。」她說：「看看他們的臉頰！」

「我希望那不是虛胖。」杜奇說，「就像饑荒時肚子腫脹的嬰兒一樣。」

「你在胡說些什麼？憑我做母親的直覺，我一眼就看得出來他們健不健康。」但她了解他的懷疑是有道理的，孩子在陌生人家裡竟然長得比在自己家裡好，她也同樣感到羞恥。那晚，他們懷著歡喜與憂傷交雜的情緒入眠。

家人團聚的興奮情緒在次晨繼續蔓延。孩子們從穆沙佛裁縫公司帶來捲尺、白紙和鉛筆，想要為爸媽量身。阿施若夫教過他們量身專用的詞彙，像是頸圍、腰圍、胸圍和袖長。

孩子們還不夠高，因此有時兩位客人必須彎下腰來或是坐在地上，先是媽媽，再來是爸爸。當他們正在記錄杜奇的尺寸時，蘿帕叫了附近的朋友來看。現在伊斯佛已經懂得害羞，不時露出靦腆笑容，而納若揚會得意的炫耀捲尺、誇大動作，吸引大家注意，結束後大家開心的為他們鼓掌。傍晚杜奇在河邊的樹下，把孩子們做記錄的紙拿給朋友看，之後的幾天他也一直帶在身上。

到了孩子們該回穆沙佛裁縫公司的時候，杜奇夫妻倆想到他們即將又要過著空虛的生活而憂愁。

伊斯佛向父親要了那張記錄尺寸的紙。

「我能留著嗎？」杜奇問。兩個孩子想了一會兒，然後東翻西找的抽出一張小紙片，抄下原來記錄的結果給爸媽，自己保留了原來的那份。

過了三個月又到了返家的時候，這次孩子們為爸媽帶了禮物。伊斯佛和納若揚打算騙他們說是在城裡的大商店買的，就跟有錢的都市人一樣。

「這是怎麼回事？」蘿帕不放心的問：「你們的錢從哪兒來的？」

「我們沒有買，媽！是我們自己做的！」納若揚說，已經忘記要開玩笑的事。伊斯佛興奮的說明，這是阿施若夫叔叔教他們挑選、利用客人做衣服多出來的布料做成的。爸爸的背心很簡單，因為白府綢的布頭很多。媽媽的綽尼短上衣就要花點工夫，衣服前片使用紅黃色的印花布，後片是純紅色，袖子則是用硃砂色的布頭做的。

蘿帕穿上短上衣後立刻流下欣喜感動的淚水，伊斯佛與納若揚慌張的看看父親，他說她是喜極而泣。

「哦，是的。」她啜泣著回應。她蹲下來給他們各一個擁抱，然後再把他們抱在一起。她留意到杜奇在一旁看著，便叫孩子們過去，「也去抱抱爸爸。」她說：「今天是很特別的一天。」

她走到屋外找鄰居，「帕蒂瑪！莎維琪！快來看！安柏、蓓雅里，妳們也來！看我兒子帶了什麼！」

杜奇開心的對孩子咧嘴笑，說：「今天沒有晚餐吃了，新衣服會讓媽媽忘記任何事情，她會花一整天的時間炫耀。」他拍拍前胸和兩側，「這件比我原來的更合身，質料也更好。」

「爸爸，你看，這裡還有口袋哦。」納若揚說。

蘿帕和杜奇一整個禮拜都穿著他們的新衣服，孩子們離開後她就換下綽尼服，也叫他把背心換掉。

「為什麼？」他問。

「要洗。」

但衣服乾了後她不還給他，「萬一不小心扯破了怎麼辦？」她把兩件衣服摺好，用袋子包起來，再用繩子綁好。

她把袋子掛在屋內，以免淹水時滲濕或被小動物咬壞。

伊斯佛和納若揚每三個月就返鄉探視一週，學徒時光就這麼度過。他們現在分別已經十八和十六歲了，受訓接近尾聲，雨季過後就要離開穆沙佛裁縫公司。阿施若夫的家庭也成長了——他們現在有四個女兒：最小的三歲，最大的八歲。蔓塔茲很關心學徒的情況，他們技術愈早練成，房間就能愈早空出來給自己的孩子用，雖然她現在也很喜歡這兩個年輕人，又安靜又能幫忙。

納若揚想回村裡開業，為村人做裁縫。伊斯佛傾向於待在這個城鎮或其他城市，在別人的店裡頭做事。「你在村子裡賺不了多少錢，」他說：「每個人都很窮，在大地方才有前景。」

此時，因為獨立議題偶發的暴動，正隨國家的分裂而蔓延開來。

「或許，目前你們先待在這裡會比較好。」阿施若夫這樣說，但蔓塔茲瞪了他一眼，「惡魔的爪子不會伸到這個城鎮來。你們認識這裡所有的鄰居，也在這裡住了好幾年，更何況，即便你們的村子平安無事，現在也不是開業的好時機。」

伊斯佛和納若揚請順路的人帶話給父母親，說他們會待在阿施若夫叔叔這裡，直到動亂過去。蘿帕很沮喪，分離那麼多年後，現在兒子又要延期返家，什麼時候神才能大發慈悲，結束對她的懲罰？

杜奇雖然也很失望，但能接受以目前來說最好的決定。現在四處隨時有動亂發生，屬於印度組織的人穿白上衣、卡其褲，訓練他們的成員遊行時如士兵般齊步行進。他們告訴成員伊斯蘭教徒在國內各處攻擊印度人的事件，「我們一定要做好護己禦敵的準備，」他們說：「並且要為自己復仇。假如他們讓我們的印度同胞流血，這個國家必定要讓伊斯蘭教徒血流成河。」

在杜奇的村子裡，伊斯蘭教徒少到不能起任何威脅作用，但地主從外來的警告中找到機會，盡一切可能挑起民眾的反抗情緒，「在我們被活活燒死在自己家裡前，最好將伊斯蘭教壞蛋驅逐出去。幾個世紀以來他們一直侵擾我們、毀掉我們的寺廟、竊取我們的財富。」

穿白衣和卡其褲的人努力不懈的試了好幾天，卻並未獲得大眾的回響。下層階級的人對那些振振有詞的演說並不感興趣，他們一直跟伊斯蘭教鄰居處得很好，況且，他們總是累得魂不附體，沒精神管這種事。

因此，從村莊對抗伊斯蘭教徒的策劃並未成功。然而其後叛國者的陰謀伺機而動，包括叛國者主腦莫罕達斯・卡拉姆昌德・甘地，來自印度組織的人馬開始行動了。人口、商店及商業行為繁密的地方給了他們較多成功的機會，在那裡，幕後黑手得以藏匿，也是謠言、傳聞容易滋生的地方。

杜奇和朋友傍晚在河邊討論事件的發展，他們對遠方城鎮及村莊傳來各種不同的說法感到困惑。

「地主總是把我們當畜生一樣看待。」

「比畜生還不如。」

「可是如果消息是真的呢？萬一伊斯蘭教群眾掃蕩我們的村子，就像那些穿卡其褲的人一樣，那怎麼辦？」

「他們從來沒騷擾過我們，有什麼理由現在要那麼做呢？而我們又為什麼要因為外來的傳聞去傷害他們？」

「是的，我們突然都變成了印度同胞，這真是很詭異的事。」

「比起混蛋婆羅門和塔庫爾，伊斯蘭教徒對待我們更像同胞。」

但傳聞仍不斷演變成各種版本：一位聖者在公車站被砍死、一個部落被夷為平地等，使整個地區籠罩在緊張的氣氛下。小道消息幾可亂真，因為聽起來跟民眾過去幾天在報上看到的十分類似：在各大城鎮縱火及暴動的報導、四處的蓄意破壞及屠殺，以及新邊界上人口大量的遷移。

殘殺的暴行肇始於小鎮的貧民區，然後擴散開來。次日市場空無一人，買不到水果或青菜，集乳工不再拌乳，而城鎮裡唯一的麵包店是伊斯蘭教徒開的，已經被燒成灰燼了。

「麵包變得比金子還稀罕。」阿施若夫說：「真是瘋了。這些人世世代代都住在一起，共同歡笑、哭泣，現在他們卻互相殘殺。」他那天沒有工作，一直看著門外荒涼的景象，像是在等著什麼可怕的東西現身一樣。

「阿施若夫叔叔，晚餐好了。」納若揚收到蔓塔茲的暗示後說。她先生一整天都沒吃東西，她希望至少他現在能一起用餐。

「我必須告訴妳一件事情。」他對蔓塔茲說；「你們也是。」他轉過頭去對伊斯佛和納若揚說。

「來吧，晚餐好了，我們可以晚點再談。」她說：「今天只有辣豆菜和印度薄餅，你至少得吃一點。」她從爐子上把鍋子拿了過來。

「我不餓，妳和孩子們吃就好。」阿施若夫說，一邊把四個孩子趕上餐桌。她們很不情願，感覺到了爸媽的焦慮。「去吧，男孩們，你們也是。」

「我好不容易做了一餐，而尊貴的老太爺卻連一根手指都不肯動一下。」蔓塔茲抱怨道。

他現在心情很糟，連普通的抱怨聽來都變成了怒言惡語，他做了平常幾乎不會做的事，他對她吼：「我就是不餓，妳能把我怎樣？把盤子綁在我肚子上？講話也要有點道理！」兩個最小的孩子嚇哭了，其中一個撞翻杯裡的水。

「現在滿意了？」蔓塔茲一面斥責他一面擦掉地上的水，「想用大嗓門嚇唬我，告訴你，只有小孩才會怕你。」

阿施若夫把兩個啜泣的孩子抱入懷中，「好了，好了，別哭。看，我們會一起吃飯。」他從自己的盤子拿東西餵她們，當孩子的手指向自己，他便放一小口在自己嘴裡。很快地這變成他們之間的新遊戲，孩子們都被逗笑了。

晚餐很快的結束，蔓塔茲開始把鍋子及杓子拿到外面的水龍頭下清洗，阿施若夫打斷她：「晚餐前我本來有話要說，在妳開始吼之前。」

「我現在在聽了。」

「是關於這個……關於到處在發生的事情。」

「什麼？」

「妳要我在孩子們面前說嗎？」他小聲但激動的說，「麻煩遲早會找上門，無論發生什麼事，兩個派別之間再也不會跟以前一樣。」

他注意到伊斯佛和納若揚不安的聽著他們說話，馬上補充道：「我不是指我們，孩子。我們會一直像一家人一樣，即使我們分開了。」

「阿施若夫叔叔，我們不必分開，」納若揚說：「伊斯佛和我並沒有打算要離開。」

「是的，我知道。但是蔓塔茲阿姨、小孩還有我，我們必須離開。」

「我可憐的老太爺，完全瘋了！」蔓塔茲說：「離開？帶著四個年幼的孩子？你想去哪兒？」

「跟大家去的地方一樣，越過邊境。不然妳能怎樣？坐以待斃，等帶著刀劍、槍棍、煤油的憎恨和失心瘋找上門？我要說的是，明天早上我要到車站買我們的火車票。」

蔓塔茲直說他像是個愚蠢的老頭子，但他也不能允許她坐視不管、換取一時的安逸。他說他下定決心要徹夜抗爭，不能裝作一切都正常。

「我盡一切所能挽救我的家人，妳怎麼這麼不通情理呢？如果有必要的話，我會拽著妳的頭髮去火車站。」聽到父親這樣的威脅，孩子們又嚇哭了。她幫孩子擦掉眼淚，再也不堅持己見，這不是對危險視而不見的問題——危險在幾里之外就可以嗅得出來，她先生是對的。只是，遷移到未知的地方也非易事，她是有考慮過的。

「我們沒辦法帶太多東西，假如我們走得這麼匆促。」她說：「衣服、爐子、幾個鍋子，我得開始打包了。」

「對，準備好明天帶著，」阿施若夫說：「其他的我們鎖在店裡。假如這是神的旨意，有一天我們會有辦法回來取回我們的東西。」他喚孩子們上床，「來，今晚我們必須早點睡，明天我們要展開一趟長途旅行。」

他們匆忙收拾，納若揚覺得不忍再聽下去、看下去，他懷疑自己是不是能說些什麼改變這一切。於是他裝作要到樓下店鋪，其實偷溜到後面出去找鄰居，向他們說自己剛剛聽到的計畫。

「他是認真的嗎？」五金行的老闆說：「我們早上聊天時，他還說在我們這塊地方沒什麼好擔心的。」

「他改變主意了。」

「等等，我現在去找他。」

他召集了煤油商、雜貨商和磨坊主人前去找阿施若夫，「在這時候打擾你，請見諒，我們可以進去嗎？」

「當然，你們想吃點或喝點什麼嗎？」

「不用，謝謝。我們來是因為聽到一件讓我們非常難過的消息。」

「怎麼回事？」阿施若夫激動起來，以為誰家發生了意外，「我能幫上忙嗎？」

「是的，你可以，你可以告訴我們這不是真的。」

「什麼不是真的？」

「就是你要離開我們，離開你和你孩子出生的地方，令我們很難過。」

「你們都是這麼好的人……，」阿施若夫的雙眼開始濕潤，「但我真的別無選擇。」

「跟我們一起坐下，平靜地想想。」五金行老闆一隻手繞過他肩上：「時局不好，沒錯，但要離開……這太不理智了。」

其他人點頭表示贊同，煤油商把手放在阿施若夫的膝上，「每天都有火車越過新邊境，載的都是屍體。我的代理商昨天從北部來這兒，他親眼看到火車被迫停在車站，每個人都被殺了，邊界兩邊的人都一樣。」

「那我該怎麼辦？」

他絕望的聲音讓五金行老闆再次把手放到他肩上，「留在這裡，你有朋友，我們不會讓你家人發生事情的。我們這裡有過任何麻煩嗎？我們一直平安的住在這裡。」

「可是如果外面那些找麻煩的人來了，我們不知道會發生什麼事？」

「你的店是這條街上唯一的伊斯蘭教商店，你覺得我們這麼多人難道還不能保護一個店嗎？」五金行老闆抱住阿施若夫，向他擔保無需害怕。「任何時候，無論白天或晚上，只要你對任何事感到擔心，就帶著老婆和孩子過來我們這裡。」

鄰居們離開後，納若揚有個主意，「你知道外面的招牌──穆沙佛裁縫公司，我們可以放上另外一個。」

「為什麼？」阿施若夫問。

納若揚遲疑的說：「一個新的……」

阿施若夫知道他的意思了，「對，用新的名字，一個印度名字，這真是個好主意。」

「我們現在就來做，」伊斯佛說：「我可以到你叔叔的木材場拿一個新木板，腳踏車能借我嗎？」

「當然，但小心，不要經過伊斯蘭教地區。」

一小時後伊斯佛空手而歸，連目的地都沒去成，「許多商店和房子著火，我慢慢的繼續走，然後看到一些人拿著斧頭，他們正在砍一個人，我很害怕就回來了。」

阿施若夫無力地坐下，「你做得對，我們現在該怎麼辦？」他怕到想都不敢想。

「我們為什麼一定要新的木板？」納若揚說：「我們可以用舊木板的背面，只需要一些油漆。」

他跑到隔壁去，五金行老闆給他一個已經打開的藍色罐子。

「這個主意很好！」老闆說，「你想漆上什麼名字？」

「我想……克里希那。」納若揚隨意地說。

「用藍色很理想。」他指向遠方的地平線，那裡的天空瀰漫著煙和紅色火光，「我聽說那是木材場，但先別讓阿施若夫知道。」

夜幕降下時他們剛好完成油漆，再把招牌掛回去，「舊木板上的油漆看起來很新。」阿施若夫說。

「我會抹上一把灰。」伊斯佛說，「等明天早上油漆乾了後。」

「假如我們睡著時沒變成灰燼的話。」阿施若夫輕聲說，在鄰居安慰下所產生的安全感，現在已開始動搖了。上床後，直到他能辨認出來前，黑暗中的每個聲音聽起來都像是正在接近的危險。終於，他又聽到每晚入睡時熟悉的聲音，煤油商甩吊床的砰砰聲，他喜歡在後院露天睡覺（每晚他都會用力甩掉上面的臭蟲）；雜貨店每晚鎖門時的轟然巨響，又大又難推，需要一隻很有力的手；還有提水桶的匡啷聲——阿施若夫從不知道是誰的，而且在這麼晚的時候又要用來做什麼。午夜過後一陣子，他突然想到什麼事然後醒來，走下樓去把裁布桌後面牆上三個裝有《可蘭經》引文的裱框取下。他在黑暗中摸索，把伊斯佛和納若揚驚醒，他們起來點了燈。

「沒事，去睡覺。」他說：「我突然想起這些裱框。」原來掛著裱框的位置，牆壁的顏色看起來比其他部分淡，阿施若夫想用濕抹布擦去這些痕跡。

「我們可以幫你掛上別的東西代替。」納若揚說。他從裁布桌下拽出行李箱，拿出三幅貼在硬紙板上的圖像，上頭還配了吊線。「神仙愛侶羅摩和悉多、黑天神克里希那，以及吉祥女神拉克修美。」

「是的，沒錯，」阿施若夫說：「明天我們就把這些烏爾都[3]雜誌和報紙燒掉。」

早上八點半，阿施若夫像平常一樣打開店門，鬆開外面鐵捲門的鎖，但沒有把門捲上去，只把裡面的木門微開。街上跟昨天一樣，人跡稀少。

大約十點左右，煤油商的兒子透過門上的格子窗問：「爸爸叫我來問，如果市場有開的話，要不要幫你們帶點東西，他說你們最好別去。」

「神保佑你，孩子。」蔓塔茲說：「好的，如果可以的話帶一些牛奶給孩子們喝，還有蔬菜，什麼菜都好，一點馬鈴薯或洋蔥，任何你能找到的都可以。」

十五分鐘後那男孩空著手回來，市場裡空空如也。過一會兒，煤油商送來一瓶自家養的牛擠的牛乳，蔓塔茲靠所剩無幾的麵粉和扁豆來準備當天的菜餚。黃昏前，阿施若夫把門上的格子窗關上，門也閂起來。

晚餐時，最小的兩個孩子要阿施若夫像昨天一樣的餵她們。「哦，妳們喜歡上了那個遊戲。」他微笑道。

晚餐後，伊斯佛和納若揚起身回樓下，讓阿施若夫一家人準備鋪床睡覺。「留下來。」阿施若夫說：「還很早，反正沒有客人，惡魔讓時間過得很緩慢。」

「明天開始情況應該會好得多，」伊斯佛說：「他們說軍人很快就會來接管了。」

「希望如此。」阿施若夫說，看著他最小的孩子玩他做給她的布娃娃，最大的女兒在讀課本，另外兩個正在玩碎布頭，假裝自己是女裝裁縫師。他示意伊斯佛和納若揚來看她們玩家家酒的樣子。

「你們倆剛到這裡時就是這樣，」他說：「你們很喜歡甩捲尺，讓它發出劈啪的聲音。」回憶讓他們開懷地笑了，然後又漸漸沉默下來。

店門上響起的捶打聲打破屋內的寂靜，阿施若夫跳起來，但伊斯佛阻止他，「我去看。」

從樓上的窗戶他看到人行道上有一群人，約二、三十人。他們一看到伊斯佛，便大聲喊道：「開門，我們有話要跟你說。」

「好的，等一下！」伊斯佛回答。「聽著，」他小聲說：「你們都到隔壁去，要快，從樓上的通道。納若揚和我到樓下去。」

「哦，天啊！」蔓塔茲輕聲啜泣道：「我們早該在有機會的時候離開！你是對的，老公，我竟然說你愚蠢，我才愚蠢沒有……」

「閉嘴，來吧！快！」阿施若夫說。其中一個孩子開始哽咽抽泣，蔓塔茲把她摟到懷裡安撫，阿施若夫帶著她們出去。

伊斯佛和納若揚正往樓下走。那群人用硬物敲擊木門上的格子窗，敲打的聲響更急促了。

「等一下。」伊斯佛喊著，「我要先把鎖打開！」

那群人安靜下來，從格子窗可以看到有兩個人走上前，大部分的人手上都拿了武器，棍棒或魚叉等，還有劍。有幾個人穿著橘黃色上衣，手拿三叉戟。

他們的樣子嚇壞伊斯佛了，有一瞬間他幾乎想說出實話，撒手不管，但隨即又為這樣的想法感到羞愧。他解開格子窗的鎖然後推開一點，「嘿，兄弟。」

「你是誰？」帶頭的人問道。

「我父親是克里希那裁縫公司的老闆，這是我弟弟。」

「那你爸爸呢？」

「回家鄉，有個親戚生病了。」

那群人討論了一陣，然後帶頭的又說：「我們得到消息說這是一間伊斯蘭教商店。」

「什麼？」伊斯佛和納若揚異口同聲的說，「我們父親在這裡開店二十年了！」

那人身後響起眾人的抱怨聲：「不用說這麼多！燒掉它！我們知道這是伊斯蘭教商店！燒掉它！那些說謊維護店鋪的人，也燒死他們！」

「那是不是有伊斯蘭教徒在這裡工作？」帶頭的人問。

「生意還沒有好到可以雇人的地步，」伊斯佛說，「有我弟弟和我就夠了。」後面的人走上前來站到他旁邊，想往店裡頭瞧瞧，他們激動的喘氣，他可以聞到他們身上冒汗的味道。「你們可以盡量看，」他一邊說一邊往內移動，「我們沒有什麼好隱瞞的。」

那些人迅速地在店裡搜索了一番，取來裁布桌後面牆上掛的印度神畫像。一個穿橘黃色衣服的人走過來，「聽著，小子，如果你在說謊，我會親自用我的三叉戟把你戳出三個洞來。」

「我為什麼要說謊？」伊斯佛說：「我跟你一樣，你以為我會用自己的性命救伊斯蘭教徒嗎？」

店門外討論的聲音更熱烈了，「到人行道上脫下睡衣。」帶頭的人說，「你們兩個都是。」

「什麼？」

「動作快點！否則你們就永遠都不需要用到睡衣了。」

那群人開始不耐煩，他們用魚叉不斷敲擊地面，嚷著說要燒掉這個地方，伊斯佛和納若揚只好順從地脫下睡衣。

「太暗了看不清楚。」帶頭的人說：「給我一個燈籠。」

眾人裡傳來一盞燈，他彎下腰，把燈拿近他們赤裸的胯部，才感到滿意。其他人也圍過來看，他們都同意兩人的包皮沒割過。

這時五金行老闆打開樓上的窗戶，大聲喊道：「發生什麼事了？你們為什麼要騷擾印度教的孩子？伊斯蘭教徒不夠你們騷擾嗎？」

「你又是誰？」他們也大喊。

「我是誰？我是你爸爸，你爺爺！我還是這家五金行的主人！只要我一聲令下，整條街都會團結起來把你們剁成肉醬！你們沒地方可去了嗎？」

帶頭的人覺得不值得冒險，他的人開始散開來，叫囂著虛張聲勢。此時他們內部也漸漸吵起來，說錯誤消息害他們像傻瓜一樣浪費一晚上的時間。

「幹得漂亮！」五金行老闆說，熱忱的拍拍伊斯佛和納若揚的背，「我剛從樓上看到了整個過程。你知道，如果你們有受傷害的危險，我會叫大家來幫忙。但我想能避免衝突是最好的——假如你們能說服他們，讓他們安靜的離開。」他看看周圍，確定大家都相信他。

蔓塔茲雙膝跪倒在兩兄弟面前，她的頭巾順著頸子滑落，覆在他們腳上。「阿姨，請快別這麼做。」伊斯佛惶恐的倒退。

「我和孩子們還有我先生的性命，以及我的家，都是你們救的，我永遠永遠虧欠你們！」她抱緊他們哭，「怎麼樣都償還不了的。」

「快起來。」伊斯佛懇求她，握住她的手腕想把她拉起來。

「從現在開始，這裡就是你的家，只要你願意與我們同在，就是我們的榮幸！」

伊斯佛好不容易才讓腳踝擺脫她的手，「阿姨，妳就像我們的母親，我們七年來一直在妳的屋簷下分享食物，受妳照顧。」

「這是天意，你們可以再跟我們一起待上七十年。」她一邊啜泣一邊把她的頭巾繞回脖子上，拿起一角擦眼淚。

伊斯佛和納若揚回到樓下，小孩子們入睡後，阿施若夫也到樓下去。兄弟倆還沒鋪上睡墊，他們三人靜靜地坐了一會兒，然後阿施若夫開口：「你知道，當門上響起敲擊聲時，我以為我們完蛋了。」

「我當時也很害怕。」納若揚說。

在一陣更久的沉默之後，阿施若夫清清喉嚨說：「我下來只想說一件事……」淚水滾落他的雙頰，他停下來擦掉。「我遇到你們父親那天，我叫杜奇把兩個兒子送到我這裡學裁縫，那是我生命中最幸運的一天。」他激動得擁抱住兩兄弟，在他們臉上親了三次，然後走上樓去。

阿施若夫不願聽到兄弟倆要回村子的消息，蔓塔茲也支持他。「留下來當我的支薪助理。」他說，雖然知道自己所能負擔的很有限。

蘿帕向杜奇抗議，說現在是他應該立刻帶兒子回來的時候，「你送他們去當學徒，現在他們已經學得一技之長，為什麼還要跟著外人住？是他們的爸媽死了嗎？」

沒有人能預料兩個由查瑪轉業的裁縫師在村裡的發展會如何。事實上，新的時代裡是充滿希望的，到處都是機會，隨獨立而來的樂觀主義正在閃閃發光。阿施若夫甚至覺得危險已經過去，可以把克里希那裁縫公司的招牌再換回穆沙佛裁縫公司。

但是，誰也不能確定幾世紀以來的傳統是否能夠輕易地推翻，因此他們同意將伊斯佛留在阿施若夫的店裡當助理，讓納若揚回來試試看。

這樣的決定兩全其美：穆沙佛裁縫公司剛好負擔得起一位助理的薪資，杜奇就能夠獲得城裡的金援；而蘿帕能有小兒子陪在身邊。

蘿帕把在天花板上掛了七年的包裹拿下來，繩子因打結皺縮而無法解開。她剪掉繩子，打開保護的布袋，把背心和綁尼短上衣拿出來洗乾淨。是穿上它們的時候了，她告訴杜奇，要慶祝家人團圓。

「有一點寬鬆呢。」他說。

「我的也是！」蘿帕說：「布料一定被拉長了。」

他喜歡她的解釋，總比日子不好過，讓他們倆都縮水的理由好。

在村子裡，查瑪的團體很為納若揚感到驕傲。漸漸的，他們鼓起勇氣成為他的客戶，雖然納若揚賺不了多少錢，因為他們也很難負擔得起新衣裳。從上層家庭丟出來的衣服，大多被他拿來修改或修補。他用的是阿施若夫幫他找來的手搖式縫紉機，不能做直線平車縫，但已足夠他用了。

有人做了令人難以置信的事情：棄製革、做裁縫——他的故事傳到鄰近村莊後，生意有所改善。除了來做衣服外，人們有一半的原因是為了來瞧瞧這位勇敢的查瑪裁縫。許多人看了之後有點小小的失望，小茅屋裡沒什麼特別，只有一位脖子上掛著捲尺、耳朵上插著鉛筆的年輕人。

納若揚依照阿施若夫教的，維持做工作記錄的習慣，記載人名、日期和應付金額。蘿帕自願擔任管理工作，當他在為客戶量身和做記錄時，她顯出一副很重要的樣子站在附近。她用刨刀幫他把鉛筆削尖，她看不懂他的記錄簿，可是在腦子裡把帳目記得很清楚。當有人之前的帳還沒結清，而又帶新的工作上門，她會站在客戶身後用大拇指搓其他指頭，提醒兒子結帳。

納若揚回到村子約六個月後的一個早晨，一個邦吉走向他們的小茅屋。當時蘿帕在外面燒水，很高興的聽著縫紉機低沉的鏘啷聲，看到那人好奇的走過來，「你以為你要去哪？」她叫道，阻止他前進。

「我要找納若揚裁縫師。」那人回答，膽怯的出示一些碎布料。

「什麼？」她對他厚臉皮的行為感到驚愕，「別跟我說什麼找裁縫師的鬼話！我會用這滾水洗你骯髒的皮膚！我兒子不縫你的東西！」

「媽，妳在做什麼？」納若揚從茅屋走出來，那人卻正落荒而逃。「等等！等等！」他在那人後面叫著，那人卻擔心被追打，反而跑得更快。

「回來，老兄，沒事的！」

「下次吧，」那人嚇壞地說：「或許明天。」

「好，我等你。」納若揚說：「請務必要來。」他轉身回到茅屋裡，搖搖頭，無視母親正生氣的瞪著他。

「別對我搖頭！」她憤憤不平的說：「說這什麼鬼話！叫他明天再來？我們不和那麼低下的人往來！他是到別人家裡運糞便的人，你怎麼會想要幫這種人量身？」

納若揚一時語塞，工作一會兒之後，他走到外頭，母親還在氣憤難平地攪壺裡的水。

「媽，我想妳錯了。」他用很輕的聲音說，幾乎要被火的劈啪聲蓋過去，「我想我應該要為每個上門的客人做裁縫，無論是婆羅門或邦吉。」

「你真的這樣想？等你爸爸回家吧，看他怎麼說！婆羅門可以，邦吉不行！」

那晚蘿帕告訴杜奇他們兒子令人憤怒的想法，他過去對納若揚說：「我認為你媽媽是對的。」

納若揚的手離開曲柄，把轉輪停下，「你們為什麼要送我去學裁縫？」

「笨問題，是為了改善你的生活，不然還有什麼？」

「是的，因為上層階級待我們不好，而你們現在的行為就像他們一樣。假如這就是你們要的，那我要回城裡，我無法這樣生活下去。」

蘿帕驚訝得說不出話，但聽了杜奇的話後更詫異了，他說：「我想他是對的。」

「伊斯佛的爸爸，請你下定決心。首先你說我是對的，然後你又說他才是對的！你這樣搖擺不定，像個沒有屁股的茶壺一樣！而這就是送他到城裡的後果，忘了村裡的風俗！結果只是製造麻煩！」她火冒三丈地走出屋子，叫喚安柏、蓓雅里、帕蒂瑪和莎維琪來聽這個瘋狂的事情，實在是家門不幸。

「別難過了！」莎維琪說：「可憐的蘿帕，她傷心得發抖。」

「孩子們……管他的。」蓓雅里說，她舉起手往後拋，「他們那麼輕易忘卻母親的感受。」

「怎麼辦？」安柏說：「他們還是嬰兒時我們餵以母乳，可是我們無法把正確的判斷力也一起餵給他們。」

「要有耐心，」帕蒂瑪說，「一切都會沒事的。」

經過大家的同情與安慰後，蘿帕平靜多了。想到可能再次失去兒子，她謹慎地考慮，她原諒他愚妄的想法，同意睜一隻眼閉一隻眼的讓步：她保留允許別人進門的權力，有些客人必須在外頭量身。

兩年後納若揚有能力蓋自己的茅屋了，就在父母親的隔壁，蘿帕哭泣說他是要拋棄他們，「他一次又一次的讓我心碎，」她埋怨道，「我要怎麼照顧他和他的生意？為什麼他一定要和我們分開？」

「但是，媽，距離才九公尺遠。」納若揚說：「歡迎妳隨時到我那兒幫忙削鉛筆。」

「他說削鉛筆！好像我只會為他做這種事！」

終究她還是漸漸接受了這個想法，而且還引以為傲，逢人講起時，把另一間屋子說成了兒子的工廠。他買了一個大工作桌、一個置衣架，和一台新的腳踏型縫紉機，可以做直線縫和曲線縫。

對於最後一批的採購，他想聽取阿施若夫的建議。那個小城鎮自他離開後已經有所成長，而穆沙佛裁縫公司也一直經營得有聲有色。伊斯佛在店鋪附近租了一個小房間，阿施若夫更將他從助理拔擢為合夥人。兄弟倆決定一同供養父母，這樣父親就再也不需要工作了。

納若揚告訴父親他們的想法，杜奇說：「你們真是好孩子，這是神明保佑啊！」

蘿帕取來孩子們許多年前為他們做的背心和綽尼短上衣，現在已經褪色了。「還記得嗎？」「我不知道妳現在還保留著。」

「你和伊斯佛為我們帶來新衣服的那天，你們兩個都還很小，」她開始流下眼淚，「但從那時候我心裡就知道，事情最後一定有好結果。」她走到外面去向朋友宣布這個好消息，她們開心得擁抱她，打趣說她很快變得富有之後就跟她們再也沒有關係了。

「但有一件事是肯定的，」帕蒂瑪說：「快到該成家的時候了。」

「妳要趕緊物色兩個合適的媳婦。」莎維琪說。

「別再耽擱了。」蓓雅里說。

「我們會全力支援妳，別擔心。」安柏說。

這個好消息從查瑪族群中傳開來，後來族群以外的人也知道了。在上層階級中還是存在著憤怒與憎恨，因為他們憤恨查瑪階級的成功，其中尤以塔庫爾．達朗希為甚──他在選舉期間負責地方投票所，把選票送給他所選擇的政黨──偶爾對裁縫師惡言漫罵。

他會派僕人通知納若揚：「有隻死牛在等你善後。」納若揚只是將訊息再轉給其他的查瑪，對方很高興能得到畜屍。有一次，一隻羊死在塔庫爾．達朗希的排水溝裡，他也差人叫納若揚去疏通水溝，納若揚禮貌地送口信回覆說很感激得到這個工作機會，不過他已經不再從事這樣的工作了。

這個村子裡的查瑪，儼然將他視為代表他們階級的發言人、他們默認的領導者。杜奇對兒子的成功仍抱持謙卑的態度，與朋友坐在河邊的樹下抽煙聊天時，才會偶爾讓自己沉浸於被誇讚的虛榮當中。慢慢的，他的兒子變得比村子裡的許多上層階級更富有。納若揚在村裡的賤民區花錢挖了一口井；他租下兩間茅屋所在的土地，並將茅屋改建為堅固的房子——這在村裡只有七棟——房子大到足夠容納父母親和生意。蘿帕則歡喜地想，再過不久他也會有太太和小孩了。

其實杜奇和她當然希望長子先結婚，可是當他們說要為他物色妻子時，伊斯佛很明白地說他沒興趣。現在，蘿帕終於了解要孩子對他們百依百順是不可能的。

「學城市人的作風，」她抱怨道：「忘了自己的祖宗是誰！」於是事情就這樣不了了之，她把注意力轉移到納若揚身上。

他們列出條件，別的村子推薦了一位適合的女孩，由男方的家庭通知女方家相親的日期。蘿帕理所當然的把安柏、蓓雅里、帕蒂瑪和莎維琪列入相親隊伍中，她說，她們就像一家人一樣。伊斯佛不會隨行，但為他們安排了一輛二十七人座的小巴士。

破舊的小巴士在早上九點抵達村裡，在一片漫天飛揚的塵土中停下來。搭乘巴士的機會吸引許多自願者前來參與，小車裡因此超載了不少人。

「納若揚就像我的兒子一樣，」有個人說：「我有義務要來，我怎能在人生最重要的時刻讓他失望呢？」

「假如你不帶我去，我將抬不起頭來。」另一個人懇求著，無法接受被拒絕，「請別把我丟下。」

「我參加過我們部落裡的每一場相親，」有人吹噓說：「你需要我專業的經驗。」

許多人都抱著理所當然的態度前去，上車前根本沒問過杜奇和蘿帕。一個小時後準備出發時，車子裡已經擠進了三十八個人，還有十幾個人盤腿坐在車頂。司機目睹過鄉間小道上的車禍，拒絕開車，「從車頂下來！下來！每個人都下來！」他對盤坐在車頂聞風不動的人大喊。車頂上的人因此被拋下，車子這才緩緩的駛離。

兩個半小時後一行人抵達目的地，女方家長和全村的人都對來訪者的陣仗開了眼界。女方家裡沒有足夠空間容納所有的人，經過一陣選角的煎熬後，杜奇選出了七位代表，包括他最好的朋友丘圖和達亞朗。帕蒂瑪和莎維琪也在裡面，但安柏和蓓雅里未能入列，只能從門口探頭探腦的看著。

屋內的人排成一圈，雙方家長邊飲茶，邊聊著一路上的情形。「我們一路上欣賞美麗的風景。」杜奇跟女方的父親說。

「突然間，巴士發出一聲巨響後停了下來，」丘圖說：「好一陣子後才又重新開動，我們真擔心會遲到。」雙方的互動你來我往，家長們比較兩家的家譜和歷史，蘿帕向女方母親謙遜地提到納若揚成功的故事。「他有這麼多的客戶，每個人都只要納若揚做的衣服，好像全國上下都沒有別的裁縫師了。我可憐的兒子從早工作到晚，不斷地縫衣服、縫衣服、縫衣服，但他昂貴的新縫紉機真好，什麼棒得不得了的東西都做得出來。」

然後到了見準新娘的時刻。「女兒，來！」母親神色自若地叫喚她，「端些點心請客人嚐嚐。」女孩叫若達，只有十六歲，端了一盤炸甜球進來。屋內頓時鴉雀無聲，她走路時低著頭，目光羞怯地迴避，每個人都對她仔細地打量了一番。門外那一群人開始騷動，你推我擠的想找個好角度看那女孩。

當她停在納若揚面前時，他只是盯著點心，太緊張而不敢直視她——她的家人也在看著他的反應。上點心的程序就要結束了，假如他現在不看看她，就沒有第二次的機會，因為她不會再進來了，也就是說，他將要做一個盲目的決定。看吧，看吧！他說服自己，然後抬起頭來——他看到她在她母親面前彎著腰的身影。

「不，女兒。」她母親說：「我不用。」然後若達就離開了。

終於到了回家的時候了。在回程的路上，那些站在門外沒能看到或聽到她的人，興致沖沖地聽取其他人的詳細報告。現在每個人都了解情況了，回到村裡後都可以參與討論，他們依長幼次序來陳述意見。

「她的體格大小剛好，膚色也很好。」

「她的家庭看起來也很清白、勤勉。」

「作最後決定前或許算個命吧……」

「不用算命！為什麼要算命？那是婆羅門階級的無稽之談，我們才不信那一套。」

討論又進行了一陣子，納若揚只是默默地聽著。最後他的同意，雖然不是必要的，但總算是給大家打了一針強心劑，父母鬆了一口氣，大家也歡欣鼓掌。現在面臨到雙方的禮俗問題，在納若揚的堅持下，一些傳統的花費被摒除，他不希望若達的家庭永遠背負著債務。他所接受的只有六隻黃銅容器，三個圓底的和三個平底的。

蘿帕很生氣，「你到底懂不懂嫁妝的意思？你結過婚沒有？」

杜奇也很煩惱，「比六個銅瓶子多也是應該的，這是我們的權利。」

「我們的族群裡什麼時候有過嫁妝這回事？」納若揚反問。

「上層階級的人可以做，我們也可以。」

但納若揚意志堅決，伊斯佛也支持他。「城市人的作風，」蘿帕抱怨，再次被打敗，「忘了祖宗是誰。」

婚禮的前兩天發生了一件千鈞一髮的意外，在塔庫爾．達朗希和其他貴族的脅迫下，村裡的樂師取消原定的服務，他們怕到甚至不敢和那家人討論這個問題。伊斯佛因此不得不改從城裡作安排，他認為，為了挫挫地主的銳氣，這不過是個小小的代價。

新請的樂師不完全懂得當地婚禮的曲子，引起年長賓客的關切——怪異的讚美歌曲會為婚姻帶來不幸。「特別是在生小孩這件事情上，」一位從前幫人接生的老嫗說：「沒有正確的程序，女人的肚子就不容易開花結果。」

「沒錯。」另一人說：「我親眼看過，要是沒唱適當的讚美歌，就會為那對夫妻帶來噩運。」大家討論成一團，意見有時相左，有時一致，都為了找出一個補救的方法；他們對那些沉浸於外來樂曲和舞蹈中的人頗不以為然。

慶祝活動持續了三天，村裡所有的查瑪家庭吃到他們這輩子以來最好的菜餚。阿施若夫和他的家人是座上貴賓，住在納若揚家並接受招待，但卻惹來一些人的反感，他們私下抱怨不祥的伊斯蘭教徒竟在此現身，不過持異議者終究是少數且未張揚。到了第三個晚上，長者們卻鬆了一口氣，因為伊斯蘭教徒能為他們唱出當地熟悉的讚美歌。

若達和納若揚生了一個兒子，取名叫歐普拉卡希。人們前來歌頌，並分享他們的喜悅；喜獲金孫的祖父母得意的到村裡每戶人家分送甜點。

幾天後，杜奇的朋友丘圖攜妻子一同來探望新生兒，他把杜奇和納若揚拉到一旁小聲的說：「那些貴族們把甜點丟到垃圾桶。」

他們對他的話毫不懷疑，到貴族家庭收垃圾是他的工作之一。這消息很傷人，但納若揚一笑置之，「發現包裝袋的人就可以得到更多甜點了。」

來訪者絡繹不絕，大家一想到嬰兒是查瑪的孩子，對他的健康漂亮更讚嘆不已，還有他的笑容真是甜美。「他即使肚子餓的時候也不會哭鬧。」若達吹噓起來，「只會稍微抽咽，我一把他放到胸前他就停止了。」

在歐普拉卡希之後他們又生了三個女兒，其中一名夭折，活下來的兩個分別叫做莉拉與芮卡，但她們出生後並未分送甜點給大家。

納若揚開始教他的兒子讀書寫字，一邊工作一邊教導。大人坐在縫紉機旁，小孩就坐在一旁拿出粉筆和小黑板。歐普拉卡希五歲的時候就能把釦子縫得很好，還會模仿父親的動作，舔一下線頭，再把它穿到針孔裡去，也能將針穿過布料。

「他整天都黏著爸爸。」若達看著那對令人羨慕的父子，埋怨但高興的說。

她的婆婆看到這一幕也很欣慰，「照顧女兒是母親的責任，不過兒子要由父親來教導。」蘿帕這麼表示，好像她得到了一個全新的啟示似的，而若達也很認真的接受婆婆的教誨。

歐普拉卡希滿五歲後的第一週，納若揚帶他去參觀製革廠，查瑪同胞們正在努力地工作。自從他回到村子裡之後就定期加入他們，幫忙任何正在進行的製程，例如剝皮、醃製、鞣皮或染色等；現在他得意的向孩子示範做法。

然而歐普拉卡希裹足不前，納若揚對這樣的舉動很不高興，他堅持孩子要把手弄髒。

「哦！嗤！好臭哦！」歐普拉卡希叫嚷著。

「我知道不好聞，做就是了。」他把兒子的手抓過來浸在鞣皮桶中，一直浸到手肘處；兒子在查瑪同胞前的表現讓他感到羞愧。

「我才不要做！我要回家！拜託，爸爸，現在就帶我回家！」

「不管你哭不哭，都得學做這份工作！」納若揚嚴厲地說。

歐普拉卡希嚎啕大哭，激動到全身抽搐、顫抖，他猛然把手抽開。「你再這麼做，我就把你整個身體泡進去。」他父親威脅他，把他的手臂一次又一次的泡進去。

有人勸納若揚說算了——再這樣下去孩子可能會痙攣或癲癇，他們看到他歇斯底里尖叫的樣子，實在很害怕。「這只是第一天，」他們說：「下週再來時就會好多了。」但納若揚強迫他保持這樣的姿勢，直到一小時後才終止。

回家時歐普拉卡希還在哭啼，若達正在走廊用椰子油幫婆婆按摩頭皮，兩人見狀趕緊放下瓶子去安慰他。蘿帕想抱孫子，但掛在她額頭上一條條又油又僵硬的髮辮，讓他看了就躲，他從來沒看過祖母那麼嚇人的樣子。

「他哪裡不舒服？你對他做了什麼？我可愛的小孫子哭得這麼可憐。」

納若揚說明早上發生的事，杜奇聽了覺得好笑，可是若達卻氣瘋了，「為什麼你要這樣折磨自己的孩子？我的孩子不需要做這種骯髒的工作！」

「骯髒的工作？妳身為查瑪的女兒，竟然說這是骯髒的工作！」

她被這樣的吼叫嚇到了，這是納若揚第一次對她破口大罵，「但為什麼他……」

「假如他不知道自己的祖先是做什麼的，那他怎會懂得感恩？以後他每個禮拜跟我去一次！不管他喜不喜歡！」

若達默默地向公公求救，一邊開始把椰子油擦掉。杜奇把頭歪一下，向她示意自己了解了。稍後，他找個私下跟納若揚在一起的機會，他說：「兒子，我同意你的想法，但不管我們怎麼想，每週去一次也只能當遊戲，這份工作對他來說不可能像對我們一樣，這一點還真的要感謝神。」

歐普拉卡希那一天都很難過，一直在廚房裡黏著母親。若達一邊做事一邊輕撫他的頭，「他就是不肯離開我。」她嘴裡抱怨但心裡高興的對婆婆說，「我還要切菠菜和做印度薄餅，天曉得我什麼時候才做得完。」

蘿帕皺起眉頭來，「男孩只有在不高興的時候才會想起媽媽。」

傍晚，納若揚閉上眼睛在走廊休息，歐普拉卡希爬過來，然後開始按摩父親的腳，他看過媽媽這樣做。納若揚嚇了一跳，張開眼睛往下看，看到兒子嘴角便浮起微笑，他伸手去抱他。

歐普拉卡希往父親懷裡跳，把雙手繞在父親脖子上，他們就這樣抱了一會兒，一句話也沒說。然後納若揚撥開孩子的指頭聞一聞，他把自己的伸給他，「懂了嗎？我們兩個有同樣的味道，這是種值得尊敬的味道。」

孩子點點頭，「爸爸，要不要我再幫你的腳按摩一下？」

「好哇！」他開心的看著兒子幫自己捏腳踝、揉腳背、搓腳底，還有按摩每個腳趾，把若達的方式學得有模有樣的。蘿帕和若達站在門口看，露出喜悅的笑容。

每週一次的製革課程就這樣持續了三年，歐普拉卡希學會如何用鹽醃製並壓擠生皮。他也學會準備染料，以及把染料壓在皮革上，這是整個工作最髒的部分，往往讓他作嘔。

當他八歲時，這個考驗總算結束了，他被送到伊斯佛伯父所在的穆沙佛裁縫公司學習整套裁縫技巧。除此之外，城裡的學校現在接受各種階級的學生，無論來自於上層或下層階級，但村子裡的學校還是有所限制的。

若達和納若揚並不像蘿帕和杜奇一樣，把兒子送到阿施若夫叔叔家做學徒，夫妻倆就寂寞孤獨。城鎮和村子間開了一條新的道路，並且有巴士通行，將兩地的距離縮短了，他們可以常常去探視歐普拉卡希，況且，在家裡他們還有兩個女兒呢！

不過，若達仍然覺得被剝奪了親子共處的時光。有一首流行歌曲是關於常與歌手為伴的小鳥，但小鳥卻不知道為什麼決定飛走了，它變成若達最喜歡的歌。她跑向他們的新收音機，將聲音轉到最大，當前奏開始時她會要大家都安靜下來。可是當兒子回家後，她對那首歌就毫無興趣了。

歐普拉卡希的妹妹們很討厭他回家，因為打從他一進家門開始，大家就把注意力從莉拉和芮卡身上抽走，轉移到哥哥身上。

「看，我的孩子！他變得這麼瘦！」若達抱怨道，「你伯父到底有沒有給你吃東西？」

「他看起來瘦是因為他長高了。」納若揚解釋。

但她用盡各種理由為他做奢侈的餐點，像是奶油、水果乾和蜜餞，看到他吃便開懷不已。有時她會突然把手指伸到餐盤裡，舀一口起來輕輕護送到歐普拉卡希口中。除非她親自用手餵過他，不然就不算有把飯吃完。

蘿帕也是，喜歡看到孫子大口吃飯的樣子。她像個鑑定員似的坐著，幫他擦掉嘴角的渣、往盤子裡再盛點菜、把果汁放到他伸手可及的地方。她皺皺的臉上泛起微笑，腦海中突然閃過以往的記憶，曾有好幾年她趁夜潛至敵人的領域，為伊斯佛和納若揚搜尋可吃的東西。

歐普拉卡希的妹妹們在飯席間就像沉默的觀眾，莉拉和芮卡嫉妒的看著一切。偶爾遇到沒其他人在場的機會，歐普拉卡希會把好吃的東西分給她們，雖然如此，兩個女孩在夜裡還是常常躲在被子裡哭泣。

黃昏時分納若揚坐在走廊，父親的腳放在他膝上，他正幫父親按摩龜裂粗糙的腳底。此時的歐普拉卡希十四歲了，明天就要回家展開為期一週的省親之旅。

「啊！」杜奇舒服的吐氣，然後問他查看過新生的小牛沒有。

納若揚沒回答，他再重複一次問題，並用大腳趾推推納若揚的胸膛，「兒子，你聽到我講話嗎？」

「是的，爸爸，我在想事情。」他繼續按摩，眼睛呆望著薄暮餘暉，用特別有勁的指力掩飾自己的沉默。

「什麼事情讓你煩心？」

「我只是在想……怎麼事情一點兒都沒改變，幾年過去了，事情卻一點兒都沒變……」

杜奇嘆了口氣，「你怎麼會這麼說？很多事情都改變了，你的人生、我的人生，還有你的職業，從製革到裁縫，再看看你的房子，你的……」

「這些事情是的，但還有更重要的事呢？政府通過新法案說不再有賤民階級存在，可是其實一切都沒改變，那些上層階級的混蛋對我們比畜生還不如。」

「這些事情的改變是要花時間的。」

「獨立後已經過了二十多年，還要再等多久？我希望能喝到村子裡的井水、到寺廟裡拜拜、去我想去的地方。」

杜奇把腳抽回來坐好，他想起當初自己對階級制度的蔑視，所以才會把兩個年幼的兒子送到阿施若夫那裡。他對納若揚的話感到驕傲，同時也感到擔憂，「兒子，這些期望是有危險的，你的身分已經從查瑪轉變成裁縫師，該懂得滿足了。」

納若揚搖搖頭，「那是你的勝利。」

夜幕低垂，他繼續為父親按摩腳。在屋裡，若達歡天喜地的準備明天迎接兒子的到來。她拿一盞燈放到走廊，沒過多久就吸引了一群小蚊子，接著有一隻棕色的飛蛾繞著燈打轉，杜奇看到牠用自己脆弱的翅膀不斷拍打著燈玻璃，想穿過去。

那週進行了國會議員的選舉，政客、喊口號的以及誹謗者紛紛出籠橫掃各地。一如往常，各政黨和競選陣營譁眾取寵的作秀，成了村子裡的娛樂節目。

有些人抱怨沒有辦法好好參與盛況，因為空氣熱到讓肺部灼熱——政府應該等到下過大雨之後再辦理。納若揚、杜奇和朋友一起參加了幾場集會，也帶歐普拉卡希去看熱鬧。

政見發表中開出了各式各樣的支票，包括興建學校及社會醫療保險；透過重新分配及抑制地價，為無地產的農人爭取土地；立峻法以遏止任何歧視及階級間的欺凌；以及禁止抵債勞工、童工、未亡人陪葬和童婚。

「我們國家一定有很多一樣的法律，」杜奇說：「每逢選舉時期，他們就發表二十年前別人講過的話，應該要有人提醒他們不要再用相同的法律做文章了。」

「對政客而言，立法就像流水一樣，」納若揚說：「最後都流掉、乾掉了。」

在選舉那天，村裡有投票權的人在投票所外排成一排。跟平常一樣，塔庫爾．達朗希負責整個投票過程，他的制度在其他地主支持下，數年來運作得毫無破綻。

他們向前來監票的官員呈上禮物，帶他們去別處享用美酒佳肴。投票所的門打開後，投票人排著隊伍進入，「伸出你的手指。」一位監票人員說。

投票人按吩咐做，桌旁的辦事員打開小瓶蓋，用黑墨水在每隻伸過來的手指上做洗不掉的記號，避免作弊。

「現在在這裡蓋上大拇指印。」辦事員說，然後空白選票就被地主的人拿去圈選了。官員在時間截止前回來監視把投票箱送到計票處的移送作業，證明整個投票過程符合公平與民主的原則。

有時候也會發生熱鬧的烏龍事件，例如同區裡敵對的地主搞不清楚狀況，導致後來把票投給了對方的候選人，那麼他們那一陣營的人就要急忙把錯誤的選票分出來。很自然的，誰搶到最多投票亭、塞滿最多投票箱，他們所支持的候選人就能勝出。然而，今年沒有發生爭執或擦槍走火的事，總括來說，那天真是枯燥乏味，歐普拉卡希跟著父親和祖父回家時很沮喪，明天他就得回穆沙佛裁縫公司，時間過得太快了。

歐普拉卡希為長輩們取來水，他們坐在屋外的吊床上享受夜晚的微風。樹上傳來鳥鳴鶯啼，好不熱鬧。「下次選舉時，我要在我的選票上親自圈選。」納若揚說。

「他們不會准的。」杜奇說，「而且為什麼要多此一舉？你以為這樣可以改變一切？你的舉動會像隻水桶，掉進奇深無比的井裡，永遠也看不到、聽不到水花濺起。」

「這是我的權利，下次選舉時我一定會實踐，我保證。」

「最近你想太多關於權利的問題，放棄這種危險的習慣吧！」杜奇停頓一下，用手掃掉一群往吊床上爬的紅蟻，紅蟻慌張得四處逃竄。「假如你執意要親自圈選，他們難道不會打開箱子毀掉他們不想要的票？」

「他們不能那樣做，監票人員必須計算到每張選票。」

「別傻了，你只是在浪費時間，而你的時間就是你的人生。」

「缺乏尊嚴的人生是沒有價值的。」

紅蟻又集結成群了，只是天色已晚，杜奇並沒有看到。若達把燈拿到被暮色吞沒的走廊上，立刻豎起了好幾條人影，芳香的木熏味附著在她的衣服上，她靜靜觀望了一陣子，在黑暗中尋找丈夫的面孔。

「政府根本沒有判斷力。」州議會選舉讓民眾怨聲載道。

「真無知，時間點不對——天氣那麼熱，空氣都要著火了，誰還有時間去想投票的事？他們兩年前就犯了同樣的錯誤了。」

納若揚沒有忘記他兩年前在父親面前許下的承諾，選舉日早上他獨自一人去投票。那時沒什麼人，大家在校舍中設立的投票所門口稀稀落落的排著隊伍。投票所裡飄著粉筆灰及食物腐敗的味道，讓他想起當他還是個孩子的時候，他和伊斯佛因為用了小黑板和粉筆而被老師狠狠修理的事情。

他嚥下回憶所帶來的恐懼，索取自己的選票。「不，這樣就行了。」坐在桌旁的那人解釋道，「把你的拇指印蓋在這裡，剩下的我們會處理。」

「拇指印？你把選票給我後，我會簽上全名。」

兩個站在納若揚身後的人也被他激勵了，「是的，把我們的選票給我們。」他們說：「我們也要親自圈選。」

「我們不能那麼做，我們沒有得到指示。」

「你們不需要指示，這是我們投票者的權利。」

助理們交頭接耳的討論，然後說：「好，請稍等。」其中一個人離開投票所。

助理不久後回來，後面跟了十幾個人。十六年前命令樂師不准在納若揚的婚禮中演奏的塔庫爾．達朗希也在其中，「這是怎麼回事？有什麼麻煩？」他從外頭大聲喊。

眾人往門裡指著納若揚。

「原來如此，」塔庫爾．達朗希喃喃的說，「我早該知道。那另外兩個人是誰？」

他的助理並不知道他們的名字。

「沒關係。」塔庫爾．達朗希說。他的人跟他進去，使室內變得非常擁擠，他擦掉眉毛上的汗水，把濕濕的手伸到納若揚的鼻子下，「在那麼熱的天氣裡，還讓我出門流汗，你是想羞辱我嗎？你沒有東西好縫了是不是？或是毒死一隻牛去剝牠的皮？」

「我們圈了選票就走，」納若揚說，「這是我們的權利。」

塔庫爾．達朗希大笑，他的人也附和著笑，他一停，手下也跟著停，「玩笑開夠了，按下你的指印然後離開。」

「在我們投票之後。」

這次他不笑了，舉起手來像道再見似的離開投票亭，那些人抓住納若揚和另外兩個人，他們強迫三人按下指印、完成登記程序。塔庫爾・達朗希在助理耳邊吩咐，要他們把那三人帶到他的農莊。

那一整天，他們赤裸的被倒吊在榕樹上鞭打，只偶爾停歇一下，隨著意識漸漸模糊，他們的哀號聲也漸漸轉弱。塔庫爾・達朗希的小孫子們被留在家中。「做你的功課，」他告訴他們，「讀你的書，或者玩玩具——我買給你的新火車組。」

「可是今天放假。」他們哀求，「我們想到外面去玩。」

「今天不行，外面有壞人。」他把他們從後窗趕開。

在遠處的田野裡，他的手下對著三個倒掛的臉解手。三人恢復點意識，焦乾的嘴接觸到濕潤，渴極地舔著滴下來的細流。塔庫爾・達朗希警告他的手下，眼下不能讓消息走漏，尤其不能在下游族群中，不然可能會破壞選舉，迫使選舉委員宣布結果無效，那麼一週來的努力就白費了。

到了晚上投票箱被拿走之後，塔庫爾・達朗希的手下把燃燒的煤炭放到三人的生殖器上，然後塞到他們的嘴裡，哀號聲響徹全村，直到他們的唇、舌被熔掉。再也發不出聲的軀體從樹上解下來，當他們開始顫動時，腳踝上的繩子就被取下綁到脖子上。三人通通被吊死了，曝屍在村子的廣場。

塔庫爾・達朗希雇的那批殺人幫凶目前已解除監控選舉的工作，在下個任務前的空檔放鬆閒聊，「我要那些混蛋賤民學到教訓！」有個人一邊說一邊把酒遞給他的同伴。「我喜歡以前那樣的日子，我們社會裡有尊重、原則及秩序。還有，看好查瑪裁縫那一家人，確定一個人都不能逃掉。」

惡棍們開始走向賤民居住區，他們在路上逢人就打，剝掉女人的衣服或強暴她們，還燒掉了幾間茅屋。暴亂的消息很快傳開來，人們都躲起來，等著暴風雨過去。

夜晚降臨時，有人向他報告任務達成的消息。「很好，」塔庫爾・達朗希說道，「我想他們會記得這個教訓，很久，很久。」他下令將兩具無名屍丟到河堤旁，讓家人去認領。「我同情他們的家人，不管他們是誰，」他說：「他們受夠苦了，就讓他們的親人可以哀悼自己的兒子，然後火化屍體。」

那是他們處罰的結束，但對納若揚的家人還不夠。「他不配得到火化，」塔庫爾・達朗希說：「而且做父親的比兒子更該死，他對我們所尊崇的一切都不放在眼裡。」千百年來凝聚成的風俗制度，杜奇竟敢將之打碎；他膽敢將修鞋匠的身分轉變成裁縫師，扭曲社會制度永久的平衡。塔庫爾・達朗希說，跨越階級的界線應遭受最嚴厲的懲罰。

「把他們通通抓來，包括父母、妻子、孩子。」他告訴手下，「確定一個都不能漏掉。」

當惡棍破門侵入納若揚的家，安柏、蓓雅里、莎維琪和帕蒂瑪在門口大喊放開她們的朋友，「為什麼要騷擾他們？他們沒做錯事！」

她們的家人把她們拉回屋內，擔心她們也受害。鄰居躲在家裡，甚至害怕得不敢往外看，心裡又羞愧又驚恐，祈禱那晚趕快過去，不要再有無辜者受暴力摧殘。丘圖和達亞朗想溜走向當地鄉紳求助，卻被惡棍追殺。

杜奇、蘿帕、若達和女兒們被綁起來拖到大房間。「還少兩個人。」塔庫爾・達朗希說：「兒子和孫子。」有人到處查看，然後說他們住在城裡。「那算了，就這五個。」

一具殘缺的屍首被抬進來放在俘虜面前，房間裡很暗，塔庫爾・達朗希取來一盞燈。

燈光揭開了覆蓋在黑暗中的殘酷，裸屍的臉已燒焦得無法辨識，只有胸前的紅色胎記讓他們認出納若揚。

若達發出長長的哀鳴，隨即湧出其他家人悲慟的呼號。整間屋子都著火了，第一道火焰襲向被束縛住的肉體，乾燥的風狂烈的煽著大火，烈焰很快將六人吞噬掉。

當伊斯佛和歐普拉卡希在城裡接到這項消息時，大火後的灰燼已冷，而殘缺的屍首被隨意分散的丟棄到河裡。蔓塔茲阿姨緊緊抱住歐普拉卡希，而阿施若夫陪同伊斯佛到警察局登記「第一消息報告」[4]。

副巡官有耳痛的毛病，他不斷用小指戳耳朵，因此無法集中精神，「什麼名字？再拼一遍，慢慢的。」

為了讓權責單位的人對他們有好感，阿施若夫提供他治療的偏方，雖然心裡氣得冒煙，想給那人幾個耳刮子好讓他注意聽。「溫的橄欖油可以讓疼痛舒緩些，」他說：「我母親曾經對我用過。」

「真的？用多少？兩三滴？」

然後，一個警察極不情願的到案發現場核對警方「第一消息報告」上的申述，他們報告說找不到任何證據能以縱火及謀殺罪起訴。

副巡官對伊斯佛說：「這算是什麼罪行？想愚弄警方？你們這種污穢的賤民階級老是在找麻煩！在我告你妨礙公務之前滾出這裡！」

伊斯佛看著阿施若夫，驚訝得啞口無言，後者正想辦法干涉，副巡官蠻橫地打斷他，「這件事與你所屬的階層無關，當你們伊斯蘭教徒與你們伊斯蘭教智者討論問題時，我們也沒干涉過，對吧？」

接下來的兩天阿施若夫都沒開店，被無力感徹底擊潰。蔓塔茲和他都不敢安慰伊斯佛和歐普拉卡希——這種失落以及無盡的冤屈豈有言語可以撫慰？他們能做的只有陪著一起難過。

到了第三天，伊斯佛要求他開門營業，他們才又執起縫紉工作。

❹ First Information Report，在孟加拉、印度或巴基斯坦等國家內，警方在收到民眾要求審理犯罪行為時，必須填的一種重要書面文件。

「我會集結一小隊查瑪軍力，提供他們武器，然後行軍到那個地主的家。」歐普拉卡希說話的時候，縫紉機踩得飛快。「要找到足夠的人很簡單，我們會像納薩爾派恐怖分子一樣的幹，」他一邊埋頭幹活，一邊向伊斯佛和阿施若夫叔叔講解他的策略，仿效自東北方崛起的農民。「最後我們會斬斷他們的頭，到市場把他們掛在釘子上。他們的同類就再也不敢壓迫我們了。」

伊斯佛讓他盡量發洩心中的憤恨，得到噩耗後他自己在第一時間的反應也是同樣激烈，他又怎麼能怪姪子呢？縫紉可以讓雙手忙不得閒，但心中的折磨卻得不到解脫。「告訴我，歐文，你是怎麼知道這麼多的？」

「我從報上讀到的，但這不是常識嗎？每個下層家庭都有人被地主虐待，他們一定會渴望復仇。我們會殺了那些塔庫爾和他們的走狗，還有那個可惡的警察。」

「然後就怎樣呢？」伊斯佛輕輕的問，他覺得是時候讓姪子從死亡的想法轉移到生命，「他們會把你押上法庭，然後吊死你。」

「我不在乎，反正我本來也會死——假如我當時是跟我的家人住，而不是安然地在這店裡。」

「歐文，我的孩子。」阿施若夫說，「我們不該想著復仇這種事，凶手會得到制裁，在此世或來生，假如這是神的旨意。或許他們已經遭到報應了，誰曉得？」

「是啊，誰曉得？」歐普拉卡希挖苦的說，然後上床睡覺。

自從六個月前的可怕夜晚之後，伊斯佛在阿施若夫的堅持下放棄了租來的房子。阿施若夫說他的房子已有足夠的空間，女兒們都出嫁了。他把店鋪上方的房間隔成兩個空間，一邊給自己和太太，另一邊給伊斯佛和姪子。

他們聽到歐普拉卡希在樓上鋪床動來動去的聲音，蔓塔茲正坐在屋後禱告。

「復仇的想法如果只是說說就沒關係，」伊斯佛說：「可是萬一他真的回到村子裡做傻事怎麼辦？」

他們為這孩子的未來擔憂煩惱不已，過了幾個小時才回到樓上歇息。阿施若夫跟著伊斯佛到他睡覺的那邊，歐普拉卡希已經入睡，他們站在那裡看著他，良久。

「可憐的孩子！」阿施若夫輕聲的說：「他承受了這麼大的痛苦，我們能為他做什麼？」

隨著穆沙佛裁縫公司營業額日漸縮減，答案也慢慢浮現出來。

慘案發生過後一年，城裡開了一家成衣店，不久，阿施若夫的客戶開始流失。伊斯佛說損失是暫時的現象，「新的商店裡有成堆的衣服可以挑選，當然會吸引客戶，可以試穿不同的款式讓他們有受重視的感覺。但當新衣穿舊、不合身時，他們最後還是會來找裁縫師。」

阿施若夫就沒這麼樂觀了，「低廉的價格會打敗我們，他們利用城市裡的大工廠數以千計的整批製作，我們怎麼比得過？」

不久之後，他們每週如果有一天有事做就很幸運了。「很奇怪，不是嗎？」阿施若夫說，「某種我從來未見過的東西正在摧毀我經營了四十年的生意。」

「可是你明明就看過成衣店了。」

「不，我是指城裡的工廠。他們規模多大？老闆是誰？怎麼給薪？這些我都不曉得——除了正在害我們變窮之外。或許在我遲暮之年，還必須向他們討工作做。」

「絕對不會，」伊斯佛說，「但或許我會離開。」

「沒有人會離開這裡！」阿施若夫的拳頭敲在工作桌上，「我們會分享這裡的一切，我剛剛只是開玩笑。難道你以為我會真的把自己的孩子送走？」

「別著急，叔叔，我知道你不是這個意思。」

然而過不了多久，因為客戶不斷流向成衣店，這個玩笑話變成了他們必須認真面對的問題。

「假如情況一直持續下去，我們三個人就只能從早到晚呆坐著趕蒼蠅了。」阿施若夫說，「對我來說沒什麼關係，我已經體會過人生應有的經歷，有甜有苦，但這對歐文卻不公平，」他的聲音微弱下來，「或許到外面闖闖對他會比較好。」

「不過無論他去哪裡，我一定會跟著去。」伊斯佛說，「他太年輕，腦子裡充塞許多無知的想法。」

「不是他的錯，是惡魔在影響他。你當然必須跟在他身邊，現在你就是他的爸爸。你們所要做的是，離開一段時間，不必是永遠，努力工作賺錢，一、兩年後再回到這裡。」

「沒錯，大家都說在大城市裡賺錢很快，有那麼多的工作和機會。」

「的確。賺了錢之後，你們回來就可以自己開業，檳榔店、水果攤或玩具店，你甚至可以開一間成衣店，誰曉得。」他們放聲大笑，都同意離開個幾年對歐普拉卡希是最好的打算。

「現在只有一個困難，」伊斯佛說，「這城市裡我不認識任何人，要怎麼開始？」

「船到橋頭自然直。我有一個非常好的朋友可以幫你找工作，他叫納瓦茲，也是個裁縫師，有自己的店面。」

過了午夜他們還在繼續聊著，擬定計畫、想像在那個傍海城市的未來——大城市裡到處都是高樓，有又寬又大的街道、美麗的花園，還有數百、數千萬努力工作、累積財富的人們。

「看看我，興奮得好像是我要離開一樣，」阿施若夫說，「假如我還年輕，我也會想要這麼做。在這裡只有孤單，我的夢想就是在我生命的盡頭，你和歐文能在我身邊。」

「我們會呀！」伊斯佛說，「歐文和我很快就會回來，我們不是這樣計畫的嗎？」

阿施若夫寫信給朋友，請他接待伊斯佛和歐普拉卡希，幫他們在城市裡找地方住。伊斯佛從郵局領出存款買了兩張火車票。

出發的前一晚，阿施若夫把自己寶貴的、女裝用鋸齒剪送給他們。伊斯佛婉謝說太貴重了，「我們家族三十多年來已經接受你太多的恩惠。」

「一切的一切都無法報答當初你和納若揚為我們家人所做的，」阿施若夫一時哽咽，「來，把大剪刀放到行李箱裡，就算是讓老人家開心。」他擦掉眼眶中的淚水，但淚水又隨即盈眶，「記住，假如計畫沒成功，這裡隨時歡迎你們回來。」

伊斯佛握緊他的手，把它放在胸前，「或許在我們回來前，你就已經開始遊歷這個城市了。」

「假如老天能這麼安排的話。我一直希望在我死前可以坐一次飛機，還有從這城市出發的所有大船。所以，誰曉得呢？」

次日清晨蔓塔茲起得很早，為他們準備茶和打包路上要吃的食物。他們吃早餐時阿施若夫靜靜地坐著，完全被那一刻的氣氛凝結住了，他只講了一句話：「有記得把納瓦茲的地址放在口袋裡吧？」

喝完茶之後，歐普拉卡希把杯子拿去洗。「放著吧，」蔓塔茲淚眼婆娑的叫住他，「我來處理就好了。」

到了該離開的時候，他們分別擁抱阿施若夫和蔓塔茲，在臉頰上親了三下。「唉，我這雙沒用的昏花老眼，」阿施若夫說，「一直流眼淚，真不管用。」

「我們也被你傳染了。」伊斯佛說，他和歐普拉卡希也在抹掉淚水。太陽尚未昇起時，他們便帶著行李箱和睡鋪走向火車站。

當兩位裁縫師抵達市區時已是晚間，火車發出低沉的吱嘎聲，匡啷啷的駛進車站，夾雜著廣播器含糊而刺耳的聲響。下車的乘客如江河般湧入等待的人海中尋找親友，有人在相遇時尖聲歡呼，流下高興的淚水；月台成了激盪人性的漩渦。苦力們使盡渾身解數攬客，以勞力服務賺取微薄的金錢。

伊斯佛和歐普拉卡希呆若木雞的站在熱鬧人群的邊緣，旅程雖然枯燥，他們心中仍然產生了一絲絲探險的感覺。

「嘿，老兄，」伊斯佛期望能瞥見一個熟面孔，「這裡真是人山人海。」

「走吧！」歐普拉卡希說。他拿起行李，在人群和行李堆中急忙往前擠，好像以為只要穿越了擁擠的人潮，一切就沒問題了——其實要在大城市中立足，困難度遠超乎他的想像。

他們在月台上奮力向前擠，好不容易才找到車站大廳。闊氣的大廳裡，天花板挑高得向天一樣高，擎天似的柱子也如參天巨木般呈現在眼前。他們目眩神迷的四處徘徊，找人問路，尋求協助。行色匆匆的人們倉促的丟下回答或以手示路，他們點頭道謝，但仍毫無頭緒。他們花了一小時的時間才搞懂，原來到阿施若夫的朋友那兒還需搭乘區間火車，於是又再花了二十分鐘的時間搭車。

出火車站後他們向人問路，那人指向右手邊，從車站到商店區要走十分鐘的時間。人行道上幾乎睡滿了流浪漢，微弱的黃色街燈照在他們穿著破衣的軀體，像是打在身上的污雨。歐普拉卡希怕得發抖，「他們看起來像屍體。」他低聲的說，一邊認真盯著那些人，尋找生命的跡象——起伏的胸膛、顫抖的手指、跳動的眼皮，但微弱的燈光根本不足以觀察到片刻的動靜。

當他們走近阿施若夫叔叔朋友的家，才鬆口氣放下心裡的恐懼，抵達目的地前的噩夢終於即將結束。他們走過跨在溝渠上的厚木板才能進到裁縫店，歐普拉卡希的腳差點兒踩穿木板上腐朽的地方，伊斯佛趕緊抓住他的臂膀。

他們敲了敲店門。

「您好。」他們向納瓦茲問候，用感激的眼神望著這位恩人。

納瓦茲只是回應一下問候，假裝不知道他們的來意。在一連串的否認之後，他終於鬆口承認有收到阿施若夫的信，不情願的同意讓他們睡在廚房後的雨棚下，直到他們找到住的地方。「我這麼做只是為了阿施若夫，」他強調，「事實上，我們自己也幾乎沒有什麼空間了。」

「謝謝你，納瓦茲先生。」伊斯佛說，「只要幾天就夠了，謝謝你。」

他們聞到烹調食物的香味，但納瓦茲並未邀他們共進晚餐。他們在屋外找到一個水龍頭，用手捧著喝水。屋裡的燈光從廚房的窗戶透出來，他們就在微弱的光線旁吃著蔓塔茲為他們準備的印度薄餅，一邊聽聽從四周房屋裡傳出來的各種聲音。

雨棚下的地面散落著樹葉、削下的馬鈴薯皮、不知是什麼水果的果核、魚骨頭，還有兩個沒眼珠的魚頭。「這裡怎麼能睡人？」歐普拉卡希說，「髒死了！」他環顧四處，看到納瓦茲的後門上斜倚著一支掃帚，便拿來將垃圾掃到一旁，伊斯佛捧接著水過來沖地面，然後再讓歐普拉卡希掃一次。

發出的聲響驚動了納瓦茲前來查看，「這地方不夠好嗎？沒人強迫你們留下。」

「不，不，太完美了……」伊斯佛說：「只是再弄乾淨點兒。」

「你們用的是我的東西。」他指著掃帚說。

「是的，我們剛剛……」

「是這樣的，你們拿東西之前一定要先問過我。」他砰的一聲關上門進屋了。

他們一直等到雨棚下的地變乾，才鋪開睡墊和毯子。四周的房子仍不時傳出各種聲音：有收音機的聲響，還有一個男人對女人怒吼並毆打她，她尖叫著求救，接著又是一陣怒罵及毆打聲；一個醉漢時而狂亂吼叫，時而粗野狂笑；以及往來車輛斷斷續續的噪音。一扇窗戶上晃動的光影引起歐普拉卡希的好奇心，他起身朝裡面窺視，然後喚伊斯佛過去看。「是電視！」他興奮得輕聲叫。一、兩分鐘後，有人發現他們在窗外盯著電視看，就叫他們走開。

他們回到自己的睡鋪上，卻不舒適得輾轉難眠。他們還被尖叫聲驚醒，似乎是什麼動物被殺的哀鳴聲。

早上起來，屋裡的主人並沒拿茶招待他們，這令歐普拉卡希感到氣憤，「城市裡的習慣不一樣。」伊斯佛說。

他們盥洗、喝水，等著納瓦茲打開店門。

納瓦茲見到他們在樓梯上伸長脖子想往裡頭看，「什麼事？你們想做什麼？」

「很抱歉打擾你，但你知道我們也是裁縫師嗎？」伊斯佛說。「我們能不能為你做事？在你的店裡？阿施若夫叔叔有跟我們提過。」

「是這樣的，這裡沒有足夠的工作，」納瓦茲說著就往裡面退去，「你們必須到別的地方找工作。」

伊斯佛和歐文站在門外的台階上面面相覷，難道這就是納瓦茲所能給的最大幫助了？不過他一分鐘後回來，拿了報紙和鉛筆給他們，口述幾間裁縫店的店名，告訴他們怎麼走。他們向他的建議道謝。

「對了，」伊斯佛問，「昨晚我們聽到可怕的尖叫聲，你知道那是怎麼回事嗎？」

「是那些流浪漢，有人錯睡到別人的地盤，所以他們拿磚頭砸他的頭。禽獸，他們就是這樣。」他說完便回去工作，伯姪倆也離開了。

在街角的攤子喝過茶後，他們倆花了一整天時間找地址，疲憊又徒勞無功。有時候街道沒有標示牌，或者被政宣傳海報和廣告遮住了，他們必須頻頻向店家或小販問路。

他們想遵守廣告板上的宣導：「行人請走人行道！」但卻發現很困難，因為走道幾乎被攤販佔滿了。所以他們走在馬路的邊緣，一方面要提心吊膽的閃避車子和巴士，一方面也很驚訝大家都能那麼機警的注意交通狀況，在有情況發生時能夠立即跳開。

「那就練習一下。」歐文用一種老練的口吻說。

「練習什麼？害別人撞車或被撞？別自作聰明，你會被車子輾死的。」

幸好那天他們看到的災禍只是小事一樁：一個男子推著手推車，綁著一疊盒子的繩子突然斷掉，貨品散落滿地。他們幫他把東西撿進推車裡。

「盒子裡是什麼？」歐文問，好奇裡面嘎啦嘎啦的撞擊聲。

「骨頭。」那人回答。

「骨頭？是母牛還是水牛的？」

「是人的，像你我一樣的人。出口用的，是宗很大的生意呢！」

那人歡喜的致謝之後離開了。「如果我早知道裡面裝的是什麼，我就不會去幫忙。」伊斯佛說。

到了晚上，他們已找過清單上列的所有地址，可是都沒用，沒人想給他們工作。他們現在要想辦法回到納瓦茲的店，雖然早上才走過這個路線，走回去時仍然沒有一樣東西是熟悉的，或者應該說，每個東西看起來都一樣，讓人要往哪個方向走都搞不清楚。日落西山後，黑暗的夜幕讓情況更糟，他們本來想以電影院的廣告看板當路標，可是卻突然間跑出許多一模一樣的看板，應該在「鮑比」廣告看板那裡左轉或右轉？兩條巷子都有阿米塔布．巴沙坎的海報，是他冒著槍林彈雨，一腳踹開拿著機關槍掃射的壞蛋那一張，還是標榜著英雄形象，對害羞的村姑微笑的那張？

他們又餓又累，最後終於找到納瓦茲住的那條街，兩人爭論著回去前要不要先買些吃的。「最好不要，」伊斯佛說，「萬一納瓦茲和他的太太今天希望我們一起用餐，會讓他們很難堪，或許他們昨天只是還沒準備。」

當他們經過店門口，主人正在縫紉機旁，他們向他招手，但納瓦茲並沒有注意到，然後他們回到屋後。「我不行了。」歐普拉卡希說完就把睡鋪攤開，整個人趴倒在上頭。

兩個人躺在睡鋪上，聽著納瓦茲的太太在廚房工作的聲音：水龍頭的流水聲、玻璃的碰撞聲，還有什麼東西的匡啷聲。他們聽到有人喊：「米莉安！」她離開廚房，可惜她說話聲音太小，他們幾乎聽不到。屋子前面傳來男主人的聲音，宏亮而堅定，「沒有必要這樣做，我告訴過妳了。」

「只是一小杯茶而已。」米莉安說。現在，男主人和女主人都在廚房裡了。

「該死的！別跟我爭！不行就是不行！」他們聽到打耳光的聲音，她哭了出來，歐普拉卡希嚇了一跳。「讓他們去住旅館，妳要縱容他們，他們就永遠不會離開。」

米莉安的哭泣讓他們聽不清楚她的言語，只聽到片段：「但是為什麼……」和「……阿施若夫的家人……」

「又不是我的家人。」他怒氣沖沖的說。

兩位裁縫師離開雨棚下，到他們今天早上喝茶的攤子去，狼吞虎嚥的吃了一盤炸泡餅套餐後，歐普拉卡希說：「我覺得奇怪的是，阿施若夫叔叔怎麼會有那麼可怕的朋友。」

「並不是每個人都一樣，況且，納瓦茲在城市裡這麼多年，一定有所改變了。環境可以改變人們，你知道的，變好變壞都有可能。」

「或許是吧，如果阿施若夫叔叔聽到了一定會很羞愧。不知道我們還有哪裡好待？」

「有點耐性，歐文，這只是我們的第一天，我們很快就會找到工作的。」

但又經過了四週的時間，他們只在「領先裁縫公司」找到一個三天的工作。公司的所有人叫做吉方，雇他們在限期前幫忙趕製成衣，工作內容很簡單，只有男用腰布和上衣兩種，但要做出上百件。

「誰需要用到這麼多？」歐普拉卡希詫異的問。伊斯佛把一隻手指輕輕放在他的唇上，好像在檢查樂器的音調似的——這是每當他要表達重要意見時的習慣動作。「不要跟別人說，這些衣服是拿來行賄用的。」他解釋道，有人下令運作中期選舉，候選人要把這些衣服送給選區中他認為重要的人。

領先裁縫公司的空間原來只能容納一位裁縫師，但吉方在房間後方利用一點道具，很快就挪出三個人的空間。距離地面一公尺高的地方，他在牆上釘托架再放上厚木板，厚木板下方用竹竿支撐，變成臨時的小閣樓。然後他租了兩台縫紉機，把它們抬高到閣樓上，讓伊斯佛和歐文坐在那兒工作。

他們極小心、輕輕的坐到凳子上。「別害怕，」吉方說：「你們不會有事的，我以前做過很多次。看，我在你們下面工作，如果你們掉下來，我也會被壓扁。」

那個台子搖搖晃晃的，而且踩下踏板時震動得很厲害。屋外經過的車輛讓伊斯佛和歐文在凳子上上下抖動，假如大樓裡有人用力甩門，他們的剪刀就被震得嘎嘎響。不過他們很快就習慣這種情況。

每天工作二十小時，持續三天後終於回到結實的地面，當習慣了的震動感突然消失，反倒讓裁縫師覺得很不適應。他們向吉方道謝，幫他拆掉小閣樓，然後筋疲力盡的回到雨棚下。

「現在休息一下，」歐普拉卡希說：「我想睡上一整天。」

他們躺下休息時，納瓦茲不時擺著一副臭臉過來，他站在後門厭惡的看著，或者低聲向米莉安抱怨沒用、懶惰的人們，「是這樣的，工作只會降臨在真心想要工作的人身上，」他說教似的道，「這兩個只是沒用的廢人。」

伊斯佛和歐普拉卡希已經累到沒有力氣生氣，更別說要表現任何更強烈的情緒。經過一天的養精蓄銳後，又回復到日常的慣例：一早起來就到處向人問路，不停找工作一直到晚上。

「天曉得我們還要忍受這兩個人多久。」廚房窗戶傳來抱怨的聲音，納瓦茲一點也不想輕聲說話，「我告訴妳拒絕阿施若夫，妳就是不聽。」

「他們並沒有打擾我們，」她小聲說，「他們只是……」

「小心點，會痛，妳會切掉我的腳趾的！」

伊斯佛和歐普拉卡希面面相覷，納瓦茲繼續大談自己的論調，「是這樣的，如果我要讓人住在我的雨棚下，我會定個好價錢出租。妳知道讓他們留這麼久有多危險？他們就是想對那塊空間提出所有權的主張，到時我們就得跑法院跑不完……啊！該死的，我說了要小心！妳會讓我變成殘廢，把妳的刀子拿遠一點！」

兩人嚇一跳的坐了起來，「我得去看看發生什麼事了。」歐普拉卡希輕聲道。

他踮著腳尖站起來，從廚房的窗戶偷瞄：納瓦茲坐著，一隻腳放在矮凳上，米莉安拿了一支安全刀片，跪著幫他在粗粗的腳皮上刮掉雞眼和硬皮。

歐普拉卡希從窗戶退了回去，告訴伯父他所看到的情景，他們笑了好久。「讓我覺得奇怪的是，假如他整天坐在縫紉機前，他的腳怎麼會有機會長雞眼？」歐普拉卡希說。

「或許他在夢裡走太多路了。」伊斯佛說。

裁縫師來了約四個月之後，有一天早上當他們向納瓦茲請教些意見時，他開始嚴厲叱責他們，「你們每天總是在我工作時來煩我！這是個很大的城市，你們以為我有辦法知道所有裁縫師的名字？自己去找吧！如果你們找不到裁縫的工作，就做點別的，可以到火車站去當苦力，用用你們的腦袋，幫雜糧店搬麵粉或米。自己想辦法，什麼都好。」

歐普拉卡希看出伯父被突如其來的爆發弄得不知所措，所以他很快的反駁，「我們一點兒也不介意，但對阿施若夫叔叔來說就沒面子了，他訓練我們這麼多年，把一身技藝都傳授給我們。」

納瓦茲聽到這個名字，一時間感到羞愧，「是這樣的，我現在很忙，」他嘴裡咕噥著，「請便吧。」

在街上，伊斯佛拍了拍姪子的背，「好極了，歐文。你剛剛說得真好。」

「是這樣的，」歐普拉卡希故意模仿著，「是這樣的，因為我是一個那麼優秀的人。」他們開懷地笑了起來，在街角用喝剩半杯的茶舉杯慶祝這小小的勝利。但慶祝僅維持短暫的時間，就被缺錢的事實所撲滅，拉回了現實。為了拼命賺錢，伊斯佛在一家專為客戶量身打造鞋子和涼鞋的鞋店裡工作了兩週。他的工作是準備鞋底和鞋跟部分的皮革，為了降低這種皮革的硬度，店裡用蔬菜來鞣皮，過程讓他感到像在村子裡一樣，非常熟悉。

他們沒向人透露這份工作，因為伊斯佛會感到羞愧。他手上殘留的氣味很強烈，因此他老是離納瓦茲遠遠的。

又過了一個月，也是他們到城市的第六個月，他們一如往常地在屋外忍受風吹雨打，直到有一天晚上納瓦茲打開後門說：「請進，請進，來跟我喝杯茶。米莉安！三杯茶！」

他們走上前站在門口張望，很懷疑自己是不是聽錯了。

「別站在那裡，來，請坐。」他雀躍地說：「有好消息，是這樣的，我有工作給你們。」

「哦，謝謝你！」伊斯佛不勝感激的立即道謝，「這真是最好的消息，你不會失望的，我們會為你的客戶縫製最美的衣裳……」

「不是在我店裡，」納瓦茲態度粗魯的澆伊斯佛冷水，「是在別的地方。」又試著高興起來，回復微笑繼續說，「你們會很喜歡這份工作的，相信我，我來說得詳細些。米莉安！我說了要三杯茶！妳在哪裡？」

米莉安端了三杯茶進來，伊斯佛和歐普拉卡希站起來伸手接茶，「夫人，謝謝。」他們常常聽到她輕柔悅耳的聲音，但直到現在才有機會與她面對面。正確的說，是眼睛對眼睛，因為她穿的黑色罩袍把她整個人從上到下都包住了，只有眼睛從面紗的開口露出來，眨呀眨的。

「哦，很好，茶終於好了。」納瓦茲說。他用手指著一處要她把茶盤放下，然後很草率的揮手打發她。

啜了幾口茶後，他開始談正經事，「今天下午有位有錢的祆教徒女士來我這兒，就在你們出去的時候，她的鞋子掉到溝裡了。」他竊笑著。「是這樣的，她擁有一家非常大的出口公司，而且正在找兩名優秀的裁縫師。她的名字叫迪娜・達拉，這裡是她留下的地址。」他從上衣口袋中抽出一張紙條。

「她有沒有說要縫什麼樣的東西？」

「高品質、最新的款式，但是非常容易做──她說他們會提供衣服樣本。」他焦急的看著他們，「你們會去的，對吧？」

「是的，當然。」伊斯佛說。

「很好，很好。是這樣的，她說她到過很多店裡留下這種紙條，所以會有很多裁縫師搶著要。」他在紙條背面寫下火車站的方向，「在你們去的路上別迷路了，早點睡吧，明天還要早起。儀表端莊、頭腦清醒，那位女士才願意把工作給你們。」

像媽媽在孩子上學的第一天忙上忙下的一樣，納瓦茲黎明時打開後門把他們搖醒，他們一張開惺忪的睡眼就看到他開心的微笑。「你們不想遲到吧？請到屋內洗臉漱口，然後喝杯茶。米莉安！給我朋友倒兩杯茶！」

他們喝茶時，他嘴裡不停嘮叨一些鼓勵的話、建議和提醒，「是這樣的，你們要讓那位女士印象深刻，但看起來不能像是在裝腔作勢。禮貌地回答她的問題，而且絕對不要打斷她，不要抓頭或是身上任何地方——像她那樣的貴婦最討厭這種習慣。說話時要有自信，聲音不亢不卑。帶一把梳子，在按門鈴之前要確定儀容整潔，亂七八糟的頭髮會給人很糟的印象。」

他們熱切的聽著，歐普拉卡希提醒自己要記得買梳子，原來的那把上週就壞了。喝完茶後，納瓦茲急巴巴地趕他們上路，「上蒼保佑，要快點回來，成功的回來。」

他們在三點之後才回來，怯懦的向納瓦茲解釋，雖然他們有準時到達，可是回程時尋找火車站卻很困難。

「但就跟你們早上下車的火車站是一樣的嘛！」

「我知道，」伊斯佛不好意思的笑了笑，「我沒法解釋是怎麼回事，那個地方好遠，我們從來沒到過那裡，而且我們……」

「沒關係，」納瓦茲表現得很寬容，「新的目的地總是看起來比實際遠。」

「每一條街看起來都一樣，即使問過人，還是搞不清楚方向。我們在火車上遇到一位人蠻好的大學生，他也跟我們一樣被搞糊塗了。」

「你要當心說話的對象，這兒可不比你們的小村子。看起來乖乖的好男孩可能會偷你們的錢、割你們的喉嚨，然後把你們棄屍在排水溝裡。」

「是的，不過他一直對我們很好，甚至把自己的西瓜露分我們喝，還有……」

「問題是，你們得到那份工作沒？」

「哦，有，我們星期一要開始工作。」伊斯佛說。

「太好了，真是恭喜！快進來，跟我一起坐，你們一定累了。米莉安！三杯茶！」

「你真慷慨，」歐普拉卡希說：「就跟阿施若夫叔叔一樣。」

納瓦茲的反應很諷刺，「哦，照顧阿施若夫的朋友是我的責任。既然你們找到工作了，我接下來的任務就是幫你們找個住的地方。」

「不急，納瓦茲先生。」伊斯佛說：「我們很滿足現狀，你的雨棚很漂亮、很舒適。」

「一切交給我吧！是這樣的，在這個城市要找間房子幾乎是不可能的事，一旦有任何機會，你們要趕緊把握。來，把茶喝了，我們走。」

「最後一站！」公車司機用車票剪敲著金屬扶手，發出清脆的鏗鏘聲；車子駛過貧民區陰暗的小巷子，轉彎時發出低鳴的聲音，然後停下來。

「這裡是新聚落。」納瓦茲指著與貧民區正進行整併中的空地，「我們去找負責人。」

他們走進兩排棚屋間，納瓦茲向人問納法卡在不在，那女人指出方向，他們在一間棚屋中——也就是他的辦公室——找到他。

「是的，」納法卡說：「我們還有一些地方可以出租。」他說話時散亂的八字鬍在嘴巴前誇張擺動，「我帶你們去看。」他們又回到剛剛經過的兩排棚屋間。「這間在角落的屋子是空的。」納法卡說，「如果你們要的話，來，到裡面看看。」

當棚屋的門打開時，一隻狗從後面的洞溜出去，泥濘的地面上，有一塊地方鋪了木板。「你們可以再鋪上更多的木板。」納法卡向他們建議。牆壁是用夾板及金屬板拼湊起來的，天花板是老舊的金屬浪板，在被腐蝕的地方遮上了透明的塑膠片。「水龍頭在那裡，就在巷子的中間，非常方便。用水不需走很遠，不像其他低級的聚落，這裡是個好地方。」他攤開手臂在空中橫掃過眼前的空地，「新開發、不擁擠，房租是每個月一百盧布，採預付制。」

納瓦茲用手指敲敲牆壁，像醫生做胸腔檢查一樣，然後把腳踩在木板上搖晃。他露出肯定的表情，低聲向裁縫們說：「很牢靠。」

納法卡對每個人點點頭，「我們還有更好的房子，要看嗎？」

「看看無妨。」納瓦茲說。

他們離開那兩排由鐵皮和塑膠板混搭的屋子，走到一區有八間磚頭屋的地方，屋頂還是生鏽的浪板。「這些房子的月租是兩百五十盧布，但你們會有鋪好的地板和電燈。」他指著電線桿，電力是從街燈偷接來的。

在屋內，納瓦茲檢查裸露的磚塊，用大拇指的指甲在上面刮了一下，「品質很好。」他說：「想知道我的想法嗎？第一個月先租便宜的房子，如果你們工作進行順利，也負擔得了，再搬到這裡來。」

納法卡對著三人頻頻點頭，但裁縫師們的沉默讓納瓦茲擔心，「怎麼？你們不喜歡？」

「不，不，房子很好，是錢的問題。」

「錢是每個人的問題，」納法卡說：「除非你是政客或黑市交易者。」

他們大笑一陣後，伊斯佛說：「要預付房租有點困難。」

「你們連一百盧布都沒有？」納瓦茲不敢置信的問道。

「都是因為那位雇用我們的女士，她說我們要帶自己的縫紉機，我們的錢剛好付訂金。過去幾個月來我們沒有工作，我們一直花錢卻……」

「看看你們這些沒用的人！」納瓦茲怒罵，眼見擺脫他們的計畫就這樣被毀了，「只會浪費錢！」

「如果可以在你那兒多待一陣子，」伊斯佛懇求道，「我們就能存足夠的……」

「你以為房子是等著給你用的？」他大聲咆哮，而納法卡在一旁搖頭暗示。

納瓦茲失望透了，轉向納法卡說：「這次能夠例外嗎，納法卡先生？今天先付二十五盧布，由我代墊，然後裁縫師之後每週給你二十五盧布。」

納法卡縮起嘴唇，下門牙咬著八字鬍，用指關節把濕濕的頭髮往後梳，「只為你們破例，因為我信任你們。」納瓦茲趁任何人改變想法前把錢掏出來。他們回到剛才看的棚屋，納法卡在夾板做的門上放了一個鎖，把鑰匙交給伊斯佛，「現在是你的了，安心的住吧！」

他們踩著劈啪作響的地面回去，到公車站等車，裁縫師們看來很不安。「我再次向你們恭喜，」納瓦茲說：「你們在一天之內找到了工作和房子。」

「這要歸功於你的鼎力相助。」伊斯佛說：「納法卡是地主嗎？」

納瓦茲覺得好笑，「他只是幫大壞蛋工作的小壞蛋，大壞蛋是在貧民區利用破舊房屋收取租金的房東托克瑞，他控制這裡所有的一切——公賣酒、大麻藥、大麻麻醉劑等。而且有暴動時，他可以決定誰要燒死，誰能留下。」看到伊斯佛臉上的恐懼，他又說：「你們不用和他交涉，只要按時付房租，你們就會沒事。」

「那麼，這是誰的地？」

「沒有人的，是這個城市的。這些傢伙賄賂了市政單位、警察、管理自來水及電力的人員，然後把房子出租給像你們這樣的人。又不妨害誰，空地空著也是浪費，如果可以讓沒房子的人有地方住，有什麼不對？」

在最後一晚，解脫讓納瓦茲分外慷慨，「請和我一起用餐，」他邀請裁縫師進入屋內，「至少讓我能在你們走之前好好地招待你們一次，這將是我莫大的榮幸。米莉安！三份晚餐！」

他詢問他們對於過去睡在雨棚下是否滿意，「如果你們願意的話，可以到屋內來睡。是這樣的，你們剛到這裡時，我本來是想讓你們睡屋內的，但我告訴自己，屋子裡又小又擠，還是讓你們到室外呼吸新鮮空氣比較好。」

「是，是，這樣比較好。」伊斯佛說：「我們要謝謝你過去六個月來的照顧。」

「有這麼久了？時間過得真快。」

米莉安把食物端到桌上就轉身離開，即使圍上了面紗，伊斯佛和歐普拉卡希也能從她的眼神中看得出來，那種因為丈夫的虛偽而感到的羞愧。

4 小問題

鏡子、刮鬍刀、刮鬍刷、塑膠杯、夜壺、銅水壺……，伊斯佛把這些東西放在棚屋角落裡的一個硬紙板箱當中，行李箱和睡鋪把剩下的空間佔了一大部分，他把他們兩人的衣服掛在自木頭夾板牆上突出來的鏽釘上。「一切都剛剛好，我們有了工作、有了房子，很快的也要幫你找個老婆了。」

歐文卻笑不出來，「我討厭這個地方。」他說。

「難不成你想回去找納瓦茲，寄宿在他的雨棚下？」

「不，我想回到阿施若夫叔叔身邊，回到他的店裡。」

「可憐的阿施若夫叔叔，他被他的客戶離棄了。」伊斯佛拿起銅水壺走到門口。

「讓我去拿水吧。」歐文說。

他走到巷子裡的水龍頭那兒，有個灰髮的老嫗站在一旁，看他笨手笨腳的轉開水龍頭，但什麼都沒有。他敲敲儲水管又搖搖出水口，只流下幾滴水。

「你不知道嗎？」老婦不以為然的說，「只在早上才有水。」

歐文轉頭看是誰在說話，他看到矮小的老婦人在陰暗的門口。「只在早上才有水。」她又說了一遍。

「沒人告訴我。」

「你只是個孩子，哪需要告訴你這麼多事情？」她叱喝道，然後走出她的棚屋。現在他看清楚她並不矮，而是背駝了。「你不會用用你的智慧嗎？」

他思考著怎麼樣才能充分展現他的智慧，反駁還是走開。「來。」老婦人說，然後退到屋內，他在門口觀望，她在黑暗中又說：「你打算站到天亮等水來嗎？」

她打開一個圓底壺的蓋子，把水倒到他的銅壺裡，「記住，你必須在早上就裝好水，晚起床只有口渴的分，就像太陽和月亮，永遠遇不到彼此。」

隔天一早水龍頭前就排了一長串的人，兩個裁縫師也拿著牙刷和肥皀在隊伍中等待。隔壁的棚屋走出一個男子，面帶微笑的擋住他們。他打著赤膊，長髮垂肩，「早安，」他跟他們打招呼，「你們不能這樣過去。」

「為什麼？」

「如果你在水龍頭旁刷牙、抹肥皀洗臉，會引起一陣騷動的，大家都想在水流光前裝滿水。」

「那要怎麼辦？」伊斯佛說，「我們沒有水桶。」

「沒有水桶？小問題。」鄰居回到屋內拿了一個鍍鋅的提桶出來，「找到水桶之前先用這個。」

「那你怎麼辦？」

「我還有一個，一個水桶的量就夠我用了。」他把頭髮綁成一個馬尾，再用力拉了一下以免散開，「你們還需要些什麼？一個小桶子或什麼用來解手的東西？」

「我們有一個夜壺了，」伊斯佛說，「但我們應該去哪裡倒排泄物？」

「跟我來，地方不遠。」他們取了水，把沉重的水桶放回棚屋，然後帶著夜壺往空地後的鐵路走去。蹣跚走過布滿碎石瓦礫及碎玻璃的土堤時，裡面的液體濺了一些出來，形成一道泛灰的黃色細流，發出臭味，徐徐的在土堆上流動，混雜著許多骯髒的漂浮物。

「到右邊去，」他說，「左邊是女生的。」他們跟著走，很高興有人帶領，不然走錯了可真尷尬。那邊有女性的聲音，是媽媽在哄孩子，伴隨著惡臭傳出來。再往下走，靠近長滿刺針的矮樹叢和蕁麻的地方，他們看到幾個男人正背對鐵路，蹲在鐵軌或路旁的溝渠上。溝渠是路旁下水道的延伸，這個聚居區的人都在這裡倒垃圾。

經過那些蹲著如廁的人，三人找到一個合適的地點。「鐵路真好用，」鄰人說：「用處就像平台一樣，把你墊高些，大便堆起來時就不會沾到屁股。」

「訣竅你都知道得很清楚嘛！」歐文說。他們也脫下褲子，在鐵軌上找好位置。

「不需要花多少時間學習。」他指著矮樹叢旁邊的人，「蹲在那裡比較危險，有毒蜈蚣出沒，我不會對牠們暴露自己脆弱的部分。還有，如果你們要藉著那些灌木叢保持平衡，結果會戳了一屁股的刺。」

「這些都是經驗之談嗎？」歐文在鐵軌上笑著搖晃。

「是的，是別人的經驗。小心你的夜壺！」他提醒道。「假如你把液體灑出來，回去的時候就會像又臭又黏的流浪漢。」

伊斯佛希望那傢伙可以安靜一下，他不覺得詼諧的言談對現在的「任務」有幫助，尤其是他的肚子對眼前的公廁很不適應。他在戶外上廁所已經是很久以前的事了，那時他只是個孩子。印象中，他是跟父親一起，在半昏暗的早晨，鳥兒們嘰嘰喳喳的，而整個村子還是一片寧靜，結束後他們就在河裡清洗。但阿施若夫叔叔教他們用城裡的方式，讓他早已忘記村裡的方法了。

「蹲在鐵軌上只有一個缺點，」長舌的鄰人說：「當火車來時你要趕快離開，不管你結束沒有，火車對我們這些喜好在自然中解放的人一點都不尊重。」

「你現在才告訴我們！」伊斯佛伸長脖子東張西望，慌張得從鐵軌上跳下來。

「放輕鬆，放輕鬆。火車至少十分鐘之後才會來，聽到轟隆聲再跳下來就行了。」

「真是個好建議，只要不是聾子都做得到。」伊斯佛說，「你叫什麼名字？」

「瑞亞朗。」

「很幸運承蒙你的指點。」歐文說。

「是啊，我是你們的野外求生導師。」他放聲大笑。

雖然不怎麼好笑，歐文還是笑得很大聲，「告訴我，全能的野外求生導師，你覺得我們要不要買一張火車時刻表？因為我們每天早上都要蹲在這裡。」

「沒有必要，我的好學生。過不了幾天你們就會熟悉火車的時間，而且會比火車站長還清楚呢！」直到他們結束、清洗過並拉上褲子，都還沒聽到下一班火車的聲音。伊斯佛決定，明天早晨要在瑞亞朗醒來之前先溜出去，他可不想蹲在一個多話的哲學家旁邊出恭。

現在，沿著這條路上的男性和女性都離開了鐵軌，站到水溝邊去等火車經過；只有在灌木叢裡的人還待在原地。火車從他們面前緩緩滑行而過，瑞亞朗指著其中一節車廂，「瞧那些混蛋，」他大聲喊，「盯著別人拉屎，就像他們自己都沒有腸子似的，好像從屁眼裡跑出大便是馬戲表演。」他向車上的乘客做了一個猥褻的手勢，有些人看了轉過頭去，其中有個人從座位上吐了一口痰出來，然而似乎連風也站在瑞亞朗那邊，把它吹往火車的方向。

「我希望我可以彎下腰，瞄準，把它像支火箭一樣朝那些臉射過去，」瑞亞朗說，「讓他們吃掉，誰教他們那麼有興趣。」他搖搖頭，一邊朝棚屋走回去。「這麼不知羞恥的行為真令人憤怒。」

「我祖父的朋友，達亞朗，」歐文說，「他曾經被強迫吃掉地主的大便，因為他做犁田工作時遲到了。」

瑞亞朗把桶子裡的最後一點水倒在手上，將頭髮往後攏。「那後來達亞朗有獲得任何神奇的力量嗎？」

「沒有，為什麼這麼問？」

「我聽說有一種巫師階級，他們吃人類的大便就能得到黑暗的力量。」

「真的嗎？」歐文說：「那麼我們可以經營一種生意——從鐵路上收集糞堆，把它們包裝好賣給商店當午餐、下午茶、現煮熱食出售。」

瑞亞朗和歐文樂得一直笑，但伊斯佛只顧著大步往前走，他覺得噁心，裝作沒聽到。

回去後歐文又到水龍頭那兒取了一大桶水，隊伍變得比早上更長許多。排在他前面的幾個位置，他看到一個女孩拿了一個大銅壺靠在臀部上，當她把它舉到頭上時，他的眼神不自覺被吸引到她上衣突起的部分。水的重量加諸在她身上，使她走路時恰好產生一種搖曳生姿的體態；滿溢的水從壺口滴下，濺到她的額頭，閃爍的水滴掛在她的髮稍和睫毛，就像朝露一樣。歐文這麼想著：哦，她多麼可愛呀！之後的一整天裡，他內心起伏著強烈的愛慕與快樂，好像隨時可以爆發出來。

水龍頭的水乾枯後，棚屋裡的居民也結束了晨間的盥洗儀式。地面上還留著一塊塊浮著泡沫的水漬，隨著太陽逐漸高昇，水跡很快就被泥土和陽光吸收掉。而鐵路簡便廁所的臭味則持續了很久，微風惡作劇似的一直將惡臭吹向棚屋，經過好幾個小時才轉向。

到了吃晚餐的時間，瑞亞朗在門外用爐子燒菜，外出認識新環境的兩個裁縫師正好回來，他們聽到煎鍋裡的油滋滋作響。

「你們吃過了嗎？」瑞亞朗問。

「在車站吃過了。」

「那很貴的，盡快拿到配給卡，你們就可以自己煮東西吃。」

「我們連爐子都沒有。」

「小問題，你們可以用我的。」瑞亞朗告訴他們這裡有一個婦人，她在鄰近的住宅區沿街叫賣蔬菜和水果，「如果她回來時籃子裡還有剩的，像是番茄、豌豆和茄子等，她會便宜的賣掉。你們可以跟她買，像我一樣。」

「好主意。」伊斯佛說。

「只有一樣東西她不會賣你——香蕉。」瑞亞朗說。歐文聽了吃吃的笑，以為會聽到什麼有趣的關鍵笑點，但答案並不是。「這裡的猴人跟那女人立了一份長期約定，她變黑和壞掉的香蕉都要給他的兩隻猴子，但那條可憐的狗必須自己找東西吃。」瑞亞朗說。

「什麼狗？」

「猴人的狗，牠是表演成員之一，猴子騎在牠身上。狗總是在垃圾堆裡搜尋食物，猴人沒有辦法同時供養牠們。」爐子兩度劈啪的飛濺出火星，他重新開火然後攪動鍋子。「有人說猴人和猴子一起幹下流、違反自然法則的勾當，可是我不相信。但若是真的，那又怎樣？我們都需要放鬆一下，不是嗎？猴子、妓女，或你自己的手——有什麼不同？不是每個人都有老婆的。」

他戳一戳熱得嗞嗞作響的菜，看看是不是好了，然後熄掉爐子的火，盛了一份放到塑膠盤上遞給裁縫師們。

「不，我們在車站吃過了，真的。」

「別傷我的心，至少吃一口。」

他們接過盤子，這時有一個脖子上掛著手風琴的人經過，聽到他們的對話。「聞起來好香，」他說，「也幫我留一口。」

「當然，來。」

但那人卻手搖風箱彈奏曲子，繼續往前走了。

「你見過他嗎？就住在第二排。」瑞亞朗在鍋子裡翻攪，自己盛了一盤，「他晚上才開始工作，他說如果他在人們吃飯或放鬆時唱歌，他們會對他比較慷慨。還要嗎？」

他們婉拒了，瑞亞朗把剩下的吃完，「對我來說，你們能租下這間屋子真好。」然後他壓低聲音：「我的另一邊住了一個沒用的傢伙，老是醉醺醺的，假如老婆和他五或六個孩子那天沒有乞討到足夠的東西，他就會打他們。」

他們看看那間棚屋，目前很平靜，看不出來家裡有孩子。「都睡了，明天又會重新開始，然後她一定會跟孩子們被丟在街上。」

那一晚，裁縫師和鄰人促膝長談，聊著他們的村子、穆沙佛裁縫公司，還有星期一就要在迪娜・達拉那裡開始的新工作。但這些似曾相似的故事令瑞亞朗頻打瞌睡，「是啊，成千上萬的人因為同樣的理由來到這座城市——家鄉的生活困苦。」

「可是我們不想待太久。」

「沒人想待久，」瑞亞朗說：「誰想過這樣的生活？」他用手疲憊的掃過眼前污穢簡陋的棚屋、坑坑窪窪的空地，還有越過鐵路那邊的貧民區，在令人望之生厭的外表下飄著炊煙和難聞的工業廢氣。「然而有時候人是沒有選擇的。有時候城市攫住你，把爪子牢牢地釘在你身上，教你無法脫身。」

「我們當然不會如此，我們來這裡賺點錢，然後就趕回去。」歐文說。

伊斯佛不想討論自己的計畫，害怕禁不起質疑，「你是做什麼的？」他轉移話題。

「理髮師，不過我已經放棄一陣子了。我受夠了客戶的抱怨，一會兒說太長，一會兒太短，要不然就說不夠蓬鬆，兩側燙得不夠捲，還有這個、那個的。每個醜八怪都想讓自己看起來跟電影明星一樣，所以我說：『夠了！』之後我做過許多工作，目前我是個頭髮收集者。」

「那很好，」伊斯佛隨便說說，「頭髮收集者要做什麼？」

「收集頭髮。」

「那能賺錢嗎？」

「哦，那可是件大生意呢！國外市場對頭髮的需求量很大。」

「他們要頭髮做什麼？」歐文懷疑的問道。

「用途很多，大部分都用來做成假髮，有時候他們會染上不同的顏色，紅的、黃的、棕的、藍的。外國女人喜歡戴別人的頭髮；男人也是，尤其是禿頭的人，外國人很害怕禿頭。他們實在是非常有錢，才能夠負擔得起去害怕各種無聊的蠢事。」

「那你要怎麼收集頭髮？」歐文問，「直接從人們頭上偷嗎？」他的語氣中帶點嘲諷。

瑞亞朗和氣的笑一笑，「我去找路邊理髮師，拿一盒刀片，或一個香皂，或是一支梳子跟他們交換。在理髮院，假如我幫他們掃地，他們就免費提供給我。來，到我屋裡來，讓你們瞧瞧我的收集。」

瑞亞朗點一盞燈來驅散棚屋裡的昏暗，火焰先是閃動、穩定，然後轉為橘色。在燈火的照映下，麻布袋和塑膠袋出現在眼前，靠牆堆得高高的。

「這些袋子是路邊理髮師的。」他說。在兩人好奇的神眼下，他打開袋子，「看到沒，短頭髮。」

他們才看了一眼就往後退，感覺不太舒服；瑞亞朗伸手拿出一團油膩的毛髮，「不超過五公分長，以每公斤二十四盧布的價格賣給出口商代理人。這種只能用來做化學用品或製藥，他告訴我的。再看看這個塑膠袋……」

他解開繩子抽出一束長髮，「從一位女性理髮師那兒拿到的，很漂亮，不是嗎?長度從二十公分到三十公分都有，每公斤賣兩百盧布，三十公分以上的賣六百盧布。」他指著自己的頭髮，然後像拿小提琴一樣的拿起來。

「所以，這就是你蓄髮的原因。」

「當然，天賜的作物讓我餵飽自己的肚子。」

歐文拿起髮束輕輕撫摸，不像看到一堆剪下的短髮那樣嫌惡，「感覺不錯，又軟又滑。」

「你知道，」瑞亞朗說，「每當我拿到像這樣的頭髮，我總是好想見見那個女人。我晚上睡不著時，就會想著：她長得怎麼樣？為什麼要剪掉頭髮？是為了時髦還是因為被處罰？或是因為她的丈夫死了？頭髮是整把剪下的，但牽繫的卻是一個活生生的人。」

「這一定是富家女的頭髮。」歐文說。

「你為什麼會這麼想？」瑞亞朗問，語氣中頗有老鳥指導菜鳥的味道。

「因為香味，聞起來像是昂貴的護髮油，貧窮家的女人會用生椰子油。」

「完全正確。」他讚許的拍拍歐文的肩膀。「藉著頭髮你可以知道它們的主人，健康或不健康、年輕或年老、富有或貧窮，從頭髮就可以看得出來。」

「還有信仰和階級。」歐文說。

「沒錯。你有做頭髮收集者的天分，假如你厭倦了裁縫師的工作要告訴我。」

「但我有可能在頭髮被剪下來前撫摸到嗎？全部的毛髮，從頭到尾，還有兩腿中間的。」

「他真是個聰明的混蛋，不是嗎？」瑞亞朗對伊斯佛說，而伊斯佛已經作勢要打他姪子了。「我是個嚴格的專業人士，我承認當我看到女人的長髮就想用手指去梳，把髮絲繞在我的手腕上。但在理髮師把頭髮剪下來之前，我只能做做夢。」

「若你見到我們的新雇主，就能做更多的白日夢。」歐文說，「迪娜·達拉的頭髮很漂亮，或許她整天沒事做，就只會幫頭髮抹油、梳順，讓它看來完美無瑕。」他把那束頭髮接在自己頭上，故作忸怩的說：「我看起來如何？」

「我本來想要幫你找個老婆的，」他伯父說，「現在假如你喜歡的話，我可以幫你找個丈夫。」惹得瑞亞朗狂笑，他取過髮束，小心放回塑膠袋裡。

「我在想，」伊斯佛說，「頭髮收集人到像是里希凱許那種地方，不是可以有更多生意嗎？或者像是哈德瓦之類的聖城，人們剃掉頭髮，把自己奉獻給神。」

「你說得對，」瑞亞朗說，「不過會遇到一個大難題。我有一個朋友也是頭髮收集者，他往南到蒂魯伯蒂，只是先去探查那裡寺廟能產生的髮量。你知道他發現什麼？每天約有兩萬人前去奉獻他們的頭髮，需要六百個理髮師一天八小時輪班的工作。」

「那剪下來的頭髮一定堆積如山囉？」

「何只是山？那可是喜馬拉雅山！只是，像我一樣的中間人根本沒有機會取得頭髮。神聖的婆羅門祭司把它們放到神聖的儲藏室裡，每三個月舉行一次拍賣，出口公司就直接買走了。」

「婆羅門和祭司的事不用你說，」伊斯佛說，「那些人的貪婪在我們村子裡是眾所皆知的。」

「其實無論到哪兒都是一樣的。」瑞亞朗說，「我一直等著，希望遇到有個人可以像對待自己一樣公平的對待我，把我當人一樣。這就是我要的，別無其他。」

「從現在開始，你可以收集我們的頭髮。」歐文慷慨的說。

「謝謝你，如果你們願意，我可以免費為你們剪髮，只要你們不嫌棄。」他把放頭髮的袋子塞回去，拿出梳子和剪刀，當場就要剪起頭髮。

「等一下。」歐文說，「我要先把頭髮留得跟你一樣長，然後你就可以賣更多的錢。」

「別想了，」伊斯佛說：「別留長髮，迪娜．達拉不會喜歡長髮的裁縫師。」

「有一件事是肯定的，」瑞亞朗說：「毛髮的供應與需求一直在無止盡的產生，這會是個大生意。」看過頭髮後他們回到門外頭，他又說：「在有些事情上它也會變成大麻煩。」

「什麼樣的麻煩？」

「我剛想到穆罕默德的聖髯，數年前它曾經在喀什米爾的哈茲瑞特堡清真寺中消失，你記得嗎？」

「我記得，」伊斯佛說：「但那時候歐文只是個嬰兒，他什麼都不知道。」

「告訴我，告訴我，到底發生什麼事了？」

「事情是這樣的，」伊斯佛說：「有一天聖髯不見了，引起大暴動，大家都說政府應該下台，政客必須想想辦法。你知道，這是很棘手的事情，因為喀什米爾一直要求獨立。」

「後來的發展是，」瑞亞朗補充道：「暴動和宵禁發生的兩週後，政府調查員宣布他們找到聖髯了。但人民並沒有因此感到高興，他們懷疑，萬一政府欺騙我們怎麼辦？萬一他們只是用普通的鬍鬚敷衍我們呢？因此政府邀請一群博學的學者，讓他們全權負責檢驗鬍鬚的事。當他們說那確實是正品無誤後，斯里蘭卡的街道才回復平靜。」

戶外的炊火攪動著空氣，黑暗中有個聲音在呼喊：「香堤！快拿木柴來！」一個女孩回應了。歐文看了一眼：是她！那個拿著大銅壺的女孩。香堤，他暗暗複誦，對剛剛收集頭髮的話題已毫無興致了。

瑞亞朗拿了一塊石頭抵著棚屋的門，才不會被風吹開，然後陪同裁縫師到另一區認識環境。他告訴他們通過鐵路柵欄的破洞，就是到火車站的捷徑，「越過溝渠後一直走，直到看見『阿牟奶油』和『現代麵包』的廣告看板，可以節省你們十分鐘的時間。」

他也警告他們關於鄰邊的貧民區，「那裡的人大部分都是好人，可是某些巷子很危險。走路經過時，十之八九會發生謀殺和搶劫。」在貧民區安全的地區，他介紹他們到一家他熟識的茶攤，可以賒帳飲茶、吃點心，到月底再一起結帳。

那天稍晚他們坐在棚屋外抽煙時，聽到手風琴樂手逐漸靠近的聲音。他結束工作回家，正在彈琴自娛，在一片荒涼的曠野中，他的樂聲有如天籟，他一邊走一邊哼著關於愛情與友情的歌，歌聲伴著樂曲，軟化了炊火悶燒時濃煙中刺眼嗆鼻的辛辣。

糧食局的官員不在座位上，一個傳令兵說現在是大人的冥想時間，「你們星期一再來。」

「但我們星期一就要展開新工作了。」伊斯佛說，「冥想時間要持續多久？」

傳令兵聳聳肩，「一個小時、兩個小時或三個小時……要看他的內心有多沉重。大人說若不進行冥想，到了週末他就要發瘋了。」兩個裁縫師決定排隊等待。

三十分鐘後糧食局的官員就出現了，想必他本週的工作應該比較輕鬆。他精神煥發的把配給卡申請單遞給裁縫師，還說外面的人行道上有專門人員可以幫他們填單子，只需收取一點點費用，就可以幫他們填好單子。

「沒關係，我們知道怎麼寫。」

「真的嗎？」他語帶輕蔑的說。他很自負自己有估量別人的能力，藉著每天從桌上不斷收到的申請單，只要瞥上一眼，他們的出生地、經濟狀況、教育、階級，都毫不保留的呈現在他眼前。他臉上的肌肉抽搐、緊繃，剛剛才完成的冥想馬上就受到挑戰了，裁縫師的話無意間冒犯了他無所不知的能力。「填好後交過來。」他不耐煩的揮手示意他們離開。

他們把申請表拿到走廊，找個窗台靠著填寫。窗台的表面很粗糙，筆尖好幾次刺穿了紙張。他們想修復坑坑疤疤的表面，便用指甲把凸起處壓平，然後排隊等著繳回。

糧食局官員掃視一下表格，露出微笑，那是一種優越的微笑：他們或許知道怎麼填表格，卻不懂整潔的道理。他讀著他們的資料，到了地址那部分突然停下。他挾著勝利的姿態，「這在胡說八道什麼？」並用沾了尼古丁味道的手指敲著說。

「那正是我們住的地方。」伊斯佛說，他只寫下到那兩排棚屋的街道名稱，但幾號幾樓、建築物名稱全空白。

「你的房子到底在哪裡？」

他們描述得更詳細些，包括最近的路口、右邊的街道、左邊的貧民區、火車站、鄰區電影院的名字、附近的大醫院、人氣最旺的糖果店，以及魚市場。

「停，夠了。」官員把耳朵摀起來，「我不要聽這些胡言亂語。」他拿出一本市區指南，翻到地圖那一頁，「就跟我想的一樣，你們的房子在棚屋區，對不對？」

「只是一個寄宿地——以目前來說。」

「棚屋區不是一個地址，法律規定配給卡只能發給有地址的民眾。」

「我們的屋子是真的，」伊斯佛懇求道：「你可以親自來看看。」

「我去不去看無關緊要，重要的是法律規定。以法律的角度來看，你的棚屋不能算數。」他拿起一疊申請表扔到桌邊，再用力推到角落，申請表散亂成一堆，揚起一些灰塵。「不過，要拿到配給卡也還有其他的辦法，假如你們有興趣的話。」

「有的，請說，不管是什麼都好。」

「假如你讓我幫忙安排你的結紮手術，你的申請就會立即被批准。」

「結紮？」

「你知道的，就是家庭計畫，輸精管切斷術。」

「我已經做過了。」伊斯佛撒謊。

「給我看你的證書。」

「什麼證書？」

「家庭計畫證書。」

「哦，我沒有，」他很快轉了一下腦筋說：「我們故鄉的老家發生過一場火災，什麼東西都燒光了。」

「這不是問題，我為你安排的醫生可以幫你再做一次，就當作是特別的服務，然後給你一張新的證書。」

「同樣的手術，兩次？這不好吧！」

「許多人都做了兩次，有更多的好處，可以得到兩台收音機。」

「我為什麼會需要兩台收音機？」伊斯佛微笑說：「兩個耳朵各聽不同的電台嗎？」

「要不然，若這種無害的小手術令你害怕，可以讓這個小伙子去，我只要一張節育證書就夠了。」

「他才十七歲！在輸精管切斷前他還要結婚、生小孩！」

「一切由你決定。」

伊斯佛氣憤的離開，對那令人震驚、幾乎可以說是褻瀆的建議火冒三丈，歐文緊追在後想安撫伯父。沒人注意到伊斯佛，因為走廊上擠滿了像他一樣的民眾，失落又不知所措，只能盡心竭力的和政府官員協商。周圍等待的人處在各種不同程度的痛苦中，有人流淚、有人歇斯底里的狂笑官僚體制的荒謬，也有少數人面牆而立，口中喃喃自語。

「結紮，他竟然這麼說！」伊斯佛情緒激動的罵道：「不要臉的混蛋！這麼年輕的男孩，結紮！那個醜陋的混蛋冥想的時候，應該要有人切斷他的小弟弟！」他飛快的穿過走廊、下樓、走出大門。

人行道上有個看來像是辦事員的矮小男人，注意到伊斯佛浮躁的怒氣，從椅子上站起來向前致意。他戴著眼鏡、身穿白上衣，桌上散著文具用品，「你遇到問題了，我能幫忙嗎？」

「你能幫什麼樣的忙？」伊斯佛不屑一顧的說。

那人拉了一下伊斯佛的手肘讓他停下來聽，「我是一個便利服務員，我的工作，也就是我的專長，是協助人們與政府機關打交道。」他不停的流鼻水，吸鼻水的動作讓他的自我介紹中斷了好幾次。

「你為政府工作？」伊斯佛指著剛才離開的大樓懷疑的問。

「不，絕不是，我為你和我自己工作。幫助你得到被政府官員弄得很難得到的東西，因此我的頭銜才叫做『便利服務員』。出生證明、死亡證明、結婚證書等任何種類的許可證，甚至出港許可，我通通可以安排。你只要選擇想出現的資訊，我就可以辦出來。」他拿下眼鏡露出自己最滿意的微笑，然後突然連續打了六個猛烈的噴嚏，裁縫師們趕緊退避，以免被飛沫濺到。

「我們只是想要一張配給卡，便利服務員先生，而那些傢伙要以我們的男子氣概作交換！在食物與男子氣概間，這是什麼樣的選擇？」

「哦，他想要家庭計畫證書。」

「對，他就是這麼說的。」

「你知道，自從緊急狀態開始後，那個部門有了一個新規定──每位官員都必須鼓勵人民結紮。假如他沒能完成自己負責的份數，就不能升官。他能怎麼辦？可憐的傢伙，他也自身難保，不是嗎？」

「這對我們不公平！」

「那正是我在這裡的原因，只要告訴我你希望在卡片上出現的名字，最多六個，寫什麼地址隨你高興。代價只要兩百盧布，現在先付一百，拿到卡後再付一百。」

「但我們沒那麼多的錢。」

便利服務員說他們可以等有了錢再來，他會一直在這裡，「只要有政府的存在，我就有工作。」他擤了擤鼻子後回到人行道上的據點。

❦

裁縫師們抄著瑞亞朗告訴他們的捷徑，碎步跑下月台往只有小徑和煤渣的荒原走去，望著火車駛出車站消失在夜色當中。「當騎士愈接近馬廄時，他所騎的馬也就奔馳得愈快。」伊斯佛這麼說，歐文點頭同意。

在迪娜．達拉那兒工作的第一天結束了，經過十個小時不停的縫紉，他們和一群返家的人們一樣已經累壞了，他們和群眾一起度過這個將疲憊轉化為希望的時刻。很快就要入夜了，他們會借瑞亞朗的爐子來弄點東西吃。他們會將自己未來的計畫與夢想，編織成喜好的圖案，直到明日清晨該搭火車的時刻。

月台的盡頭向下傾斜，變成與鐵道緊緊相接的碎石路；無盡的鐵柵欄在此處有一道關鍵性的缺口，其中一支利如矛尖的鐵條因人的手汗而腐蝕，人們可以不費吹灰之力就輕易破壞。

男人和女人擠成的人球一點一點的通過裂縫，避開站在遠方出口處的收票員。其他一些沒票的人則敏捷的沿著鐵路繼續往下跑，赤腳或穿著破鞋踩過堅硬的煤渣和碎石，他們面對柵欄向鐵道奔跑，直到一個安全的距離後，便跨開大步躍過柵欄。

雖然歐文有車票，他也喊著要跟隨那些人英雄式的舉動，衝向自由。他覺得若自己是一個人的話，他也可以飛躍，但接著他瞥見站在一旁的伯父，他不只是伯父，也是他永遠都不會背棄的人。柵欄上的杆子在薄暮中就像幽靈軍隊使用的生鏽武器，那些沒票的人像是有功夫的古人，突破了敵人的防守，從欄杆上一躍飛過，好像永遠不會回到地面似的。

突然間，有一隊疲憊的警察從薄暮出現，包圍起鑽漏洞的群眾；幾個警官慢吞吞的追趕著遠方越過柵欄的人。他們之中唯一有活力的人是一位巡官，揮舞著警棍大聲喝著命令。

「把他們通通抓起來！快，快，快！一個都不能溜掉！你們這些騙子，全部回到月台上！你，過來！」他用警棍指著，「動作快！我要讓你們知道坐霸王車的下場！」

裁縫師想找個人說他們其實是有買票的，但在混亂又吵鬧的情況下根本沒有機會。「拜託，警官，我們只是抄近路而已。」他們向一位站得最近的警察求情，卻被趕去和其餘的人站在一起。這些人像囚犯似的拖著腳步經過收票員身旁時，收票員左右搖著手指指責那些人的行為。

到了外頭，囚犯們被送上警用卡車，塞不下的幾個被留在擋板外。「我們完了，」其中一人說：「聽說在緊急狀態下，坐霸王車要被拘禁一週。」

巡官在售票處磋商時，囚犯們就待在卡車裡汗流浹背的等了一個小時。然後卡車駛離車站，巡官的吉普車尾隨在後。十分鐘後車子開到一處空地，卡車擋板匡啷一聲打開。

巡官用警棍用力敲打卡車的輪胎，「下來！通通都下來！下來，下來，下來！」他習慣將命令連喊三聲強調。「男的站這邊，女的站這邊！」他把兩組人分別排成六人一排的陣形。

「大家注意！揑住耳朵！來，揑住！揑好！揑好！揑好！還在等什麼？現在做五十下交互蹲跳！預備，開始！一！二！三！」他在行列中巡視，一面數數，一面監視他們的動作是否確實，還不時迅速地轉身來個突擊檢查。假如發現有人作弊，不等他們做完動作或放開耳朵，他就叫他們吃一記棍子。

「……四十八、四十九、五十！好了！假如你們再被抓到坐霸王車，我會讓你們痛苦得叫奶奶！現在你們回家！走！還在等什麼？走，走，走！」

大家飛快的解散，竊竊嘲笑巡官和他的笨處罰。「白痴瑞亞朗，」歐文說，「從現在開始我再也不會相他的話了。申請配給卡，是他說的，有多簡單；抄近路，你可以節省時間。」

「欸，做了無妨。」伊斯佛和氣的說。他們回到曾經讓他們怕得半死的月台，「看，警察讓我們少走了好些路，我們快回到聚落了。」

他們越過馬路繼續往棚屋區走，熟悉的廣告牆逐漸映入眼簾，但上面的圖案卻不一樣。「這是怎麼回事？」歐文說：「『現代麵包』和『阿牟奶油』跑到哪兒去了？」

廣告被換成總理的相片，讚頌著：「鐵血精神！努力工作！是支持我們生活的信條！」那種典型的樣本表情，已經隨著廣告大量遍布在整個城市當中。在電影院的廣告看板上，她的雙頰被修飾成紅得過火，其他部分則更慘！她的眼神似乎在乞求被抓似的，令反對者不舒服的狂抓廣告板，刮花她身體的部分。作畫者的藝術野心也消失了，原本應該是親切的微笑卻走了調——嘴角上掛著的是介於譏笑和嚴苛虐待間的詭異笑容。她額上的黑髮中有一撮讓人印象極為深刻的白髮，現在卻像是劃過頭皮、向下墜落的大鳥。

「你看，歐文，她的表情像吃了酸檸檬一樣，跟你焦慮時的表情好像。」

歐文照著那個表情依樣畫葫蘆，然後調皮的笑著。那高聳的面容依然一動也不動的監視著隆隆過往的火車，以及另一邊廢氣瀰漫中擠成一團的巴士和機車。

裁縫師們拖著疲憊不堪的身體走回棚屋區。當他們開門時，頭髮收集人出現了。「你們兩個頑皮的孩子，怎麼那麼晚才回來？」他抱怨道。

「是……」

「算了，這只是個小問題。晚餐很快就會熱好，我剛剛把爐火關掉是因為菜都要燒乾了。」他到屋裡去拿了一個煎鍋和三個盤子出來。「蔬菜配料和印度薄餅，還有我特製的香料炸丸子配芒果酸甜醬，這是為了慶祝你們的第一天上工。」

「讓你這麼麻煩真不好意思。」伊斯佛說。

「哦，沒什麼。」瑞亞朗把晚餐熱了一下，然後將四種食物整齊的排盤成圓形後遞給他們，鍋裡面還有多的。

「你煮太多了。」伊斯佛說。

「我今天賺了點外快，多買了些菜，要給他們的。」他用手肘指著另一間棚屋，「那個醉漢的孩子常餓肚子。」

他們一邊吃，裁縫師一邊描述警察怎麼對付坐霸王車的人，這份意外且別緻的晚餐軟化了歐文的毒舌，撇開他本來想用的怨語，含蓄的說那像一場冒險。

瑞亞朗突然用手拍了一下額頭，「我怎麼那麼笨，我完全忘了要警告你們。他們每隔幾個月就會做突擊檢查。」他又拍了一下額頭，「有些人終其一生坐車都不用買票，而你們兩個在第一天就被抓個正著，即使票在手上。」他忍不住咯咯笑。

伊斯佛和歐文想到這樣的諷刺實在耐人尋味，也笑了起來，「運氣差，也許是因為緊急狀態的新政策。」

「但這可是件大事情，假如政府真的變得那麼嚴苛，為什麼巡官最後會放走大家？」

瑞亞朗邊嚼著菜邊想，為大家各拿了一杯水，「也許他們也沒辦法。我聽到的說法是，監獄裡關滿了總理的敵人——工會工人、新聞從業人員、教師、學生等，所以或許牢裡已經沒有多餘的空間。」

當他們還在思考這個問題的時候，水龍頭附近傳出歡欣的尖叫聲。水龍頭竟然在這麼晚的時候開始汩汩流出水來！大家屏息觀望，先是涓滴細流，然後變成小小的水柱。隨著水勢愈來愈強、愈流愈多，大家的情緒也愈興奮激動，像是贏得賽馬一樣。真是奇蹟！棚屋區的居民們個個高興得拍手叫好。

「以前也發生過一次。」瑞亞朗說：「我想是給水站那邊出問題，有人開錯閥門了。」

「他們應該要常常犯這種錯誤才好。」伊斯佛說。

女人們跑到水龍頭前取水，她們手抱著嬰兒，當水滑落在他們黏答答的皮膚上，小嘴巴發出快樂的尖叫聲。其他的孩子也高興得跑來跑去，不由自主的跳起舞來，期望到黎明時的水亦能如湧泉，而非涓滴細流。

「或許我們現在應該把水裝滿，」歐文說：「早上就省事多了。」

「不。」瑞亞朗說：「讓那些孩子們去玩吧，誰知道他們什麼時候才能再有像現在這樣的機會。」

歡樂的時光持續了一個多小時後，水龍頭的水才停止，就像來時一樣突然。興致正濃的孩子們必須收起玩心，心不甘情不願的上床睡覺。

其後的兩週，棚屋區的主人又迅速建立了五十間粗製濫造的棚屋，而納法卡在一天之內就通通租出去了，那裡的人口數立即暴增為兩倍。現在從水溝裡傳來的惡臭，從早到晚包圍著棚屋區揮散不去。小小的棚屋區與對面偌大的貧民區之間幾乎沒什麼區隔，兩個地方已經結合成一個人間煉獄。水龍頭前變成了大家必爭之地，每天早晨都有相互指責插隊的戲碼上演，大家你推我擠、扭來打去，連水桶都打翻了，弄得女人尖叫、小孩哭鬧。

雨季開始的第一個晚上，從屋頂漏到睡鋪上的雨水將裁縫師驚醒，他們縮到唯一乾燥的角落坐著。窗外的雨在他們身旁如小溪淙淙不斷傾瀉，穩定的節奏讓他們漸漸入睡。雨勢變緩後，漏雨的情況反而更加嚴重。歐文開始數著濺在頭上的水滴，他數到一百、數到一千、數到一萬，他一直數、一直加、一直算，好像希望能藉由夠多的數字讓漏水乾涸。

結果他們當然睡得很少。早上，瑞亞朗爬到屋頂檢查鐵製浪板，他幫他們在上面覆蓋一層塑膠片，但塑膠片不夠大，無法蓋到全部漏水的地方。

不到一週，他們從迪娜那兒領到酬勞，讓伊斯佛能夠好好的做番小採購，他想買一片大塑膠片和一些其他東西。「你覺得怎樣，歐文？現在我們可以讓房子更舒適了，嗯？」

他的話並未獲得熱切的回應，他們停在一個路邊攤，那裡有賣塑膠碗、盒子和各種餐具。「那我們要買什麼顏色的盤子和玻璃杯？」

「無所謂。」

「毛巾呢？或許黃色、上面有花的那條吧？」

「無所謂。」

「你要新的拖鞋嗎？」

「無所謂。」又是同樣的回答。

伊斯佛終於耐不住性子，「你這幾天是怎麼回事？在迪娜女士那兒你總是犯錯或吵架，你對裁縫根本沒興趣。無論我問你什麼，你都說無所謂。振作點，歐文，振作點。」他草草結束採購的行程回家，買了兩個紅色的塑膠水桶、一個做菜的爐子、五公升的煤油和一包茉莉線香。

他們聽到前方傳來猴人熟悉的手鼓聲，嘟咯嘟咔、嘟咯嘟咔……當他轉動手腕時，繫著繩子的搖鈴就在皮膚上彈跳著。他不是在吸引群眾，只是為動物伴奏回家的音樂。有一隻棕色的小猴跳到他肩上坐著，另一隻則無精打采的慢慢走。那隻瘦巴巴的狗走在遠處，一邊嗅、一邊咬著包過食物的報紙。猴人向牠吹口哨，喊道：「迪卡！」那隻雜種狗便快步跑來。

兩隻猴子開始玩弄迪卡，拉牠的耳朵、擰牠的尾巴、捏牠的生殖器，狗兒只是靜靜的任牠們擺布。歐文走近時，猴子的目光被他手上晃來晃去的紅色塑膠桶吸引住了，牠們決定要好好檢查一番，便向前聚過去。

「萊拉！曼奴！停下來！」他們的主人大聲叱喝，手裡揮著鞭子，牠們把頭從桶口邊緣縮回來。

「沒關係的。」歐文喜歡看牠們胡鬧，「讓牠們玩一玩，牠們也工作了一整天了吧？」

他們一起走回棚屋區，裁縫師、猴人和他的小動物像是受到鼓聲催眠似的前進。萊拉和曼奴很快對桶子感到厭倦，開始往歐文身上攀爬，坐在他肩上或頭上、吊在他手臂上盪來盪去，或抱著他的腿。他一路上面帶笑容的回家，伊斯佛也露出開心的微笑。

歐文和猴子分道揚鑣後，他的樂趣就消失了。他又陷落在陰鬱之中，往瑞亞朗的方向做了一個嫌惡的表情。瑞亞朗正在棚屋外將頭髮分類，一堆堆的黑色小山看起來像是一個個長了毛髮的人頭。

看兩人提著戰利品回來，瑞亞朗上前道賀，「很高興看到你們開始走向康莊大道。」

「如果你認為這條路是康莊大道，那你需要一副眼鏡。」歐文氣沖沖的回嘴，他走到屋內展開睡鋪。

「他是怎麼回事？」瑞亞朗有點自尊受損。

「我想他只是累了。但告訴你，今天你一定要跟我們一起吃飯，為了慶祝我們的新爐子。」

「我怎能拒絕這麼好的朋友呢？」

他們一起準備食物，一切就緒後叫了歐文來吃。用餐時，瑞亞朗問伊斯佛能不能借他十盧布。伊斯佛對這樣的要求很意外，過去兩週從瑞亞朗談話的熱忱中，他一直以為收集頭髮的工作很順利。

看到他臉上猶豫的表情，瑞亞朗又說：「我一週之後奉還，別擔心。最近生意的進展有點緩慢，但是一種新的風格正在女性中形成流行，每個人都會想要剪掉辮子，那些長髮會紛紛掉到我的袋中。」

「別再談頭髮了。」歐文說：「讓我反胃。」

晚餐後，歐文沒跟他們一起坐在屋外抽煙聊天，他說頭疼就先去睡了。

一小時後他伯父進到屋裡，站在歐文身後朝他的頭看了一分鐘，心想：可憐的孩子，要承受那麼可怕、沉重的記憶。他靠過去發現歐文的眼睛張著，「歐文？頭疼好了嗎？」

他呻吟著說還沒。

「忍耐一點，歐文，很快就過去了。」他試著逗歐文開心，又開口說：「我們一定是吉星高照，因為一切都很順利，嗯？」

「你怎麼有辦法盡說些沒用的話？我們住在又臭又髒的屋子，我們的工作很糟，迪娜．達拉像禿鷹似的監視我們、騷擾我們，連我們什麼時候吃、什麼時候打嗝都要聽她的。」

伊斯佛嘆息，他的姪子陷在難以撫慰的陰鬱中。他從盒裡取出兩支茉莉線香點燃，「這會讓我們屋內滿室生香，好好睡一覺吧，明早頭就不疼了。」

入夜後，風琴手的歌聲歇息，迪卡也不再吠，但從頭髮收集人的屋子傳來的聲音還是讓歐文睡不著覺。來了一位訪客，有女人和瑞亞朗的笑聲，不久他開始大力的喘氣，聲音透過夾板牆壁折磨著歐文。他受到電影海報上性愛姿勢的影響，想像他們在那些裝著可怕頭髮的袋子間赤裸裸的樣子。他想到在水龍頭旁的香堤，她美麗閃亮的髮絲、把大銅壺舉到頭上時緊繃的上衣，以及他和她在鐵軌旁的灌木叢中所能做的事。他看看他的伯父，睡得很沉，他起床到屋子外邊自慰。隔壁的女人剛要離開，他躲在黑暗裡直到她消失在視線中。

他在午夜後入睡，一陣子之後又被淒厲的尖叫聲吵醒，這次伊斯佛也醒來了，「嘿，兄弟，這會是什麼事？」

他們跑到瑞亞朗那兒，瑞亞朗露出滿足的微笑，歐文對他皺起眉頭，一半因為嫉妒，一半因為厭惡。整排棚屋的人都走出來了，有人說是女人在分娩，大家就都回去睡覺了，尖叫聲過了好一陣子才停止。

清晨他們聽說半夜裡有個女嬰出生，「我們去為他們獻上祝福。」伊斯佛說。

「想去就自己去。」歐文鬱鬱寡歡的說。

「欸，別那麼消沉。」伊斯佛撥弄他的頭髮，「我們會幫你找個老婆的，我保證。」

「幫你自己找吧，我才不要。」他挪開身子不讓伊斯佛碰到，從盒中取出梳子把頭髮梳整齊。

「我過兩分鐘後回來，」伊斯佛說：「然後就去上班。」

歐文坐在門口，從口袋裡抽出一小段絲帶放在手上把玩，那是昨天從迪娜地板上的碎布塊中撿來的。當它在指間滑動時，觸感多舒服啊！為什麼人生不能像這樣，柔軟而滑順？他放到臉頰上輕撫著，一邊看著酒鬼的孩子們跑來跑去、在地上爬，在被母親帶出去乞討前就這樣打發時間。其中一個孩子發現一顆形狀奇特的石頭，他拿去向兄弟姊妹們炫耀，然後他們追趕著一隻正在刺探某種腐食的烏鴉，但這隻倔強的鳥不肯飛走，繞著圈圈跳，又回來搶那塊腐食，逗得孩子們開心不已。

他們怎麼會這麼快樂？歐文無法理解，他們又髒又沒衣服穿、吃不飽、臉上長瘡、皮膚上長疹子，這種鬼地方到底有什麼值得讓人開心的？

他把那一段絲帶放回口袋，晃到猴人的棚屋去。萊拉正在幫曼奴打扮，他坐到一旁看。一分鐘後，牠們全跳到他的肩上了，用如嬰兒般細細的手指梳他的頭髮。

猴人見歐文一點兒也不介意，就對猴子微微笑，由牠們去玩。「牠們也常常這樣跟我玩，」他說，「表示他們喜歡你，這是讓頭髮保持乾淨最好的方法。」

萊拉在歐文的頭髮間找到東西，把它拿起來看，曼奴從牠手中搶走，放到自己的嘴裡。

往迪娜住處的路上，歐文在一家單車出租店選了一輛黑色的「海克力斯」，它的後輪上有一個很大的彈簧置物架，把手上掛了一只又大又亮的鈴。

「為什麼你會需要腳踏車？」伊斯佛固執地問，他的姪子露出狡猾的笑容。店員在一旁調整座位高度。

「我們為她工作了一個月，」歐文說：「已經夠久了，我有自己的計畫。」他用手壓壓剛打好氣的輪胎，仔細檢查一番，然後把車推到街上。「今天是她要去出口公司的日子，對吧？我要騎腳踏車跟蹤她的計程車。」他輕輕的把腿跨過坐墊便騎上路。

「要當心，」伊斯佛說：「交通很擁擠，不像我們村裡的路一樣。」遇到路邊的鑲邊石，他加快速度把車子抬高。「計畫很好，歐文，但你忘了一件事，她會把門上鎖，你要怎麼出去？」

「等著瞧！」

歐文讓車子跟著伯父的腳步滑行，感到精神振奮。手剎車的彈性不錯，車鈴也運轉得很好，只有擋泥板震動得比較厲害，咯咯作響。叮鈴——叮鈴——叮鈴——，他的手指快速的按著，叮鈴——叮鈴——。他胸有成竹的騎著他叮鈴響的車子衝到馬路上，他認為這輛車子可以改變未來的生活。

當他再回到人行道旁時，伊斯佛才鬆口氣，雖然主意很荒謬，但他很樂於見到姪子這麼開心。他看著他把把手甩來甩去，向前疾行中還來個倒踩踏板，在坐墊上的歐文輕輕舞動身體，以很慢的車速保持平衡，這可是高難度的技巧。此時，伊斯佛內心很希望他能盡早放棄那種瘋狂的想法，而且能把騎車技巧的用心用在裁縫工作上。

歐文示意要伊斯佛坐上車子，他選擇側坐的方式，兩腳直直的向外伸。他的雙腳距離地面只有一丁點的高度，拖鞋不時的擦著路面。歐文樂觀的心情就洋溢在不斷叮鈴響的鈴聲中，在此時，他心中的世界是美好的。

不久，裁縫師們來到轉角，那個乞丐坐在滑板上滑來滑去，他們停下來丟枚硬幣給他，硬幣不偏不倚地落在空罐子裡。

他們把腳踏車藏在從迪娜門口看不見的地方，就在蜘蛛網遍布的樓梯間，那裡聞起來有尿和酒的味道。把車和廢棄不用的瓦斯管鎖在一起後，他們一邊走出來，一邊清掉沾在手上和臉上的蜘蛛絲。為了怕留下任何蛛絲馬跡，他們的手又在額頭及脖子處揮動，甩掉那些不存在的蜘蛛絲。

迪娜的手指像蝴蝶一樣輕快的動著，把要帶到奧荷華出口公司的洋裝疊好。她檢查紙模確定每件東西都算到了，經理——戈普塔太太不斷慎重的告誡她：「以妳的性命看管紙模。」她總是這麼說：「假如它們落到有心人的手上，我整個公司將毀於一旦。」

迪娜認為這樣的說法是誇張了些，然而她不禁覺得，將紙模分拆成前後片、袖子和領子時，她自己的軀幹、手臂和頸子也承受了莫大的風險。最近她感受到了戈普塔太太的傲慢，似乎是發現到她們的社會地位並不相同，不再離開辦公桌向她致意並目送她離開，也不會用茶或汽水招待她。

她的手又緊張的回到摺好的衣服上，隨機挑一件起來檢查縫線和褶邊。這一批有辦法通過戈普塔太太的檢查嗎？會有多少退件？原本如聖潔的天使般嚴謹工作的裁縫，現在已經墮落，他們的手藝中常見到草率的成品。

從歐文的角度可以觀察得到迪娜，她剛完成一整個禮拜以來令她焦躁的工作，他心裡打的主意如弦上之箭，一觸即發。

就是現在！

她啪嗒一聲關上手提袋。

他拿起剪刀刺在自己的左食指上。

這股痛楚超乎他的預期，他內心震驚了一下。他原以為這是預料中的事，所以痛楚會輕一些，但事實不然。鮮紅色的血噴在黃色的巴里紗上，形成一道弧形。「哦，我的天啊！」迪娜叫道：「看你做了什麼！」她從地上抓起一塊布料壓在傷口上。「把手舉起來，舉高，否則會流更多血。」

「嘿，老兄！」伊斯佛把弄髒的衣服從裁縫機上拿開。正當他以為姪子工作態度進步了，他竟然搞出這種名堂，他一直在設法找到出口公司的想法並不好。

「快，把那件洋裝浸在水桶裡。」迪娜說。她從急救箱裡拿出一劑安息香，大量的擦在傷口上。噴出的血很嚇人，但傷口其實並沒那麼嚴重，她鬆一口氣後責備他。

「這麼不小心！你剛才在做什麼啊？你的心在哪裡？瘦成這樣的人禁不起流這麼多血，但你倒是很容易生氣，不管做什麼總是那麼冒失！」

被剪刀刺痛的震驚在他心中未已，歐文只能皺緊眉頭回應，他還蠻喜歡手指上塗的金黃色藥水微微刺鼻的香味。血流已經減緩至點滴狀，她用一個棉花球緊緊的壓在傷口上。

「你的手指害我遲到，現在經理一定正在焦急的等。」她沒有提到被血弄髒的衣服需要多少代價，在討論賠償前最好還是看看有沒有挽救的餘地。她把那一疊洋裝拿到門口，然後拿起掛鎖。

「痛死了！」歐文說：「我要去看醫生。」

現在伊斯佛了解了，剪刀刺到手指的意外是姪子的笨戲碼之一。

「這樣就要看醫生？別孩子氣了。」迪娜說，「把手舉高一會兒你就會沒事的。」

歐文的表情誇張的扭曲著，「要是因為聽妳的話，害我手指爛掉然後掉下來怎麼辦？妳會永遠良心不安。」

她懷疑這是逃避下午工作的計策，不過他說的話卻讓她感到一絲不安。「我在乎的是……要去你就去吧！」她無力地說。

對付這兩個傢伙的壓力、他們草率的工作、遲到，已經讓她不堪負荷。她覺得，再這樣下去戈普塔太太遲早會取消她的訂單。問題是，誰會先消失，裁縫師或是她的健康？她想像有兩個漏水的水龍頭，一個叫錢，另一個叫心智，而兩個同時都在滴水，直到滴盡。

幸好馬內克明天就要到了，至少他的房租和膳食費是百分之百的保證收入。

歐文在遠處觀望，把受傷的手指舉高，直到迪娜坐上計程車。然後，受到勝利滋味的激勵，他迅速地衝到藏腳踏車的地方。

等他解開車鎖再把車子推到樓梯下，計程車早已不見蹤影。他疾速地騎到小巷道中，發現它停在紅綠燈前。

他追上去，特意保持兩個車身的距離。他必須同時留意她的動向，且小心的不能被她看到。他一會兒加速追趕，一會兒又慢下來；一會兒閃躲在公車後面，一會兒又蛇行前進。路上車子紛紛鳴喇叭抗議，行人對他大吼，做出嫌惡的表情。他根本顧不得那些人，他眼前只關心計程車的行蹤。

一路跟縱的他是多麼的自信，他興奮得顫抖起來。這是出於好奇的心悸，獵人狩獵的亢奮與被獵殺的恐懼混合在一起。

從小巷子追到大街上，車流量更多了，路況紊亂及人們的煩躁，讓他見識到前所未見的混亂。不久後他就累得氣喘吁吁且感到挫折，計程車幾度消失在眼前，然後又出現，最後只能眼睜睜看著它離得愈來愈遠。路上有一大堆相同的黃黑色飛雅特，它們的大型載客招牌向左方突出，讓他的找尋更吃力。

在一陣迷惑中，歐文開始慌張了，早上從火車站短暫的練習，不足以應付中午令人歇斯底里的交通。就像在動物園籠子裡行動緩慢的猛獸一樣，到了叢林後可就不是這麼回事了。歐文放手做最後一搏，但結果卻夾在兩台車子間，人被撞掉下來，人行道上的人們驚呼尖叫。

「哦，天啊，那可憐的男孩完蛋了！」

「被撞死了！」

「小心，他有可能骨折！」

「抓住那個司機，別讓他跑了！打死那個混蛋！」

引起這麼多誤會和不必要的關心，歐文覺得很窘，他爬起來把車子拽在身後。除了手肘擦傷和膝蓋瘀傷，他整個人平安無事。

現在輪到司機了，原本縮在車裡的他放膽走出來，「你是眼睛脫窗了嗎？」他大吼，「不能好好看路，害得人家把車子碰壞！」

一位警員過來查看，先關心車裡的乘客，「大家都沒事嗎？」歐文靜靜看著，感到一點兒茫然，也感到害怕——導致交通意外的人得要坐牢嗎？他的手指又開始流血，脈搏劇烈的跳動。

一個穿著褐色沙法利西裝的人從車後座往前擠，在口袋中摸出皮夾，他拿了些錢遞給警察，然後把司機喚到窗戶旁。司機回頭塞了東西到歐文手上，「還不快走！下次小心點，不然會害死別人！睜大你的眼睛！」

歐文低下頭看看發抖的手，手上竟然是五十盧布。

「走吧，你這個小渾球！」警察對他喝道：「牽走你的腳踏車！把路讓出來！」他用對待上賓的態度向剛剛那台車揮手。

歐文把車推到路邊，車的把手彎曲，擋泥板則比之前搖晃得更厲害。他拍掉褲子上的灰塵，檢查袖口沾到的黑色油污。

「他給你多少錢？」一個行人問他。

「五十盧布。」

「你起來得太快了。」那人失望得搖搖頭說，「絕對不要這麼快爬起來，要坐在地上發出痛苦的呻吟，求他們叫醫生、叫救護車，大喊大叫，什麼都好。以後再遇到這種情況，你至少能得到兩百盧布。」他把手插在腰上，說得好像自己很專業似的。

歐文把錢放到口袋裡，用雙腿夾住前輪用力拉扯把手，直到把手恢復成直的。他牽著車子沿路邊走，身後的人群還在繼續談論他的意外。

現在回去也沒什麼用，門已經上鎖了，鎖陰沉沉的懸著，就像閹牛被割掉的陰囊一樣。他也不太願意那麼早歸還租車，因為已經預付了一整天的租金；他只希望今天早上有聽伯父的話。他的計畫看起來是多麼完美，在他的想像中，一連串的事件都閃耀著成功的光芒，就像把手上反射的陽光……想像是件危險的事。

當交通狀況沒那麼可怕時，他蹬上車，往海邊的路騎去，不用追也不用趕，他現在可以盡情享受兜風的樂趣。

經過一所學校時，他被賣糖人清脆的鈴聲吸引，停下來朝賣糖人脖子上掛的玻璃箱望過去，從較清楚的那一面隱約可以看到粉紅色、黃色和藍色的棉花糖球。「多少錢？」

「一個二十五派薩，或花五十派薩玩樂透，獎品是一到十個糖球。」

歐文付了錢，把手伸到棕色的樂透紙袋中，他抽到的籤上寫了一潦草的「2」。

「要什麼顏色？」

「一個粉紅色，一個黃色。」

那人打開圓形的蓋子把手伸進去，「不是那個，是它旁邊的。」歐文引導他挑糖果。

蓬鬆的糖果很快就在他嘴裡融化，挑到了比較大顆的粉紅色糖果讓他很開心，他從皺巴巴的五張鈔票中抽出一張十盧布的紙鈔。那人把手指在脖子的吊帶上擦抹過後才接過錢，歐文收起找的零錢繼續向海邊前進。

到了海邊，他在一個高聳的石像前停下來，讀刻在上面的名字，碑上說他是民主的捍衛者。歐文在學校的歷史課讀過這個人的事蹟，是在自由抗爭那一部分，他覺得課本上的圖片比雕像好看多了。他把腳踏車倚在台座邊，然後坐在石像的陰影下休息，台座的兩側貼著讚揚發布緊急狀態令好處的海報，特別顯著的是總理的大頭照，一副義不容辭、捨我其誰的表情，另外用小小的字體說明暫時停止一些基本權利的理由。

歐文看到兩個人在沙灘上的甘蔗攤裡搾甘蔗汁，一個人將甘蔗伸到碾輪上，另一個轉動把手，後者沒穿上衣，看得到身上的肌肉在抖動，他努力的搖動機器，使得皮膚上閃爍著汗水的光芒。歐文想，他的工作比較費力，他們應該輪流做才是，不然就不是公平的合作關係。

浮著泡沫的金色甘蔗汁讓歐文看得口水直流，即便口袋裡有足夠的錢，他還是猶豫不決。最近他從市場那聽到一些傳聞，說有一家甘蔗攤把壁虎一起攪到甘蔗汁裡，他們說那是意外——那個小東西可能是被機器裡的甜味吸引，躲在裡面舔食甘蔗和齒輪，但很多客人都吃下肚了。

壁虎汁的故事一直在歐文腦海裡縈繞著，使他對那一杯杯黃澄澄的甘蔗汁起了戒心，最後壁虎獲勝，驅走他對飲料的一切渴望。但他還是買了一根甘蔗，他把皮削掉，將甘蔗切成好幾段，一段一段的放到口裡咀嚼，品嚐甘蔗汁的味道，令他高興又滿足。他把甘蔗渣整齊的吐在石像腳下疊成一個小丘，不停地咀嚼讓他的下巴很快就累了，對於這樣的痠痛他卻很是甘願。

有些乾渣黏在一隻海鷗身上，他下次吐渣時就對準那隻鳥，牠一邊閃躲又一邊到處翻動著地上的殘渣，把整齊的小山丘弄得亂七八糟後才傲慢的飛走。歐文扔掉最後一小段甘蔗，已經沒力氣嚼了。海鷗又重新燃起興趣，對甘蔗仔細的檢查一番，雖然鳥喙並不適合應付甘蔗，但牠毫不氣餒的周旋下去。

街上跑來一個小頑童將海鷗斥逐開，搶過地上的甘蔗。甘蔗攤有個清洗髒杯子的水桶，她把甘蔗拿到那裡洗掉沙子。歐文意興闌珊地看著她大嚼特嚼，希望和他在這裡的是有一頭閃亮秀髮的香堤，他會為兩人買馬鈴薯薑黃飯和甘蔗，然後坐在沙攤上看海浪。當夕陽西沉、晚風吹起，他們能緊緊的靠在一起，彼此相擁著，然後，當然就……。

白日夢做著做著，他便睡著了，醒來時，太陽依然還是那麼炙熱，在他眼中照耀著。距離租車時限還剩下一個半小時，但他決定先還車。

瞧見他帶著不在乎的笑容回到縫紉機上準備工作，伊斯佛確定姪子已經達成目的。迪娜一個小時前就回來了，開始責備他：「浪費時間，早知道會這樣。你把整個城市都逛遍了吧？你的醫生有多遠，在蘭卡的最南端嗎？」

「是的，猴神哈努曼帶我去遨遊天際。」他回答，心裡懷疑她是不是已察覺到他騎腳踏車在後面跟蹤。

「這小子愈來愈牙尖嘴利。」

「太尖銳了，」伊斯佛說：「一不小心，他會再割傷自己的。」

「那根快要爛掉的手指現在怎樣？」她質問道，「掉下來了嗎？」

「好很多，醫生看過了。」

「很好，該上工了。那麼，開始動動尊腳吧，有很多洋裝等著縫呢！」

「是的，馬上做。」

「我的天啊，不再抱怨了嗎？不管你的醫生開了什麼藥，它起作用了！你應該每天早上吃一劑的。」

每天的最後一個小時通常是最難熬的，但那天意外的在歡笑嬉鬧中度過。為什麼不能每天都像這樣呢？迪娜心中很期盼。在離開之前，她趁兩人心情好時，請他們幫忙把她房間的家具搬到裁縫室。

「妳要重新布置房子嗎？」伊斯佛問。

「只有這個房間，我要為新房客做準備。」

「對了，那個大學生，」歐文想起來了。他們捲起床上的墊子，拆掉床架和板子又重新拼好，再把墊子鋪回去。縫紉機、凳子和工作桌之間的空間縮小些才能挪出空間來。「他什麼時候到？」

「明晚。」

他們離開後，她獨自坐在裁縫室裡，看著在燈光下飄浮的棉絮和纖維。白天的室內充滿裁縫師工作時的擾攘喧鬧，奧荷華製造廠的布料散發出重漿的濃重甜味與他們的汗味和煙草味混在一起，她喜歡這種氣息。但在空虛的夜晚，室內的氣味卻讓人頹喪，只剩布匹孤獨的飄著辛酸的味道，冷冷的凝結住空氣，徒令人負面地聯想到昏暗的工廠、肺癆的工人，以及飄零的人生。每天此時，是她生活中空虛感最分明的時候。

「所以，那家公司叫什麼名字？」伊斯佛問。

「不知道。」

「地址呢？」

「不知道。」

「那你在開心什麼？你巧妙的計畫讓你一無所獲。」

「耐心，要有耐心，」歐文學他的伯父，「我還是有所斬獲的。」

他把錢亮出來，告訴伯父下午發生的事。

伊斯佛不覺噗嗤的笑出來，「只有你才會遇到這種事。」

他們沒有人感到失望，或許是因為錢的關係，也或許是因為失敗後的輕鬆——若查出那家公司，可能會令他們面臨某些困難的抉擇。

他們回家時看到一間移動式的家庭計畫診所停在棚屋區外，貧民區大部分的居民都聚集過來，工作人員忙著發放免費的保險套和關於節育方法的宣傳單，向大家說明政策以現金和其他好處作為鼓勵。

「或許我該做那種手術，」歐文說：「可以得到一台收音機，也可以拿到糧食配給卡。」

伊斯佛賞他一個拳頭，「別拿這種事開玩笑！」

「為什麼？我又不打算結婚，而且還可以得到收音機。」

「當我告訴你該結婚時你就會結婚，別跟我爭，再說一台小小的收音機有那麼重要嗎？」

「現代的社會裡每個人都有一台。」他想像香堤坐在海灘上，看著夕陽西沉，身旁的收音機為他們播放浪漫的小夜曲。

「難道大家去跳海，你也跟著跳嗎？就會學大城市的作風，忘了我們小鎮善良樸實的性格了。」

「如果你不想讓我做，那你去做。」

「真丟臉，用我的男性尊嚴去換一台笨收音機？」

「不，他們要的不是你的男性尊嚴，醫生只不過從裡面切掉一小段管子，你甚至不會有感覺。」

「我絕不會讓人拿刀對付我的蛋蛋！你想要一台收音機？那就努力為迪娜女士工作，多賺些錢。」

此時瑞亞朗出現了，拿出他從診所收集到的保險套。每個人可以拿到四個，他在想他們是否也有拿到，若用不著可以給他。「誰曉得車子什麼時候才會再來這裡。」他說。

「你是常常幹或是怎樣？」歐文雖然嘴上開著玩笑，心裡頭卻羨慕得很，「今天晚上不會再讓我們睡不著了吧，是不是？」

「你這孩子真丟臉。」伊斯佛準備揍他，他一溜煙的跑去找猴子玩了。

柯拉太太的信和租金支票在馬內克搬入公寓的隔天寄到，迪娜把她的信拿出來再看一遍，長達三頁的篇幅詳列著對兒子日常生活照顧的指引。早餐要注意的有：煎蛋要用多一點奶油，因為他不喜歡蛋黏到鍋上太老太硬的口感；炒蛋要爽口蓬鬆，起鍋前加點牛奶。信裡還提到：「他呼吸我們山上的新鮮空氣長大，胃口很好，但請不要給他超過兩顆蛋，即使他要求也不行，他必須要學習控制飲食。」

關於他的課業，阿班・柯拉寫道：「馬內克是一個努力向學的好孩子，但有時難免分心，因此請提醒他每天記得做功課。」另外，他對漿衣服和燙衣服的方式也很講究，一個盡職的洗衣工人對他的健康來說是不可或缺的。還有，迪娜可以暱稱他為馬克，因為家裡的人都是這麼叫他的。

迪娜嗤之以鼻的把信擺在一旁。煎蛋多用奶油，是啊！還有盡職的洗衣工，真想不到！都是人們用來寵孩子的渾話。上個月那男孩初來訪時，他看起來一點兒都不像他母親信中說的那種人，但事情總是這樣，人們很難把孩子當作大人看待。

迪娜為了他的到來準備房間，把自己的衣服、鞋子和一些雜物拿走，跟裁縫師的個人物品擠在一起。支架上的空間用來放她自製的衛生棉和小碎布；做衣服時剪下的較大塊布料，她預定要拿來做被單，就放到衣櫥下面的空擱架裡。那支有寶塔圖樣的傘依舊掛在寄宿生房間的衣櫥上，不會干擾到他的。

她原本的房間已經清空，一切為馬內克準備妥當，但她的新房間就……太可怕了。她想，我或許只能無眠地躺著，上氣不接下氣的喘息，最後被那一疊疊的衣服層層包圍住。不過，要把房客放到裁縫室是裡絕對不可能的，他會嚇得連滾帶爬地逃回學校宿舍。

她從床底下的一捆布料裡選了幾片，拿出來擺好準備著手做被單，專注於眼前的工作讓她暫時忘卻對明天的焦慮。想到阿班・柯拉位在北方豪華的家，迪娜覺得跟她簡直有天壤之別，把房間讓給馬內克是她最大程度的禮遇了。

5 山間生活

馬內克把東西從學校宿舍全部搬到迪娜的房子後，汗水已經將他整個人浸濕了。迪娜看著他將行李和箱子靜靜地搬進來，小心的把東西放好。很強壯的手臂，她心想。

「全身都濕了，」他擦掉額頭的汗水，「我現在想洗個澡，達拉太太。」

「在晚上這個時候？別開玩笑了。現在沒有水，你要等到明天早上。而且怎麼又叫達拉太太了？」

「對不起，迪娜阿姨。」

她心想，這麼一個俊俏的孩子，笑起來還有酒窩呢！但她認為他應該剃掉唇上稀疏的鬍子，那樣子要留成八字鬍太勉強了。

「我能叫你馬克嗎？」

「我討厭那個名字。」

他打開行李、換衣服，然後兩人一起吃晚餐。吃飯間他抬起頭來一次，與她的目光接觸，勉強的笑了一下。他吃得不多，因此她問食物是否合胃口。

「哦，是的，很美味，謝謝妳，阿姨。」

「假如努斯旺——就是我的哥哥，看到你的盤子，他會說你的那一點食量連他的寵物麻雀都吃不飽。」

「太熱所以吃不下。」他抱歉的低聲說道。

「是啊，我想跟你們山上的空氣比起來，這裡會熱死人。」她想換個輕鬆的話題，「那你覺得學校怎麼樣？」

「很好，謝謝。」

「但你不喜歡宿舍？」

「不喜歡，那個地方很吵，根本無法讀書。」

吃了幾口飯之後又是一陣沉默，下一段的對話換他起頭，「我上個月遇到的兩位裁縫師還在為妳工作嗎？」

「是的，」她說，「他們早上會到。」

「哦，很好，能再見到他們真好。」

「會嗎？」

他聽不出話中的含意，還高興的點頭，迪娜一邊收拾餐桌。「讓我來。」他拉開椅子起身。

「不，沒關係。」

他看著她把盤子拿到廚房泡水，放到早上再洗。這間小公寓讓他很沮喪，跟他第一次來看房間的時候一樣，一點兒都沒變，反正他不到一年就要搬走了，他心想，真是感謝神啊！但對迪娜阿姨來說，這裡是她的家，這裡的一切被整理得井然有序，到處都看得到她在破舊的環境中努力生活的痕跡：破窗格上的鐵絲網、陰暗廚房裡的牆壁和天花板、剝落的泥灰、上衣領口和袖子的修補處。

「假如你累了就先去休息，不必等我。」她說。

他把它當成禮貌性的遣退，就先回到自己的房間——她的房間，這令他懷有罪惡感——然後坐下聽屋後傳來的聲音，猜想她正在做什麼。

上床前，迪娜沒忘記要先將水龍頭轉開，以便早晨被第一聲落下的水流喚醒。她清醒的躺了好一會兒，思考房客的事。第一眼的印象很好，看起來一點也不挑剔，溫文有禮，個性恬靜，或許今天他只是累了，希望明天比較健談。

馬內克沒睡好，窗戶被風吹得砰砰響，他總覺得不太對勁想起來查看，卻又害怕在黑暗中絆倒，打擾到達拉太太。他翻來覆去，一直想著學校的宿舍，終於擺脫那個地方了，他想，若能直接奔回家裡更好……。

隔天他起得很早，那個轉開的水龍頭把他也吵醒了。刷過牙後他回到房間，只穿著內衣做伏地挺身，並未察覺到迪娜已經結束廚房的工作，透過半掩的門扉看著他。

他上臂鼓起的三頭肌，隨著起伏的動作拉緊、放鬆。她讚嘆著，心想，昨晚我沒看錯，手臂結實強壯，而且長得又俊俏。但是她的臉又困惑得紅起來——阿班跟我同年……馬內克的年紀可以當我的兒子了，於是她轉身走開。

她小心的轉過身子，看到他穿好外衣才鬆口氣，「早安，馬內克。昨晚睡得好嗎？」

「早安，阿姨。」

「是的，謝謝。」

她帶他去看浴室，教他浸入式加熱器的用法，然後離開。他關上門脫衣，小心的在狹小、不熟悉的空間裡移動。熱水散發蒸汽，在桶子裡冒泡。他先用指尖試水溫，然後把整隻手伸進水裡，感受熱水舒適的溫暖。他了解是因為潮濕的雨季才會讓水氣那麼濃、霧氣那麼重，未若繚繞在家鄉山頭、如夢似幻的迷霧那般蒸騰。

當他閉上眼睛時似乎可以看到，此時山上的雲霧正美妙的盤旋，繚繞著被雪覆蓋的山峰。黎明之後是欣賞它慢舞的最佳時刻——趁陽光轉強使它煙滅消散前。然後他會站在窗前看著由粉紅色轉為橘紅色的日昇，想像迷霧在搔著太陽的耳朵，或輕撫它的下巴，或揮帽向它道別。

不久他會聽到樓下父親打開店門，到外頭清掃走廊的熟悉聲音。首先，父親會先問候夜晚在走廊守門的幾隻小狗。牠們絕對不會有走丟的問題，父親有特別的安排：早晨牠們離開前可以睡在這裡，並得到一點飼料。雖然不太甘願，但牠們總是會在第一道曙光時乖乖回來，然後用鼻子輕撫他的腳踝。在廚房裡，媽咪會往灶裡添加亮晶晶的黑木炭、裝滿水壺、切麵包，一邊注意爐子的火。

這時候煎鍋發出嘶嘶的聲響、劈啪的噴濺出油，煎蛋的香味開始飄向樓上和走廊，誘人的味道是給馬內克和父親無聲的訊息。然後馬內克才捨得放下雲霧的欣賞，匆匆下樓，給父母親一個擁抱，向他們輕聲問早，再坐到餐桌邊。他的父親有一個特大的杯子，讓他站著大口喝茶。他總是站著喝完他那天的第一杯茶，一邊在廚房走來走去，從窗戶望著早晨的村莊。只有當馬內克感冒或在學校考試後，他才被特別允許使用父親的杯子。但容量那麼大，馬內克認為他永遠也無法喝完、見到它的底，不過他還是要一直喝，假如他想贏得最後勝利並且看到底部星形圖案的話。剩下一點時，透過液體可以看到它顏色的變化，以及晃動杯子時，一會兒消失，一會兒出現的奇妙現象。

甩掉前臂上的水，馬內克想關掉漏水的水龍頭——是橡皮圈壞了。他朦朧地望著繞在熱水桶上方的水氣。思鄉的幻想又讓他看到了雲霧中若隱若現的山丘，雲霧消散後卻什麼都不見了。他嘆了一口氣，站在洗澡區的台階上，把衣服掛在浴巾旁邊的空釘子上。第三個釘子已經掛了一件胸罩，後面還有東西——是用粗而強韌的線紗織成的，像是無指手套。他好奇的把它拿下來看，原來是沐浴手套。他走下台階，拿個大杯子從水桶裡舀水往身上沖。

然後他看到了蟲子，是環節蟲，他記得在生物課學過。牠們從排水孔爬上來，數量多得嚇人，黏稠的深紅色，在灰色的鋪石地板上閃閃發亮，蠕動著身體前進。馬內克先是嚇呆了幾秒鐘，才回過神跳到台階上安全的地方。

幾週前，當迪娜第一次聽到珊諾比雅幫她找到的房客是當初同窗好友的兒子，她的記憶一時無法回到過去，想像她的容貌。

「她的下巴有一顆美人痣。」珊諾比雅提醒她，「而且她的鼻子有一點點彎曲，不過，我覺得這樣讓她看起來很可愛。」

迪娜搖搖頭，依然想不起來。

「妳這邊有畢業紀念冊嗎？我看看……」珊諾比雅屈指算著：「一九四六、四七、四八、四九，對了，是一九四九年。」

「努斯旺才不會給我錢買呢！難道妳忘了我爸爸死後他是怎麼對我的？」

「是的，我知道。真是個壞東西，要妳穿那些可笑的長制服，還有那些又重又醜的鞋子。妳可憐的遭遇，讓我在這麼多年後還是氣憤難平。」

「而且因為他，我和大家都失去了聯繫，除了妳之外。」

「對，我知道。他不准妳為合唱團、戲劇、芭蕾，或任何事情留下來練習。」

整個晚上她們都沉浸在緬懷往事的愉悅中，笑著過往的無知與悲傷，在笑聲中往往含有些許的哀愁，因為那是青春時的記憶。她們回想最喜歡的老師，還有校長蘭柏女士，被戲稱為「小亂步」，因為她總是匆忙的在山丘走上走下。她們算著在六年級時幾歲了，就是開始學法語的那年。她們暱稱法語老師為「牛頭犬小姐」，每個禮拜要折磨她們三次。每個人都以為這名字是學生們的惡意中傷，其實是因為她教不規則動詞及其變化時厚重的上顎音所導致的。

珊諾比雅離開後，迪娜量了半杯米，挑出裡面的小石粒，然後燒上熱水。最後一道日光用盡了，必須打開廚房的燈。從窗戶外傳來母親呼喚遊戲中的孩子回家的聲音，然後炒洋蔥的味道也飄進來；現在是家家戶戶做晚飯的時間。

煮飯的時候她想著，回憶學生生活是多麼的令人開心，比獨自沉思或做白日夢好多了，就像她最近想著努斯旺和露比、她父親的房子、她的姪子——傑利斯和札利，現在是二十二歲和十九歲的大人，但已經一年多沒見過面了。

晚餐後她坐在窗邊，看著對街賣汽球的小販正試著誘惑孩子們，不知道從哪兒傳來收音機刺耳的聲響，播放著「人民的選擇」。八點了，迪娜聽到維亞·柯瑞亞介紹第一首歌的聲音。她的被單做了大約一個小時，上床前她把衣服浸在水桶裡，準備明天再洗。

翌日晚間，珊諾比雅從維納斯美髮沙龍回家時又順道來拜訪，她迫不及待從皮包裡拿出一個大信封，「快，打開看。」她說。

「哦，是畢業紀念冊！」迪娜高興得大叫。

「快看看我們！」珊諾比雅等不及的說，「我們當時一定是十五歲左右。」她指著第二排的一個女孩。

「對，現在我想起來了，阿班·蘇答瓦拉，雖然從相片裡看不到她的美人痣。」

「那些女孩是怎麼笑她的，還有人做了一首苛薄的詩，記得嗎？阿班·蘇答瓦拉不要臉，需要蘇打來洗臉。」

「見她下巴長醜痣，就用針尖去挑痣。」迪娜接著念完。「我們那時多無知啊！盡說些蠢話。」

「我知道。到了十六歲時，我們一大票人卻爭相仿造那顆美人痣，把它畫在下巴上，笨死了！」

迪娜又仔細地看了一遍照片，「我對她印象最深刻是在四年級的時候，八歲或九歲大。我們三個人總是膩在一起，她跳繩跳得很好，對不對？」

「是的，沒錯！」珊諾比雅很開心總算有個牢固的連結了，「大麻煩，老師都這樣說我們，記得嗎？」

她們又拾起昨天才放下的回憶：在各個長長短短的下課時間所玩的遊戲、三人相互編著辮子的樂趣、大家拿出自己的緞帶及髮夾比較或交換。當三人胸部開始發育時，她們會特意稍微駝背以減低胸前隆起的尷尬，或穿著寬鬆的羊毛衫來掩飾，即使是在炎熱的天氣裡。還有她們初經的時候，因為不習慣衛生棉，所以走起路來很不自然；以及取笑彼此對男朋友和接吻的幻想，想像和戀人在月光下走在浪漫的花園裡。

最讓迪娜和珊諾比雅覺得不可思議的是，在那些極其天真的日子裡，她們對彼此生活中的一切都瞭若指掌。「然後妳的父親過世了，」珊諾比雅說，「你哥哥不准妳交任何朋友。但妳知道嗎？妳並沒有錯過太多事情，離開學校後我們大夥兒幾乎都失去聯繫了。」

完成高中學業後，她們的同伴中有些人因家境不好必須就業，有些人能幸運的讀大學，有些人則不被家人允許繼續讀書，因為讀大學會對她們即將成為人妻、人母的生活造成傷害，所以要留在家裡做家務。假如家裡沒有妹妹接手汰換下來的制服或連衫裙，衣服就會被剪成廚房用抹布，用來擦拭爐子或端熱鍋、熱壺。女孩們畢業後再有機會相遇時，對彼此的感覺變得不再熟悉，甚至特意有所保留。當問候到日子過得如何時氣氛總有些尷尬，好像是聯手背叛了她們的青少年與兒童時期；大多數的人對彼此目前的生活都一無所知。

「妳們是我唯一保持聯繫的人——妳和阿班．蘇答瓦拉。」珊諾比雅說。

她繼續說阿班的故事：通過大學入學許可後，阿班經長輩友人介紹認識了到城裡觀光的法若克．柯拉，他在遙遠的北方，一個山區避暑小鎮裡經營自己的事業。蘇答瓦拉家族立刻就認同他了，他是個又高又帥的年輕祆教徒紳士，蘇答瓦拉先生曾說，他的舉止宜人、風度翩翩，一定是因為山上健康的環境所孕育的。而蘇答瓦拉太太則對他自然膚色印象深刻，她告訴朋友說他看起來白皙亮眼，跟歐洲人慘白似鬼的感覺截然不同。

為了促成這門可能的親事，蘇答瓦拉家翌年策略性的到那個山區避暑小鎮渡假。在一切天時地利人和之下，這個策略奏效了，阿班與法若克．柯拉就在那片自然美景中墜入愛河，然後結婚並定居於該地。

「她仍然每年固定寫一次信給我，從來沒遺漏過。」珊諾比雅說：「所以我才知道她在為兒子找地方住。」

「這對我來說真的很幸運，」迪娜說：「一切都要感謝妳的幫忙。」

「別這麼說。但只有神知道阿班是怎麼在那個山上小鎮熬過這些年，尤其她是在我們這個可愛的城市出生、長大的。說實在的，若我是她，我會瘋掉。」

「假如他們自己經營生意，他們一定很富有。」迪娜說。

珊諾比雅抱持懷疑的態度，「在山上開一間小店能變得多有錢？」

沒錯，馬內克的家族確實曾經非常富有，擁有一片片田野的莊稼、栽種蘋果樹和桃樹的果園，並與駐守邊界的軍營簽下頗有賺頭的糧食供應合約，而法若克．柯拉繼承了這一切。但他把產業經營得更好，為了將來能夠風光的娶妻生子，將生意不斷地擴大、倍增。

然而，在娶妻生子前的這一段期間，發生了一樁過程中充滿掙扎的流血「分娩」，即兩個國家的合而為一。一個外國人在地圖上畫了一條神奇的線，叫做新邊界，它卻變成地球上染血的河流。不幸的，果園、田地、工廠、生意全都站錯地方，在線的那一邊，白皮膚的魔術師把魔法棒輕輕一揮，就通通消失了。

十年後馬內克出生了，法若克．柯拉深受這段歷史淵源之苦，亦因受制於政府補償計畫的種種繁瑣程序，仍須定期奔赴位於首都的法院，各種相關檔案及外交官員也在兩國之間穿梭。舟車勞頓之餘，他輔佐妻子經營他們位在鎮上的傳統雜貨店，那是他偌大產業裡唯一從地理關係變化中倖存下來的，只有它位在新邊界的這一邊。

其實柯拉先生一直沒有很認真的經營這間小店，讓它變得比較像是一種業餘的喜好或社交俱樂部。他們家真正的收入來自於其他方面——那些已經消失的產業；因此現在雜貨店必須振興起來，發揮應有的功能。

阿班．柯拉後來變成經營雜貨店的能手，「我可以輕鬆地應付這一切，」她對丈夫說：「你還有其他更重要的事要做。」

她在櫃台後方擺了一個搖籃，確定自己可以隨時照顧孩子，並親自下單訂商品、清點架上存貨、服務客戶。偶然得閒之時，她會到商店後面眺望壯闊的山谷景觀；山間生活真的與她的心靈完美契合。

法若克．柯拉剛開始很擔心妻子會想念城市和親戚，他也怕異鄉風情的新鮮感一旦膩了，她就會開始抱怨。但他的擔心最後證明都是不必要的，她對山間生活的愛只有與日俱增。

孩子很快就大得睡不下搖籃，馬內克已經可以在櫃台旁爬來爬去，進而在櫃子間搖搖擺擺地學走路。此時柯拉太太的警戒心幾乎拉到了最頂點，她害怕兒子會被東西砸到頭，幸好每當她必須轉過身去忙店裡頭的事，客人就會接手看著，幫他保持安全、陪他玩，拿硬幣和鑰匙圈，或者顏色鮮麗的圍巾或披肩逗他開心。「哈囉，貝比！叮叮！貝比，咕咕！」

馬內克五歲的時候，很得意自己能在父母的店裡當助手，他站在櫃台後等著客人們的吩咐，從櫃台外只能瞥見他露出的一點點頭髮。「我知道在哪裡，我去拿！」他會這麼說，然後柯拉太太及客人就開心地看著他忙東忙西。

翌年他開始上學，但是晚上仍然繼續在店裡幫忙。他用自己的系統建立常客資料，記錄他們每天購買的東西——三顆蛋、一條麵包、小盒奶油、餅乾……並在顧客出現之前準備好放在櫃台。

「看看我的兒子。」柯拉先生驕傲地說：「才六歲就這麼積極主動，這麼具有組織能力。」看著馬內克招呼客人、和他們聊天，描述早晨從校車上看到的一群具有攻擊力的齡猴，或者參與客人間的討論，他很享受這樣的喜悅。小鎮居民隨和的個性很自然的也從馬內克身上看得到，他生於斯、長於斯，而且跟大家相處得那麼融洽，令父親十分欣慰。

偶爾在黃昏時店裡會很熱鬧，柯拉先生被妻子、兒子與客人們——同時也是他們的朋友及鄰居圍繞著，歡樂的氣氛讓他幾乎忘卻了曾經遭受的莫大損失。他會這麼想，是的，生命仍然是美好的。

柯拉家的雜貨店賣報紙、好幾種茶葉、糖、麵包和奶油，也有蠟燭、醬菜、火把及燈泡、餅乾、毯子、掃帚、巧克力、圍巾和雨傘，甚至玩具、拐杖、香皂、繩子等等。他們並沒有龐大的物品管理系統，因為那些東西不過是雜貨、基本家用品和少數奢侈品。

這家商店輕鬆而親切的經營方式，使它成為當地及鄰區最喜愛的店家。假如有人那天買不起一整包的——例如餅乾，柯拉太太會毫不猶豫的撕開包裝袋，賣一半給他；她相信會有人來買另外一半。假如店裡頭缺了客人要的商品，柯拉先生會很樂於立即為他下訂單，即使客人沒特別急著要。就算客人所指定的送貨日期很急迫，其實也沒有什麼能做的，因為到貨的時間要看路況，路況又取決於天氣，而大家都知道天氣由「天上的那個人」決定。當天的報紙通常在晚上才送達，常客會聚集在走廊抽煙或喝茶，然後一邊閱讀報紙、一邊討論新聞，還不時向柯拉先生報著頭條，假如他正好在店裡閒晃。

店裡販售的物品種類繁多，但這家店幕後的支柱乃是柯拉家族傳承四代的飲料祕密配方。地下室裡有一間小小的工廠，飲料就在那裡混合、充氣和裝瓶。由一位助理清洗並準備空瓶，然後將裝瓶後的飲料裝進條板箱裡運送，至於混合及製作飲料，則由柯拉先生親手包辦，以免祕方外洩——他臉上的眼罩就是證明。

有一次在封瓶時因為瓶子本身的瑕疵，禁不起碳酸氣的壓力而爆裂。他急忙中拿一條手帕蓋住臉上的慘不忍睹，然後上樓找妻子求助。那時他們新婚才一年，是兩人首次遭遇的危機，她會悲傷痛哭，昏倒，或沉著鎮靜？他關心她的反應跟關心自己的眼睛一樣。

懷著七個月身孕的阿班很能自我克制，「法若克，你要不要先喝點蘇打白蘭地？」他回答說要。她自己也啜了一小口，然後開車把他送到山下的醫院。醫生說他很幸運還活著——他的眼鏡減緩了玻璃爆破時的衝擊力，碎片才沒射到腦子裡，但挽救眼睛是不可能的了。

柯拉先生說沒關係，「一隻眼睛就足以讓我看見我想看的東西。」他微笑著撫摸妻子隆起的肚子。而且他還說，醜陋的世界在他眼中只剩一半了。

眼窩的傷口癒合後，他拒絕戴上玻璃義眼，因此眼罩成了他每天打扮的項目之一。他在店裡頭工作時及在社交場合中會戴著，而晚間漫步於山腰的森林時，他會把眼罩放到口袋裡，好好的欣賞這無邊的美景，一面津津有味地嚼著胡蘿蔔。

柯拉先生失去一隻眼睛後，讓他有理由縱情大啖他所鍾愛的胡蘿蔔。柯拉太太以前會緊盯著他這個嗜好，她說胡蘿蔔固然是好食物，但狂熱的食用並非好事；而她現在必須讓他盡情的享用胡蘿蔔汁、胡蘿蔔沙拉、胡蘿蔔料理，以及放在口袋裡的隨身胡蘿蔔。

「我需要胡蘿蔔。」柯拉先生很堅持，「我剩下的這隻眼睛必須保持在最佳狀態，因為它要做兩倍的工作。」

他們的小兒子長得很快，不久就熟悉了父親的狂熱。當他做錯事被責備時，他會到廚房偷一根胡蘿蔔給父親，當作和平協議，以免再受母親責備。

自那件意外發生後，柯拉先生在地下室工作時變得格外謹慎。當老舊的機器開始咔嗒咔嗒運作時，他不准任何人在場。機器發出嘶嘶聲，將瓶子裝滿柯拉家的祕方可樂時，也同時為渴求銀子的收銀櫃帶來鈔票。

他的朋友擔心他的安危，用開玩笑的方式表達他們的關切，「當心點，法若克，你在地下的時候可能很危險，挖可樂礦跟挖煤礦一樣有風險。」但他只是笑一笑，沒理會他們的暗示。

他們又進一步的為他著想，建議他應該認真考慮汰換舊機器，將製作過程現代化並擴大生產。「聽著，法若克，理性的想一想。」他們慫恿著說：「柯拉可樂滋味這麼棒，應該讓它遍及全國，而不是局限在我們這個小地方。」

不過，現代化以及擴大生產是洋玩意兒，對甚至不願意打廣告的人來說，根本是無法理解的。柯拉可樂（大家亦稱為「開喜」）是方圓幾公里之內的數個小鎮眾所皆知的，從他的祖先以來就傳下了口碑，柯拉先生說，這對他已經非常有利了。

偶爾也會有競爭者以譁眾取寵的方式宣傳、招攬顧客，但沒多久生意就做不下去，因為無法與柯拉家族的產品匹敵。忠實的顧客說，沒有東西可以與柯拉可樂相比，它美妙的滋味就和山上的空氣一樣與眾不同；飲料和雜貨店就這麼持續興旺著。

馬內克開始上學時，他們生意的基礎紮實健全，柯拉先生小心翼翼地保管全家人賴以維生的祕方，等著有一天可以把它傳給馬內克，就像他的父親傳給他一樣。他對生活充滿了滿足感，歷經人生嚴峻的考驗後依然活得很好。傍晚他與鄰居們坐在一起閒聊，話題談到過去的日子以及每個人自己的故事。輪到柯拉先生時，他先說到家族輝煌的事蹟，然後到他這代光環退去，他沒有自艾自憐，也沒對目前的成就歌功頌德，但提到新邊界的誕生是他人生最大的課題，毀了他的事業，卻不能阻止他為家人所擁抱的夢想。

當然，這些故事都說過好幾百遍了，但是大家還是不厭其煩地一說再說，柯拉先生並不是唯一喜歡重複說故事的那個人。

柯拉先生大部分的朋友都是軍人，而他們的妻子大半輩子跟著過英式的軍旅生活，也早習慣了。這些人無法接受平原的塵埃或城市的喧囂，故而選擇到這小山上來退休。他們也常常講同樣的故事——關於過去的時光，那種紀律就是紀律的生活，沒有寬貸的藉口；他們服從上級指揮，每個人都知道自己的地位和本分，過著有秩序的生活，不會在混亂中不知所措。

當這些陸軍准將、少校、上校到柯拉家的店裡喝茶時，他們服裝整齊，穿靴子、帶懷錶、打領帶，這些裝扮看起來像是滑稽的狂熱愛國分子，但對他們而言卻有不可思議的價值，代表著秩序與混亂的差別；而柯拉先生比較偏愛蝶形領結。柯拉太太用安茲麗骨瓷杯奉茶，餐具則是雪菲爾德品牌的，假如在過年或索羅亞斯德冥誕等特別節日，她會用瑋緻活陶器組。

「瞧這圖案多美，」格瑞瓦太太說：「這個國家的人什麼時候學會做這麼漂亮的東西？」

准將和格瑞瓦太太是柯拉家最親近的鄰居，常常順道拜訪；格瑞瓦太太也是軍太太們中大家默認的首領。順著她的話，有人輕敲水晶玻璃杯試試它的聲音，另一個人則把盤子轉過來，欣賞地看著製造廠的花押字，室內一時間充滿此起彼落的讚嘆聲，輪番讚美食物、碗和盤子；席間氣氛歡樂。

之後，話題又轉到已經說過無數次的事情上面去，那件縈繞在他們心頭、不到人生盡頭不能擺脫的惡夢——他們解析分裂時期，一一引述每件大事，哀悼慘無人道的大屠殺。格瑞瓦准將懷疑被切斷的兩方，有一天是否還有接回去的可能，柯拉先生指著自己的眼罩，說任何事都有可能。雖然事後分析的嚴肅氣氛已經被往日時光的懷舊情緒所沖淡，但一如既往，在眾說紛紜的批評中會出現安慰的話，最後大家對適當的結論沒了胃口，於是匆匆跳離這個話題。

每每在像這樣的夜晚之後，柯拉先生會疑惑，為什麼他原本滿足的感覺似乎被動搖了——不是基礎被侵蝕，而是好像有什麼人或東西想要破壞它。他盡情投入在晚餐和茶會中，不想錯過任何話題，雖然隱約有股不安的感覺，就像聞到什麼東西腐壞的味道。

他花了一兩天的時間調適回來，然後又開始覺得之前做的決定是對的——沒有離開山上的家，這裡對他的家人來說是個好地方。「空氣和水都很純淨，山景美麗，生意也很順利。」有親戚偶爾寫信勸他們離開，他和柯拉太太就會這麼回覆，「沒有什麼地方比這裡更適合馬內克的未來。」

假如有人問馬內克，他也會表示完全的同意；他並不在意未來，目前的生活對他來說就很足夠，以他快樂的童年時光而言。他的日子富足又充實，上午及下午學校上課，之後到雜貨店幫忙，稍晚再和父親一起散步；他會很有男子氣概地跟在父親身邊跨大步走，否則會被取笑像個落後又慢吞吞的牛車。

而星期天是最好的日子，花匠巴奴會來整理屋子後方的花園。馬內克一整個禮拜就巴望著這一天能和巴奴到外頭去，在他們產權所及之地到處晃，也在他的指導下一起做雜務。過了四十五公尺之外的地區是斜坡地，有廣闊的灌木叢、喬木及厚厚的矮樹叢，是最好玩的地方。在那裡，巴奴教他認識各種奇花異草，都是家裡沒有的，家門前只種了玫瑰、百合和金盞花。巴奴指出可以致命的曼陀羅和它的解毒植株，以及能減緩某種蛇毒的葉子、治療胃痛的葉子，還有哪種植物的莖肉剝出來後可以治癒傷口等，他又教馬內克如何擠金魚草，打開它的蒴果。歲末當天氣轉冷，他們會將枯枝斷木蒐集起來，在接近傍晚時升起小營火。

有時巴奴會帶女兒蘇萊雅一起來，她與馬內克同年，馬內克除了做雜務也陪她一起玩。到了中午，柯拉太太會呼喚孩子們吃午餐。蘇萊雅對於在餐桌上吃飯感到很害羞，因為她家裡沒有椅子。在她和馬內克跑進屋內、迅速爬上椅子前，裡面已有幾位訪客了，而巴奴依然在屋外頭用餐。

一日下午，蘇萊雅蹲在遠處斜坡的矮樹叢間，馬內克在外面看不到的地方等了一會兒，然後好奇的跟過去。他靠近時她只是微微笑，接著他聽到輕輕的嘶嘶聲，便彎下腰去看，已經形成了一個有泡沫的小水坑。

他在她身旁解開褲子，製造出一道彎彎的水流。「我可以站著噓噓。」他說。

她咯咯笑，一邊拉起內褲，「我弟弟也會，他也有跟你一樣的噓噓管子。」

從那時候開始，只要蘇萊雅跟著父親去工作，到矮樹叢間已經成了他們固定的遊戲。漸漸的，好奇心吸引他們做更貼近的檢視。

「怎麼回事？」當他們進來喝茶時，柯拉太太問，「為什麼你們一直咯咯笑？」

又過了幾個禮拜的星期天，她開始從廚房窗戶觀望，看到他們不停跑到斜坡上她看不到的地方。她想偷偷跟在他們後面但沒成功，只要她一靠近，他們就會因為聽到她的腳步聲，而笑著跑出來。

後來，她把她的疑慮說給柯拉先生聽。

「法若克，我想當蘇萊雅在的時候，你得注意一下馬內克。」

「為什麼？他做了什麼？」

「嗯，他們到矮樹叢裡，然後……」她臉紅了起來，「我並沒有真的看到什麼，但……」

「這個小混蛋。」柯拉先生微笑道。下個禮拜天他就待在花園裡，一面監督巴奴的工作，一面監視斜坡邊的動靜。後來這變成了他例行事務的一部分，孩子們必須玩著各種小技倆才能逃避大人戒備的目光。

當馬內克完成四年級的學業後，柯拉先生開始認真研究送他到寄宿學校的可能性，因為當地學校的教學品質變得相當糟糕。格瑞瓦准將和大家都同意，他們說：「良好的教育是最重要的事情。」

他們所選擇的寄宿學校要搭八小時的公車才能到，馬內克恨死這個決定了。一想到要離開山區小鎮——也是他的整個世界——他幾乎陷入驚恐之中。「我喜歡這裡的學校，」他懇求地說：「而且假如你們把我送走，我要怎麼在店裡幫忙？」

「別再為店裡的事擔心，你才十一歲。」柯拉先生笑著說：「你首先應該好好享受你的少年時期，跟同年齡的孩子們一起生活會很有趣的。你會愛上那間學校，當你假日回家時，我們的店還是在這裡。」

馬內克試著容忍寄宿學校，但並不喜歡它。他感到被背叛的痛楚，沒有一天不想家、父母、雜貨店和山間生活。他發現這裡的同學和他所認識的男孩非常不一樣，他們表現出一副比他優秀的樣子，年紀較大的男孩會談論女孩，撫摸年紀較小的男孩，還有人會拿背面有裸女圖的紙牌給他看，她們兩腿間的黑色地帶嚇壞他了。不可能，圖片一定是假的，他想起蘇萊雅柔軟、可愛的小洞。

「那是毛髮，本來就是這樣的啊！」那個年紀較大的男孩說：「這些是真人的圖片，不信你瞧。」他脫下褲子露出自己的毛髮，拿出充血腫脹的棒子。

「但你是男生，不代表女生也是這樣。」馬內克說。他想更仔細地看那紙牌上的圖片，那人卻不肯，除非他能為他做一件事。他緊緊地抱住馬內克，在他身上摩擦、呻吟，他的聲音聽起來很奇怪，馬內克心想，好像他想大便似的。那人噴射出了些液體後，才把紙牌交給他。

馬內克回家過排燈節，兩天過去後，他試著說服父母別送他回去。他求個不停，直到柯拉先生動怒，「這件事沒有商量的餘地。」

馬內克沒和他們道晚安就上床了，省略這個步驟讓他苦惱很久，像是一個用睡眠也無法補足的空洞。午夜之後，他考慮去爸媽房間彌補他愚昧的藐視態度，但自尊心以及害怕爹地再次生氣，使他最後還是待在床上不動。

黎明時醒來，他向在爐子旁的母親獻上擁抱並道早安，然後跳過在廚房窗戶旁的父親，直接溜到椅子上。「這位小爵爺還在生氣呢！」柯拉先生微笑地說。

馬內克低頭看看自己的杯子，皺了一下眉頭，他不想繃著一張臉，於是也以微笑回應。

又到了星期天，巴奴跟平常一樣到花園裡頭工作。蘇萊雅沒來，馬內克故意跟著他做了一會兒事才假裝自然的問到她。

「她跟媽媽在一起。」巴奴說，「從現在開始她要跟著媽媽了。」

馬內克覺得他的世界又有一部分崩潰了。午餐後他沒回到花園，柯拉太太把他拉到一旁說對爹地不親切是不好的，爹地是多麼的愛他。「他現在所做的是把你送到一所好學校去，是為你好，你不應該把它當作懲罰。」

到了晚上，柯拉先生在沙發上要兒子坐到他身邊，「到寄宿學校不是永遠的事情，」他說：「記住，媽咪和我想念你的程度會比你想我們還深，但我們還能有什麼選擇？你不希望自己變得無知、不會讀書也不會寫字，像山上這些貧窮的戈地人❶，一輩子過著挨餓受凍的生活，僅靠飼養幾隻羊勉強度日。記住，慢吞吞的牛車是被拋在後頭的。一旦六年之後你拿到了中學畢業證書，就沒有人會再把你送走了，你可以自己決定你的人生。」

當父親繼續說話時，馬內克提醒自己面露微笑。「事實上，這種事愈快愈好，我就能放輕鬆的整天健行爬山。」

翌日清晨吃早餐時，柯拉先生把自己的大杯子拿給馬內克用，然後讓他坐在收銀機後幫客人找零錢。每當被放逐的痛楚浮上來，他就回想些快樂的事情來抵消他的絕望，以及被拒絕和孤獨的負面思想。

馬內克一開始的恐懼從永遠縮減到六年，轉眼也過了三年了，他現在十四歲，回家過暑假。

❶印度的一支民族，通常居住在山區。

那年是這輩子以來頭一遭，他的父母因為參加婚禮，而把他留在家裡獨自度過兩天。他們並沒有關上店門，讓他寄住到鄰居家，因為柯拉先生決定讓他自己經營雜貨店，就當作是特別的體驗。

「就是做我在這裡時會做的事情，」他說：「一切都會很順利。別忘了清點司機帶走的飲料數量，打電話訂明天的牛奶——非常非常重要。如果有問題就請教格瑞瓦叔叔，我有請他晚點來看看你的情況。」柯拉先生與柯拉太太帶著馬內克在店裡再巡視一遍，一邊提醒、指點他，然後才離去。

那天就像平常一樣的過去了。一陣手忙腳亂過後，接著就是一片寧靜，他有時間擦擦玻璃杯架、撣掉櫃子上的灰塵、清理櫃台。熟客問他父母怎麼不在，然後便會稱讚他的能力，「看看那個孩子，把這個小地方經營得有聲有色，應該授予獎章的。」

「法若克和阿班明天就可以退休了，如果他們願意的話。」格瑞瓦准將說：「由馬內克陸軍元帥負責雜貨店，一點兒都不用擔心。」在場的每個人都笑得很開心。

傍晚時分日光漸淡，廣場上一片寧靜。馬內克到走廊上打開燈，為自己今日的工作表現感到驕傲。差不多到了打烊的時候，只剩下清空收銀機、清點收支，再記錄到帳本上就結束了。他從走廊看到店內，腳步停了下來。中間有個大玻璃櫃，裡面放了香皂和滑石粉——若放到前面看起來會更好。還有入口處的老舊閱報桌，有刮痕又會搖晃，拉到旁邊不是比較好嗎？

熱晚餐的時候，馬內克一直反覆思考這件事，他愈想愈覺得新的擺設方式會是個好主意。他一個人也可以輕易地處理，就在今晚，爸媽回來後要給他們一個驚喜。

用過晚餐後，他回到黑暗的店裡，打開燈，把舊桌子拉到旁邊。玻璃櫃的部分比較困難，又重又不方便搬動。因此他先把裡面的商品清出來，再將櫃子慢慢地推到較為顯眼的新地點，然後再把瓶子、盒子放回去，但不是原來了無新意的堆疊方式，他排成有趣的金字塔和螺旋形。太完美了！他一邊想一邊往後站，對自己的成果好好讚賞一番再上床睡覺。

隔天晚上柯拉先生進門看到了嶄新的擺設，他沒停下來問候馬內克或問怎麼回事，他要他把門關起來，掛上打烊的牌子。

「但距離打烊時間還有一個小時。」馬內克說，內心急切的希望得到父親的稱讚。

「我知道，關上門就是了。」然後父親吩咐他把擺設回復原狀，他的語氣很平緩。

馬內克寧願父親罵他或打他，或者用任何方式處罰他，但父親似乎連談都不想談，這種感覺才真的可怕，就像被澆了一頭冷水一樣，他的熱忱頓時消退，只留下滿心疑惑和焦慮，他覺得自己快要哭出來了。

他的母親出面干涉，「但法若克，你不認為馬內克做得很好，看起來不錯嗎？」

「跟看起來怎麼樣沒關係，我們把店交給他時是怎麼告訴他的？我們信任他，而這就是他報答我們信任的方式。這是紀律與服從的問題，不是看起來好不好的問題。」

馬內克把東西放回原來的位置，但接下來幾天的假期裡都不願再踏入店裡一步，「爹地不需要我，我不想再待在那裡，」他向母親訴苦：「他只是想要有個僕人在店裡頭。」

那晚在床上，她告訴柯拉先生，馬內克的心靈受到很深的傷害。「我能察覺得到，」他在枕頭上把頭轉開，「但他在學跑步之前必須先學會走路，在時間還沒到之前讓孩子以為他什麼都會對他並不好。」

但她仍堅持不懈的遊說，終於在假期結束之前動搖了柯拉先生，使得父子間又恢復了和諧的氣氛。一天早上，柯拉先生想重新擺置一個玻璃櫃，他喚馬內克到店裡來問他的意見。當學校新學期即將展開前，柯拉先生開始讓馬內克一起到地下室參與飲料工作。馬內克把乾淨的空瓶子拿下來，然後再把新裝好的柯拉可樂一箱箱搬上去。

在假期的最後一晚，柯拉先生關掉機器後說：「你明天離開後我會想念你。」他的話被機器慢慢停息前咯嘰咯嘰的震動聲打住，凝結在地下室潮濕的空氣中，兩人一起走上樓時，他抱了馬內克一下。

讓馬內克不情願的離開山上，到寄宿學校是第二次，而第一次發生在他六歲時，當時他跟著母親回城市的娘家省親，坐了整整兩天的火車。城市的五彩繽紛令他目眩神迷，高樓大廈和堂皇的電影院，各式各樣的汽車、巴士、貨車在馬路上川流不息，以及夜晚時明亮的街道及亮麗的街燈，但才過不了幾天，他就極度地想念父親。當假期結束後要回家時，他簡直興奮到了極點。

「我再也不要離開山上了。」他說：「絕對不要。」

柯拉先生在車站月台迎接他們，柯拉太太在他的耳朵旁說了一些話，他微笑著擁抱馬內克，說他也不願意。

但有一天，是群山開始要離開他們了。一切從鋪設道路開始，一群戴著工地帽的工程師攜著測量工具來到山上，在紙上描繪道路設計圖。他們保證說會鋪設現代化的道路，可以承載快速大量的車流量，又寬又大的道路將取代狹窄的山間小路。再說，山間小路也不適合國家級建築師及世界銀行官員的宏大遠景。

一日早晨在工地裡，一位執行官在樂隊的樂聲中被授以花環。演奏的是巴卡拜南卡泰樂團，有三支管樂器、一對軍鼓和一只大鼓。他們穿著白色制服，在背後，金色的穗帶上寫著樂團名稱的縮寫BNMB，大鼓上的縮寫則漆成紅色。該樂團最擅長的是結婚進行曲，樂曲中的情節包括新娘母親的難過、新娘準婆婆的憂傷、新郎慶祝勝利的遊行、給媒人的頌歌，以及祝福新人人丁興旺的讚美詩。但樂團很專業的為這個場合改編了曲風，鼓聲響起了軍隊的退場樂，預告遊行節目的到來，伸縮喇叭為了避免它聲音裡自然的悲傷感，而以斷音做出活潑、朝氣的感覺。

聽眾，也就是村民們，聽到了樂曲的提示，開心又焦急的等著領出席費。來賓在臨時搭建的講台致詞，執行官擺動著一支掉了商標的金色丁字鋤，他對群眾咧嘴一笑，然後又擺動起來。

各方顯貴離開後，工人進入工地，剛開始的時候工程進行得很緩慢，慢到柯拉先生和山上的其他居民心裡燃起了荒謬的期望——這項工程將永遠無法完成，他們的小天堂依然完美無瑕。這期間，他和格瑞瓦准將召集鎮民組織會議，極力譴責這項有瑕疵的開發政策與其短視之處，以及人心的貪婪，為了成全所謂的發展而犧牲國家自然美景。他們署名請願書，將抗議呈向相關單位，然後靜靜等待。

然而道路仍然慢慢的向上推進，吞沒了任何擋在路上的東西。他們美麗的山坡變得坑坑洞洞；從斜坡的高處向下看，預挖道路的地方看起來像是一條抗拒地心引力的泥巴河，好像自然失序了一樣。隱約如雷鳴的巨響和刺耳響聲，以及機器撼動如地震的呼吼，一早就冒了出來，原本如夢似幻的晨霧美夢轉而被可怕的惡夢所取代。

柯拉先生無助的看著他們開始鋪上柏油路，將黃色的泥河變成黑色，這個他歷代祖先居住的天堂、他所鍾愛的出生地，完全變了個模樣。這是第二次他無能為力地看著紙上的線毀掉了柯拉家族的生活，只不過這次是本土的測量比較圖，而不是外國人的帝國地圖。

當工程完竣後，執行官回來剪綵，自幾年前的破土儀式之後他變得更胖了，但身手還是一樣笨拙。他走到緞帶前，卻不小心讓金色的剪刀掉落，有七個愛巴結奉承的人躍上去挽救。一陣扭打之後，剪刀當然落入最強壯的人手中，他把剪刀還給執行官，執行官卻用眼神狠狠修理他們，為他們的小題大作並引人注目而憤怒，然後回頭對群眾微笑，用誇張明顯的動作剪斷彩帶。群眾拍手歡呼，巴卡拜南卡泰樂團奏起音樂，在熱鬧而走調的管樂聲中，沒人注意到執行官正默默地努力，試著把卡在剪刀上的肥胖手指掙脫出來。

然後政府承諾過的報償開始順著道路來到山上，大如房子的卡車將貨物從城市運上來，它們也帶來污濁的廢氣；供車輛和駕駛員暫時休憩的服務站和飲食區如雨後春筍般的沿路冒出來；開發人員開始建造豪華的飯店。

那一年馬內克從學校放假回家，他很困惑（後來感到驚恐）地發現父親總是煩躁易怒，家裡沒有一天不發生吵架、爭執，即使是在客人面前。

「他是怎麼回事？」馬內克問母親，「我在這裡的時候，他不是假裝沒看到我就是跟我吵架，但我在學校時他又寫信說有多想我。」

「你必須了解，」柯拉太太說：「當時間改變，人也會改變，但不代表他不愛你。」

對柯拉太太來說，這個不快樂的假期會永遠留下烙印，因為馬內克已經不再有擁抱他們及道早安的習慣。當他第一次靜靜地坐到自己的位置上時，他的母親背對著桌子等待，直到手中熱騰騰的煎鍋砰的往下掉，而父親卻什麼也沒注意到。

忘記了飢腸轆轆，柯拉先生專心地望著山上開發的狀況。他和朋友都認為這是惡性的成長，即使有可能促進雜貨店的生意，他也不會因此感到安慰，只覺得自己被一種侵略襲擊了，卡車排放出來的有毒廢氣正在麻木他的嗅覺，它們令人討厭、隆隆震動的引擎快要把他的耳膜撕裂了。

不管他轉向哪裡，簡陋的棚屋和木屋都隨處可見，使他想起他最喜歡的小狗身上長癬的時候，癬很快就布滿了全身。破爛的營地佔據了山腰，建設、富裕和有工作機會的故事將人們從四面八方吸引過來。但待業者是有工作者的好幾倍，永遠有一大批飢餓的人聚集在山坡上，森林快因人們無節制地取柴火而消失殆盡，山上也到處都是經常踐踏而形成的小路。

接著，連季節都反叛了，原本會讓植物生長、成熟的雨，現在猛烈地降在光禿禿的山丘上，導致塌方、山崩。原本覆蓋在山丘上一層厚厚的雪，現在也只剩薄薄一片，即使在嚴冬極寒時，地面的雪塊也是零零落落。

對於大自然的反撲，柯拉先生有一種違背常理的滿足，姑且把它當作一種正義的宣判：不是只有他一個人被這可惡的掠奪嚇壞了。但次年氣候異常的現象持續發生時，他一點兒也不感到安慰，覆蓋的雪愈少，他的內心就愈沉重。

馬內克什麼都沒說，雖然他覺得父親過於情緒化——當他說「散步就跟走向戰場一樣」的時候。

柯拉太太不曾到外頭散步過，當她先生邀她一同散步時，她會說：「我寧願從廚房欣賞風景，這樣比較不累。」

但對柯拉先生而言，獨自一人慢慢的散步是他人生中的一大樂事，尤其是在冬天之後，每次的出遊都可能遇上新鮮事而增添趣味，下一個轉彎的地上是什麼圓圓的東西？一條新產生的小溪？或許吧！那是昨天沒注意到的野花嗎？他記憶中最奇特的是有一顆巨大的圓石被從裡面長出來的灌木撐破，有時候他也是這種甜蜜伏擊下的受害者：從以前未曾有過的角度看到村子的風貌。

現在，他踏出的每一步都像在檢查死刑犯的人，看看什麼還立著，什麼又倒下了。來到了最喜歡的樹旁，他會在它的枝葉下站一陣子，他沿著多結的樹幹撫摸它，很高興老朋友又無恙地度過了一天。那些他常常坐著欣賞夕陽、硬邦邦突起的部分已經被炸掉了，在他好不容易找到一處後，他會坐下來休息了一下，懷疑下次來的時候是否還在。

不久之後，鎮上的人們開始談論他：「柯拉先生腦袋的螺絲鬆了，他竟然跟樹和石頭說話，還拍拍它們，像是拍自己的狗一樣。」

當馬內克聽到這些閒言閒語，他的臉立刻羞紅起來，希望父親能停止這種令人尷尬的行為。另一方面他也非常生氣，很想打醒這些無知、遲鈍的人。

這條新道路完工的第五年，當地的賢人會——由一群新類型的生意人及企業家所領導，規劃了一個小型的慶祝會邀請大家參與，而柯拉先生毅然地拒絕。那晚他很早就離開店裡，在路上他脫下眼罩，開始一個人的散步，小鎮廣場的樹上架設了三支擴音器，發出的音樂聲及模糊空洞的演說漸行漸遠的跟了他一段路。

當日光轉為薄暮後，他走了應該有五公里之遠。只在薄暮時分短暫一現的粉紅色及橘色雲彩，正在天邊舞動它們的細絲，他停下腳步向西方凝望，想好好品味那一刻，在這種時候，他會希望自己有的是一雙而不是一隻眼睛，好將風景廣納入眼底。

接著他的目光往下拉，越過已經沒有樹林的山坡，那裡聚集了數以百計的棚屋，家家戶戶正在做著簡樸的晚餐，冒出陣陣炊煙，薄霧模糊了地平線。迎著順風他可以嗅到刺鼻的煙味，在炊煙後方是散著惡臭的水肥，煙霧張牙舞爪的像要把它蓋過去似的。突然間他一個沒站穩，踉蹌地退了兩步踩斷腳下的樹枝，他站穩身子，問自己在這裡等什麼。他聽到母親們大聲呼喚、孩子們尖聲回應以及狗吠聲，他可以想像得出爐子上黑黝黝的鍋裡煮著粗簡的食物，幾張嗷嗷待哺的嘴巴圍在一旁等待。

忽然間他注意到薄暮已降，夕陽陷到一片濛濛灰霧之中，在餘暉的籠罩下，整個景色看起來既粗劣又骯髒，是他無法接受或理解的鄙陋。他感到失落驚恐，所有的情緒——憤怒、熱情、厭惡、悲傷、失敗、背叛和愛，在他內心盤旋而起又重重落下，打擊且困惑著他。為什麼？是誰？怎麼回事？但願他能……

但他不知道自己是怎麼回事，只覺得胸口緊繃，然後喉嚨縮起來，好像要窒息似的。他開始無助、默默的哭泣。天色暗了下來，他拿出手帕擦掉眼淚。過了一會兒他才意識到，只有好的那隻眼睛是濕的，另一邊的眼窩沒有眼淚，但奇怪，他發誓那隻失去的眼睛也在哭泣。

他一路上摸黑回家，他下定決心從今以後不要再散步了，根本沒有意義。假如會有意義，怕也是新的、駭人的、讓他不敢探索的事情。

對他來說現在已經無路可逃了，他所有的夢想在過去幾年與冷酷的現實交手，如今全都破滅。他曾掙扎奮鬥，他贏過，也輸過，他會繼續地奮鬥，但還有什麼會在前方等他？

但兒子或許能有其他選擇，他開始做了第一個不同的考慮。

他們之間的關係，在馬內克學期結束後回家兩週的假期裡並未獲得改善。

他們最常爭執的還是經營雜貨店的事，馬內克對促銷商品和銷售上有很多主意，但都被父親斷然拒絕。

「至少讓我講完嘛！」馬內克說：「為什麼你這麼固執？連試一下都不肯？」

「這不是可以讓我們試著玩玩看的東西，」柯拉先生面露憂容，「這是我們賴以為生的店。」

「你們兩個又吵架了嗎？」柯拉太太說：「我聽得都要發瘋了。」

「妳根本無法掌控自己的兒子，」柯拉先生的臉色更憂慮了，「妳有辦法讓他停止喋喋不休地講他的新玩意兒嗎？他反駁我說的每一件事，他以為自己有達到成功的新祕方，他以為這是一項科學實驗。」

他拒絕讓馬內克訂購新品牌的香皂或餅乾，儘管它們在別的地方賣得很好。改善室內某些陰暗角落的燈光、重新粉刷牆壁、更新架子和玻璃櫃讓商品陳設更有吸引力，這些建議都被認為是大不敬。

馬內克覺得沒辦法與這過分小心的愚昧老頭重修舊好，但此時他想起母親告訴過他的故事，是父親的朋友說的：有一個什麼都不怕的人，他曾繫著一條繩子降到雨水暴漲的溪谷間救一隻小狗；曾經被碎玻璃刺傷而損失一隻眼睛，但表現得像被蚊子叮到一般無關痛癢；也曾經痛擊三個小偷，他們到店裡想順手牽羊，卻看上了站在櫃台後的女主人，但沒想到男主人正在地下室封裝飲料——他們像沙袋一樣被柯拉先生扔在地上。

現在父親整個人幾乎崩潰了，全都是因為他們建了什麼笨道路。馬內克最近也看到了周遭世界的改造，但年輕人的心境畢竟不一樣，會抱持樂觀的看法，認為事情總會找到自己的出路。他現在十五歲，他是不朽的，而山丘是永恆的，那麼雜貨店呢？它會一代傳一代的在那個地方，在他心裡這是毫無疑問的。

私底下，柯拉先生會這麼期望——能夠發生奇蹟恢復從前的一切，但是他從一些蛛絲馬跡中看得出來，情況並不有利。

討人厭的卡車不斷地將貨物從山下運送上來，其中也有死敵：無酒精飲料，是要送到新商店和飯店的。剛開始運上山的數量很少，大受歡迎的柯拉可樂是它們的好幾倍。人們出於好奇偶爾會試著嚐嚐新口味，但嚐不出什麼新鮮感，柯拉可樂仍然是第一名。然而大型企業既然把矛頭指向這座山丘，自然也注意到柯拉可樂受歡迎的程度。他們透過會議討論、廣告競爭和割喉戰術來滲入柯拉先生的疆域，企業代表們甚至來找他，提出一項建議：「把你的機器打包起來，簽署轉讓柯拉可樂的一切權利，做我們品牌的代理商，和我們一起成長、一起賺錢。」

柯拉先生當然拒絕了這項提議，因為這不只是生意上的決定，更是家族名聲及榮譽的問題，再者，他肯定他的好鄰居及鎮上的人們不會變心，他們會對柯拉可樂保持忠誠。他已經做好準備，要好好迎戰這場競爭。

然而就像蝴蝶領結和錶鍊一樣，所謂的公平競爭已經過時了。

大企業提供免費試飲、打價格戰、豎立巨型廣告看板——快樂的孩子和滿足的父母，或是一男一女額頭輕輕相觸，瓶中伸出兩隻吸管到這對戀人的口中。新飲料的銷售量從細流變成洪水，在大城市販賣行之有年的品牌，現在也滲透到了小城鎮。

「我們必須反擊，」馬內克說：「應該像他們一樣，以提供免費試飲做廣告，如果他們想要惡性競爭，我們也跟著做。」

「惡性競爭？」柯拉先生不屑的說：「這是什麼話？聽起來一點都不高尚，像是乞討一樣。只要他們想，這些從大城市來的公司大可像野蠻人一樣，但我們是文明人。」他憂慮地看著馬內克，對他的建議感到失望。

「看看他，」馬內克向母親訴苦，「他又把臉拉長了。不管我說什麼，他就是擺那副臉給我看，我的建議他連考慮一下都不肯。」

因此柯拉可樂一點希望也沒有，雜貨店的台柱倒了，代代相傳的祕方到此即將終結。

柯拉先生對兒子有其他的計畫，馬內克很快就能拿到中等教育的畢業證書❷，他開始寫信到各大學索取招生簡章，並詢問相關問題。

「你確定這有必要嗎，法若克？」柯拉太太問。

「動作慢的總是落在後頭，」他回答，「而且我不希望同樣的事情發生在馬內克身上。」

---

❷印度中等教育當時有一些是五年制的，含國、高中。

「哦，法若克，你怎能這麼說呢？看看你自己的成功——你在分裂期間失去了一切，卻依然有能力讓我們過好日子，你怎能把自己說成落後的人呢？」

「也許我不是，也許是世界動作太快了，但結果都是一樣的。」他對這個目標的用心不會改變，他也跟家裡最親近、信任的朋友商量生涯規劃的可能性，他們都同意這是個很棒的想法。

「不是說你的生意失敗了，」格瑞瓦准將說：「但能作全方位的準備是件好事，懷裡才有大籌碼。」

「我就是這麼想的。」柯拉先生說。

「如果他能當上醫生或律師那也很好。」柯拉太太直接切入到最有魅力的行業。

「或是工程師。」

「會計師也非常有前途。」格瑞瓦准將說。

但話題最終帶到了現實上，「我們必須把理想落實到現實中，選擇範圍要縮限到馬內克的特性上。」

「並不是說他沒天分。」

「當然不是，他精明得很，跟父親一樣。」

「而且他的手也很巧。」柯拉先生同意地說，一點也不推辭的接受恭維。

得讓馬內克學一技之長，他們都同意這是最起碼的需要。最好是能夠隨國家繁榮的產業，對於大部分人口處於熱帶和亞熱帶氣候中的國家，大家一致贊成的答案無疑是「冷凍和空調」。而他們發現，這個領域中最好的大學就在柯拉太太位於海邊的家鄉城市，那所她為了嫁給柯拉先生而放棄的學校。

決議就這樣拍板定案，當馬內克回家時，發現他們已經為他作好了決定，立刻發出強烈的抗議。第二次被背叛的感覺並不像第一次那種緩慢的傷痛，它直接在他體內爆炸。

「你答應過，等我拿到中學畢業證書之後，我就可以跟你一起工作！你說過要我繼承家業的！」

「冷靜下來，你會的，你會的。」柯拉先生的語氣比自己想像中更堅定，「只是以防萬一。你知道，在從前要規劃未來很容易，但在現代，事情都很複雜，有太多的不確定。」

似的。

「那只是浪費時間。」馬內克說。他確信父親這麼做是為了擺脫他，讓他無法干涉雜貨店裡的事，把他當作敵人

「若你要我學習做生意或什麼的，我可以到馬登拉車庫當一名技師，就在山下。為何我得到那麼遠的地方去？」

柯拉先生再次露出憂愁的表情，格瑞瓦准將笑了出來，「年輕人，假如你要計畫第二線的防禦，要確定它夠堅固，否則就別麻煩了。」

那些父執輩的朋友都說馬內克是個非常幸運的傢伙，應該對這個機會感到感激。「若是我們在你這個年紀，能花一年的時間在全國最現代、最國際化的城市，我們會興奮得不得了。」

就這樣，馬內克向學校註冊了，家裡也為他的遠行作好準備。他們為他買了一只新皮箱，衣服分類排放，為各段的行程訂不同的車票。

「別擔心，」他母親說：「等你一年之後回來，一切都會很好。爹地是關心你的未來，這些改變對他來說發生得太快，給他一年的時間，到時候他應該會平靜些。」

她著手整理他要帶去的東西，為了怕萬一遺漏了什麼，她反覆核對記在學校手冊上的清單；她不斷地打開又關上箱子，把東西拿出來又再放進去，一直清點，然後又重新安排。這個女人可以毫不費力地管理雜貨店的眾多商品，但對兒子行李的打包卻做得零零落落。

她問先生的意見，「法若克，我該幫他帶幾條毛巾？你覺得馬內克會需要穿到他那條好褲子嗎，灰色軋別丁布料的那條？要準備多少香皂和牙膏，法若克？還有，我該幫他帶什麼藥？」

他的答案總是都一樣：「別拿這些小事煩我，妳自己決定。」他甚至不願意接近那愈堆愈多的衣服和個人用品，好像否定它們的存在似的。就算必須經過樓上通道間的那張桌子，在看到打開的箱子前，他會先讓自己的目光避開。

柯拉太太十分清楚丈夫行為背後的意涵，她以為邀請他一起規劃和打包或許對他有幫助，讓他在以後的日子裡比較好過。

在他粗魯的回應後，她就隨他的意思了，當面臨這種問題時，她是兩個人之中比較堅強的那個，即使他們都不曾體會過要與馬內克分離這麼久。她知道，距離遙遠是件危險的事，距離可以使人改變，看看她自己的例子，她永遠也

無法回到城市裡和家人住在一起。而光是送馬內克去寄宿學校，就讓他迴避以前不曾漏掉過的早晨擁抱；以前即使在他生病的日子也會慢慢走下樓——看起來那麼令人愛憐——用手環抱著她，然後再回床上休息。那麼這次分離之後，他還會再迴避什麼呢？他已經愈來愈孤單了，還會再改變多少呢？城市會對他產生什麼影響？她會永遠失去他嗎？

她一邊思索一面擔心，在招呼客人時還心不在焉地想著馬內克的箱子。柯拉先生察覺到樓上情形不對，關掉了填充飲料的機器，從地下室走上來向久候的客人道歉。

那天早上他抑制著心裡的氣惱，第二次又發生時他終於忍不住大叫了：「阿班！我能問問嗎，妳不斷跑回房間是有什麼急事？」

從他口裡說出挖苦的話很難，也很稀罕，因此他自己很意外，而她也受傷害了。但她不願爭執，很和緩地回答：「我想起某件重要的事，必須立刻查看。」

「妳再這樣偏執下去會把我們都搞瘋了。請記得，假如妳忘了什麼，我們可以郵寄給他。」

然而她所關切的事情是無法放進包裹裡的，而且即使想試著解釋也詞不達意，話一說出口，意思都走樣了。「你毫不關心他要帶的東西，你不想負這個責任。你竟然還說我偏執、會瘋掉？難道你不擔心他？你就沒感情嗎？」

儘管心中惱怒，但柯拉先生能夠了解他太太為什麼會這樣。一個禮拜後的夜晚，他被她起床離開房間的聲音吵醒——時鐘才剛敲過十二下。他假裝睡著，聽到她用腳找拖鞋嗖嗖沙沙的聲音，直到她走出去並關上門後，他才起身輕輕地跟著。他赤腳走在地板上，覺得好冷，他走過黑暗的通道，彎過轉角，看見她站在行李箱前，他縮回腳步觀察。她靜靜地站著，低著頭，手伸到馬內克的衣服裡。

當雲後的月亮浮現，銀色的月光照在她臉上，外頭傳來貓頭鷹的嘯叫聲，他很高興自己剛剛沒打擾她，才能看到她這麼美、這麼專注地站在那裡，將他們這些年的生活聚成一體，他們三人的生命融合在她身上，鮮明的映在她臉上和眼裡。

貓頭鷹又嘯叫了起來，浮雲飄移使月光波動，她的雙手在馬內克的皮箱裡翻動，走廊上的狗兒在狂吠——是對著鬼魅嗎？

法若克聽見時鐘的滴答聲，然後敲了一下，代表十二點十五分。

他很感激今晚能有機會藉著月光看到剛剛的景象，他回到床上，幾分鐘後當她溜回被子裡時也不打擾她。

終於到了臨行前的訓示，多多少少重複了之前的忠告。馬內克的遠離首次成真，父母告誡他在學校裡不要跟賭博、喝酒或抽煙的人往來，他們還要他小心錢財、培養適當的懷疑態度，因為城市裡的人是大不相同的。「你在這裡生活時我們從未妨礙你友善的天性，無論你的同伴窮富與否，也不管任何階級或宗教，這些差異並不重要。但現在你要離開這裡到城市，面對的是所有事情中程度最大的差異，你一定要非常非常小心。」

柯拉先生打算陪兒子搭乘巴士到山下，然後坐三輪摩托車到火車站，可是原本答應要早點來顧店的兼職助理沒出現，於是馬內克獨自出發，展開前往城市一天半的旅程。

「記得在車站找個苦力，」他父親說：「不要自己一個人拿那麼多東西，在讓他碰行李前先講好價錢，三盧布應該就夠了。」

看著他們倆握手，柯拉太太很不滿意的說；「你不抱抱他嗎？」

「哦，沒問題。」馬內克便用雙臂環抱著父親。

當震動得厲害的三輪摩托車駛近車站大門時，國境號正停在月台旁。馬內克付了車資，然後跟著苦力走過人行橋到達南下的月台。他在橋上時停了一下，下方的火車又細又長，人們在它周遭疾趨而過，他心想，看起來像是螞蟻在搬一隻死蟲子。

苦力繼續往前走，他才又加快腳步跟上。在候車室附近，有一個小販正在烤玉蜀黍，用力搧著燒得劈啪響的煤炭，馬內克決定找到座位後再回來。

「從現在開始要五十盧布。」他無意間聽見站長說話，站長正在向玉蜀黍小販收取每週的規費。「你的地點是最好的，所以大家都爭著付錢要這個地方。」

「一整天下來我的眼睛都快被這裡炙熱的煙燻瞎，肺也要窒息了。」那小販說：「看看我的手指頭，都燒黑了，發發慈悲吧，大人。」他回頭將烤好的玉蜀黍熟練地拿起來，「我怎麼有能力負擔五十盧布？連警察也想從我這裡分一杯羹。」

「別裝了，」站長一邊說，一邊把錢塞到漿得硬挺的白色制服口袋中。「我知道你賺多少錢。」

煤碳又蹦出劈啪的聲響，這個聲音和玉蜀黍的香味讓他想起第一次的火車之旅——他和母親去拜訪他們的親戚。那天爹地來送他們，他把馬內克舉起來好讓他看清楚蒸汽火車的引擎時，開心的抱怨說：「你愈來愈重了。」真的好大呀，火車也是，像一排房子延伸到好遠的地方。爹地把他放下到月台旁，靠近發出嘶嘶聲和噹啷聲的大怪獸，而馬內克正忙著大啖玉蜀黍，他用力咬了一口，一道乳白色的汁液噴到爹地的眼鏡上。

爹地對車長甩了一下頭，對方拍了一下帽舌表示了解，然後為馬內克鳴汽笛。這麼近的距離之下，尖銳刺耳的聲音像是從自己的心裡發出來的，嚇得他弄掉了手上的玉蜀黍。「沒關係，」爹地說：「媽咪會幫你再買一支。」

廣播器裡響起最後的通知，他從窗戶把馬內克抱進去放到他的座位上，坐到媽咪身邊。火車啟動了，月台開始從他們身旁向後掠過，爹地一邊揮手一邊含笑送飛吻，他跟著車廂走，然後用跑的，但很快就被拋在後頭看不見了，就像掉在月台上的玉蜀黍一樣，一切熟悉的事物都從眼前掃過……。

馬內克找到他的車廂，行李堆好後付了苦力工資。跟他孩提時候相比，那個腳下長輪子的房子現在看起來縮水了，時間把魔法的幻想變成世俗的現實。哨聲響起，沒時間買烤玉蜀黍了，他沉沉地坐回自己的位置上。

坐他旁邊的人並未積極回應馬內克的談話，只是點頭或含糊回答，或用手勢表達。他儀表整潔，頭髮往左邊分，上衣口袋露出一個附夾子的小塑膠盒，裡面放著筆。面對他們的兩個座位上坐了一位年輕女士和她的父親，她正忙著織東西。看著棒針上織好的半成品，馬內克猜測那會是什麼——圍巾、上衣袖子，或襪子？那位父親起身要到廁所去，當他拿起一支拐杖一跛一跛的往走道走去時，女兒說：「等一下，爸爸，我來幫你。」

很好，馬內克想，她大概會選擇上鋪，這樣一來，從他自己的上鋪位置才能看到更美好的「風光」。

到了晚上，馬內克拿了一些餅乾分給他穿著整潔的鄰人，他輕聲道謝。「不客氣。」馬內克也輕聲回應，覺得這個人或許喜歡輕聲的說話，那人也回報他一根香蕉，整個外皮都是黑的，不過他不介意，全吃掉了。

服務員開始遞送臥鋪需要用到的毛毯和被單，他離開後，那個儀容整潔的人從裝香蕉的袋子裡拿出鍊子和鎖，把行李銬在座位下的托座上，他靠近馬內克的耳朵很自信地解釋：「為了防小偷，當乘客都入睡之後，他們會到車廂裡行竊。」

「哦！」馬內克感到不安，沒有人警告過他這件事，但或許只是這傢伙太緊張。「你知道，幾年前家母和我也搭過同樣的火車，可是什麼都沒被偷。」

「真悲哀，現在這世界變得太多了。」那人脫下襯衫，把它整齊地掛在窗戶旁的鉤子上，然後拿出口袋的塑膠盒夾到身上的背心上，小心翼翼地避開胸口茂盛的胸毛。他注意到馬內克在看，便微笑著輕聲向他解釋：「我非常喜愛我的筆，即使是睡覺的時候也不願意跟它們分開。」

馬內克也微笑著回應：「是啊，我也有很喜歡的筆，都不願意借給別人——怕把筆尖磨損了。」

然而，那對父女對這些輕聲的對話並不友善。「怎麼辦，爸爸，有些人天生就是這麼粗魯。」她把拐杖遞給父親，他們轉身到洗手間前還向對面的座位投了一個冷冷的眼神，不過並沒有人注意到，因為馬內克開始擔心起自己的行李箱了。那人好心告訴他關於小偷的事卻破壞他的睡眠，他也完全忘記了那個睡在上鋪的女人。等他想起時，她正躲在被子下偷偷窺探，她父親不久前才幫她把被單塞到脖子周圍。

在爬上自己的睡鋪前，馬內克把行李箱調了一下位置，他從上鋪可以看到露出的一角。他躺著睡不著，不時的盯著行李箱，年輕女子的父親有幾次發現他的目光飄過來，也懷疑的看著他。

黎明前，馬內克的睡意終於擊潰了他的警戒心，他睡著前最後看到的是那個父親拄著拐杖幫女兒蓋好被子，有時她頂多只有小腿或腳踝從被子下露出來。

直到服務員來收床上用品，馬內克才醒來，年輕女子已經在忙著編織，在她手指頭下跳動的羊毛製品實在教人看不出是什麼。服務員奉上了茶，現在那個儀容整潔的愛筆人變得更健談，那一套筆又放回他的口袋；馬內克才知道他昨天的寡言是因為喉嚨痛。

「太好了，今天早上好多了。」那人咳了幾聲，然後清清喉嚨。

想到昨天那人嘶啞小聲的說話，自己也學著那模樣回應，馬內克頓時有點不好意思，他遲疑著要不要道歉或解釋，但那人看起來一點都不介意。

「這是非常麻煩的情況，」他解釋道：「而我正要去尋找特別的療方。」他又清了一下喉嚨，「很久很久以前，當我剛開始工作的時候，我怎麼也想不到事情會變成現在這個樣子，但人又怎麼能對抗命運呢？」

馬內克同情地搖搖頭，「是因為在工廠工作的關係嗎？有毒氣體？」

那人嗤之以鼻嘲笑這個想法，「我是一個合格的專業律師。」

「哦，我懂了，所以長時間在充滿塵埃的法庭裡說話損傷了你的聲帶。」

「一點也不是，正好相反。」他猶豫著說：「這是一個很長的故事。」

「我們有足夠的時間。」馬內克頗感興趣，「這是一段很長的旅程。」

那對父女受夠了他們竊竊私語的交談，做父親的顯然認為他們暗暗的笑聲包含著曖昧，是針對他天真無邪的女兒。他沉下臉來拿起拐杖，一手護著女兒，一隻腳重重的往走道上跺。「怎麼辦，爸爸，」女兒說：「有些人就是沒有禮貌。」

那個愛筆的人看著拐杖機械式的刻板移動，說道：「我實在搞不清楚那兩個人是怎麼回事。」他拿了一個綠色小瓶打開瓶蓋，喝了一小口後放到一旁。他一邊充滿感情的輕觸著筆，一邊以故事的開場白試試剛服過藥的喉頭。

「我的律師生涯是我第一份、也是我最喜歡的職業，從很久以前開始，就在我們獨立那一年。」

馬內克很快地算著，「從一九四七到一九七五，二十八年，很長的執業時間呢！」

「不完全是，兩年內我就轉換職業了。日復一日地站在法庭的聽眾前演說，我無法忍受，對像我這麼害羞的人來說，壓力太大了。夜晚時，我會躺在床上冒汗、發抖，害怕隔日清晨的到來。我需要一個可以讓我獨自處理的工作，一個『in camera』的工作。」

「你是說拍照片？」

「不，那是拉丁文，是『私底下』的意思。」他抓抓自己的筆，好像在幫它們抓癢似的，表情有點懊惱。「這是我的壞習慣，因為我的法律訓練──用愚蠢的片語取代美好的英語。總之，就是想要有隱私，後來我成為《今日印度》的校對員。」

校對員怎麼會弄壞喉嚨？馬內克心中不解。但他已經打斷兩次，提出的話還讓自己看起來很蠢，這次最好還是乖乖的聽就好。

「我是他們有史以來最好的校對員，絕對是最棒的。最困難和最重要的東西都要經過我的審視：編者欄、法院程序、法律文件、股市圖表等，包括政客的演說也是──無聊到讓你想打瞌睡。瞌睡蟲是校對員最大的敵人，我曾經目睹有人的大好名聲因此毀了。」

「但對我來說沒有什麼事情是太難處理的。我的眼睛瀏覽過每個字，一行接一行，像在新聞紙上的汪洋中排列整齊的艦隊。有時我覺得自己像海軍最高將領，對印刷工海軍有最高的統轄權，幾個月內我就被拔擢為主校對員。」

「我在夜裡冒汗的情形消失了，我睡得很好。我在那個位置做了二十四年，在自己的小辦公室裡也很開心，我的王國裡有書桌、椅子，還有檯燈，夫復何求呢？」

「什麼都不用。」馬內克回答。

「沒錯。但王國不能永遠維持下去，即使是小辦公室內的王國。有一天就這麼發生了，毫無預警。」

「發生了什麼？」

「大災難。我正在校閱一篇關於州議員的報導，他讓一個人因為疏旱計畫致富。我的雙眼開始又癢又流眼淚，原以為沒什麼，我就用手去揉，把眼睛擦乾，然後繼續工作；幾秒鐘後眼睛又開始流淚，我再擦乾。但事情就這樣一直反覆地發生和進行，後來就再也不是像眼淚一樣可以忽視的了，它像河水一樣流個不停。」

「很快的，關心我的同事圍過來，把我的小辦公室擠得水洩不通，他們以為我很難過，所以不斷地安慰我。他們以為日復一日讀著那些可悲的故事——政府腐敗、自然災害、經濟危機——終於讓我崩潰了，他們認為我陷入悲傷和絕望。他們當然錯了，我絕不會讓私人感情介入到我的專業領域中。要提醒你的是，我並不是說身為一個校對員必須冷酷無情，我也不否認報導的內容常常讓我覺得想哭——悲慘的故事、階級間的暴力、政府麻木不仁、官員自負、警察野蠻。我相信大部分人的感受都一樣，情感上的爆發是很正常的，但長久的奉獻會讓人變成鐵石心腸，就如我最喜歡的詩所說的。」

「誰作的？」

「葉慈。我認為有時候為了讓某件事進行下去，正常的行為必須被壓抑。」

「這我無法肯定，」馬內克說：「出自內心的回應不是比隱藏起來還好嗎？或許，假如這個國家的每個人都在生氣或焦慮，也許會改變一些事情，迫使政客言行適當。」

那人的眼神點燃了挑戰的火焰，抓住機會辯論，「在理論上我會同意你，但實際上，這可能會導致更多的大災難發生。試著想想，有幾千萬、幾億的人在怒吼、哀號、哭泣，國家裡的每個人，包括飛行員、火車駕駛、公車和電車司機，全都失去控制了，那會是多可怕的災難。飛機從天上掉下來、火車跑出鐵軌、船沉，公車、貨車和汽車撞在一塊，一團亂，完全沒秩序了。」

他停了一下，讓馬內克有時間仔細想像他所描述的混亂狀態，「另外也請記得：科學家還沒做過任何關於同一環境中集體歇斯底里以及集體自殺的研究，就連在我們印度半島也沒有。假如蝴蝶的翅膀可以製造大氣亂流，影響另外半邊的地球，誰又知道我們的例子會發生什麼事，暴風雨？龍捲風？海嘯？那大陸板塊呢，它會因我們的情感而產生地震嗎？山會不會爆炸？還有河呢，兩億人的眼淚會不會讓河水上升氾濫？」

他又拿起綠瓶子喝了一口，「不，那太危險了，最好以正常的方式進行。」他拴上瓶口然後擦擦嘴巴，「讓我們回到正題。那天我正在處理校閱的工作，我的眼睛突然間淚如泉湧，一個字也看不清，一行行整齊有紀律的文字瞬間反叛了，字變得歪斜扭曲，像是在暴風雨的紙海中分崩離析了。」

他用手在眼前晃了一晃，重現那天的情景，然後欣慰地拍拍他的筆，好像它們也會被那些痛苦的事件干擾一樣。

馬內克想趁機說些讚美的話，好讓故事能繼續往下說。「你知道，你是我遇到的第一位校對員，我過去以為從事這種工作的人一定是很無趣的，但你說話是這麼的……很……如此的不同，簡直像位詩人。」

「那很自然。在這份工作的二十四年裡，我們國家的榮耀與悲劇都令我激動喘息，讓我的脈動隨喜悅歡唱或隨悲傷顫抖。在二十四年的校稿生涯中，成串的字詞源源不斷地透過靈魂之窗飛入我的腦海，有些就在那裡築巢定居了。我是該像個詩人一樣說話，用我自己的語言，且不斷接受新來者的砥礪。」他大大的嘆了一口氣，「直到淚水氾流的那一天，當然，一切都完了。靈魂之窗砰然關上，眼科醫師宣判我的視力耗弱，說我校閱文稿的日子已經結束了。」

「他不能給你新的眼鏡或什麼的嗎？」

「不會有用的。問題在於，我的眼睛開始變得對印刷油墨過敏，」他把雙手一攤，「曾經滋養我的東西最後變成了毒藥。」

「那後來你怎麼辦？」

「任何人在這種情況下還能怎麼辦？就接受它，然後繼續過日子。請記住，生存的祕訣是擁抱改變以及適應，有人說：『所有的東西垮下後又被建造起來，而再次建造他們的人已然白髮』。」

「葉慈？」馬內克猜。

他點點頭，「你了解嗎?你不能夠畫地自限並且拒絕走出來。有時你要把自己的失敗當作走向成功的墊腳石，你必須在希望和絕望中維持微妙的平衡。」他停頓一下，想著自己剛說的話，「是的，」他重複，「說到底，就是取得平衡的問題。」

馬內克點點頭，「不例外的，你一定很懷念你的工作。」

「嗯，其實也沒有。」他沒接受言語中流露的同情，「並不是工作本身，報紙上大部分的東西都是垃圾，從我靈魂之窗進來的極大量文字很快就被清掉了。」

馬內克覺得這跟他之前說的有所衝突，或許在校對員內心深處的律師身分仍然活躍，在問題的兩面都能辯論。

「我保留少數好的東西，一直到現在。」校對員先在額頭上拍出聲響，然後再拍他的筆盒，「我的藏書庫裡沒有垃圾，我的筆盒裡也沒有乾掉的筆。」

拐杖重落在地面的聲音表示那對父女從走道上回來了，馬內克和校對員用愉快的微笑向他們致意。但他們並不是那麼容易取悅的，在經過自己的座位時，父親的拐杖往校對員的腳戳下去，要不是校對員先注意到，他就成功了。

「對不起，」父親失望的板著臉孔說，「在兩隻腳的世界裡你只有一隻腳，笨拙地發生意外，能怎麼辦。」

「請別擔心，」校對員說：「我沒受傷。」

女兒又開始編織，父親將陰森森的臉孔轉向窗外專心地看風景。偶然中，正在田裡工作的農夫剛好瞥見他憤怒的眼神，不明所以的被嚇著了。馬內克希望校對員能繼續說下去，「所以你現在退休了嗎？」

他搖搖頭，「我的狀況可不允許我不工作！不，我沒退休。我很幸運，我的主編人很好，幫我找了個新工作。」

「你的喉嚨又是怎麼回事？」馬內克認為整個故事裡忽略了這個情節。

「那發生在我的新工作中。主編因為職務的關係與許多政客要好，故能安排我成為自由文字工作者，做文宣。」看到馬內克臉上的疑惑，他解釋：「你知道，就是為不同的政黨設計口號標語、號召群眾，和製造集會、遊行。當他提供我這個機會時，一切看起來相當簡單。」

「結果是這樣嗎？」

「在前面創造的部分沒問題，擬演講稿、設計旗幟……這些都很簡單。有那麼多年校稿的經驗，對於專業政客喜歡講什麼長篇大論和大話，我最清楚不過了。我的運作方式很簡單，我列了三份清單：候選人的成就（真實的和想像的）、對反對者的指責（包括謠言、辯解、諷刺和謊言），和空洞的承諾（愈重要愈好）。剩下的就是從清單裡挑出一些項目做成各種不同的排列組合，再摻入一些大話、混進一點當地的東西，然後就完成了——一個全新的演講內容！我真的很懂得如何抓住客戶的心。」想起自己的成功，他臉上不禁露出滿意的微笑。

「我的困難點落在最後一段，走上街頭。你知道，我大半生的時間都坐在辦公室裡工作，默默的，沒用到我的喉嚨。現在突然間要我大聲喊出方針和口號，鼓動群眾跟著我喊，對像我這樣的人來說是一個未知的領域，而且所要承受的太多了，對我使用不當的喉頭來說也是。我的聲帶受損，醫生告訴我不可能完全復元。」

「那太糟了，」馬內克說：「你應該讓別人來大喊大叫，畢竟那就是群眾被號召來做的事，不是嗎？」

「沒錯，但我以前工作的習慣——事必躬親，連小事也不例外，是很難改變的習慣。再說，示威的成功與否取決於分貝大小，光靠清晰的標語和美麗的旗幟是沒用的。所以我必須以身作則，讓我的聲音充滿熱情，有爆發力、震撼力，乞求上蒼、咒罵邪惡的力量、對主角極力讚揚，在歡笑與淚水中聲嘶力竭的吼叫，直到勝利歸屬於我！」

回憶激起了興奮的情緒，校對員又忘了自己的底限，開始把聲音拉高。他從口袋裡拿出一隻筆，把它當作指揮棒一樣配合手勢說話。接著，他如交響樂般澎湃激昂的描述被一陣急促的咳嗽、哽塞和喘息打斷了。

那對父女害怕得往後退，蜷縮在自己的沙發裡，擔心被傳染感冒。「怎麼辦，爸爸，」女兒用沙麗遮住口鼻輕蔑的說：「有些人就是不會體恤他們周遭的人，到處散播病菌，真可恥。」

校對員好不容易喘過氣來，說：「現在你了解了？你看到我所承受的痛苦有多大了？這就是做文宣的結果，導致我身體第二項功能的耗弱。」他舉起雙手作勢掐住脖子，「你可以說是我割掉了自己的喉嚨。」

馬內克很欣賞這則笑話，笑了出來，但校對員並不是想展現他的幽默。「我從自己的經驗得到教訓了，」他很嚴肅地說，「現在我身邊會帶一個喉嚨強而有力的助理，我在他耳邊小聲吩咐，教他措辭、節奏、重音及非重音的音節，然後他代表我領導群眾吶喊。」

「那他的喉嚨還好，沒問題嗎？」

「是的，情況很好，他以前在軍中是士官長，不過我必須一直提供他薄荷喉片。事實上，他會在火車站跟我見面，城市裡有許多方面的需求都用得到文宣。許多的團體會持續抗爭下去，為了更多的食物、減稅、加薪、降低物價等。因此在我尋找妥當的醫療方式時，我們也同時做點生意。」

到了故事的最後，他的聲音已經小得像蚊子般微弱，情況跟昨晚相同，馬內克請他不必再勉強自己。

「你說得對，」校對員說：「早在幾年前我就該停止說話了。對了，我叫做法山卓．弗米克。」他伸出手來。

「馬內克．柯拉。」他也伸出手回禮，而一旁的父女故意把目光避開，一點兒也沒興趣認識這兩個沒禮貌的人。

離家整整三十六小時之後，馬內克抵達了城市，他的衣服上布滿了灰塵，眼睛感到疼痛，鼻子發癢，喉嚨也覺得刺痛。

他不免猜想，旅程裡這個意外的傷害是否讓那位校對員受損的聲帶更為嚴重。

「再見，弗米克先生，祝你一切順利。」他一邊說，一邊提著行李和箱子往外擠。

弗米克站在月台上環顧四周，尋找他的士官長，表情略顯憂傷，喉嚨幾乎沒有辦法擠出聲音來回應他。他揮手道別，走下樓梯時又拍了拍他的筆。

從火車站到學校宿舍的路途中，馬內克搭的計程車因為一則交通意外而繞了點路。有個老人被公車撞到，駕駛把經過的其他公車攔下來，一面送旅客轉車，一面等警察和救護車。

「過馬路一定要又快又敏捷。」計程車司機說。

「沒錯。」馬內克說。

「混蛋公車司機，他們的執照都是賄賂來的，沒有經過考試。」司機語帶憤怒，駛到對向車道超車，「應該通通送到監獄裡。」

「你說得對。」馬內克心不在焉的聽。

旅途讓他筋疲力盡，車窗外的城市向後掠閃而過，就像底片一樣的捲過去。人行道上有孩童拿石頭打一對正在交配的狗，有人把桶子裡的東西倒在牠們身上使牠們分開，計程車衝進車陣前差點撞上一條狗。

在下一個紅綠燈口，警察逮捕一個被六、七個年輕人圍毆的男人，附近居民紛紛跑出來看熱鬧。「發生什麼事了？」計程車司機把頭伸出窗外問一個旁觀的人。

「他朝太太的臉潑酸液。」

在他們問出原因之前綠燈就亮了，司機猜想或許是她和另一個男人胡搞，要不就是把先生的晚餐燒焦了。「有些人就是脆弱到會做出任何事。」

「也有可能是為了嫁妝起爭執。」馬內克說。

「或許，但在這類的情況中，他們會在廚房裡用煤油燒死她。」

馬內克抵達宿舍時已經很晚，他到舍監那兒領了房間號碼、鑰匙和住房守則：房間請記得上鎖、請勿用尖銳物品在牆上寫字或做記號、請勿帶異性（女性）訪客入房、請勿將垃圾丟出窗外、晚間請保持安靜……。

他把那張守則揉成一團扔到小書桌上，累到不想吃也不想洗澡，打開一條白色的床單鋪上就睡了。

有東西爬上他的小腿打擾他的清夢，他舉起一隻手猛然的往膝蓋下揮去。他嚇得發抖，心跳急遽，一時間忘了自己在哪。為什麼臥室的窗戶會變小？窗外燈火閃爍的山谷和遠方朦朧的群山跑到哪兒去了？為什麼一切都消失了？

當地上行李的輪廓模糊地進入眼簾時，他才恍然大悟的鬆一口氣，想到自己搭火車遠行來此。旅行讓一切熟悉的事物消失無蹤，他睡了多久，幾小時或幾分鐘？他瞄了一下手錶，看著發光的數字思索。

突然間，他想起了被驚醒的原因，有東西爬到他的腿上。他跳下床，踢倒了皮箱，撞歪椅子，然後慌慌張張的在牆上到處摸索。他按下開關，點亮了天花板上的燈泡，白色的床單一瞬間亮起來，像是令人眩目的白雪曠野——除了他剛剛睡過的那一塊地方，沾到了他臉上和衣服上的灰塵。

然後他看到牠在床單的邊緣，在刺眼的燈光下牠倉皇地逃到床與牆壁間的夾縫中，他抓起一隻鞋狂亂的往牠的方向打。

驚慌中他失去了準頭，蟑螂一下子就消失無蹤了。他很懊惱，於是拋開疲憊，決心要徹底解決這個問題。他把床從牆邊拉開，慢慢的，盡量不驚動到那個逃亡者，直到有足夠的空間讓他擠進去。

露出的地板上聚著一群蟑螂，他躡手躡腳地蹲下來，舉起手臂，然後猛然的狂打一陣，有三隻死在他的鞋下，至少少了三隻會煩擾他的討厭東西。這時候，他的腳踝開始癢起來，抓癢的手指也同樣紅腫，雙臂上也發現會癢的類似腫塊。

有人敲了他的房門，他猶豫了一下，不情願地離開他的獵物——假如牠們想要躲藏起來，今晚算牠們僥倖了。門外響起一個聲音：「嗨！一切都還好嗎？」

馬內克從床底下爬出來去開門，「嗨！」來訪者說：「我叫阿文納希，住在隔壁房。」他伸出右手，左手拿著一瓶噴劑。

「我叫馬內克。」他扔下鞋子握手，然後轉頭很快的看了一下，以免獵物趁隙逃走。

「我聽到砰砰聲，」阿文納希說：「是蟑螂，對吧？」

馬內克點點頭，又拿起鞋子。

「放輕鬆，我為你帶來了先進的科技。」他咧嘴而笑，得意的拿起那罐噴劑。

「謝謝，不過沒關係的，」馬內克猛抓著手臂上紅紅的腫塊說，「我殺了三隻，而且……」

「你不曉得這個地方，殺了三隻，就會有三打排著隊來報仇，像希區考克的電影一樣。」他一邊笑一邊走近些，輕輕的碰了一下馬內克臂上的紅色腫塊，「臭蟲。」

他的建議是用藥蒸燻房間，在外頭等上四十五分鐘再回去，「這是今晚能讓你好好睡覺的唯一方法，相信我，這是我在宿舍的第三年。」

他們拿掉床單，搬開床墊，在床架和板子上噴藥，房間的其他地方也噴上藥——沿著窗台、牆角，還有衣櫥裡。行李等東西移到阿文納希的房間，以免成為蟑螂和臭蟲的避難所。

「用了你那麼多的噴劑，真讓我感到不好意思。」馬內克說。

「別擔心，你自己也會需要買一瓶的，然後可以用來噴我的房間。這裡的房間至少每個禮拜需要噴一次。」

等蟲子死掉的時間他們先坐下來，馬內克坐在唯一的椅子上，阿文納希坐在床上，枕著自己的手臂往後靠。

「謝謝你的幫忙。」

「小事情，沒什麼大不了的。」阿文納希停了一下，看看對方會接什麼話，但沒有回應。「你想玩西洋棋或西洋跳棋還是什麼來打發時間嗎？」

「好，那就玩西洋跳棋。」他的眼睛直視馬內克，馬內克欣賞他這一點。

一旦開始玩棋，要進入話題就容易得多，他們都低著頭看棋盤。「你從哪裡來？」阿文納希問。

山區小鎮裡的櫃台、鄉村聚落、群山、齡猴、雪，都讓阿文納希聽得心神嚮往。他贏了這局棋，重新整理棋盤，心裡懷疑自己其實不曾有過真正的旅行。

「那間房子是由我祖父所建造的，位在山丘上。」馬內克繼續說道，「因為地處險坡，我們必須用鋼索把房子固定住。」

「等一下，你以為我是三歲小孩？」

「不，我是說真的。之前發生地震，地基往斜坡下移，所以才要用鋼索繫住。」他告訴他修復工作的過程以及技術部分的細節。

阿文納希被他認真的態度說服了，用繩子把房屋拴在岩石上很有意思，「聽起來像是有自殺傾向的房子。」

他們都笑了起來。阿文納希走了一步棋，然後說：「將軍。」再走幾步後他又贏了，「那你父親是做什麼的？」

「我們自己開店。」

「哦，是生意人。一定是賺了很多錢之後決定送你到這兒讀書。」

他微微譏諷的語氣激怒了馬內克，「那只是間小店，而且我爸媽非常努力的工作，他們送我上大學是因為生意走下坡……」

他們同時抬起頭，為無意間用到的雙關語感到莞爾。馬內克覺得自己說得夠多了，「那你呢？你也在這裡讀書，你父親也一定富有到能夠負擔你的學費囉？」

「抱歉讓你失望了，我有獎學金。」

「真是恭喜。」馬內克思考他的下一步，「那你父親是做什麼的？」

「他在紡織工廠做事。」

「他是經理？」

阿文納希搖搖頭。

「會計？」

「他操作機械，他運作該死的織布機三十年了，好嗎？」他的聲音在憤怒的邊緣顫抖，接著又冷靜下來。

「對不起，」馬內克說：「我不是有意要……」

「為什麼要道歉？我對這個事實並不感到羞恥。我才應該道歉，我沒比這更有趣的故事，沒有山、沒有雪，也沒有會滑動的房子，只有在紡織廠奉獻多年的父親，然後我取得獎學金才能到這裡。」

他們又把目光移到棋盤上。阿文納希繼續說，獲得獎學金之後，他就一直很期待地等著宿舍分配給他的房間，他這一生一直都跟父母和三個妹妹住在工廠租給他們的小公寓裡。他的父親幾年前發現罹患肺結核，然而為了養家，不得不在布滿塵埃和纖維的環境下工作。再說，假如他辭職了，他們就必須搬出那個小公寓，而他們也沒有地方可去。

當阿文納希到這裡時，宿舍骯髒的環境讓他很失望，到處都是老鼠和蟑螂。「我們家或許只有一個房間和廚房，但至少維持得很乾淨。」然後話題帶到做學生會會長和宿舍委員會會長的挫折，「我很後悔參加選舉，學校簡介裡並沒有告訴你要為宿舍生活做什麼準備。」

「我不懂你的意思。」

「我不想破壞你在這裡的第一天，到現在為止你所看到的都不算什麼。假如學生想獲得應有的權益，要求改善，浴室和廁所會很草率的修好，因為維修費用都進到某個人的口袋裡了。就跟福利社一樣，承辦人拿了很多油水，但提供給學生的都是垃圾，而你還是要選擇你的垃圾——素食或非素食。」

「我對食物不挑剔。」馬內克很有勇氣的說。

阿文納希笑了出來，「我們等著瞧。事實上選擇也不多，我想素食跟非素食是一樣的，只是少了軟骨和骨頭。」

馬內克只顧專心下棋，他正想著至少有個棋子要突破對方的防線了。

「問題是，」阿文納希吃掉那個有希望的棋子，「宿舍裡的學生大部分來自於貧窮家庭，他們害怕反映問題，他們只想完成學業、找一份好工作，然後才能照顧父母和兄弟姊妹。」

馬內克被將軍了，再走兩步後又輸了一局。他並不介意一直輸棋，因為他的對手不會表現得驕傲自滿。

「你看起來很睏，」阿文納希說：「難怪你無法專心下棋。」

「沒關係，我們再下一盤。但你知道，你跟其他的學生不一樣。」

阿文納希笑一笑，「你怎麼知道，你才剛到這裡。」

馬內克沉思著，拿手指繞著棋子成同心圓的轉，「因為……因為你說的每件事，因為你成為會長，想對現狀有所改善。」

阿文納希聳聳肩，「我不這麼認為，我正打算辭職，我應該把時間和精神都花在讀書上。我是家裡第一個完成高中學業的人，每個人都仰賴我，我三個妹妹也是，我必須為她們的嫁妝存錢，不然她們就沒法結婚。」他停頓一下，嘴角泛起微笑，「小時候當我幫媽媽餵她們時，她們會咬我的手指頭。」回憶令他快樂得笑起來，「我爸爸說只要我能得到學位和好工作，他所嘔的血就不會白費。」

兩人的臉從棋盤上抬起來，阿文納希沒說話。把視線凝聚在棋盤上時比較容易進行對話，棋盤上的格子花色是由一條條的線所組成，控制、牽繫著棋局與對話。現在線斷了，尷尬和困窘破格而出。

「我要把行李裡的東西拿出來了。」

「你的房間現在應該沒事了，我們去看看。」

他們把行李搬回來，掃掉死蟑螂，然後把床鋪好。「別再讓它靠著牆，」阿文納希說：「至少要留三十公分的距離比較安全。」他還建議將床腳浸在裝水的罐子裡，才不會有什麼東西往上爬，「我們可以明天再做，今晚這裡沒問題了。」

馬內克到舍監辦公室反映，當他拉下馬桶水箱的繩子，根本沒水沖下來。

「那是因為水箱裡沒水。」一個職員正在黏回被撕壞的文件，抬起頭來說，「建築包商為了省錢，沒把水管接起來，學校已經把他送上法院了。不過別擔心，清理房間的人會處理這個問題。」

「怎麼做？」

「用水桶。」

「負責清潔的人什麼時候來？」

「在宿舍的學生醒來前——清晨四點，有時是五點。」

馬內克立刻下了定論：每天早上第一個使用廁所，不管需要多早起床，一定要搶得先機。

翌日，阿文納希聽到他黎明時就起床的聲音，過來看看發生什麼事。

「怎麼回事？你生病還是怎麼了？」

「不，我很好，為什麼這麼問？」

「你知道現在幾點嗎？五點十五分。」

「我知道，可是我討厭在上廁所時看到馬桶裡有別人的大便。」

阿文納希很懊惱自己居然為這種微不足道的小事起床，然後笑著說：「你們這些有錢人家的小孩，什麼時候才能面對現實？」

「我說過我並不富有，家裡的浴室沒有馬桶，跟這裡一樣。但至少有水可沖，才不會臭氣沖天。」

「你的問題是，你的生活一直養尊處優。這裡是大城市的生活，沒有美麗的雪覆蓋山頂，你必須訓練你嬌嫩的眼睛和鼻子。還有，你最好對校園惡棍要有心理準備。」

「哦，不。」馬內克發出悲鳴，憶起了他在寄宿學校的日子，「這些傢伙還沒長大嗎？他們都做些什麼？在床上倒水？茶裡加鹽？」

「差不多。」

週末寫信回家時，馬內克覺得很難擠得出隻字片語讓他們不會誤會成訴苦。他不希望格瑞瓦先生和太太還有其他人看到這封信，然後認為他像溫室裡的花朵，無法自己應付事情。

在那裡的前兩週，阿文納希和他成了好朋友，他幾乎可以相信離家時人們告訴他的：他會喜歡大學生活的。

一天晚上下棋時，馬內克坦承自己棋藝不佳，阿文納希說他可以在三天內教會他，「前提是，假如你真的很認真的想學。」

因為他們都是非素食者，所以吃飯時也坐在同一區，兩人就在午餐時用紙筆展開西洋棋教學。

「現在你了解了，」阿文納希說：「這就是祕訣——轉移你所有的感官。我是怎麼告訴你我對它們的看法的？我認為我們的視覺、嗅覺、味覺、觸覺、聽覺都喜歡享受好的東西，但既然我們的世界並不完美，我們必須使某些知覺麻木。」

「宿舍比不完美還糟糕，它是一個天大的畸形體。」

用過膳後，他們到公共休息室去，裡面很安靜。有幾位學生聚集在卡隆撞球桌旁，每次當打擊者打到目標或邊框彈回來，觀眾群裡會暗暗地響起一陣讚嘆或同情。另一群人有說有笑的熱鬧進場，開始玩起擲筆蓋的遊戲：拿一枝筆蓋朝慢速運轉的吊扇扔過去，讓它在其中一片扇葉上立起來。試了幾次之後，最先說要玩這遊戲的人爬到椅子上，抓住扇葉把筆蓋放上去，他們把轉速加快，讓筆蓋飛開取樂。接著他們抓住其中一個人，把他抬向風扇，威脅說要用扇葉把他切碎，他又吼又叫——出於恐懼，也因為全然不在他的預期中。

馬內克和阿文納希看著他們胡鬧了一會兒，然後到樓上去繼續上棋藝課。阿文納希的棋子在桌上，放在一個紅褐色、表面有亮光漆的夾板盒中，他拉開蓋子，把盒子裡的東西倒在棋盤上。

塑膠棋子鏗鈴匡啷的倒了出來，露出盒內的綠色襯裡。馬內克注意到盒底有一張面朝下的紙，把它翻了過來。

「嘿，那是私人物品。」阿文納希說。

「真不簡單，」馬內克說，他看著證書讚嘆地念道：「此獎頒給一九七二年班際盃冠軍……我還不知道我的老師是冠軍呢！」

「我只是不想讓你感到緊張，」阿文納希說：「來，現在開始要專心囉。」

在馬內克學習西洋棋基礎入門的第三天，他們在餐廳思考阿文納希設下的一個棋局，輪白子進攻，三步將死。突然間，素食區起了一陣騷動，學生們從坐位上跳起來，把桌子掀翻過去，玻璃杯盤碎落一地，椅子砸到廚房門上。不久之後全餐廳都知道原因了：一個吃素的學生在應該是素食的醬汁扁豆中發現一條肉絲。

消息傳開來，說那些混蛋承辦人玩弄他們的宗教感情、踐踏他們的信仰、污辱他們的人格，一切都是為了養肥自己貪得無饜的荷包。幾分鐘後，宿舍裡的每一位素食者都下樓到販賣部來，狂吼說他們被欺騙了。有些人看起來幾乎崩潰，失去理智的尖叫、抽搐，把手指伸到喉嚨想吐出他們禁用的食物，好幾個人因此把晚餐嘔吐出來。

但沒有人手指長到可以讓他們把學期一開始所吃的噁心食物全吐掉，那些齷齪的東西已經被吸收成為身體的一部分，這才是讓他們痛苦的地方。他們作嘔，又吐又呻吟，抱著頭不停地轉，哭號著這個天大的苦難，無法理智的正視他們的胃已是空的，吐不出什麼東西來。

直到廚房裡的工人被拖出來，那一群歇斯底里的人才滿意地鎖定目標。

六個工人身上都是腥臭味、汗味以及熱爐的味道，站在控訴者面前直打哆嗦。他們白色的制服沾到了晚餐的菜餚——扁豆的棕色污漬和菠菜的深綠色污痕。

復仇行動像那些暴力素食者胃裡的酸液一樣，嘔吐的動作停止了，膽汁和黃綠色的嘔吐液體被滔滔不絕的語言暴力所取代。

「打死他媽的混蛋！」

「打爛他們的臉！」

「叫他們吃肉！」

威脅並未立即付諸實現，因為那六個工人明智的跪了下來，大聲哀號。他們一把鼻涕一把眼淚的乞求饒恕，歇斯底里的程度幾乎與剛剛努力嘔吐的素食者不分軒輊。

阿文納希觀察了一分鐘之後，拉開椅子站起來：「我有主意了，你可以幫我看著棋盤嗎？」

「你只會讓自己受傷，」馬內克說：「幹嘛插手管閒事？」

「別擔心，我會沒事的。」

馬內克把棋子收到盒子裡，坐在位置上觀看。廚房工人和學生仍然維持各自的姿態：學生怒氣難平的要工人受到應有的懲罰，而被揭發的罪犯畏縮地跪在他們腳邊乞求寬恕。要不是工人真有被打成肉醬的危險，現場看起來倒像一齣有趣的鬧劇。馬內克內心思考著，到目前為止，可能與讓可能成真之間，雖然只有一線之隔，但這條無形的線力量可以非常強大——像磚牆一樣牢不可破。

「住手！等一下！」阿文納希大喊，然後擠進學生及嚇壞的廚房工人之間。

「什麼事？」他們不耐煩的問，認出他是宿舍委員會會長及學生會會長。

「先等一下，為什麼要打這些人？要怪的應該是那個可惡的承包商。」

「假如我們給他的人一些教訓，他就會得到訊息，然後再也不敢在這裡露臉。」

「你們錯了，他會在警察的保護下來此。」

開場取勝的險棋，馬內克想，這條隱形的分界線變得更加牢固了。

阿文納希懇請素食者以及唾棄這裡菜餚的每一個人，跟他一起向校方管理單位提出抗議。「我們要用民主的方式解決，不要流於街頭的非理性暴動，那是血腥政客所做的最壞示範。」

將軍，馬內克心想，轉得漂亮。

對於這項建議，有人贊成，有人反對。素食者陣營又開始對工人威嚇，而工人只是呼天搶地的胡說八道，讓人不知其所云。不過隨著支持阿文納希的聲音愈來愈多，兩方之間的緊張感漸漸和緩下來，素食者陣營終於趨於沉默，廚房工人也停止哭泣，雖然雙腳還跪在地上，但已做好隨時起身的準備。

他們計畫明日早晨在校長室外組織龐大的抗議活動，每個人對活動進程的安排都充滿了熱忱與期待。即使是最嚴格的素食者也靜下心來停止嘔吐，開始進行淨身洗禮，並承諾明早會率眾出席。

將軍，馬內克心想，那條隱形的線是堅不可摧的。「我想你就是大家說的那種天生的領導人。」那晚他對阿文納希半揶揄、半讚賞的說。

「才不是，我是個天生的傻瓜，我應該堅守我的決定——放棄這一切，專心讀書。走，我們到樓上去。」

在販賣部產生的騷動竟然成功了，讓阿文納希和夥伴們又驚又喜。校長口授一封信給承包商，要終止合作，宿舍委員會被授權選擇新的包商。

學生們雀躍地慶祝勝利，也因此增長了雄心。他們的會長承諾，校園裡的腐敗現象會一個個的連根拔除：任用親戚、賄賂入學、販賣考試卷、政客親人享特權、政府干涉教學大綱、恐嚇教職員等，諸事列舉不盡，因為腐敗已久，根深蒂固。

學生們志得意滿，熱烈地相信他們的榜樣可以激勵全國的大學進行徹底的革命，可以補足傑普拉卡希．耐若揚的基層運動，該運動在一聲疾呼下喚醒全國回歸甘地精神。改變可以鼓舞整個社會，讓它從腐敗中蛻變出來，讓奄奄一息的生靈成為健康的有機體，承襲富庶的古文明以及《吠陀經》和《奧義書》的智慧，喚醒世界，領導大家走向全人類的啟蒙時代。

在對販賣部的示威抗議成功後的一段日子裡，大家很容易構築崇高的夢想。許多的決心與良好的意圖像熱血一樣在學生體內竄流，於是成立了無數的小組委員會，通過議程、寫下記錄，然後通過決議。販賣部的食物改善了，大家沉浸在歡樂之中。

然而，馬內克卻覺得受夠了，他希望自己與阿文納希的生活回復到從前。無盡的抗爭及騷動令人疲乏，他想讓阿文納希放棄眼前所狂熱的事情，故以對方心裡的羈絆動之以情——他用家人作為誘導。「我想你是對的，你知道，就如你之前說要把焦點完全放在讀書上，為了你的父母和妹妹們的嫁妝，你真的應該這麼做。」

好友的提醒困擾著阿文納希，他面露憂愁的說：「我對此常有罪惡感，只要剩下的一些問題解決了，我會放棄會長的職位。」

「到底還有什麼問題？」馬內克不耐煩了，「你所有的會議裡都沒提到過污穢的廁所和浴室，蟑螂和臭蟲也該列入議題當中。聖雄甘地不會喜歡你的方式，他堅信潔淨——身體的純淨優於心理，而心理的純淨又優於精神。」

這個異議把阿文納希逗笑了，他把一隻手臂繞在馬內克肩上，兩人走過小廣場，「我還不知道你是研究甘地哲學的專家。告訴我，你想主持蟑螂小組委員會嗎？我會支持這個議案的。」

馬內克參加了一些集會和示威抗議，純粹是為了支持朋友。但只勉強維持了一陣子，因過程冗長乏味且反覆無新意，他就不再去了。

晚間阿文納希沒有空下棋，他們常常一起吃飯，可是並不只有兩個人，而馬內克憎恨這點。一群人黏著他的朋友，熱烈的討論、爭辯他不了解而且也沒興趣了解的事情。他們談論的字眼充滿了像是民主化、憲法、疏離、衰退、地方分權、集體化、國家主義、資本主義、唯物主義、封建制度、帝國主義、共產主義、社會主義、法西斯主義、相對論、決定論、無產階級主義——一大堆的主義和理論，這些字眼像蜜蜂一樣嗡嗡嗡的繞著他轉。

為什麼這些傢伙就不能用正常的方式講話？馬內克很不解。為了排遣無聊，他開始計算他們所說的各種主義，達到二十個就停止。有時候狗會跑到他們的激辯中——帝國主義狗、資本主義走狗，有時候狗會換成豬，譬如，資本主義豬，借貸土狼和地主豺狼也會偶爾出現。後來，除了什麼主義的，他們也不斷談論這次的緊急狀態令，說得好像天要垮下來的樣子。

馬內克感覺被大家忽略了，他一吃完飯就回房。他手邊有塑膠棋子，便自己一個人下起棋來，他走一步，然後把棋盤轉過來扮演對手，但不久就玩膩了，他試著翻閱阿文納希借給他的書，裡面有一系列依困難度排列的終局題庫。

雖然很困難，馬內克依然繼續迴避朋友的相伴，一個人獨自研究。就在孤獨了幾天之後，堅持開始有點動搖時，他決定再給阿文納希一次機會。

阿文納希來敲他房門，「嗨！有什麼新鮮事嗎？」他熱情地拍拍馬內克的背。

「下棋。」

「一個人玩？」

「不，跟自己玩。」馬內克推倒了自己的國王。

「最近好一陣子沒看到你，你不好奇現在情況怎麼樣了嗎？」

「你是說校園裡？」

「是啊，還有其他地方，自從宣布緊急狀態令之後的情況。」

「哦，那個啊，」馬內克裝出一副漠不關心的樣子，「我對那些事情了解不多。」

「你沒看報紙嗎？」

「只看漫畫那部分，所有關於政治的都太無聊了。」

「好吧，我簡明扼要地說給你聽，免得你睡著了。」

「很好，我會計時，」馬內克看看手錶，「預備，開始。」

阿文納希做了一個深呼吸，然後開始，「三個禮拜前，高等法院發現總理在最近的選舉中舞弊有罪，也就是說她必須下台。但她開始戀棧，因此反對黨、學生組織、工會團體在全國各地展開大型的示威抗議，要求她辭職。然後，為了攬權，她宣稱國家安全受到內亂的威脅，以此為藉口宣布了國內進入緊急狀態。」

「二十九秒。」馬內克說。

「等一下，還有呢！在緊急狀態的託辭下，人民的基本權利被中止，大多數的反對者遭到逮捕，工會領袖入獄，甚至連學生領袖也是。」

「你最好小心點。」

「哦，別擔心，我們的學校並沒那麼重要。最糟的事情是，連新聞都受審查監視。」

「那讀報紙也沒多大用處，不是嗎？」

「而且她改變選舉法並溯及既往，把她的罪行變成無辜。」

「所以你沒有時間玩棋就因為這件事。」

「我一直在玩，我所做的每件事都是下棋。來，讓我看看你學了多少。」

阿文納希擺上棋盤，在背後各藏了一隻白色和黑色的兵。馬內克猜對了，於是由他率先進兵，一個半小時後他贏了，連自己都感到驚訝。

「你要請客，因為我把你教得這麼好。」阿文納希說：「但很快的，我們還要再比一局。」

現在又會像以前一樣了，馬內克心想，再一次，他要獨佔阿文納希！

他暗地裡希望校長能夠以國內緊急狀態的理由向血腥的學生會下禁令，就像其他大學一樣，然後就沒有什麼能再讓他的朋友分心了。

不過，馬內克終究還是失望了，他們之間沒能再像以往那樣一起切磋棋藝，幾個晚上他去敲阿文納希的門，但都得不到回應。

他在他的門下塞了兩次紙條：「嗨！你躲到哪裡去了？害怕在棋盤上面對我嗎？等你回應——馬內克。」

在第二張紙條之後，他在餐廳遇見他，阿文納希忙得只能揮個手，「收到你的留言，」他說：「明天有空嗎？」

「當然。」

隔天晚上馬內克待在房間裡等，但他的朋友沒有現身。

他感到既憤慨又受傷，滿懷怨恨地爬上床，他告訴自己，如果阿文納希想見他，他會讓兩人交換立場，讓阿文納希追著他跑。

他很想念阿文納希，但自己也覺得奇怪，友情怎會在一夜之間突然滋長，就在蟑螂和臭蟲的牽引之下，然後又突然間虎頭蛇尾的結束，只為了一些荒唐的理由。也許，一開始把這件事看成友情就是錯的。

所有馬內克試著學習相處的那些令人作噁的宿舍生活點滴，又開始讓他嫌惡，並重新引燃他的仇視心理。作為一種「解毒劑」，他擬定一套晨間策略：當他張開眼睛，就再闔起來，頭依然賴在枕頭上，想像群山、盤旋的迷霧、鳥鳴、走廊上小狗劈里啪啦的腳步聲、黎明時覆在他身上的涼冷空氣、齡猴吱吱喳喳興奮的叫聲、廚房裡熱騰騰的早餐，以及嘴裡美味的土司和煎蛋。當他的感官完全被家庭的想像所滿足後，才願意再張開眼睛起床。

校園裡有一個新組成的團體叫做學生民主協會，在宣布緊急狀態後迅速竄起，它的姊妹機構——學生反法西斯協會，為了維護兩個組織的健全，對它們的反對者或批評緊急狀態者加以撻伐，使之緘默。威脅與恐嚇成了家常便飯，幾乎可以成為大學課程之一，現在警察也經常性的出現，協助維護腐敗不公的新法和秩序。

有兩位當眾指責校園暴力小組的教授，立刻被便衣在國內維安組織的授權下以反政府的罪名帶走。他們的同事並未出面干涉，因為國內維安組織允許非經審訊入獄，而且質疑國內維安組織的人遲早會被約談，這是大家都知道的事實；最好還是不要跟那麼危險的事情有所牽扯比較安全。

馬內克很擔心阿文納希，身為原來的學生會會長，自然在校園新興團體的環伺下處於危險的境地。在夜晚，他聽著隔壁房間傳來的聲音，門輕輕的關上、衣櫥上金屬片碰撞、噴霧劑使用時的咻咻聲，還有移動床的巨響，都顯示他的朋友安然無事，沒有遭受攻擊或被帶走遭到祕密拘禁。

馬內克忙著穿梭於宿舍和學校間，沒有時間停下腳步看校園亂象：恃強凌弱、奉承與屈服。校刊辦公室受到攻擊，作家和編輯群被毆打、開除。校刊爾偶會出現稍帶諷刺意味的作品，或者對政府或學校管理單位開開小玩笑，雖然最近這一陣子要寫諷刺文學是愈來愈困難了，因為政府自己會揭露關於自己的報導給媒體，做得比校刊還要好。

接管校刊之後，學生民主協會在下一期刊物中發表聲明，表示出版品的新聲音將更能夠代表校園大眾，校刊的其餘版面則填塞了學生與老師的行為守則。

一日早晨，學校的課被取消了，並在一個小廣場中舉行升旗典禮，參與者都不是出於自願，而是被學生反法西斯協會所強迫。學生民主協會會長拿著麥克風，呼籲當權人物前來證明他們對國家的愛，並樹立愛國行為的榜樣。得到訊息後，講師、副教授、教授和院長全體人員都來到了講台，但顯然有些勉強。協會成員想偷偷地緩和他們的動作，讓事情看起來像是發自於內心的支持，但為時已晚，全體教職員已經在桌前排成一排，像是在供糧店排隊的顧客一樣，他們乖乖地簽署聲明說會支持總理、支持她宣布緊急狀態令，以及支持她打擊來自內部、威脅國家安全的反民主力量。

馬內克對於整個事件既害怕又討厭，至於他的老師們，也只能寄予同情。他們從升旗典禮中悄悄溜走，臉上充滿了罪惡感與羞恥。

那一晚，他隔壁的宿舍房間依然靜悄悄的，沒響起熟悉的聲音顯示阿文納希的存在。馬內克擔心到沒辦法入睡，輾轉反側到清晨。他是不是該向舍監辦公室報告朋友失蹤？但假如他只是回去探視家人或做什麼其他事而不是失蹤呢？最好再等個一、兩天吧。

晚餐時他在用餐區四處看看，想找尋阿文納希的身影，但沒下落。他很小心地問同桌的人：「這些天來學生會的管理委員怎麼了？」

「那些傢伙閃人、躲起來了，他們在這裡晃來晃去實在太危險。」

這樣的回答讓馬內克安心些，他相信阿文納希現在一定是潛藏在某處，或許躲在他父母工廠的小公寓裡。而且他很快就會回來的——畢竟，緊急狀態和反社會主義還能維持多久呢？況且，他才不會那麼容易被抓到，這不是他下棋的一貫風格。

前任的販賣部承包商又回來了，要在食物上實施報復手段。馬內克認為，這證明了自己當初是對的，他想起餐廳素食區的意外，一切都從那時候開始——他曾告訴阿文納希不要干涉，後果可能不堪設想。

現在的食物真是糟透了，他自己在校外巷子裡的攤販買些三明治或水餃裹腹。比別人幸運的是，他有家裡給的零用錢，可以讓他很享受地看著番茄被切成一片片，麵包塗上奶油，聽見爐子的呼呼聲，以及煎東西時的滋滋聲。

一天傍晚，在他買好晚餐回宿舍的路上，從走廊裡傳來鈴鈴的聲音，像是自動控制系統的鈴聲。他朝遊戲室裡看去，有兩個汽車系的一年級學生被十二個人包圍住。他們脫掉其中一個人的褲子，把他臉朝下地壓在乒乓球桌上，然後拿一個空飲料瓶交給另一人，他們命令他示範課堂上所學到的內燃機活塞與汽缸的關係。還威脅說如果他不肯合作，他們就讓他當那個汽缸。

馬內克嚇得趕緊溜走，從那時候起，晚餐後他就直接回房間並把自己鎖起來。他確保一切需要的東西都有了——報紙、向圖書館借的書和一杯水，這樣當那些惡棍流氓在外面搜尋獵物時，他就不用離開自己的避難所了。

一天晚上，當他換好了睡衣後，肚子卻突然開始翻攪起來。一定是路邊攤的餃子醬汁造成的，他心想，真不該吃下肚，一開始就覺得味道怪怪的。

他亟需上廁所，即便這個時候馬桶一定又臭又髒。他小心地打開房門，走廊上沒人，就一邊快步走一邊回頭張望。半路上倉庫門打開，那些人抓到他了，他拼命掙扎，「拜託！我需要上廁所，很緊急！」

「待會兒再說。」他們從後面扭住他的雙臂讓他無法反抗。

「啊！」他大叫出來。

「聽著，這只是一個遊戲。」他們好言相勸，「幹嘛要變成打架呢？你只會讓自己受傷。」

他停止反抗，他們才放開他的手臂。「好孩子。現在告訴我們，你是學什麼的？」

「冷凍和空調。」

「好，我們只是要給你一個小小的測試，看看你有沒有認真上課。」

「當然，但我可以先去廁所嗎？」

「待會兒再說。」他們把他帶到工作室，那裡有一台很大的冷凍冰箱。他們要他脫下衣服，但他不肯動，他們便上前幫他脫。

「求求你們！」他又踢又拽的乞求著，「求你們不要！不！求求你們！」他祈禱阿文納希能夠奇蹟式的出現救他，就像他從素食者手中救了廚房工人一樣。

那些惡棍的手腳很快，不到一分鐘就壓住他脫掉衣服。「現在，仔細聽著！」他們說：「第一關的測試很簡單，我們要把你冰起來十分鐘，可別慌。」

他們七手八腳的把他弄進冰箱，身體對折才能塞得進去，然後用力關上門，他像身處於黑漆漆的棺材裡。

他們等著看他的反應，剛開始什麼事也沒有，接著是一陣敲打，持續了兩分鐘後暫時安靜下來。然後又開始敲打——現在力道較弱、響聲零星、節奏凌亂，一會兒強起，一會兒消退。

敲擊聲持續變弱，直到死寂。他們看看手錶，時間才過了七分鐘，但他們決定要開門了。

「啊！嗤！」散出來的惡臭讓他們退避三舍。「混蛋在裡面拉屎了！」

馬內克身體僵硬，一動也不能動。他們把身體呈彎曲狀的他拉出來，然後關上門阻擋惡臭散發出來。他恍惚地環視周遭，無法站直。

他們譏笑地讚許他，「很好，第一關測試滿分，拉屎再加分。做得很好，現在要進行第二關。」

他凍得發紫的唇顫動著想說什麼卻擠不出話來，他把僵硬的手伸向睡衣，一個人把衣服搶走。「還不行，在第二關你必須證明你的溫度調節器可以正常運作。」

他愣在那兒，張著嘴巴一副聽不懂的樣子。

「你說你學冷凍和空調，怎麼回事，難道你不懂溫度調節器是什麼？」

馬內克搖搖頭，又可憐兮兮的、緩慢的伸手想拿回睡衣。

「這個就是你的溫度調節器，白痴。」其中一個人大笑，朝他冰冷的棒子猛力拍過去。「現在讓我們看看它有沒有用。」

馬內克低頭看看自己，像第一次看到般驚訝。他們鼓噪拍手，「很好！調節器身分確認無誤！但它能用嗎？」

他點點頭。

「證明啊。」他不知道他們在說什麼。「快，讓它起作用，讓它站起來。」他們起鬨道：「站起來！站起來！站起來！」

現在馬內克懂了，而且發現自己的嘴巴能動，可以講話，「求求你們，我不行。拜託，放我走好嗎？」

「第二關的測試一定要完成，否則我們必須重複第一關，這次要把你跟你的屎凍在一塊兒；溫度調節器的檢測是必修課程。」

馬內克虛弱地拿起他的棒子，用手來來回回的動幾次後放開手。

「它沒用！再努力些！站起來！站起來！」

他開始抽搐啜泣，在他們的鼓噪下來回推著包皮。他急於結束這場屈辱，費盡力氣、手腕痠疼，棒子卻沒一點兒感覺，他擔心是不是哪裡出了問題，也許它被凍壞了。在一次次努力嘗試之後，才終於在沒有勃起的狀態下射精了。

他們鬨然大笑，又吹口哨又叫囂，有人把他的睡衣還給他，然後一群人就走了。

為了避免走在他們後面，他待在工作室直到大樓外安靜無聲。他把弄髒的兩腿洗乾淨，然後回到房間。黑暗中他躺在床上發抖，眼睛直盯著天花板，不知道下次上課時老師把冰箱門打開會看到什麼。

一小時過後他的四肢仍在顫抖，他從衣櫥裡把毛毯拿出來。他知道自己應該怎麼做——一旦身體暖和後，他要起來打包，到了早上他會坐計程車到火車站，然後搭國境號回家。但他的父母會怎麼說？他可以猜到爹地的反應，說他像個懦夫一樣逃回家。媽咪會先把他摟到身邊，然後她會聽爹地的話而改變，一如往常，改變，總是這樣。那正是火車上的校對員所說的，改變既無可避免，那麼就必須適應它，不過當然的，那並不表示得接受更糟的改變。

前半夜，馬內克在思緒中掙扎不已，慢慢地收拾他的箱子和行李；下半夜，他把打包好的東西拿出來，寫信給父母親。他寫道，到目前為止他沒有向他們吐露實情，感到很抱歉，但他不希望他們擔心：「宿舍真是個可怕的地方，我一刻都待不下去了。不僅因為它又髒又臭，這點我尚可忍受，更因為這裡的人非常討厭。有些人已經不止是學生了，我不知道這些反社會的惡棍怎麼會被允許住到學生宿舍裡來。他們嗑藥、吸大麻、喝醉酒、打架，還公然聚賭，把藥賣給學生。」他想了一下，再加上：「其中一個人想賣藥給我！」這可以讓他們多想一想，「這一切絕對太可怕了，我希望能盡快回家，我在店裡工作絕不干涉任何事情，照你們的吩咐做事，我保證。」

這封信夠激烈了吧？他心想，一定能讓父母採取行動，沒有必要揭露真實的屈辱。

柯拉先生和柯拉太太私底下很開心兒子想回家，他們想死他了，但從不敢真正的談論，即使對彼此也不敢。他們寧願裝模作樣，特別是在朋友面前，為兒子遠行求取良好的教育顯得驕傲滿足。連馬內克的求救信也無法改變這一點，他們很謹慎地控制自己的反應以維持平靜的表情。「假如他這麼快就回來，多可惜啊！」柯拉先生說。

「是啊，」柯拉太太說：「他會失去找到好職業的唯一機會。你覺得呢，法若克？我們應該怎麼辦？」

柯拉先生心裡很清楚，假如兒子感到不快樂，他就應該立刻回家，但是，或許他應該先努力找找其他解決方案，即使他心裡並不那麼願意——大家一定會這樣期望，包括他們的朋友，否則人家可能會責備他是太心軟的父親。

「在我看來，問題無疑是出在學校宿舍。」他很謹慎地說。

「當然是！我兒子不會說謊！而且不能讓他待在這麼糟糕的地方，到處都是壞蛋、無賴和敗類，就只為了一紙大學文憑！我們會變成什麼樣的父母？」

「是，是，是，冷靜下來，我來想想辦法。」他按摩著額頭，「假如宿舍不適合，或許我們應該為他找其他的地方住。私人的，某個人的家，那就可以解決問題了。」

「這是個好主意，」柯拉太太也假裝附和，她不想被人家說成佔有欲強的母親，毀了兒子的前程。「問問我的親戚如何？」

「不，他們住得離學校太遠，記得嗎？」再者，誰曉得他們會為馬內克灌輸什麼優柔寡斷的想法。即便過了二十年，他們還是不能習慣阿班已不跟他們住的事實。

「只要我們可以為他在什麼地方找到一個舒適安全的房間。」她說。「某個我們負擔得起的地方。」但這幾乎是不可能的，她愉快地想像著，在大城市裡，數以百萬的人住在貧民窟和睡在人行道上，不只是乞丐——城裡有工作、付得起房租的人也一樣，他們根本找不到房子租。不，馬內克根本沒有機會，他很快就可以回家了。一想到此，她便不自覺的面露微笑。

「我們遇到這麼天大的問題，妳還笑得出來？」柯拉先生說。

「我有嗎？不，沒事，只是想到馬內克。」

「嗯。」他沉思著，覺得很難找到令自己滿意的答案，「妳試著寫信給妳那個朋友吧，她或許會知道有什麼地方適合的。」

「是，好主意。晚餐後我就寫信給珊諾比雅。」柯拉太太同意的說，心裡卻暗自竊喜，覺得那只會浪費郵票。

他們又回頭忙著日常雜務，「假裝用失望來掩飾內心愉快」的嚴酷考驗終於結束了。現在只要等著他們不冷不熱的努力失敗後，兒子就可以回家了。

然而，幾天後他們又要再偽裝一次，只是這次情況顛倒過來了。他們很意外的得知，馬內克住的地方已經迅速地安排好了，心裡暗自叫苦。現在，他們必須強顏歡笑，對他能繼續完成學業裝出滿足的樣子——僅存的一點兒希望被一掃而空。

柯拉太太心懷怨恨的向達拉太太寫了一封感謝函。「不知道迪娜是否還跟高中時一樣漂亮？」她提高聲音說，一邊撕下寫好的信紙，那撕裂的聲音就與她目前的心境一樣。

「妳可以問問馬內克，他很快就能給妳一份完整的報告。」柯拉先生說，「妳喜歡的話，甚至還可以送妳一張即時更新的照片。」

看著她坐在桌邊，他不禁這麼想，那個好管閒事的人竟然從他太太過去的生命中跳出來干擾他的家庭生活，讓兒子繼續離開他。

然後他立即了解到自己這樣做很愚蠢。他拿出銀行存摺，開了一張支票支付第一個月的租金，柯拉太太把它附在給達拉太太的信中。

迪娜注意聽著浴室裡的聲音，靜悄悄的。他在做什麼？為什麼聽不到流水聲？「馬內克！一切都還好嗎？水夠不夠熱？」

「很好，謝謝。」

「你看到大杯子了嗎？應該在水桶旁邊。如果你喜歡的話可以坐在木頭凳子上。」

「好的，阿姨。」馬內克不好意思提到蟲子的事，牠們正從排水孔大量的往上爬，他希望蟲子可以趕快自動回到地下去。如果我能依照自己的意願，或許這時早已在回家的火車上了，他心酸的想著，我怎麼那麼笨，寫那封信冀望爹地會讓我回家。

迪娜繼續聽著裡面的動靜，靜默的時間已超出她的耐心，「怎麼回事，馬內克？你能不能快點？在裁縫師來之前我也要洗澡。」

她希望今天能有時間把支票兌現，然而，首先她必須等馬內克去學校後才能開始做事。等到他習慣了她的作息後就沒問題了，而且他也要學會使用現代化的設備，像浸入式加熱器，可憐的孩子竟然不知道這是什麼。她問他在家裡是怎麼燒熱水的，他回答說每天早上在爐子裡加煤炭。多原始啊！但他會自己整床、把東西都疊得整整齊齊，那才是令她印象最深刻的地方。

她回到浴室門前，又問道：「你用得習慣嗎？」

「是的，阿姨，但有蟲子從排水孔裡爬出來。」

「哦，又是牠們！沖點水牠們就會跑走了。」

她聽到潑水的聲音，然後又靜了下來。

「現在怎麼樣了？」

「牠們還是一直往上爬。」

「好的，我來看看。」

他先把衣服穿上，接著她敲敲門。「來，請包上浴巾再開門，我不能花一個早上的時間站在這裡。」

他衣服都穿好後才讓她進去。

「害羞什麼，我年紀跟你媽媽一樣大，我會想看什麼？那些嚇唬你的蟲子在哪裡？」

「我並不害怕，只是覺得看起來噁心，有好多蟲子。」

「那是當然，現在是蟲子繁殖的季節，通常發生在雨季之後。我以為在你住的地方，你已經習慣了這些東西——在山上，跟野生動物在一起。」

「但肯定不會在浴室，阿姨。」

「在我的浴室你就要習慣。你所能做的就是用水把蝨子沖回去，要用冷水，別把熱水用光了。」她示範一次，穿過他身前取來水桶用力沖了幾大杯水，蝨子就順著水流滑到排水孔裡。

「看到沒？這樣牠們就回到排水孔去了。」

她伸出上臂時所展現的柔軟線條比沖水的技巧更能夠撫慰他；當她俯身彎下腰時，背部的睡袍從臀部被拉緊，顯現出內衣褲的輪廓。他的視線游移著，當她站起來之後馬上轉開。

「好了，現在你要洗澡，還是要我待在這裡抵抗蝨子保護你？」他聽得臉紅，而她擔心裁縫師快要到了，說：「聽著，因為這是你在這裡的第一個早晨，我會特別招待你。」

她從廁所外的架子上取來一瓶石碳酸，拔掉瓶塞，把裡面的白色液體一點一點地倒在蝨子上。藥劑立刻發揮效用，紅色的蝨子掙扎扭曲成一團，最後變成一個個的小圈圈，再也不動了。

「好了，但記住，由於石碳酸很昂貴，我不能每天這樣浪費，你必須習慣蝨子。」

他關上門把衣服脫掉，她的身影彷彿還在身邊，彎著腰、伸出手臂，讓他的四肢振奮悸動。但石碳酸抗菌劑的氣味殺風景地懸在空氣中，不斷地灌入他的鼻孔裡。

6 目睹「馬戲團」．夜宿貧民窟

好幾輛紅色的雙層巴士一早就聚集在貧民區外，第一個發現的是酒鬼家的孩子。小女孩跑去告訴母親，剛好看到伊斯佛和歐文站在他們的棚屋外，順便也告訴他們，而她的父親還在宿醉中神遊。

駕駛們把車子停好後互鳴喇叭致意，二十二輛車整整齊齊地排成兩列。裁縫師取好水後往鐵軌走去，昨夜下了一陣雨，地面濕軟又滑，腳底的泥巴好像多嘴怪獸一樣要把他們吸進去。

「我們今天早點去迪娜女士那兒。」歐文說。

「為什麼？」

「馬內克會在。」

伊斯佛找到一塊地方，他們走過去蹲下。他很高興那個說話沒重點的頭髮收集人不在附近，他討厭在如廁時聊天，即使是聊正經話也不行。但他的運氣沒維持多久，瑞亞朗突然出現在遠方蜿蜒的鐵軌上，看到他們在水溝的另一頭，他蹲到他們旁邊，然後開始推敲關於巴士的事情。

「也許他們正在設新的總站。」

「若這樣對我們就方便多了。」

「但，難道不該先建個車站辦公室或什麼的嗎？」

他們洗乾淨後，走到車身濺著泥濘的巴士那兒探個究竟。穿著卡其色制服的駕駛們倚在車門口，或坐在走道上的鑲邊石上休息、看報紙、抽煙，或嚼檳榔。

「嗨！」瑞亞朗朝他們喊過去，「你們今天要把紅色戰車開到哪兒？」其中一人聳聳肩，「誰曉得，督導人要我們把車子開來，等著上頭指派任務。」又開始下雨了，雨滴乒乒乓乓地打在空車車頂上，駕駛們紛紛躲進車裡關上窗戶。不久，第二十三輛巴士抵達，擋風玻璃上的雨刷吃力的慢慢擺動著，像濕掉的鐘擺一樣。這輛車載滿了人，上層是穿制服的警察，他們一直待在車上，下層則湧出一群人，手裡拿著手提箱和小冊子。

他們伸伸懶腰，放鬆因久坐而緊繃在跨下的褲子，然後進入貧民區。為了避免鞋子沾到過多的泥濘，有人踮起腳尖、撐著傘保持平衡的走路。也有人不想弄髒鞋底，仔細察看地上有沒有草堆、石頭、破磚塊等任何可以避免沾到泥巴的東西，用腳跟踩過去。

在他們之中，有一個人穿的鞋子質料最好，他說他們是宴會工作人員，收到總理的指示來此，「她致上問候並希望你們都知道今天她要舉辦一個大型會議，每個人都受到邀請。」

這時一個女人把空水桶放到水龍頭下，流水嘩啦啦的聲音幾乎蓋過那人的話，他修正語氣說：「總理特別表示，她想和像你們一樣正直、努力工作的人民說話。這些巴士會載你們到會場，不收取費用。」

取水的人們反應冷漠，只顧著在隊伍間緩慢的前進。其中有人開始竊竊私語，然後是一陣笑聲。宴會工作人員再試一遍，「總理的意思是，她是你們的僕人，想要幫助你們，她想聽你們親口說出的問題。」

「你自己去跟她說！」有人喊著，「你看得出來我們住的地方是什麼樣子。」

「對！告訴她我們有多快樂！我們為什麼要自己去？」

「假如她是我們的僕人，叫她來我們這裡！」

「叫你的人幫我們可愛的家照張相片，還有我們健壯的孩子們！拿給總理看！」

人群裡傳出更多的訕笑聲，還有抱怨宴會工作人員在窮人取水時打擾，來訪者回頭做了一番簡短的商議。

然後領導人又說話了，「每個人可以得到五盧布，還有免費的茶點。請在七點三十分到外面排隊，巴士將於八點整離開。」

「五盧布拿去塞你自己的屁眼！」

「然後放火把錢燒了！」

但譏諷羞辱的言語很快就平息了，因為新的提議讓大家頗感興趣。

宴會工作人員分散到貧民區裡散布消息。

一個拾荒者問他的太太和六個孩子是不是也能去。「是的，」帶頭的說：「不過他們不能領錢，只有你可以。」心中原本充滿希望的父親失望的轉頭就走，但是他們又以全家人都能享用茶點來誘惑他。

「聽起來很有趣，」歐文說：「我們也去吧！」

「你瘋了嗎？浪費一整天縫紉的時間？」

「不值得！」瑞亞朗同意伊斯佛的話，「這些人只是說好聽話哄騙我們。」

「你怎麼知道？你參加過這樣的聚會嗎？」

「是的，它們總是千篇一律。如果你沒有工作，我會建議你去，向他們領五盧布，看看政府安排的娛興節目也是很有趣的。但若要放棄一天裁縫或收集頭髮的工作，不行。」

到了七點半，排在巴士旁的隊伍剛好只夠塞滿一輛雙層巴士，裡面是失業的勞工、一些婦女和孩子，和一群受傷的造船廠非法勞工。宴會工作人員討論了這個窘況，然後決定執行應變措施。

負責總管這件事的凱薩巡官立即命令他的人下車，十幾個人受指示封鎖住貧民區的出口，其餘的人隨他進去。他想維持優雅的姿勢、昂首闊步慢慢的走路，但是兩腳黏在泥巴路上，看起來比較像是拖著身子滑行。他拿起一隻擴音器，用雙手舉到嘴邊，像是拿號角似的。

「注意！注意！兩邊的居民都必須搭上巴士！五分鐘之內，不准遲到，否則就以侵佔市府土地的罪名逮捕！」人們抗議：他們付了全額租金，怎麼可能犯侵佔罪？棚屋區的居民去找收租人納法卡，但他的屋內空無一人。

「我懷疑總理是否知道他們這樣強迫我們。」伊斯佛說。

「她只知道重要的事情，」瑞亞朗說：「她朋友想要她知道的事情。」

警察開始把居民趕上車，大家慢吞吞地走著，雨水沖掉了車身的灰塵和泥巴，使車子看起來更鮮紅。屋子裡要是有人抗議他們的做法，警察只要舉起警棒強調服從的重要性，問題就解決了。

猴人願意前往，但希望能帶他的猴子一起去。「牠們會很喜歡坐車的，我們搭火車去上班時牠們也很開心。」他向一位工作人員解釋道：「而且我們不會要求額外的茶點，我會把我的份分給牠們。」

「你是聽不懂國語嗎？不准帶猴子，又不是馬戲團或什麼的。」

瑞亞朗就站在他後面，小聲的對朋友說：「的確是這樣。」

「拜託，大人。」猴人懇求他，「狗可以留下來，但萊拉和曼奴若少了我，牠們會哭上一整天的。」

他們向凱薩巡官請示，「你的猴子有經過適當的訓練嗎？」他問。

「警官大人，我的萊拉和曼奴教養很好，牠們是我的乖孩子！瞧，牠們會向你敬禮！」他作個手勢，猴子動作齊一的把手舉到頭上。

凱薩巡官被逗樂了，也笑著回禮。猴人拿鞭子向地上抽打，猴子立刻屈膝跪拜，巡官更是笑得樂不可支。

「說實話，我覺得讓這兩隻猴子去是無妨。」他向工作人員說。

「對不起，巡官。」那個工作人員把他帶到一旁，「問題是，猴子可能會被視為有某種政治意義，對手的陣營可以用牠來嘲笑我們。」

「是有可能，」凱薩巡官一邊說著，一邊擺動手上的擴音器，「但也有可能因此證明總理溝通的力量不僅限於人類，還包括動物。」

那位工作人員翻了個白眼，「你願意寫下來表示負責嗎？寫成一式三份的備忘錄？」

「老實說，這不在我的權限範圍內。」

凱薩巡官回過頭來惋惜的對猴人說：「我很抱歉，這是總理很重要的會議，禁止帶猴子。」

「等著瞧，」瑞亞朗小聲的對排著隊的人說：「到時候講台上都是猴子。」

猴人向巡官所做的努力道謝，他把萊拉和曼奴跟迪卡一起鎖在屋子裡，愁眉不展地走回車上。現在巴士差不多都裝滿了人，只有少數幾個固執的人被人拿著鞭子趕上車，然後車隊就出發了。

「我沒見過這麼不公平的事！」伊斯佛說：「而且迪娜女士會怎麼想？」

「我們又沒有辦法，」歐文說：「就好好享受免費的兜風吧！」

「對，」瑞亞朗說：「如果我們一定得去，那就好好享受。你知道，去年他們用卡車載我們，像羊一樣被裝上車，這次改坐巴士可舒服多了。」

「每台車裡至少一百人，」伊斯佛說，「總共超過兩千人，會議的場面有多大？」

「你只有算到我們這區的人，」瑞亞朗說：「一定還有從別處來的巴士，會場總共會有一萬五千至兩萬人，等著瞧吧！」

一個小時後車子開到了郊區，歐文嚷嚷著說肚子餓，「我希望我們一到的時候就能吃茶點並拿到五盧布。」

「你老是喊餓，」伊斯佛裝出細嫩的聲音說：「你長蟲子了嗎？」他們放聲大笑，把迪娜．達拉的笑話講給瑞亞朗聽。

不久，車子來到鄉間道路上，這時雨已經停了。他們經過幾個村莊，人們都停下腳步盯著車子看。

「我真搞不懂。」伊斯佛說：「幹嘛把我們老遠的帶到這裡？為什麼不直接叫這些村民去參加會議就好？」

「大概是太麻煩了，」瑞亞朗說：「那樣他們就得走訪許多村莊，而村子的人口又分布零星——這裡兩百個，那裡四百個。如果能從城市裡的貧民區整批帶走就簡單多了。」他突然停下，興奮的指著：「看！看那個女人，在井邊！多美麗的一頭長髮啊！」他嘆息道：「只要我能帶著剪刀遊走於鄉村間收集我要的東西，很快就會發財了。」

當交通流量變大，看見其他車子經過時——也包括為總理準備的其他聽眾，他們知道已經接近目的地了。偶爾巴士會避到路邊，讓插著旗子、載著重要人物的車子大鳴喇叭呼嘯而過。

他們停在一個很廣闊的曠野附近，乘客下車時，一位工作幹部告訴他們要記住車號，回程時才不會搭錯車。他引導大家到坐位席上，並向每一批人指示：「請注意台上的貴賓，每當他們拍手，你們就跟著拍手。」

「那錢呢？」

「集會結束時會發錢。我們知道你們在打啥主意，若我們先付錢，你們這些騙子在演講到一半時就會開溜。」

「往前走！往前走！」一位引座人在每位新到者背上拍一下指示他們前進。

「不要推！」歐文大吼，把他的手掃開。

「沒事，歐文，冷靜點。」伊斯佛說。

竹竿和圍欄將場地分成好幾個圍場，主要的落在最遠的那端，包括一個九公尺高、有遮頂的講台。講台前是貴賓席，這是唯一有設椅子的圍場，大家亂哄哄地吵成一團，爭辯要怎麼安排位置。椅子分為三種類型：有椅墊及扶手的，給超級重要人物；有椅墊但沒扶手的，給非常重要人物；而一般的金屬折疊椅，就給普通重要人物。賓客們爭得臉紅脖子粗，個個向引座員施壓，要他把他們的級數再往上調一級。

「我們盡量靠近廣場邊緣，在帳篷附近。」瑞亞朗說：「他們一定會把茶點擺在那裡。」但配戴著三色布徽章的志工把人都趕到旁邊的圍場。

「看啊，老兄！」歐文敬畏地指著講台右邊高達二十五公尺的總理肖像，那個用紙板和夾板拼湊起來的巨人伸開雙手，好像要擁抱群眾的樣子，頭的後面懸著國家地圖的輪廓，四周暈著光輝。

「還有，看那個用鮮花做的拱門！」伊斯佛說：「就像一道圍繞著講台的彩虹，很漂亮，嗯?從這裡就可以聞到香味。」

「看，我說過你會喜歡的，」瑞亞朗說：「第一次總是很有趣。」

他們找塊乾淨的地面坐下來，看看附近是不是有熟面孔，人們報以微笑和點頭。負責音效的人走到講台上檢查麥克風，擴音器發出刺耳的聲音，聽眾頓時鴉雀無聲，但隨即又恢復常態。巴士仍陸續不斷載來數以千計的乘客，現在烈日當頭，但伊斯佛說至少不是在下雨。

兩個小時後，所有的圍場都塞滿了人，整個廣場被擠得密不通風，第一批昏倒的人被抬到附近樹蔭下恢復意識。人們質疑在一天最熱的時間舉行集會，並非明智之舉。一位工作幹部解釋他們別無選擇，是總理御用的占星家看了星象後所選定的良辰吉時。

十八位權貴走到講台上就定位，十二點整天空發出聲響，在場的二萬五千人都抬頭觀望。一架直昇機在空中盤旋三圈，然後降落到講台後方。

幾分鐘後，總理穿著白色沙麗，由一個身穿白色長衫、戴甘地帽的人護送到台前。十八位權貴輪流向他們的領袖獻上花環、鞠躬、輕撫她的腳趾。其中一位做得尤其過火，他整個人匍匐在她面前，說要停在她的腳邊直到得到她的寬恕。

總理大惑不解，雖然沒有人能看到她狐疑的表情，因為她的臉幾乎被那十八個花環埋起來了。一位助理提醒她關於那位男士不忠的行為，「總理女士，他在懺悔，他說他很抱歉，出自肺腑之言。」

人們在烈日下曝曬，現場的麥克風讓他們至少可以欣賞鬧劇取樂。

「是的，好，」她不耐煩的說：「現在站起來，別把自己弄得跟個傻瓜一樣。」那人像運動員完成翻筋斗動作之後一樣的跳起來，彷彿整個人在獲得特赦後改頭換面般。

「看到了嗎？」瑞亞朗說：「我說過今天會有馬戲團——我們看到了小丑、猴子、特技演員，應有盡有。」矯揉造作的奉承戲碼結束後，總理取下脖子上的花環，一個個地擲向觀眾席，貴賓席的來賓及權貴們為她落落大方的表現大肆喝采。

「她的父親也是這樣子，當他還是總理時。」伊斯佛說。

「是的，」瑞亞朗說：「我看過一次，但他的動作看起來很謙虛。」

「而她看起來卻像是朝我們丟垃圾。」歐文說。

瑞亞朗笑著說：「這不就是政客的專長嗎？」

當地的議員致詞表達歡迎及感謝總理的蒞臨，讓小地方蓬蓽生輝。

「這裡的觀眾很少……」他用手掃過眼前被押來的兩萬五千人，「不過他們既熱誠又感恩，對付出一切來改善我們生活的總理持有無比的敬愛之心。我們是來自純樸鄉村的純樸人民，但我們懂得真理，我們今天要來聽領袖……」

伊斯佛捲起袖子，解開兩顆釦子往衣服裡吹氣，「真不知道會持續多久。」

「兩、三個或四個小時吧，要看有多少演講者。」瑞亞朗說。

「……請記下來，所有負責明日報導的記者，特別是外國記者。國家受到不實報導的中傷，頒布緊急狀態是特別為了保護人民的利益，然而大街小巷裡卻流傳起不利的謊言。請注意：無論總理身在何方，人民都不遠千里而來景仰她、聽她的明訓。無疑的，這就是一個真正偉大領導人的卓越之處。」

瑞亞朗拿出一枚硬幣，開始和歐文玩起猜人頭或字的遊戲。他們周圍的人也在相互介紹、認識，討論雨季；孩子們就地發明新遊戲或在沙塵上畫畫；也有的人睡著了。一位母親將沙麗的垂邊鋪在腿上，把嬰孩放在兩腿間凹下的地方，一邊幫他做運動，一邊唱著輕柔的歌，把他的雙臂展開、在胸前交叉，或把他的小腳高高舉起。

隨行人員和志工在每個圍場內巡視，他們並不介意人們自娛的小動作，被禁止的只有站起來或離開圍場。更何況，這只是一個熱身的演說。

「……有人說她必須下台，說她的領導是違法的！是什麼人在散播這種謬誤的言論？各位兄弟姊妹，就是那些嬌生慣養、住在大城市裡享受著你我甚至無法想像的生活的人。他們不喜歡總理正在推行的改革，因為他們不公平的優勢將被拔除，可是在我們所居住的鄉村，佔了總人口的百分之七十四，無疑的大家都全力支持我們可愛的總理。」

接近演講的尾聲時，他朝直昇機側翼向一個拿著手提無線電的人做手勢。幾秒鐘後，藏在拱門上花裡的五彩燈開始發出閃爍的光芒，強度幾可與午時的陽光相抗衡，觀眾為之驚嘆。相較於演講時勉強、稀落的掌聲，現在的喝采完全是出自內心的歡呼。

光芒炫目之際，天空又響起了直昇機的嘈雜聲，螺旋槳霍霍的聲音從講台後慢慢靠近，一個包裹從機腹中掉下來，展開後是飄散的玫瑰花瓣！

群眾驚喜歡欣，不過駕駛弄錯地方了，原本要落在總理和權貴頭上的花瓣，卻飄到講台後方的草地上。一位放羊吃草的牧羊人看見了，感謝天賜的榮耀，匆匆趕回家告訴太太這個奇蹟。

第二個包裹預定降在貴賓席，雖然準確降落下，卻未能打開，有人拿了擔架抬走。第三個包裹要放到一般觀眾席，這次駕駛操控精準，包裹漂亮地落下，一陣微風盈盈吹起，讓花瓣四處飄揚，惹得孩子們興奮追逐。

台上的人紛紛鞠躬致意，然後總理走向麥克風，她一隻手扶住脖子上的沙麗，開始演講。她的每句話都伴隨著千萬個掌聲與喝采，來自台上及貴賓席，然後是觀眾盡責的跟進。總理的演講被過度的掌聲淹沒阻礙，她只得離開演講席向一位助理輕聲吩咐，助理再把訊息傳給台上顯貴。之後，掌聲明顯的分配得宜。

她把從頭上掉下來的白色沙麗重新調整，然後繼續：「緊急狀態宣布後大家沒什麼好擔心的，這是對抗邪惡力量的必要手段，對一般人民來說，它只會讓事情變得更好。只有騙子、走私者、黑市交易者才需要擔心，因為我們會很快的讓他們受到制裁，我們必能成功，儘管奸猾者陰謀叛亂，且自我主導平民的福利計畫時就展開破壞。另外有來自國外的一支力量介入反對我們，那些人不樂見我們繁榮富庶……」

瑞亞朗拿出一副紙牌，他先開始洗牌。歐文開心的說：「你是有備而來的嘛！」

「當然，聽起來會是長篇大論。要玩嗎？」他問伊斯佛，然後發牌給他。旁邊的人看到紙牌遊戲後精神稍稍振作，他們靠過來圍成一圈觀看。

「……但無論如何，我們決心打倒分裂的力量。政府將會繼續奮戰對抗，直到國家的民主不再受到任何威脅。」

這次歐文拒絕鼓掌，說因為手在痛。他繼續玩牌，旁邊的一個人喊著：「錯了，錯了。」歐文察覺到錯誤，把牌抽回來，另外丟一張；此時台上正在概述二十項計畫的特色。

「我們所要做的是為人民提供房子還有充足的食物，不再有人遭受飢餓，並且控制布價。我們要為孩子興建學校、為患者建立醫院，讓每個國民都有機會接受節育計畫。政府將不再坐視人口無限制的成長，耗盡大家共享的資源。我們承諾要消弭城鄉間的貧富差距。」

紙牌遊戲愈玩愈激烈，歐文興奮得甩起紙牌，口裡吆喝助興，「噹噹噹！啦啦啦！」下一輪輪到他時，他更是哼起歌來。

「就這樣？」瑞亞朗說：「這也需要那麼多音效？不過是小意思！有種就攤牌！」

「呵呵！看我的厲害。」伊斯佛擲出手裡的王牌讓兩人扼腕，旁觀者皆為他歡呼叫好。

喧鬧聲引起監督人的注意，「這是在做什麼？對總理尊敬些。」他威脅說假如他們再不克制一下或不專心聽演講，就要沒收他們的錢和點心。紙牌被命令收到一旁。

「……我們新成立的飛行小組會追緝金子走私者、揭發貪污及黑金，並讓使國家貧窮的逃稅者受到懲罰。你們要信任政府必能達成使命，你們所要做的很簡單：支持政府、支持『國內緊急狀態』。現在這個非常時期所需要的就是紀律，紀律存在於生活的各個層面，有紀律才能振興國家。不要道聽塗說，不要相信占星術和算命師，只要相信自己並且努力工作。如果你愛你的國家，就不要聽信謠言、散播謠言，盡你的本分比什麼都重要！各位兄弟姊妹，這就是我對各位的懇求！印度萬歲！」

台上的十八位顯貴一致起立，向總理道賀完成了這麼一個激勵性的演講，又開始另一回合的奉承與諂媚。最後，要正式向總理表達感謝的宴會承辦官員痴笑著走向麥克風。

「哦，不會吧！」歐文苦叫道：「又一個演講？我們什麼時候才能吃點心？」

在一番陳腔濫調的謝詞及敬禮過後，發言人誇張的指向廣場的另一端，「看哪！遠處的雲！哦，我們真的受到神的祝福。」觀眾們抬頭看看他所指的方向，這次沒有呼呼作響的直升機，但在地平線那端出現了一個巨大的熱氣球。橘色、白色和綠色的大氣球飄過萬里無雲的晴空，當它接近群眾時往下降了一些。現在大家可以認得出來那個戴著墨鏡在高處盤旋的人了，他高舉起被白色衣袖覆蓋的手臂揮舞。

「哦，在本次會議中我們受到了雙重的祝福！」那人對著麥克風讚頌：「總理在台上和我們在一起，而她的兒子就在我們上頭的天空中，我們還有什麼可求的！」

在空中的兒子開始撒下宣傳單；為了掌控現場的氣氛，他先丟一張吊觀眾的胃口。所有的眼睛都盯著它落下，然後慢慢的旋轉。接著他再丟出兩張宣傳單，等了一會兒才把所有的宣傳單大把大把的撒下。

「是的，各位兄弟姊妹們，印度之母與我們同在，而印度之子就在我們頭上的天空發光！一個在此代表輝煌的現在，一個在上頭代表金色的未來——即將降臨並擁抱我們的生活！我們是多麼受神眷顧的國家！」

宣傳單一張張的落下，裡面的內容是總理的相片和二十項計畫，孩子們又開心的追著跑，看誰拿得最多。熱氣球自空中離開，將空間讓給直升機做最後的任務。

這次直升機待的時間比之前長很多，是為了投擲的精準度：終場又將大量的玫瑰花瓣撒在講台上。但總理二十五公尺高的肖像被直升機螺旋槳的氣流掃得開始搖擺，觀眾驚恐尖叫；伸出雙臂的人像發出吱吱嘎嘎的聲響，支撐的繩子已繃緊到最大張力。保全人員一面手忙腳亂地抓住繩子繫緊，一面慌張的對直升機揮手，但被激起的旋風太強烈了，大型肖像開始慢慢的往前倒下，附近的人們見狀紛紛四散逃避。

「沒有人想投入總理的懷抱。」瑞亞朗說。

「可是她想在每個人的上面。」歐文說。

「你這不知羞恥的孩子。」他的伯父叱責他。

大家急忙趕到點心區，排著長而無盡的隊伍，由保全人員負責維持秩序。由於杯子不夠用，隊伍無法前進得更快。點心——每人一塊炸蔬菜餅——已經被拿光了，茶則因為有供應不足之虞，服務人員倒茶的手變得愈來愈小氣，最後每人只有小半杯。「茶不是變少了，」他們向每個抗議的人解釋，「而是濃縮了。」

隊伍還在慢慢前進時，救護車鳴笛從外頭一路疾駛而來，將被總理二十五公尺高的肖像壓到的人載走。等了一小時之後茶已經倒完了，而伊斯佛、歐文和瑞亞朗還在隊伍的後面。此時廣播宣布：巴士會在十分鐘之後離開。擔心被遺留在這裡，原本和供茶者爭執抗議的每個人都拋下眼前的事急忙跑回停車處，上車時他們每人拿到四盧布。

「為什麼是四盧布？」伊斯佛問：「他們說要給五盧布的。」

「一盧布是巴士、茶和點心的費用。」

「我們根本沒吃到茶點！」歐文憤怒地衝上前，「而且他們說巴士是免費的！」

「啊？你想坐車不給錢？你爸爸是天王老子嗎？」

歐文神經緊繃起來，「我警告你，不要拿我爸爸開玩笑。」

伊斯佛和瑞亞朗把他勸上車，那人還在身後嘲笑某人只會虛張聲勢。

回程中大家都悶悶不樂的，感到又渴又累。

「浪費了一天的時間。」伊斯佛說：「我們原本可以縫六件洋裝的，三十盧布就這樣飛了。」

「我原本也可以收集很多頭髮的。」

「或許回去的時候我們應該去拜訪迪娜女士，」伊斯佛說：「解釋一下，然後保證我們明天一定會去。」

兩小時後，巴士停在一個陌生的地方，駕駛員命令每個人下車，他說他是得到指示這麼做的，不過他早有準備，已將窗戶拉起並把自己鎖在車裡。棚屋區的居民們用力敲著車門，吐口水、朝車身踢了幾下。

「你們這些下三濫的人。」駕駛員大喊：「損壞公物！」

眾人離開前又向巴士踢打了一陣。伊斯佛和歐文不知道這是什麼地方，但瑞亞朗認得路。天空響起雷聲，開始下雨了，他們走了一小時，回到貧民區已是晚間。

「我們趕緊吃點東西，」伊斯佛說：「然後我去找迪娜女士向她解釋。」

當他要用爐子點火時，一道尖叫聲劃破了黑夜。聽起來不像人也不像動物的聲音。裁縫師們抓起防風燈和瑞亞朗一起跑向聲音出處，是猴人的屋子。

他們發現他在自已的棚屋後，正要勒死他的狗。迪卡在猴人的身旁，眼睛凸出；他的兩隻腳則側跪在牠身上。小狗的爪子朝空中亂抓，想找什麼東西幫牠解除脖子上的痛苦。

猴人的手指愈勒愈緊，他失去理智的尖叫和迪卡恐懼的哀號混在一起，人與狗恐怖的和聲繼續撕裂著夜晚。

伊斯佛和瑞亞朗扳開猴人的手指，迪卡掙扎著想站起來，但牠並沒有逃走，而是在一旁忠心的待命、喘息，用爪子抓臉。猴人想再抓住牠，但被後來趕到的人拉住了。

「冷靜下來，」瑞亞朗說：「告訴我們怎麼回事？」

「萊拉和曼奴！」他哭著指向棚屋裡，無法解釋下去。他想把狗誘來，發出親吻的聲音，「迪卡，迪卡，過來，我的迪卡！」

為了尋求原諒，狗兒乖乖的過來了，猴人冷不防朝牠肋骨踹一腳，眾人又拉住他。

他們舉燈到屋內探個究竟，燈影映在牆上，然後照到地上。他們看到猴子的屍體躺在角落，萊拉和曼奴原本充滿活力的長長棕色尾巴，現在看起來縮得又小又皺，像是磨損的舊繩子，垂在泥土地上。其中一個被吃了一半，內臟翻出來懸在外頭，又黑又臭。

「哦，天啊！」伊斯佛摀著嘴巴說：「真是悲慘。」

「讓我看看。」有人想要推開群眾往前擠。

是在他們剛來的第一晚發現水龍頭沒水的時候，曾經把水分給歐文的那個老嫗。彈手風琴的人說應該讓她過去，她能識得動物內臟所透露的訊息，就像梵文學家懂得《薄伽梵歌》一樣。

大家讓開一條路讓老婦人走進來，她要求把燈拿靠近些。她用腳輕推屍體，直到內臟都露出來，然後她彎下腰用樹枝翻來翻去檢查。

「失去兩隻猴子並不是他最嚴重的損失，」她宣布，「殺掉狗兒也不是他所犯下的最大罪行。」

「但這隻狗，」瑞亞朗說：「我們救了牠，牠沒有……」

「殺掉狗兒也不是他所犯下的最大罪行。」她堅定而陰冷地重複剛剛的話，然後離去。

眾人聳聳肩，儘管她表現得很堅決，大家還是認為這個老婦人應該是被整件事弄糊塗了，以致判斷失常。

「我要殺了牠！」猴人又開始嚎啕大哭。「我的孩子死了！我要殺了那隻無恥的狗！」

有人把迪卡帶到安全的地方，其他人則試著緩和猴人的情緒，「狗是愚蠢的動物，當動物餓了，牠們就會想吃。殺掉牠有什麼用？把牠們關在一起是你的錯。」

「牠們像兄弟姊妹一樣玩在一起，」他啜泣著說：「三個都像我的孩子。現在變成這樣，我會殺了牠。」

伊斯佛和瑞亞朗把猴人帶離他的棚屋，認為不讓他看到兩具可憐的小屍體會比較容易安慰他。他們進到瑞亞朗的屋子，然後又快速的大步離開。那地方到處都是一束一束的頭髮，像是小動物屍體到處散落一樣恐怖，這不是猴人目前能乘受的景象，所以他們到裁縫師的屋子去，先讓他喝點水。他呆坐著將杯子握在手中，嗚嗚咽咽的，一會兒搖頭，一會兒又低聲自言自語。

伊斯佛覺得，現在時間已經太晚了，無法去迪娜女士家。「今天的情形，」他小聲對歐文說：「明天再去向她解釋吧！」

一直到午夜都過了，他們仍然陪在猴人一身邊，讓他盡情地釋放心裡的悲傷。他們打算為萊拉和曼奴舉行一場葬禮，並說服他原諒他的狗。瑞亞朗問到以後的生計：「你訓練新猴子需要多久的時間？」

「牠們是我的朋友、我的孩子！我不想提到取代牠們的事。」

他沉默了一會兒，然後竟然自己又提起了這個話題，「我有其他的專長，你知道，體操、走繩索、拋耍、平衡。必須要有沒猴子也能表演的節目，我會想想以後要怎麼做，但必須等我服完喪後再說。」

馬內克自學校晚歸，迪娜顯得很不高興。她心想，這還是他在這裡的第一天呢！沒有人會相信守時的重要了，或許戈普塔太太是對的，緊急狀態並沒那麼糟，假如它可以教人們注意時間的話。

「你的茶一小時以前就準備好了，」她幫他倒了一杯茶，然後在一片英式麵包上抹奶油，「為什麼這麼晚？」

「對不起，阿姨。我在公車站等很久，早上的課也遲到了。每個人都抱怨公車好像從地面消失了。」

「人們總是喜歡抱怨。」

「裁縫師呢？他們完成了今天的工作嗎？」

「他們根本沒來。」

「怎麼回事？」

「如果我知道，還會這麼擔心嗎？遲到似乎變成了他們的信仰，但一整天都沒出現這還是頭一遭。」

馬內克大口喝完茶便回到房間，踢掉腳上的鞋子，聞到襪子的味道——有點臭——然後穿上拖鞋。行李中還有些箱子沒打開，馬內克決定現在處理，將衣服、浴巾、牙膏、香皂放到衣櫥裡時，架子上傳來一陣芳香，他深深的吸一口氣，想到了迪娜阿姨：她很漂亮，有一頭美麗的秀髮和親切的臉龐。

東西通通放好了，手邊沒事可做，一時間竟茫然若失。他無意間瞥見衣櫥邊掛著的雨傘，把它拿下打開，覺得傘上的圖案很美，想像著迪娜阿姨撐傘走在街上的樣子，像是《窈窕淑女》中眾女士在賽馬場中的情景。她看起來比媽咪年輕多了，雖然媽咪在信中說她們年紀一樣，都是四十二歲。而且她的生活蹇落且困厄，遭遇過許多不幸，她的丈夫也年紀輕輕就過世了。因此馬內克決定好好對待她，即使她不好相處。

這就可以解釋迪娜阿姨的態度了，他心想，因為生活困苦，她的聲音聽起來蒼老，講話的方式看似歷經風霜。她的話總是很犀利，像個歷經滄桑、憤世嫉俗的人，他希望他能夠使她開心，偶爾讓她笑一笑。

房間狹小的空間漸漸讓他感到不自在，這裡真是無聊，而且剩下的學期好像愈拖愈長，永遠不會結束似的。他隨意拿起一本書翻了一下，又放回桌上。然後再拿起西洋棋，把棋子擺好，機械式的走了幾步，對他來說，下棋的樂趣已不復以往，他把棋子倒回紅褐色、有滑蓋的盒子——把它們從禁錮的格子監獄換到棺材監獄裡去。

他心想，至少自己逃離了監獄，他實在看夠了宿舍的血腥面。他只遺憾沒能跟阿文納希道再見，他的房間依然靜靜的鎖著。或許他依然躲在他父母那兒——若在這時候回來就太魯莽了，眼前校園裡瀰漫著緊急狀態的緊張氣氛，還有人陸續消失中。

馬內克記得和他在一起的日子，當時他們的友情剛萌芽。「我所做的一切都是在下棋。」阿文納希曾這麼說過。現在他遭受嚴密的監視，有及時跑回堡壘中，被三隻兵和城堡好好保護嗎？而迪娜阿姨一直在迎戰裁縫師，不停在前廳和後廳間游移。還有爸爸，想要挑戰商場上的飲料敵手，但老沒搞清楚遊戲規則，在跳棋的棋盤上使用西洋棋子。

夜色漸重，房間裡暗了下來，但馬內克還不想開燈。他在棋子上怪誕的異想突然陷入薄暮消沉、陰暗的暈染中，霎時間危機四伏，難以化解。遊戲是無情的，棋盤上的廝殺一躍而至現實中，阿文納希患結核病的父親以及等待嫁妝的三個妹妹；迪娜阿姨在厄運中掙扎生存；爸爸失意心碎，而媽媽聲稱他會再度恢復堅強、微笑的自我；他們的兒子一年後會自學校返家，在地下室為柯拉可樂裝瓶，他們的生活會再次充滿希望和幸福，就像他被送去寄宿學校之前一樣。然而假裝只在孩子的世界管用，一切再也不會重新來過，生活看來是那麼的無望，對大家來說，除了不幸之外一無所有……。

他猛然拉上棋盒的滑蓋，一團輕風噴到他的臉上，不知從什麼時候開始，他的臉已被淚水沾濕，風觸在臉上冷冷的。他擦乾眼淚，把盒子兩邊的門也一起砰然拉上，像發出吼聲一般，然後用棋盤搧風。

迪娜阿姨「吃晚餐」的呼喚終於來臨，感覺像是從監牢裡放出來一般。他立刻到餐桌前，但猶疑的走來走去，直到被告知他的座位。

「你感冒了嗎？」她問：「你的眼睛看起來濕濕的。」

「沒有，我剛在休息。」差點被她看穿，他心想。

「我昨天忘了問，你吃飯喜歡用刀、叉還是手指頭？」

「都可以，沒關係的。」

「你在家時怎麼吃的？」

「我們用整套餐具。」

她把刀、叉、湯匙放到他的盤子邊，自己的桌上沒變動過，然後把食物端上來。

「我也可以用手指頭吃，」他抗議，「妳不必特別招待我。」

「別住自己臉上貼金，便宜的不鏽鋼叉不特別。」她幫他盛了食物，坐到他對面。「我小的時候，我們吃飯時餐具都放得很齊全，是純銀的，我父親對這種事情很重視。不過他過世後我們的習慣就改變了，尤其在我哥哥和露比結婚後，她完全棄之不用，她說我們不需要模仿外國人，因為上天給了我們這麼完美好用的手指頭。話是沒錯，可是我認為她只是懶得清洗餐具罷了。」

吃到一半，迪娜洗洗手取了一組刀叉。「你激勵我了，」她微笑道：「我有二十五年沒用過這些東西。」

他故意把目光移開，希望別讓她久未碰刀叉的手指感到緊張。「裁縫師明天會來嗎？」

「希望會。」她簡短的回答，不想多說，但她的焦慮令她又把話題拉回來，「除非他們找到了更好的工作，然後消失。我還能對他們這種人有什麼期望？自從我開始這個裁縫生意後，他們就讓我的生活一團糟。日復一日，他們讓我提心吊膽地擔心衣服是不是能如期完成，快把我逼瘋了。」

「也許他們病了或什麼的。」

「兩個人一起？也許是飲酒過量的後遺症吧！我昨天才付了他們工資，一點紀律也沒有，一點責任感也沒有。欸，我不知道幹嘛要用我自己的問題煩你。」

「沒關係。」他幫她把髒盤子拿到廚房裡。閒晃的貓在外頭喵喵叫，他昨夜入睡時聽到了牠們的叫聲，然後夢到一群狗聚集在雜貨店的走廊上，爸爸在餵牠們吃東西，說著他常說的玩笑，說他不久就要為他的狗客戶開一家分店。

「不要倒到窗戶外，馬內克！倒在垃圾桶裡。」迪娜說。

「但我想餵貓，阿姨。」

「不，牠們會食髓知味。」

「牠們餓了，看，牠們多麼期待。」

「胡說，牠們只是討人厭的東西，牠們就是這樣，會破窗而入，把廚房弄得一塌糊塗。牠們對人唯一的好處就只有腸子，用來做小提琴的絃，我先生總是這樣說。」

馬內克認為假如他每天談論貓，把牠們當作人似的，她的看法就會變得跟他一樣；那是爸爸慣用的技倆。趁她不注意的時候，他把剩菜丟到外面。他已經挑出最喜歡的貓了：那隻棕色與白色相間、一隻耳朵畸形的虎斑貓。牠好像在說，快點拿食物來，我一整天都沒吃東西了。

洗過盤子後，迪娜邀請他一起到前面的房間坐，看報或讀書，想做什麼都隨意，「你不必把自己鎖在裡面，把這裡當作自己的家。假如你需要什麼，儘管說。」

「謝謝妳，阿姨。」在睡覺之前，他一直很害怕要回到那個狹小如監牢的房間。他從她前面拖了一張扶手椅過來，然後拿了一份雜誌翻閱。

「你拜訪過媽媽這邊的親戚了嗎？」

他搖搖頭，「我幾乎不認識他們，我們也從來沒有跟他們相處過。爸爸總是說他們好無趣，正面臨被無聊死的危機。」他的話讓迪娜皺著眉頭卻忍不住的笑；她正在分類碎布塊，把幾塊適合湊在一起的布料放到沙發上展開。

馬內克靠近看，「這是什麼？」

「我收集的碎布塊。」

「真的，要做什麼？」

「一定要有理由嗎？人們收集各式各樣的東西，郵票、硬幣、明信片。而我收集布料，並不是相本或剪貼簿。」

「是的。」他不解的點點頭。

她讓他看了一會兒，然後說：「別擔心，我不是發瘋了。這些布塊是用來做被單的，幫我的床做一條好被單。」

「哦，現在我懂了。」他開始仔細看著那一堆布料，挑出幾塊他覺得可以拼在一起的，給她點建議。有些像是雪紡綢或柞絲綢的，在指間的觸感很柔軟華麗。「顏色和材質的種類太多了。」他說。

「你是想做評論家嗎？」

「不，我的意思是很難適當的把這些布料湊在一起。」

「是不容易，這就是它的技巧和有趣之處。哪些挑選起來，哪些要剔除掉，還有哪一個要和哪一個拼在一起。」

她剪掉一些毛邊，將六塊挑選出來的布料用粗縫暫時拼起來固定住，以便於鑑賞。「你覺得如何？」她問。

「目前看來還不錯。」

真是個親切的孩子，她心想。原本以為會要接待一個被寵壞的孩子，她的擔心並不是毫無理由的，但現在能有個人說說話真好——除了裁縫師以外的人，他們總是不太信任她，她也不信任他們。

隔天下午馬內克從學校回來，她在廊房上把他攔下來，小聲告訴他裁縫師來了，「別透露昨天我有多焦慮。」

「好的。」皇后的第一著棋，他心想。他把書扔在床上，走到前面房間，剛好遇到裁縫師出來喝茶。

「啊，他在這，他在這！」伊斯佛說：「一個月後我們終於又再見面了，嗯？」

他伸出手來向馬內克問候，歐文站在一旁開心的笑著。馬內克說他很好，然後伊斯佛說他們倆的手藝都是第一流的，最主要要感謝迪娜女士提供固定的工作機會，她是個很好的雇主。他向她微笑，讓她也加入話局。

一整個下午，她頗不以為然的看著那三個人——互動間好像三人是失聯已久的朋友似的。仔細想想，他們其實只見過一次面，在火車上、一起找她住的地方。到了晚上，裁縫師正準備收拾東西，她給他們一個臨行前的建議：「最好告訴總理，若她再把你們送去開會，你們的工作就岌岌可危了，另外兩個裁縫師會來找我要工作。」

「不，不。」伊斯佛說：「我們是真心想要為妳工作，我們很高興能為妳工作。」

裁縫師們離開後，迪娜獨自坐在後面房間，那裡的空間好像還在跟著裁縫車震動似的。夜色就快要襲來，浸染著充滿纖維的空氣，會覆蓋在她的床上，讓她沮喪消沉，直到翌日清晨。出乎意料的是，當薄暮降下，街燈亮起，她的精神仍然振奮。她心想，家裡多了個人氣氛就不同了，像魔法一樣；她回到前廳把自己的計畫講給馬內克聽。

他心裡想到：皇后和她的騎士。

「你了解我為什麼要對他們表現出嚴厲的樣子，」她說：「假如他們知道我很緊張，他們就會騎到我頭上。」

「是的，我了解。對了，阿姨，妳會下棋嗎？」

「不，而且我應該立即告訴你，我不喜歡你和他們聊太多。他們是我的員工，你是阿班・柯拉的兒子，兩者之間應該保持距離，這麼親近並不是好事。」

更糟的事情還在後頭。

次日下午，她簡直不敢相信自己的耳朵——厚臉皮的歐普拉卡希竟然大膽地邀請馬內克：「你要跟我們一起去喝茶嗎？」最糟的是，馬內克顯出願意的表情。她決定，是該介入的時候了。

「他要在這裡跟我喝茶。」迪娜冷冷的說。

「是的，但或許……或許就今天，我可以出去嗎，阿姨？」

她說假如他想浪費掉他父母已支付的膳食費，她沒意見。

菲希朗素食餐廳飄著誘人的烹飪香味，令人精神為之振奮，馬內克覺得餓到可用舌頭舔菜單了。

他們坐到沒人的桌子上點了三杯茶，從無數道菜餚溢出來的辛辣湯汁為桌面覆上了一層油亮的表面。伊斯佛從口袋掏出三支煙，遞了一支給馬內克。

「謝謝，我不抽煙。」馬內克說，於是裁縫師自己點了煙。

「她不讓我們在機器旁抽煙。」歐文說，「現在房間裡又多了一張她的床，好擠，看起來像是骯髒的小倉庫。」

「那又怎樣？」伊斯佛說：「你又不是要在裡面追著羊到處跑或什麼的。」

餐廳角落裡的廚師正在幾個鍋爐間忙得不可開交，他們可以看到他們的茶在一個開口壺裡煮滾了。三個轟轟作響的爐子讓油膩膩的煙往天花板直竄，爐子上一個大鍋子裡滾著滿滿的油，噗嚕嚕的冒著泡泡，火舌在鍋子的底下舞動。廚子的眉梢上掉了一滴汗在油鍋裡，熱油立刻翻攪飛濺。

「你喜歡你的房間嗎？」伊斯佛問。

「哦，是的，比起學校宿舍好太多。」

「我們也已找到住的地方，」歐文說：「剛開始我很討厭那裡，不過現在習慣了。我們附近也住了一些好人。」

「你有空一定要來坐坐。」伊斯佛說。

「當然，遠不遠？」

「不很遠，搭火車約四十五分鐘的時間。」

茶端來了，溢出一些在盛著杯子的棕色小碟子上。伊斯佛就著碟子把茶唏里呼嚕的吸掉，歐文把碟子裡的茶倒回杯子裡再喝，馬內克跟著歐文做。

「學校怎麼樣？」

馬內克做了個無奈的表情，「沒啥希望，但我還是得想辦法完成學業，好讓爸媽高興。然後搭第一班車回家。」

「不久我們就會有些積蓄，我們也要回家，」伊斯佛說，然後咳了一下，又順順喉嚨，「然後幫歐文找個老婆。如何，我的姪子？」

「我才不想結婚，」他嗤之以鼻，「告訴你多少次了。」

「看那張酸檸檬臉。來，把茶喝了，時間到了。」伊斯佛起身離開，另外兩個人喝下最後一滴茶，匆忙的跟著走出餐廳。他們趕回迪娜的公寓，經過坐在滑板上的乞丐。

「還記得他嗎？」歐文對馬內克說：「我們到這裡的第一天就見過他，他現在也成為我們的朋友了。我們每天都從他身邊經過，而他會跟我們揮揮手。」

「哦，先生！」那乞丐吟唱著：「噢，大好人！施捨點零錢！」他搖著錫罐向那三人微笑，馬內克把餐廳找給他的零錢扔到罐子裡。

「那是什麼味道？」迪娜靠近馬內克的上衣嗅一嗅，生氣的說：「你跟他們一起抽煙？」

「不。」他回答得很小聲，怕讓後面房間裡的兩人聽見會尷尬。

「要誠實，我站在你父母的立場監督你。」

「沒有，阿姨！他們有抽煙，而我坐在他們旁邊，就這樣。」

「警告你，若讓我抓到了，我會寫信告訴你媽。告訴我，他們對昨天的事有說什麼嗎？沒來的真正原因？」

「沒有。」

「那你們談些什麼？」

他對這樣的質詢感到很厭煩，「談得不多，閒聊而已。」

他的緘默讓她停止追問，「還有一件事你最好要知道，歐普拉卡希長蝨子。」

「真的嗎？」他頗感興趣的問：「妳看過那些蟲子？」

「如果我要檢查火熱不熱，我一定要把手放進去才知道嗎？他一整天都在抓癢，而且不止是頭，屁股也有問題，一頭長蝨子，另一頭長迴蟲。所以聽我的勸，最好的做法就是離他遠一點。他的伯父不用擔心，他的頭髮幾乎禿光了，但你的頭髮又多又濃密，蝨子喜歡寄生在裡面。」

迪娜的忠告並沒受到重視，過了幾個禮拜，在菲希朗素食餐廳的下午茶時間變成了他們三人固定的聚會。有一回馬內克從學校遲歸，歐文向伊斯佛說應該要等他。

「天啊，我的天啊！」迪娜剛好聽到，說：「延後飲茶時間，你們不會不舒服嗎？你們確定可以撐那麼久嗎？」

伊斯佛思考著這件事為什麼會讓迪娜氣惱——是因為他們一起出去。當馬內克回來後，歐文立刻從椅子上跳起來，但伊斯佛決定留下，「你們男孩子去吧，我想把這件裙子縫好。」

迪娜很讚許他，「聽聽你伯父說的，要以他為榜樣。」歐文他們離開時，她這樣對他們說。她把馬內克的茶倒到分開放的粉紅色杯子裡，端給伊斯佛，「你可以喝這杯茶。」

他謝謝她的好意。他啜了一口後說馬內克和歐文處得很好，兩人感情很融洽，「他們兩人的年紀差不多，歐文和年紀大的伯父日夜相處一定也很膩了。」

「胡說，」她用自己的觀點說，要不是有伯父在身邊看著，歐文早就變成小混混了，「我只希望他對馬內克不會有不良影響。」

「不，不，別擔心。歐文不是一個壞孩子，假如有時候他不聽話或耍脾氣，也只是因為他感到挫折或不快樂，他人生的際遇很不幸。」

「我的人生也沒多好過，但我們都必須讓眼前過得最好。」

「沒有更好的方式。」他同意。

從那天開始，他愈來愈常在午茶時間留下來，迪娜繼續以馬內克的名義煮茶，但都倒在伊斯佛的杯子中。他們聊著關於裁縫或非關裁縫的事情，他帶感恩的半微笑是她很期待看到的——當他舉杯喝茶時呈現在粉紅色碟緣旁微笑的臉，有一半被臉上的疤僵住。

「歐文縫紉的技術進步了，是不是，迪娜女士？」

「他犯得錯誤較少。」

「是的，自從馬內克來了後，他變得開心多了。」

「我很擔心馬內克，我希望他有好好讀書——他的父母冀望很深。他們有一間小店，但生意不好。」

「每個人都有自己的煩惱。別擔心，我會跟他聊聊，提醒他多努力些。這就是那兩個年輕人該做的，努力工作和學習。」

伊斯佛注意到午茶時間不再困擾著迪娜女士，讓他確定自己的懷疑，她渴望有個伴。

男孩們的對話在只有兩人時，內容難免有所不同。歐文好奇馬內克為什麼會放棄學校宿舍，「有沒有大學女生住在裡面？」

「如果有的話你想我會離開嗎？她們住另一棟宿舍，男生禁止進入。」

從菲希朗餐廳他們可以看到對街屋頂上的電影廣告，是一部叫做「左輪蘭妮」的電影。廣告牌分成兩半，一邊是四個男人正在剝一個女人的衣服，露出胸罩托著的巨乳，而男人的嘴上掛著邪惡的淫笑，露出尖尖的牙齒和血紅的舌頭。另一邊畫著同一個女人，她的衣服被扯成破布，手裡的自動槍撂倒了那四個男人。

「為什要叫『左輪蘭妮』？」歐文說：「她手上的明明就是機關槍。」

「他們可以叫它『機關槍瑪哈拉妮』，但就不夠好聽。」

「應該很有趣。」

「我們下禮拜去看。」

「我沒錢，伊斯佛說我們必須存起來。」

「沒關係，我來付帳。」

歐文抽一口煙，一邊觀察馬內克的表情，想確定他是不是認真的，「不，我不能讓你這麼做。」

「沒關係，我不介意。」

「我要先問過我伯伯，」煙熄了，他伸手去拿火柴，「你知道，我們屋子附近住著一個女孩，她的胸部看起來就像那樣。」

「不可能。」

這麼直接了當的否定令歐文再次盯著海報研究，「也許你是對的。」他改口，「並不是真的那麼大，他們總是喜歡把那裡畫得超級大。但那女孩的雙峰是真材實料，線條跟眼前這個一樣美，有時候她會讓我摸。」

「嗤！我又不是昨天才出生。」

「我發誓她就是這樣。她的名字叫香堤，她解開上衣，讓我想摸的時候就摸。」他陷入毫無拘束的想像中，但看到馬內克拍著大腿不可遏抑的笑，他天真的詢問：「你的意思是，你從沒對女孩做過這種事囉？」

「我當然有。」馬內克想也不想的連忙回答，「可是你說你和伯父住在一間小屋子裡，怎麼會有機會呢？」

「簡單，在聚落旁有一條溝渠，後面有許多灌木叢。天黑後我們就到那兒去，但只有短短幾分鐘的時間，假如她離開太久，會有人來找她的。」他一邊吐著煙霧，一邊編造他如何探索香堤的頭髮、四肢，以及探究到她裙子下和衣服裡。

「你真適合做裁縫。」馬內克說：「你對衣服的裡面和外面瞭若指掌。」

歐文繼續說，只在最後一段稍微停一下，「有一次我在她的上面，我們幾乎要成功了，然後灌木叢裡發出了聲音，所以她害怕了。」他把碟子裡的茶喝掉，從杯子裡再倒一些出來，「那你呢，有做過嗎？」

「幾乎做了，在火車上。」

現在換歐文嘲笑他，「你真是吹牛冠軍，一定的，在火車上！」

「不，真的。幾個月前我離家去學校的路上，」受歐文幻想誇口的影響，馬內克的創造力也在急起直追，「有一個女人在我對面的上鋪，很漂亮。」

「比迪娜女士更漂亮嗎？」

這個問題讓他遲疑了一下，他必須想一想。「不。」他老實的說：「不過在我上車的那一刻，她就一直盯著我，沒人注意時就對我微笑。可是問題是，她的父親跟她一起旅行。終於夜晚來臨了，人們都一一入睡，我和她卻保持清醒。當每個人都睡著後——包括她的父親，她把被單推開，拉下衣服露出一邊的乳房。」

「然後呢？」歐文對想像的結果很感興趣。

「她開始撫摸自己的胸部，示意我過去。我不敢從睡鋪上下來，可能會有人被我吵醒，你知道的。但後來她把手放到自己的兩腿間開始搓揉，我就決定要過去了。」

「當然，不去的是傻瓜。」歐文用力呼吸。

「我悄悄的下床，沒吵醒任何人。一秒後我就在她身旁輕撫她的胸部，她抓著我的手，求我爬到她的床位上。我在想要怎麼爬上去，我不想震動到下面她父親的床。就在此時，事情有了轉變，他翻身，口裡發出呻吟。她怕極了，趕緊把我推開，然後開始大聲的打鼾，我只好假裝正要去廁所。」

「那時只要那個渾蛋繼續睡覺的話……」

「我知道，真可惜，從此我就沒見過那個女人了。」馬內克突然感到落寞，好像一切都是真的一樣，「你很幸運，香堤就住在你附近。」

「有一天你會看到她的，」歐文慷慨的說：「當你來看我和伊斯佛時。可是你不會有機會跟她講話，只能遠遠的看著她。她很害羞，都是偷偷的見我，就像我剛說的。」

他們大口喝掉茶，一路奔回去，因為已經超過該回去的時間了。

馬鈴薯炸丸子、蔬菜爆米香、炸蔬菜餅、細煮蔬菜餡料、雪酪——馬內克付了在菲希朗餐廳用餐的所有點心和飲料費用，因為伊斯佛只給歐文夠喝一杯茶的錢。馬內克的父母給他的零用錢足夠請客，因為他再也不需要在學校福利社花錢吃飯。下禮拜在裁縫結束一天的工作後，他要實現承諾帶歐文去看《左輪蘭妮》，他也說要請伊斯佛去，但後者拒絕了，說他的時間最好花在縫更多衣服上。

「那妳呢，阿姨？想一起去嗎？」

「就算你付我錢，我也不想看那些垃圾。」迪娜說：「假如你口袋裡的錢太重了，告訴我，我會轉告你媽媽別再寄錢給你。」

「一點兒也沒錯，」伊斯佛說：「你們年輕人就是不懂得錢的價值。」

他們不受勸戒的阻撓，還是去電影院了。迪娜提醒馬內克看完電影要直接回家，晚餐會準備好等著他，他答應了，私底下埋怨迪娜阿姨未免太過認真的把自己當成監護人。

「那個老婦的預言成真了，」歐文在走向火車站的路上說：「成真了一半，總之，猴人最後採取了報復手段。」

「他做了什麼？」

「很可怕的事情，昨晚發生的。」迪卡回去跟猴人住，鄰居都猜他們兩個又恢復情誼了。但在棚屋區的居民都入睡後，猴人在屋外放了一個木條板箱，裡面擺了花和油燈；中間是萊拉和曼奴騎在迪卡身上的照片，那是很久以前一位美國觀光客用拍立得幫他們照的。接著祭祀儀式開始了，猴人把迪卡帶到那裡，讓牠躺下，割斷牠的喉嚨。然後他四處走動，讓大家知道他完成了他的任務。

「真的好恐怖！」歐文說：「我們到了那裡，看到可憐的迪卡躺在血泊中，他仍然在抽動，我都快吐出來了。」

「假如我爸爸在那裡，他會殺了猴人。」馬內克說。

「你是在誇耀還是在發牢騷？」

「兩者都是吧，我想，」他把人行道上的石頭踢到馬路上去，「我爸爸關心流浪狗多過於自己的兒子。」

「別胡說。」

「胡說？他每天都會在走廊上餵狗，但他竟然把我送走。在家的時間他都在和我吵架，不願我在他身邊出現。」

「別胡說，你爸爸送你去讀書，是因為他關心你的將來。」

「你是了解爸爸的專家還是什麼？」

「沒錯。」

「那你是怎麼變成專家的？」

「因為我父親過世了，那會很快讓你成為一個專家。你最好相信我，別再這樣說你的父親了。」

「好吧，我的爸爸是聖人。但猴人後來怎麼了？」

「聚落裡的人很生氣，他們說我們應該告訴警察，自從猴子死了之後，猴人有兩個分別是三歲和四歲的小孩跟他住，他們是他姊姊的兒子和女兒，猴人訓練他們特技，假如他瘋了，對孩子會很危險。不過住在聚落裡的其他人說這樣做並沒有意義。總之，猴人很愛孩子，把他們照顧得很好。」

他們下了火車，從等待的人群中往前擠。出了月台，有個女人坐在陽光下，身旁放了一個裝蔬菜的小籃子，她正在擰乾洗好的沙麗，一次擰一半；一端濕濕的搭在她的腰上和扁塌的胸部，乾的另一半展開在鐵路柵欄上，連著她的身體飄動，好像是在夕陽下的祈禱者，兩人經過時，她向歐文揮揮手。

「她住在我們的棚屋區。」他穿越馬路到對面的電影院時也向她揮手，「她是賣菜的，只有一件沙麗。」

《左輪蘭妮》結束的時間比他們預期得晚，當螢幕開始跑字幕時，人們開始離開位置到走道上，又徘徊不走，不想錯過尾聲的音樂。接著螢幕上出現飄揚的國旗，開始播放國歌，此時大家才趕著離開。

但急著往外衝的觀眾遇到阻礙，一隊濕婆神軍[1]的志願兵看著門擋住出口，後面的人不清楚前面遇到阻攔，開始大叫：「讓開！讓開！前進，先生！電影結束了。」

前面的人群無法前進，濕婆神軍的人揮著棒子威嚇，並且高舉標語：「尊重國歌！你的祖國在緊急狀態時期需要你！愛國是人民神聖的義務！」直到國旗淡出螢幕，燈光亮起，大家才獲准離開。

「為什麼愛國是人民神聖的義務？」歐文笑道：「他們想嚇出民眾的愛國心？」

[1] Shiva Sena，印度教的極右翼組織。

「這些白痴連『神聖』都不會寫，還想教我們怎麼做。」馬內克說。

歐文注意到志願軍的人數共約五十人，而觀眾卻有八百多人，「我們可以輕易的制伏他們，衝啊！衝啊！像電影裡面的人一樣。」他把拳頭握在胸前。

聊到興致高昂處，他們開始回憶《左輪蘭妮》裡的精彩情節，「血債只能血還！」馬內克學電影裡的人咆哮，做了一個持劍迎戰的動作。

「站在這片神聖的土地上，我向天發誓，你絕無法看到明天的日出！」歐文做宣誓狀。

「那是因為我每天都很晚才起床！」馬內克說，突然偏離的情節讓歐文破了身段，放聲笑出來。

火車站外，賣菜的女人還坐在原來的地方，沙麗乾的那半現在裹在她身上，換成濕的那半晾在柵欄上。籃子裡的菜幾乎賣光了。「安瑪，該回家了。」歐文說，而她對他微微笑。

在月台上，他們看到「重量與運氣」機，想小試手氣。馬內克先來，紅白色的輪子快速旋轉，燈泡閃爍，並響起音樂，有一張長方形的小卡片滑到取物盒中。「六十一公斤。」他說，然後翻到卡片背面念上面的字：「『不久將歡喜團圓』，聽起來一點兒也沒錯，學期結束我就要回家了。」

「或者它的意思是你會再遇到火車上那個女人，你可以繼續幫她做胸部按摩，來，換我了。」他站上去，馬內克從口袋裡再掏出一個二十五派薩的硬幣。

「四十六公斤。」歐文說，然後把卡片轉到背面：「『你不久將會拜訪許多刺激的新地方』，這不合理，回到我們的村莊，那不是新的地方。」

「我認為它是指香堤的衣服和裙子下的地方。」

歐文裝模作樣的站著，舉起手，又回到電影裡的對話：「除非用手掐住你的脖子，把你邪惡的生命結束，我不會有安歇的一天！」

「以你目前四十六公斤的體重而言，」馬內克說：「你必須先在雞脖子上練習才行。」

火車到了，他們從售票窗口一路跑上火車。「火車票跟這些體重卡看起來很像。」歐文說。

「我本來可以省下車錢的。」馬內克說。

「不，那太冒險。因為國內緊急狀態的關係，他們變得愈來愈嚴格了。」他把上次和伊斯佛陷在坐霸王車人群裡的故事說給他聽。

尖峰時間已經過了，車廂裡幾乎沒什麼人，他們把腳抬放在空位置上，馬內克鬆開鞋帶，把鞋子脫下，伸展伸展腳趾頭。「我們今天走了好多路。」

「你不該穿那麼緊的鞋子，我的涼鞋舒服多了。」

「如果我穿涼鞋出門，會令我爸媽感到很不自在。」他揉揉腳趾和腳底，然後脫掉襪子放到鞋上。

「我以前會幫爸爸按摩腳。」歐文說：「而他會幫我爺爺按摩腳。」

「那你每天做嗎？」

「不用，視情況而定，晚上我們坐在戶外的吊床上，那時會有涼爽的微風和樹上的鳥鳴。我很喜歡為我爸爸這麼做，會讓他很開心。」他們在座位上隨著火車的晃動輕輕搖擺。「他右腳的大腳趾上有個大雞眼——是長年踩裁縫車踩出來的，他扭動腳趾的時候，那個地方看起來就像張人的臉，小時候我爸會這樣逗我笑。」

後來的一路上，歐文都很沉默，落寞地凝望窗外。馬內克模仿著《左輪蘭妮》裡面的人物想讓他放下心事，但他只是用微笑淡淡的回應，所以馬內克也沉靜了下來。

「你真應該跟我們去的，」馬內克說：「很有趣，有好多激烈的打鬥場面。」

「不了，謝謝，我這一生中看過夠多的打鬥了。」伊斯佛說：「你什麼時候要到我們那兒坐坐？」馬內克固定為歐文花的錢也幫伊斯佛製造了不少人情債，他心想，該是讓自己有機會做點回饋的時候，「你一定要快點來我們這兒一起吃晚餐。」

「好啊，什麼時候都行。」馬內克雖然這麼回答，卻不大情願履行，這會讓迪娜阿姨很焦慮，電影之旅已經讓她受夠了。

幸好伊斯佛沒有立刻要他定下時間，他把裁縫車蓋上遮布，然後跟歐文一起離開。

「嗯，我希望你玩得很開心。」迪娜說：「違背我的意思任性而為，跟他們愈混愈近，不管我是怎麼苦口婆心告訴你的。」

「只是一場電影，阿姨。歐文是第一次去電影院，他很膽怯。」

「我希望他明天可以上工，而你可以繼續專心讀書，這些打打殺殺的電影對腦袋只有壞處。以前的電影多賞心悅目，一些喜劇或愛情故事，配上一點舞蹈和歌曲，而現在的電影裡全都是刀槍廝殺。」

翌日，就好像印證了迪娜的理論般，歐文把七號衣服的前片縫到十一號的衣服上，把多出的布料擠到腰上；同樣的錯誤重複了三次，直到下午才發現。

「其他的事情放一邊，把這個先修正了。」迪娜說，但他沒理睬她。

「沒關係的，迪娜女士。」伊斯佛說：「我會把縫線拆掉再正確地縫起來。」

「不，他犯的錯誤要自己修正。」

「妳自己做！」歐文大喊，狂抓自己的頭，「我頭痛，是妳把給我的布塊弄錯了，所以是妳的錯。」

「聽聽他說的，還撒謊，真丟臉！而且把你的手指從頭上拿開，別把油沾到衣服上！一整天都在抓抓抓！」

馬內克從學校回來時他們還在爭吵，裁縫們並沒有休息喝茶，所以他回到房間把自己關在裡面，希望他們能停止爭執。一整個下午，爭論的聲音不斷從門縫下洩進來，劍拔弩張的氣氛讓他感到非常沮喪。

六點時，迪娜敲他的門請他出來，「那兩個人走了，我需要頭腦清楚的人來陪我。」

「妳為什麼要吵架，阿姨？」

「我吵架？你怎麼能這麼說！你知道整件事情的始末嗎？能說是誰要吵架？」

「對不起，阿姨。我的意思是，為什麼會有爭執？」

「還不是跟以前一樣，錯誤和劣質成品；多虧了伊斯佛，沒有他我不知道該怎麼辦。一個是天使，一個是惡魔。問題是，當天使與惡魔為伍時，兩個都不能信任。」

「也許歐文這麼做是因為什麼事讓他感到不安——也許是因為妳出去時把他們鎖在裡面。」

「噢！他是這樣跟你說的，是不是？那他有沒有說我為什麼這麼做？」

「是因為房東。但他認為這只是個藉口，他說妳總是讓他們覺得自己像犯人一樣。」

「是罪惡感讓他這麼想的。房東的威脅是真的，你也還記得吧？別被收租人的笑容騙了而承認所有的事，你要假裝是我姪子。」她開始整理房間、撿起裁下的布塊、把碎布頭塞到底下的盒子裡。「伊伯瑞尹的眼球從前門就可以看穿整間公寓，只要他把眼球溜溜地轉呀轉，轉得比巴斯特．凱頓的還快。但你太年輕，不認識巴斯特．凱頓。」

「我曾聽媽媽提起這個名字，她說他比勞萊與哈台更有趣。」

「別管那件事了。還有第二個原因——如果我不把他們鎖起來，那兩個裁縫師會把我從我的生意裡一腳踢開。你知道歐文曾跟蹤我到出口公司嗎？他有告訴過你嗎？沒有，這是當然，他們不滿足於我微薄的佣金，但事情就是這樣，我也沒有辦法。」

「要不要我告訴媽媽，讓她多寄點錢來付我的房租和伙食？」

「絕對不用！我收取合理的費用，她也如期支付。你以為我告訴你這些是為了要人施捨嗎？」

「不，我只是想……」

「我的問題不是乞丐的傷口！只有乞丐才會把衣服拉開讓你看他傷殘的地方。不，馬克．柯拉先生，我告訴你這些是為了讓你更了解你親愛的歐普拉卡希兄弟。」

下一次去奧荷華出口公司時，迪娜決定讓馬內克對她更有信心。

「聽著，今天我不鎖門了，既然你們在家，我讓你們來負責。」她確信可以利用責任感把他拉攏過來，再說，歐文也不會再胡來的策劃腳踏車跟蹤記。

迪娜離開後，伊斯佛繼續工作，他覺得馬內克在場時，到她的沙發上休息並不自在，但歐文立即放下手邊的工作，奔出房間。

「兩個小時的自由。」他伸直了身體倒在沙發上，就在馬內克的旁邊。

他邊抽菸邊和馬內克一起翻著迪娜的舊編織書，內頁有穿著各式各樣毛衣的模特兒，誘人的紅唇、光滑的皮膚、華麗的髮型，看得他們眼花瞭亂。「看看這兩個，」歐文指著一位金髮和一位紅髮的女生，「你想她們在兩腿間的毛髮也是同樣顏色嗎？」

「為什麼你不寫信到這個雜誌社問？『親愛的先生，我們想問問關於你們模特兒陰毛顏色的問題，是不是和頭髮的顏色一樣？問題中的模特兒出現在四十七頁，期數是……』」他翻閱了一下封面，「『一九六一年七月號』。算了，是十四年前的。不管那時候是什麼顏色，現在一定不是灰色就是白色。」

「我應該問問那個頭髮收集人瑞亞朗。」歐文說：「他是毛髮的專家。」

兩個人把編織書放回角落，接著到馬內克的房間。他們拿起那把寶塔圖案的雨傘欣賞了一會兒，然後到廚房看看，呼喚貓咪，但還沒到晚餐時間，貓不肯過來；歐文想用水潑牠們，讓牠們哀哀叫，卻被馬內克制止了。

他們到後面房間檢查她收集用來做床被的布頭。「你們不要擅自動迪娜女士的東西。」伊斯佛從他位置上瞥了一眼，警告他們。

「看看這些布塊，」歐文說，「她從我們這兒偷來的，沒付錢給我們，也沒有付給公司。」

「你別胡說，歐普拉卡希，」他的伯父說：「那些是不用的垃圾，而她收集起來再利用。來，回到你的座位上，別再浪費時間了。」

歐文把做被單的布頭放回去，指著角落裡擱在凳子上的箱子，馬內克得到暗示，挑了一下眉毛。他們把箱子打開，發現她自製的衛生棉。

「你知道那是什麼嗎？」歐文輕聲的問。

「小枕頭。」馬內克咧著嘴笑，撿起兩塊墊子。「給小小人做的小枕頭。」

「我的小小人可以枕在上頭睡覺。」歐文拿一片懸在兩腿間。

「別再看箱子裡的東西了。」伊斯佛說。

「好，好，好。」他們拿了一把墊子到前廳玩。

「看，這是什麼？」馬內克拿了兩片放到頭上。

「牛角？」

「不。」他擺動一下，「是驢耳朵。」

歐文拿一片放到他身後，「兔子尾巴。」

他們把墊子放到胯下，就像褲子裡的棒子那樣，然後神氣活現的到處走，誇張地做著自慰的動作。馬內克手上的墊子有一端線鬆掉了，裡面的填充物漏出來，手上只剩扁扁的袋子。

「你瞧！」歐文笑道：「你的棒子已經軟掉了。」

馬內克又拿了一個新的墊子，攻擊歐文手上的那塊，一場決鬥隨之而起，可是他們的武器很快就壞掉了，把碎布塊散落得滿地都是。他們又拿起兩片，開始互相追逐，像馬上的騎士一般，一邊飛奔一邊把衛生棉像矛一樣射出。

「塔——塔啦，塔——塔啦，塔——塔啦！」他們一面假裝吹著小喇叭一面攻擊，並各自到角落找掩護，調整好胯下的墊子。

歐文蓄勢待發，還學騎士勒馬的動作，邊發出馬嘶聲。

正當他們準備重新進攻時，迪娜打開前門從廊房進來，響亮的喇叭聲頓時中止。她站在沙發旁，然後僵住了，眼前的景象讓她驚訝得無法言語——地上散落著她精心縫製的衛生棉碎片，那兩個男孩愧疚地站著，手裡緊握他們可恥的玩具。

他們垂下手把墊子藏到身後，意識到剛剛的動作有多愚蠢丟人，羞愧地低著頭。

「你們兩個丟臉的孩子！」她盡力試著發出聲音：「真丟臉！」

她跑到後面房間，伊斯佛還在座位上縫紉，不知道前廳發生了什麼事。「停下來！」她的聲音在顫抖，「過來看看那兩個人做了什麼好事！」

歐文和馬內克把墊子扔到一旁，她又塞回他們手上。「快呀！」她說：「做給他看，讓他看你們可恥的行為！」

伊斯佛不需要看，他可以猜得到剛剛發生了什麼卑劣的事，特別是她表現得那麼焦躁不安，他走到歐文面前甩了他一耳光。

「我不能打你，」他對馬內克說，「但應該有人要這麼做，是為了你的行為。」

他把歐文帶到後面房間，把他扔回座位上，「從現在開始，我不要聽到你說任何一句話。靜靜地做你的工作，直到該離開為止。」

晚餐時的氣氛很沉，只有刀叉的聲音。迪娜很快的吃完把盤子拿去洗，然後回到裁縫室把門閂上。

好像把我當色情狂似的，馬內克心想，他為自己感到悲哀。他在前廳等了一會，希望她能出來，給他一個道歉的機會。他拉長耳朵聽著，她的床咯吱咯吱的響，還有喀啦的聲音，可能是她的梳子；裁縫師的凳子被砰的一聲推到一旁；他聽到箱子打開的聲音，臉上又是一陣羞愧。然後門縫下的燈光熄滅了，他整個人被胸中的苦水淹沒。

她會不會寫信向他的父母抱怨？當然這是他罪有應得。他到這裡幾乎快兩個月了，她待他是那麼的好，而他的行為卻這麼惹人厭。自從第一次離家以來，在迪娜阿姨的照料下，他才感受到平靜、有安全感，迪娜挽救了從宿舍逃離的他，那個只會令人感到厭惡、窒息的地方，讓他每天從早上開始就有想吐的感覺。

現在他把這種感覺又帶回來了，是他自作自受，他關掉沙發旁的燈，拖著身體回到房間。

到了第二日清晨，馬內克昨日的羞愧感依然絲毫未減；迪娜煎了兩顆蛋放到他面前，更令他有無地自容的感覺。到了出門的時間，他喊道：「再見，阿姨。」但她沒來道別。真是太糟了，他面對空蕩蕩的前廳把門關上。

晚餐後，他嗅到一絲原諒的訊息。像昨晚一樣，她回到後面的房間裡，但今天她讓房門半開著。

他滿懷希望的在前廳裡等著，聽外面鄰居的動靜打發時間。有人大吼大叫地警告著什麼人——應該是女兒，他推測。「不要臉！」是個男人的聲音，「像個蕩婦一樣，這麼晚才回家！妳以為十八歲父母就不能打妳了嗎？我就讓妳知道後果！我們說十點回來就是十點回來！」

馬內克看看手錶：十點二十分，迪娜阿姨還沒出現，不過房間的燈也沒熄掉。通常他們上床的時間是十點半，他決定去看一下然後道晚安。

偷看。

她穿著睡袍，背對門。他改變主意往後退，但她從門縫中看到了。哦，天啊，他驚慌地想著，現在她會以為他在偷看。

「什麼事？」她尖銳地說。

「打擾了，阿姨，我只是來說晚安的。」

「好的，晚安。」她表現得還是很冷淡。

他又道了聲晚安慢慢地退下，然後停了下來，清一清喉嚨，「還有……」

「還有什麼？」

「還有，我想說對不起……為了昨天的事……」

「別在門外支支吾吾的，進來說。」

他不好意思地走進去，她睡袍外兩隻光溜溜的臂膀真好看，透過輕盈的棉布，身體的……他的目光不敢逗留。道歉時，一想到是媽媽的朋友就令他覺得惶恐。

「我希望你了解，」她說：「我並沒有因為你丟臉的行為傷害我而生氣，我是為你感到丟臉，看到你的行為像個路邊的小混混一樣。我對歐普拉卡希不會有什麼期望，但你是來自家世良好的祆教徒家庭，我會把你留下來看著他們，是因為我信任你。」

「我很抱歉。」他低下頭來。她將手舉到頭髮上，把一支鬆掉的髮夾重新夾好，他覺得她胳肢窩下的腋毛令人產生遐想。

「現在去睡覺吧，」她說：「下次，好好運用你的判斷力。」

他入睡時想著穿著睡袍的迪娜阿姨，她開始和火車上那個睡上鋪的女人合而為一。

7 無家可歸

自從衛生棉事件後，迪娜很確信伊斯佛或歐文都不敢再邀請馬內克到他們家吃晚餐，即使他們邀請了，馬內克也會拒絕，因為怕惹惱她。然而，過了幾天之後，他們重新提出邀約，馬內克幾乎就要答應了下來……

「我真不敢相信！」她在馬內克耳邊憤怒地說：「那天你們做了那件事還不夠？怕沒把我氣死嗎？」

「我為那件事道歉了，阿姨，而且歐文也感到非常歉疚。這兩件事之間有什麼關聯？」

「你以為道歉之後就沒事了？你不懂問題在哪裡，我對他們並沒有偏見，但他們是裁縫師，是我的員工，而你是法若克・柯拉和阿班・柯拉的兒子，這是有差別的，你不能裝作沒有——要考量他們的階層、他們的背景，兩者之間應該保持距離。」

「但我爸媽不會介意。」他想讓迪娜知道，他成長的歷程中沒有被灌輸這樣的思想，他的父母鼓勵他和每個人融洽相處。

「所以你的意思是我思想狹隘，而你父母是思想包容的文明人？」他厭煩了爭辯，在他看來，有時候她似乎已處在理性邊緣，會說些不可理喻的話。「如果你這麼喜歡他們，為什麼不打包你的東西搬去和他們住？我可以寫信給你媽媽，告訴她下次把房租寄到別的地址。」

「我只會去拜訪一次，拒絕他們會讓人感覺太失禮，他們覺得我夠大了，可以自己決定要不要去他們家。」

「你想過拜訪一次之後的結果嗎？有禮貌固然很好，但健康和衛生問題呢？他們是怎麼準備食物的？他們會使用良好的烹飪油嗎？要是他們像大部分的窮人一樣買到攙假的便宜用油，那怎麼辦？」

「我不知道，但他們到現在既沒生病也沒死。」

「你這傻孩子，因為他們的腸胃已經習慣了，而你的不會。」

馬內克想到福利社可怕的食物，還有每週常去吃的路邊攤點心，他的胃都能忍受。他不禁猜測，若提起這些事，會不會讓她對食物理論有所改觀。

「還有水呢？」她繼續叨叨念：「他們附近有乾淨的水源嗎？還是用受污染的水？」

「我會小心，我不會喝任何的水。」他心意已決，準備離開了。迪娜阿姨愈來愈愛管閒事，就連媽媽也不會像她那樣想操控他的生活。

「好，隨你的便。但是如果你得了什麼病，我不會花一丁點時間照顧你，我會用快遞把你送回你父母那兒。」

「我無所謂。」

下次伊斯佛和歐文再邀請他時，他答應了。迪娜氣得面紅耳赤，恨得牙癢癢的，而馬內克只是對她無辜的微笑。

「那麼，明天好嗎？」伊斯佛愉快的說：「我們六點時一起離開。」他問他喜歡吃些什麼，「飯或印度薄餅？你最喜歡吃什麼蔬菜？」

「都可以。」馬內克概括回答了所有問題。兩個裁縫師花了一下午討論菜單，計畫他們簡樸的盛宴。

伊斯佛先注意到棚屋區這時應升起的炊煙不見了，他在殘破的人行道上大步疾走，視線在地平線上搜索。這個時候的炊煙應該很濃厚才對，「大家動作都這麼快，還是怎麼了？」

「先別擔心大家，我餓壞了。」

「你總是喊餓，你有寄生蟲嗎？」

歐文笑不出來，這個笑話已經是老梗了。消失的炊煙讓伊斯佛有不祥的預感，遠方傳來低沉的隆隆聲，好像是重機器的聲音。「在晚上修路嗎？」他很疑惑，隨著他們靠近的腳步，聲音愈來愈大。伊斯佛突然想到馬內克的晚餐，他說：「明天我們早上去採購，把所有東西準備好，不要在收工後浪費時間。假如你現在已經結婚了，你太太會把菜煮好等著我們回去享用。」

「為什麼你自己不結婚？」

「我太老了。」他自我解嘲的說。他心想，對歐文來說現在倒正是時候——這件事情不宜拖太久。

「可是我已經幫你選好了太太。」歐文說。

「誰？」

「迪娜女士。我知道你喜歡她，你總是陪在她身邊，你應該對她打一槍的。」

「你這不知羞的孩子。」他輕輕地捶了他一下，此時他們轉進貧民區的道路。

隆隆的聲響在薄暮中低沉而緩慢地向他們靠近，然後愈來愈近、愈來愈大聲，終於像爆炸一樣，空氣中充滿了痛苦、害怕和憤怒的嘈雜聲。

「嘿！發生什麼事了？」他們跑過去，前面正發生一場混戰。

棚屋區的居民聚集在馬路上，吵著要回家，救護車則被擋住無法通行，人們的呼號聲與車子鳴笛的尖嘯聲混成一團。警察一時無法控制場面，居民見機湧上前去，乘勝追擊，警察重整旗鼓後反擊，人們有的跌倒、有的被踐踏。救護車開始大鳴喇叭，孩子們害怕會與父母分開，驚慌尖叫。

棚屋的居民們在警方強力的攻擊下狼狽撤退，憤恨難平又無助地吐露：「沒心肝的禽獸！對窮人而言永遠沒有公平正義！我們原本就微不足道了，現在連微不足道都比不上！我們犯了什麼罪？我們以後能到哪兒去？」

混亂暫時平息下來，伊斯佛和歐文找到了瑞亞朗。「我回來時這一切已經開始了，」他氣喘吁吁的說：「他們進來，然後……就毀掉這裡，……還粉碎所有東西，這些騙子……」

「是誰做的？」他們想讓他說慢點。

「那些人，有一個說他們是安全檢查員，其實根本在耍我們，他們說自己是政府派來的，要檢查這個聚落。剛開始大家很高興，以為有關當局終於重視我們了，也許環境會有所改善——水、廁所、燈光，像是要實現他們在選舉期間的承諾。所以我們就照著他們所說的去做，從屋子裡出來，可是人全部清空之後，大型機器就進來了。」

大部分的推土機是舊吉普車和卡車改裝的，把鋼板和短木桿固定在前方的保險桿上，他們開始將一間間的屋子撕成夾板、金屬板和塑膠片。「我們看到了，立即衝上去制止他們，可是那些駕駛不肯罷手，有人因此被碾到了，血流滿地，但警方卻保護那些凶手，不然那些混蛋早就死了！」

「他們怎麼能就這樣毀掉我們的房子？」

「他們說這是新的緊急狀態法令——市容必須保持美觀，假如棚屋不合法，他們就可以剷除掉。」

「納法卡和他的老闆托克瑞呢？他們兩天前才收了房租的。」

「他們在這裡。」

「他們沒向警方抗議嗎？」

「抗議？托克瑞就是這次事件的負責人，他戴了一個『貧民區管理人』的徽章，而納法卡是副管理人。他們不跟任何人講話，如果我們想靠近他們，他們的保鑣會作勢要揍我們。」

「那我們在屋子裡的東西呢？」

「看起來應該都沒了。大家求他們准我們進去搬東西，但一律被拒絕。」

霎時間伊斯佛感到好疲憊，他從人群中走出來穿過道路，蹲在路邊。瑞亞朗拉起褲管坐到他身邊，「沒有理由為這些破爛的棚屋哭泣，我們會找到其他地方，這只不過是個小問題。是吧，歐文？我們會一起找新房子的。」

歐文點點頭，「我想到裡面去看看。」

「不要，太危險了！」伊斯佛說：「留下來，跟我在一起。」

「我就在附近走走。」歐文雖然這麼說，卻偷偷溜去查看被破壞的情況。

天色就要暗下來了，一隊持警棍、精力旺盛的警員終於在天黑前把聚落前的一塊地方清乾淨。群眾逃散時掉落的拖鞋和涼鞋散落在地面，像是在失去手腳的人潮中漂浮的殘骸。現在警方牢牢地看守著封鎖線，與怒氣未平的居民們保持安全距離。

推土機將所有脆弱的棚屋都推平了，現在要對付較高價位的房子，把它們推翻、碾碎。歐文內心沒什麼感覺，棚屋對他來說沒什麼特殊意義，也許現在伯父會同意回到阿施若夫叔叔家。

他想起邀了馬內克明天來吃飯，他會苦笑著對馬內克說晚餐泡湯了，由於他們的房子意外消失，所以約會取消。凱薩巡官的擴音器在薄暮中響起：「工作會暫停三十分鐘，正確的來說，就是給你們機會拿回個人物品，之後機器又要開工了。」

群眾裡傳出些許叫罵聲，說是警方避免更多麻煩的假好心，不過大部分的人還是很感激能有機會拿回自己微薄的財產。人們在倒塌的殘骸中倉皇地東翻西找，這樣的場景讓歐文想到垃圾堆上的孩子，每天早上他都從火車上看到他們。他回到伯父身邊，跟他一起在斷垣殘壁中搜尋自己的物品。

大型機械把這片熟悉的土地上排列得井然有序的社區變成了異域，在殘骸破片中爬梳的人們困惑不已，地上的木片是哪一家的牆壁？哪一堆木頭和金屬堆才是他們應該搜索的地方？有人趁著局勢混亂順手牽羊，隨手抓了任何可以拿的東西，為了夾板碎片、扯壞的桌巾、塑膠製品爭執，大打出手。當手風琴演奏者正在挖出他的衣服時，有人想奪取他受損的樂器，他用鐵棒擊退竊賊，但在一陣扭打中，手風琴受損得更嚴重，只能發出嘶啞的聲音。

「我的鄰居變成強盜了！」他流淚痛心地說：「曾經，我為他們歌唱，他們也為我喝采。」

伊斯佛馬馬虎虎地安慰他，心裡牽掛著自己的東西，「至少我們的縫紉機安全地放在迪娜女士家，」他對歐文說：「這是我們好運的地方。」

他們把原來屬於屋頂部分的浪板拽開，露出下面的箱子，蓋子被掀開伊呀伊呀的晃著，上頭被撞出好幾個凹痕，歐文沮喪的朝它用力踢了一下。他們清掉更多碎片，看到埋在殘屑中用來刮鬍子的小鏡子，完整無缺——一個鋁製的煎鍋像安全帽一樣蓋在上頭。

「運氣不壞。」歐文把兩樣東西都放到箱子裡，爐子已經壞到無法修復的程度，他把它丟回去。

伊斯佛找到一支筆、一支蠟燭、兩個搪瓷盤，還有一個塑膠杯；歐文找到刮鬍刀，但沒發現刀片盒。他們再挪開一些破裂的夾板，露出裝水用的銅壺，有人同時看到，伸手抓了就跑。

「小偷！」歐文大叫，卻沒人理會，他的伯父阻止他追上去。

他們從碎屑中又拉出草席、床單、毛毯，還有兩條墊在枕頭上的毛巾。撣掉上面的沙土後，伊斯佛把東西都整齊地捲成一束，用一只麻布袋包好。

瑞亞朗只關心他收藏的頭髮，貯藏間已被大肆破壞，塑膠袋被扯破，內容物散落出來。「一個月的精心收集，」他悲哀的嘆道：「都散在泥沙裡了。」規定的三十分鐘到了，伊斯佛和歐文盡可能的幫他撿回來散落的頭髮——以最長的為主。

「沒有用的。」瑞亞朗心酸的說：「那些混蛋毀了我，髮束和髮辮都斷掉了，不可能再接回去，就像把糖從茶裡挑出來一樣。」

他們三人慢慢地擠出警方的警戒線，貧民區管理者正在那裡指揮工人，「拆得一乾二淨，這就是我希望的，空曠又乾淨，回到違章建築前的風貌。」拆除的破片殘屑會丟到鐵道旁的溝渠裡。

被奪走家園的人們徬徨的在外頭徘徊，麻木地看著這一切。工人把第一次拆除中沒推倒的牆柱剷平，然後停下來，說天色太暗，無法將碎磚破瓦穩穩地運到溝渠旁而不使機器掉進去。貧民區管理人不想擔這個風險，眼前還有很多工作需要用到大型機械，侵佔國土的痕跡一定要消除殆盡。他同意明天一早再來處理後續工作，工人們就解散了。

「我晚上會待在這裡，」瑞亞朗說：「或許可以在破爛中找到什麼值錢的東西。你們呢？」

「我們會回去找納瓦茲，」伊斯佛說，「或許他會再讓我們睡到遮雨棚底下。」

「但他對我們這麼吝嗇。」

「也許他會幫我們找房子，像上次幫我們一樣。」

「嗯，值得一試！」瑞亞朗說：「我會注意這裡的動靜，誰曉得，說不定有其他集團的老闆要在這蓋新棚屋。」

他們決定明晚再碰面，交換資訊。「你可以幫我一個忙嗎？」瑞亞朗問：「幫我保管這一點點的髮辮？它們很輕，但我沒有地方放。」

伊斯佛同意了，把頭髮放到箱子裡。

有陌生人住在納瓦茲的家中，應門的人說不認識他們。

「我們有很緊急的事情要找納瓦茲先生。」伊斯佛說：「或許你房東會有些資訊，能給我他的名字和地址嗎？」

「這不關你的事，」有人從屋裡大喊：「這麼晚的時候別再糾纏我們了！」

「對不起，打擾了。」伊斯佛拿起行囊走下階梯。

「現在怎麼辦？」歐文嘆口氣，從他的臉色可以看出箱子的沉重。

「你的氣這麼快就洩光了？」

他點頭，「像破掉的氣球。」

「好吧，我們去喝茶。」他們走到轉角的攤子，就是他們待在後門的那段期間常去的那家，老闆記得他們是納瓦茲的朋友。

「一陣子沒見到你們了，」他說：「自從納瓦茲被警察帶走後，有他的消息嗎？」

「警察？為什麼？」

「從波斯灣走私金子進來。」

「真的，他有嗎？」

「當然沒有，他只是個裁縫師，跟你們一樣。納瓦茲和別人起了爭執，那人的女兒結婚前，託給那瓦茲一筆大生意——全家人的喜宴禮服，但婚禮過後他想賴帳，宣稱衣服根本都不合身。納瓦茲一直要不到錢，就找出那人的工作地點，在他同事面前給他難堪。這是一個大錯誤，那個混蛋復仇了，當晚警察就來找納瓦茲。」

「就這樣？他們怎麼能把無辜的人丟進牢裡？另一個人才是騙子。」

「在緊急狀態時期，所有的事情都顛倒了，黑的可以變成白的，白天變成黑夜，只要正確地發揮影響力再加上一點點的鈔票，把人弄進牢裡很簡單。甚至有個叫做國安行動的新法律，把一切過程都簡化了。」

「什麼是國安行動？」

「維持……什麼和安全的，我不確定。」

裁縫師喝完茶帶著行李離開，「可憐的納瓦茲，」伊斯佛說：「我懷疑他是不是真的幹了那種勾當。」

「一定有！」歐文說：「他們不會無緣無故把人送進監獄，我從來就不喜歡他。我們現在該怎麼辦？」

「或許我們可以睡在火車站。」

月台上到處都是來找地方睡的乞丐和流浪者，裁縫師們挑了一處角落稍微清理一下，用報紙把地上的灰塵拂走。

「噢，小心點！灰塵跑到我的臉上了！」有人發出尖叫。

「對不起，先生。」伊斯佛放下報紙。當前急迫的問題應該是討論明天無家可歸、下一步該怎麼做，但兩個人都希望對方先提起這個話題。「餓了嗎？」他問。

「不餓。」

伊斯佛散步到火車站的點心店，他買了辣的炸洋蔥、馬鈴薯、豌豆、辣椒和香菜，分裝成兩小袋。帶回去給歐文的途中經過月台上一雙雙飢餓的眼睛，心裡有些罪惡感。「速食點心，一份給你，一份給我。」

麵包用光滑的雜誌內頁包著，感覺紙上有點潮濕，熱烘烘的油脂香氣開始飄散出來。歐文狼吞虎嚥地塞進嘴巴，先吃完了，而伊斯佛故意慢慢地吃，留了一小塊給他，「我吃飽了，你吃吧。」

箱子和寢具需要有人看守，所以他們輪流去喝水，之後就沒什麼事可以打發時間了。「或許明晚瑞亞朗會有好消息。」歐文先試探性地進入這個話題。

「是啊，誰曉得。這件事情慢慢過去後，我們甚至可以自己用夾板、棒子和塑膠板蓋房子。瑞亞朗是個聰明的傢伙，他會知道怎麼做，我們三個人可以住在同一個屋簷下。」

他們到車站後方的空地解手，在睡前又取了點水喝。隨著時間愈晚，火車經過的頻率也愈少，他們躺下時將腳歇在箱子上，以免讓宵小有機可乘。

午夜之後，他們被鐵道警察踢箱子的動作驚醒，警察說不能睡在月台。

「我們在等火車。」伊斯佛辯解。

「這裡不是那種有候車室的車站，早上再來。」

「但其他人也都睡在這裡。」

「他們有獲得特別的許可。」警察晃動口袋發出銅板碰撞的聲音。

「好吧，我們不睡在月台，我們坐著就好。」

他們坐起來把鋪蓋捲好；警察聳聳肩，無可奈何地離開。

「嘶——」佔著旁邊位置睡覺的女人叫他們，「嘶——你們應該要付他錢的。」她躺著的塑膠墊被弄得沙沙作響，腳上包裹的繃帶滲出黃褐色的液體。

「為什麼要付他錢？月台又不是他們家的。」

她微微笑，臉上露出詭異的表情，「來看戲！來看戲！」她指著貼在月台牆上的電影海報，「乞丐一盧布，小孩五十派薩，每晚都有戲可看。」

伊斯佛偷偷的把手舉到額頭上，做出螺絲鬆掉的手勢，但歐文想反駁：「我們才不是乞丐，我們是裁縫師，而且我們不付錢他能怎麼樣？又不能把我們送去坐牢。」

那女人側躺著，很密切地觀察他們，除了偶爾發出咯咯的笑聲外一直保持沉默。

一個半小時過後，警察似乎不會再出現了。

「我想現在安全了。」歐文把鋪蓋展開，他們又躺下睡覺。那女人仍然興致沖沖的盯著他們看，纏繃帶的腳飄出一絲腐臭味。

「妳打算就這樣看著我們一整晚嗎？」歐文說。她搖搖頭，但卻繼續盯著。伊斯佛示意姪子安靜，然後他們闔上眼睡覺。

才入睡不久，剛才的警察拿了一桶冷水澆在他們身上，他們驚嚇吼叫，從睡鋪上跳起來。警察靜靜地走開，手裡的空桶子隨著他的步伐輕快的擺來擺去。躺在塑膠墊上的女人笑得不可遏抑。

「哪裡來的畜生！」歐文低聲抱怨，伊斯佛要他別嚷嚷。其實他不用這麼做，因為那女人歇斯底里的笑聲淹沒了他倆的聲音，她的手興奮得在塑膠墊上拍打，發出啪啦啪啦的聲音。

「來看戲！來看戲！大家來看好戲！」她笑到連氣都喘不過來。

「她早就知道了！這瘋婆子早知道卻不告訴我們，可惡！」

他們全身濕透了，拿起所有東西移到月台盡頭唯一剩下的空地，那裡的尿騷味很重。箱子裡的乾衣服現在額外的珍貴，他們輪流換衣服，將濕的東西晾在箱子打開的蓋子上，床單和毛毯則掛到月台牆上突起的破招牌上。

草席很快就乾了，但是他們不敢躺下來。他們坐著發抖，一邊看守自己的物品，不時的搖來晃去打瞌睡。因為全身都濕透了的關係，他們必須去空地解手好幾次，但在車站進入歇息時間之後就沒必要了，他們就近在月台旁釋放膀胱的壓力。

車站的點心店在清晨四點整拉開鐵門，裡面開始響起杯盤與鍋、壺的碰撞聲。伊斯佛和歐文到飲水機旁漱口，然後買了兩杯茶和一條硬麵包，熱呼呼的飲料讓他們昏昏欲睡的腦袋終於清醒些，開始計畫這一天的行程：在適當的時間搭火車去工作，跟平常一樣縫六件衣服，然後回去跟瑞亞朗碰面。

「我們先把箱子寄放在迪娜女士那兒，就一個晚上，」伊斯佛說：「但是別提到我們的家毀了，人們忌憚無家可歸的人。」

「假如她准許我們寄放箱子，我什麼東西都可以給你。」

他們在月台上又待了兩個小時，抽煙、看清晨往來的通勤者，他們大多是攤販，手裡用籃子提著南瓜、洋蔥、鯧魚、鹽、雞蛋、花等東西。修傘的攤位也在做準備工作，分解破掉的傘、留下完好的骨架和傘柄。一位承包商帶領著一隊油漆工及泥水匠，他們手裡拿著梯子、提桶、刷子、抹刀和搬運箱，他們經過時飄出的氣味像剛粉刷過的房子。

裁縫師搭上六點三十分的火車，七點就到了迪娜的公寓，她匆忙在睡袍上披件外套去應門。

「這麼早？」未免也太不替別人著想了，她心想，太陽還沒露臉、盤子等著洗、馬內克的早餐也還沒做，他們卻在此時現身。

「火車終於準時發車了，因為緊急狀態的關係。」歐文自作聰明地解釋。

她認為這厚臉皮的藉口是故意要激怒她，伊斯佛立即安撫地說：「早點來能縫更多洋裝，不是嗎，迪娜女士？」

這倒是真的，「但這個大箱子是幹什麼用的？」

「晚上要帶去給一個朋友。哦，馬內克，請務必原諒我們，今天無法邀你共進晚餐，之前我忘了我們有急事。」

「沒關係，」馬內克說：「那就改天。」

她讓他們把箱子和寢具放在門邊，她想到裡面可能爬滿了蟲子，而且他們的行為很可疑，假如真的很緊急，他們可以先到朋友那兒，尤其現在還那麼早。但至少馬內克的晚餐之約取消了，真是萬幸啊！

伊斯佛失了平常的準頭，一整天都不對勁，有一次他還差點兒把裙子和身體後片縫在一起。「住手！」車了第一道縫線之後，她就叫了出來，「你，伊斯佛？如果是歐普拉卡希做的，我一點都不意外，但你？」他不好意思的微笑著，拿一隻安全刀片把縫錯的線挑斷。

四點時他們想離開，比平常早兩個小時。今天的份數完成了，但後面還有很多洋裝等著縫，她心想。不過，很高興看他們離開，屋裡的氣氛會輕鬆些。

在她發現箱子沒帶走之前，他們趕緊關上門逃之夭夭，往火車站奔去。

那天一直下著大雨，把昨晚的破磚殘瓦淹沒在許多個小水塘中。突出於水面的夾板或鐵片，像是船帆和船隻殘骸一般，海鷗在一片狼籍的貧民窟上盤旋，發出刺耳的叫聲。之前的居民，有些人在外頭徘徊，盯著眼前的荒地發呆，但到處都看不到瑞亞朗。

「也許他發現這裡不可能再建房子了。」伊斯佛說。

此時肥胖的凱薩巡官沒現身，而是由他的新警衛隊其中的六個警員看守這塊工地。他們走向裁縫師和其他在附近閒晃的人，警告說：「如果你們想建造新的棚屋，我們就必須把你們直接丟到牢裡。」

「為什麼？」

「這是我們的任務，移除貧民窟和美化都市。」警員們又回到他們的崗位上。

「我想我們應該回去告訴迪娜女士實情。」伊斯佛說。

「為什麼？」

「她或許會幫助我們。」

「你做夢。」歐文說。

兩組工作人員正在豎立兩個新的廣告看板，兩側路邊各一個。他們從看板上方遞過總理的臉，然後為了旁邊註解的標語爭執不休。有太多種選擇，於是他們把標語一一展開，鋪在人行道上用石頭壓著。

他們一致同意第一個標語——「讓屬於你的城市保持美觀！」但對第二個意見相左，監工想用「人人有食物，家家有房住！」他的下屬建議用其他的會更恰當，他們推薦「國家正在動起來！」

裁縫師待在附近等著廣告完成，當巨型看板立起來時，圍觀的群眾鼓掌叫好。傾斜的撐臂插入地下，支撐住嵌入中央的海報。有人問歐文是否能為他念上面的文字，歐文把內容告訴他，那人沉思了好一會兒，然後搖搖頭離開，喃喃自語地說：「在這種時候政府完全瘋了。」

「我知道你們會回來，」迪娜說：「你們忘記箱子了。」他們搖搖頭，她看出他們的害怕與疲憊。「怎麼了？」

「天大的不幸降臨到我們頭上。」伊斯佛說。

「進來，你們想喝水嗎？」

「是的，謝謝。」馬內克用他們專用的杯子端水過來，他們喝過後擦擦嘴巴。

「迪娜女士，我們倒霉透了，需要妳的幫助。」

「時局那麼差，我不知道自己能幫你們什麼忙，但說出來無妨。」

「我們的家……沒了。」伊斯佛怯懦地說。

「你是說房東把你們趕出來？」她感到同情，「房東都是混蛋。」

他搖搖頭，「我是指……整個不見了！」他的手在眼前掃了一下，「它被很大很大的機器毀了，那地方所有的房子都是。」

「他們說住在那裡是違法的。」歐文說。

「你是說真的嗎？」馬內克問：「他們怎麼能那麼做？」

「他們是政府單位，」伊斯佛說：「他們可以隨心所欲，警察說是新法律的規定。」

迪娜點點頭，想起上週才聽戈普塔太太大力讚揚貧民區清除計畫的事。這兩個裁縫師的運氣真差，頗令人同情。這也表示有一點被她料中——他們住的地方衛生條件很糟，謝天謝地馬內克不用和他們一起用晚餐了。

「現在你知道為什麼我們必須取消晚餐，」歐文對馬內克說：「早上時我們覺得不該向你們直說。」

「其實不用這樣。」馬內克說：「不然我們本來可以有更多時間思考幫助你們的方法……」他突然停下，因迪娜怒氣沖沖的目光噤聲。

「這個月的房租已經付了，」伊斯佛說：「現在我們沒有房子也沒錢，能不能睡在妳的廊房……幾晚？」

馬內克轉頭望著迪娜，用眼神乞求她，她小心地斟酌用字，「我自己並不反對。」她說：「但如果被收租人看到會惹禍上身，他會把這件事當作藉口，說我非法出租房間。然後你們、馬內克和我，還有你們的縫紉機，所有東西都會被扔到街上，無家可歸。」

「我了解，」伊斯佛說，他的尊嚴不允許他再強人所難，「我們會試試其他地方。」

「別忘了你們的箱子。」迪娜說。

「可以讓我們寄放一晚嗎？」

「寄放？這間公寓小得連轉身都很困難了。」

歐文厭惡她的回答，把寢具遞給伯父，自己拿起了箱子，他們點個頭就離開。

迪娜跟著他們走到門口，然後把門鎖上。回過頭，迎著她的是馬內克責難的眼神。「別那樣看我！」她說：「我別無選擇。」

「妳至少可以讓他們睡一晚，他們可以睡我房間。」

「那會惹上大麻煩，一個晚上就足以讓房東控訴我了。」

「那箱子呢？為什麼妳不能讓他們寄放一晚？」

「這算什麼？警察質詢犯人？你一直過著養尊處優的生活，根本不懂都市裡有什麼樣的騙子存在。一只箱子、一個袋子，甚至裝著兩件睡衣和一件上衣的小背包，都是進到公寓的第一步——先寄放私人物品，那是反客為主最常見的手法。法院需要好幾年的時間來審理這種案子，而這期間騙子可以繼續待在公寓裡。我並不是說伊斯佛和歐文今天是打著這種主意來的，但我又怎能冒任何風險？萬一他們之後遇到壞人教他們這種想法怎麼辦？只要跟房東發生任何衝突，就表示我必須尋求努斯旺的協助。我哥哥是絕對無法忍受的，他會一直不停的碎碎念。」

馬內克看看窗外，思考迪娜阿姨所懷疑的事情的嚴重度，他想像那反客為主的力量和一堆骯髒的待洗衣物會令她心生畏懼。

「別太擔心那兩個裁縫師。」她說：「總會找到地方待的，像他們那種人到處都有親戚。」

「他們沒有，幾個月前他們從一個很遠的村莊來到這裡。」他很高興從她臉上看到一絲不安。

然後她感到憂慮的說：「真意外，你竟然知道他們這麼多的事情，不是嗎？」

那晚他們都故意不理會對方，晚餐後在做被單的拼布時，迪娜把幾片小方塊布鋪開，試著跟他說話：「馬內克，現在看起來怎麼樣？」

「糟透了。」他沒準備好原諒她，那兩個裁縫師現在還在外頭流浪呢！

招牌上寫著「沙加達香海景飯店」，而唯一能看到的海是飽經風霜的廣告看板上畫的藍色四方形，上頭浮著一艘小帆船。

裡頭有一個穿著灰白色制服的年輕人坐在傘架旁的地板上，目不轉睛地盯著「印度奧斯卡」的電影相片集，裁縫師走進來時，他並沒有抬頭看一眼。一個灰髮老人在櫃台後大快朵頤，他把一條麵包撕成小塊，再迅速地連沾四種用不鏽鋼碟子盛著的醬汁。「每晚三十盧布。」他滿嘴麵包口齒不清的說，還露出嘴裡的金牙。嚼碎的晚餐從口裡噴出來，飛濺到櫃台，他把殘渣掃到地上，然後用手肘上的袖子把弄髒的地方擦乾淨。

「看到沒？我告訴過你，我們住不起飯店。」他們向外走時，伊斯佛說。

「那再試試另一間。」

他們一一打聽：天堂客棧，一晚二十盧布，在一家麵包店的樓上，因天花板隔熱效果不好，所以從樓上可以感覺到熱爐向上蒸騰的熱氣。朗尼菲斯，標示牌上宣稱所有的階級都歡迎，但是因為隔壁化學工廠的關係，使得那些房間散出可怕的惡臭。阿朗飯店，他們向櫃台問話時行李差點兒被偷，當他們追到玄關時，小偷逃走了。

「夠了吧？」伊斯佛說，歐文點點頭。他們拿起行李向火車站出發，一路上經過的每個門口、雨棚、屋簷，都停下來觀察，看看有沒有可以當作寄宿的地方。可是凡遇到可能的地方，早就有人佔據了。為了防止流浪漢的覬覦，一家商店在入口處放了一個布滿釘子的鐵框，並裝上鉸鏈，早上時可以解開折起來收走。這種釘床通常是具有進取心的修行者用的——先在釘子上蓋一層長方形的夾板，然後再鋪上毛毯。

「我們真該學會這類的東西。」伊斯佛讚嘆地看著。

他們經過滑板上的乞丐，他拿起錫罐向他們揮舞致意，但他們眼睛忙著四處搜尋，沒注意到他，他在後面孤獨地望著他們。家具店外有一小塊空地，店門還開著。「我們可以到那裡試試。」歐文說。

「你瘋了？你想佔別人的地方而惹上殺身之禍？你忘了納瓦茲店附近的人行道上發生的事嗎？」

他們經過一家二十四小時營業的藥局，販賣部的職員離開時將主區的燈關掉，只留下櫃台藥劑師那兒的燈。

「我們在這裡等著。」伊斯佛說：「看會發生什麼事。」

有人在外面放了一個木頭凳子，就在藥房與隔壁古董店共用的入口處。兩扇窗戶的鐵製百葉窗被拉下來，像窗戶闔上它的眼睛，一邊是香皂、爽身粉、咳嗽糖漿，另一邊是舞蹈濕婆❶青銅像、蒙兀兒細緻畫、珠寶盒，一切都從視線中消失。兩位經理上了鎖，把鑰匙交給守夜的人。裁縫師等到守夜人放鬆腰帶、脫掉鞋子、舒適地坐在凳子上，然後他們帶著煙草靠近，「有火柴嗎？」伊斯佛問，一邊做打火柴的手勢。

守夜人停止揉小腿，把手伸到口袋裡。兩個裁縫師共用一支火柴，他們把煙草遞給守夜人，但他搖搖頭，拿出自己的巴拿馬雪茄，三人一起靜靜的吞雲吐霧。

「所以，」伊斯佛先開口：「你要坐在這裡一整個晚上？」

「這是我的工作。」他拿起靠在門上的棍子敲了兩下，裁縫師微笑著點頭。

「有人睡在入口嗎？」

「沒有。」

「有時候你一定覺得很想休息。」

守夜人搖搖頭，「這是不被允許的事，我必須看守兩家店。」他朝他們靠過去，指著一旁的值夜人員透露道：「但是他可以休息，每晚他在裡面用墊子在地上休息很長的時間。那渾球竟可以這樣拿薪水，酬勞比我高得多。」

「我們沒有地方睡！」伊斯佛說：「我們住的聚落昨天被政府毀了，用他們的大機器。」

「最近這些日子常發生這種事，」守夜人說，接著繼續抱怨那個值夜人員：「那傢伙夜裡幾乎不工作。有時客人來領藥，我得開門叫醒那個渾球去抓藥，但若他還沒睡醒、頭腦昏沉，就幾乎無法讀標籤上的字。」他靠更近些，「有一回他把藥抓錯，客戶死了，警察來調查。經理和警方交涉，經理拿出錢，警察收了錢，結果皆大歡喜。」

「他們都是混帳，」伊斯佛說，他們都點頭同意。「你能讓我們睡在這兒嗎？」

「這是不允許的。」

「我們可以付你錢。」

「即使你付了錢，哪裡有空間睡？」

「空間很足夠，只要你能將凳子移過去五十公分，我們就可以在門旁邊打地鋪。」

「那其他的東西怎麼辦？沒有地方可以放。」

「什麼東西？只有一個箱子。我們早上就帶走。」

他們把凳子挪開，展開睡鋪，空間剛剛好。「你們付多少錢？」守夜人問。

「每晚兩盧布。」

「四盧布。」

❶ Nataraja，印度教三大神之一——濕婆神的舞蹈型態，是流傳至今的古印度濕婆神像中最多的一種。

「我們是窮酸裁縫師，那三盧布好了，我們還可以為你做些免費的裁縫，修補你的制服。」他指著守夜人膝蓋和袖口磨損的地方。

「好吧。不過我要先警告你們，有些時候這裡非常吵，假如有客人來抓藥，你們就得離開，別說我擾亂了你們的清夢，打擾睡眠概不負責。還有，假如藥劑師問起，你們要說付兩盧布，因為那個渾球一定會抽成。」

「沒問題。」裁縫師同意了他所有的條件。再抽了一根煙草後，他們從箱子裡拿出針線幹活，守夜人穿著內衣坐著等他們補好制服。

「一流的。」他穿上褲子時一邊稱讚。

恭維的話讓伊斯佛開心極了，他說他們倆很願意為他以及他的家人修補其他東西。「我們什麼都會做，沙瓦克米茲服❷、印度新娘裝、嬰幼兒服。」

守夜人難過得搖搖頭，「你們很好心，但我的太太和孩子都住在家鄉，我獨自一人到這裡工作。」

稍晚，裁縫師睡了，他坐在凳子上看著他們。當歐普拉卡希抽動一下時，讓他想起了自己的孩子，那些還跟家人住在一起時的夜晚，他也常出現在孩子的夢中。

大街在黎明前就有動靜，吵醒裁縫師。守夜人向他們說，事實上這條街從未入眠，只是在凌晨兩點到五點間打個瞌睡──在賭博和酒醉的節目結束後，及賣報紙、麵包和牛奶的人開始活動前。「但你們睡得很好。」他微笑著說。

「一次睡了兩天份的覺。」伊斯佛說。

「看，那個渾球還在裡面打呼。」他們從窗戶望進去，藥劑師的眼睛突然張開了，他對著貼在窗戶上三張扁平的臉瞇著眼睛皺皺眉頭，然後回過頭去繼續睡覺。

他們在入口處抽煙，看著掃街人工作，掃起前一晚被扔在街上的雪茄蒂和煙草蒂。晚一點之後他們捲起鋪蓋，付三盧布就拿了行李離開，承諾晚上會再回來。

歐文的左肩因提著箱子而感到疼痛，但他不讓伯父幫忙拿。

「換右手拿，」伊斯佛說：「讓兩邊均衡運動，手臂會長得比較粗壯。」

「然後兩邊都廢掉，那我怎麼縫紉？」

他們先在火車站梳洗一番，再到菲希朗素食餐廳吃早餐。「你們昨天沒來。」餐廳裡的收銀員兼侍者說。

「我們很忙，忙著找房子租。」

「這可是會花你一輩子時間來找尋的事情。」廚師在舞著藍色火焰的爐子後方大喊，聲音蓋過隆隆爐火聲。

歐文注意到櫥窗裡有張大型總理畫像，以前沒在那，旁邊還有二十項計畫海報。「你有了新客戶還是怎樣？」

「那不是客戶，」收銀員說，「她是保護女神，她的保佑是做生意不可或缺的，只是義務性的膜拜。」

「什麼意思？」

「她的出現讓我的窗戶不再被砸破，我的店也不會被燒掉。你們懂嗎？」

裁縫師點點頭，他們告訴收銀員和廚師被總理的手下壓去聽演講的事——直升機、玫瑰花瓣、熱氣球，還有大型看板倒塌的事，令他們開懷大笑。

自第一晚的安眠後，守夜人先前的警告應驗了。每次他必須叫醒裁縫師時都感到很抱歉，在他的想法裡，沒有什麼比被剝奪食物或睡眠更令人不舒服。裁縫師在黑暗中搖搖晃晃地走著，他幫忙把睡鋪挪到未上鎖的門邊，歐文昏沉的頭枕在他的肩上，伊斯佛也沉沉地靠著另一邊的肩膀。

在客人等藥包好的時間，他們不斷地喃喃抱怨：「為什麼這些人只在夜裡生病？」伊斯佛咕噥著：「為什麼他們要騷擾我們？」

「我的頭好痛啊！」歐文哀號。

❷ Salwar-Kameez，印度和巴基斯坦常見到的女性服飾，長及膝蓋的上衣配長褲。

守夜人輕輕地揉他的眉心，「這次不會太久，只要兩分鐘，好嗎？然後你們可以睡得非常非常香甜。我保證，我不會讓任何一個客人再打擾你們了。」但他必須一次又一次的食言。

後來他們聽說痢疾爆發流行——附近商店賣出壞掉的牛奶。假如裁縫師白天待在這裡，他們就會發現這種疾病是全天無休，不分白天或黑夜地襲擊人們。守夜人從藥劑師那裡聽說已經有五十五個成人及八十三個小孩死於此病，然後告訴他們，藥劑師還說幸好是痢疾桿菌引起的，不是更惡毒的變種變形蟲。

裁縫師拖著疲憊的身體和箱子、睡鋪去工作，才上工就差不多累倒了，黑眼圈繞著充滿血絲的眼睛。進度嚴重落後，伊斯佛一向完美無缺的縫線現在常常縫歪，歐文的手感到僵硬，做什麼都不對。縫紉機的節奏變得刺耳、不再輕快，縫線也不再精準地排成長長一條優雅的直線，斷斷續續地岔出來，像痰從充血的肺裡吐出來一樣。

迪娜端詳他們憔悴枯槁的臉孔，擔心他們得病，而且交貨期限愈來愈近了——這兩件事湊在一塊真是雪上加霜，她心裡又想起那只箱子。

傍晚裁縫師離開時，看到歐文費力地拿起箱子，她差點就脫口而出說箱子可以留下，但心中諸多擔憂的事情又令她吞回到了嘴邊的話。馬內克在門口看著她，多希望聽她說出來。

「等一下，我跟你們去。」馬內克說，一面匆匆走到廊房上，歐文先是無力地護著箱子，後來還是讓他拿了。

迪娜鬆了一口氣後，緊接而來是氣憤又受傷的感覺。她心想，他能幫忙很好，但他所表現的方式——不說一句話就走掉，像把她當作無情無義的人。

「到了，這裡就是我們找到可以睡覺的新地方。」歐文說，然後介紹守夜人：「我們的新房東。」

守夜人笑了，招呼他們到入口處。他們一起聚到台階上抽煙、看著街上。「唉，我是什麼樣的房東啊？我連一覺到天亮的保障都不能給你們。」

「不是你的錯。」歐文說：「都是那些病人的關係，害我頻頻做惡夢。」

「我也是，」伊斯佛說：「這幾個晚上都是吵雜聲和晃動的人影，太可怕了。」

「我拿著棍子坐在這裡，」守夜人說：「有什麼好怕的？」

「說不上來。」伊斯佛說話時咳了起來，便把煙草熄掉。

「我們可以回到村子裡，」歐文說：「我受夠這種生活了，一直在困頓與麻煩中打滾。」

「所以你寧願直接奔向麻煩的根源？」伊斯佛用力按一下煙蒂，確定它完全熄滅，然後放進煙盒裡。「要有耐心，我的姪子。時間到的時候，我們自然會回去。」

「如果時間是一匹布，」歐文說：「我會剪掉所有壞的部分，把可怕的黑夜挑掉，將好的部分縫在一起，使時間變得令人愉悅。然後我要把它當成外套穿在身上，一直過著快樂的生活。」

「我也會喜歡那樣的外套！」馬內克說：「你要剪掉什麼部分？」

「政府毀掉我們的房子，這一段當然要剪，」歐文說：「還有為迪娜女士工作的部分。」

「喂！喂！」伊斯佛提醒他，「沒有她，我們哪能賺得到錢？」

「好吧，那我們保留發薪餉的日子，丟掉其他的部分。」

「還有什麼？」馬內克問。

「要看你想回溯到多久以前？」

「一直回到出生的那一天。」

「那太長了，要剪掉好多東西，剪刀會變鈍的，最後幾乎沒留下多少布。」

「你們兩個廢話講夠了沒有？」伊斯佛說：「是抽了大麻煙還是怎麼的？」

天色漸暗，街燈亮起，一隻破掉的黑色風箏從屋頂上俯衝而下，像是伺機襲擊的烏鴉，他們都嚇了一跳。歐文抓住風箏，看它破損得很嚴重，就丟開了。

「有些事情很複雜，不是用剪刀可以輕易分開的，」馬內克說：「好的和壞的像這樣子糾結在一起。」他把自己的手指纏在一起。

「像什麼？」

「我家鄉的山，雖然美麗，也會有山崩。」

「沒錯。像我們在菲希朗的午茶時間就很好，但窗子裡的總理相片就讓我反胃。」

「住在棚屋區也不錯，」伊斯佛說：「隔壁的瑞亞朗人很風趣。」

「是的，」歐文說：「可是在上大號時因為火車開過來得趕快跳起來，那種感覺就很糟糕。」

他們都笑了，伊斯佛也是，不過他堅持那只發生過一次。「那班火車是新開的，連瑞亞朗都不知道呢！」他清清喉嚨吐口痰，「不知道瑞亞朗怎麼樣了？」

日暮時，街友們陸續出現，厚紙板、塑膠布、報紙、毛毯佔滿了人行道。一眨眼的工夫，人一個個的倒下宣示自己的領域。過往的行人也很配合，小心翼翼的從滿是手臂、腿和臉的人行道上通過。

「我爸爸抱怨家鄉變得愈來愈擁擠和髒亂，」馬內克說：「他應該來這裡看看。」

「他會習慣的，」守夜人說：「就像我一樣。每天看著，漸漸地就不會注意了，尤其是你別無選擇的時候。」

「我爸爸不會這樣，他會一直不停地抱怨。」

伊斯佛又開始咳嗽，守夜人建議他向藥劑師抓藥。「我付擔不起。」

「去問問看，他對窮人的算法不一樣。」他打開門鎖讓他進去。

對於買不起一整瓶藥的人，藥劑師可以賣單獨一匙或一顆藥。窮人們對這種優待十分感激，但其實藥劑師以將近原價六倍的價格賣出，差價中飽私囊。「張開嘴巴。」他指示伊斯佛，然後熟練地倒入一匙咳嗽糖漿。

「味道不錯。」伊斯佛舔舔嘴唇。

「明晚再來喝一匙。」

守夜人問他喝一劑付了多少錢。「五十派薩。」伊斯佛說，守夜人默記下來，之後好拿回扣。

接下來的三天，歐文的手臂提著箱子、日夜穿梭於迪娜家與藥房前。雖然距離很短，箱子的重量卻使它似乎遙不可及。把布料送到快速運作的車針下需要使用兩隻手：右手放在壓腳前端，左手放在壓腳後頭。他的痠痛從肩膀一直延續到腰部，因此無法牢牢穩住送布軸上的布。「箱子讓我的神經麻痺了。」他放掉手上的工作。

迪娜看著他，默默的同情，而不是無情。

她想，活力充沛的小麻雀真的很不舒服，拖著受傷的翅膀不跳躍也不嘰喳叫，連自負的表現與爭執都沒力氣。

上午已經過了一半，成果卻幾乎都是糾結的線頭與扭曲的縫線。此時門鈴響了，她到廊房上去看看，回來時顯得非常焦慮不安。「有人要找你，在工作時間打擾我們。」

伊斯佛感到既意外又抱歉，趕忙到前門看個究竟。「是你！」他說：「發生什麼事了？我們那晚回到棚屋區，但你到哪兒去了？」

「你好嗎？」瑞亞朗把手合在一起，「我對你們很愧疚，真不知如何是好。我找到了新工作，他們要我立刻上工，因此我必須離開。聽著，我的老闆還有很多工作等著找人，你們應該去應徵的。」

伊斯佛意識到迪娜很想知道他們的對話，「我們晚點再見面。」他把藥局的地址給瑞亞朗。

「好的，今晚我會過去。還有，你能不能借我十盧布？領了薪水再還你。」

「只有五盧布。」伊斯佛把錢交給他，懷疑瑞亞朗借錢的習慣會不會變成他們的困擾。他心想，之前借的錢還沒還，真不應該讓瑞亞朗知道他們工作的地方。然後，他回到縫紉機旁告訴歐文是誰來了。

「誰在乎瑞亞朗，我快要死在這裡了。」他把痠痛的手臂伸直，瘦弱得像易碎的瓷器一樣。

迪娜的態度終於軟化，她拿了一瓶治療跌打損傷的藥膏，「來，擦這個會讓你好一些。」她說。

歐文搖搖頭。

「迪娜女士說得對。」伊斯佛說：「我來幫你揉一揉。」

「你繼續工作，交給我來做。」迪娜說：「不然你手上的香油味會沾到洋裝上。」她心想，況且，假如伊斯佛也開始浪費時間，自己可能又要向哥哥乞討下個月的房租了。

「我自己來。」歐文說。

她打開蓋子，「來，把衣服脫掉。你在害羞什麼？我年紀大到可以做你媽媽了。」

他不情願地解開釦子，露出裡面坑坑洞洞的背心。像瑞士起司一樣，迪娜心想，他身上還有一股酸鹹的味道。她從瓶子裡挖了一球深綠色的藥膏，用一隻手指從歐文肩膀上開始向下塗抹到手肘，涼冷的觸感令他打了一個寒顫，冒出雞皮疙瘩。接著她開始按摩，藥膏釋出熱能，讓他的手臂和她的手指感到微微刺痛，雞皮疙瘩漸漸消退了。

「感覺怎麼樣？」她問，一邊揉捏他的肌肉。

「先感到冷，後來又覺得熱。」

「這就是藥膏神奇的地方，冷熱交替，再等一會兒，疼痛很快就會消失了。」

他身體的酸鹹味也不見了，被藥膏刺激的芳香掩蓋過去。她心想，多滑順的皮膚啊，像小孩的一樣，幾乎沒有汗毛，連肩膀也是。

「現在覺得怎麼樣？」

「很好。」按摩讓他覺得很舒服。

「還有哪裡疼？」

他指著手肘到手腕，「這裡都是。」

她又挖了一球藥膏，按摩他的前臂，「帶一些藥膏回去，睡前使用，明天你的手臂會像新的一樣。」

在洗手之前，她先到廚房窗戶邊沾滿灰塵的置物架旁，踮起腳還是看不到想找的東西，她伸手到處摸索，碰掉了一個盒子，裡面的東西滑落下來，有板子和擀麵棍、椰子磨碎器及其鋸齒狀環形刀片、研缽和小杵子。廚房用品散落一地，幸好她躲開了。

裁縫師聞聲急忙趕來，「迪娜女士，妳還好嗎？」她點點頭，受到一點驚嚇，但瞥見歐文臉上閃現的關心——雖然他很快地隱藏起來——心裡感到安慰。

「也許我們可以把架子釘低一點，」伊斯佛幫她把掉落的物品放回去，「比較方便妳拿東西。」

「沒關係，就讓它保持原狀，我有十五年沒用這些東西了。」她看到她想找的東西，就是從前用來包魯斯登午餐的一捲蠟紙。她吹掉灰塵，撕下一塊手帕大小的紙，拿一球藥膏放到上面。

「拿去，」她把蠟紙折成三角形的包裝，「回去時別忘了帶著——你的藥膏水餃。」

「謝謝。」伊斯佛笑著說，也暗示歐文道謝，歐文不大情願地擠出一絲微笑。

晚上他們要離去時，她提起了箱子，「為什麼不把它留在你們睡覺的地方？」

「沒有空間。」

「那就把它留在這裡吧，沒必要每天早晚提來提去的。」

伊斯佛喜出望外，「妳真好，迪娜女士！我們真的非常感激！」他從後面房間到廊房的路上就謝了六、七次，合起雙手、笑容洋溢的點頭。歐文這次更小心地表達他的感激，關上門後口中才輕聲說出「謝謝」。

「看到了吧？她不像你所想的那麼壞。」

「她這麼做是為了靠我的汗水賺錢。」

「別忘了，她幫你擦過藥。」

「讓她公平地付我們酬勞，然後我們自己買藥膏。」

「這不是用誰的藥的問題，歐普拉卡希，我要你記得她對你的幫助。」

瑞亞朗騎著單車到藥房前，讓歐文眼睛一亮。「這不是我的，」他說：「是老闆提供給我們跑差事用的。」

「是什麼工作？」

「我要感謝我的幸運星。那晚棚屋區被毀掉後，我遇到一個從我家鄉來的人，他為貧民區管理員工作，負責駕駛把屋子摧毀的改裝推土機。他跟我說新工作的事，隔天早上帶我到市政府辦公室，我就直接被錄用了。」

「你的工作也是摧毀房子？」

「不，絕對不是。我的頭銜是家庭計畫的勸導員，政府要我負責發傳單。」

「就這樣？薪水好嗎？」

「看情況。他們供應一餐、有睡覺的地方，還有腳踏車。身為勸導員，我必須到各處說明節育計畫，每說服一個女人接受手術，我就有佣金可拿。」他說他很滿意這樣的安排，每天只要完成兩個輸精管結紮術或一個輸卵管切除術的案子，就等於他收集頭髮的收入。只要有意願者在表格上簽名，文件送到診所後，他的任務就完成了。沒有什麼限制，任何人都可以做手術，年輕人或老人、已婚者或未婚者，醫生根本不介意。

「最後的結果會皆大歡喜！」瑞亞朗說，「接受手術的得到禮物，我得到酬勞，醫生完成自己的分配量。而且這是對國家的貢獻——控制人口是最重要的事，小家庭才是幸福的家庭。」

「你已經完成幾件案子了?」伊斯佛問。

「到目前為止一個也沒有,才過四天而已,我的說話風格愈來愈具權威性和說服力,所以一點兒也不擔心,我確定我會成功。」

「你知道,」歐文說:「做這份工作,你還可以繼續兼做以前的工作。」

「怎麼做?我沒有足夠的時間收集頭髮。」

「你帶志願者到診所時,醫生是不是會剃掉他們兩腿間的毛髮?」

「這我不知道。」

「一定會的。」歐文說,「他們在手術前都會剃毛,那你就可以收集那些毛髮賣掉。」

「那麼短又捲的毛髮根本沒有需求。」

歐文聽到答案後竊笑不已,瑞亞朗恍然大悟,「小渾球,捉弄我!」他也笑了,「聽好,政府還需要更多的勸導員,你們應該馬上去應徵。」

「我們喜歡裁縫的工作。」伊斯佛說。

「你曾說那女人很難相處,還會矇騙你們。」

「是啊,但這是我們從阿施洛夫叔叔那兒訓練出來的技術和職業,勸導員卻是我們一無所知的東西。」

「這不過是小問題,他們會在家庭計畫中心傳授你們工作技巧。別害怕改變,這是個好機會,有數百萬現成的客戶,我敢說,節育正在發展成新興工業。」然而,瑞亞朗費盡唇舌也無法說服裁縫師和守夜人,他推著腳踏車準備離開,「你們誰有興趣做輸精管結紮術嗎?我可以運用我的影響力給你們優待,兩份贈品哦!」

他們婉謝了他的優待。

「對了,你寄放在我箱子裡的頭髮怎麼辦?」伊斯佛問。

「你能幫我再保管一陣子嗎?度過勸導員的試用期我才能丟掉頭髮。」

他揮揮手,按按單車鈴向他們道別,消失在路的盡頭。歐文說那個工作聽起來似乎也蠻有趣的,「這樣就可以有一輛腳踏車,真不錯!」

伊斯佛倒認為，只有像瑞亞朗那樣喜歡長篇大論、危言聳聽的人才適合當勸導員，「說我們害怕改變，他懂什麼？假如我們真的害怕改變，就不會離開家鄉到這裡。」

守夜人極力贊同：「在這種情況下，大家都沒有選擇的餘地，一切都在改變，不管我們喜不喜歡。」

晚餐時，迪娜不時看著裁縫師那傷痕累累的箱子，馬內克饒富趣味地從旁觀察，看她能維持多久。

「你現在可高興了！」晚餐後迪娜對他說：「祈禱我的好心不會反過來讓我受傷害吧！」

「別杞人憂天了，阿姨，一只箱子怎麼會傷害妳？」

「我又需要把每件事情解釋一遍嗎？我之所以這麼做，只是因為那個骨瘦如柴的可憐裁縫師快變得跟他的破箱子一樣了。你以為我對他們很無情，我不關心他們的問題，但如果我這樣告訴你，你一定會覺得奇怪——晚上在他們離開後，我會想念他們，想念他們的聊天、縫紉和說笑。」

馬內克一點兒也不感到奇怪，「我希望歐文的手臂明天就好多了。」他說。

「有一件事很肯定，他不是裝出來的。幫他抹藥膏時，他的肌肉讓我知道他真的在痛。我有按摩的經驗，我先生有長期背痛的毛病。」

她說，那時候她用的是史隆擦劑，比藥膏有效，他僵硬的肌肉在她指頭的搓揉下得以舒緩、放鬆。「魯斯登說我的雙手具有魔力，比醫生注射的肌肉止痙攣劑還有效。」

她若有所思的仔細看著自己的手，把手拿近些。「這些手指有一段很長的故事，它們還記得為魯斯登放鬆肌肉的感覺。」她把手放低些，「儘管會背痛，他還是喜愛騎單車。只要有機會，他就跳上車子去兜風。」

一直到上床前，迪娜不停講著關於魯斯登的事：他們的相遇、她古板的哥哥的反應，以及婚禮，她的眼睛閃爍著幸福的光芒。故事感動了馬內克，然而他不懂，為什麼聽她的故事會讓他再次感受到那股熟悉的絕望所帶來的沉重，而她卻愉悅地沉浸在回憶裡。

8 美化市容

大約一個禮拜之後，時間神奇的力量就將藥房外不平靜的街道轉化為讓裁縫師安然入睡的環境。晃動的影子，以及各種不同的聲音——組頭在午夜吆喝召喚著賭徒、勝利者的歡欣呼嘯、狗兒的嗥叫、酒鬼與假想敵的爭吵、架子傾倒使得牛奶瓶摔碎、麵包店貨車門砰然關上——對伊斯佛和歐文來說，這些聲音都變成了精準的報時聲。

「我告訴過你們，這條街上沒什麼好怕的。」守夜人說。

「沒錯。」伊斯佛說：「噪音就和人一樣，一旦你熟悉了，就會變成朋友。」

他們眼睛周圍的黑眼圈漸漸消失，工作改善了，睡眠品質也愈來愈好。

伊斯佛夢到村子裡正在舉行婚禮，歐文的新娘好漂亮。

歐文則夢到廢棄的棚屋區，香堤和他手牽手在水龍頭前取水，他們輕快的漫步在荒廢的曠野，轉眼間變成了充滿花朵和蝴蝶的花園，乘魔毯雲飛行、在上面做愛；領導推土機的凱薩巡官和他邪惡的警察手下以及貧民區管理者，把棚屋區恢復原貌，讓居民回到原來的家中。

現在，藥房已經成為裁縫師的主要活動地區。

每當他們結束了一天的工作，要離開迪娜的公寓之前，伯姪倆會從箱子裡頭挑衣服出來換，並且隨身攜帶香皂和牙刷。

在菲希朗用過晚餐後，便到火車站的廁所洗衣服，然後帶回藥房的入口處晾乾。電線像晾衣線一樣往下沉，上頭掛著待乾的衣服。睡覺時，褲子和衣服像少了一截的守衛，浮在空中看守著他們。在起風的夜晚，衣服在空中飄蕩起舞，又像走在鋼索上可愛的鬼魅。

有一晚，街上鼓噪起不尋常的聲音，警方的吉普車和卡車隆隆的開了過來，停在藥房正對面。凱薩巡官簡短有力的對手下下口令，警員們踏著沉穩有力的步伐，手中的棍子往人行道上覆在遊民身上一個個的紙箱砰然擊下。

這聲音像是惡意的入侵者，聲勢浩大的向裁縫師的方向逼近。伊斯佛和歐文像從惡夢中醒來一般，被嚇得顫抖，驚慌的畏縮在守夜人身後。他們問：「發生什麼事？你看到什麼了？」

他在入口處四處張望，「他們好像正在叫醒所有的乞丐，打他們、把他們推上卡車。」

裁縫師甩掉睡意探頭出來看。「真的是凱薩巡官。」歐文揉揉惺忪的眼睛，「我還以為又夢到我們的棚屋了。」

「凱薩巡官旁邊那個傢伙，他好眼熟。」伊斯佛說。

那個身材矮小，看起來像職員的男人像兔子一樣跳來跳去，患重感冒似的一直吸鼻水，不斷地把鼻涕吸回去吞下。歐文靠近點看，「是想以兩百盧布把配給卡賣給我們的那個人——便利服務員。」

「沒錯，而且他還是一直咳嗽、打噴嚏。到後面，最好躲起來，比較安全。」

那個便利服務員在夾紙板上做筆記，算著被趕上車的人數。「等一下，巡官，」他有異議，「看那個人，完全殘廢了，讓她走好嗎？」

「做你的工作，」凱薩巡官說：「我自己的部分我會處理，如果你有額外的時間，看好你的眼鏡。」

「謝謝巡官，」便利服務員伸手阻止眼鏡下滑，把手放下時順便接住懸在鼻孔的鼻水，整個動作一氣呵成。「請聽我說好嗎？」他吸了一下鼻水，「那個乞丐已經完全沒用了。」

「老實說，這不關我的事，我必須遵守命令。」今晚，凱薩巡官決定不要再忍受那些胡說八道的廢話。他的工作一天比一天困難，為了政治性的大會集合群眾還不算糟，為國內維安組織圍捕嫌犯也還好；但摧毀棚屋聚落、攤販、貧民區，對他心靈的寧靜是個很大的打擊。現在為了讓長官順利執行解決乞丐問題的新改革政策，他必須把遊民都扔到城市外的荒地中。以前他接到這類任務，頹喪落魄地回到家後，總是會喝得醉醺醺的，然後揍老婆、打孩子；現在的他恢復良知，不願讓這個流鼻涕的白痴把事情愈弄愈複雜。

「她對我有什麼用處？」便利服務員抗議道：「殘廢成這樣能做什麼事？」

「你總是抱怨相同的事，」凱薩巡官把大拇指插在皮帶裡，上頭懸著他的大肚皮，他是牛仔電影及克林・伊斯威特的影迷。「別忘了，他們都是免費工作的。」

「很難說是免費，巡官，每個人頭你的索價就夠多了。」

「如果你不要這些人，會有人要的。老實說，每晚聽你的抱怨我已經又累又煩，我不可能特別為你挑出健康強壯的人，這裡不是販牛市場。我接到的命令是清空街道，所以你到底要或不要？」

「要，好吧。至少叫你的手下打人時小心點，別讓他們流血，不然我很難找到地方安置他們。」

「這一點我同意。」凱薩巡官說：「但是你不用擔心，我的警員受過良好的訓練，他們知道怎樣打人才不會產生外傷。」

掃街的行動持續進行，警員很有效率地執行任務，又戳、又打、又踢，沒有什麼能阻礙他們的速度。沒有人尖叫痛哭，也沒有人敢裝瘋賣傻地威脅他們。

警員清空街道的樣子，讓伊斯佛想到早上五點鐘來清垃圾的掃街人。「哦，不！」當隊伍走到轉角時，他打了個寒顫，「他們要抓坐滑板的乞丐。」

沒有腳的乞丐讓警察的隊伍緩了下來，他用雙手支撐在地上，靠臂力讓滑板前進。

警員們興沖沖的看著，想知道這種海狗爬法能讓他跑多快。他到藥房前就筋疲力盡了，兩個警員把他和滑板帶到卡車上。

「看看他！」便利服務員激動的說：「沒手指、沒腳、沒腿，他能做什麼工作！」

「想讓他做什麼隨你高興。」其中一位警員說。

「如果你不需要他，把他丟到城市外頭。」另一個說，他輕輕一推，滑板車向前滑，直到靠車頭的那端才停下。

「你在說什麼？我怎能那麼做？我要為這些人負責任的。」便利服務員說。想到凱薩巡官對他下的最後通牒，他小心的轉過頭去看了一下，咬著原子筆蓋想——他聽到了嗎？他換個口氣補充道：「那些瞎的沒問題，他們還有手可以做事；小孩也是，有很多小工作給他們。」

沒有警員理他，大家都忙著追捕獵物。一旦最初的驚慌漸漸平息後，乞丐們就得乖乖跟著走，他們大多數人早就習慣忍受這種追捕。只要給警察一些小費，店家或住家就可以要求警察幫他們除去在門外流連的眼中釘。有時警察早就發現有乞丐在某處出沒，卻等著人家捧錢上門要求才願意幫忙。

遊民在卡車旁排成一排，便利服務員一邊點人頭一邊要求他們報上名字，還要記錄下性別、年齡和身體狀況。有個老人默不出聲，想不起自己的名字，一位警員就賞了他幾巴掌再問一遍，頂著斑白頭髮的頭就這樣一左一右的被甩來甩去。

他的朋友想幫忙，用他們平常喚他的幾種名字叫他。「勃菲！貝達！四二〇號！」便利服務員選擇了「勃菲」，記到名冊上，至於年齡，他就憑外貌大約估計一下。

酒鬼和精神失常的人比較難處理，不肯離開又會鬼吼鬼叫，行事毫無條理，讓警員啞然失笑。有一個酒鬼握起拳頭揮舞，大聲喊叫：「你們這些有狂犬病的狗！狗娘養的！」警員止住笑聲，對他棍棒齊下，等他倒下後，他們又攻擊他的腳。

「住手，拜託，住手！」便利服務員懇求他們，「如果你們把他的腿打斷了，他要怎麼工作？」

「別擔心，這些傢伙很耐操，我們的棍子會斷，但他們的骨頭不會。」陷入昏迷的酒鬼被拖上卡車。他們的討論又被受傷事件所中斷，棍子打到腎臟，還有最惹人爭議的——有人的頭骨被打碎了。

「這哪叫看不出外傷！」便利服務員向凱薩巡官抗議：「看看那些血！」

「有時是必要的。」凱薩巡官說，不過他確實有約束下屬克制一下情緒，否則將演變為暴力事件，又是煩人的醫生、繃帶和醫療報告。

裁縫師們還藏匿在藥房的入口處，不知目前街上的狀況如何：「他們離開了嗎？一切結束了嗎？」

「看起來是。」守夜人說，引擎發動的聲音給他們肯定的答案。「好了，你們可以睡覺了。」

凱薩巡官和便利服務員核對名冊，後者說：「九十四人，還少兩個才能補足人數。」

「老實說，當我說八打的時候，我只是給一個概估的數字，就是一卡車的量，你懂嗎？我怎麼可能精準的預測我們要抓多少人？」

「但我已經跟承包商說八打的數量，他會以為我在欺騙他，你能不能再找兩個？」

「好吧，」凱薩巡官無力地回答：「我們就再找兩個。」他決定再也不要和這傢伙打交道了，不停地發牢騷、抱怨，像隻被打得嗚嗚叫的小狗。要不是為了支付女兒西塔琴的學費，他會毫不考慮地推掉加班的工作，不只因為不想和便利服務員那樣的人渣交涉，加班還讓他從起床後一直到隔天黎明前都不能睡。他反省自己，怪不得最近脾氣都很壞，這些煩人的事導致他胃痛，但有什麼辦法？為了孩子將來能嫁到好人家，這是他的責任。

「沒事，別擔心，我是這裡的守夜人和……」

裁縫師和守夜人聽到棍子和腳步聲逼近，兩個看不出臉的黑影冒出來，向入口處探視，「誰在那兒？」

「閉嘴，出來！通通出來！」凱薩巡官的耐心已被便利服務員消磨殆盡。

守夜人從凳子上站起來，決定別拿著棍子比較好，於是放下棍子走到人行道上。「別擔心，」他示意裁縫師走向前，「我會跟他們解釋。」

「我們沒做錯什麼事。」伊斯佛邊說邊扣上釦子。

「老實說，睡在街上是違法的，把東西帶著，上車。」

「但警官大人，我們睡在這裡，是因為你的手下開著推土機把我們的棚屋毀掉了。」

「什麼？你們之前住在棚屋區？負負不能得正，而且你們可能因此接受雙重處罰。」

「警官大人，」守夜人插話道：「你不能逮捕他們，他們沒有睡在街上，他們睡在裡面……」

「你知道什麼叫做閉嘴？」凱薩巡官警告他：「或者，你想了解被拘留的意義？睡在任何禁止睡覺的地方就是違法，這裡是入口處，不是給人睡覺用的。而且誰說他們要被逮捕？政府不會吃飽撐著，送乞丐去坐牢。」他猛然停住，狐疑自己為什麼要長篇大論，讓他的手下用棍子解決不是快多了。

「我們不是乞丐！」歐文說：「我們是裁縫師。看，這些長長的指甲是用來折接縫的，而且我們在……」

「如果你們是裁縫師，那麼把嘴巴縫起來！夠了，上車！」

「『他』認識我們。」伊斯佛指著便利服務員說：「他說他可以用兩百盧布把配給卡賣給我們，可以分期付款，而且……」

「什麼配給卡？」凱薩巡官轉過身問。

便利服務員連忙搖頭，「他們一定是把我和某個騙子弄錯了，看起來貌似而已。」

「就是你！」歐文說：「你一直打噴嚏又咳嗽，鼻涕就像現在這樣流下來！」

凱薩巡官向一位警員使眼色，棍子朝歐文的小腿打下去，他痛得叫出來。

「不要，拜託，不要再打了！」守夜人哀求道：「沒事了，他們會聽你的。」他拍拍兩位裁縫師的肩膀，「別擔心，這其中有誤會，向負責的人解釋，他們會讓你們走。」

警員又舉起手中的棍子，但伊斯佛和歐文已經在捲鋪蓋了。在他們離開前，守夜人給他們一人一個擁抱，「快點回來，我會把位置留給你們的。」

伊斯佛再做最後的嘗試，「我們真的有工作，我們不是乞……」

「閉嘴。」凱薩巡官正在清點今晚的成果，算術本來就不是他的強項，被打斷後又得重新來過。

裁縫師們爬到卡車上，擋板砰的一聲關上，用閂子牢牢鎖住。被指派隨行的警員坐上警用吉普車，而便利服務員向凱薩巡官確認最後的數量後，坐到卡車司機的旁邊。

卡車最近用來執行摧毀房屋的任務，裡面黏了許多泥塊，許多人的腳底都因此被碎石礫刺到。卡車司機打倒車檔迴轉時，有些人沒站穩，跌在人群堆上。警用吉普車則緊跟在後頭。

那晚他們就在卡車上度過，一路上的顛簸讓眾人的身體不停的相互碰撞。坐在滑板上的乞丐情況最慘，每次快要滑到別人那兒時都要急忙往後推。

他對裁縫師不好意思的微笑說：「我時常在人行道上見到你們，你們給了我很多銅板。」

伊斯佛做了一個沒什麼的手勢，他建議道：「你要不要從滑板上下來？」歐文幫他抽掉下面的板子，他附近的人都鬆了口氣。沒有滑板的他像一團不能動的果凍，他用沒有指頭的手將滑板緊緊抱在胸口前，然後放到被截短的大腿上，在溫暖的夜裡顫抖。

「他們要帶我們到哪兒去？」他把嗓門提高，蓋過引擎的聲音，「我好害怕！會發生什麼事？」

「別擔心，我們很快就會知道。」伊斯佛說：「你是怎麼得到這個好東西的？」

「是我主人給我的禮物，他真是一個好人。」恐懼讓他的聲音尖銳起來，「我要怎樣才能再找到主人？他明天來收錢的時候，會以為我捲款潛逃了！」

「假如他到附近問問，會有人告訴他警察來過。」

「這就是我不懂的地方，為什麼警察要把我帶走？主人每個禮拜都付錢給他們——他的乞丐都獲得准許可以不受騷擾地工作。」

「這些警察不是同一批人，」伊斯佛說，「他們是美化市容警員，新法律規定要美化市容。或許他們不認識你的主人。」

他對這種無知的說法搖搖頭，「嘿，先生，每個人都認識乞丐的主人！」他一直感到侷促不安，玩弄著滑板上的輪子讓自己寬心些。「這個滑板是他最近給我的，舊的那個壞了。」

「怎麼壞的？」歐文問。

「是意外，我遇到一個斜坡，從人行道上往下衝，差點撞壞別人的摩托車。」他說完後咯咯笑，回憶著當時的情景。「這個新的好用多了。」他讓歐文仔細看看滑輪。

歐文用大拇指試輪子，「很順暢，你的手腳是怎麼回事？」

「不清楚，一直都是這樣。但我並不埋怨，我有足夠的東西吃，在人行道上有地方睡，主人照顧我的一切。」

他檢查手上的繃帶，用嘴巴解開，這是一個緩慢而費力的過程，需要運用許多脖子和下巴的動作，花了幾分鐘的時間才終於露出手掌。他把手靠在裁縫師的睡鋪上磨來磨去抓癢，裝睡鋪的粗糙布袋剛好緩解他的癢處。接著他再把繃帶纏回去，這回脖子和下巴努力地作反向的動作。歐文感同身受似的把頭跟著他的動作一上一下的擺動、繞圈——小心！對了！再繞一圈。當他突然意識到自己的動作時，連忙停下來，覺得自己很愚蠢。

「我靠雙手推動滑板，綁帶可以保護我的皮膚。要是沒有綁帶，手在地面上摩擦會流血。」

閒聊中揭露的事實讓歐文不太舒服，但乞丐繼續講，以舒緩自己的恐懼和不安。「我並不是一開始就有滑板的。我小時候因為年紀太小無法獨立乞討，他們就帶著我到處去。乞丐主人以前每天把我出租，他是現在照顧我的人的父親。他們很需要我，主人說我幫他們賺到的錢最多。」

他聲音中的恐懼被快樂的回憶沖淡，他還記得承租人多麼小心的照顧他、養他，因為假如他們粗心大意，乞丐主人會鞭打他們，而且再也不跟他們做生意。因為體型袖珍的關係，十二歲以前他看起來都像個幼兒。「一個吸著奶嘴的殘障兒童可以賺到好多錢，那幾年我喝過許多不同的母乳。」

他悲傷的微笑著，「真希望我現在還在那些女人的臂彎裡，嘴裡含著甜甜的乳頭，比顛簸乞討好得多，整天在這塊板子上撞痛我的蛋蛋，屁股也快要磨破了。」

伊斯佛和歐文聽得啞口無言，最後才鬆口氣笑了。走過他身邊招手或給個銅板是一回事，坐在他身旁思索他的傷殘又是另一回事，而且令人感到悲哀，但他們很高興他至少還有開心的能力。

「後來我的娃娃臉和袖珍體型不再，大到無法被帶來帶去，主人才開始要我自己出來乞討。我必須拖著自己的身體到處走，用我的背。」

他想示範給他們看，可是擁擠的卡車上沒有多餘的空間。他說明主人怎麼傳授他技巧，跟訓練所有其他的乞丐一樣利用個人特色，因此每個人的風格都不盡相同。「主人喜歡開玩笑說他會頒發學位證書給我們，如果我們有一面牆可以展示的話。」

裁縫師又被逗笑了，乞丐喜形於色，似乎發現了自己的新才能。「所以我就學習用背貼著地板，以頭和手肘讓身體前進，但速度很慢。我會先把錫罐往前推，然後身體跟著蠕動，效果很好。人們用好奇和同情的眼光看著我，有時候小孩子以為是遊戲，就跟著模仿。有兩個賭徒每天打賭，看我爬到人行道的另一端需要多久時間，贏的人總是會投一些錢在我罐子裡。」

「可是要爬到主人為我保留的另一個地點要花相當長的時間，早上、中午、晚上，都遇到上班的人群、吃午餐的人群、採買東西的人群，所以後來他決定幫我弄一個滑板，真是個好人，我對他感激不盡。生日的時候他會送我蜜錢；有時還會帶我去找妓女尋歡。他旗下有很多很多的乞丐，而我是他最喜歡的。他的工作並不輕鬆，要做好多事：他要付錢給警察、幫我們找地方討錢，還要確認沒有人佔據那個地方。如果有好的乞丐主人照顧你，就沒有人敢偷你的錢，這是最嚴重的問題——偷竊。」

車上有人發牢騷，推了乞丐一把，「像著火的貓一樣亂叫，沒人有興趣聽你胡言亂語。」

乞丐沉默了好一會兒，調整他的繃帶，又玩玩滑輪。裁縫師睡意沉重的頭開始往下垂，讓他擔心起來，假如他的朋友睡著了，他會被拋棄在這可怕的黑夜裡；他認為說說自己的故事可以趕走他們的睡意。

「而且，乞丐主人必須要很有想像力。如果乞丐們的傷殘都一樣，大家習慣了就不會感到同情，人都喜歡看不同的東西。有的傷勢很平常，就沒什麼吸引力。譬如說，放著一個瞎眼的小孩不會自動賺到錢，瞎眼乞丐到處都是；可是沒有眼球的瞎子，臉上有兩個凹穴，再加上鼻子被削掉——任何人看到了都會掏出錢來。疾病也有用，脖子或臉上長顆大肉瘤，滲出黃色的體液，那也很有效。」

「有時候，如果正常人找不到工作或生病了，也會變成乞丐，但他們毫無希望，根本沒有機會跟專業的競爭。想想看，假如你有一個銅板要施捨，在我和另一個完整無缺的人之間做選擇，你會選擇誰？」

剛剛推他的人又說話了：「閉嘴，你這隻猴子，我警告你！否則我會把你丟到另一邊去！在這種時候我們不想聽你廢話！為什麼不像我們一樣找個正當的工作？」

「你是做什麼的？」伊斯佛禮貌地問，希望讓他冷靜些。

「回收廢五金，先收集再秤重賣掉。連我生病的太太都有工作做，她收集碎布條。」

「那很好，」伊斯佛說：「我們有一個朋友收集頭髮，但他現在已轉業成為家庭計畫勸導員。」

「是的，先生，都很好，」乞丐說：「但告訴我，收集廢五金，沒手指又沒腳，我要怎麼做？」

「別找藉口，在這麼大的城市裡連死人都有工作做！首先你要有工作欲望，然後認真地找。你們乞丐在街上妨礙大眾，惹得警察找大家的麻煩，像我們這麼努力工作的人也受連累。」

「噢，先生，沒有乞丐，人們要怎麼洗淨他們的罪惡呢？」

「誰在乎？我們只關心找水洗淨身體的事！」

講話的音量愈來愈大，乞丐拉尖了聲音，做回收的也吼回去，其他的人都往兩旁站。酒鬼終於醒了，對著每個人大吼大叫：「去他媽的白痴！驢蛋！哪來這麼不要臉的娘娘腔！」

車上的騷動迫使卡車司機把車停到路旁，「這麼多干擾讓我無法專心開車，」他抱怨道：「會發生意外。」

在車子的頭燈照射下，只看得到車外一堆石頭和草叢。車上現在一片寧靜，四周都是深沉的夜色，在狹窄的路肩之外可能是山丘、曠野、森林，或是妖魔鬼怪。

一個警察穿過燈光走過來警告他們：「如果再有任何聲音，你們會被痛打一頓，然後遺棄在這裡，不帶你們去漂亮的新家。」

車子又開動了，乞丐開始啜泣，「噢，先生，我感到好害怕。」後來他在疲憊中沉沉入睡。

裁縫師現在倒是相當清醒，伊斯佛想著明天早上他們若沒現身工作，不知道會發生什麼事，「工作的進度又被延誤了，兩個月來的第二次，迪娜女士要怎麼辦？」

「找新的裁縫師，或忘記我們。」歐文說：「不然還能怎麼辦？」

黎明將黑夜染灰，不久天際出現雲彩，卡車和吉普車下了高速公路轉進泥巴路，最後停在一個小村子外。後擋板匡啷打開，乘客們被安排去解手，然而對某些人來說已經太晚了。

乞丐斜倚在一個人的臀部上，歐文把滑板放回他身子下，他自己划到卡車車廂邊緣，用纏著繃帶的手向兩位警員揮手，不過他們正轉過身去點雪茄來抽。裁縫師跳下車，把乞丐抬到地上，很意外他竟然那麼輕。

男士站在路的這一邊，女士蹲到路的另一邊，小孩則到處都是。幾個小嬰兒又餓又哭鬧，父母親用前晚從垃圾中翻找到半爛的香蕉和橘子餵他們。

便利服務員緊接著安排早茶，村子的茶販在卡車附近設置一個臨時廚房，升火燒一大鍋水，準備牛奶、糖和茶葉。每個人都飢渴地看著茶販忙上忙下。晨曦從樹上篩下，落在大鍋上，幾分鐘過後水滾了，茶也煮好，用小陶土碗裝著供茶。

不久，有訪客的消息就傳遍了小村子，村民們前來圍觀，旅人飲茶的滿足感讓村民頗為自得。村長向便利服務員問候，就像一般親切的鄉下人一樣問道：什麼人？打哪兒來？為什麼？需不需要幫助等。

便利服務員說不關他的事，把村民帶回去，否則警察會驅趕他們。大家被無禮的回應所傷害，沮喪地離開。

喝完茶，小陶土碗紛紛交回給茶販。他依慣例將碗一個個摔破，有些人看到了本能地衝上前去搶救，「慢著！慢著！如果你不要就給我們！」

但便利服務員制止他們道：「你們要去的地方已經將你們所需的一切都準備好了。」他們被命令回到卡車上。在停留的那段期間，太陽已經爬到了樹上，晨間的溫度急速攀升。引擎發動的聲音嚇壞了樹上的小鳥，成群的振翅飛離樹林。

稍後卡車開到了一個灌溉計畫區，便利服務員讓那九十六個人下車，計畫經理在簽收據前清點了人數。因為他們有自己的保全人員，警方的吉普車便離開了。

保全隊長命令那九十六個人清空自己的口袋，把隨身的袋子打開，所有東西都放到地上。兩個部屬走到隊伍裡，用手貼著大家的衣服搜身並檢查一堆堆的物品。這不需要花太多時間，因為有半數的人是幾乎沒穿衣服的乞丐，也沒什麼私人物品。但人群中也有女性，保全人員花了較多的時間才完成搜身。

他們沒收螺絲起子、炒菜鏟、一支三十公分長的金屬釣竿、刀子、一捲銅線、鉗子，還有一把梳齒太大太尖的梳子。一位保全拿起歐文的梳子做彎曲測試，結果斷成兩半，歐文被允許保留殘片。

「我和我伯父不該在這裡的。」他說。

保全把他推回隊伍，「假如你有意見就去跟領班說。」

全身衣著破爛的人收到他們發下的半長褲和背心，婦女得到裙子和上衣。坐滑板的乞丐只拿到上衣，因為他用布包裹起來的下半身找不到適合的褲子。伊斯佛和歐文沒有發到衣服，撿破布和回收廢五金的也沒有。身上許多尖銳的東西被沒收，讓後者深感懊惱，覺得太不公平了。而裁縫師覺得新衣服的縫工很糟糕，他們寧願穿自己的衣服。

大家被帶到一排鐵皮屋前，每十二個人分配到一間。大家都迫不及待地衝向最近的屋子，爭先恐後地擠進去；保全人員把他們趕回去，隨機分配。屋裡有一堆捲起來的草蓆，有些人很自動地鋪開躺下，隨即被叫起來，他們被告知把私人物品放好，然後到領班那裡集合。

領班看起來是個很急躁的人，很會流汗。他歡迎他們來到新居，並花幾分鐘說明政府為提升窮人和無住宅者的生活所提出的慷慨計畫，「因此我希望你們都能享受到這個計畫的好處。還剩兩個小時的工作時間，但你們今天可以休息了，明天你們就要開始新的工作。」

有人問酬勞多少，以及領日薪或週薪。

領班拭去臉上的汗水，嘆口氣，再講一遍：「你們不懂我說的嗎？你們會得到食物、住所和衣服，那就是你們的酬勞。」

裁縫師往前擠上去，急著想解釋他們如何意外被扯進這項灌溉計畫裡。不過有兩位官員先走到領班那兒，請他去開會。伊斯佛決定暫時先擱下此事，「最好等到明天早上，」他小聲對歐文說：「他現在很忙，打擾他會讓他生氣。很顯然是警察弄錯了，這個地方要的是無業遊民，如果他們知道我們有裁縫的工作，他們就會讓我們走。」

有些人晃進屋裡躺下，有些人把草蓆拿到外面鋪。烈日照射下，鐵皮屋裡炙熱難耐，到屋外的陰影下比較涼快。日暮時分響起哨聲，工人們結束工作回來。三十分鐘後又響起一次哨聲，他們走向吃飯的地方。管理者告訴新來的人跟著他們走，他們到廚房外排隊等著領晚餐：粥和印度薄餅，旁邊放著青辣椒。

「這個粥稀得跟水一樣。」歐文說。

侍者聽到了，以為是針對他，「你以為這是哪裡？你爸爸的豪宅？」

「別拿我爸爸開玩笑。」歐文說。

「算了，走吧，」伊斯佛把他拉走，「明天我們要跟長官說警察弄錯了。」

他們默默吃完晚餐，跟大家一樣注意到食物裡所隱藏的危機——印度薄餅是用含沙的麵粉做的，席間用餐者不時吐出小砂石或異物。在嘴裡來不及探測出的細小東西，就跟食物一起吞下肚了。

「他們一小時之前就應該到了。」迪娜做好早餐時對馬內克說。

她又在緊迫盯人了，他心想，一邊收拾起上學要用的書，「有關係嗎？如果是按件計酬的話。」

「生意上的事情你懂什麼？你爸媽付擔你一切的費用還給你零用錢，等到你自己賺錢後再說吧。」

他下午回來時，她正在門口踱步，鑰匙才輕輕插入鑰匙孔時，她就轉開門把。「一整天我連他們的影子都沒看到，」她向馬內克抱怨：「不知道他們這次會用什麼藉口，又是去參加總理的宴會嗎？」

度過漫長的下午，將近傍晚時分她冷嘲熱諷的語氣已被焦慮取代：「電費帳單到期，水費也是，該買配給卡了。伊伯瑞尹下週就要來收房租，你不知道他有多纏人。」

她的擔憂像是無法消化的食物，一直到晚飯後還持續翻攪著。假如裁縫師明天也沒出現該怎麼辦？她有辦法立即找到兩個可以替代的人嗎？這不只是延誤交貨的問題——第二次的延誤會嚴重觸怒奧荷華出口公司高高在上的女皇，這次經理或許會在她的名字旁用黑色標註「不可靠」三個字。迪娜認為或許她應該到維納斯美髮沙龍跟珊諾比雅談談，請她運用個人影響力幫忙。

「伊斯佛和歐文不會像這樣曠職那麼久，」馬內克說：「一定發生了什麼緊急的事情。」

「胡說，有什麼事急到讓他們花個幾分鐘來說一下都不行？」

「也許他們去看要租的房子或什麼了。別擔心，阿姨，明天他們可能就會來了。」

「可能？『可能』還不夠，我不可以『可能』交貨、『可能』支付房租。你現在還是不用負什麼責任的年紀，或許連它的意義都不懂。」

他覺得她的發火毫無道理，「如果他們明天還沒出現，我會去看看，然後問個清楚。」

「對喔！」她面露喜色，「你知道他們住在哪裡真是太好了。」她的焦慮似乎消失了，接著她說：「我們現在就去找他們，幹嘛要花一整晚的時間擔心不已。」

「妳總是說妳不想讓他們知道妳很著急，如果妳晚上跑去，他們會知道妳沒有他們就走投無路了。」

「我並不是走投無路，」她強調：「只是生命中又遇到一次難題，如此而已。」但她決定等到明天早上，同意他上學前先去看看他們的狀況。

她心煩意亂，無法繼續做被單，碎布條堆在沙發上，亂不成形。

馬內克從藥房一路往回奔跑，經過菲希朗素食餐廳前慢下來往裡頭探了一下，希望能看到伊斯佛和歐文在那裡喝茶，但裡面沒人。他回到公寓，上氣不接下氣的向迪娜轉述守夜人的話。

「太可怕了！他說警察把他們誤認為乞丐拖到警方的卡車上帶走了，天曉得現在他們在哪裡！」

「嗯，我了解了。」她在思考這個故事的真實性，「他們在牢裡要關多久？一週或兩週？」如果那兩個渾球想到別的地方找新工作，拖延一點時間，這會是個方法。

「我不知道。」馬內克心裡煩得不得了，沒察覺出她話中的譏諷，「不只是他們倆，街上的所有人，所有的乞丐和遊民都被警察帶走了。」

「你別笑死我了，沒有法律這麼規定。」

「是新的政策，緊急狀態下的美化市容計畫還是什麼的。」

「什麼緊急狀態？這個名詞我已經聽到又煩又厭惡。」她仍然心存懷疑，做個深呼吸後決定開門見山地說。「馬內克，看著我，直視我的眼睛。」她把臉湊近些，「馬內克，你不會向我撒謊吧，是不是？因為伊斯佛和歐文是你的朋友，是他們要求你這麼說的？」

「我可以用我爸媽的名字發誓，阿姨！」他不可置信地退開，這樣的控訴令他憤慨，「妳是不用相信我，要怎麼想就怎麼想，下次別找我幫忙。」他離開房間。

她跟過去，「馬內克，」他不理她。「馬內克，對不起，你知道我有多擔心縫紉的工作，我是無意的。」

他沉默了好一會兒才決定原諒她，「沒關係。」

真是個體貼的孩子，她心想，他就是無法看著別人焦慮。

「他們睡在外頭有多久了？那個什麼來著……藥房？」

「從他們房子被毀掉那一天開始，妳不記得了嗎，阿姨？妳還不准他們睡在妳的廊房上。」

她聲音激動起來：「你知道我必須拒絕的原因，而且如果你有所察覺，為什麼那時候不告訴我？或許可以避免現在的事情。」

「就算我有，那有什麼差別？妳會讓他們待在這裡嗎？」

她避而不答，「我還是覺得這個故事令人難以置信，或許那個守衛在說謊、幫他們掩飾。而我又得向我哥哥乞討房租了。」

馬內克感覺得出她試圖顛覆、隱藏、調整：關心、罪惡感、恐懼。他建議：「我們可以向警方查詢。」

「那樣做有什麼好處？就算他們把裁縫師帶走了，你以為憑我一句話他們就會放人？」

「至少我們可以知道他們在哪。」

「現在我比較擔心的是這些洋裝。」

「我知道！妳好自私，除了自己妳不關心任何人，妳就是不……」

「你好大的膽子！竟敢這樣跟我說話！」

「他們可能已經死了，妳在乎嗎？」他回到自己房間把門甩上。

「如果你弄壞我的門，我會寫信給你爸媽要求賠償，記住了！」

他踢掉腳上的鞋子，倒在床上。現在九點半，上學遲到了。管它的！也管她的！受夠了老是當好人。他跳下床換衣服，從衣櫃裡拿出家裡的舊衣服穿上。衣櫃下方的門鉸噹啷的鬆掉了，他把門挪到適當的位置，然後砰一聲關上。

他再躺回床墊上，手指憤怒得順著床頭櫃上的柚木雕花輪廓一一撫過。這張床和縫紉室裡的那張一模一樣，是同一組，是迪娜阿姨和他先生的，他們一定是肩併肩睡在上頭。那是很久很久以前——在這裡變得愈來愈沉寂與幽暗前，當時她的生活洋溢著幸福，房子裡充滿愛與歡笑聲。

他聽到她在隔壁房間踱步的聲音，可以從腳步聲中感覺到她的苦惱。不到一週前工作進行得還很順利，她拿藥膏給歐文，幫他按摩手臂讓她心情好轉，因為她想起以往幫先生按摩背部那些快樂的日子。

所有她告訴馬內克的事情現在都一一浮現出來：那些醉人的音樂會之夜；魯斯登出現在會場大廳；傍晚飄著花香的寧靜街道——是的，她說那時候的城市還很美，人行道很乾淨，不像現在到處被遊民佔據，抬頭仰望天空就看得到星星；魯斯登和她走在海邊，聽著無盡的浪潮聲；或是在高空花園、微風呢喃的樹下規劃他們的婚禮和未來的生活；以及命運捉弄下來不及實現的計畫。

迪娜阿姨多喜愛那些回憶，爹地和媽咪也是，喜歡聊著他們以前的日子，每張照片、每個過往都在他們嘴角勾起淡淡哀愁的微笑，依戀地回想過去，然後漸漸模糊、消失；但從沒有人會真的忘記任何事情，雖然有時候他們會視情況假裝忘記。記憶是永遠存在的，憂傷的記憶即使事過境遷還是令人憂傷，快樂的記憶也絕不可能再重新來過——不可能重現當初快樂的感受。記憶孕育出它自己的憂傷，看起來多不公平，時間竟把悲傷和快樂都轉化成痛苦的來源。

既然如此，為什麼還要有記憶？它一點兒幫助也沒有，到最後什麼希望都沒有。看看爸和雜貨店，還有迪娜阿姨的人生，或者學校宿舍和阿文納希，以及現在可憐的伊斯佛和歐文，無論回憶快樂的日子或緬懷過去的生活，對不幸和痛苦的遭遇都不會有一丁點的改變——愛與關懷、在乎與分享變得一文不值。

馬內克開始啜泣，他的胸膛因為強忍哭泣聲而劇烈起伏。什麼事都沒好下場，且回憶折磨、奚落著人們，只會讓事情更糟。除非……除非你失去理智，或者自殺，蓋棺論定後不再有記憶，也不再有痛苦。

可憐的迪娜阿姨，她背負的過去有多沉重，雖然她欺騙自己那些快樂回憶是她的依靠，現在她還得面臨裁縫、房租、配給卡……等種種問題。

他對剛剛發怒感到慚愧，他爬下床，塞好衣服，擦乾眼淚，走到後面房間，她還在那為沒完成的洋裝焦急踱步。

「妳什麼時候要交貨？」他直接問。

「哦，你出來了？後天十二點以前。」她微微笑一下，以為他可以賭氣一個小時，但三十分鐘後就出現了，「你的眼睛看起來濕濕的，你感冒了嗎？」

他搖搖頭，「只是有點累。後天……那還有整整兩天，時間足夠了。」

「對兩個專業的裁縫師來說可以，但只有我一人不行。」

「我可以幫妳。」

「別笑死我了，你會縫紉？還有我的眼睛，我現在連把手指穿過戒指都不行，更別說穿針引線。」

「我是認真的，阿姨。」

「有六十件洋裝，六十件！只剩下褶邊和釦子要做，但分量還是相當多。」她拿起一件，「看到腰部了？都是摺皺，這叫『縮攏』，現在來測量。」她把捲尺拉直，「只有二十六吋，但因為縮攏的關係，裙子的下擺有……我看看……六十五吋，用手工完成，需要花很多……」

「如果妳用機器做，他們怎麼會知道？」

「差別就像日夜一樣分明。接著，每件洋裝上有八顆釦子，六顆在前面，左右袖子各一顆。像我這樣的人每小時完成一件，所以共需要六十小時。」

「在交貨前我們有四十八小時。」

「如果我們不吃不睡也不上廁所的話，沒錯。」

「我們至少可以試一下，你把我們完成的交出去，然後找個藉口說裁縫師生病了之類的。」

「如果你真的願意幫忙……」

「我願意。」

她著手準備東西，「你真是個好孩子，你知道嗎？你爸媽有你這樣的兒子真幸運！」然後她突然停下，「等一下，那學校怎麼辦？」

「今天沒課。」

「哦。」她懷疑，一邊挑選要用的線。他們把洋裝帶到前廳，那兒光線比較好。「我教你縫釦子，比縫摺邊簡單多了。」

「都好，我學得很快。」

「是啊，我們會知道的。首先你要測量，並用粉筆畫直線做記號。這是最重要的步驟，不然前面看起來會歪歪扭扭的。謝天謝地這些都是平織府綢，不是像上個月光滑的雪紡綢。」她教他針法，強調四眼釦應該縫成平行線，而不能用交叉線。

下一件他就親自嘗試。「哦，又需要年輕人的眼力了。」她感嘆著，看他把線頭放到嘴裡濡濕，然後穿過針孔。從布料下看不到的那面找釦眼要花比較長的時間，但他終究在可接受的時間內完成了，然後剪斷線頭，成功！

兩小時後他們完成了十六顆釦子和三件褶邊。「知道它要花多久時間了？」她說：「現在我必須去做中餐了。」

「我不餓。」

「今天不餓也沒有課，非常奇怪。」

「我是說真的，阿姨。別管中餐了，我真的不餓。」

「那我呢？昨天一整天都在擔心，一口都沒吃，今天至少讓我有這個榮幸，好嗎？」

「先工作，再談榮幸。」他低頭微笑，從眼角往上看一下。

「想當我的老闆啦？」她故作嚴肅，「如果我們不吃東西，就不會有工作和榮幸，只有我昏倒在針線上頭。」

「好吧，我來弄中餐，妳繼續縫褶邊。」

「這回你又變成賢妻良母了，你要準備什麼？麵包和奶油？茶和吐司？」

「是驚喜，我很快回來。」

離開前他準備六支穿好線的針，省得她自己辛苦地穿針引線。

「浪費錢！」迪娜嘴裡嘮叨著：「你爸媽已經付過你的膳食費了。」

馬內克把從A-1餐廳買來的辣味雞雜燴倒到碗裡放到桌上，「用我的零用錢買的，我想怎麼花都可以。」

雞肝塊和雞胗誘人地浮在濃濃的辣味醬汁上，她彎下腰嗅著氣味，「嗯，這棒極的香味是魯斯登最喜愛的，只有A-1才能做出富含肉汁的辣味雞雜燴，其他地方的都太乾了。」她舀了一匙放到嘴裡，點頭稱讚：「好吃，我們可以加點水而不破壞原來的風味，這樣連晚餐的分量也夠了。」

「好的。另外，這個是特別為妳準備的。」他把袋子遞給她。

她覺得裡面摸起來像是一把胡蘿蔔，「你要我煮這些來吃？」

「不是給我們的，阿姨，是給妳的，生吃就行，對妳的眼睛很好，特別是妳現在一直要用眼睛。」

「謝謝你，但我不想吃。」

「不吃胡蘿蔔就沒有辣味雞雜燴，妳至少得在午餐時吃一根。」

「你以為我真的會生吃胡蘿蔔就錯了，連我媽媽都不能叫我吃。」她把餐桌準備好時，他拿了一根中型的胡蘿蔔，擦乾淨、切掉兩端，放到她的盤子旁邊。

「我希望那是你的。」她說。

「不吃胡蘿蔔就沒有辣味雞雜燴！」他不肯把碗給她，「我規定的，這是為妳好。」

她笑了笑，但看他吃著辣味雞雜燴，她忍不住直流口水。她拿起蘿蔔較細的那頭，作勢要敲他的頭，然後不服輸的咬了一口。他開心得咧嘴而笑，把碗遞給她，「我爸爸說他的一隻眼睛可以抵別人的一雙眼睛，因為他常吃胡蘿蔔。他還說胡蘿蔔可以預防眼盲。」

用餐時，她每咬一口胡蘿蔔，臉就扭成一團。「幸好有美味的辣味雞雜燴，要是沒有它的醬汁，又粗又乾的蘿蔔會卡在我喉嚨裡。」

「告訴我，阿姨，」他們用過餐後他問：「妳的眼睛好些沒。」

「好到可以看清楚你是什麼樣的魔鬼。」

午餐後縫紉的進度加速了，但到了傍晚前迪娜的眼皮開始變得沉重，「我要休息一下去喝茶，可以嗎，老闆？」

「記住，只有十五分鐘，也請幫我倒一杯。」

她向廚房走去，一面微笑的搖搖頭。

到了七點，她想到該準備晚餐，「廚房裡的辣味雞雜燴讓我比平常餓得早，你呢？現在吃或等到八點？」

「都可以，看妳。」他嘴上含著一支沒穿線的針口齒不清地說著，從線軸上抽出一段線。

「看看你！才第一次做裁縫就像個瘋狂裁縫師了！把針從嘴裡拿出來，快點！別不小心吞下去了！」

他把針拿開，有點兒不好意思，她點出問題所在——他想學歐文把東西含在嘴邊的瀟灑樣子：大頭針、縫針、刀片、剪刀，逞匹夫之勇用脆弱柔軟的血肉靠近危險的銳利物品。

「如果我把兒子還給你媽媽時胃裡插根針的話，我要怎麼向她解釋？」

「歐文這樣做的時候，妳從來不會說他。」

「那不同，他是經過訓練的，他生來就是裁縫師。」

「不，他不是，他的家族以前是補鞋匠。」

「都一樣，他們知道怎麼使用工具、怎麼剪、怎麼縫。而且，我的確是該阻止他的，他的嘴有可能會流血，你的也一樣……」她走到廚房去，馬內克繼續工作直到晚餐前。

用餐時，她想到他說過關於裁縫師的事情，「他們以前是補鞋匠？那為什麼要轉換職業？」

「他們要我別告訴任何人，這跟他們的階級有關，他們害怕被惡劣對待。」

「你可以告訴我，我不相信那種愚蠢的風俗。」

他簡短的向她說明伊斯佛和歐文在菲希朗素食餐廳飲茶時，片片斷斷、陸陸續續告訴他的故事，關於他們的村莊、一輩子遭受地主虐待、鞭打、痛毆的查瑪階級，以及賤民階級被迫服從的規定。

她食不下嚥，玩弄手上的叉子。剛開始她用手肘靠著桌子，下巴擱在拳頭上，他繼續說時，叉子從她手指滑落，鏘啷掉落在盤子外。講到父母、孩子及祖父母被謀殺的那一段，他很快的帶過。

迪娜把叉子擺好，「我從來不知道……我從不認為……報紙上寫的關於上層階級與下層階級間的故事是真的，突然離我這麼近，就在我的房子裡。這是我第一次知道那些人的事，天啊！這麼可怕，可怕的遭遇。」她搖搖頭，似乎無法想像。她想把飯吃完，但放棄了。「跟他們比起來，我的人生過得算舒適幸福。現在他們遇上麻煩，我只希望他們能安然回來。人家都說神是偉大的、公正的，但我不確定。」

「神死了！」馬內克說：「那是一位德國哲學家寫的。」

她很震驚，「德國佬的確會說這種話，」她皺起眉頭，「那你相信嗎？」

「我以前相信，現在我寧願把神想成一個做被單的巨人，有無數種設計的能力。被單變得愈來愈大而且複雜，看不到圖案，方形、菱形、三角形不再契合得天衣無縫，一切都失去意義，所以祂就放棄了。」

「你有時候就是會胡說八道，馬內克。」

趁她收拾的時候，他打開廚房窗戶學貓叫，丟出一些麵包和辣味雞雜燴，希望對貓來說不會太辣。他回到縫紉室拿起另一件洋裝，提醒迪娜阿姨要快些。

「這孩子真是瘋了，晚餐後連讓我休息五分鐘都不肯。我是個老女人了，不像你們年輕力壯。」

「妳一點也不老，阿姨。事實上妳很年輕，而且很漂亮。」他大膽的說。

「而你，馬克先生，愈來愈聰明了。」她面露欣喜的說。

「只有一件事情讓我感到不解。」

「什麼事？」

「為什麼看起來像妳這麼年輕的人，聲音聽起來這麼蒼老，一直嘮叨個不停。」

「你這個小渾球，先恭維我，然後再貶損我。」她笑著說，一面用針釘住褶邊，把洋裝拿高，看看邊緣是否平齊，稍微調整了一下邊緣。她說：「現在我懂得欣賞裁縫師手指上的長指甲；你真的跟他們成為朋友了，所以他們才會告訴你在村莊的生活。」

他抬頭看了一下，聳聳肩。

「他們每天都坐在這裡工作，卻沒跟我說任何事，為什麼？」他又聳了一下肩膀。「別用你的肩膀說話，你那個會做被單的神在你的嘴巴裡縫了一條舌頭。為什麼他們會跟你聊而不是我？」

「也許他們怕妳。」

「怕我？真是胡說，若說會怕的話，應該是我怕他們，怕他們找到出口公司，一腳把我踢出去，或是怕他們找到更好的工作。有時候我甚至不敢指出他們的錯誤——他們離開後，我會在晚上自己把錯誤的地方修好。他們有什麼理由怕我？」

「他們認為妳會找到更好的裁縫師，然後叫他們走路。」

她沉默地想了一會兒，「我希望你早點告訴我，我可以讓他們安心些。」

他又聳聳肩，「那樣也改變不了任何事情，阿姨。只要給他們睡覺的地方，妳就可以救他們了。」

她丟下手上的工作，「你不停、不停地說這件事，一點都沒顧到我的感受！不斷重複，直到我被罪惡感壓垮。」

馬內克把針穿出釦眼時扎到手指，「噢！」他吸一下大拇指。

「繼續吧，你這冷酷無情的小子。告訴我那是我的責任，告訴我是我把他們趕到街上，因為我沒心肝。」

他希望能收回傷害她的話。她無法穩穩的縫好褶邊，好像快要咳嗽了一樣，有東西哽住了，聽起來像是叫喚他的聲音，他倒一杯水給她。喝完水後她說：「關於胡蘿蔔，你說得對，我現在看得比較清楚。」

「真是奇蹟！」他手誇張的舉起來，逗得她直笑，「現在我是胡蘿蔔界的宗師，所有驗光師都會丟掉工作！」

「哦，別耍寶了。」她把水喝完，「我來告訴你什麼事情讓我看得更清楚。我十二歲時我父親決定到傳染病流行的偏遠地方工作，我母親很擔心，她希望我能改變我父親的心意——你了解吧，我是他最喜歡的孩子。後來他客死異鄉，我母親說假如我當初聽她的話，本來是可以救他的。」

「那不公平。」

「沒錯，是不公平。就像你剛剛說的一樣。」

現在他懂了。

迪娜起身，打開工作桌上的玻璃母雞，將頂針、剪刀和針放回它的瓷肚子裡。

「妳要去哪裡，阿姨？」

「你想呢？去參加誰的婚禮嗎？現在十點了，我要去睡覺。」

「但我們才完成十六件洋裝，今天要做的分量是二十二件。」

「要聽資深經理的話。」

「我的計畫是今天二十二件，明天三十件，後天八件，這樣在中午以前一切都可以準備好。」

「等一下，先生，那學校怎麼辦？明天還有後天的課呢？我不認為憑著縫釦子他們就會發冷凍技術證書給你。」

「未來兩天的課都取消了。」

「是啊，我還贏了第三天的樂透彩金呢！」

「算了，阿姨，妳總是懷疑我。」他繼續縫紉，嘆氣唏噓自己的受傷與犧牲，拽著針好像它是一條鐵鍊似的。

「沒關係，我會繼續工作，妳先去睡。」

「想得座奧斯卡最佳表演獎嗎？」

他弄掉一顆釦子，嘴裡輕聲哀號，彎下腰尋找，像個老人用手到處摸索。「去休息，阿姨，別擔心我。」他揮著抖動的手。

「你說你很有表演天分，但我覺得你沒你說的那麼好。好吧，就再做一件。」

開始討價還價了，他立刻抬高籌碼，「我們還要做六件才能完成今天的份數。」

「別想份數的事，我說過了，一件。」

「那麼，至少三件。」

「頂多兩件，別再爭了，但我要先到廚房拿東西。」她很快就回來，手指上掛著兩個熱騰騰的杯子，一個放到他身邊。「好立克，可以提振精神。」她證明給他看，喝了一口後就打起腰桿、挺起胸膛坐起來，露出滿意的笑容。

「妳說的好像廣告一樣，」他說：「而且根本用不著專業的模特兒，妳就很棒了。」

「別以為恭維我就可以每天喝，我負擔不起。」

他們吹涼後啜飲，在談笑間完成了兩件洋裝。將近午夜，迪娜的房子是公寓裡唯一亮著燈的。夜深了，窗外的街道寂靜，黑夜包圍著她的房子，一切的氣氛似乎都在默默支持他們專心工作。

「這樣就十八件了。」午夜過後他們結束手上的活，「手裡別再拿針了，現在我們去睡覺了，好嗎，老闆？」

「等衣服摺好後。」

「是的，馬克·柯拉先生。」

「拜託，我討厭那個名字。」

走進房間前她給他一個擁抱，輕聲說：「晚安，謝謝你的幫忙。」

「晚安，阿姨。」他很高興、輕快的回房休息。

日出前一小時，響亮的哨聲結束了夜晚，把工人從它黑暗、舒適的懷抱中搖醒，他們稀稀落落的從鐵皮屋走向用餐區。兩隻流浪狗嗅嗅那些布滿塵埃的腳，感到無趣，便走到廚房附近。早餐供應的是茶和昨夜剩下的印度薄餅，之後哨聲又響起，喚人們開始工作。

新來者另外被召去集合，由領班分配工作。除了坐滑板的乞丐，每個人都有工作。「你待在這裡，」領班說：「我晚點再交待你的工作。」

歐文和其他人六個一組，要挖條新渠道，伊斯佛的工作是運送砂礫好攪拌成混凝土。領班依名冊分配完工作後，這支良莠不齊的隊伍就被遣散到各個地點，由監工指導工作；裁縫師一直等著，直到所有人都離開了。

「這其中有誤會，長官。」伊斯佛雙手合十的走到領班面前。

「報上名來。」

「伊斯佛．達吉和歐普拉卡希．達吉。」

領班念一遍他們的工作，「沒錯啊。」

「我指的誤會是我們不該到這兒來，我們……」

「所有像你們這樣的渾蛋懶惰鬼都覺得不該到這兒來，政府不會再坐視不管。你們『要』工作，你們會得到食物和睡覺的地方作為回饋。」

「我們『有』工作，我們是裁縫師，警察說要跟你說……」

「我的責任是供你們工作和吃住，說一個不字，保全人員就會把你們帶走。」

「我們為什麼要受處罰？罪名是什麼？」

「你用錯字眼了，不是犯罪和處罰，而是問題與解決。」他向兩個配備棍子、身穿卡其色制服的人招手示意。

「我們這裡沒有問題，所有的人都很喜歡工作，現在你們自己決定。」

「好吧，」伊斯佛說：「但我們想要跟高層的人說話。」

「計畫經理稍晚會過來，他現在正忙著做晨間禱告。」

領班親自送他們到工地，分別交給所屬的監工，並吩咐監工好好看管他們，確定他們不會懈怠工作。乞丐坐在滑板上跟著他們一起走到路的盡頭，直到土石地粗糙的表面不適合滑輪滾動，他才向裁縫師們揮手道別，說好晚上會在他們的鐵皮屋外等著。

山腰上有一群活潑的小身影蹲在那兒，剛開始孩子們看起來像是被陽光凍結住了，後來手持鐵鎚敲擊的聲音才讓人注意到他們的動作——把石頭敲碎成石礫。此處久未下雨，荒蕪的山坡上到處是一塊塊的枯草堆，偶爾會有大圓石滾落到下面砸個粉碎。在遠方，挖土機、起重機以及水泥攪拌器的隆隆聲此起彼落的交雜著，與鐵鎚敲碎石頭規律的叮咚聲遙遙相應。天空中，無情的太陽不停釋出蒸騰的熱氣。

一個女人把石礫倒到伊斯佛的籃子裡，幫他舉到頭頂，吃力的動作使她雙手顫抖，手臂上鬆垮的皺皮也跟著抖動。頭上沉甸甸的重量讓他開始站不穩而搖晃，當她放手後，他覺得自己快要跌倒了。他拼命扶住籃子，把頭往另一邊歪，但籃子整個傾倒下，他的脖子又快又猛的被拉了一下。

「我永遠也沒有辦法做這樣的工作。」他說。掉下來的石礫砸到別人的腳，他覺得很不好意思。

她沒說什麼，把籃子斜靠在小腿上，彎下腰重新再裝。伊斯佛心不在焉地想著，她從肩上往前滑的灰白髮辮，對頭髮收集人瑞亞朗來說沒什麼用處。每下一次鋤，她的塑膠手鐲就發出悶悶的聲響，輕輕呼應著孩子們敲石頭的聲音。她的手有力地不斷重複著一來一回的動作，他看到汗水在她前臂閃耀，接著他注意到其他運送石礫的人都在他身後排成一長串了，他趕緊蹲下來用手幫她把石礫鏟到籃子裡。

「裝石頭是我的工作，運送才是你的工作。」她說。

「沒關係，我不介意。」

「你不介意，但監工介意。」

伊斯佛立刻罷手，問她做這份工作是否很久了。

「從我還是個孩子開始的。」

「薪水好嗎？」

「餓不死。」她為他示範怎麼用頭和肩膀撐住籃子，然後再把籃子給他。他依然搖搖擺擺的站不穩，但至少可以扶住籃子。

「看，一旦你學會平衡就很簡單了。」她鼓勵他，並教他走到拌混凝土的地方。他步履蹣跚的走著，到了目的地後倒下石礫，然後帶著空籃子回到裝石頭的女人那兒，一次又一次的重複。幾趟之後，他臉上已汗水淋漓，開始感覺頭暈目眩，他問是否能喝水，卻被監工拒絕：「等喝水的時間到了，送水人就會來。」

監工盯著大家，那女人盡可能放慢裝石頭的速度，伊斯佛很感激她為他爭取休息時間，他閉上眼做個深呼吸。

「把籃子裝滿！」監工大喊：「妳可不是被雇來裝半籃東西的！」她又裝了四鏟進去。把籃子舉上去時，她故意傾斜籃子好掉一些重量出來。

伊斯佛前後搖晃，上午的工作快把他榨乾了，他在頭暈目眩中極力維持平衡，腦子裡一片空白。在工地的另一頭，風襲捲沙塵而來，女人用沙麗遮住口鼻。要不是靠敲石頭的聲音引導，他會在一片塵霧中迷失方向。當塵埃散去後，視盲的感覺卻依然存在，靠著聲音的提醒，他憑著最後一點力氣在石礫區和混凝土區跌跌撞撞的往返。

等送水人來的時間漫長又難熬，敲打石頭的聲音都停了下來，伊斯佛聽到其他人咕嚕嚕迫不及待的飲水聲，才看到送水的人。送水人肩上垂著鼓鼓的皮製水袋，活像一隻深褐色的動物，那皮帶緊緊的勒住他的皮肉。水的重量令他無法站穩，這瞎眼的人在工人中穿梭，想喝水的人就拍拍他，把他叫住。他輕輕唱著自己編的歌：

哦，召喚我，而我
會解放你的口渴。
但世上有誰可以允諾
我乾枯雙眼的渴望。

伊斯佛跪到送水人面前，把嘴放到皮水袋下倒水喝，然後把嘴移開，讓涼涼的水沖到臉上。監工大喊：「小心點，別浪費！水只能用來喝！」伊斯佛連忙站起來回到他的載石籃邊。

送水人到達歐文工作的地方時，水袋已經輕多了，他的腳步也因此輕快些。六個挖溝渠的人先喝水，然後是運走鬆土的女人；她們的孩子在溝渠附近玩耍，媽媽們用手舀水給孩子們喝。

歐文用沾濕的手指把頭髮往後攏，拿出斷掉的梳子梳頭髮。「嘿，別打混！」監工對他大叫：「回去工作！」

歐文把梳子收起來，把渙散的注意力重新放回挖溝渠的工作上。他喜歡欣賞女人彎腰撿拾石頭的樣子，看得出她們的乳房在上衣裡往前懸移；頭上頂起重物後，她們重新調整沙麗再抬頭挺胸地走開，四肢平穩流暢的擺動，令他想起香堤運水的情景，頂上的銅壺讓她走起路來搖曳生姿。

時間是如此漫長，這些女人曼妙的姿態不足以讓他忘記工作的辛苦，擔心女人瞧不起的眼神，是支持歐文繼續工作的動力。他在溝渠裡深深地彎著腰，慣於拿針線、剪刀的手吃力地抬起鋤頭、砸下，與堅硬的土石搏鬥。手上剛拿鋤頭時冒起的水泡，現在通通磨破了。他幾乎無法挺直腰桿，肩膀也感到發燙。

溝渠旁的一個幼兒開始哭泣，母親扔下籃子去哄他。「妳這懶惰的女人！」監工喝斥道：「回去工作。」

「孩子在哭。」她抱起孩子，孩子滿是泥塵的雙頰閃爍著兩行淚水。

「小孩哭是很自然的事，哭一哭就停了，別找藉口。」他走向她，一副要把孩子從她手上奪下的樣子，為了不讓孩子受驚，她輕輕放下孩子回去工作。

當午餐的哨聲響起，歐文和伊斯佛已經精疲力竭，對稀稀的蔬菜粥毫無胃口，但他們知道為了有體力繼續下午的工作，必須進食。他們迅速把食物大口吞下，然後溜回鐵皮屋下的陰涼處休息一會兒。

再次的哨聲結束了午休時間，回到工地沒幾分鐘後他們開始反胃大吐一陣，馬上就把胃清空了，所花的時間不及填滿它的十分之一。暈眩讓他們無法站直，便蹲下來不肯再動，離地面愈近愈有安全感。

監工在他們頭上敲了好幾下，拉扯領口、搖晃肩膀，裁縫師們呻吟求饒，領班被找了來。

「現在是怎麼回事？你們想找麻煩還是怎樣？」領班問。

「我們病了。」伊斯佛指著一堆人正在查看的兩灘嘔吐物，「我們不習慣這種工作。」

「你們會慢慢習慣的。」

「我們要見經理。」

「他不在這裡。」領班將手放到伊斯佛的臂膀下把他拉起來，他左右搖晃，嘴邊還有嘔吐的痕跡，突然朝領班倒去，領班嚇得連忙將他推開，怕被嘔吐物沾到，「好吧，走開。睡一會兒，我等一下再來找你們。」

接下來的時間他們都待在鐵皮屋內休息，沒人來打擾。黃昏時他們聽到人們走向用餐區的聲音，伊斯佛問歐文想不想吃飯。「要，我餓了。」他們坐起來，感到一陣暈眩，又躺下，敵不過睡意的侵襲。

一段時間之後乞丐撐著滑板進來，還帶了食物。他用很慢的速度移動，小心翼翼不讓腿上的食物打翻。「我瞧見你們生病了。吃吧，吃了才有力氣，慢慢嚼，別噎著了。」

裁縫師向他道謝，他心滿意足地看他們咬下第一口，婉謝分享，「我已經吃過了。」

伊斯佛喝光杯裡的水，乞丐要再去取水。「等一下，讓我來，」歐文說：「我現在沒事了。」

乞丐作一個沒什麼的手勢，很快又取了滿滿一杯水來，問他們還要不要再來點印度薄餅，「我和廚房裡的一個傢伙交了朋友，我想要多少都可以。」

「不，兄弟，我們吃飽了，謝謝你。」伊斯佛說，然後問他的名字。

「大家都叫我蟲子。」

「為什麼？」

「我來告訴你，兄弟，在主人給我滑板以前，我都在地上爬。」

「可是你現在有了滑板，那你的真實姓名是什麼？」

「尚卡。」

他又待了半個小時和他們聊天，描述他整天在灌溉計畫區閒晃看到的事情，然後建議他們早點休息，才有精神和體力應付明天的工作。沒幾分鐘就聽到他們輕輕的酣睡聲，尚卡帶著笑容，開心的撐著滑板離開。

9 什麼樣的法律

某處的門外站著一個女人向迪娜招手，神祕兮兮的拿只籃子給她看，「女士，番茄？」女人小聲的說：「要不要又大又新鮮的番茄？」

迪娜搖搖頭，她想找的是裁縫師，不是番茄。在稍遠的地方，有人拿了一盒皮夾站在凹壁處，還有個躲躲藏藏的男人手上捧了幾串香蕉。每個人都在注意警察的出現，一有動靜拔腿就跑；破攤位的垃圾掉得滿地都是。

她走過好幾條寂靜的街道，人行道上的生活百態都被緊急狀態的頒布驅散了。要找到取代伊斯佛和歐文的人，或許現在機會多些了，她這樣安慰自己，也許會遇到常光顧路邊攤正在找工作的裁縫師。

把最後一批洋裝送到奧荷華出口公司時，她若無其事地告訴戈普塔太太，她的員工要放兩星期的假。然而當兩週的限期接近時，她才體認到自己太過樂觀，必須通知經理工作要再延期。

迪娜一開口就先稱讚戈普塔太太的頭髮：「看起來真不錯，妳剛從維納斯美髮沙龍回來？」

「不。」戈普塔太太不滿的回答：「珊諾比雅讓我失望，我不得不去別家美髮店。」

「發生什麼事了？」

「我有一個臨時的約會，而她說所有的時間都預約滿了。我可是她最忠實的客戶。」

哦，糟了，迪娜心想，切錯話題，「對了，我的裁縫師要延期上工。」

「這種時候真不方便，要多久？」

「我不確定，也許再兩個禮拜，他們在家鄉生病了。」

「他們都是這麼說的，太多浪費掉的工作天都是用這種藉口，但也許他們正在家鄉飲酒狂歡。我們是發展中的第三世界，而缺席率和罷工率卻首屈一指。」

笨女人，迪娜心想，她哪裡知道可憐的伊斯佛和歐文工作得多努力，他們的遭遇有多困苦。

「沒關係，」戈普塔太太說：「頒布緊急狀態是國家的良藥，它會治好每個人的壞習慣。」

她倒希望它能治好經理慢性的無大腦症，她故做同意：「是的，那會是了不起的進步。」

「再給妳兩個禮拜，然後就不准延期，達拉太太。延期是失序的副產品，記住，嚴格的規定和積極的督促才能邁向成功。無紀律是紛亂之母，而紀律的果實是甜美的。」

迪娜表面聽著，心裡卻不信這一套。道別後，她不禁猜想戈普塔太太是不是有幫忙寫緊急狀態的標語並當作副業或嗜好，也或許她受到太多政府旗幟和海報的洗腦，失去了正常說話的功能。

經理的話像是對迪娜的最後通牒，隨著第二次延期的開始，收租人也在固定的時候來到。他把手伸向紅氈帽想把它舉起來，但僵硬的肩膀讓他無法完成致意的動作，便把手放下到黑色長袍領口的位置，取代原來打招呼的方式。

「哦，收租人。」她嗤之以鼻：「等一下，我去拿錢。」

「謝謝妳，姊妹。」伊伯瑞尹才要露出可人的微笑時，迪娜就把門砰的一聲關上。他把手從領口移開揉揉鼻子，手指擦過唇上剃得乾淨的淡棕色鬍渣，與雪白色的山羊鬍形成強烈對比。

他的手在長袍下摸索，找到手帕的一角，拉出來，擦掉額頭上的汗，然後塞回褲子口袋，一直推，直到完全塞進去為止。他靠在牆上嘆氣，工作天才過了一半他就累到沒一點力氣。即使他提早完成工作也沒地方可去——他把自己的房間租給一個在磨坊值夜班的工人，從早上九點到晚上九點。伊伯瑞尹在街上漫無目的的閒晃，他在公園的椅子上歇息，到巴士候車亭下坐坐，在街角的攤子上喝茶，直到回家的時間到了，才伴著磨坊工人的氣味入睡。這就是人生嗎？或者是一個殘酷的玩笑？他再也不相信天秤會維持公平的平衡。假如他的秤盤不是空的，假如從早到晚裡面都有點兒東西，對他來說就足夠了。但現在，他再也不會期待從宇宙的造物者那裡得到什麼更好的了。

在門外等候的時間，他決定先找出給迪娜的收據。他小心的將橡皮筋向上拉，拉到硬紙夾邊緣的橡皮筋啪的一聲斷開，彈到他的鼻子，以致文件夾失手掉落。

裡面的東西散落一地，他跪下來手忙腳亂地撿回珍貴的紙張，每拾回兩張，另一張又從他手中滑掉。一陣輕風吹得紙片沙沙作響，令他驚慌失措，連忙用手將紙聚攏回來，也不管是不是會弄皺它們。

迪娜取了錢來打開門，原以為眼前的老人跌倒了，彎下腰想攙扶他，才了解發生了什麼事。她挺直身子站離房東的間諜，看著敵人左支右絀的樣子。

「抱歉，」他抬起頭說：「這雙老手笨拙得很。」他努力將東西通通塞回塑膠文件夾中，把大橡皮筋繞在手腕上保管好，站起來後身子搖晃，迪娜伸出手來扶住他。

「哦，哦，別擔心，我想我的腿還管用。」

「請清點一下。」她奉上錢嚴肅的說。

他兩手抓緊了沒闔上的文書夾，沒辦法拿錢，一邊仔細尋找裁縫車的卡嗒聲，但什麼也沒聽到。「拜託，這位姊妹，我能不能坐下來找妳的收據？手抖得太厲害了，東西會都掉到地上。」

她知道他的確需要一張椅子，無疑的也想順便一探究竟，「當然，請進。」她把門敞開，今天沒什麼好失去的。伊伯瑞尹內心興奮得悸動，在數月的嘗試過後，他終於得以進入屋內。「所有的文件都亂成一團，」他抱歉的說道：「但我會找到妳的收據，別擔心，姊妹。」他又試著仔細聽後面房間的聲音，當然，還是安靜無聲。

「好了，在這，姊妹。」名字和地址都已寫在上頭，他填入收到的金額和日期，在下方收受章上簽名後取過錢。

「請清點。」

「不用了，姊妹，像妳這樣二十年的房客，如果我連妳都不信任，我還能信任誰？」他照往常一樣清點錢，「只是為了讓妳高興。」他從長袍的內袋抽出一疊厚厚的鈔票，把迪娜給的放進去，就跟塑膠文件夾一樣，鈔票也以橡皮筋固定好。

「現在，」他說：「趁我在這裡的時候，能為妳做些什麼嗎？水龍頭漏水？任何東西壞掉？後面房間牆上的灰泥有剝落的嗎？」

「我不確定，」臉皮真厚，她心裡憤慨的想著，一般租戶抱怨到口乾都得不到回應，而這個老詐包竟在這裡面善心惡的發假慈悲，「你最好自己看看。」

「恭敬不如從命，姊妹。」

在後面房間裡，他用手指關節敲敲牆壁，「灰泥沒問題。」他咕噥著說，面對停機的縫紉機難掩失望，然後突然眼睛一亮的說：「妳有兩台縫紉機。」

「沒有法律規定不能有兩台縫紉機，對吧？」

「當然沒有，我只是問問。特別是這些日子以來那個瘋狂緊急狀態令的關係，你很難說會有什麼樣的法令，政府每天都給我們新的驚喜。」他的笑容很虛浮，讓她不禁猜想他話中是否隱含了威脅。

「一台用的是細針，另一台用粗針。」她不假思索的說：「壓腳和張力也不相同。我要做很多縫工，自己的窗簾、床單、洋裝等等，一定要將所有的工具準備好。」

「在我看起來都一樣，我又怎麼懂得縫紉的事？」他們到馬內克的房間，伊伯瑞尹開門見山的說：「所以這裡一定是那個年輕男子住的地方。」

「什麼？」

「那個年輕人，你的房客。」

「你好大的膽子！你怎能隨便猜測我的房裡有年輕男人！你以為我是這樣的女人！就因為……」

「不，不是這樣的……」

「你竟敢這樣羞辱我、騷擾我！因為我是個手無縛雞之力的可憐寡婦就可以任人羞辱！面對一個軟弱、孤單的女人，你就有勇氣、膽識口出狂言了！」

「但是，姊妹，我……」

「現在這個時代的男子氣概是怎麼了，不懂得保護女人的名譽，倒反過來毀謗、玷污弱女子。你這人留著雪白的鬍子卻口出穢言，可恥的東西！難道你沒有母親、妻女？你應該為自己感到羞恥！」

「請原諒我，我無意傷害妳，我只是……」

「說得容易，損害已經造成了！」

「不，姊妹，什麼損害？是我這愚昧的老頭說錯話，乞求妳的原諒。」

伊伯瑞尹想抓了文件夾就逃，他要舉起紅氈帽道別，但手臂跟來的時候一樣僵硬，還是改將手放在領口致意。

「謝謝，姊妹，謝謝妳。得到妳的准許，我下個月再來，我是妳卑微的僕人。」

她原本想利用他虛偽的稱呼「姊妹」來攻擊他，她心想，就讓他這樣走掉真是太便宜他了。不過他是個老人了，如果為房東跑差事的是年輕點的人，她必定會再重重責備他。

下午她把早上發生的事重演一遍給馬內克看，有的橋段在他的慫恿下又示範第二遍，他最喜歡的部分是她說到受辱的弱女子那段。「我有示範過受騷擾而無助的女人樣子嗎？」她雙手交叉放在肩上，護著自己的胸部，「我像這樣站著，好像他要攻擊我一樣。可憐的老傢伙看都不敢看，我好壞，可是他活該。」

他們不可遏抑的笑個不停，像是把一條麵包切成很多薄片好假裝麵包很多一樣，然後突然間笑聲停止，室內安靜了下來，最後一片麵包帶來的歡樂就是收租人的來訪。

「戲也演了，錢也花了。」她說。

「至少付清了房租，以及水費、電費。」

「但我們不能靠吃電過活。」

「妳可以用我的零用錢，我這個月不需要。」他伸手去拿皮夾。

她靠上前去撫摸他的臉頰。

兩個禮拜過去了，對迪娜來說太迅速，像以往為她帶來歡樂時光的縫紉機車針的速度一樣。她沒注意到期限已到，在她的記憶裡，和伊斯佛及歐文相處的那幾個月，急躁與遲到、爭執與劣質縫工，都變成值得珍惜的事情和令人懷念的回憶。

時近月底時，分期付款的收費員因為本期付款期限已過，前來詢問機器的事情。她帶他去看機器，證明完好無慮，沉穩大方的對他說：「別擔心，先生，裁縫師能一次付清三期的金額，只是他們老家目前發生緊急的事暫時絆住了他們。」

她每天從早到晚尋找新的裁縫師，結果依然徒勞無功。馬內克有時會陪她找，她對此很感激，他讓索然無味的遊蕩多了些興味。而他也喜歡翹課，若不是她威脅要寫信給他爸媽，他會更常陪她出來。

「別為我製造額外的麻煩！」她說：「事實上，假如到了下週我還沒找到兩個裁縫師，我就得找努斯旺借房租錢了。」一想到這，她就心生畏懼，「到時我就必須聽他講一堆廢話——我告訴過妳要再婚，固執孕育不幸。」

「如果妳想的話，我會跟妳去。」

「那真好。」

晚上，他們做被單來打發時間。堆成小山的布條因缺乏新的材料而愈來愈小，令她不得不轉向原本不打算用的布料，比如並非真的適合她作品的輕薄雪紡綢。他們把雪紡綢縫成四方形的小口袋，裡面塞入較結實的布料。當雪紡綢也用完時，被單就不再增大了。

便利服務員又帶了一卡車的遊民到工作集中營，領班向他問候：「歡迎。」

便利服務員鞠躬回禮，並呈上一大盒用玻璃紙包裝的水果乾。在領班付給他的及他交給凱薩巡官的酬勞之間，他抽了不少油水，因此他必須保持良好的互動。

腰果、開心果、杏仁、葡萄乾、杏桃，都可以從透明上蓋一覽無遺。「給夫人和孩子們的，」便利服務員說：「請笑納。」領班作勢推辭，他又說：「沒什麼，只是表達我的一點心意。」

計畫經理很高興有新來的遊民，多增添人手，讓他有更大的空間在工資上做手腳。自由工人缺乏工作效率，但可以用更多人手補足，擴張灌溉區的計畫再也不需要額外的支薪工人。

事實上，還有些人被解雇了，而留下來的工人也開始察覺到危機感。在他們眼裡，這些湧入的飢餓、乾扁、瘦得不成人形的遊民，變成他們工作上的競爭敵手。剛開始看著乞丐和遊民吃力工作的樣子，他們還同情或消遣人家，現在卻視這些人為搶飯碗的眼中釘——支薪工人開始對乞丐和遊民產生怨恨。

對新來者的騷擾不斷發生，毆打、推擠、撞擊變得司空見慣，在凹溝裡還會故意伸出鏟柄來絆倒別人。從鷹架和起落架上掉下的痰，像鳥糞一樣精準的命中目標。在用餐時間的一陣擁擠中，有人趁亂以手肘撞翻別人的盤子——這裡有「不允許第二次打菜」的規定，乞丐和遊民就只能吃掉在地上的飯菜。雖然他們早已習慣吃垃圾堆中的殘羹剩食，但稀薄如水的菜粥很快就被地表吸收了，只有像印度薄餅或蔬菜等固體食物才能留下來。

他們向領班的懇求被漠視，而上層以為這裡運作得順暢、有效率，不需要管理階層的介入。

第一週結束後，伊斯佛和歐文都覺得好像在這個地獄待了一輩子的時間。他們幾乎無法隨著起床哨起床，而下床後四周的景物又受了魔咒似的繞著他們轉，喝了滾過頭的濃茶後才算清醒些。他們一整天下來都恍恍惚惚的，受到監工與支薪工人的斥喝與辱罵。晚上早早便上床，蜷在骨瘦如柴的腿上精疲力竭的入睡。

一天晚上當他們睡著時，涼鞋被偷走，他們懷疑是同屋的人幹的，便赤腳走到領班那兒報告，希望他能補發。

「你們應該小心點，」領班彎腰扣上涼鞋鞋帶，「我哪有辦法幫每個人看著涼鞋？總之這不是什麼大不了的問題，苦行僧和托缽僧都打赤腳，就連胡森也是。」

「誰是胡森，長官？」伊斯佛謙虛的問：「政府官員？」

「他是本國著名的大畫家，從來不穿鞋，因為他不想失去接觸大地之母的機會。所以，你們為何一定要穿鞋？」

工作營裡沒有鞋子類的補給品，裁縫師到屋內再檢視一番，看是否有人拿錯。最後他們小心地走到工地，避免被尖銳的石頭割傷。

「我的腳馬上就會回到孩童時代的樣子。」伊斯佛說：「你知道，你祖父杜奇從不穿涼鞋，而你爸爸和我一直負擔不起鞋子的錢，直到我們在阿施若夫叔叔那兒結束實習。那時候我們的腳皮像皮革一樣，好像被查瑪鞣製過似的，跟牛皮一樣粗。」

到了晚上，伊斯佛說他的腳底已經變硬了，他檢查沾滿塵土的腳皮，用指頭滿意的感覺它的粗糙。但對歐文來說很不好受，他從未赤腳走路過。

從第二週開始，伊斯佛起床時的暈眩在喝過茶後仍然持續著，且隨著日射的增強愈益惡化。太陽像是巨人的拳頭重擊在他頭上，到了中午，他頂著頭上的那籃石礫跌倒在溝渠中。

「帶他到醫生那裡。」監工命令其中兩個工人，伊斯佛把手臂搭在他們肩膀上，用單腳跳躍到營區的診療所。

伊斯佛還沒開口告訴醫生他的情況，那穿白袍的人就轉身拿了瓶瓶罐罐，大部分是空的，但數量實在很驚人。他選了一條藥膏，伊斯佛單腳站著，把受傷的腳踝舉起來讓他檢查，「醫師，這裡會痛。」

醫生要他把腳放下，「腳沒摔斷，別擔心，藥膏可以治好你的疼痛。」

白衣人允許他當天剩下的時間可以休息，尚卡在鐵皮屋內花了許多時間陪伊斯佛，偶爾撐著滑板去取食物和茶。

「不，兄弟，別起來，告訴我你需要什麼。」

「我想上廁所。」

尚卡溜下滑板，讓他爬上去。「別用受傷的腳踩。」他說。

伊斯佛很感動，沒有腳的他卻能如此體恤別人的腳傷。他小心地坐到滑板上，兩腿交叉，然後像尚卡一樣用手划動，才發現原來並不像看起來那樣簡單，去廁所來回一趟可把他的手臂累壞了。

「你覺得我的滑板怎麼樣？」尚卡問。

「很舒適。」

隔天伊斯佛就必須下床，一跛一跛的走到石礫區，儘管他的腳踝仍然又腫又痛。監工叫他和那女人一起把石礫裝進籃子，不用搬運，監工說：「你可以坐著做那份工作。」

工地裡也發生了其他意外，比伊斯佛的還要嚴重：一位盲眼婦人被指派去敲碎石頭，很順利的進行了好幾天之後，有一天卻被自己的槌子敲碎手指；一個孩子從鷹架上跌下來，兩腿都摔斷了；還有一個失去雙臂的人用馱籃運送沙子，摔跤時讓肩上的繫帶滑落，扭傷了脖子。

一週結束後，受傷的新來者被領班歸類為派不上用場的人，醫生用他偏好的藥膏為他們治療，心情好的時候甚至會用夾板和繃帶。尚卡負責幫病人運送三餐，他愛死這項工作了，老是盼著吃飯的時間快點到，撐著滑板穿梭於酷熱的廚房和哀聲連連的鐵皮屋之間，為自己找到新的成就感；每一站他都獲得病人衷心的感謝。

其實，他真正希望的是照顧他們的傷處和減緩痛苦，而那正是醫生做不來的。「我不覺得他的醫術有多高明，」他很坦白的對伊斯佛和歐文說：「他給每個人用的藥都一樣。」

在漫長而炎熱的白天，病人不停痛苦哀號，尚卡陪他們聊天、用水潤濕額頭、安慰說過一會兒就會好了。傍晚工人收工後感到又餓又累，持續不斷地呻吟聲令他們心煩氣躁，情況一直延續到深夜，令大家無法入睡；這樣過了幾天後，終於有人提出抗議。

領班無計可施，惱羞成怒地警告傷者：「醫生已善盡醫護的職責，你們這些人還想要什麼？假如把你們送到醫院，你們以為會比這裡好嗎？醫院過度擁擠，又營運不善，護士只會把你們丟在骯髒的走廊上，任傷口腐爛，在這裡你們至少還有個乾淨的地方休息。」

幾天之後工地的人手不夠，領班被迫回頭雇用之前解雇的工人。他們突然明白了一件事：讓免費工人失能，工作就會回來了。於是，這些人對乞丐和遊民開始產生同仇敵愾的心理。

支薪工開始耍小動作，把免費工推下台階或鷹架，或不小心沒拿穩鋤頭，讓圓石意外滾下山坡。受傷的人數驟然激增，尚卡滿心歡喜的接下新任務，把所有的心力都放在照顧病患上。

現在計畫經理對受害者的抱怨有不同的看法，保全人員增加了，受命一整天不停巡視工地——除了夜晚之外。支薪工遭到警告，在工作上犯錯的懲罰就是解職。攻擊事件減少了，但灌溉計畫區儼然已有軍營的氣氛。

下一次便利服務員送來一批新的遊民時，領班抱怨說跟他要免費工是項不划算的投資，他假裝工人在送來前就受傷了。「你讓我花錢供養太多沒生產力的廢人。」

便利服務員打開登記簿，翻到他所說的運送日期，給他看上面詳細記載了每個人的健康狀況。「我承認是有少數傷患，但那不是我的錯，警察對每個人亂推亂打，扔上卡車的人有活的、也有半死不活的。」

「既然如此，我一個也不要了。」

便利服務員試著安撫領班，挽回交易，「給我幾天就好，我把他們分類出來，我保證不會讓你蒙受損失。」

卡車最新載來的這批人包含各式各樣的街頭藝人，有雜耍的、音樂師、搞特技的，還有變戲法的。領班決定給他們選擇的機會——和其他遊民一樣加入勞役隊伍，或是在營區裡表演以換取食宿。

街頭藝人選擇了後者，正如領班所願。他們居住的地方和其他人分開來，且當天就要準備晚上的表演。計畫經理同意領班的提議，娛興節目對工人的士氣有益，也可以紓解營區裡流血事件的緊張氣氛。

晚餐後表演節目在用餐區裡登場，保全隊長同意擔任主持人。由翻跟斗、木棒雜耍以及走繩索拉開序幕；節目中間穿插樂師演奏愛國歌曲，贏得計畫經理起立喝采。接著，一對夫妻帶來受歡迎的軟骨功，後面還有紙牌戲法及許多雜耍。

尚卡坐在伊斯佛和歐文旁邊一起欣賞節目，眼前五花八門的表演令他興奮得用身體在滑板上彈跳著，雖然綁著繃帶的手擊不出掌聲，仍然激動的熱烈鼓掌。「真希望其他人也能來共襄盛舉。」他惦記著在鐵皮屋內休息的病人，不斷重複這句話。當遇到演出者耍刀劍或走繩索等特別驚險的表演，緊張的氣氛令全場觀眾安靜下來時，他可以聽見夜晚寧靜時分病人們的呻吟。

計畫經理不停向領班點頭表示贊許，他的建議真是個好主意。最後一位表演者在廚房的陰暗處待命，前一場的演出道具清空後，保全隊長宣布觀眾將目睹驚險刺激的平衡表演，接著演出者步入燈光下。

「是猴人！」歐文說。

「還有他姊姊的兩個孩子。」伊斯佛說：「一定是他告訴過我們的新戲法。」

孩子並未出現在猴人的開場表演中，簡短的雜耍只得到稀稀落落的掌聲。現在他介紹一男一女的孩子出場，各用一隻手把他們舉到空中，兩人都在感冒、打噴嚏。接著他把他們綁在一支四．五公尺長的竿子兩端，自己躺到地上，用赤裸的腳底板撐起竿子，保持平衡。竿子平穩後，他開始用腳趾旋轉，孩子像坐簡陋的旋轉木馬一樣轉起來，剛開始很慢，抓到了均衡感及節奏後愈轉愈快。孩子們軟綿綿的吊著，安靜無聲，身體因快速旋轉而模糊看不清。

喝采聲零落，觀眾焦慮不安，然後掌聲漸漸變得激烈，似乎是希望能藉著掌聲讓他結束這危險的表演，或至少能用掌聲維持平衡，確保孩子們的安全。

竿子的轉速漸漸慢了下來，最後終於停住。猴人把孩子解開幫他們擦嘴，離心力讓鼻子的黏液飛了出來。接著他要他們面對面地躺在地上，這次兩人被綁在竿子的同一端，把腳放在一個小橫栓上；他先試一下夠不夠緊，然後把竿子立起來。孩子們被高高的舉離地面，臉部穿過廚房的燈光消失在夜色中。觀眾倒抽一口氣，他把竿子舉得更高，拋一下，把竿子立在手掌上，臂上緊繃的肌肉在顫動，他把竿子移來移去，使頂端看起來像在風中搖曳的樹梢。接著再拋一下，竿子立在他大拇指上。

觀眾席中傳出一片懷疑和譴責的抗議之聲，專注於表演的猴人什麼也沒聽到，他開始在投射燈的圈圈裡來回走，然後用跑的，把竿子在兩隻大拇指上擲來擲去。

「太危險了！」伊斯佛說：「我一點都不覺得有趣。」尚卡也搖搖頭，坐在滑板上蠕動，身體隨竿子搖擺的方向扭動。

「如果他現在還用猴子表演會不會比較好？」歐文說，眼睛緊盯著懸在空中的小小身影。

猴人轉過頭來，把竿子立在眉間，觀眾氣得跳起來，「住手！」有人喊道：「快住手，不然你會害死他們！」

其他人也跟著附和，「不要臉的瘋子！這樣折磨無辜的孩子！」

「混蛋！省省吧，留給那些沒心肝的有錢人看！我們才沒興趣！」

叫罵聲打散了猴人的注意力，他現在聽到觀眾的抗議了，趕緊放下竿子為孩子們鬆綁。「怎麼回事？我又不是在虐待他們，你們自己問問，他們玩得很開心，每個人都要想辦法過日子。」

但喧嚷不斷的怒罵聲並沒給他解釋的機會，除了猴人，大家也對領班不滿，責怪他安排了這場殘忍的表演，故意嚷嚷給他聽：「哪裡來的怪物！比魔王羅波那更可怕！」

保全人員連忙把大家驅散回他們的鐵皮屋裡，計畫經理的臉色也轉喜為怒，他當著領班的面搖搖手指，「這是你判斷上的疏失，這些人不需要也不懂得恩惠。如果你對他們好，他們就會爬到你頭上，努力工作是唯一的良方。」此後再也沒有娛興節目了。翌日，那些街頭藝人就被分派到各個不同的工作組別去。猴人變成灌溉計畫區最不受歡迎的人，還不到一週，他的頭部就遭到嚴重的創傷，伊斯佛和歐文為他感到難過，因為他們知道他其實是個心地溫和的人。

「記得那個老婦人的預言嗎？」歐文說：「他的猴子死的那晚。」

「是的。」伊斯佛說：「有關殺了他的狗和犯下更重的謀殺事件。現在，那可憐的傢伙才像是被謀殺了。」

便利服務員兩週後回到灌溉計畫區，帶了一個人介紹給領班：「他是能夠為你解決所有殘障工人問題的人。」領班和便利服務員都笑得很開心，但那新來的人還是嚴肅地板著臉，似乎不大高興。

他們到病患的鐵皮屋去視察，總共四十二名。尚卡在病患間穿梭往來，輕撫這個人的額頭、拍拍那個人的背，並且輕聲的安慰他們。腐壞的傷口和沒洗澡的身體發出來的臭味飄向門外，讓領班聞了作嘔。

「你們需要我的話，我會在辦公室。」他找了個藉口離開。

造訪者說他會很快檢視傷勢，以評估可能的發展，「只有這樣我才能提供適當的幫助。」

他們走進第一間屋子，從刺眼的陽光下踏入半幽暗的屋內暫時感到眼盲，尚卡撐著滑板去看是誰來了。他伸長脖子，認出眼前的面孔後身體不禁顫抖著。

「是誰？」造訪者說：「蟲子？」他的眼睛還沒完全適應，但他對滑板的聲音很熟悉。「原來你在這裡，這幾個禮拜我一直猜想你發生什麼事了。」

尚卡把滑板滑到那人的腳邊，他用手激動地敲著地面，「主人！警察把我帶走了！我不是自願來的！」他緊抱著那人的腿，啜泣聲中含著如釋重負的心情與深切的渴望，「主人，救救我，我想回家！」

屋裡小小的騷動又引起傷患的呻吟、咳嗽，希望引起這陌生人的注意，不管是誰，只要能拯救他們都好。

便利服務員走近門邊呼吸新鮮空氣。

「別擔心，蟲子，我一定會帶你回家！」乞丐主人說：「我不能失去我最棒的乞丐。」他很快的看了一下病患的情況就離開，尚卡想跟著他，但他要尚卡先等一下，「首先，我有些事情要處理。」

到了屋外，乞丐主人問便利服務員：「蟲子也在這批名單裡嗎？」

「那當然。」

「他已經是我的，我就不能付你錢。我從父親的手上接過他，而他從孩堤時期就跟著我父親。」

「你也要從我的角度著想。」便利服務員開始討價：「我向警察付了他的錢。」

「算了，我願意付兩千盧布帶走那批人，包括蟲子。」

金額比便利服務員期望的高很多，扣掉給領班的回扣，他的利潤仍然很豐厚。「我們眼前還有很多事要處理，」他試圖隱藏興奮的心情，「我不想為小事爭辯，就兩千盧布，你可以帶走蟲子。」他忍不住笑出來：「什麼蟲子或蜈蚣，只要你喜歡都可以。」

乞丐主人臉色陰沉，這次他對便利服務員大聲斥喝：「我不喜歡別人嘲笑我的乞丐。」

「我沒有這個意思。」

「還有一件事，你必須用卡車把他們送回城市，這也包含在剛剛的出價裡。」

便利服務員同意了，他把乞丐主人帶到廚房，倒了杯水給他，當作冒犯他的賠罪，然後去找領班談回扣的問題。

尚卡乘著滑板全速前進，趕去向他的兩個朋友報告這個好消息，卻被監工攔下，不讓他阻礙工作的進度。監工趕走他，跺腳威嚇，佯裝要拿石頭丟他，尚卡只好轉頭離去。

他一直等到午休哨聲響起，在用餐區附近找到伊斯佛和歐文，「主人找到我，我要回家了！」

歐文彎下腰拍拍他的肩膀，伊斯佛安慰他：「是啊，沒關係，尚卡，別擔心，總有一天我們都會回家，當工程完成之後。」

「不，我明天就要回家了，真的！我的主人現在就在這裡！」他們仍無法置信，直到他說明更多的細節。

「你為什麼那麼開心要離開？」伊斯佛問：「你並不像我們一樣被當成奴隸，待在這裡有吃有住，乘著滑板來來去去幫人拿東西，你不是覺得這樣比乞討的生活還好嗎？」

「有一陣子我的確很喜歡，尤其是照顧你還有其他病人的時候，但我現在想念城市了。」

「你很幸運，」歐文說：「我們快被這份工作折磨死了，真希望能跟你一起回去。」

「我可以要求主人帶你們走，我們現在去跟他說。」

「好，但我們……好吧，去問他。」

他們看到乞丐主人坐在廚房附近的長板凳上喝茶，尚卡靠過去拉他的褲管。「什麼事，蟲子？我告訴過你在屋裡等。」不過他還是把茶放到一旁聽他說，點點頭，撥撥他的頭髮笑了起來，他走向裁縫師。

「蟲子說你們是他的朋友，要我幫助你們。」

「先生，拜託，我們將感激不盡。」

他狐疑的打量著他們：「你們有任何經驗嗎？」

「哦，是的，非常多年的經驗。」伊斯佛說。

乞丐主人懷疑的說：「在我看來你們不可能會成功。」

歐文憤憤不平的說：「我敢跟你說，我們非常成功。」他把兩根小指舉起來，像許願燭一樣，「我們的指甲在做這裡的粗工時斷掉，但還會再長出來。我們受過完整的訓練，我們甚至可以直接為客人量身。」

乞丐主人笑了出來：「為客人量身？」

「當然，我們是專業的裁縫，不是冒牌貨……」

「算了，我以為你們想當乞丐為我工作，我不需要裁縫師。」

他們的希望破滅，「我們在這裡一點也不好，一直生病。」他們懇求他：「你能不能帶我們走？我們可以支付你所需的費用。」尚卡也為他們求情，說兩個月前那個可怕的晚上當警察把他扔上卡車時，他們多麼照顧他。

乞丐主人和便利服務員低聲討論了一會兒，後者索價每位裁縫兩百盧布，他說必須讓領班覺得有厚利可圖，才能同意放掉這兩個有工作能力的人：伊斯佛扭傷的腳踝並不符合資格。乞丐主人握緊杯子走向裁縫師，「假如領班同意，你們就能跟我走，可是要花一筆錢。」

「多少？」

「通常照顧一個乞丐每週要花一百盧布，包括乞討地點、食物、衣服、保護費以及像繃帶或枴杖等特殊用品。」

「是的，尚卡……蟲子告訴過我們，他稱讚你，說你是個很好心的主人，你能來這裡真是他的幸運啊！」

這樣的恭維令他心花怒放，他毫不推辭地接著他的話說：「這完全不是靠運氣。我是城市裡最有名的乞丐主人，便利服務員自然會找上我。無論如何，你們比較特別，不像其他乞丐一樣需要照顧，而且你們對蟲子又那麼好，只要每個人每週付我五十盧布，為期一年，這樣就夠了。」

他們大吃一驚，「那表示我們每人差不多要兩千五百盧布！」

「是，那是我的最低限度。」

他們私下計算著，「每週有三天的裁縫工資要給他。」伊斯佛小聲的說：「太多了，我們不可能負擔得起。」

「有什麼選擇？」歐文說：「你想待在這個跟地獄一樣的地方被折磨到死嗎？答應他就是了。」

「慢著，我來殺點價。」伊斯佛一臉世故地走向那人，「聽著，五十太多了，我們每週給你二十五盧布。」

「你要搞清楚一件事，」乞丐主人冷酷的說：「我不是市場裡賣洋蔥或馬鈴薯的人，我做的買賣是照顧活人的生活。別跟我討價還價。」他憤怒地返回廚房板凳。

「看看你做了什麼！」歐文驚慌的說：「我們唯一的機會完蛋了！」

過了一會兒，伊斯佛拖著腳步走向乞丐主人，「我們接受，雖然代價很高，但我們接受。」

「你確定你負擔得起？」

「哦，是的，我們有正當的工作，固定的收入。」

乞丐主人啃著指甲，吐掉嘴裡的東西，「有時候，我的客戶領受我的好處後沒付錢就跑了，我總是能設法找出他，然後他就有大麻煩了，請記住這點。」他把茶喝完，陪同便利服務員找領班協商。

午餐時間結束，裁縫師心不甘情不願的各自回到工作崗位。

獲得救援的機會就近在眼前，他們對這累死人的工作再也無力忍受，徹底被疲憊擊垮。

「嘿，兄弟，有點耐性。」尚卡說，「只要再等一天，不要惹任何麻煩，你們也不想被他們揍吧？別再擔心，領班會答應的，我的主人非常有影響力。」

受到尚卡的鼓勵，他們又重拾力氣，走向監工那兒報到。下午過了一陣子之後，他們開始焦躁地尋找送水人的歌聲。他的到來表示還有兩個小時的工時，他們從水袋取水喝後，又回去繼續工作。

到了黃昏，他們踉蹌地走回鐵皮屋，尚卡在屋內等，看到他們時興奮得扭動身體，「有消息了，他們明天會帶我們離開。把東西準備好，別錯過卡車，現在我要回去準備了。」

他去找負責重機械的技師，向他借點油來潤滑輪子，工地裡的沙礫和灰塵讓輪子不好轉動，尚卡希望他回去時，滑板能跟來時的情況一樣好。他把油罐放在肚子上帶回去，歐文幫他給輪子上油。

隔天一早，一個保全人員命令尚卡、裁縫師和其他傷患帶著私人物品到大門集合。不良於行的則由工作部隊的人護送，他們含怨的幫忙，嫉妒那些殘疾者即將獲得自由，尤其是兩位裁縫師。

「看，我們多幸運，歐文，」伊斯佛望著一個個被送上卡車的殘缺身體。「要是我們的幸運星跑錯位置，我們也可能斷了骨頭躺在這裡。」

自從頭部受傷後，猴人至今依然不省人事，乞丐主人拒絕帶他走，但是想帶走孩子，他們真的很有潛力，他這麼說。小男孩和小女孩不肯離開，黏在一動也不動的舅舅身旁哭泣，卡車發動時，必須叫人把他們拖走。

便利服務員和領班達成交易，並說好在下次運送時扣掉回扣。不過有件小事耽擱住了，領班堅持這些人到達時所領的衣服要在離開前歸還——每件東西他都必須向上級負責。

「你想拿什麼就拿。」乞丐主人說：「請你快點，我還要趕去參加廟裡的儀式。」

被帶到卡車上的人無法自己脫衣服，正要離開、回到工作崗位上的工人又被命令協助那些人。他們用力拉扯衣服，粗魯地扒下，以發洩自己失意的怒氣，乞丐主人並未多加注意。然而，輪到尚卡時，他要確定他們很小心地脫掉他的背心。

現在那些流浪漢都呈全裸或半裸狀態，就跟他們進到工作營的那天一樣。大門開啟後卡車便揚長而去。

盛裝出現在努斯旺的辦公室是馬內克的主意，「我們要雍容高雅地到那兒，他會更尊重妳，對有些人來說外表是很重要的。」

以迪娜的現況而言，任何聽起來有點道理的話都很受用。她用熨斗整燙他的灰色軋別丁長褲，自己則挑了一件最好的洋裝——結婚兩週年時的藍色洋裝，荷葉剪裁讓她走起路來飄逸動人，現在還合身嗎？她關上門試穿，很開心的發現只有在拉上拉鍊時有點緊。她走到前廳去。

「化點妝怎麼樣，阿姨？」

好幾年沒用了，她旋轉唇膏底座，唇膏似乎很不情願地探出頭來。剛開始的時候很不順，弄糊了唇線，但感覺很快就回來了，縮唇、抿唇再繃緊，扭曲的臉從鏡子裡看起來好像一隻猩猩。

胭紅已經結塊變硬了，但在褪色硬塊下的分量就足夠她用了。天鵝絨圓粉撲乾得跟皮痂一樣，有一回魯斯登在她化妝時取笑她，她就拿粉撲往他鼻子上抹，他說，粉撲柔軟得像玫瑰花瓣一樣。

假如努斯旺今天又提到結婚的事，她不知道自己會怎樣，或許會把他的桌子翻過來。她照鏡子檢視自己，滿意地點點頭，她希望馬內克的外表與尊重理論是對的。

「你準備好了嗎？」她向他的房間喊去。

「哇！妳看起來美極了。」

「你真是夠了。」她笑罵道，一面把他從頭到腳看一遍，除了鞋子之外都合格，離開前她為他擦亮鞋子。

辦公室職員請他們在走廊上候著，自己進去跟老闆確認。她估量道：「看起來，努斯旺很忙。」

那人回來遺憾地回覆：「老闆在忙。」雖然他在這裡工作很多年，要為老闆假傳意思還是感到很為難，「請在這裡坐幾分鐘。」他低下頭告退。

「天曉得努斯旺幹嘛還要用這種笨方法應付我。」迪娜說：「他要忙的事十五分鐘後就結束了。」

不過她的第二項預測失靈了，傳話的職員向努斯旺提到他妹妹今天打扮得很漂亮，還帶了一個人來。

「誰？」努斯旺說：「我們見過她嗎？」

「不是她，老闆，是『他』。」

努斯旺感到非常好奇，用手摸著早上劃到的傷口，「年輕的或老的？」

「年輕的，」職員回答：「非常年輕。」

這令他更好奇了，努斯旺的想像力開始馳騁，或許是男朋友？迪娜四十二歲卻仍然很有吸引力，幾乎跟二十年前嫁給窮小子魯斯登時一樣美麗，可惜他的人生從頭到尾都是不幸，外表、財富、壽命……。

他停下來望著天花板，用右手指輕輕拍著左、右臉頰，虔敬的默禱妹婿能安息，他並不想說已故者的壞話。他的死是個悲劇，卻也是上天給迪娜第二次做正確選擇的機會──找一個更適合的老公，只要她願意抓住機會的話。

她的驕傲真是太可怕了，還有她要獨立的奇怪想法──工作累得跟條狗一樣，只為了賺取微薄的酬勞，連累整個家族蒙羞，而現在跟出口公司做的生意更是一敗塗地。慢慢的他學會讓自己的臉皮厚起來，抖落掉難堪比拋卻責任感容易多了，不管怎麼說，她畢竟是他的妹妹，他一定得為她著想。

多浪費啊，他心想，如此浪費人生，就像看一齣悲劇一樣，只是把三小時延長成三十年左右。家人疏遠，傑利斯和札利成長過程中缺少了迪娜姑姑的愛與關懷，她幾乎不知道他們的近況，真是悲哀。

或許還有歡喜大結局的機會，沒有什麼能比家人幸福團圓更好了。再過不久他會做爺爺，而迪娜也會從姑姑晉升為姑婆。

今天陪她來的這個年輕人是他的男朋友，如果他們是認真的而且也結婚了，那該有多好。即使這傢伙只有三十歲，能贏得迪娜的芳心，他應該要感到很幸運了，她的魅力足以讓年紀小她一半的女人相形失色。

對了，就是這樣，她想把自己的對象介紹給哥哥，獲得哥哥的贊同。只是，為什麼要帶他一塊兒來？努斯旺心想，對於他們的年齡差異，他根本沒理由嫌棄人家，在現代的社會裡，人的思想要開明。沒錯，他會祝福他們，即使是要安排第二次婚禮的花費，只要花費合理──一百個賓客、適量的鮮花布置、一個小樂團……。

在腦海裡溫習過人生的歲月，沉思、惋惜、改進，對努斯旺來說好像經歷了許多年，他看看手錶，還不到五分鐘。奏效了，他想，時間和思想合作下的技倆，效果是如此的驚人。他把話筒拿起來。

他吩咐辦事員立刻請訪客進來，他要把想像的慶祝儀式在現實中繼續下去。

「什麼？」迪娜對辦事員說：「這麼快？」她輕聲對馬內克說：「看，你已經為我們帶來好運了，他從沒這麼快叫喚我。」

努斯旺站起來拉好袖子，準備給他的準妹婿一個熱情的歡迎，而當他看到馬內克那張稚嫩的臉走進辦公室時，幾乎驚訝得跌倒。他瘋狂的妹妹又來了！他緊握住桌緣，想到在這種場合可能讓大家看到即將發生的羞辱和醜聞，令他臉色發白。

「你變成歐洲人啦，努斯旺？還是生病了？」迪娜問。

「我很好，謝謝。」他生硬的回答。

「露比和孩子們好嗎？」

「他們很好。」

「那就好，對不起，在你忙碌的時候打擾。」

「沒關係。」進到辦公室沒幾秒鐘，她就在玩弄他了。剛剛他竟還愚蠢的重燃希望，凡跟迪娜有關的事情，最好不要抱任何期望。他不會為這次婚禮花一毛錢，假如童婚是古代惡劣的不良習俗，那麼「未成年與成年人」的婚姻就是現代瘋狂的玩意兒，他才不想跟這種事情扯上關係。醫生告戒他要注意血壓，應該減少在股票市場的活動，但他自己的妹妹卻在縮短他的壽命。

「我真失禮！」迪娜說：「只顧著寒暄，卻忘了介紹。馬內克，這是我哥哥努斯旺。」

「你好。」馬內克說。

「很……很高興認識你。」握過手後努斯旺就坐回椅子上。隔壁房間傳來打字機的聲音，天花板的吊扇循規蹈矩地旋轉，紙鎮下的紙張像驚弓之鳥似的飛舞。

「馬內克從我這裡聽說過你許多事。」迪娜說：「我想要你們兩個認識一下，他幾個月前搬來跟我住。」

「跟妳住！」他的妹妹瘋了！她以為自己在哪裡？好萊塢？

「是的，跟我住，不然房客還能幹嘛？」

「哦，對！當然！當然是跟妳住。」如釋重負的感覺真好，剛才真的快忍不住，差點跪下來。哦，感謝神！得救了！感謝萬能的神明！

但是努斯旺發現，在地平線上綻放的陽光和彩虹之後所隱藏的，是落空的希望——不會有婚禮。他覺得被騙，她殘酷、無情的誤導他擁抱虛幻的希望，才幾分鐘前他還為她感到由衷的歡喜，她又再次成功地玩弄他了。

「物價一直上漲。」她說：「我無力應付，必須分租房子，我很幸運找到像馬內克這麼棒的男孩。」

「是啊，當然。很高興認識你，馬內克，你在哪兒工作？」

「工作？」迪娜不悅的說：「他才十七歲，他在讀大學。」

「那你主修什麼？」

「冷凍與空調。」

「非常明智的選擇。」努斯旺說：「現在這個時代，只有技術訓練才能讓你成為人中翹楚，未來要靠科技與現代化來開創。」妹妹在他內心激起的軒然大波，只能用無關緊要的言語來填補無言以對的沉默，讓空虛的文字帶走愚昧的感覺。「是的，國家被過時的意識型態束縛太久，但我們的時代已經來臨，到處都有偉大的變革，一切都要歸功於我們的總理，她是國家復興的精神象徵。」

迪娜並不介意他的閒聊瞎扯，只慶幸他沒再提起結婚的話題，「我現在有房客，卻失去了裁縫師。」她說。

「真可惜，」努斯旺被插進來的話搞得摸不著頭緒，「最主要是因為我們有實用的政策，而不是不切題的理論。舉例來說，貧窮是迫切需要解決的問題，所有醜陋的貧民窟和骯髒的簡陋小屋都會被掃除殆盡。年輕人，你的年紀還沒大到能記得這個城市曾經有多美，但由於真知灼見的領袖和都市美化計畫，它會恢復以往的面貌，到時你就能看見、讚嘆。」

「我能完成最後一件洋裝都要歸功於馬內克的協助，」迪娜插話說：「他好認真，陪我一起努力完成。」

「那很好，」努斯旺說：「的確非常好。」他的聲音又回復平常健談的韻律，「像馬內克這樣努力工作、受過教育的人正是我們需要的，不像那些懶惰、無知的大眾。此外我們也需要嚴格的家庭計畫，那些什麼強迫節育的謠言一點幫助也沒有，你們一定聽過那些荒謬的話。」

迪娜和馬內克不約而同地搖搖頭。

「也許是由中情局開始的——說偏遠村莊的人民被拖出房子強行執行結紮手術，真是胡說。而我的重點是，即使謠言是真的又有什麼不對？我們的人口問題這麼嚴重。」

「違背人民的意願使他們失能，會不會不夠民主？」馬內克的語氣很含蓄，像建議，而不是質疑。

「失能？哈哈哈，」努斯旺臉上綻放著長輩和藹的笑容，把它當作一個輕鬆的笑話，「這是相對的，在最好的年代，民主在全然混亂與尚可容忍的紛擾間制衡。你懂嗎？為了做民主的蛋捲，你必須打破一些民主的蛋。為了對抗法西斯主義和其他威脅我們國家的邪惡勢力，採取強硬措施並沒什麼不對，特別是當外國總是干涉、暗中顛覆我們時。你知道中情局想要妨礙家庭節育計畫嗎？」

馬內克和迪娜又搖搖頭，動作整齊一致，表情無辜，看起來像是套好招一樣。

努斯旺狐疑地看了一會才繼續說：「現在中情局幹員正妄加干預、擾亂節育計畫，並在宗教團體間煽動紛爭。現在，你們不認為緊急狀態的種種措施是抵禦這些危機的必要手段嗎？」

「或許，」迪娜說：「可是我認為政府應該允許無家可歸的人睡在人行道上，那麼我的裁縫師就不會失蹤，我也不需要到這裡來打擾你。」

努斯旺舉起食指，像過度晃動的車窗雨刷一樣擺動著。「讓人民睡在人行道上會為經濟活動帶來污名，我朋友上個禮拜說……提醒你們，他可是多國企業的主管，不是什麼做小生意的人，他說至少有兩億人是過剩的，他們應該被處理掉。」

「處理掉？」

「是的，你知道，就是擺脫那些人。年復一年的把他們統計在失業人口中，讓我們遠遠落後其他國家，數字看起來這麼糟糕。反正他們的生活本來就不好，窩在臭水溝旁像死人一樣，死亡對他們來說反倒是救贖。」

「那要怎麼處理掉他們？」馬內克已經盡可能用自己最恭敬的語氣問話了。

「很簡單，方法之一是在免費的食物裡摻入砒霜或氰化物請他們吃，那是最具效益的，開著貨車到他們常出沒的寺廟等地方布施。」

「做生意的人都這樣想嗎？」迪娜好奇的問。

「許多像我們一樣的人都這樣想，只是到目前為止還沒有人有勇氣說出來。在緊急狀態時期，人民可以自由地說出心裡的話，這是它的另一項好處。」

「可是新聞業被監控了。」馬內克說。

「啊，是啊，是啊，」努斯旺終於還是失去耐心了，「但那又是什麼大不了的事？政府只是不希望刊出任何使民眾驚慌的消息，這是暫時的，如此一來，謊言才會被壓抑，民眾才能重拾信心。這些手段是保存民主結構的必要方法，掃除髒亂，新掃帚必得蒙上灰塵。」

「我懂了。」馬內克說，這種駭人的謬論開始讓他感到頭疼，不過，憑他的口才還沒有力量做適當的反擊。如果阿文納希在這裡，他三言兩語就可以解決掉這個白痴，馬內克很後悔沒多聽他談政治方面的事。

腦海裡還在糾結著方才的謬論——關於打破民主的蛋來做民主的蛋捲，馬內克想用民主、專制、煎鍋、火、母雞、水煮蛋、食用油來製作一帖解藥。他理出一個藥方：民主蛋捲不可能是由專制母雞所生，再貼上民主標籤的雞蛋……不，太累贅了，而且也過了講話的時機。

「重點是，」努斯旺說：「要考量到緊急狀態的具體成果。我的主管朋友說，鐵路系統恢復了準時的原則；企業方面也獲得長足的進步；現在的警員隨傳隨到，立即帶走製造麻煩的工會人員，只要在警局上撒點鹽，他們就軟得跟奶油一樣。我朋友還說產品也有大幅的改善，而這一切誰受益最多？是工人、一般人民。連世界銀行和國際貨幣基金組織都贊同改變，他們現在提供更多的貸款。」

迪娜盡量保持嚴肅的表情，說：「努斯旺，我能有個請求嗎？」

「好的，當然。」他猜想這次會要多少，兩百或三百盧布？

「關於處理掉兩億人的計畫，能不能請你告訴你做生意的朋友和主管，不要毒死任何裁縫師？因為現在很難找到裁縫師了。」

馬內克極力抑制住要噴出的笑聲，努斯旺察覺到他嘴角的壓抑，厭煩地對她說：「跟妳談這些正經事是沒用的，我不知道我幹嘛要多費唇舌。」

「我很喜歡聽。」馬內克嚴肅的說。

努斯旺覺得受到背叛，先是她，現在是他。他不禁懷疑他倆私底下會是怎麼嘲笑他、譏諷他的。

「反正我也樂在其中，」迪娜說：「到你的辦公室來是我唯一負擔得起的娛樂，你知道的。」

他瞪她一眼，開始翻桌上的文件，「告訴我妳要什麼，然後別煩我，還有很多工作要做。」

「小心點，努斯旺，你的眉毛跳動得很厲害。」她想想還是別得寸進尺的好，言歸正傳：「我沒放棄出口的工作，找到新的裁縫師只是時間上的問題，但在那之前，我可沒辦法接受再多的訂單。」

開口要錢是她最痛恨的時候，無論直接了當的說明或拐彎抹角的要求都不好受。「兩百五十盧布就夠我度過這個月的難關。」

努斯旺按鈴叫人裝滿一只現金袋進來。

迪娜和馬內克看著他手腕帶勁的運筆簽名，筆尖狠狠地畫過表格。他在「t」和「i」的點都特別用力，好像要跟隔壁的打字機較勁似的。

辦事員拿著現金袋穿過走廊到出納員那兒，舊吊扇吵雜的旋轉，像個喧鬧的小工廠。錢這麼多，迪娜心想，但他辦公室還是不裝空調。她垂下眼睛盯著插在半開信封袋裡用紫檀木做的拆信刀，辦事員交過錢後告退。

努斯旺又開始了，「原本這些都是不必要的，只要……」他瞥了迪娜一眼，無法和她下垂的眼神接觸，然後看著馬內克，放棄了想說的話，「拿去。」他遞過錢。

「謝謝。」她接下來，仍然避開目光。

「沒什麼。」

「我會盡快還你。」

他點點頭，拿起拆信刀，將信封完全拆開。

「至少他饒了我，沒再發表平常最喜歡的演說，這都要歸功於緊急狀態的頒布，」當他們下車時迪娜這麼說：

「那是值得感激的事。『而且再婚有什麼可怕的？』」她用佯裝善意的語調模仿道：「『妳看起來仍然那麼漂亮，我保證能為妳找到好老公！』你不會相信他對我這樣說過多少次。」

「我相信，阿姨。」馬內克說：「有一件事我同意妳哥哥說的，妳真的很漂亮。」

她用力拍他的肩膀，「你是站在哪一邊的？」

「站在真理和美麗這邊，」他昂首自負的說，「若努斯旺和他生意上的朋友一起工作、高談他們的謬論，一定很好笑。」

「你知道在他辦公室裡我想起什麼嗎？當他還是個小男孩時，他說長大後要當個了不起的獵人，獵殺豹和獅子，還要跟鱷魚纏鬥，像森林之王泰山一樣。有一天，一隻老鼠跑到我們的房間，我們的女傭跟他說，『你看，那裡有一隻很兇的老虎，你可以像獵人一樣狩獵』，結果努斯旺尖叫著跑去找媽媽。」

她轉開門鎖，「現在他想要處理掉兩億人，他永遠不會停止說大話。」

他們進門後面對著兩台寂靜的裁縫車，方才的氣氛忽然變得那麼的突兀，笑語馬上煙滅。

一個屋簷下

午夜過後卡車在機場旁的道路上隆隆駛過，已經入睡的小鎮裡到處都是簡陋的小屋，佔滿了高速公路兩側，幾乎快要擠到柏油路上去了，只有偶然經過的多輪卡車忽遠忽近地發出雷鳴般的聲響，遏阻了路緣外貧困的生靈。值夜班的工人打開車頭燈，像疲憊的鬼魅在路旁和未加蓋的溝渠間小心的探著路。

「警方下令移除所有的簡陋小屋，」伊斯佛說：「為什麼這些還在這裡？」

乞丐主人告訴他事情並不是那麼簡單，要看索取高額租金的惡房東和警方之間的長期協議內容而定。

「那不公平！」歐文說，他的眼睛想看穿這氣味腥臭的夜晚。烏雲後稀落的皎白月光，揭露了無限延伸的簡陋小屋是由污穢的塑膠塊、硬紙板、紙和粗布袋拼湊而成，像大都市腐朽身體上的疥癬和膿疱，布滿它糜爛的皮膚。當月光全被烏雲遮住時，貧民區就從夜裡消失，只有飄散的惡臭能證明它的存在。

跑了幾公里後，卡車進入了市區，街燈和霓虹燈將人行道暈染成一片黃海，眼窩凹陷的小雕像——夜晚中沉睡的葛拉蒂亞、剛戈班、高海爾和戈帕斯很快就會被黎明的紛亂喚醒，經過拖曳、搬運、舉高、豎立，成為這個迫切尋求美化的城市中的砥柱。

「看，」歐文說：「人們安詳的睡著，不受警察打擾，也許是緊急狀態取消了。」

「不，並沒有，」乞丐主人說：「這變成了一個遊戲，就像所有其他的法律一樣，只要懂得規則就很簡單。」

裁縫師要求在藥房附近下車，「或許守夜人還會讓我們待在入口處。」

然而乞丐主人很堅持要先看過他們工作的地點，卡車又開了幾分鐘，停在迪娜的公寓外，他們指著她的樓層。

「好吧。」乞丐主人跳下車，說：「我們來向你們的雇主求證。」他要司機等一下，便迅速地走向大門。

「現在太晚了，不便打擾迪娜女士。」伊斯佛懇求道，一面吃力地用受傷的腳趕上來，「她很容易發怒，我們明天再帶你來這裡，我保證——我以我過世的母親之名來發誓。」

乞丐和受傷的工人在卡車上發抖，只能從旅途中車子搖晃的律動尋求如搖籃般的安慰，而現在空轉的引擎像在黑夜中發出惡吼，傷患們不禁黯然哭泣。

乞丐主人停在前門仔細看著門牌，拿出小本子做筆記，然後伸出食指按下門鈴。

「噢，天啊！」伊斯佛絕望地抓著頭，「在這麼晚的時候被吵醒，她會有多憤怒！」

「對我來說也是，」乞丐主人說：「我錯過了寺廟的禮拜，但我沒有怨言，不是嗎？」沒人應門，他就一直不停按鈴；卡車司機鳴喇叭要他快點兒。

「拜託住手！」歐文求他，「這樣下去我們會丟掉工作的！」乞丐主人維持一貫的微笑，繼續做筆記，在黑暗中寫字對他來說毫無問題。

鈴聲把迪娜吵得不得安寧，就跟門外的裁縫師一樣焦躁，她跑到馬內克的房間。「起來，快點！」他還需要多搖幾下才能醒來，「睡臉像天使，鼾聲卻跟牛一樣。起來，快點！你有聽到嗎？有人在門口！」

「誰？」

「我從門孔裡看，但你知道我的眼睛，我只能看出有三個人，我要你來看一下。」

她還沒打開燈，希望不速之客能自動離開。她提醒他放輕腳步後，把他帶到門那兒，自己則握著門閂。

馬內克看了一眼，然後興奮地回過頭。「開門，阿姨，是伊斯佛和歐文跟一個陌生人！」

裁縫師們在門外聽到聲音，喊道：「是我們，迪娜女士，很抱歉打擾。請原諒我們，不會耽誤很多……」他們對自己的話沒有把握，聲音拉得又慢又小。

她打開廊房的燈，小心翼翼的將門先開點縫，然後才整個打開，「真的是你們！你們到哪兒去了？到底發生了什麼事？」

她毫不掩飾擔憂的情緒，倒讓自己很驚訝，這種感覺令她舒暢，有話直說，不再隱藏。

「進來，到裡面來！」她說：「我的天啊，這幾個禮拜以來我們一直為你們擔心。」

當伊斯佛一跛一跛的走過門檻時，乞丐主人站在他的身後勉強擠出笑容。他的腳踝上曳著醫生幫他纏上的骯髒繃帶，歐文緊跟在後，不小心踩到。他們狼狽地走過黑暗的入口，進入廊房的燈光下。

「我的天啊！看看你們的樣子！」迪娜被他們憔悴的面孔、骯髒的衣服和蓬亂的頭髮嚇到，她和馬內克瞠目結舌地看著，久久無法言語。然後問題一開口就停不下來，一個接著一個，片段、簡短的回答也是一樣的狂亂。

乞丐主人還站在門口等，他打斷伊斯佛和歐文令人不解的解釋，「我只是來問問，這兩個裁縫師為妳工作嗎？」

「是的，為什麼這麼問？」

「那很好，看到大家快樂團圓真好。」卡車喇叭又響了，他轉身離開。

「等一下，」伊斯佛說：「我們到哪裡繳每週的規費？」

「我自己會來收。」他還說，假如他們任何時候想要跟他聯絡，就跟蟲子說，他的新據點會安排在菲希朗素食餐廳外。

「什麼規費？什麼蟲子？」迪娜一面發問，一面關上門，「還有那人是誰？」

他們岔開主題，從乞丐主人到工作營開始解釋，接著回到尚卡的部分，然後再往前回溯，弄得聽者困惑，自己也糊塗了。在地獄裡的長期折磨終於結束，原本害怕的情緒被疲憊所佔據。伊斯佛笨手笨腳的把繃帶纏回腳踝上，他的手在發抖，歐文幫他把尾端塞進去。

「都是領班害的，他……」

「那是在便利服務員來之前……」

「總之在我腳踝受傷後，就不可能……」

他們的描述漫無條理，伊斯佛東說一句，歐文西說一句，怎麼樣都拼湊不成一個故事。伊斯佛的聲音漸漸無力，用雙手按著自己的腦袋，試圖擠出什麼話來；歐文結結巴巴的，然後開始哭泣。

「他們對待我們的方式好可怕，」他一面啜泣，一面用手扯自己的頭髮，「我以為會和伯父死在那個地方……」

馬內克拍拍他的背，告訴他們現在安全了，而迪娜說現在最應該做的事就是好好休息，一切等到早上再說。

「你們的睡鋪還帶在身邊，就把它鋪在廊房睡吧。」

現在輪到伊斯佛崩潰了，他跪在她面前輕撫她的腳，「噢，迪娜女士，我要怎麼感謝妳！這麼仁慈！我們好害怕到外面……緊急狀態、警察……」他的舉動令迪娜不知如何是好，想把腳趾頭縮回來，但由於他的情緒激動，抓得很緊，拖鞋扣在他的指頭間。他手往前伸，輕輕的把鞋子放回她的腳下。

「請起來——立刻。」她用一種嚴肅又困惑的語氣說，「聽我說，我只說一次，你不需要向任何人下跪。」

「好的，」他乖乖的站起來，「對不起，我早該想到的，迪娜女士，但我實在不知該如何感謝妳。」

她還是覺得難為情，說一個晚上的感謝已經足夠了。歐文用袖子擦乾眼淚後攤開睡鋪，他問能否在睡前洗掉手上和臉上的髒污。

「水不多了，只剩水桶裡的量，省點用，如果你們渴了就到廚房裡拿壺裡的水喝。」她鎖上廊房的門，跟馬內克進到屋裡。

「我真為妳感到驕傲，阿姨。」

「你是說真的？謝謝你，老祖宗。」

許多問題讓她輾轉難眠了一個夜晚，清晨的陽光並未為迪娜帶來答案。她不能再冒任何風險失去裁縫師，可是要怎麼做？在驕傲與謙和的態度之間該如何拿捏？同情與愚蠢、仁慈與脆弱之間的界線在哪裡？從她的立場，及從他們的立場上來說，或許有一條線存在於憐憫與殘酷、謹慎與麻木不仁之間，她可以從自己這裡畫一條線，但也許他們會從這條線的另一邊看。

裁縫師在七點醒來，收拾起他們的睡鋪。「我們睡得很好，」伊斯佛說：「在妳的廊房上，寧靜如天堂。」

他們從箱子裡拿出衣服來換，準備到火車站的洗手間去。「我們在菲希朗喝過早茶後就直接回來，假如一切順利的話。」

「你是說，開始縫紉？」

「是的，當然。」歐文露出淺淺的微笑。

她問伊斯佛：「你的腳踝怎麼樣了？」

「還在痛，不過我可以用一隻腳踩踏板，用不著耽擱。」

她注意到他們龜裂、傷痕累累的腳，「你們的涼鞋呢？」

「被偷了。」

「有時候街上會有碎玻璃片，酒鬼到處亂丟酒瓶，別用你們剩下的三隻腳來賭。」她找到一雙舊拖鞋，剛好適合歐文；馬內克則把他的網球鞋給了伊斯佛。

「好舒服！」伊斯佛說：「謝謝。」然後他膽怯地問能不能借五盧布喝茶、買食物。

「你們上筆訂單的酬勞遠比五盧布還多。」

「真的嗎？」他們喜出望外，以為沒完成整件工作就失去了支領任何酬勞的權利。

「有些雇主或許會這樣，但我相信付出多少努力就該領多少報酬。」她又開玩笑的說：「或許你們該跟馬內克分，他也付出了力氣。」

「不，我只幫忙縫幾顆鈕釦，是迪娜阿姨做完的。」

「別讀書了，」歐文說：「來成為我們的合夥人。」

「對，我們還要自己開店。」馬內克說。

「別出餿主意，」她對歐文罵道：「每個人都該讀書，我希望你有孩子時能送他們去上學。」

「哦，他會的，」伊斯佛說：「首先我們得幫他找個老婆。」

馬內克不情願的去了學校後，迪娜到奧荷華出口公司去拿新的衣服，裁縫師在菲希朗素食餐廳消磨時間。收銀員兼侍者欣喜的歡迎常客回來，他在櫃台準備好客人的餐點——一杯牛奶、六個炸蔬菜餅、一大匙凝乳，然後馬上到唯一的桌子邊和他們寒暄。

「你們兩個瘦了。」他注意到，「這麼久以來你們都到哪兒去了？」

「吃政府節食特餐。」伊斯佛向他說他們悲慘的遭遇。

「真不可思議！」汗流浹背的廚子從爐子後大聲說道：「什麼怪事都給你們碰上，每次你們來這兒，就為我們帶來新的冒險故事。」

「不是我們，是這個城市，」歐文說：「故事工廠，這就是它的真面目，一個編故事的紡織。」

「隨你高興怎麼說，如果我們的客人都跟你們一樣，我們就可以出版現代的《摩訶婆羅多》——菲希朗版。」

「拜託，老兄，我們不想再冒險了，」伊斯佛說：「當我們自己是主角時，遇難故事一點都不好玩。」

收銀員兼侍者為他們端上茶和奶油小圓麵包，然後回到櫃台接待其他客人。牛奶在茶上浮了一層薄膜，歐文用湯匙舀到口中，舔舔嘴唇。伊斯佛把自己的杯子遞給他，他也把上面的薄膜舀去。他們把奶油小圓麵包剁成兩半，檢查是否兩面都抹了奶油——果然都有，而且很豐富。

這時的人行道上很平靜，尚卡在他們到達時已經在外面乞討了，他滑到門口打招呼。伊斯佛揮手道：「嘿，尚卡，回來讓你感到很高興，工作也很努力，嗯？」

「真不知道該怎麼辦，主人說第一天放輕鬆些，睡個覺，所以我睡在這裡。然後銅板就開始掉到我罐子裡，鏘啷鏘啷的聲音吵死人了，就在我的耳朵旁。每次我閉上眼睛，它們就嚇死人的飛進來，大家都不讓我休息。」

他今天早上的工作很簡單，搖搖銅板、發出乞憐的聲音，或偶爾猛烈的咳嗽，直到流出眼淚。為了引人注目，有時候他得故意讓滑板向左移動幾公分，然後再挪回來。「你知道，我特別要求主人把我從火車站那兒移過來。」他透露道：「這樣我們就可以常見面了。」

「那很好，」歐文向他揮手道別，「我們很快會再見的。」

公寓門鎖起來了，他們站在門口等，「但願那個神經質的收租人別在附近出沒。」

計程車開過來之前的時間令他們焦慮不安，他們幫迪娜卸下布匹，拿到後面房間。

「不會很重，小心你自己的腳，」她提醒伊斯佛：「對了，工廠快要面臨罷工，直到結束前不會再有布料了。」

「天啊，麻煩永遠不會停止！」伊斯佛突然想起自己昨晚的舉動，他為在她面前跪下輕撫腳趾的事道歉，「我早該想到的。」

「你昨晚就是這麼說的，為什麼？」迪娜問。

「因為曾經有人對我這麼做，而且令我很窘。」

「是誰？」

「說來話長，」伊斯佛並不想告訴她人生中的每件事，卻很想分享這一小部分，「當我和弟弟——也就是歐文的父親——跟著一位裁縫師做學徒時，我們幫過他一個忙。」

「你們怎麼做？」

「嗯……」他猶豫了一下，「阿施若夫是伊斯蘭教徒，那時候正逢印度和伊斯蘭教衝突激烈的時候。在獨立時期，妳知道，城鎮裡有許多動亂，然後……我們剛好能幫他。」

「所以他輕撫你的腳趾？那個阿施若夫？」

「不是，」回憶令伊斯佛難為情，即使過了二十八年之後。「不是他，是他的太太蔓塔茲阿姨。那讓我感到很不自在，好像我在她的不幸上佔便宜似的。」

「那正是我昨晚的感受，我們從現在起就忘了吧。」她有一堆問題想問，但尊重他的意願，假如他們想說，哪一天當他們準備好時就會說的。

現在，她把這一段加到馬內克告訴她的村莊生活中，就像她的被單一樣，裁縫師的故事逐漸成形中。

第一天，迪娜一直掙扎著為一個關鍵性的問題找出適當的用語，到時候該怎麼措詞？

這麼說如何：在找到睡覺的地方前，你們可以睡在廊房。不，看起來像她很想讓他們待在這裡似的。用問題起頭：今晚有地方睡嗎？這聽起來太虛偽，好像已經預計他們沒有。試試不同的問法：你們今晚要睡哪兒？嗯，還不錯。她再試一次，不，似乎又太關心了——程度多到讓她難以啟齒。昨晚開口是那麼的容易，自然而然脫口而出，簡單而真切。

整個下午她都在看著裁縫師工作，他們的腳緊黏在踏板上，直到馬內克回來提醒他們休息喝茶。「不，」他們回答，「今天不用，」而她也贊同，「別讓他們花錢，過去幾週來他們已經損失夠多了。」

「但是我要付錢。」

「你的也不要浪費，我的茶不好嗎？」她為大家煮水、準備杯子，依然把粉紅色玫瑰鑲邊的杯子分開放。等待水燒開的時間，她又在思考該怎麼措詞，若這樣開頭如何：睡廊房舒服嗎？不，無可救藥的糟糕。

工作結束後，裁縫師淒然的把蓋子蓋回縫紉機上，他們拖著沉重的身子站起來，嘆息，然後走向門邊。有一瞬間迪娜覺得自己像魔術師，單憑說話就可以讓任何東西閃閃發亮——只是表達方式的問題。

「你們什麼時候回來？」

「如妳所願。」歐文說：「愈早愈好。」伊斯佛沉默的點點頭。

她開口了，字字句句都落在恰當的地方：「不需要趕時間，吃了晚餐再回來，到時候我和馬內克也吃過了。」

「妳是說，我們可以……？」

「睡在廊房？」

「只在你們找到自己的地方之前。」她很高興自己的立場不偏不倚，界線精準的畫對了。

他們的感激之情讓她備感溫暖，但她拒絕了租金，「不，絕對不收租金。我不是在出租任何東西，只是讓你們遠離那些惡棍警察的魔掌。」

接著她表明他們出入的次數必須減少，因為被房東發現的風險太高，每天早上去一趟火車站盥洗的路程也可以省掉。「你們可以在這裡洗澡、喝早茶，只要你們起得夠早，在水流光之前。記住，我只有一間浴室。」歐文不禁納悶，難道會有什麼人笨到想多弄幾間浴室，但他沒問。

「還有，我不希望那裡弄得一團亂。」

他們答應她所有的條件，並發誓不會惹麻煩，「免費寄宿在這裡真的很不好意思。」伊斯佛說。

「如果你們再提到錢的問題，就去找別的地方吧。」

他們再次向她道謝然後離開用餐，承諾八點前會回來，並在上床前再做一小時的縫紉。

「阿姨，為什麼要拒絕他們付租金？如果妳收點費用會讓他們好過些，而妳也有些收入。」

「你還不懂嗎？假如我接受了，就表示我允許租借廊房。」

迪娜在洗臉盆上彎著腰用固齡玉牙膏刷牙，伊斯佛看著從她嘴角滴下的泡沫，「我總是懷疑，不知道它對牙齒真的好嗎？」

她吐掉泡沫漱漱喉嚨，回答：「我覺得跟其他任何廠牌的一樣好，你們用的是什麼牌子？」

「我們用炭粉，有時候用苦楝樹枝。」

馬內克說伊斯佛和歐文的牙齒比他的好。

「讓我看看。」她說，然後馬內克咧開嘴。「那你們的呢？」她問裁縫師。

他們三人在鏡子前站成一排，把嘴咧開來露出門牙，她跟自己的做比較：「馬內克說的對，你們的比較白。」

伊斯佛拿點炭粉給她試試，她則擠了點牙膏到他的手指上，他分點給歐文。「味道好香。」他們異口同聲說。

「牙膏的味道都是這樣。」她說：「花錢買香味真是浪費，除非是用在食物上。我想我會改用炭粉，把錢省下來。」馬內克決定跟進。

浴室的使用量變大之後，大家在早晨都盡量節省時間。迪娜先起床，馬內克最後，當她用過浴室後就輪到裁縫師。他們進去又出來的速度很快，讓她不禁懷疑是否沒有做好個人衛生，直到看見他們乾淨的臉龐和濕漉漉的頭髮才放心。她在他們身旁深深吸一口氣，清新的空氣證明了他們洗澡洗得很乾淨。

雖然浴室對裁縫師來說是極盡的奢侈，但他們絲毫不多逗留，快速淨身對他們來說已是家常便飯，過去幾個月來在公眾場合的時間緊迫，故而練就了神速的技巧。納瓦茲雨棚附近的水龍頭、棚屋聚落裡僅有的一個水龍頭、火車站裡擁擠且破爛的廁所、灌溉計畫區如涓滴細流的出水口，這些環境將他們訓練到在三分鐘內就可完成梳洗。他們從來不用迪娜的浸入式加熱器，比較習慣涼水，而且他們保持整潔的習慣讓一切都很整齊。

可是只要一想到他們的身體待過她的浴室，還是令迪娜很不舒服。她一直注意著，只要他們用了她的香皂或毛巾，一定會被她逮個正著，如果他們還要在這裡住上幾天，就要遵守她的規定，絕不寬貸。

她最不喜歡的是伊斯佛每天早上習慣把手指探到喉嚨裡讓自己反胃，這種過程通常會伴隨嘔吐聲，讓她直起雞皮疙瘩，別的公寓偶爾會傳來這樣的聲音，只是她從未這麼近的聽過。

「天啊，你嚇死我了。」當一連串的嘔聲響起時她會這樣說。

他微笑答道：「對胃很好，釋出濁氣及過多的膽汁。」

「小心點，老兄，」歐文站在迪娜那邊，「聽起來像肺和膽汁都一起吐出來了。」他從不認同伯父的這種習慣，雖然伊斯佛曾試著教他這種自然療法，無奈他不肯配合。

「你需要的是一個鉛管工人，」馬內克說：「在你體內裝一個小水龍頭，只要把它打開放出過多的膽汁就好了。」當伊斯佛又開始發出狂嘔聲，他和歐文便在一旁發出吠號的和聲。

受到他們聯手嘲弄幾天之後，伊斯佛把他的習慣修正些。嘔吐聲壓抑多了，此外，他也不再把手指探到咽喉那麼深的地方。

歐文在馬內克身上嗅一嗅，「你的味道比我香，一定是香皂的關係。」

「我也用爽身粉。」

「給我看。」

馬內克到房間拿出罐子。

「你用在哪裡？全身？」

「我只倒一點兒在手掌裡，然後抹在腋窩和胸部。」

到了下次的發餉日，歐文買了一塊馨多香皂和一罐蕾美塔昆爽身粉。

這樣的生活維持了一週，迪娜心想，就跟裁好的洋裝布料一樣，他們四人配合得天衣無縫，不需要又拉又扯的讓縫邊契合，縫線就可以車得整齊漂亮。然而，伊斯佛對於他們伯姪倆這樣承受迪娜的恩惠仍然感到不安。

「妳不收我們的租金，」他說：「讓我們用妳的廊房和浴室，請我們喝茶，為我們做太多了，我們過意不去。」

他的話引出她心中的罪惡感，她知道自己所做的一切是為了自保——不再讓裁縫師被警察抓走，把他們藏起來不讓七嘴八舌的鄰居和收租人看到。現在伊斯佛和歐文為她披上仁慈與慷慨的外衣，但她認為欺騙、虛偽、操控才是她大衣下的內涵。

「那麼你們打算怎麼做？」她率直的問，「付五十派薩的茶錢羞辱我？你們把我當作路邊的派遣小弟嗎？」

「不，絕不是，但至少讓我們有機會回報妳。」

她說有需要時會讓他們知道。

第二週結束後，伊斯佛仍在等著她的吩咐，後來他乾脆自己動手。她在洗澡時，他自己從廚房拿了掃帚和畚箕清掃廊房和前廳、馬內克的房間和縫紉室，他每掃完一個地方，歐文就提著水桶抹布緊跟著擦地。

迪娜從浴室出來時他們還在忙，「這是怎麼回事？」

「對不起，但我已經決定了。」伊斯佛堅決的說：「從現在起我們要分擔雜務。」

「這樣似乎不妥。」她說。

「看起來很好啊。」歐文俐落地擰著手上的抹布說。

她深受感動，結束時她倒了茶，當他們走到廚房放回清潔用具時，她遞了兩杯給歐文。

注意到杯子的紅玫瑰裝飾，他指出她的錯誤，「把粉紅色的給我們。」然後他不說話了，因為她的表情已經告訴他——她早就知道了。

「什麼？」她問，然後拿起粉紅色的杯子給自己，「怎麼了嗎？」

「沒事。」他的喉嚨哽住說不出話來，他轉過身，希望她沒看到他眼中的淚光。

「有人在門口說要找你。」迪娜說：「就是上次來找過你們那個留長頭髮的傢伙。」

伊斯佛和歐文四目相接——他現在來做什麼？

他們為中斷工作道歉後走到廊房。

「你們好。」瑞亞朗把雙手合起來，「抱歉打擾你們工作，因為守夜人說你們再也不睡在那兒了。」

「對，我們找到別的地方了。」

「在哪兒？」

「附近。」

「希望還不錯。聽著，晚點能跟你們見面嗎？我有話要說。今天任何時候、任何地點都可以，看你們方便。」從他的語氣中聽得出很迫切。

「好的。」伊斯佛說：「一點到菲希朗餐廳，你知道那個地方吧？」

「知道，我會過去。還有，能幫我把放在你們箱子裡的髮束帶來嗎？」

瑞亞朗離開後，迪娜問裁縫師是不是遇到麻煩了，「我希望他和那個每週向你們壓榨錢的人沒關係。」

「哦，不，他沒有為乞丐主人工作。」伊斯佛說：「他是朋友，或許只是想借錢。」

「那你們最好當心點，」迪娜說：「現在的社會，朋友和敵人看起來都差不多。」

菲希朗餐廳很擁擠，他們抵達時瑞亞朗正焦急的在人行道上等著。

「這是你的頭髮，」伊斯佛把小包裹遞給他，「那，你要吃什麼？」

「不用，我吃飽了。」但他的嘴巴隱藏不住飢餓，隨著菲希朗傳出的陣陣菜香咀嚼幻想中的食物。

「吃點東西，」伊斯佛為他感到難過，「吃點吧，我們請客。」

「好吧，你們吃什麼我就吃什麼，」他勉強擠出笑容，「填飽肚子也只是小問題。」

「三份咖哩蔬菜餐包套餐和三根香蕉。」伊斯佛對收銀員兼侍者說。

他們把食物帶到前方不遠處，一座倒塌的大樓旁，倒塌是幾週前發生的，然後他們在半倒的牆垣上挑了個窗沿的位置。平躺的門變成他們的桌子，它的鉸鏈和門把都被拾荒的撿走了，四個孩童穿著麻布衣在碎磚破瓦中攀爬，仔細搜尋看看是否有可以用的東西。

「那麼，你家庭計畫勸導員的工作怎麼樣了？」

瑞亞朗搖搖頭，大大的嘆口氣，「不好，」他吃東西的樣子像幾天沒見過食物一樣，「他們兩週前要我離職。」

「發生什麼事了？」

「他們說我績效不彰。」

「這麼突然？才過兩個月？」

「是的。」他猶豫了一下，「我是說，不，打從一開始就有問題。在訓練課程之後，我依著他們告訴我的程序去做，每天都拜訪好幾個不同的地方。我小心翼翼地遵循他們的話，用正確的語氣，聽起來親切又有學問，這樣大家才不會害怕。通常人們耐心聆聽，拿宣傳手冊；有時候他們會笑，年輕人還會講黃色笑話，可是沒有人會真的簽手術同意書。幾個禮拜後，督導員把我叫到他的辦公室，他說我找的對象不對，還說把結婚禮服推銷給打赤膊的托缽僧是浪費時間。我問他到底想說什麼。」

瑞亞朗把督導的話轉述給裁縫師聽——都市裡的人太憤世嫉俗了，他們對任何事都抱持懷疑的態度，要說服他們很困難。郊外的貧民區才是好下手的地方，那裡的人大多無知，而且最需要政府的幫助。計畫提供的禮物和獎勵，就是專為那些人設計的。「所以我聽了他的建議到都市外頭。你相信嗎？第一天我的腳踏車就被刺破了。」

「不好的開始。」伊斯佛搖搖頭說。

「車胎被刺破還是小問題，真正的麻煩在後頭。」瑞亞朗說，當車子在腳踏車店修理時，他走到距離消防栓不遠的公車候車亭跟一位長者聊天。長者說他想洗手，希望街上剛好有個頑童來轉開消防栓。

為了業務著想，也想看看自己有多少能耐，能否引起老人好奇，瑞亞朗告訴他自己是家庭計畫中心的勸導員。他說明節育的理念，提到結紮手術，以及給每個人的現金獎勵：輸卵管切除術會比輸精管切斷術獲得更多的免費禮品；他解釋因為政府希望結紮手術是永遠且不可復原的。

那正是我想要的，老人說，比較貴的那種，管子什麼的。瑞亞朗一聽，幾乎要從椅子上跌下來。不，不，老爺爺，手術不是給你做的，我只是說給你聽。老人說，我堅持，那是我的權利。瑞亞朗解釋，輸卵管切除術只有女人才能做，男人要做的是輸精管切斷術，以你的年齡而言已經沒有必要了。老人很固執的說，他才不在乎年齡，就是要做，管它是身體的哪一部分。

「也許是他太想要收音機了。」歐文說。

「我也是這麼猜的。」瑞亞朗說：「我告訴自己，假如這位老爺爺這麼想要，我為什麼要反對？假如音樂能令他開心，我何樂而不為？」

因此他拿出表格，按下老人的拇指印，付了車胎修理費，然後護送老人到診所。那晚他領到這次任務的費用——第一筆酬勞。

現在他覺得車胎被刺破是個好兆頭：命運尖尖的指頭刺破了他的輪胎，也消弭了他的噩運。勸導員的徽章別在衣服上益顯榮耀；他露出志得意滿的笑容轉戰郊區，確信自己可以達成分配的業績量。

一週過去了，他到處遊歷，來到他第一個客人的住處附近。他在簡陋的小屋間騎著腳踏車四處向民眾推銷，腦子裡滿是各種不同的行銷說法，只是目的都一樣，用公式化的說明使人們接受節育，甚至渴望節育。當時有老人的家人認出他來，並開始大聲呼救：機車侍者❶在這裡！天啊，混蛋的機車侍者又來了！

❶ motorwaite：motivator勸導員的誤用語。

瑞亞朗很快就被憤怒的群眾包圍，威脅說要打斷他全身的骨頭。他求大家放過他，並哀號著問為什麼？為什麼？才知道那個手術出了問題，老人的鼠蹊部灌滿了膿，當發炎開始擴散時，診所竟無能為力，老人就撒手人寰了。

伊斯佛同情的點點頭，剝了一根香蕉，他本來就覺得瑞亞朗的新工作充滿風險。「他們把你揍得很慘嗎？」

瑞亞朗解開釦子露出背上的淤紫，胸前有塊大凹痕，是被利器所傷，已經開始癒合。他低下頭來指著被拔掉一撮頭髮的地方，「我很慶幸能活著逃走，他們告訴我最好要知道，老人家之所以想要做手術，唯一的理由是為了現金獎勵和禮物，他只想為孫女籌措嫁妝。」

「我直接去找我的督導員向他抱怨，我說，假如醫生害死病人，我的勸導怎麼會有效果呢？但他說那人會死是因為太老，他的家人只是把錯全部歸咎於家庭計畫中心而已。」

「該死的混蛋。」歐文說。

「沒錯，猜猜督導員還跟我說了什麼，他說從現在開始我的工作會變得比較輕鬆，因為政策改變了。」他向瑞亞朗說明新的策略——不再需要志願者簽手術同意書，而是改成提供他們免費的醫療檢查。只要能進一步直接幫助民眾改善生活，人們就不會把這個方法視為謊言，一旦進到了診所內，與家人和朋友的影響絕緣，他們很快就能理解節育的好處。

瑞亞朗從咖哩蔬菜配餐包裡撿起一塊碎屑，扔向破瓦殘片中，「即便我不喜歡新的政策，我還是同意試試看。結果到現在，大家都了解勸導員就是說謊騙人的傢伙，無論我到任何地方，城市或鄉村，他們都羞辱我，罵我是男人的公敵，害人無能的凶手、生育劊子手、為閹人拉皮條的。而我只是在為政府做事、謀生活，你怎麼有辦法日復一日的忍受這種事？所以我說『不』，這不是我想做的。」

他告訴雇主想依照從前的方法工作——發宣傳手冊並說明流程，而不要再欺騙大眾。他們則回答說因為成果不如預期，以前的方法已不被採用了；而勸導員的食物、住所與代步車必須由具體的成果來評判。

「因此上週我被他們解雇時三樣都失去了，現在我只能孤注一擲，回頭做我的舊工作。」

「收集頭髮？」

「是的，我立刻就要把這些髮辮賣掉。」他指著裁縫師幫他從箱子裡拿來的小包裹說。「而且我也要重操舊業，做理髮師。我必須兼做兩者，因為沒有空間可以存放，收集的數量會受限；但我需要八十五盧布買梳子、理髮剪、髮夾、剃刀，你們能借我這麼多錢嗎？」

「讓我好好想想，」伊斯佛說：「明天再來見我們。」

「我們很想為他做點事，迪娜女士。」伊斯佛說：「他是我們在棚屋聚落的鄰居，對我們很好。」

「我沒有足夠的錢讓你們預支。」不過，她提供了一個替代方案。她到衣櫥後翻出珊諾比雅幾年前送給她的剪髮工具。

「哦，天啊。」歐文睜大了眼睛，「妳也是理髮師？」

「以前是——兒童髮型設計師。」

馬內克拿起理髮剪，假裝要剪下歐文蓬鬆的頭髮，「正好有一叢雜草可以練習。」

「你不學冷凍和空調，而要做理髮師了嗎？」迪娜說。她把工具組遞給伊斯佛，「東西雖然舊但還能用，你的朋友喜歡的話可以保留它。」

「妳確定嗎？萬一妳又要用到怎麼辦？」

「不太可能，我靠理髮賺錢的日子早就結束了。」她說自己眼力不行，手藝也荒廢很久，孩子的耳朵會有危險。

隔天見面後，瑞亞朗感激地收下工具組，「還有一個問題。」

「又怎麼了？」

「我的頭髮代理商每個月只來城市一次，現在我也睡在街上，沒地方存放收集到的頭髮，能不能讓我暫時放在你們的箱子裡？為了我？你們的好朋友？」

「箱子裡放不下一個月的分量。」伊斯佛持異議，他並不想保存那種令人倒胃口的東西。

「可以的，我只收集長髮，幸運的話，一個月頂多十束，不會佔箱子多少空間，每個月底我就送到代理商那。」

「你常到公寓來會讓我們老闆不高興的。」他希望瑞亞朗能放棄，可是又覺得自己口拙，找不到適當的藉口令他知難而退，「那裡不是我們家，你知道，我們不能老是會客。」

「那不過是小問題，我們可以到外面碰頭，在菲希朗餐廳，如果你們願意的話。」

「我們很少到這兒來，」伊斯佛說，但馬上屈服了。「這樣吧，把東西留給尚卡，就是外頭坐在滑板上的乞丐。他認識我們，待會兒介紹給你認識。」

「那個乞丐是你們的朋友？你們交的朋友可真奇怪。」

「是啊，很奇怪。」伊斯佛說。瑞亞朗整個心思都在理著人生中糾結的不順遂，沒聽出話中的諷刺。

如果說，伊斯佛給迪娜的困擾是用手指探喉嚨，那麼歐文就是愛抓癢的毛病。以前她可以忍受這種情形到晚上六點，但現在除了不斷地看到惱人的畫面和聽到刺耳的刮擦聲，她也害怕會傳染給她。她私底下對伊斯佛表示，頭蝨和任何一種疾病一樣糟糕，若能將寄生蟲完全根除，對他姪子的健康比較好。

「但錢是問題，」伊斯佛說：「我負擔不起看醫生的費用。」

「對付頭蝨不需要醫生，有一個很好的偏方。」當迪娜說明做法時，他想起自己的媽媽以前也用過。她將一個空的髮油瓶裝滿煤油，「喝過早茶後再做。」接著說：「徹底按摩後靜待二十四小時，明天再洗掉。」

「只要二十四小時？我以為是四十八小時，我母親以前是這樣做的。」

「那你母親是個勇敢的女性，四十八小時之內有可能發生任何事，我們不希望你姪子變成人肉火炬。」

「你們在談論什麼？」歐文不解的問。他拿起瓶子打開瓶蓋，「噢，嗤！是煤油！」

「你期望是玫瑰露嗎？你要姑息頭蝨或是撲滅牠們？」

「沒事的，」伊斯佛說：「別大驚小怪。當我和你爸爸還小時，你蘿帕奶奶也是這樣做的。」

歐文有點擔心，嘴裡嘀咕著，一邊把頭放低到洗臉盆中，抱怨人們已經沒有足夠的煤油煮飯，而他們還浪費在頭髮上。伊斯佛在手掌上一次滴幾滴，然後揉到歐文的頭髮上。在燈光下，一條條油亮的頭髮看起來有絢麗的七彩，「漂亮得跟孔雀一樣。」他說。

「把手指伸到頭髮裡。」迪娜指導他，「塗抹均勻。」

他孔武有力的手勁令她側目，把抗議中的歐文弄得搖來晃去。

「住手，老兄！如果煤油跑到我的血液裡，我會被毒死的！」

當他完成後，迪娜給他一隻壞掉的湯匙抓癢，「別用你的手指，否則會沾到那些洋裝上。」

他哀怨地坐在縫紉機旁，皺起鼻子，用力呼氣想把臭味吹散；用湯匙抓癢也不比用手指甲舒服。現在，當他搖頭時就像一隻濕答答的狗，他們不時的嘲弄他。

「你現在想抽煙草嗎？讓頭腦清醒些？」伊斯佛問：「我相信迪娜女士今天會破例的。」

「我當然會，要我拿火柴來嗎？」

「儘管笑吧，」歐文悶悶不樂的說：「反正我就要被臭氣薰死了。」

午餐時間到了，他告訴伯父今天不想到菲希朗用餐，鼻腔裡都是臭味，令他沒胃口，因此伊斯佛也不去了。

下午稍晚，馬內克回到家嗅到怪味。「聞起來像在廚房裡，」他把鼻子放低像獵犬一樣，循著味道找到歐文，「你改行做火爐了嗎？」

「是啊，」迪娜說：「所以今晚我們要在他頭上煮飯，他一直都是個火爆的傢伙。」

她的笑話讓自己首次考慮讓裁縫師在公寓裡用晚餐，其他的因素也有催化的作用：裁縫師們沒出去吃午餐，也沒現身吃晚餐，可以完全擺脫掉伊伯瑞尹的注意；再者，歐文頭上抹了煤油乖乖的坐了一整天，是應該犒賞他。所以她多切了一顆洋蔥和三個馬鈴薯來招待他們。賣麵包的人黃昏時來叫賣，她平常會買兩個，今天卻買了四個。

「馬內克，過來一下。」她從廚房裡喊他，吐露她的想法。

「真的，那太好了，阿姨！和我們吃飯他們會高興得要死！」

「誰說有人要和我們吃飯了？我會把他們的盤子放到廊房上。」

「妳是想做好事還是想被人討厭？」

「有什麼好討厭的？那是個乾淨舒適的廊房。」

「好，這樣的話我也要在廊房用餐，這種羞辱人的事我不想參一腳，我父親在廊房上只餵流浪狗。」

她做了一個厭惡的鬼臉，他知道自己贏了。

迪娜想起上次這張桌子坐滿人的時候——她第三週年的結婚紀念日，十八年前魯斯登被撞死的那個晚上。她擺好四個盤子後喚裁縫師進來，從他們的表情看得出來，他們為此感到無上的光榮。

「你乖乖的接受治療是個好孩子，」她對歐文說：「所以得到晚餐的獎勵。」她把鍋子放到桌上，自己拿了根削好的胡蘿蔔，裁縫師好奇的看著她咬了一口。「使用偏方的不只有你，這是治療我眼睛的偏方。對吧，馬克醫生？」

「是的，這是改善視力的處方。」

「你知道，我愈來愈喜歡嚼胡蘿蔔了，但我希望歐文不會愛上他的藥方，不然我們每天都會被臭得要死。」

「不過它是怎麼發揮作用的？把我頭上的蝨子毒死？」

「讓我來告訴你。」馬內克說。

「你根本是騙子大王。」歐文說。

「不，聽著。首先，每隻蝨子把自己浸在煤油裡，然後到了半夜當你睡著後，迪娜阿姨會各給牠們一支小火柴，數到三的時候牠們就點火自焚，微小的火焰不會傷害到你，你頭上會亮起一道美麗的光環。」

「不好笑。」迪娜說。

「自焚又不是真的，阿姨。」

「吃飯時我不想討論這種話題，說笑話也不行，你甚至不該用這個字眼。」

她開始吃晚餐，馬內克也拿起叉子，向歐文眨眨眼。裁縫師們坐著不動，只是盯著食物看。當她抬起頭時，他們露出不自在的微笑，兩人互看一眼，不確定的碰一碰餐具，猶豫要怎麼拿。

迪娜立刻懂了。「我真遲鈍」，她心想，今晚不該把餐具擺出來。

她放下手中的刀叉，用手指拿了一塊馬鈴薯放到嘴裡。馬內克也跟進，裁縫師才開始吃飯。

「真好吃！」伊斯佛說，歐文口中塞滿了食物，跟著點頭，「妳每天都吃麵包？」

「是的，」迪娜說：「不習慣嗎？」

「哦，很好吃！」伊斯佛說：「不，我只是想，每天買現成的麵包一定花不少錢，妳不用配給卡買小麥嗎？」

「是可以，只是用配給卡買小麥到磨坊磨成粉、自己做印度薄餅，花太多力氣和時間了。我先生在世時我會這麼做，他離開之後我就不在乎了，沒有什麼比只為自己做飯更糟糕的。」她剁一塊麵包沾些醬汁，「對你們來說也不便宜吧，在菲希朗用餐。」

伊斯佛答說是，生活很拮据，尤其現在每週還得付錢給乞丐主人，「我們還住在棚屋區、用爐子做飯時，花費少多了，即使沒有配給卡，我們還是每天都自己做印度薄餅。」

「假如你們喜歡的話，可以用我的配給卡買小麥，我只用它買米和糖。」

「問題是，我們在哪兒做飯？」

好問題，馬內克已有了答案，他讓沉默在桌上盤旋了一會兒之後神情愉快地開口：「我有一個好主意，伊斯佛和歐文習慣做印度薄餅，對吧？而迪娜阿姨擁有配給卡上所有的項目，是吧？所以你們可以共同分擔食物的費用，我們可以一起吃飯，雙方都省下錢了。」

比省錢更重要的是可以省去房東想找的麻煩，迪娜心想，正好用來打敗伊伯瑞尹，讓他二十四小時等在外頭都看不到一個人；還有那些愛管閒事的鄰居——如果他們想打小報告以便記在他的良民簿上，藉此解決自己的問題的話。

只是單憑這樣的理由就該讓自己跟裁縫師更親近嗎？把原本小心翼翼畫好的線塗改掉是明智之舉嗎？「我不曉得。」她說：「伊斯佛和歐文或許不會喜歡天天吃我做的菜。」

「不喜歡？好吃極了！」歐文說。

她慢慢咀嚼食物，讓自己有時間思考，「嗯，我們可以試一週看看。」

「那太好了。」伊斯佛說。

「我來做印度薄餅，」歐文說：「我是印度薄餅冠軍。」

市府的卡車將新鮮的配糧送到配給站，迪娜和裁縫師排著隊，兩個苦力正從背上卸下五十公斤裝的麻布袋。用來固定袋子的大鐵鉤在太陽照射下閃閃發亮，他們的汗水滴在米黃色的麻纖維上，形成深棕色的斑點。店裡面，穀糧袋整齊的排成一排，像是停屍間裡的屍首；而在大秤旁，有一條沉甸甸的鍊子從天花板垂直垂下。

「這些人花太多時間了，」伊斯佛說：「一次只搬一袋。來，歐文，示範給他們看如何一次搬兩袋。」

「別取笑這可憐的孩子。」當歐文作勢要捲起袖子時迪娜說，「他怎麼這麼瘦？你確定他沒長蟲子？」

「不，不，迪娜女士，沒有蟲子，相信我。我很快會讓他結婚，然後他太太的廚藝會把他養胖。」

「談結婚他還太年輕。」

「快十八了，不會太年輕。」

「迪娜女士是對的，甭提你的笨主意了。」歐文罵道。

「酸檸檬臉。」

隊伍愈來愈長，有人在後面喊著快點，店主怒氣沖沖的出現，準備接受起鬨者的挑釁，「講話時用用大腦！如果卡車不能卸貨，我能賣什麼給你？石頭和沙子嗎？」

「平常你賣給我們的就是這些東西！」起鬨者吼回去，眾人大笑。「你有嚐過自己進的貨嗎？」那人個子小，嗓門卻很大，引起排隊民眾的注意。

「別搗亂，走開！沒人強迫你買。」

起鬨者旁邊的人試圖阻止爭執，以免愈來愈激烈。他們提醒他在配給站吵架並不明智：當你仰賴他們發給食物時是吵不贏的；還有人說假如他太激動，脖子上腫起來的地方會爆開。

「會腫起來也是被混蛋奸商害的！」他咆哮道：「他們賣劣質鹽，不含碘的鹽！這些痴肥、貪婪的奸商要為我們所受的苦負責！黑市交易者、用食物害人、毒殺人的凶手！」

運糧的卡車離開了，破洞的麻布袋一路上細細的撒落小麥。一個打赤腳、穿背心的男人迅速地拿著空罐子收集起來，尾隨卡車跑到下一站去，今晚他能大快朵頤了。

店員準備好秤子，商店又開始恢復販賣。迪娜配給卡上的項目一一蓋了章，除了平常會買的糖和米之外，在裁縫師的建議下，她還買了全部配給分量的紅小麥、白小麥，以及印度高粱和巴利穀，他們說那非常好吃、很營養，而且不貴。店員為每樣東西秤重時，他們都注意著秤子，盯著指標直到橫桿定住不動。店員把秤盤傾斜、將配糧倒到迪娜的布袋，揚起了一陣粉塵，穀粒如瀑布般落下，響起沙沙的聲音，然後裁縫師把袋子帶到磨坊去。

到了晚上，歐文有點急著做印度薄餅，想在大家面前大顯身手。和好麵後，他比平常更費勁地揉麵團，擀麵皮時全神貫注，想把它們做得又圓又漂亮，若稍有差池，他就把麵皮揉成團，再重新擀過。

晚餐時刻，大家都稱讚他的手藝，八張印度薄餅馬上就吃完了。他欣喜不已，決定下次要做十二張餅。

窗戶才一打開，貓兒就聚過來喵喵叫，馬內克把他為每隻貓取的名字告訴伊斯佛和歐文：約翰．偉恩，喜歡趾高氣昂的走來走去，好像在說這個巷子已在他的控制之下；維亞揚契馬拉是白、棕條紋的虎斑貓，也是他最喜愛的，輕盈的步伐像舞姿一樣曼妙；拉寇兒．薇芝總是靜靜地坐著或趴著，從不降貴紆尊的去搶食物；還有夏圖甘．辛哈，是個恃強凌弱的惡霸，因此食物要丟得離他遠些，給其他貓兒一些機會。

「誰是約翰．偉恩？」歐文問。

「一個具英雄形象的美國演員，像阿米塔．巴漢[2]那種類型。走路的樣子胸有成竹，最後一定會打敗壞人。」

---

[2] 阿米塔．巴漢（Amitabh Bachchan），印度寶萊塢知名演員。

「那拉寇兒‧薇芝呢？」

「美國女演員，」他上前小聲的說：「胸前偉大哦！」窗外的貓還在不停的喵喵叫。

歐文咧嘴而笑，「幸好我今天多做了些印度薄餅，牠看起來蠻喜歡吃的。」

「怎麼回事？」迪娜說：「現在你把壞習慣教給我的裁縫師了，拜託把窗戶關上。」她不禁猜想，這樣一起做飯、一起吃飯，以後會不會發生什麼無法控制的情況？太過親近了，她只希望不會發生令她後悔的事。

伊斯佛站在一旁看他們餵貓，「有人說餵流浪動物是種善行，迪娜女士。」

「如果牠們走到屋裡找食物就不是，牠們會把臭水溝裡的病菌帶進來害死我們。」

在廁所中，裁縫師的尿騷味原本飄浮在空氣中揮之不去，但是現在迪娜的鼻子對此已漸漸沒感覺了。真奇怪，她想，人怎麼會習慣這種事情。

然後她突然頓悟：氣味不再唐突是因為大家都一樣，他們吃相同的東西、喝相同的水，住在同一個屋簷下。

「我們今天吃香料炸丸子，」伊斯佛建議說：「瑞亞朗特製食譜。」

「我不知道怎麼做。」

「沒關係，我來做。迪娜女士，今天妳放鬆一下。」他來接手，並請歐文和馬內克去買新鮮的椰子、綠辣椒、薄荷葉和一小把香菜。其餘的食材，如乾的紅辣椒、小茴香籽以及羅望子都在香料櫃裡。

「你們兩個快去快回，」他說：「還有工作給你們。」

「我能幫什麼忙？」迪娜問。

「我們需要一杯去殼鷹嘴豆。」

她量了一杯的量浸在水裡，然後把鍋子放到爐子上。

切細。

「如果已經浸泡一整夜，豆子就不需要煮了。」他說：「但這樣也可以。」

男孩們回來後，他讓歐文磨碎椰子肉，馬內克把二顆洋蔥切片，自己將四條綠辣椒、六條紅辣椒、香菜和薄荷葉切細。

「這些洋蔥好辣哦。」馬內克一面切，一面用袖子擦眼淚。

「感受一下很好，」伊斯佛說：「每個人在一生當中總有會哭的時候。」他看看從刀緣掉下厚厚的白色圈圈，「喂，喂，切薄一點。」

豆子煮好，他瀝掉水，把東西倒進研缽裡，再加上半茶匙的小茴香籽和切碎的辣椒，然後把它們一起搗爛。馬內克聽著如擊鼓聲的研缽碰撞聲，也用菜刀敲著鍋子發出鈸鐃聲。

「嘿，樂團團主，你的洋蔥好了嗎？」伊斯佛問。研缽裡的混合物已經變成了一團糊，黃色裡面帶點綠色、紅色和棕色的微粒。他把剩下的香料和食材都混進去，拿一點起來嗅嗅香味，「非常完美，現在來讓煎鍋滋滋作響吧！我煎丸子時歐文來做酸甜醬汁，來，把剩下的椰子肉和胡荽葉辣椒磨碎。」

伊斯佛把乒乓球大小的丸子輕輕地滑入光亮的油池裡頭，煎鍋發出嘶嘶聲，他用湯匙將丸子翻面，使它們色澤均勻。此時，歐文在板子上來回滾動圓圓的馬薩拉石磨輾香料，過一會兒由馬內克接手。在他們的努力下，終於滴出珍貴的綠色酸甜醬汁。

煎鍋裡的丸子慢慢變成令人垂涎的金黃色，迪娜站著品聞它的香氣。她看著他們有說有笑的清理善後，伊斯佛警告男孩們，若研磨石不是乾淨無瑕的，他會要他們像貓一樣把它舔乾淨。多麼不一樣，她心想，從公寓裡最黑、最暗的地方，一下變成了充滿歡笑、生氣勃勃的廚房。

三十分鐘後餐點準備就緒。「趁熱吃吧！」伊斯佛說：「來，歐文，幫大家拿點水。」

每個人都拿了一塊香料炸丸子，在上面淋上甜酸醬汁，伊斯佛面露得意的微笑，等著大家的評語。

「太棒了！」馬內克說。

迪娜假裝感到苦惱，說他從沒用最高級的字眼稱讚她的廚藝。他想辦法為自己開脫，「阿姨，妳的手藝也很好，但跟我媽媽的祆教徒烹調口味太像，那是唯一沒有讓我味蕾著迷的理由。」

伊斯佛和歐文對他們的成果很謙虛，「沒什麼，其實很簡單。」

「很美味，」迪娜極力表明，「馬內克建議我們一起吃飯的主意真好，假如我一開始就知道你們的手藝那麼好，我會雇你們當廚師，而不是裁縫師。」

「很遺憾，」伊斯佛對這個恭維報以微笑，「我們不為錢下廚，只為了我們自己和朋友。」

他的話攪動起沉澱在她心中剩餘的一點罪惡感，他們之間仍存在著隔閡，她看待他們並不像他們看待她一樣。

就這樣過了幾個禮拜，裁縫師貢獻他們的手藝做了印度薄餅、脆餅、炸丸子，以及素菜餡像香料起司、咖哩煮蔬菜、香料馬鈴薯。每次都準備四人份，或至少兩人份，晚間的廚房熱鬧而忙碌。迪娜心想，原本是令我感到空虛的時刻，現在卻充滿了快樂的氣氛。

一天，她正在準備米飯料理，裁縫師雖然休息不用做印度薄餅，但是也到廚房幫忙——在沒出去找租屋的空閒時候。「我小時候還住在村子裡時，」伊斯佛一邊洗米、淘米，一邊說：「我會幫母親洗米。沒有米的時候，我們會在收成後到田裡去尋找打穀、去糠皮後剩下來的穀子。」

她了解，因為信任她所以他們願意吐露過去的生活，沒什麼比這樣的交心更珍貴。她將收集更多的片段，拼湊裁縫師日益成形的故事。

「在那個時候，」伊斯佛繼續說：「對我來說那似乎就是一個人一生當中最期待的事情。粗糙的路上布滿了尖銳的石頭，如果你夠幸運，會拾得一點點穀粒。」

「後來呢？」

「後來我發現有各種不同的路，每條路走的方式也不同。」

她喜歡他描述的技巧：「你說得很好。」

他咯咯笑起來，「一定是跟裁縫的訓練有關，裁縫師要研究衣料及剪裁。」

「那你呢，歐文?你也有幫忙媽媽收集穀粒嗎？」

「沒有。」

「他不需要，」伊斯佛說：「他出生時，他的父親——也就是我的弟弟，裁縫工作已經做得很穩定了。」

「可是他還是送我去學臭死人的製革工作。」歐文說。

「你沒告訴過我。」馬內克說。

「有很多事情我沒告訴過你，難道你就有告訴我每件事？」

「學製革是為了修養品性，」伊斯佛解釋道：「教歐文知道他的來歷，提醒他記得自己的出身。」

「但為什麼需要提醒？」

「那是一段很長的故事。」

「告訴我們。」迪娜和馬內克異口同聲的說，然後兩個人都笑了起來。

「在我們的村子裡，我們以前是製鞋匠。」伊斯佛開始說故事。

「他的意思是，」歐文補充道：「我們家族屬於鞣皮和製革的查瑪階級。」

「是的，」伊斯佛又接回來，「很久以前，遠在歐普拉卡希出生前，當他的父親納若揚和我還是十歲及十二歲的孩子，我們被父親——他叫做杜奇，送去當裁縫學徒……」

「**告訴**我怎麼用。」歐文說。

「什麼？」

「刀和叉子。」

「好的，」馬內克說：「第一課，手肘離開餐桌。」

伊斯佛讚許的點點頭，他說等到回去村子裡幫歐文找老婆時，這一定會讓大家刮目相看、提升他的身價，「用精緻的餐具吃飯，那需要高超的技巧，就像玩樂器一樣。」

迪娜的被單又開始有所進展，靠著裁縫師努力不懈的完成奧荷華出口公司的訂單，碎布條已經堆得像肥沃河流裡的淤積土。晚餐後她坐在碎布頭旁，挑選拼湊著新收集的布塊。

「這些新的布塊跟以前的質料完全不一樣，」馬內克說：「妳覺得放在一起好看嗎？」

「被單評論家又開始說教了。」她嘀咕道。

「四邊形、三角形，還有不規則的多邊形。」歐文說：「看起來是有點亂。」

「做起來會很漂亮的，」伊斯佛用很權威的語氣說：「只要有耐心繼續拼接，迪娜女士，那就是訣竅。在妳拼好之前，它們看起來都只是沒用處的碎布料。」

「沒錯，」她說：「這些男孩根本不懂。對了，我的衣櫥裡頭還有很多碎布料，如果你們想要做點東西，可以派上用場。」

伊斯佛想到尚卡，若能幫他做件新背心倒不錯。他把尚卡遭遇到的問題告訴迪娜：被截肢的下半身，不知道能讓他穿什麼，纏腰布、內褲或褲子都不合身，因為他在滑板上會一直扭動。有一回他的衣裳從腰間滑下來，他無法弄回去，直到乞丐主人前來巡視時才幫了他。

「我想我有辦法了。」迪娜說。她找出以前在學校穿的一件式泳衣，然後說明它的設計。照著做很容易，只要調整一下，像是加上袖子、領口，還有前釦。

「妳的主意真是一流的。」伊斯佛說。

他挑出淺棕色的府綢布頭，隔天下午把捲尺帶到菲希朗。他和歐文一面把茶吹涼，一面看著窗外，尚卡正在人行道上試他的新代步工具。

具有創意的乞丐主人在滑板上再加個板子延伸長度，尚卡現在可以躺在滑板上揮動被截斷的大腿。他的睪丸在大腿運動時從包布裡掉出來，他想把它們塞進去，但需要把手再伸長些，對他而言很困難，過一會兒就放棄了，任陰囊懸在外面。

「哦，先生，施捨點錢。」他用沒有指頭的雙掌夾著錫罐放在額頭上，一路吟唱著，在第一拍及第三拍時搖動罐子。當他累了，就把罐子放在頭旁邊，空空的兩手也像大腿那樣揮動。

仰臥的姿勢讓他看到新的視野，但他也只能偶爾嘗試，還要擔心受怕，害怕有人不小心往他身上踩下去。在尖峰時間成群的路人襲捲過人行道，景況真是嚇人。

裁縫師喝完茶時，他已經坐起來了，看到伊斯佛和歐文出現，他划著滑板去找他們敘話。

「新改良的滑板，嗯?尚卡?」

「沒辦法，為了讓大家有新鮮感，主人覺得是該有所變化的時候。自從我們從那個可怕的鬼地方回來後，他變得很好，甚至比以前更好。而且他不再叫我蟲子了，他叫我的名字，跟你們一樣。」

他們說要幫他做一件獨特的背心，令他非常興奮。

三人來到菲希朗後巷的隱密處，由伊斯佛幫他量身。

「對你來說一定很棒，」歐文說：「可以在工作時睡覺。」

「你不曉得那感覺就像在天堂一般。」尚卡狡黠的說：「才不過三天而已我就看到那麼多東西，尤其是當裙子飄過我頭上時。」

「真的？」歐文羨慕的問：「你看到什麼了？」

「找不到言語可以形容我雙眼所享受的饗宴。」

「也許我的姪子想在你的滑板上待一兩天。」伊斯佛諷刺的說。

「不過首先他要把自己的雙腿處理一下，」尚卡展現他的黑色幽默：「我想到了，只要不再付錢給乞丐主人，就會自動產生兩隻斷腿。」

隔天禮物就做好了，裁縫師晚間出來找租屋的時候經過尚卡附近，他們想帶他到巷子裡試穿，看看是否合身，但他有些猶豫。

「主人不會喜歡的。」他說。

「為什麼？」

「新衣服的質料看起來太好了。」他說要等到主人同意才能穿。

他們失望的離開，帶著放在尚卡滑板下的髮束包裹。有好一陣子瑞亞朗都沒寄放東西，直到最近幾天才變得很規律，他們的箱子已經塞滿了。

「假如長髮很稀罕，瑞亞朗怎麼能突然間收集到這麼多？」歐文懷疑。

「我不想讓那傢伙的頭髮來煩我。」

到了下個禮拜，裁縫師終於看到尚卡穿上他們送的禮物。剛開始很難辨認出來，因為乞丐主人將那件背心改造了一番——全部都抹上了泥巴，前面還撕開了一個洞，這件衣服現在跟尚卡很配。

「那個混蛋的乞丐主人，」歐文說：「毀掉我們的創作。」

「別用你的衣服評斷他，」伊斯佛說：「你也不會穿西裝、打領帶到迪娜女士那兒工作，是吧？」

11 烏雲遮日

廊房的安全與舒適沖淡了新居需求的迫切性，裁縫師晚間出去尋找租屋的行動也就不那麼熱切。伊斯佛多少有點罪惡感，覺得他們利用迪娜的誠懇招待佔便宜，現在已經進入第三個月。為了安撫自己的良心，他養成習慣向迪娜報告找房子的細節：他們拜訪過的地方；探查過的出租宿舍、小公寓和陋舍；差一點就能成交的房子。

「真可惜，」許多個晚上他都這麼說：「就在我們到達前十分鐘有人租下了，這麼好的房子。」

迪娜對房東的擔憂隨時間愈趨平靜，讓裁縫師睡在廊房的決定令她很滿意。沒人持反對意見，除了珊諾比雅，有一天她偶爾經過順道拜訪，看到他們的箱子和睡鋪時真是嚇壞了。

「這很危險，」她警告說：「妳是在玩火。」

「哦，不會有事的。」迪娜很有自信地說。她還了向努斯旺借的錢，也沒再受收租人的打擾，而且縫紉進度比以前更快更順利。

奧荷華出口公司發生罷工的憂患後來免除了，戈普塔太太說這是邪不勝正，「公司現在有請打手，」她對迪娜說：「而現在我們的打手和他們的打手正在對抗，他們負責對付工會騙子——在這些人製造麻煩或誘導貧窮的工人脫離正軌前。提醒妳，連警察都支持我們，大家都受夠了工會的惡形惡狀。」

迪娜將好消息帶回家時，裁縫師也感到喜悅，「我們是福星高照。」伊斯佛說。

「是的，」她說：「但你們縫工的精準更為重要。」

伊斯佛和歐文通常在晚餐後出去找尋租屋，有時是在飯前，如果那天他們沒下廚的話；她會祝他們好運，最後總會加上一句：「早點回來。」而且這不是客套話。馬內克常常陪他們去，留下她一個人，令她眼睛直盯著時鐘，盼望他們早點回來。

當晚上向她報告今天的過程後，她的建議是：「不用急。」她說預付租金是件蠢事，房子有可能因為是違章建築而被強制拆除，「最好把錢存起來，找到真正合適的房子，沒有人能夠把你們扔出去，慢慢來。」

「但妳不收我們的租金，我們不能一直這樣打擾下去。」

「我不覺得受打擾，馬內克也不會。是吧，馬內克？」

「哦，當然，但是我有一個很大的困擾——學校快要考試了。」

「另一個問題是，」伊斯佛續繼道：「直到我們有住的地方前，我親愛的姪子無法結婚。」

「這種事我就幫不上忙了。」迪娜說。

「誰說我要結婚的？」歐文抗議道，而迪娜和伊斯佛都露出長輩慈祥的笑容。

有消息說北邊的郊區有房子要分租，那是他們剛到達這個城市時第一個找工作的地方，他們就過去看看。當他們抵達目的地時房間已被租走，他們正好經過領先裁縫公司，決定進去向吉方打聲招呼。

「啊，我的老朋友回來了。」吉方也向他們致意，「帶了新朋友，他也是裁縫師嗎？」

馬內克微笑著搖頭。

「哦，沒關係，我們很快會讓你成為一流的裁縫師。」然後吉方的記憶回溯到當時三個裁縫師圍著時鐘工作，要趕在選舉前交差的情景，「記得嗎？我們為那個行賄的傢伙做了上百件的衣服和腰布？」

「感覺好像有上千件。」歐文說。

「我後來發現他把工作發包給兩打以上的裁縫師，送出了五千件衣服和腰布。」

「這些混蛋政客哪來那麼多錢？」

「黑心錢，還有商人送給他們行方便的錢，那就是所有許可證批准的方式。」

那位候選人仍然敗北了，儘管他在最重要的選民間送出了不少衣服，而足智多謀的對手到處發表演說：無功接受禮物並不是罪惡，只要明智的頭腦在投票時能做正確的抉擇。

「他想把失敗怪在我頭上，說選民拒絕他是因為衣服縫得很糟。我說把衣服帶來給我看，就再也沒看過他了。」吉方把櫃台上的地方清出來，撣掉身上的線頭，「來，坐，陪我喝杯茶。」

請坐只是口頭上說說，小店裡凌亂的狀況很難實現這個邀請。自從裁縫師離開後，這裡已經有所改變，後面的空間用窗簾隔起來作為試衣間。伊斯佛從櫃台接過茶來，吉方啜了一口茶，男孩們把茶拿到外面樓梯上喝。

晚間時領先裁縫公司突然忙碌起來，「你們為我帶來好運。」吉方說。一個家庭帶了三個小女兒來做外出服，那位母親驕傲的拿著布料在她們身上比劃，父親則嚴厲地皺著眉頭，他們想為每個孩子做上衣和長裙，過年時要穿的。吉方用一隻手指彈著嘴唇，假裝在訂單簿上研究空檔，「只剩一個月了，」他抱怨的說：「每個人都這麼趕。」他的喉頭低吟，嘴裡支支吾吾的像是自言自語般，然後說沒問題，但時間就剛剛好而已。

小女孩們聽到了，興奮地踮起腳尖又跳又叫。嚴厲的父親叱責她們要站好，否則就打破她們的頭，但孩子們對強烈的威嚇根本不理不睬，對於父親情緒化的措辭，她們早習以為常。

吉方拿出一匹孔雀圖樣的布料來度量，凝重地皺著眉頭，再量一次，然後說布料不夠做三件衣服和長裙；聽得孩子們快要哭出來了。

「這個壞傢伙在說謊。」歐文小聲的對馬內克說：「你看著。」

他量了第三次，用一副做善事的口吻說有另一種選擇：「會很困難，但我可以做成及膝的洋裝。」

別無他法之下，這對父母立刻同意了，要吉方儘管做。他抖開捲尺，要孩子們過去量身，她們直挺挺的站著，像隻木偶娃娃，僵硬轉身、抬頭、舉起手臂。

「這個騙子至少偷了三碼的布料，或許四碼。」歐文小聲的說，挪幾步避開那家人的聽力範圍。三個小女孩輕聲地抱怨說她們好想好想要長裙，那位父親關愛的抱著她們，威脅說如果再不克制一下自己的舉止，就要敲掉她們的牙齒。然後這快樂的一家人就走出門，消失在人行道上。

吉方把布料折好，將孩子們的尺寸塞到裡面，「做裁縫的也要討生活，不是嗎？」他為自己的行為尋求贊同。

伊斯佛不置可否的點點頭。

「這些客戶總是對我們要求太多。」吉方再試一次，困窘地躲在陳腔濫調的擋箭牌之後，直到另一個客戶出現時他才自尷尬的場面抽身。那女人想要試穿，她接過絲質綽尼短上衣的初步樣版，進到試衣間拉上簾子。

馬內克用手肘推推歐文，他們一起注意看著。搖擺的簾子距離地面有一些高度，可以看到她的沙麗退到穿著涼鞋的腳邊。吉方向他們搖搖手指，然後自己斜視著試衣間。

「簾子再薄一些，就能為我的人生增加許多樂趣。」歐文說。他們聽到她手鐲輕輕發出的叮鈴聲。

「噓！」吉方竊笑著警告他們：「你們會害我失去一個常客。」

那女人的再次出現，讓他們自覺做錯事地懷著罪惡感安靜下來。他們在一旁低下頭偷偷看她，沙麗已從肩膀抬起，好讓吉方檢查上衣的半成品。「請把手舉高些。」他把捲尺繞過她的手臂下，語氣就像醫生要檢查病人的舌頭。在上衣和腰線之間的橫膈膜部位是裸露的，她穿的是現代版的改良沙麗，可以看得到肚臍，馬內克和歐文盯直了眼睛。吉方建議在背後做兩道褶襉，頸線可以稍微再低一點；她又回到簾子後面。

歐文小聲對馬內克說，這是他在迪娜女士那兒用樣版縫紉的損失，「我沒有機會幫女人量身。」

「說得好像量身時可以為所欲為似的。」

「你不知道可能性有多大，兄弟。」他說，「做一件上衣，尤其是這種樣式的窄上衣，簡直跟在天堂一樣，因為量尺要繞過罩杯，把尺的一端繞過身子，用另一隻手把它拿到前面，你必須跟她靠得很近，光是這樣就很令人興奮。然後你的手在雙乳之間的中空部位拉住量尺，你才不會碰到她，但總是能夠揩點油，你必須很小心，而且知道什麼時候才能壓下去，如果量尺一碰到她就退避，再有任何嘗試就太危險。有的人不會介意，從她們的眼神和乳頭，你可以觀察到讓指頭四處遊走安不安全。」

「那你做過嗎？」

「很多次，在阿施若夫叔叔的穆沙佛裁縫公司。」

「也許我真的應該放棄學業改當裁縫師。」

「沒錯，做裁縫有趣多了。」

馬內克微笑道：「其實，我在考慮這一年結束後還要繼續讀大學。」

「為什麼？我以為你討厭它。」

馬內克沉默了一會兒，像彈琴般動動自己的手指頭，然後說：「我接到我爸媽的來信，說他們多希望這一年趕快過去，沒有我他們多寂寞……都是同樣無聊的話。當我在家時，他們說去，去，去，所以我決定寫信說我想再待三年，要完成所有課程，而不是只拿一年的證書。」

「你真笨，老兄。若我是你，我會盡快回到我爸媽身邊。」

「有什麼用？回去繼續和我爸爸吵架嗎？況且，現在我在這裡很快樂。」

歐文檢查自己的指甲，然後用手梳梳頭髮，「假如你打算待下去，你應該改修裁縫，因為學冷凍不能幫女人量身。」他輕聲笑起來，「你要說什麼？『女士，你的深度是多少？』」

馬內克也笑了，「我可以問：『女士，我可以檢查妳的壓縮機嗎？』或：『女士，妳的自動調溫孔裡需要一個新的自動調溫器。』」

「女士，妳的溫度控制鈕需要調整。」

「女士，妳的置肉盒沒有適當的打開。」

客人離開了，他們的聲音變得愈來愈大。伊斯佛說：「好了，你們兩個，該走了。你們在笑什麼，這麼開心？」

「以為我們不知道。」吉方咧開嘴笑，祝他們好運並道再見，「希望你們盡快找到房子。」

馬內克考試之前的溫書週，收租人在某個下午出奇不意的來訪，門鈴響起時裁縫師立刻停下縫紉機。

「妳好嗎，姊妹？」伊伯瑞尹舉起他的紅氈帽。

「又怎麼了？」迪娜擋在他前面，「這個月的房租已經繳了。」

「不是房租的問題，姊妹。」他畏畏縮縮的說，公司要他來傳遞三十日內搬走的最後通牒，因為他們有證據顯示她利用公寓從事商業行為，儘管數月前已警告過她。

「胡說!他們有什麼證據?」

「為什麼要對我動氣，姊妹。」他求饒，拍拍口袋裡的記事本，「都在這裡，來回的日期、時間、計程車、洋裝，還有後面房間裡的證據。」

「後面房間?你來告訴我。」她站到一旁，示意讓他進去。

他被這麼直接了當的挑戰嚇到了，別無選擇下只有接受。他低著頭走進屋子，直接到縫紉室去。裁縫師僵坐在縫紉機旁，侷促不安的等著接下來的動靜，馬內克從房間裡看著。

「問題就在這裡，姊妹，你不能雇用裁縫師在公寓裡經營生意。」他舉起疼痛的手指著另一個房間，「還有房客，更是問題所在。真是荒唐，姊妹，公司一定會把妳趕出去的。」

「你在胡說些什麼!」她開始反擊：「這個人，」她指著伊斯佛，「他是我先生，那兩個男孩是我們的兒子。而洋裝都是我的，是我一九七五年再婚嫁妝的一部分。去，告訴你的房東他弄錯了。」

很難說她的謊言到底嚇到了誰——伊斯佛，滿臉通紅的玩弄著剪刀；或伊伯瑞尹，擰著雙手嘆氣。

她趁勝追擊，盤問道：「你還有什麼話說?」

伊伯瑞尹駝著背，看起來低聲下氣的說：「請問，結婚證書、出生證明，我能看看嗎?」

「你會看到的就是我把拖鞋塞到你嘴巴裡!竟敢這樣羞辱我!回去告訴房東，假如他不停止騷擾我的家人，我會直接將他送上法院。」

他告退時，口中咕噥著說會寫一份完整的報告給公司，還抱怨為什麼要濫用他做這種工作，他跟房客一樣一點也不喜歡這種事。

「假如你不喜歡就辭掉，反正你這把年紀也不應該再工作了，可以讓孩子們照顧你。」

「我必須工作，我一個人住。」他才說完話，門就被狠狠關上。

她勝利的喜悅消失了，她站在原地聽他在門外喘氣，喘過氣後才離開。在他簡短的幾句話裡，她人生中孤單與困苦的那幾年直衝心頭，讓她想起最近幾個月來所找到的快樂是多麼短暫而不可靠。

在縫紉室裡，伊斯佛才從剛剛的驚訝中恢復，男孩們縱聲大笑，嘲笑他臉上的表情。

「你一直說要幫我找老婆。」歐文說：「結果你自己找到了。」

「真妙的主意，阿姨，妳事先想好的嗎？」

「別管了，你自己應付考試要緊。」

學校因為排燈節放假三個禮拜，迪娜鼓勵馬內克到處去看看，「一直以來你都是從家裡到學校，再從學校回家裡，城市裡有很多可以觀賞的地方，像是博物館、水族館和雕刻藝術都令人嘆為觀止；維多莉亞花園和空中花園也很值得一看，相信我。」

「我以前就看過了。」

「什麼時候？幾年前和媽媽一起去的？你那時候只是個小孩子，記不得那麼多事情。你一定要再去看看，而且你也該拜訪蘇答瓦拉家族的親戚，他們是你媽媽的家人。」

「好吧。」他不感興趣的說，也並未有所行動。

那個禮拜他們聽到排燈節的第一聲炮竹。「哦，天啊！」伊斯佛說：「真是壯觀。」

「這還不算什麼，」迪娜說：「日子真正接近時再等著瞧吧！」

每天晚上喧鬧的炮竹聲讓上床時間延後約兩個小時，令馬內克空虛的假期愈顯漫長、無聊。他試著用晚起來彌補睡前多出來的時間，但牛奶人的搖鈴聲、七嘴八舌的人群等，使他仍然不敵喧嚷的黎明。

迪娜幫他寫下公車號碼和路線，「這些觀光景點很好找，你不會迷路的。」她認為或許是這點令他害怕而裹足不前，可是他還是無動於衷。

受夠了他整天賴在家裡磨蹭，她開始不耐煩了：「成天待在家裡，像個死氣沉沉的老頭子，一點都不像年輕人。而且你一天到晚只會踱來踱去的，快把我們逼瘋了。」

他懶散的樣子也開始影響到歐文，和他在菲希朗喝茶而忘了時間，或在廊房玩紙牌，似乎沒把工作放在心上。伊斯佛為此責備歐文，迪娜也申誡他，但都沒什麼用處。

到了週末他們決定嘗試不同的方法，最好讓歐文也休個假，有個遊手好閒的朋友在他身邊晃來晃去，卻要他乖乖坐在縫紉機旁是不太可能的。畢竟，在他這個年紀就得辛苦賺錢已經很難為他了，他應該跟馬內克一樣上大學才對。

所以迪娜告訴歐文可以縮短工時，只要從早上八點做到十一點就可以了。「過去幾個月你工作很認真，應該好好放個假。」

現在他們不會待在家裡，只要歐文的休息時間一到，這兩個人立刻消失得無影無蹤，直到晚餐才出現。然後吃飯時話匣子一開就停不了，直到睡覺前，講的都是兩人遊歷的經過。

「大海好險惡，小遊艇躍起時像脫韁野馬一樣，」歐文說：「好嚇人。」

「我跟妳說，阿姨，你的房客和一個裁縫師差點就溺死在防波堤上。」

「別說不吉利的話。」伊斯佛說。

「乘過遊艇後到了水族館，看得我眼花瞭亂，我們四周都是水。」

「魚很漂亮，還有牠們游泳的方式，好像出門散步一樣，或是逛市場買菜、榨番茄，或像警察抓小偷。」

「牠們有的身體色彩很鮮豔，像奧荷華的布料。」馬內克說：「還有，鋸魟的鼻子看起來就跟真的鋸子一樣，我敢發誓。」

「明天我想在海灘上按摩。」歐文說：「我們今天有看到，他們帶了油、乳液和毛巾。」

「要非常當心，」迪娜說：「那些按摩攤販都是騙子，幫你按摩放鬆，直到你舒服入睡，然後扒光你的口袋。」

結果後來的三天裡，他們都在逛博物館，回家後歐文說建築師一定是以他伯父的肚子為模型來打造圓形屋頂。

「若是這樣我就能主張所有權了。」伊斯佛說。連續三個晚上，他和迪娜聽他們描述中國藝廊、西藏藝廊、尼泊爾藝廊、俄國茶壺、茶缸、象牙雕刻、翡翠鼻煙壺、掛氈等。

特別令他們目瞪口呆的是武器系列，盔甲套裝、翡翠柄匕首、短彎刀、鋸齒刀（歐文說：「像廚房架子上的椰子磨碎器。」）、鑲珠寶的禮劍、弓箭、棍棒、長槍、長矛和流星鎚。

馬內克說：「它們看起來像老電影《蒙兀爾王朝》裡的武器。」歐文也說最好讓村子裡的查瑪都裝備這些武器，把地主和上層階級都殺光。這些話令伊斯佛不以為然的皺起眉頭，直到男孩們露出玩笑的表情才讓他放心。

假期裡他們盡情揮霍著年輕人充沛的精力，歐文口述在城市的奇妙經驗令伊斯佛身歷其境，而迪娜在他們熱情的激流中彷彿又回到了自己的學生時代。

假期過了一半，某天季風雨來襲，天空灰暗無光，大雨令男孩們無法出門。他們感到無聊卻又閒不下來，馬內克突然想起他的西洋棋，歐文從沒見識過，小小的塑膠棋子攫住他的想像力，他要求學棋。

馬內克開始先教他認識每個棋子：「國王、皇后、主教、騎士、城堡、士兵。」每個字眼熟悉的輕撫過自己的耳朵。沉寂好長一段時間之後，他終於又打開了那個紅褐色的「棺木」，讓它們在他的指尖復甦。現在它們在方格上就緒，準備戰鬥。

然後，剎時間他的聲音變成了一個遠方的回聲——一個曾在學校宿舍教他棋子名稱的聲音。他停住了，無法繼續說明遊戲。那個聲音從墳中掘出一副白骨——他最近的過去，那個他一直企圖忘掉、也幾乎忘掉，且不想再看到的過去，但現在它卻突然詭異的浮現在眼前。

他盯著棋盤看，好像每個棋子都被鬼魅附身了。三十二個鬼開始自己動了起來，一支記憶的軍隊在跳舞、衝撞、嘲罵，要與他的遺忘意志作戰，然後躍動的棋子交換舞伴，六十四個方格子變成了阿文納希正在對他微笑的臉。

馬內克費了一番功夫掙脫棋盤，走到窗戶旁。街上大雨滂沱，有人在機車上蓋了一張防水布，被雨打得叮咚響，機車周遭的水坑既泥濘又噁心。雨勢猛烈持久，街上沒有孩子願意出來玩耍或踩水坑。馬內克真希望自己從來沒有打開過棋盒。

「怎麼了？」歐文問。

「沒什麼。」

「來，那就不要浪費時間了，教我怎麼玩。」

「這遊戲沒意思，算了吧。」

「如果沒有意思，你怎麼會擁有它？」

「別人借給我的，我必須趕緊歸還。」他看著陰溝上的漩渦吞噬掉空雪茄盒及飲料瓶蓋，裡面不可能有柯拉可樂，只要爸爸冥頑不化的堅持自己的方法就不會。原本有機會成為一個成功的銷售品牌，而他也不用上什麼該死的大學，他心想，一定是生命中哪一步走錯了，才會到這般田地。

「你就是不想教我。」歐文把棋子倒回棋盒中，叮呤匡啷的聲音似乎是對他的埋怨。馬內克看了一眼，開口想說話，歐文沒注意到，把蓋子拉上。

馬內克在窗邊又逗留了一會才走回棋盤邊，「我不想給你添麻煩，」歐文挖苦的說：「你確定真的要教我嗎？」他沒回話，默默把棋子擺好後開始解釋規則。外頭的大雨仍不停地打在蓋住機車的防水布上。

兩天之後，歐文學會每個棋子的走法，但就是抓不到把對手將住的要領。如果馬內克在棋盤上布了一個範例，他能夠完全領悟，了解到受困的國王走投無路的絕境。可是若要靠他自己走到類似的局面，就全然無法掌握，他開始失去耐性。馬內克覺得是自己的錯，他無法像阿文納希一樣做個好老師。

無子可走或是和棋的結局同樣都不容易解釋。「有時雙方剩的棋子都不夠，所以國王可以不停閃避將軍。」他一遍又一遍的說明。

當棋子的布局具體呈現在眼前時，歐文又能夠看懂了；只是棋局的規則並不能滿足他自己對戰略的看法。「沒道理，」他提出他的論點：「看，你的軍隊和我的軍隊在作戰，而我們的人員都陣亡了，只剩下我們兩個，一定有一個是贏家，比較強勢的那個會把對方殺死，對吧？」

「或許，但下棋的規則是不一樣的。」

「規則應該讓結果產生勝利者才對。」歐文堅持己見，邏輯上的衝突令他難以理解。

「有時候就是沒有贏家。」馬內克說。

「你是對的，這個遊戲沒意思。」歐文說。

連續下了五天的雨，天空還沒放晴的跡象，他們兩人待在屋子裡無聊得要命，乾脆看依斯佛和迪娜工作來打發時間。「看，」馬內克說：「他啟動機器時會用舌頭把臉頰戳得突起來。」他們也發現她有個令人發噱的習慣，就是在量東西時會把雙唇藏在牙齒間。

「那樣太慢了，」歐文看到他伯父停下來裝線軸，「我三十秒之內就能捲好。」

「你還年輕，而我老了。」伊斯佛慢條斯理的說，他把新捲好的線軸放回擺梭裡，將金屬滑蓋拉上。

「我每次都先準備好六個線軸，」歐文說：「然後我就可以迅速地替換，不用在縫到一半時停下來捲線軸。」

「阿姨，妳應該跟伊斯佛一樣在小指上留指甲，會很好看。」

她快失去耐性了，「你們兩個真的很煩人，放假並不表示你們可以閒坐在那裡胡說八道轟炸我們的腦袋。現在就到外頭去，不然就開始工作。」

「外面在下雨，阿姨，妳不會希望我們淋濕，對吧？」

「你覺得整個城市會因為這麼點雨就拉條毯子罩在頭上嗎？帶把傘，它掛在你房間的衣櫃上。」

「那是女生的傘。」

「那就淋濕吧，別再煩我們就是了。」

「好吧，」歐文說：「我們下午到別的地方去。」

他們轉移陣地到廊房上，馬內克建議再去一次水族館，歐文則說有更好的主意：「吉方的店。」

「無聊，到那裡又沒事情可做。」

歐文透露他的計畫——說服吉方讓他們幫女客量身。

「好，我們走。」馬內克咧開嘴笑。

「我會教你怎麼玩這個遊戲，」歐文說：「量胸部比下棋容易多了，而且絕對更有趣。」

他們到達時店裡很安靜，吉方正躺在櫃台裡的地板上打盹。在他頭旁邊的凳子上有一個收音機，播放著沙蘭吉琴的輕音樂，歐文把聲音轉大聲，吉方驚醒過來。

他坐起來大口喘氣，睜大眼睛，「你們在做什麼？開玩笑還是怎樣？這樣會害我頭痛一整個下午。」

歐文說要幫他為客人量身，他一口便回絕，「幫我的客人量身？算了吧，我知道你們在打什麼主意，你們兩腿之間的東西要是脹了起來會有損我的商譽。」

歐文保證他會秉持專業的精神，不會讓手指頭不安分，他還說一直靠著紙模作業，技巧都要荒廢了，「我只是想和真正的裁縫工作保持接觸。」

「麻煩才是你想保持接觸的東西，你騙不了我，離我的女客人遠點，我警告你。」

馬內克晃到簾子後的更衣間，「躲在這裡等到有人來試衣服，一定很好玩。」

歐文到裡面看了一下，牆上掛著三件衣服和一面鏡子，但沒有可藏身的地方，「不可能。」他斷定。

「你是這樣想的嗎？」吉方說：「現在我給你們兩個聰明的孩子看樣東西。」他把他們帶到櫃台後方，正好是更衣間的後面，「眼睛往那兒瞧瞧。」他指著角落裡的縫隙。

歐文大吃一驚，「從這裡什麼都看得到！」

「讓我看，」馬內克急著把他推開，「太完美了！」

吉方噗嗤笑出來，「是的，但別打歪主意，讓你們進來前我就會被送到精神病院去的。」

「天啊，拜託！」歐文說：「這是視野多麼完整又完美的免費表演！」

「完美，或許是，但絕不是免費。每件事都有代價，你看電影要買票，搭火車也要買票。」

「多少錢？」歐文問。

「別管多少錢，我不能拿我的商譽來冒險。」

「拜託，吉方，拜託！」

他開始讓步了，「你們會克制自己？不會看到肉體就陷入瘋狂了？」

「你說什麼我們都照做。」

「好吧，每人兩盧布。」

歐文看著馬內克在口袋中摸索，「是，我們有足夠的錢。」

「這裡一次只能躲一個人，保持安靜，連呼吸都不准有聲音，懂嗎？」他們點點頭。吉方檢視他的訂單簿，晚上會有兩位女客人，一位來試衣服，另一個來試褲子，「你們看要哪一個？」

馬內克建議丟銅板。歐文說：「頭。」結果贏了。他閉上眼睛，微笑著考慮，然後決定選褲子。吉方說他們至少要等一個小時，客人五點之後才會到。雨勢變小了，兩人決定到外頭晃晃。

他們滿懷期待、靜靜地走在路上，兩人只交談過一次，不約而同的覺得該早點回去，以免女顧客提早到達，但看看時間才過了十五分鐘。

他們回到店裡熱切的等待，令吉方跟著緊張起來，結果發生了四次錯誤的警報——都是前來修改衣服的人。到了五點四十五分，他們的耐心等待終於有了報償。

「是的，女士，妳的上衣可以試穿了。」吉方趁隙向男孩們點頭示意，他搬出一疊衣服假裝檢查，好讓馬內克有機會溜到櫃台後的黑暗處。然後再收回衣服，指示女客到簾子後，「在那裡，女士，謝謝。」

馬內克覺得自己的心跳可以震塌隔板，她隨著高跟鞋踩在石板上的鏗鏘聲走了進來，把新的上衣掛在勾子上，拉上簾子，拉起塞在裙子裡的衣襬，解開釦子。她背向著他，但他可以從鏡子裡看到她的影子。

上衣脫掉了，他摒住呼吸，看見她穿白色的胸罩。她的大拇指在肩帶下移動，調整肩帶的位置，肩上露出兩道紅色的痕跡，然後她的手伸到背後解開胸罩的背勾。

有一瞬間他以為胸罩會脫掉，興奮得握起拳頭，但勾子只是移到下一排圈圈重新勾上。她扭動幾次肩膀來調整罩杯，把胸部往上推直到與罩杯緊貼，然後穿上新做好的衣服。

汗水從馬內克的額頭上滴下，流到眼睛裡。她離開試衣間，他才趁機大大吸一口氣。從縫隙中穿過敞開的簾子，他可以看到吉方正在檢視衣服的合身度。歐文突然間轉身對著縫隙眨眼睛，雙手放在胸前做壓擠的動作。

客人對上衣很滿意，她回到試衣間換下，不到一分鐘就出來了。馬內克在黑暗中等著，可以聽到吉方向她道謝並約定最後的交貨日期。接著高跟鞋的聲音愈來愈遠，他從藏匿的地方跑出來。

他用袖子擦去額角的汗，抖抖腋窩下的衣服，「後面的木板隔間好熱。」

「別怪隔間，你的熱是從你下半身升上來的。」吉方打趣說，並作了一個付錢的手勢，馬內克把錢遞過去。

「怎麼樣？」歐文問：「你看到什麼了？」

「真的很棒，但她穿著胸罩。」

「你想看什麼？」吉方問，「我的客戶不是低階層的鄉村婦女，她們在大公司工作，都是祕書、接待員或打字員。她們塗胭脂抹粉，穿著高級內衣。」

在下一位客人出現之前，歐文必須再等半個小時。後來趁著吉方找衣服給女客並指示試衣間方向前，他早一溜煙的藏好了。

當她走出來時，馬內克心裡真希望挑到這個機會的是他。新褲子裹在她大腿上、貼住胯部的樣子讓他覺得有東西往喉頭上衝，而看吉方跪在她面前修改縫線，更令他按捺不住。

她回到簾子後，不久發出東西墜地的聲音，然後是一聲尖叫。

吉方跳了起來，「女士，妳還好嗎？」

「我聽到有聲音，從後面發出來的！」

「拜託，女士，沒事的，我保證。」他討饒的語氣帶著熟練的冷靜和從容，「只是老鼠而已，請別擔心。」

她面紅耳赤地走出來，把褲子甩在櫃台上，他恭敬的把褲子掛回去。「抱歉讓妳受驚了，女士，這個城市裡到處都有老鼠，真是惱人。」

「你應該想想辦法。」她憤怒的說：「這樣對你的客人不好。」

「是的，女士，牠們有時躲在隔板後的盒子裡發出聲音，我會多撒點藥的。」他再次道歉並目送她離開。

歐文帶著畏縮的微笑出現，等著為剛才「褲子—老鼠」的事被嘲笑，吉方從他頭上用力打下去，「沒用的白痴！你可能為我惹上大麻煩！她說的聲音是怎麼回事？」

「對不起，我滑倒了。」

「滑倒！你滑倒時在幹什麼齷齪事？你們兩個給我出去！不要再出現在我店裡！」

馬內克把歐文的兩盧布拿給吉方，想安撫他，但只是更激怒他。他用力推開他的手，一副準備好要揍人的樣子。

「把你的錢拿回去！把這個愛惹麻煩的傢伙從我店裡帶走！」他把他們推出門口，再推到台階上。

他們從巷子走到大馬路上時壓抑住情緒，一隻公雞停在窗台上發出尖銳的啼聲。吉方的憤怒使夜晚看起來格外寧靜，黃色燈泡的街燈開始緊湊的閃爍，預告即將完全發光；有東西倉皇地躍過他們面前，跑進巷子裡。

「看，」馬內克說：「那裡有一隻剛剛嚇到女士的老鼠。」他們瞥見牠被皮癬侵蝕的稀疏毛髮和一塊塊粉紅色的皮膚。

「牠在找領先裁縫公司，」歐文說，「想要訂一套新衣裳。」他們大笑。老鼠跑到巷子更深更暗處，只聽得到排水溝裡汩汩的水流聲，黑暗中傳出吱吱的尖叫聲，還有水花濺起的聲音，他們直接走向公車站。

「告訴我，」馬內克用手肘推他，「你在那裡做什麼？」

他表情扭曲的微笑，握起拳頭做上上下下的動作，馬內克噗嗤笑出來——應該說聲音更像咳嗽。

有東西從樓上的窗戶潑灑到擁擠的人行道上，被潑到的人對著大樓破口大罵，他們跑到門口衝上去，但不可能找得出是哪戶人家做的。

「你看到很多嗎？」馬內克問。

「什麼都看到了。她的新褲子好緊，在脫掉時連內褲也被扯下來了。」

馬內克把一顆石頭踢到水溝裡，「那你看到毛髮了？」

歐文點點頭，「真的很茂盛。」他用兩隻手一起比劃，蠕動手指來強調厚度，「你看過嗎？」

「只有一次，是很久以前的事。我們家以前有個女傭，當時我還很小，她洗澡時我爬上椅子從門上的通風孔偷看。當時嚇壞我了，看起來有攻擊性，會咬人似的。」

歐文笑出來，「現在你就不會怕了，反之，你還會愛得要死呢！」

「只要有機會的話。」

他們等著綠燈後過街；在路旁，有兩個警察拉緊一條繩子，阻止人群擠到馬路上。人們不斷向界線推擠，像是向沙灘拍打的海潮，警察戳他們的腳跟、拉扯、叫罵，牽制著歸心似箭的人們。

「你知道，幸好隔板後不是真的有老鼠。」馬內克說：「牠會在一秒內就把你的小棒子咬掉。」

「你說小是什麼意思？」歐文說：「它站起來的時候是像這樣。」然後他舉起前臂用力揮動。

號誌上代表禁止前進的紅色手掌消失了，亮起綠色的拐杖圖示，警察拿著繩子敏捷地站到一旁，群眾蜂湧過街。

排燈節前一天，煙火表演達到幾日來的最高潮，直到午夜後人們才能安然入睡。每一次有爆炸聲響——特別是叫做原子彈的紅色立方體，伊斯佛都會嘆息道：「哦，天啊！」然後用手摀住耳朵。

「爆炸之後才摀耳朵有什麼用？」歐文說。

「不然我能做什麼？太瘋狂了，五光十色的慶祝節目卻換來痛苦和耳朵痛，歡迎神聖的羅摩❶從森林的放逐中返回奧古雅城就沒有其他方式了嗎？」

「問題就是城市太富有了，」迪娜說：「如果人們想花錢弄點煙火，我希望他們能做到小而美。」此時一支原子彈爆炸，她整個人畏縮了一下，「如果由我來負責，我只允許有閃亮的噴射煙花就夠了。」

「是啊，但偉大的宗教學者會告訴妳那不足以嚇走惡靈。」伊斯佛挖苦的說。

「這些原子彈也會把神嚇走的，」她從廊房走回客廳，「如果我是羅摩，我會直接跑回森林，才不要面對這些狂烈的爆炸。」

她在兩耳各塞一球棉花，然後開始做被單。幾分鐘後伊斯佛也用手摀著耳朵回到屋內，她把棉花球拿給他，下一次煙火又施放時，他微笑說很管用。

馬內克和歐文還捨不得離開廊房，他們用手指堵住耳朵，等一下有人要施放一整串的原子彈，「有我們當電燈泡真是太可惜了，」歐文說：「否則他們會在床上……跳，無疑的。」

「誰？」

「迪娜女士和我伯父，不然還有誰？」

「你的思想很污穢耶！」

「我本來就是，」歐文說：「打個謎題給你猜：讓它站得又挺又直，她要揉它；讓它滑滑的溜進去，她要舔它。請問她在做什麼？」問題還沒說完他就笑了出來，馬內克把手指放到唇上提醒他小聲些。

「快點，回答呀，她在做什麼？」

「在操，不然是什麼？」

「錯，放棄了嗎？她在把線穿過針孔。」馬內克在他頭上拍了一掌，歐文自鳴得意：「現在是誰的思想污穢？」

距離學校開學還剩六天，歐文想玩得更過癮些。他知道積年累月的潮濕讓浴室的門和門框變形，在關起時留下一道很大的縫隙。他說他們可以輪流偷窺迪娜洗澡，另一個把風，確定不會被伊斯佛抓到。

「你偷看女傭洗澡的故事給我靈感，所以，你覺得怎麼樣？」

「你瘋了！」馬內克說：「我才不要。」

「怕什麼？她不會知道的。」

「我就是不要。」

「好吧，那我要。」他站起來。

「不，你不可以。」馬內克抓住他的手臂。

「走開！要你來教訓我？」他用力把手臂掙脫開，馬內克又抓住他的肩膀把他推回椅子上。兩個人都在玩真的，歐文伸出腳來踢，但馬內克鑽到椅子後方按住他，歐文動彈不得，於是放棄。

「你這個自私的混蛋，」他小聲的說：「我了解你，這幾個月來你一直跟她同住，每天早上你一定看過她在浴室裡沒穿衣服的樣子。」

「才不是，」馬內克在椅子後面氣得發飆，「我從來沒有。」

「你說謊，至少承認一下，少裝了，不讓我看就告訴我她的樣子，她的乳頭看來如何？又挺又美嗎？還有……」

---

❶ Rama，印度教很重要的神祇，地位相當於耶穌在基督教的位置。

「住口。」

「還有乳暈有多大？」

「閉嘴，我警告你。」

「還有陰道，是不是又大又濕……」

馬內克跑到椅子前面打他一記耳光，歐文震驚得護住臉呆了好幾秒，接著疼痛爬滿了他的眼睛，「你這卑鄙的畜生！」他站起來跳到他身上，拳頭狂如雨下。

椅子翻了過去，馬內克敲到頭，其他的部位安然無事。為了壓制歐文而不傷害到他，馬內克抓住他的上衣把他拉貼近自己，現在拳頭無處施展。這時他們聽到什麼東西撕開的聲音，口袋隨著馬內克的手脫離衣服，肩膀下出現一個裂口。

「混蛋！」歐文大叫，鼓足力氣喊道：「你撕破我的衣服！」

吵鬧聲愈來愈大，引起伊斯佛的注意，他來到廊房上：「喂！喂！亂成一團是怎麼回事？」

伊斯佛出現後，他們打架的蠻勁就消失了，他很輕易的把他們分開。現在只剩眼神中的較勁，他們彼此瞪了一眼然後把頭轉開。

歐文哀號道：「他撕破我的衣服！」他盯著懸在胸口的口袋看。

「如果你們打架，這種狀況是無可避免的。為什麼要打架？」

「他撕破我的衣服。」歐文又苦惱的埋怨。

此時迪娜聽到吵鬧聲，匆匆洗完澡出來。「我真不敢相信，」當伊斯佛告訴她後，她說道：「我以為是街上的壞人，結果是你們，為什麼？」

「問他。」他們異口同聲的咕噥著。

「他撕破我的衣服，」歐文說：「看。」他把被撕下的口袋拿起來揮舞。

「衣服，衣服，衣服！你就只會這麼說？」伊斯佛叱責道：「衣服可以補好，你們為什麼打架？」

「我不像他一樣有錢，我只有兩件上衣，被他撕壞了一件。」

馬內克衝到房裡，抓起第一眼看到的衣服，回到廊房上扔給歐文。他接住再丟回去，馬內克任它掉在地上。

「你們兩個行為真幼稚，」迪娜說：「走，伊斯佛先生，我們回去工作。」她認為別管他們會讓兩人快點和好，因為不用顧慮面子問題。

馬內克一整天都待在房間，歐文待在廊房。伊斯佛想說酸檸檬臉或第零號英雄的笑話，還沒試就胎死腹中；而在假期即將結束前留下遺憾令迪娜感到很可惜。

「看看他們，」她說：「兩隻意志消沉的貓頭鷹在我家裡蹲著。」她向兩個男孩做個貓頭鷹般的表情，但只有伊斯佛笑得出來。

翌日，歐文像義士般宣布他要恢復整天的工作，「假期那麼長，我已經過膩了。」馬內克假裝沒聽到。縫紉的結果又開始變得很糟，而且一發不可收拾。迪娜必須警告歐文：「公司不會忍受這種事，你一定不能讓壞情緒影響到工作。」

為了彰顯他所受的折磨，歐文一直穿著那件被撕破的上衣，任憑口袋懸著，雖然縫好它只需十分鐘不到的時間。吃飯時他特意避開刀叉，儘管他現在用得很好，可是還是用手指進食。兩人不發一語，卻爆發聲音間的爭戰，馬內克的餐具在盤子上碰得噹啷作響，切馬鈴薯像鋸喜馬拉雅山一樣用力；歐文也不甘示弱，用手指吃得嘖嘖響，舌頭又吸又舔，像是狂掃過地板的抹布。馬內克叉起肉的氣勢彷彿是拿劍刺向獅子的戰士；歐文還以顏色，猛然吸食掉手掌上的食物，瞬間無影無蹤。

要不是餐桌上的氣氛僵硬，他們兩人誇張的舉動真的很好笑。迪娜覺得她所依賴的歡樂家庭氣氛變調了，這可恨的沉悶是晚餐席間的不速之客，佔據了她的家。

排燈節後的兩週裡，夜空中偶爾還看得到零星的煙火，之後就完全消失了。

「終於恢復和平寧靜了。」伊斯佛說，他把小心存放在睡鋪旁的棉花耳塞丟掉。

馬內克收到第一個學期的成績單，並不理想，迪娜說都是因為他沒專心讀書的關係，「從現在起，我要你每天晚餐後至少花兩個小時的時間讀書。」

「就連我媽都沒這麼嚴格。」他直發牢騷。

「如果她看過這些成績就會了。」

催他養成讀書的習慣竟比想像中容易得多，他沒什麼好反對的，因為也沒其他事可做——自從跟歐文吵架後，他們就很少說話。雖然伊斯佛一直想辦法讓他們重修舊好，但他同時也支持迪娜要馬內克用功些。

「想想你爸媽會多開心啊！」他說。

「別管你爸媽，讀書是為了自己，你這傻孩子。」她說：「你也聽著，歐文，當你有孩子時，一定要讓他們去學校、上大學。看看我現在過得多辛苦，就因為我沒能好好讀書，沒有什麼比讀書更重要。」

「完全正確，」伊斯佛說：「但為什麼妳沒能好好讀書，迪娜女士？」

「說來話長。」

「告訴我們。」伊斯佛、馬內克和歐文異口同聲的說，她露出開心的微笑，尤其是當男孩們皺眉頭否認這樣巧合的默契。

她開始說：「我從來都不喜歡用悔恨、不滿的態度來審視我過往的人生、我的孩童時期。」

伊斯佛點點頭。

「只是有時事與願違，這種念頭會浮現在我腦海裡。然後我質疑，為什麼事情會變得那樣，每個人都說我前途無量，後來卻蒙上了陰影。當我還在讀書時，我叫做迪娜．史洛夫……」

廊房上睡鋪展開、抖平的聲音顯示裁縫師準備歇息，歐文開始按摩伯父的腳。這種膝下承歡的情景，馬內克很能夠體會，他聽到伊斯佛說：「對，就是那裡，用力點，腳跟好痛。」馬內克在屋內埋首於書本，心裡卻暗暗羨慕他們的親暱。

他打了個哈欠，看看手錶，此時每個人都各據一角。他懷念他們的陪伴：散步、飯後聚在前廳一面看著迪娜阿姨做被單，他們一面聊天、討論隔天的工作或晚餐菜色，簡單的日常習慣讓每個人的生活都得到了安全感與歸屬感。

縫紉室的燈光仍然亮著，馬內克闔上書本前迪娜一直警醒著，確定他不曾稍有懈怠。

門鈴響了。裁縫師動作迅速地從睡鋪上站起來把上衣穿好，迪娜到廊房上從門後問：「是誰？」

「抱歉打擾了，姊妹。」

她認出是收租人的聲音，太可疑了，她想，怎麼會在這時候來。「這麼晚了，什麼事？」

「抱歉打擾妳，姊妹，是公司要我來的。」

「現在？不能等到早上嗎？」

「他們說是緊急事件，姊妹，我只是奉命行事。」

她向裁縫師聳聳肩，然後把門打開，手握住門把。伊伯瑞尹身後的兩個男子立即上前連人帶門一起推開，一副來勢洶洶的樣子。

其中一個人頭髮幾乎禿光了，另一個則有一頭濃密的黑髮，兩人都留著散亂的八字鬍、眼神冷酷、體格魁梧，像一對惡人雙胞胎。馬內克心想，他們凶狠的外表像從電影中模仿來的。

「抱歉，姊妹。」伊伯瑞尹又露出他自動的微笑，「公司要我來送達最後通牒——口頭上的。請仔細聽：因為違反承租契約及規則，妳必須在四十八小時內搬離。」

迪娜臉上閃過一絲恐懼，但隨即正色，「如果不把你的打手帶走，我會叫警察來！房東有任何問題嗎？叫他上法院去，我們法庭見！」

禿頭的人開口了，他的聲音很輕柔：「為什麼用打手這樣的字眼侮辱我們？我們是房東的員工，就像裁縫師是妳的員工一樣。」

另一個人說：「我們代替法院和律師，因為他們太花時間和金錢，而且透過我們可以更快得到結果。」他滿口檳榔，說話有點困難，深紅色的汁液從嘴角流下來。

「伊斯佛先生，快跑！」迪娜說：「叫警察來！」

禿頭的男子擋在門口，伊斯佛旋轉身體想從另一端通過。

「拜託，拜託！別打架。」伊伯瑞尹的白鬍子跟著嘴巴顫抖。

「假如你們不離開，我就要大喊救命。」迪娜說。

「如果妳大叫，我們會讓妳住嘴。」禿頭的男子用堅定的語氣說，他繼續守著門口。嚼檳榔的人步態從容地走到後面房間，伊伯瑞尹、迪娜和裁縫師無奈地跟在後頭，馬內克待在自己的房間看。

那人站著不動，四處看看好像在欣賞房子一樣，然後突然爆發。他拿起一張凳子往縫紉機砸，凳子腳斷了，他拿起另一張凳子繼續砸，直到凳子支離破碎。

他把凳子扔開，踹倒縫紉機，開始拉扯疊在桌上縫好的洋裝，想從縫線撕開。他使勁的撕——新布料和剛車上的縫線並不容易扯斷。「撕開，天殺的，撕開！」他對著衣服咕噥。

原本呆若木雞的伊斯佛和歐文現在回神了，衝上去挽救他們的心血，但都像一捆布料般被扔開。

「阻止他！」迪娜抓住伊伯瑞尹的手臂往前推，「是你把這兩個打手帶來的！想點辦法！」

伊伯瑞尹緊張得擰著手，撿起被嚼檳榔的男子扯壞的洋裝。他一邊丟，伊伯瑞尹就一邊撿，把撕壞的布料摺好，小心的放到桌上。

「需要幫忙嗎？」站在門口的人問。

「不，不用。」撕完洋裝後，他開始對付一匹匹的布料，但捲在一起的布料很紮實，撕不破。

「那就用燒的。」禿頭的男子說完，拿出打火機。

「不！」伊伯瑞尹慌了，「整棟大樓可能都會被燒掉！房東會不高興！」

嚼檳榔的男子也認為有風險，他展開地板上的布料，把檳榔汁吐在上頭。「看。」他對伊伯瑞尹咧著嘴笑，「紅色檳榔汁像燃燒的火一樣。」

他開始搜查房間，發現阿施若夫叔叔送給裁縫師的女裝用鋸齒剪，他拿起來看，「很好。」他讚賞的說，然後舉起手來準備扔向窗外。

「不！」歐文尖叫起來。

打手露出陰沉的笑容，扔下裁縫師最珍貴的資產。鋸齒剪掉到人行道上，此時歐文向他衝過去。力道微弱的攻擊引起他的玩興，他打了歐文兩巴掌，又再肚子補上一拳。

「你這個混蛋。」馬內克說，他抓起掛在衣櫥上寶塔圖樣的傘，走向攻擊歐文的人。

「拜託！別打架！」伊伯瑞尹乞求道：「沒有必要打架！」

那人在他肩膀打了一拳，注意到傘頂的銳利後就繞著倒下的縫紉機找掩護。馬內克虛晃一兩招，他現在佔了上風，那人向後躲避。他再虛晃一招，成功打中他的頭兩次。

禿頭男子靜靜的走進來，站到他們後頭，抽出一支彈簧刀，把它彈出，指向天花板，馬內克開始顫抖，心想，跟電影裡的一樣。

「好了，小渾球。」禿頭男子用他小聲的聲音說：「你的遊戲結束了。」

其他人轉過身來看，迪娜一看到刀子便尖叫起來，伊伯瑞尹終於動怒了，「把刀拿走！然後出去，你們兩個都出去！你們的工作完成了，現在由我來負責！」

「閉嘴，」禿頭男子說：「我們知道自己該做什麼！」他的同夥趁隙把傘抽走，在馬內克臉上打了一拳。馬內克往後倒撞到牆上，嘴角流出血來，就像施暴者嘴角的檳榔汁一樣。

「住手！你們得到命令時我在現場！壓根沒有揮拳動刀的事情！」收租人用力跺腳，揮動拳頭。

不自量力的挑釁讓禿頭男子覺得好笑，「你在用腳踩死蟑螂嗎？」他笑著用手摸摸刀刃，把刀縮回去。接著他又把刀彈出來，割開迪娜的枕頭和床墊，把填充物散得到處是，前廳裡沙發上的靠枕也遭到同樣的命運。

他說：「現在，剩下的掌握在妳手裡，女士，妳不希望我們回來送第二次通知吧？」

另一個人走過時往馬內克的小腿上踹一腳，把檳榔渣汁吐到床上和房間四處，直到把嘴裡的東西吐光。「你到底要不要走？」他問伊伯瑞尹。

「晚點，」他橫眉豎目地瞪著他們，「我還沒結束。」

前門關上了，迪娜嫌惡的看了收租人一眼便走向馬內克，伊斯佛正抱著他的頭安撫，問他是否還好。伊伯瑞尹也靠過來，不斷輕聲的說：「原諒我，姊妹。」他像個懺悔的禱告者。

馬內克的鼻子還在流血，上嘴唇裂了一個傷口，他用舌頭檢查牙齒——完整無缺。他們用掉在裁縫機旁的碎布塊擦掉血，他嘴裡咕噥著什麼話，無力地站起來。

「別說話，」歐文恢復力氣了，「會流更多血。」

「謝天謝地他沒用刀對付你。」迪娜說。

前廳傳來玻璃破碎的聲音，伊伯瑞尹跑到廊房上，「住手，你們這兩個笨蛋！」他大叫：「什麼爛主意？砸的都是房東的錢！」又有幾顆石頭砸破剩下的窗戶，然後才歸於平靜。

他們扶馬內克到洗臉盆那兒洗臉。

「我可以自己走。」他低聲說。

清洗乾淨後，他們讓他坐到沙發上，用一塊布按在鼻子上。

「你的嘴唇需要一些冰塊。」迪娜說。

「我去菲希朗買一些回來。」歐文自告奮勇。

「沒關係。」馬內克說，但遭到大家反對。他們認為十派薩的量應該夠用，伊伯瑞尹很快從長袍裡掏出銅板來拿給歐文。

「別碰他的錢！」迪娜以命令似的口吻說，一邊去拿自己的皮包。收租人一直懇求他們收下，但最後還是只能收回了口袋。

等歐文回來的期間，他們檢查損害的情況。靠枕裡掉出來的蓬鬆絨毛到處飄散，慢慢落到地面，迪娜撿起變扁的靠枕套，她覺得好噁心，好像那個惡棍的手在騷擾她。被撕破的洋裝和沾到檳榔汁的布料是她最沉重的負擔，她要怎麼向奧荷華公司解釋？她能向戈普塔太太說什麼？

「我完了。」她的淚水幾乎奪眶而出。

「也許破損的衣服可以修好，迪娜女士。」伊斯佛安慰她，「我們可以把紅色的污漬洗掉。」他的話聽起來那麼沒希望，連他自己都沒把握，於是轉而責備伊伯瑞尹：「你有沒有羞恥心？為什麼你要這樣欺負一個弱女子？你是什麼樣的怪物？」

伊伯瑞尹懊悔的站著接受責難，他只希望有更多的謾罵來拯救他的內疚。

「你的鬍子那麼純白，心地卻如此險惡。」伊斯佛說。

「你這個壞蛋！罪人！」迪娜痛斥他：「晚年蒙羞！」

「拜託，姊妹！我不知道他們會……」

「是你做的！是你帶那兩個惡棍進來的！」她又害怕又憤怒的顫抖著。

伊伯瑞尹再也無法壓抑，用雙手遮住臉，發出很奇怪的聲響，起初還看不出是在掩飾哭泣的聲音。「沒有用。」他突然開口：「我無法做這份工作，我恨它！噢，我的人生變成了什麼樣子了！」他在長袍底下摸索，抽出手帕來擤鼻子。

「原諒我，姊妹，」他在啜泣，「我帶他們來的時候並不知道他們會破壞成這個樣子。多年來我奉行房東的命令，像個無助的孩子。他叫我去威脅人家，我照辦；他要我去求人家，我也照辦。假如他要對一個即將被趕出去的租戶咆哮，我就必須到他的門口不停大吼——我是他的玩物。每個人都認為我是個邪惡的人，但我不是，我只想看到正義被伸張，為我、為妳、也為每一個人。可是世界控制在壞人手裡，我們毫無機會，我們只有苦惱和憂傷……」

他的情緒崩潰，伊斯佛的怨恨軟化些了，扶他坐到椅子上，「來，坐下，別哭，不好看。」

「除了哭我能做什麼？這些眼淚是我僅能給予的。原諒我，姊妹，我傷害了妳。那兩個打手會在四十八小時後回來，他們會把妳的家具和私人物品扔到人行道上。可憐的姊妹，妳能去哪裡？」

「我不會幫他們開門，就這樣。」

她天真的堅持感動了伊伯瑞尹，他又開始哭，「那阻止不了他們，他們會帶警察破門而入。」

「如果警察會幫他們。」

「在緊急狀態時期是非常可怕的，姊妹。有錢能使鬼推磨，正義可以賣給出價最高者。」

「我的裁縫師和我在這裡縫東西對房東來說又怎樣？」她無法克制的提高嗓門，「我在這裡工作礙到誰了？」

「房東只是在找藉口，姊妹。這些公寓很值錢，租屋協會讓他只能收取幾乎無利可圖的租金，所以他……」

伊伯瑞尹停下來擦掉眼淚，「但妳知道事情就是這樣。其實不只是妳，他對其他租戶也一樣，那些卑微又沒影響力的人。」

歐文帶了一顆冰塊回來，但是太大了，不方便拿著敷在唇上，他用布包著丟到地上砸碎。「你像英雄一樣救了我。」他笑得很燦爛，想讓蒼白的馬內克振作起來，「你跳出來時就像阿米塔・巴漢一樣。」

他展開包著碎冰的布轉頭向其他人說：「你們有看到嗎？那個混蛋真的被馬內克的傘嚇到了。」

「還用得著你說。」迪娜說。

馬內克露出微笑，這使唇上的傷口拉得更開，他抑止住笑容拿了一塊冰。

「對了，那就是你的新名字，」歐文說：「雨傘巴漢。」

「你還待在這裡做什麼？」迪娜又對收租人發火，「告訴你的房東，我不會離開，我不會放棄這間公寓。」

「我不認為有用，姊妹，」伊伯瑞尹遺憾的說：「但我祝妳好運。」然後就離開了。

馬內克說他不想因為自己在這裡而為迪娜阿姨帶來麻煩，「別擔心我，」他說話時，嘴巴只露出一道細細的縫隙：「再怎麼樣我還可以回家。」

「別那樣說，」她說：「已經過了好幾個月，距離拿到證書只剩不到一半的時間，怎能讓你的父母失望呢？」

「不，不，他是對的，」伊斯佛說，「這不公平，妳為我們遭受這一切痛苦，我們要回到守夜人那裡。」

「你們通通都別胡說了！」迪娜叱責道：「讓我想一想。」她說他們漏掉了最重要的事，「你們都聽到伊伯瑞尹的話，房東只是在找藉口，所以就算你們離開，也無法挽救我的公寓。」

她認為現在唯一能夠依靠的只有她哥哥擺平事情的能力，用金錢、軟語，或他做生意上任何擅長的技巧。「再一次，我必須放下尊嚴去請求他幫忙，就是這樣。」

⑫ 命運的軌跡

他們機械式的進行晨間的梳洗、清潔和煮茶，歐文肚子被打的地方還在痛，但他沒有告訴伯父。他們輕輕的溜到馬內克的房間看看他，他還在睡，枕頭上有幾滴血漬，顯示昨夜裡嘴唇和鼻子又流血了，他們叫迪娜去看一下。

她正在腦子裡練習與努斯旺的會面，想像他自負的臉，顯露出對妹妹不可或缺的重要。她俯身看看馬內克，他的睡相多天真無邪，好想伸手撫摸他的額頭。嘴唇上血液凝固的地方看起來黑黑的，最後流到鼻子邊的血也凝結了，他們悄悄走出房間。「他沒事，」她小聲的說：「傷口乾了，讓他睡吧！」

當她正準備出發到她哥哥的公司時，乞丐主人來到門口，左手腕上鍊著公事包。今天是他預定的收錢日，伊斯佛把這筆錢和上週的所得分開放，安穩的收在迪娜的衣櫥裡。

她催他向乞丐主人坦誠下次的規費可能有困難，「最好現在告訴他，總比下次他帶著棍子來找你好。」

乞丐主人懷疑的聽著，以自己的經驗度量，保鑣夜襲的故事太戲劇化，教人難以相信，他認為他們在編造故事，準備要毀約。

接著他們帶他到屋裡看，破碎的玻璃窗、砸壞的縫紉機、撕破的洋裝和弄髒的布料，他這才相信。「太糟了！」他說：「非常糟，搞成這樣一定是外行人。」

「我毀了，」迪娜說：「裁縫師下週無法付你錢並不是他們的錯。」

「相信我，他們會的。」他冷冷的笑著。

「但要怎麼給？」伊斯佛懇求道：「我們就要被丟出去而且不能工作，請大發慈悲！」

乞丐主人對他毫不理睬，在屋裡巡視一番，然後一拳敲在桌面上，拿出筆記本來，「告訴我這些損失的修理費要多少？」

「現在做這種事有什麼用？」迪娜大叫：「如果我們不搬走的話，那些打手明天就會回來！而你卻要浪費時間計算損失？我腦子忙著更急迫的事情，要確定自己有個容身之處！」

乞丐主人的目光從筆記本上移了開來，露出微微的驚訝，「妳已經有容身之處了，就在這裡，這裡難道不是妳的公寓嗎？」

她對這個蠢問題沒耐性的點點頭。

「這些打手犯下一件大錯，」他說：「而我要糾正他們。」

「當他們回來的時候？」

「他們不會回來了。妳的裁縫師為妳乖乖定期繳了費用，因此妳不用擔心，妳在我的保護之下，一切都會被照顧到。但除非我知道損失的金額，不然我要怎麼補償妳？妳想重新經營妳的裁縫生意，是或不是？」

現在輪到迪娜起疑心了，「你是什麼人？保險公司嗎？」

他報以謙虛的微笑。

她想，反正又沒什麼好損失的，於是開始計算。奧荷華公司的布料每碼的價錢乘以總長，損失總共是九百五十盧布，含稅。伊斯佛估計修理縫紉機的費用約為六百盧布，除了整體的拆修之外，皮帶和車針壞了，轉輪和踏板也必須修復或更換。

乞丐主人記下來，把這些和割壞的墊子、枕頭、凳子、沙發、靠枕及窗戶加總在一起。「還有嗎？」

「雨傘！」馬內克被他們的聲音吵醒了，「他們把傘骨弄壞了。」

乞丐主人把它列入清單裡，然後記下房東的辦公室地址和那兩人的特徵。「很好，」他說：「我要的都有了。如果妳的房東不知道你們是我的客戶，他很快就會曉得的。他會支付一切損失，只要我稍微拜訪他一下。現在別擔心，等我的消息，晚上我會再回來。」

「我應該跟警察說嗎？」迪娜問。

他顯出不耐煩的表情，「假如妳喜歡的話。要不，妳也可以向妳窗戶上的烏鴉抱怨。」看著那隻鳥叫幾聲就飛走了，他覺得剛好證明他現在的心情。

乞丐主人的保證不能全然解除迪娜的疑惑，她到努斯旺的辦公室想把情況告訴他，萬一之後還是需要幫忙，他一定會說：等到房子失火了才開始挖井。

辦事員說努斯旺出差開會了，他總是為老闆的妹妹感到遺憾，「明晚之前他不會回來。」

迪娜離開辦公室，想順道到維納斯美髮沙龍找珊諾比雅談談。但又能怎樣？空言安慰解決不了問題，再者，珊諾比雅或許會生氣的說：「我早警告過妳，妳就是不聽。」

她回到公寓，祈禱乞丐主人會回來。一陣惡臭隨著她進到屋內，她疑惑的嗅著，「你聞到了嗎？」她問伊斯佛。

他們逐一檢查，房間、廚房和廁所都沒問題，那陣臭味如影隨形的跟著他們，但就是找不到來源。「或許是從外頭的水溝傳來的。」歐文說。他們把頭伸出窗外，臭味似乎就消失了。

她說：「一定是那些發臭的打手留下來的。」伊斯佛也同意。歐文跪到地板上撿起剩下的一點玻璃碎片，發現臭味是從她的鞋子發出來的——她在人行道上踩到髒東西。她到屋外去把鞋底褐色的東西刮掉，然後沖洗乾淨。

那天大部分的時間馬內克都躺在床上，頭痛欲裂。迪娜和裁縫師把壞掉的東西稍微整理一下：他們把棉花聚集起來，塞回去，縫合裂口，可是靠枕看起來還是扁扁的，再怎麼拍打就是鬆垮垮的蓬不起來；接著他們再處理吐得到處都是的檳榔汁。

「天曉得我們為什麼要白費力氣，」她說：「如果你們的乞丐主人只是在說大話，那麼明天我們可能就要被扔到街上了。」

「我想會沒事的，」伊斯佛說：「尚卡總是說乞丐主人非常有影響力。」

後來在那天裡他又重複了四次，迪娜感到惱火：「現在那個沒腳的可憐乞丐變成你的智囊和顧問了，不是嗎？」

「不是的，」伊斯佛說，然後又改口：「他認識乞丐主人很久了，我是說……在工作營裡他幫助過我們。」

「那為什麼他到現在還沒出現？傍晚就要過去了。」

「乞丐主人背叛了我們。」歐文說，而他伯父也沒反駁。

他們獲得解救的希望隨著薄暮漸褪，夜晚漸深，四個人坐著不發一語，思考著明天到底會如何？就是這樣了，迪娜心想，她努力堅持許久的獨立生活即將劃下句點。把希望寄託在努斯旺身上也沒用，房東才是屋子的所有者，假如他和他的打手要把她的家具扔到人行道上，即使是努斯旺的律師也幫不上什麼忙，律師們就是這樣說的——實質佔有，十訴九勝。而且再怎麼說，獨立生活的想法也不切實際，每個人都要倚靠別人。若沒有倚靠努斯旺，她會繼續倚靠裁縫師和奧荷華出口公司，到頭來結果都一樣……然後努斯旺會安排一輛卡車把她的東西搬上去，載到她父母的房子裡——他總是喜歡說那是他的房子，也喜歡說照顧妹妹是他的責任，現在他如願了，想照顧多久都可以。

一隻貓在廚房窗外發出刺耳的叫聲，他們都驚嚇得坐了起來，有更多貓跟著號叫。「不知道什麼嚇著牠們了。」伊斯佛不安的說。

「牠們有時候就是會這樣叫，」馬內克說，但還是去看了一下，其他人也跟著去。巷子裡沒什麼不尋常的跡象。

「妳想打手今晚會來嗎？」歐文說。

「伊伯瑞尹給我們四十八小時。」迪娜說：「所以或許是明天晚上。聽著，即使我求助於我哥哥，我們的機會也不大，時間太急迫，而且誰曉得會發生什麼事情？我不希望再有打鬥了，明天一早你們就帶著自己的東西離開，之後如果一切平安，你們可以回來。」

「我也這樣想。」伊斯佛說：「我們會到守夜人那裡，而馬內克可以回到宿舍。」

「但我們一定要保持聯繫，」歐文說：「或許我們可以在妳哥哥的房子裡做裁縫，即使這家公司取消了訂單，還可以跟其他公司做生意。」

「是的，我們會想辦法。」她雖這麼說，卻沒心情告訴他們努斯旺不可能會答應。

聽著他們努力堅毅的挽救自己的生計，馬內克不發一語。他心想，他們的技巧與針線再也不能把它縫合起來了。人生就是這樣折磨人嗎？把好東西撕成碎片，讓壞東西化膿，然後像腐壞食物上的真菌一樣成長？他曾遇到的校對員法山卓．弗米克會說，生活就是如此，存活下來的祕訣就是在希望與絕望之中取得平衡，抓住機會。但面對痛苦和毀滅呢？不，假如有一個夠大的冰箱，他就能夠保存住這個公寓裡的快樂時光，永遠都不會壞掉；還有阿文納希和西洋棋，他也可以在他們迅速腐敗前保存起來；還有雪山群峰、雜貨店；在一切消沉之前，在爸爸個性變了樣之前，在媽媽也受他影響之前。

不過這世界是不能被冰凍起來的，所有一切都得到了壞結果，他現在能做什麼？現在想起學校宿舍，令他噁心的程度更勝以往；若他回家，和父親之間又會開始爭執——已經無路可走了，這次換他被「將軍」了。

「聽，貓兒不叫了，」伊斯佛說：「現在好安靜。」大夥兒都拉長了耳朵聽，這樣的沉靜卻跟剛才的貓叫一樣令人不安。

一早，趁水龍頭的水流光前，裁縫師就快速的洗了個澡，不知道以後是否還有享用浴室的奢侈機會。今天以後，他們洗澡時只能看到小巷道和儲水管。

馬內克並不匆忙，他的嘴唇已經好多了，腫塊消下去，頭痛也沒了。他無精打采的坐著，要不就在屋子裡走來走去找東西。

「好了，馬內克，」迪娜說：「時間不多了，打包你的東西，或先到宿舍看看他們是否還保留著你的房間。」

他回到自己房間，從床底下拖出行李箱打開。幾分鐘之後她過去看，發現他把棋盤擺起來，盯著棋子發呆。

「你瘋了嗎？」她對他喊道：「已經沒有時間了，而你還有好多事要做！」

「我想做的時候再做，我是個獨立的人，即使妳放棄了。」他無意間用了她私底下對自己說的話。

她感到刺痛，但沒時間多想，「說大話很容易，當打手回來把你的頭敲破時，我們會看到你有多獨立，看來一次的打擊對你還不夠。」

「妳管這麼多幹嘛？妳就要打包離開了，看起來毫不遺憾。」

「遺憾是我負擔不起的奢侈品，而且你為什麼要把臉拉這麼長？反正你有一天會離開，當你完成學業的時候；即便不是現在，六個月之後也要走。」她氣呼呼的離開房間。

伊斯佛把打包好的箱子放到廊房，進到屋內。他坐到馬內克身旁，伸手搭在他肩上，「你知道，馬內克，人臉上的空間有限。我母親常這樣說，假如你的臉上裝滿了笑容，就沒有哭泣的空間。」

「說得真好。」他苦澀的說。

「現在，迪娜女士的臉、歐文的臉和我的臉都被工作和錢的著落，還有今晚要睡哪裡的憂慮所佔據。可是並不表示我們不難過，它沒展現在臉上，卻藏在這裡面。」他把手放到心上，「這裡有無限的空間——快樂、仁慈、悲傷、憤怒、友情……什麼都可以放得進去。」

「我知道，我知道，」馬內克說，然後開始把棋子收起來，「你們現在要去找守夜人嗎？」

「是的，我們會先跟他談好，再回來幫忙迪娜女士打包她的東西。」

「離開前別忘了留下你的宿舍地址，」歐文說：「我們會去那兒看你。」

馬內克把棋盤清乾淨，折好衣服放到行李箱中。迪娜進來查看，稱讚他的迅速，「可以幫我個忙嗎，馬內克？」

他點點頭。

「你知道門上的名牌？你能用廚房擱板上的螺絲起子把它拆下來嗎？我想帶走。」

他又點點頭。

伊斯佛和歐文帶著壞消息回來，守夜人離開了，換了個新人，而他認為自己跟裁縫師的舊約定毫無關係。事實上，他認為他們在欺負他沒經驗。

「現在我不知道該怎麼辦，」伊斯佛無力地說：「我們必須一條街一條街的找。」

「而我要提著箱子。」歐文說。

「不，不行。」迪娜說：「你的手臂會再受傷。」她說可以把箱子帶到努斯旺那兒，假裝是她自己的東西。裁縫師需要衣服時，隨時可以從後門進來。她說：「房子很大，努斯旺不會注意到，除非是做檢查或遇到經濟動盪，他從不去廚房。」

「聽著，我知道你們可以睡哪裡。」馬內克說。

「哪裡？」

「我的宿舍。你們可以在晚上溜進去，一早就溜出來，箱子就放在那裡。」

他們還在考量可行性時，門鈴響了，是乞丐主人。

「謝天謝地，你終於來了！」伊斯佛和迪娜衝上前去歡迎他，把他當救世主般。

這令歐文想起他出現在灌溉計畫區時，尚卡坐在滑板上嗚咽，對他搖尾乞憐的樣子。那時候伊斯佛和他多驕傲的向乞丐主人宣稱：我們是裁縫師，不是乞丐。

「發生什麼事了？」迪娜問：「你本來說昨晚要來的。」

「抱歉，我被一件嚴重的事耽擱了。」他很享受現在的氣氛，雖然被乞丐當神一樣尊奉已習以為常，然而被正常人尊敬的感受更是愉快。

「這討厭的國家緊急狀態，只會為大家帶來麻煩。」

「不，不是緊急狀態，」乞丐主人說：「我是指生意上的麻煩。昨天早上我離開之後，我得到消息說我的兩名乞丐——是夫妻檔——被謀殺了，因此我必須趕去處理。」

「謀殺！」迪娜說：「什麼樣的惡人會殺害可憐的乞丐？」

「哦，這是常有的事，他們因為乞討被殺。但這次的案子很特殊，錢一動也沒動，只有頭髮被取走了，一定是某種殺人狂。」

伊斯佛和歐文開始不安，呼吸急促。

「頭髮？」迪娜說：「你是說從他們的頭上？」

「是的，」乞丐主人說：「直接剪掉，他們夫妻倆都留著一頭漂亮的長髮，很罕見，我是指他們的頭髮，大多數的乞丐都留長髮，因為負擔不起剪髮費，但總是髒兮兮的。這兩人就不同了，他們每次都花很多時間為對方清理頭髮，撿掉蝨卵、梳頭，也趁著下雨或人行道上的水管破裂時洗頭。」

「多甜蜜啊！」聽著乞丐主人對恩愛夫妻的敘述，迪娜同情的點頭。

「妳會很驚訝乞丐跟正常人有多像，他們唯一能打扮的，當然，就是漂亮的頭髮。可是這對生意並不好，我常告訴他們把頭髮弄亂些，讓自己看起來很可憐。他們卻說在世上沒有什麼能令他們感到驕傲的，除了頭髮，那我還能拒絕嗎？」

他停頓一下，重新考慮這個問題，「我能做什麼？我心軟，所以放棄了，現在那些漂亮的頭髮卻成了他們生命的代價，也讓我失去兩個好乞丐。」

他轉向裁縫師：「怎麼了？你們好像很緊張？」

「不，不是緊張，」伊斯佛結巴的說：「只是很驚訝。」

「是的，」乞丐主人說：「警察也是這樣反應，他們接到一些人報案，說長辮子和馬尾神祕消失了；婦女們到市場去買東西，回家後看看鏡子，發現她們的頭髮不見了。但那些案子不像這個一樣，並沒有人被殺或被傷害，因此檢察官對我的乞丐這件案子很感興趣，他們喜歡有變化，他們稱它為獵髮殺人魔案件。」

他打開鍊在手腕上的公事包，拿出一疊厚厚的鈔票，他點鈔時鍊子發出鏗鏗的嘈雜聲，「回去做生意，這是賠償妳損失的錢，你們又可以開始工作了。」

伊斯佛的雙手在劇烈顫抖，遲遲無法將錢接過來拿給迪娜。

緊握住兩千盧布，她仍然不敢相信這是真的，乞丐主人打敗了房東，「你的意思是我們可以留下來了？這樣真的安全嗎？」

「當然，你們可以留下。我告訴過妳不會有問題，那些人犯了錯誤。」

裁縫師用力點頭，向迪娜肯定他的話。「只有一個問題，」伊斯佛說：「萬一房東又叫了新的打手來找我們麻煩怎麼辦？」

「只要你們按時付錢給我，房東就不會叫人來找麻煩，我已經談好了。」

「那規費到期時怎麼辦？」

「由你們決定，我們隨時可以訂新的契約，我會給你們打折，你們是尚卡的朋友。哦，對了，尚卡託我問候，說他最近都沒看到你們。」

「為了怕房東找麻煩，我們好幾天沒去菲希朗了，」伊斯佛說：「我們明天會和他碰面。另外，不知道猴人和他的兩個孩子怎麼樣了？」

「很好，很好——我是指孩子，他們學得很快。至於猴人，我再也沒見過他，我還沒回去過工作營，不過他那時被打得太嚴重，或許現在已經死了。」

「那個老婦人的預言幾乎成真了。」歐文說。

「什麼預言？」乞丐主人問。

裁縫師跟他說在棚屋區發生的事——猴人發現他的猴子被狗殺了，以及老婦人說出神祕預言的那晚。「我很清楚記得她說的話，」歐文說：「『失去兩隻猴子並不是他最嚴重的損失，殺掉狗兒也不是他所犯下的最大罪行。』後來，他果真殺了迪卡為萊拉和曼奴報仇。」

「多可怕的故事。」迪娜說。

「純屬巧合，」乞丐主人說：「我不相信預言或迷信。」

伊斯佛點點頭，「沒有猴人照顧，孩子們快樂嗎？」

乞丐主人用解下鍊子的手輕輕一攤，做個誰曉得的姿勢，「他們必須習慣，人生不是幸福的保證。」他舉起同一隻手道再見，準備走出去，然後又停住。

「你們可以為我做一件事情，我需要兩個新的乞丐，如果你們看到適合的人選，可以讓我知道嗎？」

「當然，」伊斯佛說：「我們會睜大眼睛看。」

「但候選人必須要有獨到的特徵，我拿給你看。」他從公事包裡拿出一本速描簿，裡頭有關於乞討腳本的筆記和圖表，本子的封面已經磨損，頁角也捲曲了。

他打開到標題為「合作之精神」的那頁，「這裡是我一直以來想創作的東西。」

他們圍過來看圖稿：有兩個人，一個人跨坐在另一個的肩膀上。「我需要一個跛腳和一個瞎眼的乞丐，瞎眼的會讓跛腳的跨坐在他肩上。這是關於友誼與合作的古代故事，我把它具象化，它會賺進一大堆銅板，我非常肯定，因為人們不僅出於同情或虔誠而施捨，也出於讚美。」問題是要找一個瞎眼但夠強壯的人，和跛腳但夠輕的人。

「尚卡不是很適合嗎？」馬內克問。

「沒有腳，只有四分之一的大腿他無法在別人肩膀上保持平衡，會從背後掉下來。我需要一個腳沒被截掉的跛子，他的腳要了無生氣、殘缺不全，這樣才能完美的懸在瞎子的胸前。無論如何，尚卡在滑板上的表現很好，我們不想破壞現狀。」

他們答應幫乞丐主人留意他的需求，他說他對任何建議都深表感激，「對了，你們知道和收租人一起來的兩名打手嗎？」

「是的？」

「他們為沒能前來清理自己造成的混亂致歉。」

「真的嗎？」

「是的，他們發生了不幸的意外——手指頭全斷了。誰曉得，如果他們再多發生點意外，或許就有資格加入我的乞丐團隊。」他對自己的風趣很得意，他們只能露出勉強的微笑。

「我現在一定要走了。」他說：「我必須處理那兩個被害的乞丐。」

「你會將他們火葬嗎？」

「不，那太貴了，當停屍間釋出那兩具屍體時，我會把它們賣給屍體仲介人。」看到他們驚訝的表情，乞丐主人覺得應該給個正當的解釋，「節節上漲的價格和通貨膨脹的壓力下，我沒得選擇。況且，總比以前那樣把屍體留在街上給市府工人處理要好。」

「是的，當然，」迪娜同意，好像她每天都會做買賣屍體的生意似的，「那你的仲介人會怎麼處理……屍體？」

「有的被他送去大學裡，用來教想當醫生的學生。想想看，我的乞丐可能參與了追求知識的活動。」他的臉上顯現著幻想的表情，向窗外無盡頭的地平線望過去，「有些屍體被從事黑巫術的業者買走、很多骨頭被賣到國外或做肥料吧，我想。如果你們有興趣，我可以再舉更多例子。」

迪娜搖搖頭婉謝他的好意。

乞丐主人離開時留下一陣陰冷的氣氛。

「我們必須小心那個人，」她說：「多麼特別的傢伙，還有鍊在他手腕上的公事包，真是守財奴！他看起來就是那種能夠在我們死掉前把我們骨頭賣掉的人。」

「他只是個徹底的現代生意人，眼睛只注意盈虧。」馬內克說：「我在協助可樂生意時看過許多像這樣的人，他們來找爸爸，逼他賣掉柯拉可樂。」

伊斯佛難過得搖搖頭，「為什麼生意人這麼沒有良心？他們有了錢卻還是不快樂。」

「那是無可救藥的病，」迪娜說：「像癌症一樣，而且他們甚至不知道得了這種病。」

「總之，」馬內克的精神又好了，「歐文是唯一需要害怕乞丐主人的人，人家會把他誤認為是會走路的骨頭。」

「你最好小心點，」歐文回敬他：「你在山上健康成長、受融雪灌溉的骨頭，可以秤斤論兩賣得比我更多。」

「這種鬼話說夠了。」迪娜說。

馬內克因為突然間解除了對房子的擔憂，一時無法克制自己的嘴巴，「想想看，阿姨，我們有用炭粉清潔得亮晶晶的牙齒，它們一定很值錢，我們可以個別出售或一起出售，或許做成項鍊。」

「我說，夠了。笑歸笑，一定要當心這個傢伙，記住。」

「只要按時付錢給他，就沒什麼好擔心的。」伊斯佛說。

「希望如此。從現在起我會付一半的規費，因為他也同時保護我。」

「不行，」伊斯佛憤慨地說：「那不是我提這件事的目的，妳不收取任何租金，所以這是我們自己的份。」他不願在這件事上討價還價。

他們到縫紉室計算要賠償奧荷華出口公司多少錢，他小聲說又看到馬內克和歐文互相開玩笑和重拾笑容真好。

「是的，那兩個孩子最近讓大家都很難過。」她說，然後要男孩們把門牌裝回前門。

「我們絕對不能再和瑞亞朗見面了，」那晚鋪床時歐文說：「假如他是凶手的話。」

「他當然是，」伊斯佛從廊房上的窗戶望著街燈，想著他們往昔的朋友，「真教人不敢相信，看起來是那麼好的人，竟殺害了兩個乞丐。我們在棚屋區的第一天早上就該更謹慎的，他在鐵軌上如廁時說了那些污穢的話，而且，一個心智正常的人怎麼會靠收集頭髮為生？」

「那不是重點，老兄。什麼東西都有人收集和販賣，碎布塊、紙、塑膠、玻璃，甚至骨頭。」

「還好我當時不讓你留長髮，你現在不會感到慶幸嗎？那個住在你隔壁的凶手可能趁你睡著時殺掉你。」

歐文聳聳肩，「我比較擔心迪娜女士，萬一警察找到她給瑞亞朗的剪髮用具組怎麼辦？上面有她和我們的指紋，我們都會被逮捕然後吊死。」

「你跟馬內克看太多瘋狂的電影了，那種事只會發生在電影情節中。我比較擔心的是，要是他來找我們幫忙，我們要怎麼辦？叫警察？」

伊斯佛一直躺著卻無法入睡，腦子裡都是瑞亞朗。他們曾經與這個凶手比鄰而居，一同分享食物，一想到就令人發毛。

歐文知道他的伯父睡不著，他在黑暗中用手撐起頭發出咯咯的笑聲，「你知道菲希朗的廚師和侍者很喜歡我們的故事，他們會不會也喜歡聽這個故事？」

「別拿這種事開玩笑，」伊斯佛警告他，「否則我們就有打不完的官司了。」

早晨的尖峰時間，人行道上擠滿了傭人、學童、上班族、叫賣小販。裁縫師等著人潮過去，尚卡才能挪到菲希朗的後巷去。他一直向他們揮手，讓伊斯佛緊張不安，想到滑板上可怕的貨物，愈不去注意愈好。

幾分鐘之後尚卡失去耐性了，冒險越過人行道，穿過重重的人群。「嘿，先生，小心！」他大叫，一邊閃躲數不清、疾行而過的腿和腳。

滑板撞到某人的小腿，尚卡頭上響起一陣咒罵聲，他膽怯的往上瞧，那人威脅要踢掉他的頭，「你以為人行道是你家開的！閃到一邊去！」

尚卡乞求原諒，然後倉皇而逃，匆促中包裹從滑板上掉下來。裁縫師擔心的看著，也不敢上前幫他。尚卡手忙腳亂的想駕馭好滑板，把東西撿回來。

「做得好，」伊斯佛說，他想像交通警察懷疑的看著他們，萬一他走過來要求打開袋子怎麼辦？「那麼，」他盡量保持聲音的鎮靜，「我們的長髮朋友是什麼時候把這個送來的？」

「兩天前！」他回答，伊斯佛差點把包裹丟掉。「不，我記錯了。」尚卡改口，用纏著繃帶的手揉揉額頭，「不是兩天前，是我最後見你們的後一天，四天前才對。」

伊斯佛放心的對歐文點點頭，包裹裡沒有「那個」頭髮。「我們的朋友從現在起不會來找你了。」

「不會？」尚卡很失望，「我已經習慣玩他的包裹了，好漂亮的頭髮。」

「你是說你看過裡面了？」

「我做錯了嗎？」他焦急的問，「噢，先生，我沒損壞任何東西，我只是用臉頰碰一碰，因為這樣讓我感覺很舒服，又軟又香。」

「當然會是這樣的感覺，」歐文說：「我們的朋友只收集品質最好的頭髮。」

尚卡說：「我希望自己也有這樣的頭髮。」他嘆口氣，「我可以把它放在滑板上，晚上睡覺時將臉靠在上頭。在面對了一整天惡劣的人們之後，這對我來說有多寬慰啊！連丟銅板給我的人看我的樣子都好像我在搶劫似的，頭髮帶來的安慰多美好啊！」

「那還等什麼？」歐文一念之間說：「拿去，留著這個包裹，我們的朋友不需要了。」

伊斯佛正想抗議，但想想算了。歐文是對的，現在還有什麼關係呢？

尚卡的感激融化了瑞亞朗惡行的冷酷，他們走回公寓，「我想把他的垃圾從箱子裡扔出來。」伊斯佛說：「天曉得是打哪兒來的，他另外殺了多少人。」

那晚當迪娜與馬內克入睡後，伊斯佛拿出箱子裡的髮辮，最後用個小硬紙板盒裝著——永遠隔離。之後他感覺舒坦多了，他們的衣服再也不會被那瘋子的收集品褻瀆。

半夜裡，水還沒來之前，迪娜被廚房裡的聲音驚醒。自從乞丐主人證明自己的影響力之後，已經平安度過了兩個月，公寓裡也恢復正常的生活。但在睡意朦朧之間，她相信鍋碗瓢盆的碰撞聲只代表一件事：房東的打手回來了。她感到心跳加速，手卻沉重得動不了，她用手指捏起被單把自己蓋住。

可疑的聲音又來了，或許只是惡夢，它會自己離開的，只要她靜靜的躺著……繼續閉著眼睛……聲音終於平息下來。很好，這個方法奏效了，根本沒有什麼打手，只是一個夢。對，沒錯，而且有乞丐主人保護這間公寓，沒什麼好擔心的。她感覺自己的意識好像飄蕩在半夢半醒之間。

最後，連續的貓叫聲讓她徹底清醒。可惡的貓！她掙脫開糾纏的被單下床，不小心撞到了木頭凳子，猛然的碰撞聲吵醒了隔壁房間的馬內克。

「妳怎麼樣了，阿姨？」

「我沒事，可惡的貓在廚房裡，我要去打掉牠的頭！你回去睡覺。」

他穿上拖鞋跟在迪娜後頭，一方面想看看發生什麼事，一方面希望她不會真的傷害小貓。她打開燈，正好看到牠從窗戶跳出去，是馬內克最喜歡的那隻，白、棕色相間的虎斑貓，維亞揚契馬拉。

「可惡的畜生！」她憤恨地說：「天曉得牠用牠的髒嘴舔過什麼東西。」

馬內克檢查從破窗戶上被扯壞的鐵絲網，「你那麼關心那隻骯髒的畜生，卻沒想過牠帶給我的麻煩。」「一定是走投無路才會這樣做的，希望牠沒傷到自己。」

「等一下！」她忽然停住，「是什麼聲音？」她開始撿起掉下來的器皿，一定要好好搓洗一番。

又聽不到聲音了，他們繼續整理廚房。過一會兒她又僵住不動，這次在寂靜中傳來一絲微弱的嗚咽聲，絕不會聽錯，就在廚房裡。

廚房的一角有個小坑，是從前用來燃煤生火煮飯的，那裡趴著三隻白、棕色相間的小貓。迪娜和馬內克俯身去看時，牠們一起發出微弱的喵喵聲跟他們打招呼。

「哦，我的天啊！」她倒抽一口氣，「好可愛！」

「怪不得維亞揚契馬拉最近看起來變胖了。」他露出開心的笑容。

小貓努力想站起來，她覺得自己從沒看過這麼無助的小東西，「不知道牠是不是就在廚房生的。」

他搖搖頭，「看牠們的樣子應該已經出生幾天了，牠一定是趁夜裡把牠們帶過來的。」

「不知道為什麼，哦，我覺得牠們好可愛。」

「妳還想要用牠們做小提琴絃嗎，阿姨？」

她瞪了他一眼，當他要撫摸牠們時，她把他拉過來。「別碰，你怎麼知道牠們身上有什麼病菌？」

「牠們只是剛出生的小貓。」

「所以呢？牠們還是有可能帶著病菌。」她展開一張舊報紙握在兩手間。

「妳要做什麼？」他緊張的問。

「保護我自己。我會把牠們三個放到窗外母貓看得到的地方。」

「妳不能這樣做！」他爭辯說，如果母貓放棄了小貓，牠們就會餓死——如果沒先遭到烏鴉和老鼠的攻擊，挖出牠們的眼睛、撕開牠們的身體、扯出牠們的內臟、啃食牠們纖細的骨頭。

「沒必要說得這麼詳細。」她說。小貓不停喵喵叫，似乎對他恐怖的預見發出可憐的哀號，「那你想怎麼做？」

「養牠們。」

「門都沒有！」她鄭重的回答，一旦牠們被飼養就不會離開，而且母貓即使考慮回頭，也會躲避自己養育的責任，「我不能為世界上所有無家可歸的小動物負責。」

費了一番功夫，最後他還是贏得暫緩丟掉小貓的協議，她同意目前先不要移動牠們，給維亞揚契馬拉一個機會聽到小貓的呼喚，或許牠們的叫聲能說服牠回來。

「看，」他指著窗外，「天要亮了。」

「好美麗的天空。」她定住，痴痴望著窗外的景象。

水龍頭的水來了，打斷她的遐想，她趕緊跑到浴室。他瞧瞧外頭野貓睡覺的空地，再往遠方凝視，是巷口擁擠的房屋。在帶來希望的第一道曙光下，晨曦輕撫著沉睡中的城市。他知道這種感覺持續不了多久，因為他曾體驗過，在稍晚強烈的陽光下便消融了，所以，趁這種感覺尚在時他要盡情體會。

裁縫師醒來後，馬內克告訴他們這個消息，三人一起去廚房，當他們一靠近，原本穩定的微弱叫聲就變強烈了。

迪娜把他們趕出去，「這麼多人在看，母貓就不會回來了。」然後她進到廚房，表面上忙著煮茶，自己卻站在角落微笑、讚嘆，看著小貓在煤坑灶裡動來動去，一個爬到另一個身上，又掉下來疊在一起。她心想，母貓選擇的地點很適合，煤坑灶的深度可以防止小貓爬出來亂跑。

那天早上大家都沒做多少事，馬內克說他中午之前沒課。「真剛好。」迪娜說，而他就站在廚房門口看守小貓，隨時回報最新資訊，裁縫師也時常停下機器來聽消息。

隨著時間一分一秒過去，小貓的哀號聲愈來愈大，連坐在裁縫機旁都可以聽得到。「叫得好可憐！」歐文說：「一定是肚子餓了。」

「就跟人類的小嬰兒一樣，」馬內克說：「需要定時餵食。」他用眼角看著迪娜，他知道哀號聲開始令她坐立難安，她若無其事的問說這麼小的動物能不能喝牛奶。

「可以！」他毫不猶豫的回答：「但要用水稀釋，不然對牠們來說負擔太重，幾天之後牠們也可以吃泡在牛奶裡的麵包，我爸爸就是這樣餵小狗小貓的。」

不過迪娜仍然繼續堅持了一個小時之後才放棄，讓出廚房。「噢，沒希望了！」她說：「來吧，馬克先生，你是專家。」

他們把稀釋的牛奶加溫，再倒到小鋁盤裡，坑灶裡蠕動的小貓被抱出來放到地板的報紙上。歐文要求：「也讓我試試。」馬內克讓他抱最後一隻。

三隻小貓在報紙上擠成一團，不停發抖。牛奶的味道慢慢吸引牠們靠近，牠們在邊緣先試舔了幾口，接著就很快的擠上前大口大口的喝。喝完後牠們把爪子放在盤裡，抬起頭來，馬內克再倒一盤，牠們喝過後就收起來了。

「為什麼這麼小氣？」迪娜問：「讓牠們多喝點。」

「要再過兩個小時之後，如果喝太多牠們會生病。」他從房間拿了一個空紙箱，裡面墊著新的報紙。

「我不准牠們待在廚房裡，」她抗議道：「太不衛生了。」

歐文自願把箱子放在廊房保管。

「好。」她說。可是她要小貓在夜間時回到小坑裡，她仍然希望母貓能夠帶回牠的孩子，鐵絲網的破洞處就留著等牠回來。

七天以來，迪娜每天晚上都把廚房的鍋碗瓢盆收好，鎖上櫥櫃，關上廚房門，每天黎明時一起床就去檢查煤坑灶，希望裡頭是空的，但總看到小貓開心的向她問早，迫不及待想吃早餐。

她開始期待早上的相聚，那一週過後，她發現自己上床時會感到焦慮不安，萬一就在今夜，母貓把牠們帶走了怎麼辦？她一醒來就跑到廚房——啊，放心了！牠們還在！

每天晚上把小貓從紙箱放回煤坑灶裡的慣例後來無法持續下去，因為牠們長得太快了，但裁縫師們很高興能一起照顧小貓。牠們會好奇的跑到廊房上探索，因此必須把門關上，以免牠們跑到縫紉室把布料弄得一團糟。很快的，牠們懂得穿過廊房上的鐵欄杆跑到外頭去玩。

「妳知道，迪娜女士，」有一天晚餐後伊斯佛說：「那隻貓很尊崇妳，牠把孩子留在這裡意味著牠很信任這房子裡的人，對妳來說是件光榮的事。」

「完全是胡扯！」她不是個感情用事的人，「那隻貓當然會把孩子帶到這裡來，這扇窗戶每天都有好心人把食物丟出去給牠。」

伊斯佛絞盡腦汁想找出超越事實、關於道德上的話：「不管妳怎麼說，這間房子布滿福澤，帶來好運，連邪惡的房東都無法傷害我們。而小貓是個好兆頭，代表歐文將會有很多健康的孩子。」

「那他得先有個老婆。」她淡淡的說。

「正是如此，」他認真的說：「我一直很努力的思考這件事，而且不能耽擱太久。」

「你怎麼能講得這麼無知？」她有一點兒惱火，「歐文才正要展開他的人生，你連自己的容身之處都沒有，又缺錢，還想幫他找老婆？」

「每件事都會水到渠成的，我們一定要保持這樣的信念。重點是，他必須快點結婚、建立自己的家庭。」

「你聽到了，歐文？」她往廊房上喊：「你伯父要你快點結婚、建立自己的家庭。我只想確定這種事不會發生在我的廚房。」

「妳一定要原諒他，」歐文用長者的語氣說話：「我可憐的伯父腦袋上的螺絲有時候會有一點兒鬆脫，老是瘋言瘋語。」

「不管你們想做什麼，別指望我會幫忙找住的地方，」馬內克說：「我已經沒有紙箱了。」

「什麼，老兄！」歐文抱怨說：「我原本希望你可以留兩個箱子，幫我蓋個兩層樓的別墅。」

「別拿好事情開玩笑。」伊斯佛有點生氣，他一點也不覺得他的建議好笑。

用餐時，小貓總是能結束閒逛準時回家，從廊房上的欄杆再穿進來。「看看牠們，」迪娜打趣的說：「把這裡當成飯店了。」

等到牠們學會覓食後，和巷子裡的同伴一起尋找獵物使外出的時間變得更長。排水溝和垃圾堆用難以抵抗的氣味呼喚牠們，小貓總是聞「香」而去。

牠們出奇不意的消失讓大家難過，馬內克和歐文總是留一點吃的東西在盤子裡，他們每天都希望貓兒能出現。一直等到夜晚，他們才會在食物引來蟲子前放棄，拿去餵任何在窗外窺伺、徘徊的小動物。

當小貓現身時，大家又都高興起來，如果沒有適合的剩菜，馬內克和歐文會衝到菲希朗買麵包和牛奶。有時小貓吃了點心後還會逗留，玩玩、撕咬縫紉機旁的碎布條，但通常牠們吃了之後就立即離開。

「吃了就跑，」迪娜說：「好像牠們是這裡的主人似的。」

漸漸地，牠們來的頻率和待的時間都愈來愈少，調皮的好奇心也因長大而消失，對於牛奶和麵包則完全不領情，到戶外四處找尋食物才是牠們鍾意的冒險生活。

為了吸引牠們的注意，歐文和馬內克四肢趴在碗旁邊一起學貓叫「喵——喵——」歐文在碗的邊緣用力嗅，馬內克把舌頭快速伸進伸出裝做舔舐的模樣。

然而小貓卻無動於衷，只是冷冷的看著、打哈欠，然後開始舔乾淨自己的身體。

在煤坑灶裡發現小貓的三個月後，有一天牠們一起消失了。過了兩個禮拜都沒見到牠們的影子，迪娜相信牠們被車輾死了，馬內克說牠們可能遭到流浪狗的攻擊。

「或是那些大老鼠，」歐文說：「連已經長大的貓都會怕牠們。」

一想到這些恐怖的可能性，他們就愁眉不展，只有伊斯佛相信小貓還活著。他提醒大家，牠們是精明強韌的小動物，而且習慣街道上的生活。但沒人同意他樂觀的看法，甚至厭惡他的話，好像他在解釋什麼病態的東西似的。

在他們陷入一片憂傷沮喪的氣氛時，乞丐主人來收取規費。日暮時分看起來比平常黑暗，因為街燈尚未亮起。

「怎麼了？」他問：「房東又來找你們麻煩？」

「不，」迪娜說：「是我們可愛的小貓不見了。」

乞丐主人笑了起來，聲音嚇到他們，因為他們頭一次聽到他這樣笑。「看你們愁眉不展的樣子，」他說：「連打手都不會令你們如此不安，」他又笑了，「很抱歉我幫不上忙，我並不是小貓主人，不過我有一個好消息，或許能讓你們開心一下。」

「是什麼？」伊斯佛問。

「是關於尚卡。」他露出一個很大的微笑，「為了他好，我現在不能將這個消息告訴他，只是想跟你們分享——你們是他唯一的朋友，要發誓絕對不向他透露一個字。」

他們都向他保證。

「事情發生在我把你們和尚卡從灌溉計畫區帶回來的幾週後，我的一個女乞丐病得很重，告訴我她童年和尚卡小時候的故事。每次我去收錢時，她就開始追憶往事。她大約四十歲，作為一個乞丐來說是很老了。上週她過世了，就在臨死前，她告訴我她是尚卡的母親。」

乞丐主人說他並不驚訝，因為這只是證實了他一直以來的懷疑。在他是個小男孩的時候，他會跟著父親跑差事，常常看到她在哺乳一個嬰兒。因為她沒有鼻子，大家都叫她鼻孔。她當時很年輕，大約十五歲左右，身材姣好，若不是因為臉上的缺陷，妓院的老鴇說可以定個很好的價錢。據說她出生時，酗酒的父親因為母親生的不是兒子而勃然大怒，割去了她的鼻子。儘管父親一直說，「讓她死，她醜陋的面孔將是她唯一的嫁妝，讓她死！」她母親還是細心照料傷口，讓她活了下來。後來因為父親不停的騷擾和迫害，孩子最後賣給了乞丐組織。

「我並不清楚我父親是在鼻孔幾歲時得到她的，」乞丐主人說：「我只記得看到她和她的孩子在一起。」幾個月後，那個叫尚卡的嬰兒和母親分開，送去做專業改造。

孩子再也沒有回到母親身邊，讓他在各個地區中由不同的女乞丐輪流撫育，能夠創造更大的利益。而且，一直由不同的人哺乳他，比較容易從她們臉上看到徹底絕望的表情，這樣更能成功的搏取同情。假如讓鼻孔滿足於將孩子抱在懷裡一整天，就不可能在她眼中看到瞬間的喜悅火花——無論多渺小的細節都會影響到收入。

「因此尚卡長大後自立門戶，靠著滑板乞討，從來不知道自己的母親。」乞丐主人說，「當我接管生意時，我已經忘了小時候曾懷疑他是鼻孔的兒子，直到最近。」

是當時躺在人行道上奄奄一息的鼻孔提醒了他；不只如此，她還說尚卡的父親就是乞丐主人的父親。起初乞丐主人對於她驚人而冒失的言論感到震驚，並威脅她若不道歉，就要把她從成員名單中剔除。但她對我說她不在乎，反正她就要死了。

他仍然不肯相信她，想不出到底為什麼她要這樣撒謊，她希望得到什麼好處嗎？

路過的行人不斷把銅板擲到鼻孔的罐子裡，他則是生氣而茫然的盯著她，有些不知情的路人停了下來，用狐疑的眼神看他。

「他們或許以為你在等著偷她的錢。」馬內克說。

「你說的沒錯。當時我非常苦惱焦慮，想對他們大吼，去他媽的滾蛋。」

迪娜暗暗嚇了一跳，真想警告他說話當心點。前廳愈來愈暗，她把燈打開，霎時亮起的燈光眩目，令大家不自覺遮了一下眼睛。

「但我克制住自己。」乞丐主人說：「幹我們這一行的會說，施主都是對的。」

因此他不理那些好事的人，專心思考著鼻孔的話。憤怒的情緒過後，隨之而來的是不安。他控訴她卑鄙的謊言，在臨死之前還邪惡的玩弄他，讓他永遠活在疑惑中。

她只是靜靜的聽，然後告訴乞丐主人，不管你喜不喜歡，我就是你的繼母，而且我有證據，你曾幫你父親按摩背或肩膀嗎？

是的，他回答，我是個好兒子，任何時候他叫喚我，我都會幫他按摩，直到他辭世。

鼻孔說，如果是這樣，你應該很清楚在你父親的頸背上，就是脊椎開始的地方有一個很大的腫塊。

「我納悶她到底是怎麼知道的，」乞丐主人說：「但她堅持要我回答他那裡是不是有個腫塊？在我承認前她一個字都不說，於是我不情願的回答，是，我父親的確有她說的那個特徵；然後她急著說下去。」

在很久很久以前，當時鼻孔還很年輕，剛經歷過初經，有天晚上乞丐主人的父親來到人行道她的據點。當時他喝了很多酒，醉到看不清她的長相，就跟她睡了。滿嘴的酒臭味讓她很想拒絕，但她轉過頭去，抑制住衝動，動也不動的躺著，像個死人般被他壓在下面，讓他為所欲為。等他結束後，她坐起來推開一邊打鼾一邊咕噥的他。半夜裡他醒來狂吐，後來她聽到什麼東西在舔食的聲音，她張開眼睛看到老鼠正在吸食混在一起的液體。

鼻孔猜想他一定很享受她的身體，因為他之後還會來找她，連沒喝醉的時候也是。現在她不會感到厭恨，當他沒帶任何酒意躺在她身上看著她的臉時，她開始喜歡上這種事。他讓她的肉體活躍起來，享受和他融和在一起的感覺。她用手探索他的身體，發現頸背後的大瘤，她咯咯笑起來，問他怎麼回事。他開玩笑說是為了她而長的，如此一來她就有兩根大骨頭可以取樂了。

就是這個男人，能夠看著她可怕的臉卻依然愛她，也在她心裡取得一席之地。他解釋說，醫生曾說他的骨頭很特別，天生就有三十四節脊椎，而一般人只有三十三節。他在最頂端多出來的那一節變形了，造成他長期背痛。

鼻孔說，你父親是不是我所描述的那樣？現在還有任何疑惑嗎？

乞丐主人同意她說的沒錯，但也僅能證明是他父親醉意下的行為，除此之外什麼都不是。

不只是喝醉的時候，她驕傲的糾正他，清醒時也有。兩者之間的差異是她這輩子最珍貴、最重要的東西，即使是到了死亡的那天。

他極不情願的承認了，只是尚卡是他同父異母的兄弟，這事還未經證實。鼻孔說，尚卡的頸背上有著跟他一樣突起的瘤，只要花一點時間就能證實。她還說，乞丐主人當然可以假裝這是個巧合，但他心裡知道真相。

「她說得對，我心中自有真相。可是我心裡同時也有一種巨大而無助的複雜感受，我憤怒、掙扎又困惑，可是我也感到快樂。原本以為自己是獨子的我，失去父母，世上也沒有任何親人，現在受上天垂憐，突然有個兄弟和繼母，即使她年紀與我相仿且瀕臨死亡。」

在接受了事實之後，他對那女人所有的憤怒和憎恨都被感激所取代。他問為什麼不早告訴他，她說擔心說出來後萬一他感到憤怒或羞恥，一氣之下也許會殺了她和尚卡，或者將他們賣到很遠的地方給冷酷的新主人，到他們一無所知的環境，而她最怕的事就是離開她自小熟悉的人行道。

然而現在一切已經無所謂了，她將不久於人世。他會是唯一知道這件事的人，想怎麼做都可以，要不要告訴尚卡都由他。

他肯定的跟她說，她的自白為他帶來了快樂，眼前要務就是把她送到一家好醫院，無論她剩下多少時間，他希望能讓她感到舒適，於是他去招計程車。

前幾輛車一看到生病的乞丐就拒絕載客，直到他拿出一疊厚厚的盧布向駕駛揮舞。那輛計程車的頭燈壞了一個，保險桿晃動得匡啷匡啷響。他坐在後座，一路上把鼻孔抱在懷裡，還聽司機說了一個倒霉的故事，他說一個警察惡意損毀車子，只因為遲交了停車的規費。

到醫院後等了很長的時間，鼻孔被安置在擁擠的走廊地上，和其他人一起等著看病。在一片人體聚集的惡臭中，微微透著石磚上散出石碳酸的消毒水味。乞丐主人使出渾身解數打動負責的人，找了一個看來和善的醫生說話。他白袍下方的大口袋裡放著聽診器，口袋已經破了，乞丐主人要求他動作快些去幫他母親診斷，他會讓他得到應有的報酬。醫生用溫柔的聲音回答說不要擔心，每個人都會被照顧到，然後他將手放到破掉的口袋裡匆忙離開。

乞丐主人心想，或許醫療人員都獻身於他們高尚的天職，與社會上其他的人不同，才會對他手中白花花的鈔票不為所動，可是他找不到更多的醫生和護士來證明這個推測。在他繼母有機會接受治療前，她的生命就結束了。他花了一筆錢為她安排一個體面的葬禮，以彌補未能醫治她的遺憾。

「事情都處理好之後我就去看尚卡，」乞丐主人嘆息道：「當然，我並沒有向他提到這個消息，因為我想先一個人靜靜的想一想鼻孔告訴我的話。」

他問尚卡乞討情況如何，滑板是否好用，輪子需不需要上油……都是一般巡視時閒聊的話，尚卡抱怨這個地方大家都是守財奴，幾乎沒人願意施捨，而且人們的脾氣都很壞。乞丐主人跪在他身旁，把手放到他肩上，說在任何地方都一樣，這是人性上迫切的危機，人心需要改造，但他會關照著，或許把他分派到別的地點去。他拍拍尚卡的背，告訴他不用擔心，然後把手指伸到衣領下觸摸他的頸背。

「我手指感覺到的正是我父親的脊椎骨，一模一樣的腫塊。我的手因感動而顫抖，整個身體因興奮而撼動，跪下的姿勢使我幾乎無法保持平衡。眼前的這個人正是我的弟弟，還有我的父親，彷彿就活在那節脊椎骨上。我所能做的就是緊緊的擁抱尚卡，向他坦誠一切。」

不過他終究抑制住衝動，時機尚未成熟的揭露可能引發巨大的痛苦。首先他必須考慮尚卡的未來——把弟弟帶回家，讓他舒適的度過餘生，從此過著幸福快樂的生活。這種想像非常簡單完美，而且實現這個夢想不費吹灰之力，一般人都做得到。

但萬一尚卡不能適應新的生活怎麼辦？如果對他來說新生活毫無目標，甚至比毫無目標更糟呢？他的殘障用在街上可以成為乞討工具，到了家裡卻變得備受關注，家最後會不會變成了監獄？更重要的，萬一這個驚人的陳年往事變成了尚卡精神上的負擔，從他的內在侵蝕他，讓他用痛苦、憤恨的餘生來責怪乞丐主人和他父親呢？在知道了一切之後，還有可能原諒嗎？

「我覺得由我一個人承受一切比較好，在鼻孔所透露的真相中煎熬。只為了讓自己心裡好過，而把我可憐又不幸的弟弟扯入這個悲劇，這樣就太自私了。」他知道尚卡的人生已經在嬰兒時被毀了一次，可是尚卡已學會習慣那樣的生活，再給予第二次的打擊實在不可原諒。

「所以我決定等待，和他談談他的童年。或許我會先透露點小事情，觀察他的反應。慢慢的，我會知道什麼樣的方式對我們最好，這就是我需要你們幫忙的地方。」

「我們能做什麼？」伊斯佛問。

「問他問題，讓他談談自己的過去，看他對以前的記憶如何。他仍然有點怕我，或許能跟你們聊得比較多。你們願意幫忙嗎？」

「當然，沒問題。」

「謝謝你們。另外，我想盡量讓他在人行道上的生活快樂些，我開始每天為他買他最喜歡的甜食——甜豆球和炸麵糖，星期天還有甜奶浸起士。我也在他的滑板上加裝墊子，幫他找個晚上睡得更舒服的地方。」

「這樣我們就能夠理解了，」伊斯佛說：「他一直跟我們說你對他有多好。」

「那是我最起碼該做的。我還打算讓他用我的私人理髮師，給他全套的豪華體驗，像修頭髮、刮鬍子、臉部按摩、修指甲等一切服務。如果有人因他的體面而吝於施捨，那就去他們的。」

迪娜再次抑制住想糾正他的衝動，但是他的話這次聽起來卻沒那麼刺耳。「你帶來的消息真的太好了，」她說：「等你到時候告訴他時，尚卡會有多開心。」

「不是到時候，而是如果——我有勇氣嗎？我有足夠的智慧做正確的抉擇嗎？」

這些問題的沉重，又突然間令他陷入消沉，原本令人振奮的消息蒙上了陰影。

「相信到時候一切都會明朗的。」伊斯佛說。

「什麼會變得明朗，是我與尚卡間一條很細的線，甚至比我被謀殺的乞丐的頭髮還細。我並沒有畫下這條線——它是命運的軌跡，但現在我有能力揉掉它。」他嘆口氣，「令人害怕、畏懼的力量，我真的敢嗎？一旦那條線被擦掉，就再也畫不出來了。」他打了個冷顫，「我繼母留給我的遺產有多沉重啊！」

他打開公事包，拿出速描本，讓大家看他最近的作品。「我昨晚畫的，當時我很沮喪，無法入睡。」

畫裡有三個人物，第一個坐在有小滑輪的板子上，他沒有腿和手指，截斷的大腿像空心的竹子。第二個是一個很瘦的女人，臉中央有個大洞，沒有鼻子。第三個人物是最詭異的：一個男人手腕上鍊著一只公事包，他的四隻腳像蜘蛛一樣，分別向不同的四個方位伸開，好像爭執不下哪邊才是正確的方向，而他兩隻手上都各有十隻手指，像從手掌上長出不中用的香蕉。他的臉上有兩個鼻子，長在一起卻奇怪的相互避開，似乎誰也無法忍受誰的味道。

他們盯著圖畫，不知道該如何回應乞丐主人的創造。他自己解釋，化解了大家的尷尬，「怪胎，我們都是。」

伊斯佛正想說他對自己太苛求，他不該把尚卡和鼻孔的命運都當作自己的責任時，乞丐主人又繼續說：「我是指，每一個人。誰能責怪我們？我們的開始與結束都那麼的不尋常，我們能有什麼選擇？生與死，有什麼比這樣的力量更可怕？人們都喜歡自欺欺人，叫它奇妙、美麗與莊嚴，但它就是怪胎，面對它吧！」

他把速描本闔上，沒好氣的放回公事包裡，也意味著剛才包含幸福與悲傷、疑惑與發現的故事結束了，收拾起私人情緒，現在言歸正傳。「再過四個月你們繳規費的時間就滿一年了，我想事先知道你們要不要續約？」

「哦，當然要，」伊斯佛說：「一定要，不然房東又會來找我們麻煩。」

他們跟著乞丐主人到廊房，準備送他離開。沒有街燈的道路還是黑鴉鴉一片，整條街上的街燈都沒亮，顯然是跳電了。

「我希望尚卡那裡的街燈是好的，」乞丐主人說：「我最好趕快去瞧瞧，如果人行道上一片漆黑，他會害怕。」

他穿著白色上衣和長褲，大步跨過黑色的柏油路，像是白色粉筆畫過黑板一樣，他轉過身來揮手，然後逐漸消失無蹤。

「多麼不可思議的故事，」歐文說：「我們在菲希朗的朋友會很喜歡的，什麼情節它都有，悲劇、冒險、暴力，還有懸疑未解的結局。」

「但你聽到乞丐主人是怎麼告訴我們的，」伊斯佛說：「為了尚卡，一定要保守祕密；又是一個不能讓廚師蒐集在他《摩訶婆羅多》書裡的故事。」

13 婚姻、蟲子與成年

一個月後小貓又出現在廚房的窗外，卻沒有團圓的喜悅，牠們不過是在四處找尋食物。若牠們能大聲的叫一下、看一眼、撒嬌的嗚嗚叫或把背拱起來，都會讓歐文和馬內克開心。然而小貓們只是抓了一條魚就逃走，想跑到隱蔽的地方享用。

「為什麼要那麼驚訝？」迪娜說：「不知感激在這世上又不是什麼稀罕事，有一天你也會一樣忘記我，你們都是。你們各自成家立業後就不會記得我了。」她指著馬內克，「兩個月後你會參加期末考，打包東西，然後消失。」

「才不會，阿姨，」他抗議道：「不管我在哪裡，我都會永遠記得妳，來看妳，或寫信給妳。」

「是哦，我們等著瞧，」她說，「還有你們兩個裁縫師，總有一天會離開自立門戶，當然不是說我不會為你們高興——若真有這麼一天。」

「迪娜女士，假如真有這麼一天，我會感謝託妳金口之福。」伊斯佛說：「但在像我們這樣的人能找到房子或店鋪前，政客先要變得誠實才有可能。」他舉起食指，彎起來，再伸直，「彎曲的棍子或許可以拉直，但政府不行。」他說，事實上這是他最大的隱憂，假如找不到住的地方，歐文怎麼娶老婆呢？

「當他準備好要結婚時，事情會有轉機的。」迪娜說。

「我想他現在就準備好了。」伊斯佛說。

「我才沒有！」歐文氣沖沖的說：「為什麼你老是要提結婚的事？看看馬內克，年紀跟我一樣，都沒有人催他準備結婚。你爸媽會為這種事著急嗎，馬內克？說話呀，老兄，教教我伯父什麼是常識。」

馬內克聳聳肩說沒有，他們並不急。

「繼續，告訴他其他的部分，說你爸媽會等你遇到自己喜歡的人；我希望自己也能如此。」

「歐普拉卡希，你在胡說些什麼，」他伯父氣得快要冒煙了，「我們是不同的族群，有不同的習俗。因為你父母已離開我們，所以幫你找太太是我的責任。」

歐文蹙緊了眉頭。

「酸檸檬臉。」馬內克想在起爭執之前轉移大家的注意力，「總之我要警告妳，阿姨，妳或許無法在兩個月以後擺脫我。」

「這麼說是什麼意思？」

「我已經決定再讀三年大學，拿一個完整的學歷，而不只是技術師執照。」

她不禁喜形於色，但隨即收斂起來，「那是明智的決定，學位更為珍貴。」

「那麼我還能跟妳住嗎？我是說在我放假回家之後。」

「你們兩位覺得如何？我們該讓馬內克回來嗎？」

伊斯佛微笑說：「有一個條件，就是他不能把我的姪子洗腦了。」

姪子結婚的問題一直縈繞在伊斯佛心裡，每次他找機會提起，迪娜會委婉勸阻，「工作滿檔，而且你們現在又要存錢，為什麼要在事情正得到改善時加重自己的負擔呢？」

「為了一個更重要的理由，」伊斯佛說：「以免事情又變得更糟。」

「事情本來就是這樣，不管歐文結不結婚，」馬內克說：「任何事情都沒好結果，這就是宇宙的定律。」

伊斯佛的臉好像被打了一記耳光似的。

「我以為你是我們的朋友。」他的聲音因痛苦而顫抖。

「我的確是啊，我不是在惡意傷害。看看你們周遭的世界，一切看起來都很順利，但最後都……」

「你的哲理說夠了，」迪娜說：「如果你不會說好話，不如不要說，把黑暗的思想留給你自己吧！我雖然不贊同伊斯佛，但也沒理由說那麼不吉利的話。」

「但我不贊成……」

「夠了！你對伊斯佛的傷害已經夠了！」

傷害並未令伊斯佛的執著稍減，兩天後他宣布——雖然聲音洩露了他的不確定，他下定決心了。「最好的做法就是寫信給阿施若夫叔叔，請他把這個消息傳播到我們的族群當中。」

歐文停下縫紉機，輕蔑的看著他的伯父，「你先是說要堅持夢想，存夠錢回到村裡買一間小店面，而現在你又有新的夢想，為什麼你就不能從夢裡醒來面對現實？」

「拿一個不可能的夢想去換一個可能的夢想，有什麼不對？開店的路途太遙遠，但結婚不能因此耽擱。我這就寫信給叔叔。」

「我警告你，你自己想找太太再寫信給他。」

「你們聽到了嗎？我的姪子在警告我！」他再也無法裝做平靜的樣子，缺陷的左臉讓他的臉色更難看，「我怎麼說，你就怎麼做，懂嗎？我一直都太寵你了，歐普拉卡希，太寵了。要在以前我們那個時候，你的骨頭早就被我給打斷了。」

「省省吧，老兄，我才不怕你的威脅。」

「聽聽他說的是什麼話！才幾個月前，在工作營裡，你每晚都靠在我懷裡哭泣，又害怕又病弱，像個小孩一樣的嘔吐。現在你翅膀硬了，會反抗了？我這麼做是為了什麼，還不全都是為你好！」

「沒人可以否認，」迪娜趁隙插話，希望她的反對可以讓伊斯佛朝理性的方向去思考，「可是這麼盲目倉促是不智的。倘若歐文一直想找個太太，情況就不一樣，但現在你在急什麼？」

他覺得他們在聯手對抗他，「那就是我的責任！」他惱怒的嘀咕著，以賢明的叔叔自居，宣布自己的勝利。然後他回去工作，心不在焉的拿了一段布料，把整疊布料都弄倒了。

「太棒了！」她一把抓起來，「做得真好！好到天都要塌了。繼續呀，看你迫切的責任是怎麼影響你的？這就叫狂熱！是狂熱，而不是責任。」她幫忙撿起掉下的布料，「要不是那隻渾蛋野貓把小貓丟在我的廚房，你也不會因此有這種瘋狂的想法。」

接下來幾天，伊斯佛的煩惱全投入到縫紉工作上。縫紉中不時出錯，就像魔術表演中出現錯誤的紙牌一樣，讓迪娜逮到機會指出他帶來的危機。「過度執著於結婚會毀了你的事業，你會讓大家都沒飯吃。」

「抱歉，我思緒紛雜，」伊斯佛說：「別擔心，這只是過渡期。」

「你說別擔心是什麼意思？問題怎麼會過去？一旦有了太太，就會有孩子，然後你要擔心更多的事情。他們要待在哪兒？要怎麼滿足那些嗷嗷待哺的小嘴？你想毀掉多少人的生活？」

「在妳看來或許是要毀掉妳的生活，但我做的是為歐文建立幸福的基礎。結婚不會在一兩個月內發生，它需要至少一年的時間。如果找到的女孩太年輕，對方家長會希望再等一段日子。我所要做的就是找到適合的人選，為我的姪子先保留下來。」

「像火車票一樣。」馬內克在一旁插話，惹得歐文大笑。

「你有個很壞的習慣，」伊斯佛說：「總是對你不了解的事情開玩笑。」

馬內克心想，我能有什麼選擇，但這麼回答可能會令伊斯佛更煩惱，所以他保持緘默。

阿施若夫回信了，信封上的郵票被黑色的叉叉劃掉，上面有日期、郵遞區號，還有「紀律的時代」的標語，後面加上一個頗具威脅性的驚嘆號。

他們迫不及待等著伊斯佛拆信、分享消息。他雙眼瀏覽於字裡行間，不太習慣阿施若夫顫抖的字跡，不是很肯定的讀著，斷斷續續的。他先露出一個大大的微笑，然後表情變得困惑，又皺起眉頭直到最後，讓歐文緊張得不得了。

「叔叔的健康狀況很好。」伊斯佛說：「他很想念我們，他說惡魔一定是把時間停住了，竟然已經過了這麼久了。他很高興歐文要準備結婚了，他也同意這事不要耽擱。」

「還有呢？」

伊斯佛嘆口氣，「他已經跟我們族群中的人說了。」

「然後呢？」

「有四個查瑪家庭感興趣。」他又嘆口氣。

「太棒了！」馬內克說，然後在歐文背上用力捶了一下，「你炙手可熱耶！」歐文把他的手推開。

「伊斯佛先生，這消息應該令你開心，」迪娜說：「可是你為什麼看起來那麼困擾，這不正是你要的嗎？」

他把兩張信紙拿在手中一直交換著，好像希望能有更多的內容。「這一部分讓我開心，困難的是另一部分。」

他們睜大眼睛等著下文，「你打算今天告訴我們還是要等到明天？」歐文問。

伊斯佛把手指放到僵住的臉頰上，「四個感興趣的家庭都很急。你知道，別人家裡也有適婚年齡的男孩。很幸運的，叔叔幫我們鞏固立場，他說歐文為都市裡的一家大型出口公司工作，是任何女孩理想的擇偶對象。因此那些家庭希望我們在未來八週內選擇並做出最後決定。」

「太快了，」迪娜說，「你必須拒絕他們。」

他和姪子為迪娜工作的一年中，他從未提高嗓門說話，他現在這麼做，讓大家都嚇了一跳，包括他自己。

「妳以為自己是誰！在這件事上妳有什麼資格告訴我怎樣對我的姪子最好！這是他人生中最重要的決定！妳根本不了解我們，不了解他的成長和教育，不了解我的責任，妳有什麼立場說話！」

伊斯佛一向是個好好先生，和善又說話委婉，現在卻憤怒的揮舞著雙手。

「妳以為妳擁有我和我的姪子嗎？我們不是妳的奴隸，我們只是為妳工作！妳還以為可以教我們怎麼過活、何時去死？」

然後，因為他沒有發飆的經驗，不知道如何收拾他的脾氣，便放聲哭出來，奔到廊房上。

「很好！」她在他身後大喊，「隨你的便！但別奢望我會找地方給太太、小孩和孫子住！」

「我又沒指望妳任何事情！」他喊回去，泣不成聲。

迪娜走到前廳想靜一靜，她無法信任自己或自己的嘴巴。她坐到馬內克旁邊，身體在發抖。

「冷靜點，阿姨，他並不是真的這麼想。」

「我不在乎他怎麼想，」她的聲音在顫抖，「你聽到了吧？你是親耳聽到的。在我做了一切之後，讓他們住在我家，待他們像家人一樣，他竟像對待狗一樣的對我吼，我現在就應該把他們趕出去。」

「讓妳趕，讓妳趕！」伊斯佛從廊房上喊：「我不在乎。」他擤了一下鼻子。

馬內克把手指放到嘴唇上，示意她別理他，「為了結婚的事情，他整個人已經失去理智了，」他小聲說：「幹嘛在這時候跟他吵？」

「只因我為歐文感到惋惜。你是對的，那是他們伯姪之間的事，他們想怎樣都行，事情真是愈來愈麻煩了。」歐文在後面房間聽到他們的談話，無奈的用手摀著臉。

整個下午的時間像停滯了一樣，氣氛一直僵在那裡；阿施若夫的信被扔在餐桌上，時鐘的指針像石頭般在刻度間往下掉。沒人煮茶，也沒人外出喝茶；伊斯佛待在廊房上，歐文在後面房間，馬內克和迪娜在前廳；屋裡的一切都凍結住了。

太陽快降到地平線上，光線開始變暗，一陣微風從窗戶吹進來，把桌上的信弄得沙沙作響。眼看晚餐時間就要到了，該做印度薄餅了，歐文感到飢腸轆轆。

他穿著涼鞋走來走去，故意發出啪嗒啪嗒的聲音，喝水時又讓杯子跟水壺發出碰撞聲，希望藉此引起大家的注意。友善的聲音可以化解敵意，他坐下來拍打縫紉機的工作台、搖晃剪刀發出聲音、捲好六個線軸，然後走到前廳。看到他出來，他們都鬆了一口氣，馬內克使個眼色，「那是什麼，老兄？他像排燈節的煙火一樣爆發了。」

歐文勉強的笑一下，吐露心中的話，「我真不知道要拿我伯父怎麼辦，」他聲音變弱下來，「我很擔心他。」

他的話令迪娜覺得有意思，跟以前伊斯佛擔心歐文粗魯、縫工品質惡劣或舉止不佳時說的話不謀而合，「耐心點。」她說。

「為什麼談到結婚和婚禮會讓人失去理智？單是這個話題就讓他成了瘋子。」

「沒錯，他的確是這樣，」迪娜苦笑道：「使我想起我哥哥。」

「等一下，我先去解決我伯父。」他走到廊房，伊斯佛盤腿坐在捲起的睡鋪旁。

「你瘋了嗎？怎麼用那種口氣跟對我們那麼好的人講話？」歐文把手叉在胸前教訓他。他抬起頭來，微弱的笑一下，姪子的話應和著迪娜方才揭露的心聲。在脆弱的憤怒情緒爆發後，他感到困惑、愚昧，並準備改過。

「你立刻去向迪娜女士說你很抱歉，說你頭腦不清醒，不是有意說那些討人厭的話。現在就去，說你尊重她的意見，你了解她是出自於關心。現在站起來，去。」

他伯父伸出一隻手，歐文握住它，往後傾，把他拉起來。伊斯佛唯唯諾諾的走到前廳，怯懦地站在沙發前道歉。迪娜剛剛就聽到他們在廊房上的對話，但她定住不動，盯著她右手邊的牆壁看。

腦筋幾乎一片空白的伊斯佛嘆氣道：「迪娜女士，為了感謝妳的仁慈和乞求妳原諒我的無禮，我跪在妳面前。」他開始彎下身子，這個威脅奏效了。

「你敢！」她打破沉默說道：「你知道我對這種事的感受，我說過不要再提了。」

「好的，這是我的問題，我答應會讓它從我腦袋消失。」

「很好。他是你的姪子，你有你的親職和權力。」

第二天晚上伊斯佛就破壞了他們的協議。令他困擾的信還是得處理，這件事讓他一再陷入痛苦的疑惑中，現在大家都清楚他昨天突然爆發的真正原因。

「機會實在太好，」伊斯佛沉思道：「只是在我們做好準備之前就來了。」

「歐文是個帥氣的傢伙。」馬內克說：「看他性格的髮型，根本不需要為結婚做預約，會有一大票的好女孩排隊等著他。」

伊斯佛馬上轉過頭來用手指著馬內克的臉，距離只有二公分，「你不要再拿嚴肅的事情開玩笑。」

他看起來好像要揍馬內克，但他把手放下，「我把你當兒子一樣看待，像歐文的兄弟，而這就是你對待我的方式？訕笑、嘲弄對我來說很重要的事？」

馬內克感到很窘，他覺得好像從伊斯佛的眼中看到淚光。在他想出什麼話來回應之前，歐文插話化解尷尬。「你整個人已經瘋狂了，甚至沒有讓人家開玩笑的雅量。你所做的都太情緒化了，拼命抓住任何可能的機會。」

他伯父毫不抗拒的點頭，「該怎麼辦，我太擔心這件事。從現在開始我會閉緊嘴巴，靜靜的想一想。」

但其實他很渴望他們的意見，希望能好好討論，產生良好的共識來取代他心中的困擾。才沒過幾分鐘他又開始了，「誰曉得這難得的機會什麼時候會再遇到？有四個家庭可挑選，有些人終其一生甚至找不到一個適合的對象。」

「現在結婚對我來說太快了。」歐文無力地說。

「太快總比太慢好。」

「萬一我們的裁縫工作因為罷工或什麼原因停擺怎麼辦？」迪娜說，「現在的時局不好，你不能把一切當作理所當然。」

「所以才要結婚，新娘帶來的好運會讓我們的生活變得更好。」

「就算這是真的，這個狹小的公寓裡哪來多餘的空間給她？」

「我不會奢望更多空間，有廊房就足夠了。」

「給你和歐文，還有他的太太？三個人擠在一個廊房上？」想法聽起來很可笑。「你在開玩笑嗎？」

「不，迪娜女士。下次我出去找住的地方時，妳應該跟我一起去，看看別人的家庭是怎麼住的。八個、九個，甚至十個人擠在一間小房子裡，一個疊一個，把大型擱板當床睡，從地面疊到天花板，像是火車的三等臥鋪；或者睡在紙箱或浴室裡，像是儲存室裡的貨物一樣的求生存。」

「這些我都知道，不用你跟我說教，我一輩子都住在這個城市裡。」

「跟那些可憐人相比，三人睡一個廊房已經是奢侈的享受了。」他的情緒好激動，「可是我並不會堅持，如果妳不希望這樣的話，我們會回到村裡去。重點是要讓歐文結婚，一旦完成了，我的使命也結束了，其他的都不重要。」

阿施若夫來信的一週之後，伊斯佛終於鼓起勇氣進行面試準新娘的事。他用生硬的詞句回信，說他和歐文會在一個月內抵達。他對迪娜說：「這樣就有時間完成妳昨天帶回來的洋裝。」在回信的過程中，他又恢復了以往的冷靜，像是穿上衣服一樣的自然。

令迪娜難以理解的是：像伊斯佛如此理性的人，竟可以突然間變得不講道理。他的所作所為會不會變成一種強求勒索？他是不是在期待，因為她需要他們的技術，而迫使她接受歐文的太太？

她的疑慮起起伏伏，當他不停強調假如新娘住進這間公寓後，迪娜的運氣會如何改變，她的疑慮就增強。「當她步入門檻的那一刻，妳就可以看得到改變，迪娜女士，大家都知道媳婦會改變整個家庭的命運。」

「她不是你的，也不是我的媳婦。」迪娜糾正他。

然而伊斯佛不想受這種枝微末節的小事所影響，「媳婦只是個名詞，妳喜歡怎麼叫她都可以，幸運之神不會在名稱上吹毛求疵。」

她搖搖頭，覺得被他打敗了。伊斯佛不懂得說謊，大家都知道他不會掩飾自我，假如他的思緒很混亂，他的手指就會洩露他的困惑；當他對某件事情感到開心，他就不由自主的露出笑容，手臂像是準備好要擁抱世界一樣。這樣坦白的個性無法讓奸計得逞。

她不再懷疑強求勒索的事，遇到像努斯旺那樣的人倒還比較可能——他很擅於迂迴扭曲的技倆，預測他的行為會讓人發瘋。她納悶當他孩子該結婚時，情況會是如何。不過他們再也不是孩子了，傑利斯和札利已經長大成人，努斯旺也在幫他們挑選適合的對象，用以前他幫她挑選先生的方法。

她想起兩個姪子還是小孩子時，那時候日子多有趣，卻又多短暫。而當她和努斯旺及露比爭執時，他們又是多悲傷，又哭又鬧，不知道該站在哪一邊，該跑向爸爸或轉向姑姑乞求和平。結果她錯過了他們許多的成長細節：學校生活、成績單、授獎日、板球競賽、他們的第一條長褲。獨立生活的代價就是不斷以心痛與悔恨償還債務，不過另一種選擇——仰賴努斯旺的日子，是更難以想像的。

回顧過去，一如往常，迪娜相信還是靠自己最好。她試著想像歐文是個已婚的男子，想像他的妻子在他身邊，身材像他一樣嬌小纖細。還有結婚相片，歐文穿著漿得硬挺的衣服及華麗的結婚頭巾；太太穿著紅色沙麗，配戴優雅的項鍊、鼻環、耳環和手鐲；賓客站在兩旁，興奮的等著幫他們在脖子上套上花圈。她長得什麼模樣？公寓裡住進另一個女人後情況會是如何？一副景象開始成形，迪娜讓它靜靜成長兩天，加入深度和細節、色彩及組織。歐文的太太站在前廳，她低下頭顯得端莊，抬頭看人時眼睛眨呀眨的，微笑時以手掩著嘴，露出害羞的神情。日子就這樣過去，這個年輕的少婦獨自坐在窗前，想起離開的家園。迪娜坐到她身邊，鼓勵她多聊聊，並且告訴她往後生活上的事情。然後她終於試著開口說話，還有更多、更多的情景……。

第三天迪娜對伊斯佛說：「假如你認真考慮過，廊房真的可以容納得下三個人，我們可以試試看。」

他一邊踩著縫紉機一邊聽她說，突然停下轉輪，手掌激動的拍下去。

「幸好你是在操作縫紉機而不是駕駛車子，」她說：「不然你的乘客會直接被甩到另一個世界。」

他開心的笑，從凳子上跳起來，「歐文！歐文！你聽！」他朝廊房上喊：「迪娜女士答應了！快來，快來謝謝她！」他才想到自己還沒道謝。「謝謝妳，迪娜女士！」他把手合在一起，「妳又幫了我們一次，我們無以為報！」

「只是試一下，晚點再謝我，如果方法可行的話。」

「一定可以的，我保證！貓的事情我對了……牠們會回來……這件事我也會是對的，相信我。」他興奮得快喘不過氣了，「最主要還是妳願意成全，我感覺像是得到了妳的祝福，這是最重要的事情，最重要的。」

屋子裡的氣氛改變了，伊斯佛在縫紉機前開心得合不攏嘴。「會很完美，迪娜女士，相信我，對我們都有好處。她也可以幫得上妳的忙，打掃屋子、上市場、做菜……」

「你是幫歐文找太太或僕人？」她尖銳質問。

「不，不，當然不是僕人，」他鄙棄這種說法，「盡妻子的責任怎麼會讓她變成僕人呢？除了完成自我的責任外，還有什麼方法令人感到快樂？」

「沒有公平就不會快樂，」她說：「要記住，歐文，別讓別人灌輸你相反的觀念。」

「沒錯，」馬內克隱藏莫名襲上心頭的難過，「要是你不乖，雨傘巴漢和他的寶塔雨傘會打得你落花流水。」

迪娜認為，同意廊房的使用方式使她在歐文結婚的事情上取得了一個受認可的角色，也使她獲得某些權利。她覺得過去幾個月來他表現得很乖，抓頭皮搔癢的動作沒了，頭髮也很健康，不再滴難聞的椰子油。但這種習慣卻跑到馬內克身上，他的頭髮看來油膩膩、硬邦邦。

朝夕相處的日子，歐文慢慢學到馬內克的樣子，從髮型到稀疏的八字鬍。最近他為自己做了一條喇叭褲，跟馬內克借褲子來描樣板。就連身上的味道也跟馬內克一樣，他們都用了同品牌的香皂和爽身粉，而馬內克也有向歐文學習的地方，以前他總是在大熱天穿鞋襪到學校上課，經過一整天腳會發出臭味，現在他改穿涼鞋。

然而，模仿只是更突顯兩人之間的差異。馬內克強健，骨骼壯碩，而歐文的骨架像小鳥一樣纖細，如果要從兩人之中選一個當丈夫，迪娜認為馬內克看來較適合，而不是十八歲還骨瘦如柴的歐文。

她又開始敏銳的感覺到那極其削瘦的身影在屋子裡晃來晃去，尤其是傍晚在廚房時，她著迷地看著沾滿麵粉的手指頭俐落的揉麵團、擀印度薄餅。擀麵棍像他掌中的魔法，他熟練、輕盈地拿在手上，很具吸引力，往往令她停下手中的活盯著看。

她回想歐文剛開始住到公寓裡時，她留意到他狼吞虎嚥地吃著豐盛的大餐，絕不是只有丁點的食量，這樣剔除了一個可能性——他體重過輕是因為吃得少；她一年前的疑慮再度浮現出來。

「不行這樣，」她和伊斯佛討論這個問題，「由於你的堅持，這孩子即將擔起人生的重責大任。可是他肚子裡都是寄生蟲，能做什麼樣的丈夫或父親？」

「妳怎麼能那麼確定，迪娜女士？」

「他常抱怨頭痛，在私密處搔癢，他吃得很多卻依然瘦得皮包骨，這些就是明確的證明。」

翌日，迪娜拿了一個裝著驅蠕蟲藥的深褐色瓶子給伊斯佛，是在藥房買的，「這個是我能給那孩子最好的結婚禮物了。」

粉紅色的藥水需一次喝完，他檢查一下，轉開瓶蓋嗅一嗅，氣味真難聞，他心想，如果能在婚禮前把歐文治好，那該有多棒。

「但萬一是別的原因，而不是蟲，怎麼辦？」

「沒關係，這藥不傷身，作用就像通便洗腸藥。他一定要在今晚服用，然後等到半夜。看，標籤上有說明。」

但以他粗淺的英文來說，說明書太複雜了，超過了胸部、袖子、領口、腰部等字眼的範圍他就搞不清楚了，他答應讓姪子在睡前服下藥水。

比較困難的部分是要說服歐文放棄晚餐。

「這不公平！」他抗議：「讓為你們做印度薄餅的廚師餓肚子。」

「如果你吃，蟲子也會跟著吃，必須讓牠們餓著肚子待在你腸子裡，張大嘴巴等食物。等你喝下藥水，牠們飢渴的吞下就會死了。」

馬內克說他曾看過一部影片，片中的醫生把自己變得很微小，進到病人身體裡和疾病做戰，「我可以拿一隻小手槍，把你身體裡的蟲子都殺死。」

「當然，」歐文說：「或者是拿一把小傘把牠們戳死，那麼我就不用喝這個噁心的東西了。」

「你忘了一件事，」伊斯佛說：「如果你小到可以待在肚子裡，蟲子對你來說就大得像巨蛇和巨蟒一樣。然後數以百計的大蟲在你身邊聚集、翻騰、發出嘶嘶聲。」

「我倒沒想到這點，」馬內克說：「算了，我還是取消行程吧。」

次日清晨，當歐文跑第七次廁所以後，迪娜就不去算次數了。「我快要死了！」他呻吟道：「我肚子裡什麼都沒有了。」

後來到了下午，他在廁所裡大叫，聲音中含著戰勝的顫抖：「掉下來了！看起來像小蛇一樣！」

「牠們在蠕動或死了？」

「激烈的蠕動。」

「那表示藥水沒使牠們麻痺，好強悍的寄生蟲。牠們有多大？」

他想了一下然後伸出手來，「從這裡到這裡，」他從指尖指到手腕，「約有二十公分。」

「現在你知道自己為什麼這麼瘦的原因了，那個可怕的蟲子和牠的子孫吃光了你的營養，你肚子裡還有好幾百個要吃東西的肚子。當我第一次說到蟲子時，根本沒人相信我。算了，不用花太久時間你就會增加體重，很快你就會像馬內克一樣強壯。」

「對，」馬內克說：「我們有三個禮拜的時間把你改造成強壯的丈夫。」

「還有半打孩子的父親。」伊斯佛在一旁補充。

「別出餿主意，」迪娜說：「兩個孩子就夠了，頂多三個。難道你沒聽家庭計畫勸導員說的話嗎？記住，歐文，要尊重你的太太，對她絕對不可以又吼又叫或毆打。還有一件事，我不准煤油爐出現在我的廊房上。」

伊斯佛聽得懂她的暗示，雖然很含蓄。他辯護說為了嫁妝而燒死新娘的事只發生在貪婪的上層階級，他的族群不會做這種事。

「真的？那你的族群對男嬰和女嬰的看法如何？有沒有偏好？」

「那種事不是我們能夠決定的，」他表明：「全靠上天之手安排。」

馬內克用手肘推歐文，然後小聲說：「才不是靠上天的手，是靠你褲子裡的東西。」

吃下驅蟲藥後，歐文花了一天的時間休息復元。隔天晚上馬內克為了慶祝歐文恢復胃口，計畫到海邊享用蔬菜爆米香和椰子水。

「你會寵壞我姪子。」伊斯佛說。

「才不是，這是我第一次請他，之前的東西都被他的寵物蟲子吃了。」

伊斯佛盯著站在門口的男子，試著記起他來，他的聲音很熟悉，但認不出長相。然後他驚懼的退縮了一下，認出那個已經改頭換面的頭髮收集者，他的頭頂光滑發亮，也剃掉了八字鬍。

「是你！你是打哪兒來的？」他不知道該不該叫他走，或威脅說要叫警察。

瑞亞朗低著頭，肩膀下垂，沒和他交接目光。「只是碰碰運氣，」他說：「已經過了好幾個月，我不知道你們是不是還在這裡工作。」

「你的長頭髮怎麼了？」歐文問，伊斯佛嘴裡發出嘖嘖聲阻止他，他不希望自己的姪子和這個殺人魔又混熟。

「問我的頭髮沒什麼關係，」瑞亞朗抬起頭來，他的眼神空洞，再也看不到以往對事業熱切的火焰。「你們是我唯一的朋友，我需要你們的幫助。只是我覺得好糟糕……上次跟你們借的錢還沒還。」

伊斯佛收起對他的厭惡感，在結婚之旅的前幾天扯上和警方有關的事是最不吉利的。假如用幾個盧布可以打發這個殺人魔，他願意這麼做，他退後幾步讓瑞亞朗進到廊房，「這次又怎麼了？」

「可怕的麻煩，什麼都沒有，只有麻煩。自從我們的棚屋被毀掉之後，我的人生就充滿了數不盡的障礙，我已經準備放棄這個世界了。」

解脫的好，伊斯佛心想。

「抱歉，」迪娜說：「我對你認識不多，但身為一個祆教徒，我的信仰要我說：自殺是不對的，人類不能選擇自己死亡的時候，正如他們不能選擇自己出生的時刻。」

瑞亞朗盯著她的頭髮看，呆了好一會兒才開口：「選擇結束和選擇開始是沒有關係的，兩者各不相干。其實妳誤會我的意思了，我的意思是，我想棄絕物質世界，成為苦行僧，終其一生在洞穴裡沉思。」

她認為這跟自殺的逃避是一樣的，「都是一樣的事。」

「我不贊同。」馬內克說。

「請別打斷我，馬內克，」她繼續對瑞亞朗說：「我的舊剪髮組怎麼樣？好用嗎？告訴你，那可是英國製的。」

他臉色蒼白的說：「是，用起來一級棒。」

在馬內克和迪娜面前，他不再談論自己的事，「我能請我兩位老朋友喝杯茶嗎？你們去的是哪家餐廳？阿朗？」

「菲希朗。」伊斯佛說，然後檢查一下自己口袋裡有沒有足夠的錢喝茶。儘管是瑞亞朗邀請的，最後他還是得負責買單。

他們默默走到轉角處，坐到沒人的桌子上。廚師從角落裡揮著油膩膩的手，「說故事時間，」他愉快的喊道：「今天的主題是什麼？」

裁縫師們笑著搖頭，「故事是，我們的朋友想喝你特製的茶。」伊斯佛說：「他從很遠的地方來看我們。」

瑞亞朗尷尬的看看他，忘了菲希朗的狹小和開放性，幸好爐子的嘈雜聲能給予瑞亞朗一點隱私。

「做苦行僧的藉口是怎麼回事？」歐文問。

「不，我是認真的，我想棄絕塵世。」

「剪髮的生意怎麼了？」

「那正是整個問題的開端，我從第一天就失敗了。我長年收集頭髮，竟荒廢了剪髮的手藝。」

伊斯佛不願相信從這個殺人魔嘴裡說出來的任何一個字，「你是說，你忘了怎麼剪頭髮？」

「比那個更糟，每當人行道上有客人來修剪頭髮，最後幾乎都變成光頭。」

「怎麼會這樣！」

「好像被什麼東西阻撓似的，我無法好好修髮、剪髮、幫頭髮做出造型，反而把什麼東西都剪掉了。有時候結果很有趣，有的客人和善有禮，當我把鏡子拿起來時，他們會說：『好，很好，謝謝你。』他們或許不想傷害我，說我是瘸腳的理髮師。但大多數的客人都不友善，他們憤怒大罵，不肯付錢，還威脅要揍我。可是我就是停不下剪刀，我多年收集頭髮的本能變得太有影響力，我就像個怪物一樣。」

街上紛紛謠傳著瘋狂剪刀手的事蹟，沒有人願意在他的攤位上停下來。很快的，他別無選擇只能回去做全職的頭髮收集工作，但有一個問題：他沒有地方存放一袋袋剪下來、品質不高的頭髮，那些都是從事剪髮時的收集。「而且也不能放在你們的行李箱，我需要一個小倉庫。你們看過我在棚屋區的小房子，袋子從地面堆到天花板。」

瑞亞朗擰著手搖頭，「我要是能每週都收集到一組三十或三十五公分長的頭髮，我就能過活了。換來的錢足夠支付一天的飯錢，可是我命中注定再也收集不到長髮。」

「那你留在尚卡那兒的小包裹呢？」歐文打斷他，「裡面都是長頭髮。」

「那是之後得到的。」他說，「耐心聽下去，我要跟你們完全坦白。」他充滿希望的凝視著遠方，好像置身在長髮美女的天堂一般，「我這輩子絕不會明白為什麼女人永遠都執著於她們的長髮，雖然看起來很漂亮，實際照顧起來卻很麻煩。」

他啜一口茶，舔了舔嘴唇，「我沒準備好要放棄，還沒有。現在我開始幫乞丐、遊民和酒鬼免費剪髮。」傍晚過後趁著人們酒足飯飽，他會接近留著長髮的人，有些要靠銅板來誘惑。如果他們神智迷迷糊糊，或搞不清楚發生什麼事，他就自己來。

但生意終歸失敗，到手的東西品質很差。代理商說這種長髮糾結骯髒，不比路邊理髮師剪下的頭髮值錢。再者，自從警方為了執行美化市容法令開始淨空人行道後，頭髮的供應量就不穩定了。

飢寒交迫下，瑞亞朗總是貪婪盯著經過婦女誘人的長辮子，好像它們在自恃身價訕笑他。有時他鎖定了穿著時尚的時髦女性尾隨，或許她會去美容院，剪掉長長的髮辮。可是他跟隨的女性都是到朋友家、診所、算命師、信仰治療師、餐廳、沙麗服飾店等，從沒到理髮院去。

他也會仔細觀察有長頭髮的男性：外國或本地的嬉皮，研究他們的頭髮和鬍子。外國人穿著本地的涼鞋、寬鬆衣、寬鬆褲；本地人腳上拖著帆布鞋、穿喇叭褲和短袖汗衫，但他們聞起來都一樣臭。他不禁納悶一顆頭能剪下多少金髮或紅髮，他並不想跟蹤他們，因為他們絕不會去剪髮。

他開始沉思，真的很可惜，頭髮緊緊地依附在主人頭上，很難偷到；比緊握在手上的皮包還牢固，比放在褲子口袋裡的肥荷包還貼身，即使是技術最純熟的扒手也無從下手——或者應該說成扒頭。想想看，如頭髮那般又細又輕的東西能夠黏得那麼緊，真的很教人吃驚。髮根深入頭皮裡，就像榕樹根伸入地下抓緊了一樣，當然，得了禿頭症的人除外。

為了打發時間，瑞亞朗告訴裁縫師說，他夢想成為第一個做扒頭生意的人。他想發明一種東西，可以對抗頭髮自然依附在頭皮的天性。或許把它做成一種藥品，噴到頭皮上就可以溶化髮根，而頭髮依然能保持光澤。或是化為具有魔力的祈禱文，把人催眠並使頭髮自然脫落，像苦行僧吟誦古代經文，就可以令木頭蹦出火花或讓天上的雲下雨。

藉著做白日夢度過飢餓的時光，他最後有了結論：事實上扒頭不需借助於新的發明或超自然力量，把扒手的現有技術稍做修改就可以了。在人群擁擠的地方很容易下手，使用跟一般扒手差不多（且俐落）的技倆，他們用銳利的刀刃割開口袋；而他仍保有刀葉銳利的剪刀，只要咔嚓一下，頭髮就是他的了。

在這個話題上，瑞亞朗不切實際的想法挑起了一個嚴肅的問題。現在他開始相信，在扒手和執行不受歡迎的剪髮上並無職業道德的關聯。前者是犯罪，剝奪受害者的錢財；後者是良好的行為，減輕他人的負擔，根除孕育蝨子的環境，省掉受害者抓頭皮的時間和力氣，更不用說剪髮後洗髮精和護髮品所花費的區區費用。但他覺得「受害者」的用詞並不適當，應改成「受惠者」才正確，人們的虛榮使他們無法看清對自己有益的事，需要有人適時伸出援手。不管怎麼說，損失是一時的，頭髮還會再長出來。

「我開始認真的訓練。」他摸摸光溜溜的頭頂，裁縫師在長板凳上交換座位，對頭髮收集人的故事無言以對。「我在郊區間流浪，直到在一個鳥不生蛋的鄉間找到可以排練的地方。」

那裡可以避開人們好奇和懷疑的眼光，他拿一個袋子塞進報紙，做成人頭大小的球，但比人頭更輕，輕到用麻線懸在樹枝上時很容易晃動。他拿一大把的線綁在袋子上，然後練習在接近頭皮的地方把它們割斷，而不震動到袋子。為求變化，他會把線編成辮子、或紮成粗粗的馬尾，或披散垂下的捲髮。

當他技巧進步後，排練的內容修正為真實情境的模擬。他在下方拿著一只布袋，接住掉落的頭髮，再扔進剪刀，然後抽緊袋口，所有動作一氣呵成。接著他讓自己在非常狹窄的地方練習，使手習慣在擁擠的群眾中作業。當一切準備好後，他又回到城市裡擁擠的街道和市場中。

「你怎麼會變得這麼瘋狂？」伊斯佛問：「如果你的頭髮事業完蛋了，改收集其他東西不會比較容易嗎？像是報紙、鐵罐、空瓶子什麼的？」

「我也曾問自己這個問題，答案是肯定的。有數十種可能性，最糟的情況就是當乞丐，即使如此都比我現在開始在做的事好，不難理解。但我內心一直存在一個盲點，收集長髮的工作愈困難，我就會愈拼命的想達成，好像我的人生都仰賴它了，因此這個計畫在我看來一點都不瘋狂。」

事實上，當它付諸實行時，他發現自己發明的是一個了不起的系統。他可以拿著袋子和剪刀輕易的擠進人群中，仔細挑選受害者（或受惠者），不慌不貪。對於頭上綁兩條辮子的人，他從不奢望取得第二條，一條就滿足了。而且他必須抑制住貼近頸背處下剪子的衝動，多個三、五公分就足以毀掉他。

在市場中，瑞亞朗會和有傭人隨行的人保持距離，無論頭髮有多華美。他也會避免牽著小孩的貴婦，因為孩子的行為是不可預測的。被他挑中的對象都是落單的，最好是穿著寒酸、專心於採買家裡需要的蔬菜、與攤販激烈討價還價，或是完全投入在監視小販的秤子，確定沒被削錢。

她的頭髮很快就會變短了——趁小販忙得團團轉時，瑞亞朗銳利的剪刀悄悄舉起，只剪一刀，迅速俐落。辮子落袋後他就消失了，又成功拯救了一個同胞，減輕她的擔子，只是她毫不知情。

在公車站，瑞亞朗會選擇把皮包夾在手臂中緊緊看守的女性。皮包的皮革或塑膠材質隨著冒汗的皮膚發熱，汗漬濕透上衣。他會混入等車的乘客，假裝成一個疲憊、等著回家的工人。公車到站時，原本的隊伍往前擠成一團，獵物在人群中焦慮的等待上車，時間足夠讓手中的剪子完成工作。

他從不在同一個市場或公車站做第二次，太冒險了。他常常空著手回到市場中的犯罪（或施惠）現場，聽聽別人怎麼談論這件事。

剛開始幾乎沒人談論，他猜想，或許是受害婦女不好意思張揚，或許是沒人相信她們，也或許是大家不認為事態嚴重。

最後，關於頭髮神祕消失、被偷的傳聞慢慢的散播開來。其中有一個從檳榔攤傳出的笑話是，在緊急狀態令下，貧民區被掃除掉，在城市裡演化出新品種的大老鼠，牠們不喜歡腐敗的垃圾，卻愛啃食女性的頭髮。在碼頭，負責卸貨的工人卻對神祕獵髮人歡呼喝采，他們相信這是下層階級兄弟的復仇義舉，對幾世紀來他們的女性同胞遭受上層階級凌虐、強暴和削髮的抗議。在茶攤和伊朗餐廳裡，知識分子挖苦的說，因為官僚體系的笨拙使掃除貧民區計畫獲得極大的授權：上級函文中出現錯字——將美化市容警衛隊打成美容師警衛隊，因此現在他們大力清除頭髮就像當初清除貧民區一樣冷酷。無可避免的，外國勢力也想藉此介入，他們讓女性中情局幹員到處散播遺失頭髮的謠言，以擾亂民心士氣。

「因為大家都對這件事一笑置之，所以我並不擔心，」瑞亞朗說：「我的信心增強，並且想要擴張對象範圍。」

原本他一直覬覦嬉皮完美的髮絲，以為不可能得到，可是現在卻成為他關注的焦點。他發現，清晨時分他們會睡在貧民區裡，那裡就是他們和販毒者買大麻的地方。

要從那些迷茫的外國人頭上解開頭髮的枷鎖真是輕而易舉，如果剛好有人睜開眼睛看到同伴正被剪去頭髮，他會把它當作幻覺，他會咯咯咯的痴笑，咕噥的說些話像是：「好極了，夥伴。」或是：「喔，好酷哦。」然後抓抓胯下再轉過身去睡覺。有一次瑞亞朗甚至一箭雙鵰，逮著一對通姦的男女。男的在上面，他先剪他的頭髮，再來是女的——進行到一半時，她爬到他上面。晃動和上下震動的姿勢一點兒也難不倒他高超的技藝。「哦，天啊！」眼前的景象令那男的激動起來，「不得了！我看到愛神，幫妳改頭換面要超渡妳！」然後那女的嘴裡咕噥道：「可能吧，親愛的，這是現世報啊！」

瑞亞朗覺得他的人生終於順利了，他歡迎外國佬的入侵，不像一般民眾抱怨墮落的美國人或歐洲人，把壞習慣和頹廢的風格傳染到易受影響的年輕人身上。只要是蓄有長頭髮的外國人，無論髮長及肩或過肩，瑞亞朗都樂於見他們大量湧進城市。

大約在此時，乞丐又回到人行道上佔據地盤，美化市容法令已經弄得一團亂，瀕臨崩解，這個現象立即受到頭髮收集人專業眼光的注意。當然，他的生意蒸蒸日上，他再也不會追求乞丐骯髒、糾結的頭髮。當有人認出他，叫住他以要求免費的剪髮服務時，他理也不理。

「假如當時我能繼續不理睬他們。」瑞亞朗大大的嘆一口氣說：「我的人生現在就不會那麼困苦了。我們的命運在出生那天就注定了，是乞丐為我的人生帶來毀滅，不是市場中美麗又讓我害怕接近的女子，也不是抽大麻的嬉皮，我以為總有一天會被他們揍。都不是，而是兩個無助的乞丐。」

瑞亞朗停下來，看了一眼櫃台後微笑的收銀員兼侍者，他仍等著受邀聽故事，但裁縫師並沒有招呼他過去，「那兩個乞丐的事我們都知道。」伊斯佛冷靜說，「為什麼你要殺他們？」

「你們知道了！」瑞亞朗驚恐的嚷著，「當然，是乞丐主人告訴你們的。但我不是故意的，我沒……我是……那是誤會！」他在桌上把頭埋在手裡，不敢正視他的朋友。然後他坐起來，揉揉鼻子，「這張桌子好臭。請幫幫我！拜託！不要讓……」

「冷靜點，沒事，」伊斯佛說：「乞丐主人並不知道你，他只提到他的兩個乞丐被殺害，而且頭髮被偷，我們立刻想到你。」

現在瑞亞朗的心情很受傷，「也有可能是別的頭髮收集人，你知道，這個城市裡有數百個這樣的人，你們不該馬上想到我。」他嚥了下口水，「所以你們沒向他洩露任何事吧？」

「這件事與我們無關。」

「謝天謝地。我沒想要傷害那兩個乞丐，那真是可怕的誤會，相信我。」

一天晚上他又在街上狩獵，遇到兩個乞丐，一男一女蜷曲的睡在走廊上。他本來可以直接走過他們身旁，要不是一抹街燈照在他們的頭髮上，看起來那麼的漂亮！兩人的頭上閃爍著光澤，是他在最近的生意中很少見到的極品。像這樣的髮絲是廣告業者夢寐以求的，客戶會爭相以其為號召，它的光彩能大大提升如席卡凱香皂或塔塔芳香椰子髮油等產品的銷售量。

多不可思議，瑞亞朗心想，這樣的珍品竟然屬於兩個乾瘦的乞丐。他跪到他們身旁，用指尖輕輕撫摸光澤亮麗的頭髮，感覺像絲一樣。他無法抗拒的抓了一把握在手上，享受那種絲滑的觸感，他的手指因激動、痛苦而僵硬，好像它們就要偷走那閃亮、柔滑的祕密。

乞丐動了一下，打破他身上的迷咒，瑞亞朗想起自己的專業使命。他拿出剪刀準備開始工作，先從女的下手。這是他在職業生涯裡第一次感到懊惱，他心想，這是犯罪，要將美麗的頭髮從頭皮上剪下來，它魔力的光澤可能就此消褪，就像被摘起的花朵一樣。

髮絲落到手中，他把頭髮編在一起，放到布袋裡。接著去剪男乞丐的頭髮，髮質和女乞丐的幾乎沒什麼差異。

正當頭髮收集人剛完成工作，她醒來看到他蹲在她身旁，在黑暗中反射出光亮的剪刀看來就像殺人工具般。她發出駭人的尖叫，驚醒了男乞丐，也發出令人毛骨悚然的呼號。

「那些尖叫聲，」瑞亞朗不禁戰慄，好像聲音仍不絕於耳，「嚇壞我了，我相信警察會聞聲而來，把我活活打死。我乞求他們不要再叫了，我說，沒事的，我不會傷害他們。我剪下自己的一段頭髮，讓他們知道我所做的沒有傷害。我不斷地懇求，甚至亮出口袋裡的鈔票和銅板，但他們只是不停尖叫，一直叫，一直叫！叫得我發狂！」

他驚慌之下舉起剪刀刺下去，先是女的，再來是男的，刺中了咽喉、胸膛和肚子，刀刀刺在要害上——供給呼吸的臟器和發出尖叫的源頭。他一刀接一刀的刺下去，直到兩人毫無聲息。

沒人前來查看，街道上對於瘋子錯亂的號叫聲及酒鬼幻覺下癲狂的吼叫早習以為常。有人在街的對面歇斯底里的笑著、野狗汪汪叫、寺廟鐘聲響起，瑞亞朗用他最快、但不會引起注意的步伐逃離現場。

之後他扔掉了剪刀、血衣和頭髮，並用最快的速度削去頭髮和八字鬍。當警察詢問附近的民眾時，街上的乞丐一定會指出是常來此剪髮和收集頭髮的人。

「我現在還沒脫離險境，」瑞亞朗說：「雖然已經過了幾個月，重案組還是不放棄找我。天曉得我的為什案子那麼令他們著迷，每天都有數以百計的犯罪案件發生。」他手中的茶已經涼了，他吞下時皺了皺眉頭，「你們現在知道發生在我身上的每件不幸事情，你們願意幫助我嗎？」

「要怎麼做？」伊斯佛問：「或許最好的方式就是放棄自己，你看起來已無路可走。」

「還有希望，」瑞亞朗停住然後往前靠近，眼睛直視著他們，眼神中終於閃現出一絲光芒，「就像我最初跟你們說的，我想棄絕這個苦惱又憂傷的世界，我只想以苦行僧簡單的形式存在。我想在一個寒冷、幽暗的喜馬拉雅山山洞裡沉思，以硬物為床及枕，日出而起、日落而息，無論風雨多大，都不過是我皮肉上微不足道的試煉。我會丟掉我的梳子，任頭髮和鬍鬚生長糾結，微小的生物會在裡頭找到安寧的藏身之處，盡可以挖穴打洞，我不會打擾牠們。」

伊斯佛挑起眉毛，歐文翻了翻白眼，但瑞亞朗都沒注意到。他慢慢把茶杯推到一旁，好像在展現他自我克制的第一步。野外冒險的修道憧憬刺激著他的想像力，化成腦海裡的圖像。

「我會打赤腳，腳跟及腳底板龜裂、磨破，鮮血從千瘡百孔的傷口流出來，但不會用任何止痛藥和治創膏。在陰暗的叢林中隨我足跡蜿蜒而過的蛇嚇不著我；我浪跡天涯，經過陌生的城鎮和偏遠的村落，流浪狗會咬傷我的腳踝。我一路行乞，孩童、有時甚至是大人會嘲笑我，對我丟石頭，害怕我的外表和狂熱於內心修煉的執著眼神。有必要時我會全身赤裸並忍受飢餓，我會不畏艱難的走過布滿岩石的平原和陡峭的險坡，絕無怨言。」

他把目光拉開，充滿期待的凝視遠方，似乎已經開啟了修道之旅，愉悅的神情卻好似在計畫渡假的行程。在廚房的角落，爐子的燃料已經用盡，沒有了爐火的隆隆聲，此處剎時安靜下來。

突然的寂靜將瑞亞朗從白日夢中喚醒，回神到菲希朗的餐桌上。廚師到後面拿出煤油罐，他們看著他為爐子添上燃料。

「我的世俗生活充滿災難與不幸，」瑞亞朗說：「世界總是這樣，對我們來說都是。只是，有時候並不十分明顯，就像我的例子。現在我要乞求你們的慈悲。」

「我們不知道要怎樣才能成為苦行僧，」伊斯佛說：「你要我們怎麼幫你？」

「錢，我需要遠赴喜馬拉雅山的火車車資，到那裡我才有希望獲得救贖——假如我能逃離警方還有重案組的追緝的話。」

他們回到公寓，瑞亞朗在門口等著，伊斯佛到屋裡請迪娜從他們存起來的錢裡拿出購買國境號三等艙的錢。

「那是你的錢，我不該教你怎麼花，」她說，「但假如他真要放棄俗世，為什麼還需要火車票？他可以走到那裡，像其他的苦行僧一樣行乞。」

「沒錯，」伊斯佛說：「可是那要花很多時間，他急著得到救贖。」

他到廊房上把錢拿給瑞亞朗，瑞亞朗點了一下，然後猶豫的問：「我能再借十盧布嗎？」

「做什麼？」

「睡鋪的加價費用，在這麼長的旅程中，一整晚都坐著實在不舒服。」

「抱歉，」伊斯佛氣到幾乎想把錢一把搶回來，「這已是我們所有的積蓄。如果你什麼時候回到城市裡，記得來看我們，我們可以一起喝茶。」

「我很懷疑，」瑞亞朗說：「苦行僧是沒有假期的。」他露出憂傷的笑容，然後離開。

歐文心想，不知道還會不會再見到他，「他借錢的習慣真的很討厭，除此之外他是個有趣的傢伙，他為我們捎來世界上的新消息。」

「別擔心，」伊斯佛說：「以瑞亞朗的運氣而言，等他到了那裡洞穴剛好就會被佔滿。他會回來告訴我們，喜馬拉雅山貼出了『空穴已滿』的告示。」

14 重返孤寂

迪娜正在打掃縫紉室並將碎布頭分類，布料上的灰塵和微粒令她打噴嚏，噴出的氣體又揚起了些纖維。最後一批洋裝交給了奧荷華公司，她告訴戈普塔太太說要休息六個禮拜。

迪娜對即將到來的空虛時刻很好奇，她心想，就像重溫孤單一樣，會是很好的練習。沒有裁縫、沒有房客，只有回憶，她一個個檢視，像蒐集銅板一樣，檢查它們的亮度、光澤和浮刻圖案。假如她忘了如何度過寂寞的生活，有一天，日子對她來說會很困難。

她把可以拿來做被單的小布塊放到一旁，其餘的塞進擱架下面。縫紉機推到角落裡，板凳堆到上頭，床的周圍就多了些空間。裁縫師的箱子已經打包好放在廊房，他們不需要帶的東西就放在衣櫥裡。

距離離開的日子還有兩天，他們手邊無事可做，又不知道如何排遣時間，鬆散、沒規劃，好像斷掉的縫線，時間的帳篷一時消沉下垂，下一刻又再鼓起。

晚餐後迪娜又開始做被單，除了一端留了一個十八平方公分大的缺口之外，被單已經有她想要的大小——七呎乘六呎這麼大。歐文坐在地板上幫伯父按摩腳，馬內克看著，心想，或許跟幫爸爸按摩腳是一樣的吧。

「那個被單很漂亮，」歐文說：「我們回來時應該就完成了。」

「或許，如果我把以前留下的布塊加上去的話，」她說：「但一直重複很乏味，我想等到有新材料時再繼續。」

他們抓住被單的對角，然後展開，整齊的縫線相互交錯，像對稱的螞蟻隊伍一樣。

「多美呀！」伊斯佛說。

「噢，每個人都會做被單，」她謙虛的說：「這只是你們縫製衣服時留下的碎布料。」

「是的，但把小布塊適當的拼湊在一起才費功夫，就像妳做的一樣。」

「看，」歐文指著說，「看看那個，我們第一筆工作時用的府綢。」

「你還記得！」迪娜開心的說：「當時你們完成的速度有多快，我以為找到兩個天才了。」

「想吃飯的念頭駕馭著我們的手指。」伊斯佛輕聲笑著表示。

「然後是有橘色條紋的黃棉布；那時這個年輕小伙子真讓我的日子不好過，每件事情都能跟我爭執、鬥嘴。」

「我？鬥嘴？才沒有呢！」

「我記得這些藍色和白色的花，」馬內克說：「是從我搬進來那天縫的裙子上留下來的。」

「你確定？」

「我確定。那天伊斯佛和歐文沒來工作，他們被總理綁架，強迫參加集會。」

「哦，沒錯。你還記得這個漂亮的薄紗嗎，歐文？」

他臉上紅了一陣，推說不知道。「來，想想看，」她慫恿道：「你怎麼會忘記呢？當你用剪刀刺傷手指時，還把血濺在上面。」

「我不記得那件事。」馬內克說。

「那是你搬進來之前的事，那個雪紡綢很有意思，讓歐文發脾氣了，質料不容易拼縫，很滑溜。」

伊斯佛靠過去指出一個細棉布的小方塊，「記得這個？我們的房子被政府摧毀了，那一天我們開始縫這種布料，每次我看到它都會覺得難過。」

「把剪刀給我，」她開玩笑說：「我把它剪下來丟掉。」

「不，不，迪娜女士，這樣就好，它放在那裡很好看。」伊斯佛用手指輕撫細棉布的布紋，回想當時的情景，「單看一片悲傷的布塊是沒意義的，看，它和其他愉快的布塊連在一起：這塊，睡在廊房上；那塊，做印度薄餅。還有那塊紫羅蘭柞絲綢，是我們做馬薩拉炸餅並且開始一起下廚的時候。也別忘記這塊薄縐紗，那時乞丐主人把我們從房東的打手中解救出來。」

他往後退，對自己說的話很滿意，好像闡明了什麼複雜的原理似的，「所以，這就是回憶的規則，整件被單遠比任一片小方塊重要。」

「哇哦，哇哦！」男孩們響起一陣歡欣的掌聲。

「聽起來很有智慧。」迪娜說。

「那是哲理還是歪理？」

伊斯佛把他姪子的頭髮弄亂作為報復。

「住手，老兄，為了我的婚禮我要好看些。」歐文抽出梳子，重新分線、梳蓬。

「我母親用球收集細繩，」馬內克說：「在我小時候我們會玩一種遊戲，解開繩球然後試著回想每段繩子是從哪裡來的。」

「我們用被單來玩那個遊戲。」歐文說。他和馬內克鎖定最早的布塊然後依時間順序前進，一塊接一塊，重新建構起他們不幸與喜悅的鏈條，直到抵達尚未完成的角落。

「我們陷在這個缺口了，」歐文說：「路的盡頭。」

「你們只需等待，」迪娜說：「看我們下筆訂單拿到的是什麼布料。」

「是的，先生，你必須有耐心。在你能說出那個角落的故事前，我們的未來必先成為過去。」

伊斯佛無心的言語好似在馬內克身上潑了桶冷水，他的快樂感頓時像燈一樣熄滅。未來變成過去，一切化為烏有，當回頭想抓住什麼時，有東西落到手中，是什麼？一小段繩子，幾小片布塊，黃金時期的光陰。如果有人可以讓時光倒流，將過去變成未來，抓住它的翅膀，一直跨越在「現在」的線上……

「你有在聽嗎？」迪娜問：「你的記憶力有多強？有辦法不看我的被單而記起這一年來發生的每件事嗎？」

「對我來說比一年還長。」歐文說。

「別傻了，」馬內克說：「那只是相對的。」

「嘿！嘿！」伊斯佛說：「時間怎麼能說長或是短呢？時間是沒有長度和寬度的。問題在於，過去發生了什麼，而發生過的事情使我們的人生結合在一起。」

「就像這些布塊。」歐文說。

馬內克說當角落被補好之後，被單還不用結束，「妳可以再加上東西，阿姨，讓它變得更大。」

「你又來了，說話像傻瓜一樣。」迪娜說：「我要一件像怪物的被單做什麼？別用你的被單神困擾我。」

在清晨的迷霧中，迪娜感到很平靜。需要清洗的雜務都完成了，昨晚的碗盤洗好了、衣服也洗了。沒有縫紉機的嗒嗒聲和嗡嗡聲，時間都過得很空虛，她坐著看馬內克吃晚起的早餐。

「妳應該跟伊斯佛和歐文一起去，」他想讓她開心些，「妳可以幫忙挑老婆。」

「你又在自作聰明了。」

「不，我確定他們會很高興帶妳去，妳本來可以加入新娘選擇委員會的，」他被嘴裡的吐司哽到，一時吞不下去也吐不出來。

她幫忙拍他背，直到順利吞下去，「沒人教過你嘴裡有東西時不要講話嗎？」

「是伊斯佛在我的咽喉裡報復，」他咧著嘴笑，「因為我拿他認為的好事情開玩笑。」

「可憐的傢伙，我只希望他知道自己在做什麼。我也希望無論他們挑中了誰，她都能夠試著跟大家打成一片，好好相處。」

「我相信她會的，阿姨，歐文不會娶壞脾氣或不友善的太太。」

「哦，我知道，或許他也沒有選擇的餘地。在被安排的婚姻中，算命和家人決定一切事情，然後女人就成為先生家的財產，被虐待和欺凌。真是個可怕的體系，把最好的女孩變成巫婆。但她必須了解一件事，這是我的房子，要依我的方法，就像你、伊斯佛和歐文一樣，否則我們不可能相處融洽。」

她停了下來，突然發現自己說話像個婆婆一樣。「吃吧，把蛋吃完，」她轉移話題，「你明天開始期末考？」

他點頭，嘴裡嚼著早餐，她開始清理餐桌，「再過五天你就要離開了，火車票訂好了沒有？」

「有，都訂好了，」他一邊拿起從圖書館借來的書，「我很快就會回來，別把我的房間給別人了，阿姨。」

馬內克的父母寄了信來，他拆開信封，把支票遞給迪娜，然後讀信。

「你爸媽都好嗎？我希望是。」她望著他開始變得陰鬱的神情。

「哦，是的，一切都好，一如往常。現在他們又開始抱怨，『為什麼你要再讀三年大學？費用不是問題，但我們很想念你。店裡有很多工作，我們無法獨自處理，你該接手了。』」他把信放下，「假如我決定回去，結果又是整天和爸爸又吼又吵。」

她看他握緊拳頭，便捏捏他的肩膀，「做父母的也會跟一般人一樣為生活所困擾，但他們非常努力。」他把信交給她，她把剩下的念完：「馬內克，我真的覺得你該照你母親的建議去做——探訪蘇答瓦拉家族，這一年來你一次都沒去見他們。」

他聳聳肩，做個鬼臉然後回房。再出來時，她注意到他腋下夾著一個盒子，「你要把西洋棋組帶到學校？」

「這是我一個朋友的，我今天要拿去還給他。」

在往公車站的路上，他仔細思考著那封信，爸爸的苦惱、媽媽的焦慮，以及他們透過書信傳達的疑慮與擔憂。萬一他們說的都是真的怎麼辦？也許這次真的產生了解決的辦法，也許一年不見會使爸爸在態度上有所改變。

他稍微繞道經過菲希朗去向尚卡打招呼，但尚卡正伸長了脖子往人行道的轉角看過去，沒注意到他。馬內克彎下身子再次揮手，尚卡才敲著錫罐向他致意，「嗨，老兄，你好嗎？我的朋友離開了嗎？」

「昨天出發的。」馬內克說。

「他們一定很興奮。今天也是值得我高興的日子，主人的理髮師要來幫我理容，我真希望伊斯佛和歐文能在這裡，他們看到理容後的我一定很開心。」

「我會在這裡，別擔心，我明天就能看到了。」馬內克說完繼續往公車站走。

尚卡的目光跟著馬內克，直到他消失在轉角處，然後又期待著理髮師出現。滑板靜靜的停在人行道的鑲邊石旁，錫罐裡空空如也，尚卡沒吟唱他的乞丐之歌吸引路人施捨，他滿腦子都是主人專屬理髮師將帶給他的豪華待遇、奢侈享受。

尚卡並不知道，今天稍早專屬理髮師婉拒了這個任務，他告訴乞丐主人他不做路邊的服務，不過他介紹另一個人來做，「這是瑞亞朗，他的手藝很好、很便宜，而且他做路邊服務。」

「你好。」瑞亞朗說。

「聽著，」乞丐主人說：「尚卡或許只是個乞丐，但我特別關愛他，我要他受到最好的待遇。我無意冒犯，但我不禁要懷疑你的手藝，一個光頭的人對髮藝懂得多少？」

「這個問題並不公平，」瑞亞朗說：「乞丐有很多錢嗎？不，但他知道怎麼花錢。」

乞丐主人喜歡這個答案，於是同意由他代理，因此瑞亞朗攜著剪髮工具包來到菲希朗餐廳外。

尚卡覺得自己好像在哪兒看過這個人，「老兄，我們見過嗎？」

「我這輩子從沒見過你。」瑞亞朗深怕他想起寄放頭髮的事，亟欲撇清關係。他知道待在城市裡風險很大，他認為，若以苦行僧的裝扮展柯拉可樂馬拉雅山之旅會比較安全，但是橙黃色的僧袍、佛珠，以及手工雕鑿的木製托缽都不便宜，而且，乞丐主人對這次工作所提供的報酬很有幫助。

他將一件白色遮布繫在尚卡脖子上，用刮鬍刷打一杯肥皂泡。尚卡把頭伸過去聞泡沫的香味，差點失去平衡。瑞亞朗把他推回去，「坐好。」他的語氣顯然不想多聊。

無禮的事對尚卡而言早習以為常，卻阻止不了他的玩興，「看起來像奶霜。」他看著泡沫浮出杯口時說。

「你要不要來一碗？」瑞亞朗幫他把臉頰弄濕，抹上泡沫時不小心掉了一點在尚卡嘴裡。在塗抹嘴唇上方時，粗枝大葉的瑞亞朗自然也忘了要遮住鼻孔。他拉開刀子，開始磨著閃亮的刀刃。

尚卡喜歡聽這嗖嗖的聲音，「你拿刀時傷過人嗎？」他問。

「很多次。有些人的喉頭形狀很奇怪，因此很容易割傷，但是警察不能因為職業意外而逮捕理髮師，這是法律規定的。」

「你最好別在我喉頭上發生意外，它的形狀很好！不然乞丐主人會處罰你！」

儘管虛張聲勢了一番，尚卡還是乖乖的不敢動，緊繃著身體直到刀片結束在他身上的危險之旅。瑞亞朗擦掉沒被刀片刮去的泡沫，然後用明礬塊輕抹刮過的地方，剛剃掉毛髮的皮膚出現了好幾處傷口。

「拿鏡子給我。」尚卡感到刺痛，擔心自己被剃刀刮傷。

瑞亞朗拿出鏡子，尚卡焦慮的神情消失了；是止血劑抑制住了流血，看不到紅色的血跡。

「好，接下來是臉部按摩，乞丐主人交待的。」他從盒裡拿出瓶子，挖了一塊乳霜在臉頰上塗開。

尚卡定住不動，不知道這兩隻有力的手會移動到哪裡。過一會兒他開始讓頭隨著搓揉、輕撫的節奏而擺動。手指揉著雙頰、到了眼睛下方、鼻子周圍、額頭和太陽穴，他舒服的發出「哦！」「啊！」的聲音，好像他這一生的痛苦都被按摩帶走了。

理髮師停下來擦手時尚卡開口要求：「再久一點，一分鐘就好，求求你，感覺好舒服。」

「結束了。」瑞亞朗皺起鼻子說，他向來就不喜歡替人做臉部按摩，就算是在他工作的巔峰時期做過的中產階級的臉也一樣。他伸展一下手指，然後拿起剪刀和梳子，「現在要剪頭髮。」他說。

「不，我不要。」

「乞丐主人說要。」他把尚卡的頭用力拉過去，沿著頸背修剪，急著結束工作後走人。

「天啊，老兄，我不要！」尚卡開始尖叫，「我說了我不要！我喜歡長頭髮！」他搖著罐子想弄出聲音，可是早上還沒任何收穫，空空的罐子發不出聲音，他就往人行道上敲。

路人放慢腳步，好奇的看著這兩個人，瑞亞朗便住手，深怕引起更多人圍觀，「別害怕，我會很仔細的幫你剪頭髮，你會很俊俏。」

「我才不在乎多俊俏！我就是不要剪頭髮！」

「拜託別叫，告訴我你想要什麼，我都幫你做。頭皮按摩？去除頭皮屑？」

尚卡從滑板下拿出一個包裹，「你是頭髮專家，對吧？」

他點點頭。

「我要你把這個接在我頭髮上。」他把包裹塞給他。

瑞亞朗打開包裹，看到兩條漂亮的馬尾時不禁膽怯了。「你要我把這個綁在你頭髮上？」

「不只是用綁的，我要的是永遠，它要長在我頭上。」

瑞亞朗感到茫然無助，在當理髮師的生涯裡，他曾接到一些奇怪的工作：為馬戲團裡一位長鬍子的女士梳裝打扮；幫職業舞男把私處的毛髮梳成小辮子；為妓院設計工作上所需要的藝術髮型，他們要將市場目標提升到部長級與公司執行長等高級消費者；為一位女士刮除胯下的毛（因道德的考量而矇住眼睛），因為她有階級意識的先生不願她被這種低級行為所褻瀆。有了以上及其他種種經驗，瑞亞朗自信滿滿的接下乞丐主人交待的工作，但尚卡的要求卻非他能力所及。

「這是不可能的。」他淡淡的說。

「你一定要，你一定要，你一定要！」尚卡大喊大叫。最近乞丐主人的關注來得突然又過火，有點寵壞了這個一向逆來順受的乞丐，他不肯聽理髮師的解釋。「玫瑰花都可以移植，」他喊道：「我的頭髮也要！你不是專家嗎？不然我要跟乞丐主人告狀！」

瑞亞朗乞求他說話輕聲點，暫時把馬尾先擱著，等他明天把特殊工具帶來後才能處理這個複雜的工作。

「我今天就要！」尚卡大叫，「我現在就要我的長頭髮。」

菲希朗素食餐廳的收銀員兼侍者和廚師站在門口觀望，愈來愈多路人停下來等著看熱鬧。後來有一個賣樂透彩券的小販提到幾個月前因頭髮而被殺害的乞丐，多麼巧合啊，他說，這個乞丐手上竟然有兩條粗粗的馬尾。

一時間眾說紛紜，或許兩者之間有關聯——一種乞丐間以活人祭祀的儀式。也或許這個乞丐有精神病，有人提到幾年前駭人的朗門拉哈連續殺人案，與這宗乞丐謀殺案有雷同的凶殘模式。

瑞亞朗既驚慌又害怕，亟欲和尚卡擺脫關係。他拿起工具包往後擠，直到擠到人群中面對乞丐的位置，找到適當的機會立刻開溜。

人們向前圍住尚卡，他嚇壞了，現在他很後悔對理髮師小題大作，後悔忘記以客為尊的重要守則：乞丐可以露臉，可以說話，但不能太大聲，尤其是在非乞討的事情上。

群眾向他靠攏，遮住了陽光，幽閉的空間讓他感到恐懼，他四周漸漸變暗。他想吟唱乞丐之歌安撫大家，「哦，先生，施捨點錢吧。」他用纏著繃帶的手不停觸著額頭。但沒有用，群眾的情緒依然激動、鼓噪。

「為什麼你要偷這些頭髮？你這個壞蛋！」有人大喊。

「是朋友給我的。」尚卡乞憐的說，被那憤恨不平的指控嚇壞了。

「冷血的凶手！」

「真是個怪物！」有人驚嘆，語氣像責備又像是讚嘆，「多麼機敏啊！就算沒有手指頭和腳，也可以幹下這麼殘酷的案子！」

「也許他只是把手指和腳隱藏起來，這種人有辦法偽裝他們的肢體。」

尚卡哭著說他沒有做任何壞事，他是個守規距的乞丐，沒有騷擾任何人，一直乖乖的待在自己的地盤上。「願神永遠眷顧你！哦，先生，請聽我說，我常為經過的路人唱讚美歌！即使遭受痛苦依然對你們微笑！有些乞丐會咒罵、嫌施捨的錢少，但我總是給予大家祝福，不計較金額！你們可以問問常路過這裡的人！」

一位警察過來查看這裡的騷動是怎麼回事，他彎下身子，尚卡的眼睛穿過一雙雙的腿想看他的模樣。群眾讓出一條路給警察，尚卡決定就是現在，否則沒有機會了，於是他撐著滑板從開口處衝出去。

群眾笑著看他壓低身子、使盡吃奶的力氣移動滑板，有人說：「寶車遊記！」知道這部老片子的人笑得更大聲。另一個人說：「乞丐盃大賽！」

過了菲希朗一百公尺後，尚卡發現自己身處不熟悉的環境當中。這裡的人行道很陡峭，滑輪開始愈滾愈快。以這麼快的速度在街角轉彎是不可能的，但尚卡顧不得這麼多，一心只想盡快逃離可怕的人群。

滑到了走道盡頭他大叫一聲，滑板飛了出去，衝向車輛川流不息的十字路口。

馬內克站在樓梯中央，與沾了檳榔汁的欄杆和牆上亂七八糟的塗鴉保持距離。當他爬上宿舍的樓梯，舊時的嫌惡感又湧上心頭。空的雪茄盒、破碎的燈泡、變黑的香蕉皮、用報紙包著的印度薄餅，以及凌亂地散落在走廊上的橘子皮。他納悶是清潔工遲到了？還是在清晨的清掃之後垃圾才又丟下來的？

他並不期待能在裡頭找到阿文納希，決定將盒子寄放在別人那裡，或許放在大廳的櫃台。抵達了他的樓層，經過廁所時他掩住口鼻，臭味說明了廁所到現在還沒修好，惡臭難擋，幾乎深入咽喉。

他的房間是空的，門沒鎖，自他離開後沒人佔據，跟他離開時的情形一模一樣。看起來的氣氛卻很詭異，好像他被分成了兩半，一半仍住在這裡，另一半跟迪娜阿姨住。那張床距離牆壁三十公分，四隻腳各放在裝水的罐子裡，那是阿文納希的主意，避免小蟲子往上爬，真的非常有效。阿文納希以前會開玩笑說，他是在工廠的宿舍裡長大的，關於蟑螂和臭蟲如果有連他都不知道的事情，那也就不值得知道了。

馬內克走近些，想看看罐子裡的水，但水已經乾了，裡頭只有褐色的蟑螂卵、一隻死掉的飛蛾，和一隻呆滯的蜘蛛。乾掉的水漬在床腳上留下一圈圈的痕跡，那是他的印記，代表著，馬內克曾在這裡。被移到窗邊以取得良好光線的桌椅，是他們對奕多局的忠實見證者。一切看起來都像是很久以前的事。

他退出房間，輕輕帶上房門，同時也關閉了過去。

這時，他很驚訝聽到隔壁房間傳來了聲音。當阿文納希看到他時會說什麼？他又該跟阿文納希說些什麼？他重整一下心緒，不想露出焦慮或不安的樣子。

他敲敲門。

門打開了，一對中年男女疑惑的望著他。兩人的頭髮都花白了，臉頰凹陷的男子咳得很厲害，女的雙眼泛紅。他想，一定是他的父母。

「嗨，我是阿文納希的朋友，」也許他們正等著他回來，他可能就在這棟大樓的某處。「你們在等他嗎？」

「不，」那男的用很微弱的聲音回答，「等待已經結束了，一切都結束了。」他們慢慢退回屋內，像是肩上背了很重的擔子，然後招呼他進去。「我們是他的父母，今天我們將他火葬了。」

「抱歉，今天怎樣？」

「今天火葬了，這事耽擱很久了。幾個月來我們一直在找他，去過各地的警察局，乞求協助，沒人能幫我們。」他的聲音在顫抖，他停下來努力抑制住，「四天前他們告訴我們陳屍所有一具屍體，要我們去看看。」

阿文納希的母親開始哭泣，用沙麗的一角掩住臉，而他父親在安慰她時還是咳得很兇，他用手指輕撫她的手臂，走廊上傳來用力關門的聲音。

「但……我……沒有，沒有人……」馬內克支支吾吾的說不出口，那位父親把一隻手放到他肩膀上。

馬內克清清喉嚨再試一次，「我們是朋友。」兩位老人家點點頭，看似得到一點安慰。「我不知道……發生什麼事了？」

那位母親開口了，她的話顫抖得幾乎聽不清楚。「我們也不知道，我們在火化儀式後直接到這兒來。儀式進行得很順利，感謝神的恩典，沒下雨，柴堆燃燒得很旺盛，我們一整晚都待在那裡。」

做父親的點點頭，「他們說好幾個月前在鐵路旁發現一具屍體，無法辨識身分。他們說他是從高速行進的火車上掉下來摔死的，還說他當時一定是懸在門邊或坐在車頂。但阿文納希很小心，他從不做這種事。」他又開始流淚，他停下來擦去淚水。做母親的用手指輕撫他的臂膀。

他無法再說下去，「終於，在等了那麼久的時間後，我們看到了兒子。我們看到他身體上有多處燒燙傷，當他母親拿起他的手放到自己的額頭上，我們發現他的手指甲都不見了。因此我們問陳屍所的人，從火車上跌下來怎麼會這樣？他們說什麼事情都有可能發生。沒人可以幫助我們。」

「一定要報案！」馬內克強忍淚水激憤的說，「你們一定要！向……向部長，我是說向市長或警政長官報案！」

「我們報案了，警方也做了記錄。」他們繼續整理阿文納希的東西，馬內克無力地看著他們收拾衣服、課本、紙張，小心翼翼放到行李箱中，有些物品在打包前拿到唇上親吻。房間裡靜悄悄的，只有他們輕輕的腳步聲。

「他有告訴過你他三個妹妹的事嗎？」做母親的突然問道。「當他們都還小時，他常幫我照顧她們，他很喜歡餵她們吃東西。有時她們咬到他的手指，他會開心的笑。他有告訴過你嗎？」

「他什麼都告訴過我。」

幾分鐘之後他們已經準備要離開了，他堅持幫他們把行李拿下樓，費力的工作能避免淚水多到湧出眼眶。兩位老人家的感謝，讓他想起自己多無助於排解他們的悲傷。他所能想到的就是住進宿舍的第一天，阿文納希拿著殺蟲劑出現在門口，他們撲殺蟑螂、玩西洋跳棋、告訴對方自己的故事……然而他現在卻已經死了。

他道了再見，走向科技大樓，突然想起棋子和棋盤都還在他手上。他趕到大門口，卻沒有看到那兩位老人家。我真笨，他心想，這對他們來說可能很重要，阿文納希高中時比賽贏得的獎品。

他開始漫無目的的走回去，發現自己又來到了宿舍大廳。他停下來想：這個西洋棋組無論如何都得還給阿文納希的父母。他覺得自己像個小偷，奪走了他們聊以慰藉的東西，這樣會增加他們的傷痛，他不能再留著了。

送還棋組的任務刻不容緩，攸關生死。他一邊下樓一邊默默流淚，一旁有許多學生好奇的看著。有人在他身後叫囂，但他並沒有聽清楚。他們開始唱道：「寶貝，寶貝，不要哭，媽咪來做炒辣菜，爹地幫你抓蝴蝶……」

他快速的進到房間坐到沾滿灰塵的床上，也許從阿文納希的房間裡找得到地址，垃圾桶、舊的信封或信紙什麼的。他去看看，房間裡連張碎紙條都沒有，但他必須找出他們的地址，好把棋組歸還。他本來想在這層樓到處問問，但走廊上那些混蛋又會開始揶揄他，看著他到各個房間又進又出踉蹌地求助，像個傻瓜一樣。

他把盒子抱在胸前，閉上眼睛，想好好冷靜思考。地址，答案很簡單——舍監辦公室。對了，他們會有地址，他可以把棋組寄回給阿文納希的雙親。

他睜開眼睛，凝視那殘留著一道道淚痕的紅褐色棋盒。他想起在學校餐廳的那天：白子進攻，三步將死，還有素食者嘔吐的事件。回憶激起他的微笑，阿文納希曾說那是藉著食道逆流的革命，然後他要他幫忙看著棋局。之後他就從未要回去。他的禮物，生命的遊戲，送回去是錯的，他應該留著，他會永遠的保留著。

迪娜催促馬內克平靜下來，在看試卷前先在腦海裡念一遍靜心咒，作答前再念一遍。「我自己並不是個很虔誠的教徒，」她說：「就把它當作保險，我覺得有用。祝你好運。」

「謝謝，阿姨。」他打開門要離開，差點撞上在另一邊的乞丐主人，他的食指正要按下門鈴。

「打擾了，」乞丐主人說：「我帶來了一個很壞的消息。」他看來十分疲憊，雙眼努力不讓淚水滑落。「我能見裁縫師嗎？」

「他們兩天前離開了。」

「哦，當然，我忘了——為了結婚的事。」他看來就要崩潰的樣子。

「請進。」迪娜說。

他進到廊房上，設法抑制住哭泣的衝動，告訴他們尚卡死了。

難以置信又令人震驚，馬內克說：「但我們三天前才和他說話，伊斯佛、歐文，還有我，我們去喝茶的時候。還有昨天早上，他跟我說理髮師會來找他。他看起來健康又精力充沛，跟平常一樣滑著滑板。」

「對，直到昨天早上為止。」

「後來發生什麼事了？」

「可怕的意外。他的滑板失控，飛出人行道……撞上一輛雙層巴士。」他哽咽著說他沒當場目擊，但有鑑定過殘骸，「我幹這行那麼多年，看過無數恐怖的事情，都沒像這件那麼駭人。尚卡和滑板全都摔得粉碎，混在一起沒法分得清。若把嵌在他肉裡的木片和滑輪弄掉，會更傷害他瘦弱的身體，所以要一起火化。」

可怕的景象令他們陷入沉默，乞丐主人再也無法克制而崩潰大哭，想要抑制啜泣的努力令他顫抖，「我早該告訴他我們是兄弟，我不該等這麼久，現在已經太遲了。假如他的滑板有煞車……我曾經想過，但主意似乎太蠢，他幾乎無法拉住……又不是開快車或什麼的，或許我早該讓他離開街道生活。」

「千萬別自責！」迪娜說：「你所做的都是為他好，就像你說過的。」

「是嗎？但我怎能確定？」

「他是個好人！」馬內克說：「伊斯佛和歐文告訴我們，他們在工作營生病時他是怎麼照顧他們的。妳從沒見過他，阿姨，但他在許多方面都跟一般人一樣，有時他也會說笑。」

「我覺得我認識他，伊斯佛和歐文把他的量身尺寸告訴我，向我描述他的樣子，記得嗎？還有我特別為他設計的背心？」

「你們對他真好。」想到他當時是如何充滿關懷的扯裂、弄髒那件衣服，改造成適合尚卡的裝束，乞丐主人又泛起淚水。

她問：「你要喝杯水嗎？」他點點頭，馬內克取水來。

喝過水之後，乞丐主人又恢復了沉著鎮靜，「我想邀請裁縫師參加尚卡的喪禮，明天四點。他們是他唯一的朋友，屆時會有很多乞丐在場，但伊斯佛和歐文是貴賓。」他把空杯奉還。

「我會去。」馬內克說。

乞丐主人悲傷的臉上閃過一抹驚訝，「真的嗎？我非常感激。」他執起馬內克的手握住，「喪禮會從菲希朗外邊開始，我想那是讓大家集合的適當地點——出於對尚卡的尊重。不是嗎？他最後的所在地？」

「好的，我們在那兒碰面。」

「那你的考試怎麼辦？」迪娜問。

「三點就結束了。」

「對，那之後的考試呢？」她想勸阻他，參加乞丐的喪禮這種事情讓她感到不自在。「你不應該直接回家然後讀書嗎？」

「我會，之後就去參加喪禮。」

她對乞丐主人說：「請稍等一下，」然後退回屋內。「馬內克！」她從後面房間喊他，他聳聳肩跟過去。

「你在胡說什麼？為什麼你非去不可？」

「因為我想去。」

「別自作聰明！你知道我很提防那個人，我忍受他的唯一理由是他會保護公寓，沒必要跟他混熟。」

「我不想爭辯，阿姨，我會參加喪禮。」他用柔軟的語氣強調每個字。

迪娜很不解他竟對那個乞丐的喪禮這麼認真，她把他的行為歸因於期末考的壓力。「好，我無法阻止你，但如果你要去，我就跟你去。」她決定仔細的看好他。

他們回到廊房，「我們在討論明天下午的事，」她說：「我們兩個都會去。」

「哦，那真是太好了！」乞丐主人說：「我該怎麼感謝你們？你知道，我剛才在想，某方面來說伊斯佛和歐文前兩天離開是件好事，悲傷的氣氛會毀了婚禮。而結婚就跟死亡一樣，一生只有一次。」

「真沒錯！」她說：「我希望有更多人能了解這點。」她很驚訝他的話在這件事情上竟然跟她的想法很契合。

乞丐主人讓每個人下午放假去參加喪禮，一群跛子、瞎子、沒手的、沒腳的、殘疾的，甚至沒臉的人聚集在人行道上，很快吸引了眾人的目光。有人探問是不是哪家醫院空間不夠，因此在戶外看診。

迪娜和馬內克與乞丐主人在菲希朗裡面喝茶。「看那群人，」他嫌惡的說：「他們還以為這是馬戲團。」

「而且他們連一毛錢都不捐。」迪娜說。

「這沒什麼好驚訝的。同情只能流露在小數量上，當有這麼多乞丐齊聚一堂，民眾會像這樣——」他把拳頭放在眼睛上，像望遠鏡一樣。「這是很奇怪的現象，儘管他們穿著體面的衣服鞋子和拿公事包，人們總是忘記自己有多脆弱，這個貧瘠又殘酷的世界可能剝奪榨乾他們，使他們的處境跟我的乞丐一樣。」

馬內克觀察到，乞丐主人過度聒噪是試圖隱藏他的心痛。為什麼人要這樣藏起自己的感情？無論它是憤怒、愛或悲傷，他們總是在它之前擺上其他的東西作為掩飾。也有人假裝自己的情緒比任何人都強烈，些微的苦惱可以表現成極大的憤怒；或者把該微笑或輕聲笑的事情用歇斯底里的大笑來表達，任一種都不是誠實的行為。

「還有，」乞丐主人說：「你們現在所看到群眾的冷漠，揭示了一個重點。在這一行要注意三個極重要的關鍵，那就是：地點、地點、地點。現在，假如我把這些乞丐從菲希朗轉移到朝聖地或名寺，錢就會像江水一樣湧進來。」

尚卡的屍體放在菲希朗後門那個用新採的竹子做的棺架上，旁邊是儲藏室，裡面放了盤子、器皿、備用爐子和燃料。乞丐主人解釋他並沒有揭露遺容供弔唁者瞻仰，因為實在慘不忍睹。屍首上蓋了一條遮布，遮布上是一籃鮮花：玫瑰和百合。

馬內克凝視著棺架，不禁想著阿文納希的父母是否是從陳屍所展開喪禮的隊伍，或他們准許將屍體帶回家做祈禱式？或許要看屍體腐壞的狀況，以及在室溫下能保存多久。在非冷凍的世界，一切都沒好結果。

「菲希朗素食餐廳真是好心，讓尚卡在喪禮前停在這裡。」迪娜說。

「好心什麼，我付了一大筆錢給廚子和侍者。」乞丐主人伸長脖子向窗外看去，向四個剛到的人招手，「很好，我們可以開始了。」

那四個人是火車站的搬運工，被雇來抬棺架。「我沒有選擇，」他惋惜的說：「我是唯一的親人，當然我該擔起照顧他的責任，厚待他。但我不能讓這些乞丐來做，他們不夠強壯，可能整個架子都會垮下來。」

他為尚卡花錢毫不手軟，選購最好的酥油和薰香，以及成堆的檀香，一切都擺在火葬地點準備就緒。他還請來資深的祭司主持儀式，另外有好幾籃玫瑰花瓣準備給弔唁者在途中撒在棺架上。漫長的喪禮儀式之後，乞丐主人還會以尚卡的名義向寺廟捐獻。

「我只擔心一件事，」他說：「希望其他乞丐別以為這是標準程序，認為每人都能得到相同奢華的告別式。」

四點過後，緩慢移動的隊伍蜿蜒穿過城市的街道朝火葬場出發。一大群跛子在隊伍中如蝸牛般緩行，有些殘疾者身體萎縮，前進時如青蛙蹲伏：他們以雙臂支撐，搖晃著前進。有些人只能像螃蟹般靠著路邊慢慢走，有些人曲著身體，拱起像駝峰似的背以手腳爬行。大家都很有默契的用自己最快的速度慢慢前進，他們精神高亢、沿途談笑，對於新的體驗很開心，使喪禮看起來反倒像是節慶遊行。

「真教人難過，」迪娜無法苟同的說：「有人死了卻沒人表示哀悼，連乞丐主人都不會要求他們舉止檢點些。」

「妳能期望什麼，阿姨，」馬內克說：「他們或許很羨慕尚卡。」他心想，再說難過有什麼用？就算棺架上躺的是自己，世界一點兒也不會改變。

乞丐主人在長串的隊伍中前前後後移動，像路隊長似的確定隊伍不會耽擱行程。「我和馬內克都沒參加過印度教式的喪禮，」她坦白說：「我們到了那裡該做什麼？」

「什麼都不用做，」乞丐主人說：「你們能在場就是尚卡的光榮，祭司會做祈禱式。因為尚卡沒有兒子，最後要由我負責把柴堆點燃，敲碎頭骨。」

「場面很難忍受吧？有人跟我說味道很刺鼻，你真的會看到血肉在燃燒嗎？」

「是的，別擔心，景象很美麗。你們離開時會感到安慰，看到尚卡由眾人送他前往下一段旅程。而且，我希望他再也不需要滑板。這就是我在火葬場觀禮之後的感覺——完滿、平靜、生與死之間的完美平衡。事實上，我甚至為了這個理由去參加陌生人的火葬儀式，只要有空，又剛好看到了喪禮隊伍，我就會加入。」

他趕到前面去安撫被惹惱的警察，這支遲緩的隊伍令交警頗為傷神，覺得整個步調都亂了。「繼續走」是他們生活中的一則信條，他們特別對慢動作感到懼怕，無論是車子、手推車、流浪狗或人，假如說偶爾有例外的話，那就是牛了。他們急著讓送殯者迅速通過，因此揮舞手臂、吹哨子、喊叫乞求、打手勢、扮鬼臉、拍額頭、揮拳頭，無所不用其極的嘗試任何方法都沒效：不管哨子吹得再急、手揮得再猛，殘缺的身體就是不聽使喚。

鐵路搬運工已經很習慣用小跑步搬運沉重的行李，有點難適應現在的步伐。每當歌聲在他們身後慢慢變弱，他們才想到自己走得太快，停下來等著直到與後面的隊伍接軌。

經過一小時的緩慢前進，在到火葬場的半路上，有一小隊戴盔帽的鎮暴警察在毫無預警的狀況下，揮著警棍攻擊送殯隊伍。搬運工為了閃躲攻擊晃動了棺架，尚卡的屍體滾了下來。乞丐們驚嚇尖叫、相互絆倒，有半打籃子的玫瑰花瓣灑出來，路面像是鋪上了精緻的粉紅色地毯。

「看到了吧？這就是我怕讓你來的原因，」迪娜一面喘著氣，一面和馬內克跑到人行道上安全的地方。「時局不好，麻煩毫無預警的說來就來。那些笨警察是怎麼回事？他們為什麼要毆打乞丐？」

「也許是要幫另一個工作營抓人，就像伊斯佛和歐文被帶走時一樣。」

此時鎮暴隊突然間撤退了，他們的指揮官找到乞丐主人並對破壞這個神聖的過程而深感抱歉。「我自己是個很虔誠的人，對宗教事件最為敏感。這是一個不幸的誤會，全都因為錯誤的情報。」

他說，收到一份無線電電報，表示有一場政治演講將以喪禮為掩飾進行。那絕對是違反緊急狀態令的，故而警方極易起疑心，尤其是有這麼多乞丐的集會。「乞丐們被誤認為變妝舉行集會的人——鬧事者喜歡以路邊戲劇的方式將政治人物描繪成使國家窮困的騙子和罪犯，你知道那種事。」

「可以理解的誤會。」乞丐主人說，他接受了這個解釋。他心裡更氣的是準備棺架的人，他們在繫縛尚卡的屍體時一定非常隨便，屍體才會輕易的滑出去。但他旋即又想到，這也不全然是他們的錯，或許他們對於處理像尚卡那樣支離破碎的屍首沒什麼經驗。

指揮官仍感到困窘不安，不停道歉，「當我們看到屍首並不是假人時，立即了解犯了錯誤，真的非常遺憾。」他脫下黑色帽舌的帽子，「我能致上慰問嗎？」

「謝謝你。」乞丐主人向他握手致謝。

指揮官承諾的說：「相信我，那些人要為他們的魯莽負責。」他的手下已連忙去撿回一塊屍塊，它和其他部分一起從棺架上掉出來滾到路上。

為了彌補鑄成的大錯，他堅持讓一位警員護送到底。鎮暴小隊受命將棺架重整、把散落在柏油路上的玫瑰花瓣裝回籃子裡。「別擔心，」他向乞丐主人保證：「我們會很快的讓每個人井然有序的到達火葬場。」

當他們正在清理現場時，一輛車子停到鑲邊石旁鳴喇叭。

「哦，不要。」迪娜說：「是我哥哥，他大概正從辦公室回家。」

努斯旺搖下車窗從後座揮手。「妳也是隊伍裡的人嗎？我不知道妳有印度教的朋友。」

「我是有。」迪娜說。

「這是誰的喪禮？」

「一個乞丐的。」

他開始笑，然後步出車子，「別拿嚴肅的場合開玩笑。」他心想，有警員護送，一定是相當重要的人物。也許是奧荷華公司的某位高層，董事長或總經理吧。「好了，別開玩笑，是誰？」

「我跟你說過，是一個乞丐。」

努斯旺張開嘴巴又閉起來，張開嘴，是因為激憤；閉上嘴，是因為了解到送殯者的身分而震驚；他知道她並不是在開玩笑。

現在他的嘴巴又張開了，啞口無言。迪娜說：「閉嘴，努斯旺，不然蒼蠅要飛進去了。」

他閉上嘴，不敢相信眼前發生的事。

「我懂了，」他慢條斯理的說：「所以這些乞丐都是……死者的朋友？」

她點點頭。

一時間許多問題浮現在他腦海中：為什麼要為乞丐辦喪禮？還有警員護送？為什麼她和馬內克會參加？是誰付的錢？但他等一下就會知道答案。「上車。」他打開車門命令道。

「上車？你這是什麼意思？」

「快點，不准有意見。你們兩個都上車，我要帶你們回公寓。」三十多年來累積在心中的委屈，似乎在他腦海中一一閃過，而現在又來了。「你們不准在送葬隊伍中多走任何一步！這種事情──參加乞丐的喪禮！你們會沉淪得多深！人家會怎麼說，假如有人看到我妹妹……」

乞丐主人和指揮官走向他們，「這個人在騷擾你們嗎？」

「一點也不，」迪娜說：「他是我哥哥，他正為尚卡的死亡致上慰問。」

「謝謝，」乞丐主人說，「我能邀請你加入我們嗎？」

努斯旺支吾的說：「呃……我很忙，抱歉，改天吧。」他一溜煙的鑽進車裡，連忙關上車門。

他們揮揮手回到隊伍中，並沒落後多少，因為隊伍才前進不過十幾公尺。乞丐主人走到前頭，從其中一個搬運工肩上接過棺架。

「多有意思。」迪娜向馬內克說：「我想他今晚一定會做惡夢，關於火葬的惡夢──他的名聲隨之灰飛煙滅。」

馬內克微笑著，但他心裡想的是另一個葬禮，三天前他應該要參加的葬禮。白髮人送黑髮人的悲哀，由阿文納希雙頰凹陷的父親點燃柴堆，木柴燃燒時不時發出爆裂聲，煙燻刺眼，無情的火焰伸出爪子撥弄著屍體，讓它拱起來，像掙扎著想要坐起來似的……人們說那是種徵兆，是亡魂要申寃。阿文納希下棋時常習慣將背像那樣拱起來，他會向後躺，幾乎快躺平在床上，頭往兩邊彎，沉思策略，再用手肘撐起身體靠近棋盤，移動棋子。

將軍，然後眼神中閃爍著光芒。

時間過得很慢，似乎它對這世界意興闌珊。迪娜在房間的一角撣去家具和縫紉機上的塵埃，她心想，沒有什麼比安靜的縫紉機更了無生氣。她又埋首於縫製被單的工作中，理直縫線、修剪拼布、調整看起來不順眼的地方。下午的陽光從通風窗透進來，照映在她的腿上形成一個小方塊。

「往左邊移一點，阿姨。」馬內克說。

「為什麼？」

「我想看看陽光移動時那塊黃色的部分會是什麼樣子。」迪娜嘴裡發出嘖嘖的聲音，但還是照做了，「很漂亮。」他說。

「還記得你第一次看到時是多好奇嗎？」

他發出不以為然的笑聲，「我那時對色彩和圖形還沒概念。」

「而現在你是個了不起的專家，是嗎？」她把遠端的被單一角拉到大腿上。

「等做好了之後妳會把它鋪在床上嗎？」

「不會。」

「那妳要打算賣掉囉，阿姨？」

她搖搖頭，「你能保守祕密嗎？我要拿來做歐文的結婚禮物。」

聽到這個消息，他真是再高興也不過了。他的表情軟化，被她的心意所感動。

「別一副受傷的樣子，」她說：「你結婚時我也會為你做一條。」

「我沒有受傷，我認為那是個絕佳的主意。」

「你可別一見到伊斯佛和歐文就在他們面前洩底。他們回來後，我們到奧荷華拿了新布料回來就可以完成了；在那之前一個字都不准說。」

馬內克的期末考結束了，他覺得大部分都很糟糕。他只祈禱成績至少可以讓他繼續攻讀為期三年的學位課程。

迪娜問他考得如何，他回答：「還好。」

從聲音中她聽出他缺乏自信，「我們等著看結果，看看有多好。」

最後一個晚上，在迪娜的催促及鼓勵下，他終於屈服於母親在信中的請求，去拜訪了親戚。他花兩小時忍受蘇答瓦拉家族熱情的滔滔不絕，不斷婉謝送到面前的各式點心及冷飲，「謝謝，我吃過了。」

「下一次你一定要空著肚子來，」他們說，「我們希望有招待你的榮幸。」他們拿走點心，想請他在飯後一起去看電影，並留下過夜。

「抱歉，我該離開了，」馬內克覺得到了預定的時間，「我明天一早要出發。」

他回到迪娜的公寓，抱怨她毀了他的夜晚，「我再也不要去了，他們不停講話，像不懂事的小孩一樣。」

「別這麼苛刻，他們是你媽媽的家人。」

她幫他把空箱子從衣櫥上拿下來，撣掉灰塵，又看著他打包，還不時給他忠告、提醒、建議：別忘了帶這個、做那個。「最重要的，對你爸媽好一點，千萬別跟他們拌嘴，他們這一年來有多想你。好好度假吧！」

「謝謝妳，阿姨。還有，請別忘了餵貓。」

「哦，是的，我會餵牠們，我甚至會煮牠們最喜歡的菜。我要幫牠們準備餐具嗎？或者牠們用手吃？」

「不用了，阿姨，把餐具留給妳的媳婦吧，再過三個禮拜之後她就會來了。」

她作勢要打他屁股，「你就是小的時候沒被媽媽打夠屁股。」

翌日清晨，他向她擁別後就離開了。

又回到孤單的生活，但情況與迪娜所想的並不吻合。她心想，這麼多年來我一個人獨自面對這逃避不了的現實，生活過得很好，姑且說是安詳寧靜。只是經歷了大半輩子的獨自生活之後，孤單的感覺怎又會在現在爬上心頭呢？是心和大腦還沒學到任何教訓嗎？才一年就對她在生活上的適應力帶來如此大的損害嗎？

有無數次她翻日曆數日子：離伊斯佛和歐文回來的日子還有三週，馬內克是三週多。

日子過得十分緩慢，她覺得倒是重溫舊事的好機會。在每個房間她都能聽到裁縫師充滿活力的談笑聲在耳邊回響，當她在廚房刷洗、用長柄掃帚清理天花板、清潔窗戶和通風窗、清掃所有的地板時，那個聲音一直縈繞著她。而在馬內克的房間，她在衣櫥裡發現他朋友的西洋棋組，她猜想，或許是要等到開學後再拿去還人家吧！

然後她把自己的衣櫥清出來，除了最下面的擱架。將內部清乾淨後，堆進奧荷華的碎布頭，再分類自己的衣服。她將不再穿戴的東西放成一堆，要留給歐文的太太，當然，也要看她的體型再決定，還有，她到底會是怎麼樣的人？

接著迪娜著手整理最底層的擱架，裡面塞滿了一年來每天縫紉所多出的布料，都是碎布頭，除了拿來做自製衛生棉的填充物之外沒什麼用處。她把手伸進去又抽出來，扯倒了堆積如山的布塊，眼前的景象讓迪娜笑得樂不可支。即使再過個五十年也用不到這麼多的填充棉，她裝了一袋合理的量收起來，其餘的準備丟掉。

然後她又想起了歐文的太太，以她的青春與活力來說，肯定能夠用到很多的，最好未雨綢繆，先存起來吧。她高興的想著，又把碎布條塞回擱架裡。

靠著清理打掃消磨了好幾天之後，她開始把注意力轉到廊房上，那裡很快就要成為新婚夫婦和他們大伯的家。裁縫師們的鋪蓋不夠用，她準備用奧荷華多出來的布料做些床單和被單。

伊斯佛所用的縫紉機的腳踏板對她來說不好用，在她多年的縫紉經驗裡從沒用過這種機款。她改用雪琳嬸嬸的小型手搖機，操作起來很有趣。看著每條跑過的縫線，她告訴自己：多幸運啊，剛好有我們所需要的布料。

伊斯佛、歐文和他的太太一起睡在廊房上，這情景一直困擾著她。她心想，試想看看，假如在我的新婚之夜，達若巴叔叔和雪琳嬸嬸跟我和魯斯登睡在同一個房間會是什麼情形。

她唯一能想到的方式是在廊房中央拉一條繩子，從上頭垂下隔簾。她量了量距離，然後從貯存的碎布條中挑出厚實的部分縫在一起，勉強當作隔牆，總比沒有好。

她希望伊斯佛和歐文會喜歡她為他們所做的一切，她已竭盡所能。如果新娘能有她一半的努力，她相信他們會處得很好。

兩根釘子加上一段麻繩，再把象徵性的隔牆垂放下來。她往後站，檢視隔簾的兩邊；她心想，窮人的生活真是充滿了象徵性的事物。

15 家庭計畫

裁縫師正使勁的把行李從火車廂搬到月台上，一個蓄著山羊鬍的枯瘦人影急忙湊上去，他開心的拍手說：「你們終於到了。」

「阿施若夫叔叔！我們本來要到店裡給你驚喜的！」他們把東西拖到一旁，和阿施若夫握手、擁抱、開懷地笑，沒有什麼比重聚更值得開心。

伊斯佛和歐文是這站唯一下車的乘客，在水龍頭旁休息的兩個苦力仍倚著不動，經驗告訴他們那兩個人不會需要他們的服務。睡意矇矓的小站在引擎聲的律動下甦醒，賣水果以及冷飲、茶、炸蔬菜餅、冰可樂、墨鏡、雜誌等的小販包圍著火車，努力叫賣。

「來，」阿施若夫說：「我們回家吧，你們一定累了。我們先吃飯，然後再告訴我你們在城市裡的奇遇。」

一個婦人提著一小籃無花果在他們身邊吟唱：「無花果！」尖銳刺耳的歌聲一開始是在懇求，當他們走過去時卻變成了譴責。歌聲沒再繼續，她轉而向火車上的乘客兜售，乘客框在車窗裡，像極跑馬燈上的畫像。她將籃子靠在臀部上沿著車廂緩行，籃子像嬰兒般被彈起來。警衛吹起警告的哨音，驚醒了在軌道附近打瞌睡的乳白色雜種狗，牠把頭抬起來，像人刮鬍子時一樣，然後懶洋洋的抓抓耳朵後方。

「叔叔，你真是天才。」歐文說：「我們信中沒告訴你抵達的日期，而你卻能等到我們的火車，你是怎麼知道我們今天會到的？」

「我並不知道，」他微笑著說：「但我知道就在這個禮拜，而火車每天都在同一個時刻駛進來。」

「所以你每天都來這裡等?那店裡怎麼辦？」

「沒那麼忙。」阿施若夫幫忙提行李，他的手上佈著明顯的靜脈，不自主的抖著。哨聲又響起，火車在隆隆聲中駛離。小販散去，像被遺棄的屋子一樣，火車站從沉睡中陷入死寂。

但空虛僅維持了短暫的時間，從庫房及貯藏室慢慢浮現出十幾個人影，破衣飢貧。他們在月台邊緣壓低脆弱的身子爬到鐵軌上，然後開始有計畫的在軌道的枕木間移動，搜尋鐵軌中的零碎雜物，不時彎下身子撿拾旅人遺留下來的垃圾；當兩個人同時抓住一樣東西時就會發生扭打。火車到站時，廁所下方的枕木和石礫被污染得又濕又臭，還有蒼蠅在上頭盤旋。那群衣衫襤褸的軍隊拾起紙張、食物殘渣、塑膠袋、瓶蓋、碎玻璃等任何從駛離的火車上丟下的珍貴遺棄物，他們把東西都塞在麻布袋中，然後又隱沒在車站的某一角落裡整理收集物，等待下一班火車的到來。

他們正要穿越平交道時，阿施若夫問：「所以，城市讓你們學到了很多，不是嗎?你們兩看起來都順利極了。」

「叔叔，你真好，眼睛看到的都是好的一面。」伊斯佛說。阿施若夫顫抖的手令他暗暗難過，光陰趁他們不在的日子裡將他催老，終於使他成為佝僂的老人。「我們身體都很好，那你呢？」

「以我的年紀來說狀況一極棒。」阿施若夫挺直腰桿，拍拍胸膛，但隨即又恢復佝僂的樣子。「你怎麼樣，歐文?當時你走得那麼不情願，看看你現在的樣子，紅光滿面。」

「那是因為我身體裡的蟲子被清得一乾二淨。」他興高采烈地解釋肚子裡的寄生蟲是怎麼被驅蟲藥打敗的。

「你一年半沒見到叔叔了，能說的就只有蟲子的事嗎？」

「有何不可？」阿施若夫說：「健康是最重要的事。看，你在這裡絕對找不到這麼好的藥，這又是一個讓你出遠門值得高興的理由，不是嗎？」

到了轉角處遠方的房子漸入眼簾，伊斯佛和歐文慢了下來，阿施若夫領著他們往前走，「別把錢浪費在長蟲的床上，晚上住我那兒。」

「那樣太打擾你了。」

「我堅持，你們一定要在我的房裡舉行婚禮，就算幫我的忙，過去這一年裡我太孤單了。」

「蔓塔茲阿姨聽到你這麼說會不高興的，」歐文說：「難道她的陪伴不算數？」

阿施若夫的表情有些疑惑，「你們沒收到信嗎？我親愛的蔓塔茲過世了，在你們離開六個月後。」

「什麼？」他們停住腳步，手中的行李滑落，砰的掉到地上。

「小心！」阿施若夫俯身拾起來，「我有寫信給你們，請納瓦茲轉交。」

「他沒交給我們。」歐文憤恨的說。

「也許信到得比較晚，在我們搬去棚屋後才寄到的。」

「他可以帶給我們。」

「對，但誰曉得他收到沒。」

他們不再多想，輪流擁著阿施若夫叔叔。他們在他臉上吻了三次，是給叔叔、也是給自己安慰。

「當時沒得到回音我很擔心。」他說：「我想你們一定非常忙碌，忙著找工作。」

「不管多忙，如果我們知道，一定會回信的，」伊斯佛說：「我們一定會回來，太糟了……我們應該要回來參加喪禮，她就像我母親一樣，我們當初不該離開的……」

「別說這種傻話，沒有人可以知道未來。」

他們繼續走，阿施若夫告訴他們蔓塔茲阿姨突然生了場大病，然後就走了。他的話中顯示自己的失落，也說明了為什麼他每天都到月台上等火車，他懷著極大的痛苦等著與他們重聚。

「真的很奇怪，當蔓塔茲還在世時，我可以獨自坐著一整天縫紉或看書，她就在屋子後面忙煮飯、打掃或禱告，不會有孤單的感覺。日子過得很輕鬆，只要知道她在那裡就夠了，現在我好想她。時間是多麼不可靠的東西，當我想要飛起來時，它像膠水一樣黏著我。時間也是多麼善變的東西，它是無盡的麻線，把我們的人生纏繞成一年又一年、一月又一月的包裹，或像條橡皮筋束緊我們的想像。時間可以是小女孩頭髮上美麗的緞帶，也可以是佈在你臉上，偷走了青春容顏和毛髮的線條。」他嘆口氣，難過的微笑道：「最後，時間變成脖子上的套索，慢慢地使人窒息。」

一連串惱人的情緒在伊斯佛的內心起伏，內疚、悲傷、老年的預感似乎都在未來的路上等著襲擊他。他希望自己能夠向阿施若夫叔叔保證再也不會離開他，讓他孤單一人，可終究沒法說出口，他只說：「我們想去看看蔓塔茲阿姨的墓。」

這個要求讓阿施若夫喜出望外，「她的忌日就在下週，到時我們一起去。你們大老遠回來是為了辦喜事的，我們現在就來談談它吧。」

他決定不要讓悲傷的消息影響了他們的心情，他說和四個家庭的第一次各別會晤離現在還有三天。「他們有些人一開始很擔心，因為是由我，一個伊斯蘭教徒來為你們安排的。」

「他們真失禮，」伊斯佛氣憤的說：「難道他們不知道我們是一家人嗎？」

「不，一開始不知道，」阿施若夫說，當那些人知道他們之間長久以來的淵源後，就覺得沒啥好擔心的。「所以，事情都搞定了，新郎一定很著急，」他輕戳歐文肚子，「你只要再耐心等待些，老天保佑，一切都會很順利。」

「我才不擔心，」歐文說：「告訴我鎮上有什麼新鮮事？」

「不多，這裡新開了一個家庭計畫中心，但我不認為你會有興趣。」他咯咯笑著，「至於其他方面，無論好的壞的，都跟以前一樣。」

他們終於又看見熟悉的街道和穆沙佛裁縫公司的招牌，一股興奮的心情加速了歐文的腳步。他往前走，向五金行、雜貨店、磨坊和煤油店的老闆們打招呼，大家也從門口探出頭來，為他即將到來的大喜之日熱情的給予祝福。

「如果你們餓了就告訴我。」阿施若夫說：「我煮了些扁豆咖哩和飯，還準備了你們最喜歡的醃芒果。」

歐文舔舔嘴唇，「回家真好。」

「看到你們回來真好。」

「是啊，」伊斯佛說：「你知道，叔叔，迪娜女士是個非常好的人，我們現在相處融洽。這裡就不同了，這裡是我們的家，我可以更放鬆。在城市裡無論去到什麼地方，都會讓我覺得有些害怕。」

「什麼，老兄，你只是對那些惱人的事想太多。忘了吧，已經過了好久。」

「惱人的事？」

「其實也沒什麼，」伊斯佛說：「我們晚點再告訴你。來，飯和辣菜豆要趁熱吃，我們先吃吧！」

他們坐在店裡一直聊到很晚，伊斯佛和歐文把他們艱難的經歷小心修飾之後再說出來。他們這麼做是憑直覺，希望阿施若夫叔叔不用體會到這麼多痛苦，他臉上的肌肉總是不自主地隨著他們的描述而抽搐。

到了午夜歐文開始打瞌睡，阿施若夫建議他們上床睡覺，「我的老頭腦可以熬夜聽一整晚，因為已經睡得夠多了，但你們兩個必須休息。」

伊斯佛把椅子拉到一旁好讓出空間鋪床，阿施若夫阻止他，「幹嘛睡在這兒？樓上只有我一個人，來吧。」他們從店裡爬到樓上的房間，「這裡曾經充滿了生氣，蔓塔茲、我的四個女兒、我的兩個學徒；那時在一起的日子多快樂，不是嗎？」

他從散發出樟腦味的大箱子裡取出額外的床單和毯子，「在我們女兒結婚離開後，蔓塔茲就把它們通通收起來了。她很細心，每年都會拿出來透氣，然後再放新的樟腦丸進去。」

歐文的頭一躺下去就睡著了。「讓我想到你和納若揚，」阿施若夫小聲的說：「你們第一次來到這裡時還是個孩子，記得嗎？你們在晚餐後到樓下店裡展開睡墊，你們睡得很安詳，好像在自己家一樣，那是對我最好的讚美。」

「你和蔓塔茲阿姨照顧我們的方式，讓我覺得像在自己家一樣。」他們又追憶了一會兒之後才關燈歇息。

阿施若夫想給伊斯佛和歐文新襯衫當禮物，他說：「我們今天下午來選樣式。」

「呵呵，叔叔，收你的東西真是太不好意思了。」

「拒絕我的禮物，想傷我的心嗎？」他抗議說，「歐文的婚禮對我來說也是很重要的，你就依我吧！」準備的襯衫是要穿來參加與四個家庭的會面，婚禮的服裝稍後再和選上的女孩一起商量。

伊斯佛軟化了，但有一個條件，他和歐文要幫忙做衣服，絕不能讓叔叔一個人在縫紉機旁辛苦。

「我不需要任何人幫我縫紉，」阿施若夫說：「是商場的成衣，就是那個偷了我們客戶的商店，你怎麼會忘記呢？那家店就是你們離開的原因。」

他說忠實的客人一個接著一個背棄穆沙佛裁縫公司，包括從他父親的時代就存在的客戶。「兩代客戶的忠誠就像某天風裡的煙一樣，一下就消散了。他們被廉價的商品所誘惑，金錢是力量無邊的惡魔。你們離開的抉擇是正確的，待在這裡沒有前途。」

他們前往大城市還有一個隱伏的理由，在歐文問到之前沒人願意提起，「那塔庫爾・達朗希呢？你們都沒提到他，那個人渣現在還活著嗎？」

「他後來負責地方上的家庭計畫。」

「他用什麼方法？謀殺嬰兒來控制人口嗎？」

他伯父和阿施若夫叔叔交換了不安的眼神。

「我認為我們的族人應該團結起來殺了那個狗賊。」

「別又開始胡說八道了，歐普拉卡希。」伊斯佛警告他。他姪子以往不滿世事的怒火似乎在爆發邊緣，讓他開始擔心。

阿施若夫拉起歐文的手，「我的孩子，那個惡人的勢力太大了。自實施國家緊急狀態以來，他的魔爪從自己的村子一直向外伸展，他現在是國大黨裡的大人物。據說他會在下一次的選舉裡成為部長——如果政府會考慮舉行選舉的話。現在他想塑造正面形象，不跟任何暴徒勢力扯上關係。當他想要威脅某個人，他不需要派自己的人出馬，他只需要告訴警方，他們就會逮到那個可憐的傢伙，把他痛打一頓，然後再釋放。」

「我們幹嘛要浪費時間談那種人？」伊斯佛生氣的說：「我們來這裡是為了辦喜事，跟他沒關係，神會處置塔庫爾・達朗希。」

「沒錯，」阿施若夫說：「走，我們去買襯衫。」他掛上店鋪休息到六點的告示牌，「沒什麼關係，反正沒人會來。」他使勁的想拉下鐵捲門，歐文過去幫忙。門卡住了，需要推回去、晃鬆，再慢慢拉下。

「該上油了，」他氣喘吁吁的說：「像我的老骨頭一樣。」

到商場的路是一片泥土，他們踩著堅硬、乾燥的地面，經過穀倉和工寮，腳下的涼鞋輕輕發出嘎扎嘎扎的聲響，揚起些許塵埃。

「城市裡的雨量怎麼樣？」

「太多了，」伊斯佛說：「街上每逢下雨就常淹水，那這裡呢？」

「太少了，惡魔在我們頭上撐了把傘，希望他今年能把傘收起來。」通往成衣店的路經過新的家庭計畫中心，歐文放慢腳步往裡面看去，「你說塔庫爾・達朗希負責這個地方？」

「是，他利用這裡賺了很多錢。」

「他是怎麼做到的？我以為是政府付錢讓病人做手術。」

「那個騙子把錢都塞到自己的口袋裡，村民求助無門，抱怨只會讓他們大難臨頭。當塔庫爾那夥人要找志願者時，可憐的村民就送他們的太太或者自己去做手術。」

「天啊，這樣的惡人也能發達，世界真的要經歷黑暗時期了。」

「而你還說我在胡說八道。」歐文不服氣的說：「殺了那隻貪婪的豬就是結束黑暗時期最好的方法。」

「冷靜點，我的孩子，」阿施若夫說：「不是不報，是時候未到。此世所犯的罪惡，將在來世受到報應。」

歐文翻了翻白眼，「是啊，沒錯。告訴我，他從那個地方能弄到多少錢？手術的補助又不是很多。」

「嗯，不過那不是他唯一的來源，當病人被帶到診所時，他就把他們拍賣掉。」

「這是什麼意思？」

「你看，政府的每個雇員都需要兩三個節育手術的業績，假如他們沒把分配的額度完成，薪水就會被政府沒收。因此塔庫爾邀集所有的學校老師、街區發展幹事、收稅員和食品檢查員到診所去，每個人都可以對村民出價，誰出的最高，案子就可以記在他的帳上。」

伊斯佛絕望的搖搖頭，「我們走，」他用手掩住耳朵，「唉，我不想再聽下去。」

「不能怪你，」阿施若夫說：「聽我們生命中發生的事件就像喝毒酒一樣，毒害我寧靜的生活。我每天都祈禱這個把我們國家弄得烏煙瘴氣的惡魔會得到報應，正義會懲罰這些走上歧途的人們。」

他們正準備離開那棟大樓時，家庭計畫中心裡有人到門口來，「請進。」他說：「不用等，醫生正在值勤，我們可以立即進行手術。」

「別想動我的男子氣概。」歐文說。

那人開始沉悶的解釋人們對於節育手術的錯誤觀念，男子氣概並不包含其中，醫生壓根不會動到那一部分。

「沒關係，」阿施若夫微笑道：「我們曉得，這孩子只是跟你開玩笑。」他親切的揮揮手，一行人繼續往前走。

在成衣店外，掛在衣架上的一組衣褲從雨篷上垂下來在風中擺動，像無頭的稻草人。主要的商品都放在架上的硬紙盒中，打量過他們的身材之後，售貨員拿了些襯衫展示，歐文做個不滿意的表情。

「你不喜歡？」

歐文搖搖頭，那人把盒子推到一旁，拿出另一系列的款式，然後焦急的看著客人的反應。

「這件不錯，」伊斯佛這麼說多半是顧慮售貨員的感受，他檢視了一件短袖格子衫，「跟馬內克那件很像。」

「對，但釦子縫得多糟糕！」歐文抗議道：「洗一次就掉了。」

「假如你喜歡這件就拿著，」阿施若夫說：「我會為你加強釦子的部分。」

「我再拿其他的給你看，」售貨員說：「這盒裡面是我們特別的款式，從『自由服飾公司』來的頂級產品。」他把半打的樣品服散開在櫃上，「現在很流行條紋款的衣服。」

歐文拿起一件淺藍色、上面有深藍條紋的上衣，把它從透明塑膠袋中倒出來。「你們看！」他厭惡的說，一邊把衣服抖開，「口袋歪了，線條也沒接好。」

「你說的對，」售貨員打開其他的盒子，「我只負責賣衣服，但不負責縫製衣服。不過能怎麼辦，沒有人在乎縫製的品質了。」

「沒錯，」伊斯佛說：「現在到處都是這樣。」

感嘆時代的改變，讓他們比較容易找到能夠接受的衣服。那人把他們挑好的衣服沿原來的折線折回去，收回透明塑膠袋中，玻璃紙嘩啦嘩啦作響。他從大捲軸上拉出需要的繩子咬斷，衣服用棕色的紙袋包起並以繩子綁好，交給客人。「有需要再來，我很榮幸為你們服務。」

「謝謝。」阿施若夫說。

他們站在街上熱烈討論接下來要做什麼。「我們到賣場裡閒逛，」歐文說：「看會不會遇到認識的人。」

「我有更好的主意。」阿施若夫說：「明天有市集，我們明天早上再來。村裡的每個人都會到這兒，你們會遇到很多朋友。」

「真是好主意，」伊斯佛表示贊同，「回家之前我請你們吃檳榔。」

「別告訴我你們染上了吃檳榔的習慣。」阿施若夫不苟同的說。

「不，不是的。因為今天是特別的日子，在那麼久之後我們才看到你。」

他們嘴裡的隆起物摻和了檳榔青、石灰，以及煙草，三人一路走回穆沙佛裁縫公司，途中又經過家庭計畫中心。阿施若夫把檳榔汁吐在水溝裡，然後指著一輛停著的車子。「那就是塔庫爾．達朗希的新車，他一定在裡面數著受害的人數。」

伊斯佛立刻趕著他們過馬路。

「你為什麼要跑？」歐文說：「我們不用怕那隻狗。」

「最好避免任何麻煩。」

「我同意，」阿施若夫說：「如果沒有必要，就不要和那個惡人照面。」

就在此時，塔庫爾．達朗希從大樓裡出來，歐文大膽的從正面大步走過去，伊斯佛站在阿施若夫叔叔旁，想把他拉回來。歐文的涼鞋滑脫在人行道上，令他覺得自己很愚蠢，這場拉鋸戰中他的伯父贏了，他的輕蔑在塔庫爾面前轉為卑微。

歐文吐了一口檳榔汁。紅色的弧形只有短短幾尺的長度，黏黏的汁液浸濕他們之間的土壤。

塔庫爾停下腳步，他身邊的兩個人等著指示，他們周圍的人像燈光一樣退去，害怕即將看到的事件。

塔庫爾用非常輕的聲音說：「我知道你們是誰。」他跨進車子，關上門，然後開走。

之後在回家的路上，伊斯佛又氣又怕得不能自已，「你瘋了！真的瘋了！假如你想找死為什麼不去吞老鼠藥？你是來舉行婚禮還是喪禮的？」

「我的婚禮和塔庫爾的喪禮。」

「痴人說夢話！我應該賞你一個大耳光的！」

「假如你沒阻止我，我會不偏不倚的吐到他臉上。」

伊斯佛舉起手要揮下去，阿施若夫阻止他。「事情都發生了，從現在開始我們要離那個惡人遠一些。」

「我才不怕他。」歐文說。

「你當然不用怕，我們只是不想讓任何麻煩破壞了婚禮的氣氛，就是這樣。我們的喜悅不需籠罩在那惡人的陰影之下。」歐文應該說些話來止住伊斯佛的痛楚，但現在伊斯佛的恐懼感又被他愚昧的姪子用仇恨的言語刺破，傾巢而出，「行為像英雄，腦袋像狗熊。我的錯就是買了檳榔給你，就像迪娜女士常說的，你是壞脾氣的貓頭鷹。你的幽默感和笑話都到哪裡去了？沒有馬內克你就忘了怎麼笑，怎麼享受人生。」

「你應該帶他來的，如果你認為他那麼好，而我可以不要來。」

「你又在胡說八道了。我們只回來幾天，然後很快就要回去工作，連在短短的幾天裡你都不能安分點？」

「你在城市裡可不是是這麼說的——我們只在這裡待一陣子，然後就回到我們的家鄉。」

「所以呢？日子比想像中還不好過是我的錯嗎？」

他們同時放棄了這個話題，再繼續吵下去只會讓阿施若夫叔叔知道他們原本想隱藏起來的痛苦故事細節。

市集比以往吵雜，因為家庭計畫中心在廣場上設了一個促銷攤位，擴音器的聲音放到最大。標語懸掛在街道間，規勸大家參與節育計畫。他們用展覽場地通常用的行頭——汽球、花朵、肥皂泡、五彩燈、點心等來吸引鎮民及村民。播放中的電影歌曲常被廣播打斷，內容在宣導國家需要控制人口、願意實行節育的人才能享有財富與幸福，以及男性和女性結紮所能得到的獎勵。

「他們要在哪裡進行手術？」歐文納悶，「就在這裡嗎？」

「為什麼問？你想看還是怎麼的？」伊斯佛說。

阿施若夫說這個中心常在城鎮外搭帳篷，「他們像設工廠一樣設起帳篷，這裡切一刀，那裡剪一刀，再縫個幾針——然後禮品早就準備好了。」

「聽起來像是縫紉工作，老兄。」

「事實上，我們裁縫師對自己的工作要驕傲多了。我們在布料上的考量比這些怪物對人更用心多了，他們真是國家之恥。」

離節育宣導攤位不遠處，有一個人正在販賣壯陽藥，「他那邊聚集的人比政府這邊的人還多。」伊斯佛說。

那人把頭髮梳得發亮，形成一個光圈，肩上披著獸皮。他露出胸膛，一根皮帶緊緊的繫在右臂上，讓象徵力量的靜脈沿著手臂浮出。每當需要做視覺效果的呈現時，他就揮動肌肉發達的前臂，使它充血腫脹。

鋪在他前面的墊子上擺著幾個裝著藥草及樹皮塊的黑色瓶子，為了避免人家把這些瓶子誤認為平淡無奇的一般藥品，他在其中放了一些死蜥蜴和死蛇，看起來更具有野性的活力、爬蟲類的激情。角落裡擺了一具人的頭骨，墊子中央是一隻熊頭，眼睛又大又亮，張著血盆大口。不過，這個戰利品卻在旅途中受難，它掉了兩顆牙齒，缺牙的地方用小木片塗白漆補上充數。可笑的假牙削減了熊怒目猙獰的威風，最後的效果卻像小丑般滑稽。

壯陽藥小販用棍子指著列有症狀和療法的圖表，以及看似在描繪血管的圖示。說明到一半，他舉起腰布的褶邊，把它拉起來，直到露出他的小腿、膝蓋和強壯的大腿。他古銅色的皮膚在陽光下閃閃發亮，對於一個有胸毛的人而言，他的腿相對光滑。然後，為了強調他所說的，他在結實的大腿上用力拍了好幾次，聲音紮實宏亮，像好幾雙手賣力的掌聲。

銷售的表演依慣例伴隨著問與答，「生孩子有困難嗎？棒子無法舉起來嗎？它是睡著了或忘了醒來？」他把手中的棍子淒涼的往下垂，「不用害怕，現在有救了！它能像立正的士兵站得一樣挺直！一、二、三——碰！」他把手中的棍子倏地一下立起來。

圍觀的人群裡有人竊笑，有人放膽大聲笑出來，只有少數幾個皺著眉頭，露出挑剔、不贊同的表情。

「它站得起來但不夠直嗎？工具歪曲了嗎？像馬克思—列寧主義黨一樣左傾？還是如印度教人民同盟[1]的法西斯

[1] Jan Sangh，印度教的右翼政黨，今印度人民黨的前身。

分子一般右傾？或像國大黨一樣——牆頭草兩邊倒？別害怕，現在有矯正的機會了！即使在搓揉及按摩下它也無法硬起來嗎？那麼試試我的藥膏，它會硬得跟政府的決心一樣！有了這個由動物器官製成的神奇藥膏，你所有的問題都將一掃而空！它可以把所有的男性都變成電動馬達！精準得跟緊急狀態時的火車一樣！讓你擁有汽缸的馬力來來回回！連鐵路系統都想要擁有你的活力！每天使用一次，你的妻子對你驕傲無比！每天使用兩次，她就必須與整條街區的人分享你！」

最後一句話惹得一些年輕男性開懷大笑，女人用手掩嘴而笑，來不及遮掩的就咯咯笑出來；皺著眉頭、重視禮教的人則厭惡的走開。

壯陽藥小販拿起齜牙咧嘴的人頭骨並高高舉起，「如果我把藥抹在這個傢伙的頭上，連它都會跳起來！但考慮到在場的女士和她們貞節的安全，我不能這麼做！」群眾報以熱烈的掌聲。

他順著當時的氣氛繼續又說了些，然後開始談到女性的問題。現在他以自己的另一個角色說話——解決不孕的江湖術士。「妳的人生會因為鄰居生的孩子比較多而感到悲哀嗎？妳需要更多隻手來幫妳做田野忙不完的工作，像是挑水、撿柴？妳擔心年老無助時誰來照顧妳，只因為自己沒兒子？不用害怕！這帖補藥能讓妳的肚子源源不絕的孕育孩子！每天一匙，妳會為丈夫生半打孩子！每天兩匙，妳的肚子可以生一支軍隊！」

圍觀的群眾雖然很多，但實際的客人很少，大家只是來看熱鬧的。況且，光天化日下買這種產品，豈不是公然承認自己的無能？在表演結束、看熱鬧的人群散去後才開始真正的買賣。

「你打算要買嗎？」伊斯佛輕輕搔著歐文開玩笑，而歐文正神情嚴肅、專注的聽著。

「我才不需要這種垃圾。」

「當然不需要，」阿施若夫把一隻手放到歐文的肩上，「全看神的旨意，男孩女孩一樣好，屆時自然來報到。」

他們又繼續往前逛，經過賣場後到了一個查瑪攤位。「別說話，靜靜的站在這裡，」歐文說：「看他們多久之後才會注意到我們。」

他們假裝看拖鞋、皮製水袋、錢包、皮帶、理髮師專用的磨刀皮帶及馬具，新皮革的濃重氣味喚起了被遺忘的回憶，從他們村裡來的人認出他們來。

驚喜的呼聲一起，就像漣漪一樣擴散出去，大家衷心的歡迎他們，人們聚集過來，你一句我一句的講不完，每個人都熱切想告訴裁縫師他們不在時所發生的事。

伊斯佛和歐文聽村民說，杜奇的老朋友，許多年前耳朵被灌溶鉛的甘比爾，最近過世了。雖然燙傷的地方經常潰爛，但真正害死他的是割傷他的一柄生鏽大鐮刀，鏽毒從腿上的傷口跑進去。那幾個老婦人，安柏、蓓雅里、帕蒂瑪和莎維琪都還健在，她們是最記得裁縫師家族的人；她們最喜歡的故事仍是與蘿帕和杜奇及其他一票人乘巴士去看納若揚的準新娘。

在回憶中禮敬過死者及長者之後，他們的話題回到現在，即將會晤新娘的消息傳遍了查瑪族群。兩名男子將歐文舉在肩上，如英雄般的炫耀他的威武，好像婚禮已經完成似的。祝賀之詞不絕於耳，令歐文臉紅，有時他還來不及反應答辯，他的伯父已在一旁笑容可鞠的點頭答謝。

對於那些認識他父親的人來說，這個場合有著特別重要的意義。他們很高興見到納若揚的傳人未絕，查瑪轉變成裁縫的重大事件成功反抗了上層階級。他們說：「我們祈禱他的兒子有一天會回來，現在我們得到了回應，歐文一定要接續他父親的工作，孫子也會繼續下去。」

族人的期盼雖然情真意切，在伊斯佛聽來卻可能招致危險、魯莽的命運。昨天在塔庫爾·達朗希面前被歐文逞一時匹夫之勇而嚇出一身冷汗的顫慄，至今尚未平息，他打斷眾人的祝福，「沒什麼機會回來，我們在城市裡有很好的工作，歐普拉卡希有著大好前途。」

查瑪族人聊到伊斯佛和弟弟離開村裡到穆沙佛裁縫公司當學徒的第一年，他們告訴歐文他的父親是多出色的裁縫師，而身為老師的阿施若夫則在一旁露出驕傲的微笑、點頭默認眾人的恭維。「就像變魔術一樣，」他們說：「納若揚能夠用自己的機器將胖地主丟棄的衣裳改成適合我們的新衣服，他能用我們的碎布條製成國王的衣裳，我們再也沒有見過像他一樣的人，那麼慷慨、那麼勇敢。」

伊斯佛又轉移了話題，擔心大家對過往的追憶會影響到姪子。他說：「我們一到此地，阿施若夫叔叔就對我們說了以前的事，以及最近發生的事情。」

因此伊斯佛和歐文又聽說最近有一條河流乾枯了，有人在河床裡發現一顆很圓的石頭，有治病的功效。在另一個村子，有一位修道者在樹下冥想，當他離開時，樹幹上的皺褶形成象神的模樣。某地在進行宗教儀式時，有人進入恍惚狀態，並指出一名菲爾②婦女是為族人帶來災難的女巫，村人將她打死之後，期盼著好日子的來臨，但不幸的，一年過後他們仍在等待中。

趁話題又回到從前，伊斯佛說：「我們婚禮時再見，假如一切順利的話。」然後他們便在開心的笑語聲中離開。

他們逛到市場的蔬菜區，伊斯佛挑了些豌豆、香菜、菠菜和洋蔥，「今晚我來為大家做我的拿手好菜。」

阿施若夫說：「然後印度薄餅大師也要大顯身手。」他又把手搭在歐文肩上，他就是忍不住想要一直的撫摸、擁抱這兩個他視如己出、像兒子及孫子的人。此外，他也一直避免典禮結束之後他們離開時讓可怕的孤寂感降臨。

「我們回家前再稍微逛一下。」伊斯佛說。他帶著兩人走向宗教品販賣商，然後買了一串昂貴的念珠。「我們送你的小禮物，」他對阿施若夫說：「希望你能用上許多年。」

他說：「真是天意，」然後輕吻著琥珀珠子，「你們選的禮物正合我用。」

「是我的主意，」歐文說：「我們注意到你花在禱告上的時間變多了。」

「是的，我體會到死亡與衰老在凡人肉體上的影響。」小販正要將念珠裝入用報紙做成的袋子中，他阻止道：「不用了。」然後把珍貴的珠串繞在自己的手指上。

附近有一個棉花糖小販正在叫賣：「棉花糖！棉花糖！」

「我想要一個。」歐文說。

「買兩個嘛，買兩個！」小販搖著小銅鈴說。

伊斯佛舉起一隻手指頭，棉花糖小販開始轉動機器。

他們看著中央旋轉、發出嗡嗡聲的軸心甩出粉紅色的細紗，那人在盆子裡急速的轉動細棍，讓甩出的細紗纏在上面。當球膨大到跟人頭一樣的程度時，他把機器關掉。

「你知道這是怎麼做出來的嗎？」阿施若夫說：「機器裡有一隻大蜘蛛，餵牠吃糖和粉紅色顏料，小販一聲令下牠就開始結網。」

「當然，」歐文輕撫他的下巴，指頭撥弄著他的白鬍鬚，「你的棉花糖也是這樣做出來的嗎？」

快到中午了，幾輛空卡車停在大路旁及市場外，並沒人注意到，每週的這一天交通量總是很大。

「想嚐嚐看嗎？」歐文把手中的棍子往前遞。

伊斯佛婉拒了，阿施若夫決定嚐嚐看，便毫無顧忌的讓蓬鬆的團絲穿過鬍子。一些粉紅色的棉球黏到了白色鬍鬚上，歐文大笑出來，把他帶到一家沙麗服飾店的窗前，讓他看看自己的棉花鬍。「看來很帥氣，叔叔，可以當作你的新造型。」

「現在你知道為什麼它叫做棉花糖了。」阿施若夫把細紗從鬍子上拿掉。

伊斯佛心滿意足的看著，露出幸福的微笑。他心想，儘管發生過不幸的事情，人生仍是美好的。歐文和他承蒙上天眷顧，遇到像阿施若夫叔叔、迪娜女士和馬內克那樣友好的人，夫復何求。

廣場上出現更多輛卡車，佔住了往賣場的巷道。那些都是垃圾車，有圓形的車頂，開口在後方。

「為什麼來得這麼早？」阿施若夫納悶的說：「市場還會營業好幾個小時，通常到傍晚才會開始清理。」

「或許司機們想買些東西。」

突然間響起了警笛，警用卡車衝進市場，人群往兩邊站開。車子停在中央，走下一隊警員，在廣場裡整隊站好。

「是賣場的警衛隊嗎？」伊斯佛說。

「事情不對勁。」阿施若夫說。

買東西的人都停下來困惑的看著，然後警察開始上前抓人。被抓的人疑惑的反抗，大喊大叫：「先告訴我們！我們做錯了什麼事！你們怎麼能像這樣隨便抓人？我們有權利來這裡，今天是市集日！」

警察繼續在人群中前進，反抗者遭受棍棒襲擊，人們對警察推擠、懇求、掙扎，想要衝過封鎖線，市場裡瀰漫恐慌的氣氛。廣場被重重包圍起來，好不容易擠到周圍的人又被待命中的警力打回去。

攤位和陳列台倒塌下來，籃子打翻、盒子壓爛，彈指間廣場上散落了番茄、洋蔥、陶鍋、麵粉、菠菜、香菜、辣

❷ Bhel，印度的原住民，少數民族之一。

椒——原本一排排整齊的橘色、白色和綠色，在混亂中立即消失於無形；賣壯陽藥小販的熊被踩在腳下踐踏，掉了更多顆牙齒，而他的死蜥蜴和死蛇又死了第二次，只有家庭計畫中心的攤位在一片尖叫聲中繼續廣播。

「到這裡面來，快，」阿施若夫說：「我們在這裡躲一下。」他把他們帶到一個織品商的門口，那個織品商從前會介紹客人給穆沙佛裁縫公司。

店門關著，他按了按門鈴，但是沒有人回應，「沒關係，我們就站在這裡等事情平息，警察一定是在人群裡搜尋罪犯。」

但警察是隨機抓人的，老年人、年輕男孩、帶著孩子的家庭主婦都被拖上車。能逃走的人很少，大多數人都像關在籠子裡的雞一樣插翅難飛，只能等著被執法的警察抓走。

「看，」阿施若夫說：「那個角落只有一個人看守，如果你們跑快點就可以通過。」

「那你呢？」

「我在這裡很安全，晚點我們在店裡碰頭。」

「我們又沒做錯事，」伊斯佛不肯離他而去，「我們不需要像小偷一樣跑掉。」

他們站在門口觀望，警察繼續追趕著在散落的水果、穀粒和玻璃碎片中狂烈痛哭的人們。有人絆倒了，跌在破碎的陶土片上割傷臉，追趕他的人沒了興趣，又選了新的對象追捕。

「哦，天啊！」伊斯佛說：「看那種渾事！現在他們不理他了！這到底是怎麼回事？」

「假如是惡人達朗希在背後操控，我並不驚訝，」阿施若夫說：「這些垃圾車是他的。」

當車子愈裝愈滿，廣場上的人也愈來愈少，警察必須努力去抓剩下的人。不久後有六個警員鎖定了裁縫師。「你們三個！到車上去！」

「可是為什麼，警察大人？」

「過來就是了，別多話。」其中一人舉起警棍說。

阿施若夫把手舉到面前晃，警察一把抓住繞在他手指上的念珠用力拉，扯斷了圈線，珠子滾到人行道上。

「噢！」另外兩個警察踩到珠子滑倒在地。

看到同伴跌倒，第一個警察生氣的揮出警棍。

阿施若夫發出呻吟，慢慢的倒在地上。

伊斯佛乞求說：「別傷害他，拜託，這是個誤會！」他和歐文跪下護著他頭。

「站起來。」那警察說：「他沒事，只是在裝樣子，我剛剛敲得很輕。」

「可是他的頭流血了。」

「只有一點點。快，上車。」

裁縫師們顧著阿施若夫叔叔而不理睬他說的話，警員對他們每人踢了一腳，他們按著肋骨痛得叫出來。當他把腳抽回去準備再踢，他們站了起來，他把他們趕上卡車。

「阿施若夫叔叔怎麼辦？」伊斯佛大叫說：「你們打算把他留在人行道上？」

「別對我吼，我不是你的僕人！閉嘴，不然我就在你臉上重重的打一記！」

「對不起，警察大人，請見諒。但叔叔受傷了，我只是想幫他！」

那名警察轉過身看那受傷的老人，鮮血從他的白髮中緩緩流出，慢慢滴到鑲邊石上。但警察受命不得讓任何無意識的人上車，「會有人照顧他的，不用你們擔心。」他把兩人推上卡車。

在人行道上有一隻狗嗅著歐文剛掉下的棉花糖，糖絲沾到牠的口鼻，牠伸起爪子胡亂撥弄，卡車上的孩子坐在母親大腿上，看到狗兒滑稽的樣子哈哈大笑。當垃圾車裝滿了人後，警察就不再圍捕民眾，廣場上剩下的人們突然間鬆一口氣，可以自由離去。

節育營離城鎮只有一小段的行車時間，郊區的空地上設立了十幾個帳篷，上一次活動用的工具還遺留在現場，和市場攤位上一模一樣的標語、汽球和曲子正歡迎著垃圾卡車的到來。當車子停靠在帳篷後的開放區，乘客恐懼的哀號聲也愈來愈大，一旁還有輛救護車及一具柴油引擎發電機。

其中有兩座帳篷比其他的更大更堅固，從劇烈震動的發電機上牽了電線到裡頭去，準備給瓦斯爐用的紅色瓦斯桶就放在帆布外。裡頭有幾張辦公桌，鋪上塑膠布就成了手術台。

負責營區的醫護官對著垃圾車皺起鼻子，車上還殘留著平常載運物的腐臭味。他對警員說了些話：「再等十分鐘，到時我們的午茶時間就結束了。然後一次只帶四個病人進來，兩男兩女。」他不希望帳篷裡的人數超過醫師可以掌控的範圍，否則會引起更大的恐慌。

「沒人提供我們茶飲！」警員們聽到後紛紛抱怨，「還有這個愚蠢的音樂，都在重複同樣的幾首歌。」

半小時後開始進行工作，先從最近的卡車裡挑出四個人，他們尖叫著被拽到兩個大帳篷裡，然後又被強壓在辦公桌上。

「別反抗！」醫生說：「假如刀子滑掉了，只會令你受傷。」警告讓他們嚇得乖乖順從。

警察謹慎的看守帳篷，依據指示穩定地送進病患，不過有幾個不識字的一直搞錯，他們把女性送到輸精管切斷術帳篷。但混淆是可以理解的：除了手寫的指示牌之外，兩個帳篷一模一樣，連穿著白袍的醫護人員看起來也很相似。

「男生到左邊的帳篷，女生到右邊去。」醫生不斷提醒他們。醫生氣惱的懷疑這是故意的，也許是某種粗俗的政治幽默。最後由一位護理人員改善了指示牌，他用黑筆在牌子上畫圖，類似公廁的劃分法：男生的畫上頭巾，女生的畫上沙麗和長辮子；這樣警員就能準確的完成工作了。

在結紮手術進行的過程中，一個老婦人試圖和醫生講道理。「我老了，」她說：「我的子宮貧瘠，生不出一顆蛋，為什麼還要在我身上浪費時間呢？」

醫生立刻找來負責記錄每天進度的地方辦事員，「這個女人已經過了生育的年齡，」他說：「你應該把她從名單上刪掉。」

「這是診斷結果嗎？」

「當然不是！」醫生說：「這裡沒有足夠的設備做臨床實驗證明。」

「既然如此，做就是了。這些人常謊報他們的年齡，外表可以騙人，以他們的生活方式，三十歲的人可以看起來像六十歲，都被太陽曬乾、曬皺了。」

手術進行兩個小時後，一位護士忙著向警員傳達新的指示。「請暫緩送女病患進去，」她說：「輸卵管切除術帳篷現在遇到技術上的問題。」

一位中年男子趁機向護士求情，「我乞求妳。」他哭道：「讓我做，我是三個孩子的父親，我不在乎，但我的兒子才十六歲！還沒結婚！饒過他吧！」

「我無權決定，你必須跟醫生說。」她說完後就匆匆回去協助解決技術問題。壓力鍋無法使用，她必須燒開水來消毒工具。

「看，我是對的。」伊斯佛用顫抖的手將歐文拉近，小聲的對他說：「醫生會放你走，護士剛剛是這樣說的。我們一定要跟醫生陳情，告訴他你還沒生過孩子。」

裁縫師所在的卡車上，有一個婦女正在餵她的嬰孩，一點也沒受到周圍焦慮氣氛的影響。她輕輕哼歌，搖著手中的嬰兒讓他入睡。「輪到我的時候你可以幫我抱孩子嗎？」她問伊斯佛。

「好的，別擔心，姊妹。」

「我並不擔心，反而很期待。我已經有五個孩子了，但我先生不讓我停下來，用這種方式他就無法選擇——是政府阻止的。」她又開始哼歌：「啦——啦——啦——啦，納若揚，我的小乖乖納若揚……」

一個接著一個，警員終於叫到她了，她把孩子從胸口挪開，腫脹的乳頭離開嬰兒的嘴時發出小小的啪一聲；歐文看著她把乳房塞回衣服裡。伊斯佛渴望的伸出手接過孩子，當母親走下卡車離開時孩子哭了起來。

他點頭要她放心，然後把孩子放在大腿上輕輕的搖著。歐文在一旁做鬼臉哄嬰兒，伊斯佛模仿著那個母親的音調唱起歌來：「啦——啦——啦——啦，納若揚，我的小乖乖納若揚……」孩子不再哭泣了，他們交換勝利的眼神。過了一會兒，淚水從伊斯佛的臉上滑落下來，歐文默默的把頭轉開，他不需要問原因。

受到設備故障的影響，下午的手術進行得很慢，過了晚上六點的打烊時間，節育中心還繼續營業；第二個壓力鍋也壞掉了。一名高級行政官員從家庭計畫中心帶了一位個人助理來。

當他們巡視營區時，警員們重整步伐並站得更挺直。看到卡車上還有那麼多人，行政官面露不滿之色。有幾個醫生在瓦斯爐旁等著壺裡的水燒開，他決定走過去給他們點建議。

那些人向他問晚安，他開口便叱責：「別浪費時間了，你們沒有一點責任感嗎？還有幾十個手術要做，可以叫小職員幫你們煮茶。」

「我們不是在煮茶，熱水要用來消毒器具，壓力鍋壞掉了。」

「器具已經夠乾淨了，你們要花多久時間燒水？在節育中心效率是最高宗旨，目標應該在預算時間內達成，誰來為那麼多的瓦斯費用買帳？」他威脅說要向高層報告他們不合作的行為，將影響到他們的升遷，薪水也會被凍結。

醫生們拿著未消毒完全的工具回去工作，他們認識的同僚中，有人的職業生涯遭受類似的阻礙。

行政官監看了一會兒，統計手術的時數，算出處理每個病人所需的時間。「太慢了。」他對私人助理說：「只是簡單的剪—剪—縫，他們卻可以小題大作。」

離開前他又丟下一句狠話：「記住，塔庫爾．達朗希稍後會親自來驗收總結果，假如有任何讓他不高興的地方，你們就得遞出辭呈。」

「是的，長官。」醫生們回答。

他心滿意足的去巡視其他帳篷，他的個人助理跟在他身旁像個隨行翻譯員，臉上的表情闡明長官的話語。

「我們必須對那些醫生嚴厲些。」行政官員透露道：「如果任他們自己去對抗人口膨脹的威脅，國家到時只會被人口淹沒、窒息，然後完蛋——我們的文明就此結束；因此要靠我們來確定這場戰爭的勝利。」

「是的，長官！絕對是，長官。」助理說，他心情激動的接納這私下傳授的智慧箴言。

當輪到裁縫師的時候，太陽已沒入地平線之下。伊斯佛懇求抓著他臂膀的警員說：「警察大人，這是個誤會，我們不住在這裡、我們從另一個城市來，因為我姪子要結婚了。」

「我無能為力。」他跨大步伐地走。

伊斯佛被拽著走，想抗拒，因此腳步一跳一躍的，「我能見負責的人嗎？」他的呼吸急促、聲音顫抖。

「是醫生在負責。」

到了帳篷裡，伊斯佛膽怯的向醫生說：「這其中有誤會，醫師先生，我們不住在這裡。」累壞的醫生並不回應。

「醫師先生，你對我們窮人來說就像父母一樣，為我們保持健康的身體。我也認為節育對國家很重要，我從未結婚，醫師，請對我施行手術，我會很感激。但請放過我的姪子，醫師先生，他叫做歐普拉卡希，他就要舉行婚禮了。請聽我說，醫師先生，我求求你！」

他們被推到桌子上、脫掉褲子。伊斯佛開始哭泣：「求求你，醫師先生，不要對我姪子做！你想對我切掉多少都可以，但饒過我的姪子！我們正在安排他的婚禮！」

歐文什麼也沒說，他不想低聲下氣的乞求，也希望伯父能維持自己的尊嚴。帳篷頂的帆布在微風吹動下輕輕的波動，牽繩發出嘰嘰嘎嘎的聲響，電線也隨風搖晃，他只是木然的盯著。

護士扶著裁縫師從桌上下來，外頭已從黃昏轉為夜晚。「噢！」歐文叫道：「好痛！」

「疼痛會維持幾個小時，這是正常的。」醫生說：「不用擔心。」

他們一跛一跛的走過黑暗的空地，被帶到恢復區的帳篷裡。「為什麼要把我們留在這裡？」伊斯佛啜泣著問：「我們不能回家嗎？」

「你們可以，」護士回答：「但最好先休息一下。」

才走了幾步便感到劇烈的疼痛，他們決定聽從護士的忠告，躺到草蓆上休息。沒人注意到伊斯佛的哭泣，因為帳篷內外的哀傷與淚水是很普遍的現象。他們每人都拿到了一杯水和兩片餅乾。

「一切都毀了，」他一面哭，一面將自己的餅乾遞給歐文，「那四個家庭現在不會讓我們娶他們的女兒了。」

「我不在乎。」

「你這個笨小子！你不懂這件事情的意義！我對不起你死去的父親！我們家族將因無子嗣而滅絕，這就是一切事情的結果，一切都完了！」

「或許對你來說是這樣，但我有自己的尊嚴，我不想像個孩子似的哭。」

隔壁抬架上的男子專注的聽他們對話，他用手肘撐起身體說：「嘿，老兄，別哭，聽著，我聽說這種手術是可以逆轉的。」

「怎麼可能？輸精管已經被切斷了。」

「不，老兄，是可能的。大城市裡的專家可以把輸精管再接回去。」

「你確定？」

「絕對確定，唯一的問題是費用很貴。」

「你聽到了嗎，歐文？我們還有希望！」伊斯佛擦乾臉上的淚水。「不管花多少錢，我們一定要做！我們會日以繼夜瘋狂的為迪娜女士縫紉！我要讓你做逆轉手術！」

他轉頭對給予他希望的恩人說：「謝謝你的消息，願上天保佑你，祝你也能逆轉回來。」

「我並不想。」那人說：「我有四個孩子了。一年前我出於自願去找醫生做了手術，而這些畜生今天又對我做了第二次。」

「那就像對死人執行死刑一樣，難道他們不聽任何解釋嗎？」

「當那些受過教育的人行為像野蠻人一樣時，我能怎麼辦。」感到胯下劇烈的疼痛，他放下手肘躺回去。

伊斯佛也擦乾眼淚躺下，他把手伸到隔壁墊子上輕撫姪子的手臂，「我的孩子，我們找到解決的方法，現在不用擔心了。我們回去做逆轉手術，明年再來此辦婚禮，到時候會有其他家庭有興趣的。或許到時候這個該死的緊急狀態就結束了，政府也會恢復理性。」

他們聽到像是水龍頭的流水聲，有人在外頭撒尿。尿液落到地上的聲音惹惱了帳篷裡做過兩次結紮手術的男子，他又用手肘撐起身體：「看，如我所說，像畜生一樣，這些警察連走到空地另一端解手的禮數都沒有。」

夜幕低垂，塔庫爾．達朗希到達時醫生正在做最後的幾個手術。警察和家庭計畫工作人員擁上前去向他敬禮，爭先恐後地撫摸他的腳。他對醫生和護士簡短的說些話，然後大步走向恢復區的帳篷向病人揮手，感謝他們的合作讓節育營辦得那麼成功。

「快，把頭轉過去，歐文。」伊斯佛急忙小聲的說，塔庫爾正走向他們那一排，「用手臂遮住，假裝睡著了。」

塔庫爾．達朗希停在歐文的腳邊盯著看，他對旁邊的人吩咐了幾句，那人離開後帶了一位醫生過來。塔庫爾輕聲的對他說話，醫生聽了惶恐的退縮，猛烈的搖頭。塔庫爾又耳語幾句，醫生臉色發白。很快的來了兩位護士扶起歐文。「我想休息，」他抗議道：「傷口還在痛。」

「醫生要見你。」

「為什麼？」伊斯佛大嚷：「你們已經讓他做過手術了！現在還想怎麼樣？」

在手術帳篷裡，醫生背對著入口處站著，看著燒得沸騰的熱水。手術用解剖刀躺在鍋底，在泡泡下閃閃發光；他要護士將病人送上桌子。

「睪丸癌！」他覺得自己有義務向他們解釋，「塔庫爾先生特別授權為那個男孩移除掉的。」他話中的顫抖洩露了謊言。

歐文的褲子又被脫去，浸過哥羅芳的布條按在他的鼻子上，他伸手扯了一下，然後就失去意識。醫生快刀割開一個切口，拿掉睪丸，縫合切口，然後敷上一層厚厚的藥布。

「別把這個病人和其他人一起送回家。」他說：「他今天晚上要睡在這裡。」他們用毯子蓋住他，用擔架送到恢復區。

「你們對他做了什麼？」伊斯佛大喊：「他站著出去，現在卻被抬回來！你們到底對我的姪子做了什麼？」

「安靜！」他們勸他，然後把歐文從擔架裡挪到休息台上，「他病得很重，醫生為他做了免費的手術以挽救他的性命。你應該要心存感激，而不是在這大吵大鬧。別擔心，當他醒來時就沒事了，醫生說他要休息到明天早上，你也可以留下來。」

伊斯佛到姪子身邊親自查看，他叫喚他，看起來像是睡著了，歐文沒反應。伊斯佛拉開毯子檢查：他的手、手指、腳趾都完好無缺。他又檢查背後——沒有被鞭打的血痕；嘴巴也是好的，舌頭、牙齒都沒受損。他的恐懼開始減輕，也許塔庫爾只是想讓他單獨留下。

後來他在褲子胯下的部位發現血跡，有可能是結紮手術留下的嗎？他看看自己的——並沒有血跡。他的手指開始顫抖，解開歐文的褲子，看到一大片敷料；他解開自己的褲子做比較：只有一小片薄紗布和手術膠帶。他把手放到歐文的繃帶上感覺，驚訝哽在喉頭，手指狂亂的移動搜尋，希望能在哪裡摸到睪丸，無法相信它們不見了。

然後他痛哭悲號。

「噢，老天！看啊！看他們對我姪子做了什麼？看啊！他們閹了他！」

有人從大帳篷裡出來叫他安靜，「你又在叫什麼？你還不懂嗎？這男孩得了重病，那個部分長了危險的東西，長滿了毒物，必須要移除掉。」

做了第二次結紮手術的男子已經離開，帳篷裡其餘的人都在忙著安撫自己的悲傷，以及應付噁心及暈眩的感覺。當他們覺得力氣恢復後，就一個接著一個起身，懷著羞憤的心情回家，沒有人留下來安慰伊斯佛。

那一整晚他都在哭泣哀號，力氣用盡後小睡了一下，醒來後繼續哭泣。午夜過後歐文才從麻藥的效力中甦醒，感到難過作嘔，然後又睡著了。

留在廣場上的阿施若夫叔叔後來被送到市立醫院，他在伐木場的親戚得到通知前來探望，幾小時後他就撒手人寰。醫院依據標準作業程序寫下死亡原因——意外：絆倒、摔跤，頭撞到鑲邊石。隔天他的親戚就把他葬在蔓塔茲阿姨旁邊，當時伊斯佛和歐文正從節育營回來的途中。

除了腹股溝的疼痛之外，伊斯佛沒有身體不適之處，倒是歐文的疼痛很劇烈，他只要走幾步便開始流血。他的伯父想試著背他，但只會更痛苦。像嬰兒般平抱在手臂上，對歐文來說是最舒適的姿勢，可是對伊斯佛來說負擔太重了，他必須每隔幾公尺就把他放下來休息。

將近中午時，有個人推著空的手推車經過，停下來問：「這男孩怎麼了？」

伊斯佛把情形告訴他，他表示願意幫忙。他們把歐文放到車裡，那人把頭巾拿下來當作枕頭，伊斯佛和他一起推手推車。

推動車子並不費力，只是在崎嶇不平的路上他們必須很慢很小心的推。一路上，顛簸像把銳利的刀子割著歐文，他不斷痛苦的尖叫著。

當他們到達穆沙佛裁縫公司時天色已黑，推手推車的人不肯收下酬勞。他說：「反正我是順路。」

阿施若夫在伐木場的姪子正在屋裡守著房子，「我有壞消息，」他說：「叔叔發生意外然後過世了。」

裁縫師們幾乎要發狂了，無法理解，也無法以哀慟表達失落，昨天在市集廣場上的事件與他們生命中所有的悲劇交融在一起。

「謝謝你前來通知我們，」伊斯佛機械式的說：「我一定會參加喪禮，歐文也會來，對，他明天就會好些了。」

那人跟他們說了四次，他們才了解到阿施若夫叔叔已經下葬了。「別擔心，你們可以待在這裡直到康復。」他說，「我還沒想到要怎麼處理這間屋子，假如你們有任何需要，請讓我知道。」

他們沒吃東西就睡了，反正沒有任何胃口。為了避免爬樓梯，伊斯佛在樓下店鋪的一角準備了一個睡墊。那晚歐文發狂似的到處翻滾，「不，不要丟掉阿施若夫叔叔的剪刀！雨傘在哪裡？給我，我來教訓打手！」

伊斯佛從恐懼中驚醒，在黑暗中摸索燈的開關。他發現床單上有一片黑色的污漬，於是清理了歐文的傷口，整夜坐著看守他，以免傷口裂開。

到了早晨，他半拖半載的把歐文送到鎮上的一間私人藥局。醫生對去勢的事情很反感，但並不驚訝，他常常治療來自周遭村莊階級暴力下的受害者，早已放棄援用法律追求正義。「證據不足，無法起訴」是慣例的回答，無論是少了手指、手、鼻子或耳朵。

「你們很幸運，」醫生說：「切得很俐落，也縫得很好，這孩子好好休息一個禮拜就會癒合了。」他消毒傷口後放了新的敷料，「別讓他走路，走路會讓傷口再次流血。」

伊斯佛用籌備婚禮的錢支付醫藥費，儘管知道答案，他還是要問：「他有機會做爸爸嗎？」

醫生搖搖頭。

「即使棒子完好無缺？」

「製造種子的容器已經被切掉了。」

伊斯佛謹記醫生的忠告，把姪子抱在手上蹣跚地走回家，然後把他放到床上。他找到一支瓶子和一個盆子，所以歐文不用走到廁所也能如廁。

阿施若夫叔叔的鄰居都躲開他們。

在小小的廚房裡，蔓塔茲阿姨曾在那裡做一家六口的菜，再加上兩個學徒；如今伊斯佛落寞的準備三餐，童年時歡樂的景象也不能為他帶來安慰。他坐在歐文旁邊，兩人靜靜的吃飯。

第七天之後，伊斯佛又帶他去私人藥局。在街上很容易看出被強迫結紮的受害者，尤其是只有一件衣裳的人，胯下的膿血痕跡說明了一切。

「傷口幾乎都癒合了。」醫生說：「現在可以走路了，但別走太快。」第二次的回診他不收取費用。

走出藥局之後，他們踏著小小的步伐，小心的走到派出所說他們要報案。「我的姪子被閹了。」伊斯佛說話時無法抑制的嗚咽。

值勤的警員感到煩擾，他擔心這是意味著階級間即將爆發暴動的前兆，他和同事都很頭痛。「誰做的？」

「就在節育中心，醫生的帳篷裡。」

答案令警員鬆了一口氣，「這不是警方的管轄範圍，這是家庭計畫中心的案子，抱怨者要洽詢他們的辦公室處理。」他以為這又是一個把結紮與閹割弄混的案例，到了中心就可以把事情弄清楚。

裁縫師離開了派出所，很緩慢的走到家庭計畫中心。伊斯佛很慶幸能夠慢慢的走，最近三天來他的鼠蹊部周圍非常疼痛，因為忙著照顧姪子卻忽略了自己。

歐文注意到步伐的異常，問伯父怎麼回事。

「沒事。」腿上一陣陣慢慢延伸的痛楚使他臉部抽搐，「只是手術後的不適，很快就會消失的。」但他知道事實上是愈來愈嚴重，今天早上腿開始腫起來了。

到了家庭計畫中心，當伊斯佛一說到閹割，他們就不願繼續聽下去。「走開。」辦事員命令道：「我們已經受夠像你們這種無知的人，要跟你們解釋多少次？輸精管結紮術與去勢無關，你們為什麼就是不聽我們教的？為什麼不看看我們發給你們的手冊呢？」

「我了解其中的差異，」伊斯佛說：「假如你能看一下，你就會明白醫生做了什麼。」他要歐文脫下褲子。

當歐文開始解釦子時，辦事員跑上去抓住他的腰帶。「我不准你們在我的辦公室裡脫衣服，我不是醫生，不管你褲子裡有什麼我都沒興趣知道。如果我們今天相信你們，那麼全國各地就會有成千上萬的申訴案湧進來責怪我們，想從我們這裡弄到錢。我們曉得你們的技倆，整個家庭計畫的企劃就要戛然而止，國家會陷入滅亡的危機，被無法控制的人口成長所淹滅。現在，你們在我叫警察之前離開。」

伊斯佛懇求他重新考慮，至少看一眼。

歐文把嘴湊到他伯父耳邊，警告他別又開始哭了。那人不斷用言語威脅，他們只好被迫放棄。當他們步出街道時，中心將門關上並掛上午休中的牌子。

「你真的以為他們會幫忙嗎？」歐文說：「你還不懂？對他們來說我們連畜生都不如。」

「閉上你的嘴巴，」伊斯佛說：「就是因為你的愚昧才把我們搞到今天這個地步。」

「怎麼說？因為我的愚昧使我失去了蛋蛋，但你的輸精管怎會是我的錯？不管怎樣它都會發生的，市場上的每個人都受到了相同的待遇。」他停頓一下，心酸的說：「事實上這都是你的錯，你狂熱的要來這裡幫我挑個老婆，要不然我們現在還可以安全的待在城市裡，在迪娜女士的廊房上。」

伊斯佛的眼睛充滿了淚水，「所以你的意思是我們應該在有生之年一直躲在廊房上嗎？我們不能自由來去，這是什麼樣的生活？這是什麼樣的國家？回到自己的家鄉有錯嗎？讓我的姪子結婚有罪嗎？」他再也走不動了，坐在人行道上顫抖著。

「好了，」歐文噓他，「別在大街上鬧笑話，真難看。」

他伯父繼續哭，歐文只好坐到他身旁，「我不是有意的，不是你的錯，別哭了。」

「好痛，」伊斯佛抖著身體說：「到處都是……好痛……我不知道該怎麼辦。」

「我們回家吧，」歐文溫柔的說：「我來幫你，你一定要把腳抬高休息。」

他們站起來，伊斯佛一邊呻吟、打哆嗦，一邊跛著、拖著身子走回阿施若夫的店裡。他們都覺得睡一晚好覺可以治療好他的傷痛，歐文為伯父鋪好睡墊和枕頭，然後為他按摩雙腿。

最後他們倆都睡著了，歐文的手還緊握著伊斯佛的腳。

一星期後伊斯佛的腿腫得像柱子一樣，他的身體因發燒而灼熱，從鼠蹊部到膝蓋的地方都變黑了。他們回到家庭計畫中心，偷偷從門口往裡頭看。幸好這個時候有醫生值勤，他們上次來遇到的那個人沒在附近。

「輸精管結紮術沒問題，」醫生概略的看一下之後說：「它跟你腿上的毛病沒關係，是你身體內的毒性引起腫脹，你應該到醫院去。」

這個人看來是個講理的人，伊斯佛又提到他姪子被去勢的事情，醫生突然立即變臉，「出去！」他說：「假如你再繼續胡說八道，就立刻滾出我的視線！」

他們到醫院去，伊斯佛拿了一些藥丸：每天四次，持續吃兩個禮拜。藥丸能夠退燒，但對他的腿一點幫助也沒有，服了兩週的藥之後，他變得根本不能走路了。黑色的面積像染料一樣向下擴散一直到腳趾，讓他想起兒時和父親及查瑪同胞一起工作時，皮膚上常染到製革的染料。

那天下午歐文在市場發現那推手推車的人，請求他幫忙：「這次是我的叔叔，他無法行走，必須去醫院。」

那人把推車裡的洋蔥清出來，卸貨過程中有幾顆被壓爛了，空氣中飄著辛辣刺激的氣味。他擦擦眼睛，把一個袋子舉到肩上扛進倉庫裡。歐文的眼睛也感染到辛辣的空氣，雖然離他有一段距離。

過二十分鐘後那人說：「我準備好了。」他抹掉車裡的灰塵，兩人一起到穆沙佛裁縫公司載伊斯佛。他們把推車推近台階，將他抬起來放進去。鄰人躲在窗簾後，看著搖晃的推車往醫院慢慢前進。

推手推車的男子在大樓外頭等著，伊斯佛蜷縮在門口，歐文去尋找急診室。「藥丸沒用，」值勤的醫生做過檢查後說：「血液裡的毒太劇烈了，必須截掉雙腿以免毒性向上擴散，這是挽救他性命的唯一方法。」

隔天早晨，變黑的腿就被截肢了，外科醫生說斷肢要觀察幾天，以確定所有的毒都排掉了。伊斯佛花了兩個月的時間待在醫院，歐文每天早上帶著食物去探望他，一直待到晚上。

「你必須寫封信給迪娜女士，」伊斯佛不斷提醒歐文，「告訴她發生了什麼事，不然她會擔心的。」

「好。」歐文雖然這麼回答，卻不敢嘗試。他要寫些什麼？單憑一張紙，他能解釋得清楚嗎？

兩個月過後，推手推車的男子回到醫院幫忙把伊斯佛接回穆沙佛裁縫公司。「我的人生完了。」伊斯佛哭道：「把我扔到流經我們村莊的河裡，我不想成為你的負擔。」

「算了，老兄，」歐文說：「別胡說，你說人生完了是什麼意思？你忘了尚卡嗎？他連手指和大拇指都沒有，而你還有兩隻手，你可以縫紉。迪娜女士有一台舊的手搖式縫紉機，我們回去後她會讓你用的。」

「你這個傻孩子，我不能坐、不能動，你竟然還談裁縫。」

「如果你們還需要運送的話就告訴我，」推手推車的那個男子很快又補充道：「從現在開始，我會用公車的票價來計費。」

「好的，我們會付錢，別擔心！」歐文說：「我伯父還需要到醫院回診。或許再過幾個禮拜之後等他恢復體力，你可以送我們到火車站，我們很快就要回城市裡。」

復元的速度很慢，他們的錢就快要用光了。伊斯佛胃口不好，吃得少，他的夜晚總是在發燒和惡夢中度過。他經常哭醒，歐文會安慰他，問他想要什麼。

「按摩我的腳，我的腳好痛。」他總是這麼說。

一天晚上，阿施若夫在伐木場的姪子來看他們，他說這間店面找到買主了。「很抱歉要請你們離開，誰曉得什麼時候才能遇到下一個買主？」他提議在伐木場找塊空地給他們弄個簡陋的屋子住。

「不，沒關係，」歐文說：「我們會回到城市展開縫紉工作。」

這次伊斯佛也同意，他覺得最好離開，別再留在這個只會帶給他們痛苦的地方。他們在人們面前每天都過著沒尊嚴的日子，尤其是鄰居，看他們從家裡及醫院間往返而竊竊私語，遠遠看到手推車來就閃開。

「你能幫我們最後一個忙嗎？」歐文問阿施若夫叔叔的姪子：「你能不能請伐木場的工匠為我伯父做一個裝小輪子的台車？」

他說這是小事一樁。隔天他就把裝著滑輪的台車送到店裡，滑車前端還有個繫著繩子的小勾子，可以讓歐文拉著台車走。

「用不著繩子，」伊斯佛堅決的說：「我可以用自己的手來滑動車子，像尚卡一樣，我想獨立。」

「好的，老兄，我們就看看。」

他們拿掉繩子，伊斯佛在室內練習。失去雙腳的平衡力，他必須學習壓低身子保持穩定。他的挫折感愈來愈深，在他還很虛弱的狀況下，連推動滑車都辦不到。

「要有耐心，」歐文說：「等你恢復體力後就能做到。」

「要耐心幹什麼，」伊斯佛嗚咽著說：「有耐心也不能讓我的雙腳長回來。」他徹底失望，讓繩子再接回來。

來此準備籌辦婚禮的四個月後，裁縫師們往火車站出發，終於要回到城市。途中他們來到阿施若夫叔叔和蔓塔茲阿姨的墓前。

「我好羨慕他們！」伊斯佛說：「能夠這麼安寧。」

「別又胡說八道了。」歐文把滑車換方向準備離開。

「我們不能多待一會兒嗎？」

「不，我們該走了。」歐文用力拽了一下繩子，滑輪在地面上震晃彈起。他心想，伯父現在多輕啊，像個嬰兒一樣，根本不用使勁拉他。

16 回到原點

迪娜開門時，珊諾比雅第一眼看到的是從廊房中央垂下來的拼布隔簾。「這是什麼?妳洗的衣物?」她咯咯笑著，「妳開始做洗衣工的服務了嗎？」

「不，那是婚禮服裝。」迪娜放聲大笑，懷抱忍耐了四週的孤寂後，友人的造訪真是一大安慰。

雖然聽不懂笑話的意思，珊諾比雅仍笑得很開懷。在兩人談笑間，她終於知道廊房被隔成兩半的原因。

「他們可能在任何時候回來。」迪娜說：「這簾子沒厚到足以蓋住新人在新婚之夜的聲音，但我盡力了。」

珊諾比雅再也不覺得好笑，她盯著迪娜好像她瘋了似的，「看妳變了多少，妳知道自己在說什麼嗎？一年前妳連不礙事的付費房客都反對，我還花了好多時間說服妳接受阿班．柯拉的兒子，讓他在妳公寓裡吃住。」

「妳完全正確，馬內克是個體貼的孩子，再過兩週他也要回來了。看看我做的被單，我要把它送給歐文，當作他的結婚禮物。」

珊諾比雅繼續自己的話題：「妳突然間變得很有勇氣，讓裁縫師住在這裡。那已經夠糟了，現在妳還讓他們帶太太一起來住！妳會後悔的，相信我。最後整個家族的人都會擠到這個廊房上，說不定有半個村子那麼多，然後妳永遠沒有辦法擺脫他們。他們的衛生習慣很糟，這裡會變得跟豬舍一樣。」

恐怖的預言令迪娜啞然失笑，但這次只有她一個人笑。為了安撫朋友，她的語氣變得認真些，「他們不是會占我便宜的人，伊斯佛絕對是個紳士，歐文也是聰明的好男孩，像馬內克一樣，他們只是運氣不好。」

珊諾比雅又待了半小時，懇求、威脅、哄騙，軟硬兼施的設法改變朋友的決定。

「別傻了，讓他們走吧。我們一定可以再找到新的裁縫師，戈普塔太太會幫我們，我確定。」

「那不是重點，就算他們不為我工作，我也會讓他們留在這裡。」

珊諾比雅發現自己無計可施，她已在這場爭執中投入了個人情緒，為了挽救自己的面子，她氣沖沖的離去。

迪娜用顫抖的手展開馬內克的來信，信裡說道：「親愛的阿姨，別來無恙，爸媽要我轉達他們的問候，祝妳一切都好。他們說很高興看到我，他們很想念我。

我終於收到學校通知了，很遺憾告訴妳我的成績不理想，他們拒絕我學位課程的申請，所以拿到一年的技術證書我就該滿足了。」

她猜得出接下來的內容，但她繼續念，不想理會胃裡難過的感覺。

「妳真應該看看收到通知後大家的反應。如果妳還記得，我一開始說想再讀三年書時，我爸媽是如何反對，但現在他們站在相反的立場為我擔憂。爸爸不斷念叨：『你的人生要怎麼辦，完了，一切都完了，這個孩子一點都不知道什麼叫做大難臨頭。我的人生中的災難一個接著一個，我以為自己的兒子會不一樣，但我早該知道命運是注定無法改變的，這就是我的命，我無法抵抗。』

妳記得伊斯佛為歐文找太太時的情緒化吧？阿姨，跟我爸爸的表現比起來那不算什麼；我真不該告訴他我打算攻讀學位的蠢事。幸運的是，在一切的反應結束後，我爸媽的一位朋友帶來好消息。格瑞瓦准將與波斯灣周遭的富庶國家有所接觸，那裡的錢就像從樹上長出來一樣，他答應我要在杜拜的冷凍與空調公司幫我找個好工作。准將自以為笑話說得很出色，他說沙漠裡的每個人都需要在帳蓬裡放一台冷氣機，而沙塵暴和風沙會堵塞住馬達和風扇，所以新冷氣機的需求就會源源不絕。

格瑞瓦准將的冷笑話使我決定接受這份工作，因為如果我去了杜拜，就不用再聽到他的笑話了，而且那裡的薪水、福利、住宿津貼很誘人。他們說一個人到了那裡，四、五年左右的時間就可以存到一小筆財富，或許到時我就能回來在城市裡發展自己的空調事業。或更好的是，我們可以利用我去年的經歷發展裁縫事業，當然，我來做老闆（哈哈，只是開玩笑）。」

眼中的淚水使得視線模糊，她迅速地眨了幾下眼睛，做個深呼吸。

「我三週後就要到杜拜去，為了幫我準備東西，媽媽把大家都快逼瘋了，去年我離家上大學的情況又重演了一遍。爸爸還是跟以前一樣，自從我回家後他就沒跟我好好說過話，儘管我已完全照他的意思做。每當我想給他建議，他就給我臉色看，我一走開他便覺得好些，他就是不喜歡我礙手礙腳，當他送我去寄宿學校的那天我就知道了。

請告訴歐文我很遺憾沒有機會見到他的太太，我相信有像妳那麼好的婆婆她會過得很快樂（哈哈，又是開玩笑，阿姨）。明年我從波斯灣放假回來時，我會專程去拜訪你們所有人。

最後，我想感謝妳讓我在妳家寄宿，還那麼細心的照顧我。」

下一句被刪掉了，她從劃掉的痕跡下隱約可以辨識出「最快樂的」及「生活」這幾個字。

後面的內容就不多了，「祝裁縫師們好運，我愛伊斯佛、歐文，還有妳。」

他的簽名下加了一則附註：「我請媽媽開了一張支票附上，面額是三個月的房租，因為我並沒有及早通知不續租，希望妳能收下。再次謝謝。」

眼前的信又開始變得模糊，她拿下眼鏡擦乾眼淚。真是個好孩子，少了他在身旁她會習慣嗎？她想起他的幽默、健談、樂於助人的天性、每天早晨的微笑、模仿貓樣的滑稽，以及對生死看法的冷酷。還有，這張支票多慷慨啊！她認為一定是他向媽媽施了一些壓力。

但她又想，覺得難過未免自私了些，她應該為馬內克的機會感到開心才是。他說的沒錯，很多人在這些以石油致富的國家工作而累積了一筆財富。

收到信的兩天後，迪娜到維納斯美髮沙龍去，接待員從後面回來說珊諾比雅正在招呼一位客戶，「請在等待區稍候，女士。」

迪娜坐在一株枯掉的植物旁邊，拿起一份陳舊的《女性週刊》自顧自的笑了一笑。顯然珊諾比雅還在為歐文娶太太的事生氣，這是她讓迪娜知道的方式，不然她早就拿著剪刀和梳子上氣不接下氣的跑來打招呼，然後再跑回去。

四十五分鐘後珊諾比雅才出現，她護送客戶到門口，那個頭髮吹整得很誇張的客人不是別人，正是戈普塔太太。

「在這裡看到妳真是驚喜，達拉太太，」她說：「妳的頭髮也是珊諾比雅做的嗎？」儘管帶著微笑，她的左上唇洩露了不苟同的心跡。

「哦，不是，我才付不起她的費用！我只是剛好路過進來聊聊。」

「我希望她的談話費比髮型設計費更合理些。」戈普塔太太吃吃的笑，「但是我不是要抱怨，她是個天才，妳看，她今天的手藝真是棒極了。」她將頭慢慢的從左轉到右邊，再轉到後面，然後停下來在吊扇下定住不動。

「真漂亮。」迪娜毫不猶豫的說。要是沒有任何讚美，戈普塔太太可以一直保持這個姿勢。

「謝謝妳，」她害羞的說，這才讓她的頭又動起來，「我們在奧荷華什麼時候才能再見面呢？妳的裁縫師到底要不要回來？」

「我想下週就可以開始了。」

「我希望他們婚假後不會再要求蜜月假，不然又要增加人口數了。」戈普塔太太又吃吃的笑起來，一面瞥著櫃台後的鏡子。她輕輕拍拍頭髮，很捨不得的離去，鏡子的特殊角度讓她對自己滿意極了。

留下迪娜和朋友兩個人，迪娜親暱的微笑，表示對戈普塔太太的話啞口無言，但珊諾比雅的回應很冷淡。「妳想找我幫忙？」

「是的，馬內克·柯拉寫信給我，他不會續租我的房間。」

「我一點兒也不驚訝，」她嗤之以鼻，「一定是受夠那兩個裁縫師了。」

「事實上，他們相處得很融洽。」話剛說出口，她才意識到這樣的說法並不足以解釋他們像家人般的生活，但又能說些什麼？她能跟珊諾比雅說明馬內克和歐文變得焦孟不離，而伊斯佛把兩個男孩都視如己出嗎？還有他們四人一起下廚、一起用餐，分擔打掃、洗碗、買菜、歡笑與憂傷嗎？或是他們在乎她，她從他們那裡得到的尊重比自己的親戚還多？還是過去幾個月來，她已認定他們是一家人？

根本無從解釋。珊諾比雅會說她傻，懷著不切實際的幻想，把經濟關係的必然性轉變為同情；或者她會指責裁縫師利用奉承和諂媚在操弄她。

所以迪娜只補充說：「馬內克不回來是因為他在波斯灣找到一個很好的工作。」

「嗯，」珊諾比雅說：「不管理由是什麼，妳都需要再找個房客。」

「對，這就是我來此的原因，妳有認識的人嗎？」

「現在沒有，但我會記下來，」她起身回去工作，「會很困難，任何人看到妳廊房上那個花不溜丟的簾子和裁縫師那一夥人都會被嚇跑的。」

「別擔心，我會把簾子拿掉。」迪娜希望她的朋友心情會好起來，珊諾比雅心情煩躁時需要花幾天去調適，如此而已。

她回家後清掃了一下馬內克的房間，不過她告訴自己不能再把它當成馬內克的房間。清理過後，她在衣櫥裡發現了那組西洋棋。要不要送還給馬內克呢？等寄到山上的家時，他已經啟程前往波斯灣了。最好留著，等到他明年來訪時——信裡是這麼說的——再還給他。迪娜覺得這個主意不錯，就把棋盒收到縫紉室自己的衣櫥裡，像是預定了馬內克的來訪似的；比起被他再也不來住的痛苦事實所淹沒，這個想法令人寬慰許多。

到了晚上，她走到廚房的窗戶旁餵貓，用他為牠們取的名字叫喚牠們。

六個禮拜過去了，她仍耐心等待，每次門鈴響起都讓她以為是伊斯佛和歐文回來了。過一陣子分期付款的收費員來收縫紉機逾期未繳的錢。「裁縫師下週就回來了。」她支吾的說：「你知道，為了結婚的事大家都忙得不得了。」

「他們太常遲交，」那人抱怨，「公司對我吼，說是我沒準時來收錢。」他答應再緩七天。

那天早上稍晚門鈴又響了，她跑到廊房上。是乞丐主人帶了一個小小的結婚禮物，他說：「是鋁製茶壺。」但很失望裁縫師們還沒回來。

「我希望最晚下週會回來。」迪娜說：「出口公司也快失去耐心了。」

「下週四我再帶著禮物來。」

她知道他想要什麼：他過期的規費，像分期付款的收費員一樣。「裁縫師還沒付錢，房東那兒會不會有問題？我可以先付一點，如果你堅持的話。」

「不會有問題，我會好好看著公寓，別擔心。遇到這麼好的人，我不擔心暫時的賒欠。妳來參加尚卡的喪禮，我不會忘記的。」

他在記事本中做了筆記，然後闔上公事包。「為了紀念尚卡，我終於在昨天捐了點錢給寺廟。他們舉行一個小規模的禮拜，神職人員敲著鐘，使我感到寧靜。或許是我該放棄這個事業的時候了，讓自己獻身於祈禱與沉思中。」

「你是認真的嗎？那你的乞丐們要怎麼辦？還有裁縫師和我？」

乞丐主人無力地搖搖頭，「這就是問題，我還有世俗的包袱，我必須繼續壓抑精神上的渴望。別擔心，我不會拋棄那些依賴我的人。」他離開時繫在手腕上的鍊子發出輕輕的喀喀聲，她注意到鍊子開始生鏽了。

不消幾分鐘，他嚴肅的保證就被迪娜拋諸腦後。早上來過兩位訪客，她的焦慮像掠食者一樣繞著圈圈潛行，又更逼近一步。現在她確定，裁縫師不能準時回來已不僅意味短暫的延遲。連禮貌性的明信片也沒有！到底發生什麼事讓他們無法用三言兩語對她交待：請原諒我們，迪娜女士，我們已經決定要在村裡住下來，歐文和他的太太覺得這樣比較好。只要短短幾句，這樣的要求會太過分嗎？珊諾比雅說的對，信任他們那種人真是太愚蠢了。他們先利用她，然後背棄她。

門鈴像嘲弄她似的，那天的下午又響了第三次。她沒把鍊鎖掛上就開門，耀眼的陽光使安全措施看來沒必要，然而出現在門後的是恐怖的鬼怪。「啊——！」她快嚇死了，一直尖叫。那人形貌枯槁，額上有一道剛癒合的傷疤，眼睛睜得大大的，看起來像從墳墓裡走出來一樣。

她趕緊把門關上，但他開口說話使她的恐懼消失，「別害怕，女士，」他氣喘吁吁的說：「我不會傷害妳。」他像隻可憐的動物一樣發出哀鳴，受傷的肺發出氣喘聲，「那兩個裁縫在這工作嗎？伊斯佛和歐普拉卡希？」

「是的。」

那人幾乎虛脫得鬆口氣，「拜託，我能見他們嗎？」

「他們離開幾天。」迪娜一邊說一邊往後退，他身上發出很重的臭味。

「他們會很快回來嗎？」他語氣中含著強烈的渴望。

「也許，你是誰？」

「一個朋友，我們以前住在同一個棚屋區，直到政府毀掉那個地方。」

有一瞬間迪娜懷疑他可能是瑞亞朗，那個想棄世成為苦行僧的人。她見過他一兩次，但苦行僧的艱苦生活有可能令他改變這麼多嗎？「你不是那個頭髮收集人吧？」她問。

他搖搖頭，「我是猴人，但我的猴子死了。」他用手指揉揉額頭，傷疤微微發癢。「裁縫師告訴我他們在這附近工作，從昨天開始我沿著這條路到每棟大樓裡挨家挨戶敲門。可是現在他們並不在這裡。」他看起來快要哭出來了，「伊斯佛和歐文仍和乞丐主人有來往嗎？」

「我想是的。」

「妳知不知道他住在哪兒？」

「不知道，但乞丐主人常到這裡來收錢，事實上，他今天來過。」

猴人的眼睛亮了起來，「多久以前?他往哪兒走?」

「我不清楚，已經幾個小時了，他是早上來的。」他充滿希望的表情又消下去。

就像燈泡的光芒一樣，迪娜心想，亮了又關掉。

「我找他有非常重要的事情，但我不知道到哪兒找他。」

他無助、憔悴的身形和聲音中的絕望令迪娜同情，「乞丐主人下週四會再來。」她主動告知。

猴人摸著額頭鞠躬，「願神保佑妳，使妳幫助弱者時所許的願望成真。」

分期付款的收費員下週又來了，並且說不能再延期，估量著迪娜會找種種的藉口，他這次決心要堅定些。

「我不想讓你等，」她斷然的說：「立刻把機器帶走，我不願多保留一分鐘。」

「謝謝。」他很驚訝的說：「我們的貨車明天早上會來載走。」

「你聽到我說的嗎？我說立刻！假如沒在一小時內搬走，我就把它們推出我的公寓，丟到街上。」那人連忙離去打電話回公司要求緊急載貨。

不讓縫紉機留在房子裡礙眼，讓她覺得比較舒服；她心想，就讓那兩個混蛋回來發現縫紉機不見了，狠狠教訓他們一頓。

下一步，她要等乞丐主人帶著結婚賀禮來，她決定改變策略讓他知道裁縫師不見了，他未收的逾期規費會讓他加緊腳步追查他們的下落，不管他們在哪裡。

但乞丐主人並未現身，那一天過後她想，多不像他準時的習慣啊。有可能是他跟裁縫師聯合起來欺騙她，打算擺脫她，然後佔領公寓？焦慮的情緒令她胡思亂想，卑鄙的情節一個接一個的發展、折磨著她，直到隔天早晨的敲門聲再次響起。

失望、背叛、喜悅、心痛、希望——從同一扇門一起湧進她的生活，她這麼想著。

她用耳朵仔細搜索乞丐主人公事包上鍊子的聲音，但沒有；接著又是一下輕輕的敲門聲。管他是誰，都不會是聖誕老公公。她掛上鍊鎖，打開門。

從門縫中露出一小撮白鬍鬚，接著一個聲音說：「拜託，姊妹，讓我進來！如果讓公司的人看到我，我會被處罰的，因為我不該在這裡！」

她不情願的拿下鍊鎖讓伊伯瑞尹進來。「你說不該在這裡是什麼意思？你是收租人。」

「再也不是了，姊妹，我上週被房東解雇。他說我太會破壞公司財產，我弄壞太多文件夾。他把我四十八年來的文具使用記錄拿給我看，我用過七個文件夾——一個皮革的、三個硬麻布的、三個塑膠的。七個是極限，房東告訴我，用壞七個你就滾蛋。」

「真是胡說！」迪娜說：「你用文件夾時都很小心，保持乾淨，輕輕的打開、關上，他們給你便宜的文件夾然後用沒幾年就裂開，這不是你的錯。」

「他只是找藉口擺脫我，姊妹，我知道真正的原因。」

「真正的原因是什麼？」

他遲疑了，似乎在掙扎要不要告訴她，然後嘆氣說：「真正的理由是，我對工作不再懷有熱情。我對房客不夠兇、不夠壞，嚇不著他們，我失去了鬥志，因此對房東來說沒用了。」

「你不能再強硬些嗎？試試更具恫嚇性的話或什麼的。」

他搖搖頭，「一旦火焰熄滅了就無法再點燃，它就是在這裡發生的，在這間公寓。姊妹，難道妳忘了嗎？數月前的一個晚上我帶著打手來，那次事件之後，我連一個小嬰兒都嚇唬不了，但我感謝神。」

她想起那一晚他為大家帶來的恐懼，但是現在她並不覺得生氣，反而對他失去工作感到有些責任，「那你找到工作了嗎？」

「在我這把年紀？誰會要我？」

「那你要怎麼辦？」

他慚愧的看著地板，「有些房客會幫我一點忙，最近我跟一些房客成了朋友。我站在大樓外，然後他們，妳知道，給我……幫助。但別管那些了，姊妹，我今天來的目的是為了警告妳，面對房東，妳的處境非常危險。」

「我才不怕那個混蛋，乞丐主人會保護我。」

「姊妹，乞丐主人已經死了。」

「你說什麼？你瘋了嗎？」

「不，他昨天被謀殺了，我親眼看到的。當時我站在外頭，好可怕！太可怕了！」伊伯瑞尹開始發抖，搖晃著站不穩，她拿張椅子讓他坐下。

「現在做個深呼吸，然後慢慢的告訴我。」她說。

他深呼吸一下，「昨天早上我站在大門附近拿著錫罐，等著房客——我是說朋友——的幫助。我什麼都看得清清楚楚，警察說我是現場目擊證人，就把我帶去做筆錄。他們把我留到晚上，一直問問題。」

「是誰殺了乞丐主人？」

他又深深吸一口氣，「一個看來很虛弱的人，他躲在大門旁的石柱後面，當乞丐主人一進來，他就跳到他的背後刺一刀。不過他實在太虛弱了，攻擊力道太輕，刀子插不進去，任何人都可以輕易的躲開。」

「那乞丐主人為什麼沒躲開？」

「因為他那天運氣不好。」

伊伯瑞尹解釋說，他那天帶了一個裝滿銅板的大袋子鍊在手腕上，是從他的乞丐們身上收集到的。被那只沉重的袋子定在地上，一隻手不能動，他被困住了。他用另一隻能動的手狂揮猛打，雙腳亂踢，而瘦弱的謀殺者跨坐在受害者的背上使勁的把刀刃刺穿衣服、皮膚，進入血肉直到心臟。

「剛開始看起來像齣鬧劇，好像他在用塑膠折疊刀刺氣球人一樣。但他從容不迫，乞丐主人最後終於不動了。他靠著無助的殘廢者乞討為生，也死於他們所乞討的東西，被它們的重量給固定住了。妳看，姊妹，世間偶爾還是有一點點的正義存在。」

迪娜想到尚卡喪禮上的乞丐們，沒錯，他們現在自由了，但自由對他們來說有什麼意義？被丟在城市冷酷的人行道上，孤苦無依又無助，在乞丐主人的監護下不是比較好嗎？

「他不全然是個壞人。」她說。

「我們憑什麼決定好與壞？那只是程度上的問題。坦白說，姊妹，昨天我看到乞丐主人走過來，連我都想請他幫忙——幫我找個好地點，卻被那個殺手搶先一步。」

「他有想要偷錢嗎？」

「不，他對那只袋子沒興趣，假如他想的話，他會把乞丐主人的手剁下來。但他只是丟下刀子大叫說他是猴人，他殺了乞丐主人報仇。」

迪娜臉色蒼白跌坐到椅子上。

伊伯瑞尹從自己的座位上掙扎起來去碰她的臂膀，「妳還好嗎，姊妹？」

「自稱是猴人的人，他是不是額頭上有道疤？」

「我想是的。」

「他上週來這裡，想找乞丐主人談事情，我告訴他週四乞丐主人會來——也就是昨天。」她把手指捏成一個拳頭掩著嘴，「我成了幫凶。」

「別這麼說，姊妹，妳並不知道他會殺人。」他拍拍她的手，她看見他的手指甲很髒。要是在幾個月前，她會嫌惡這樣的接觸，現在這舉動卻令她感到安慰。他的皮膚又皺又乾，像無辜的爬蟲，她內心充滿莫名的難過。為什麼我以前那麼討厭他？她問自己。人最擅長的情緒就是懷疑以及無助時的悲傷，可以歷久不衰。或許馬內克說的沒錯，什麼事都沒好結果。

「別自責，姊妹。」他又拍拍她的手。

「你為什麼一直叫我姊妹？你的年紀比我父親還大。」

「好吧，那我叫妳孩子。」他微笑著說，這並不是出於職業的習慣，而是發自內心的微笑，「妳也曉得，這個叫猴人的傢伙遲早會找到乞丐主人，不管妳有沒有幫他。警察說他精神有問題，他甚至不想逃跑，只是站在那裡大喊大叫、胡言亂語。他說乞丐主人趁他昏迷時偷了他的兩個孩子，切掉他們的手，弄瞎他們，扭曲他們的背，把他們變成乞丐；現在他實現了預言，他的復仇完成了。誰曉得什麼樣的惡魔在那可憐男子的腦袋裡折磨他。」

他又拍拍她的手，「如今既然乞丐主人死了，房東很快就會找人把妳趕出去，這就是我來警告妳的事。」

「我沒什麼力量反抗他的打手。」

「先下手為強，妳或許還有點時間。妳的房客和裁縫師都走了，因此他需要新的藉口，找個律師……」

「我付不起昂貴的律師。」

「便宜的也可以，他一定……」

「我不知道上哪兒找。」

「到法院，他們會自己找上妳，只要妳走進大門，他們會向妳衝過去。」

「然後呢？」

「面談，選一個妳可以付得起的。告訴他妳想對房東提起禁制令，要他停止威脅動作及其他任何形式的騷擾，現狀必須維持到……」

「我要寫下來，不然會忘記。」她拿了紙和鉛筆，「你想會有用嗎？」

「如果妳動作夠快，別浪費時間了，我的孩子。去吧！現在！」

她從皮包裡翻出五盧布的鈔票，「只是在你找到工作前的幫助。」她把錢塞到他乾皺的手裡。

「不，我不能拿妳的錢，妳自己的麻煩夠多了。」

「做孩子的不能幫老父親的忙嗎？」

他收下錢，淚水濕潤了眼眶。

法院的大門外門庭若市，尋求公平正義的人們可能花幾個小時、幾天、幾週、幾個月，甚至更久的時間進出法院，他們會在那裡向小販買東西吃。要找到有經驗的訴訟者很容易——他們自己帶食物來，站在一旁默默的吃。賣酥炸餅的小販吸引了一大群飢餓的人群；迪娜心想，難怪，味道這麼香。在他旁邊有一個大冰塊，上頭擺了冰冰的鳳梨，鋸齒邊的圓片切得很整齊；她看著那女人用長而銳利的刀挖掉硬結，切出一道道的凹口。

法院外活動區塊的中心是打字員，他們兩腳交叉地坐在莊嚴的仰德伍德雕像前的攤位裡，像是坐在神殿中似的，忙著為等待中的原告及請求人繕打文件。攤外中還有販售適於撰寫法律文件規格的紙、迴紋針、文件夾、保護打字訟書的深紅色布帶、藍筆與紅筆，還有墨水。

法律專業集團的黑衣人穿梭在人群中拉客戶，迪娜小心的避開他們，決定先到法院的中庭附近看看。「不，謝謝。」她不斷推辭那些主動提供幫助的人。

愈接近法院大樓人群就愈密集，那個地方簡直一團亂。進出門口的人川流不息，裡頭的人向中庭聯絡人猛打手勢，外頭的人大叫著要裡頭的人出來。常常有人掉落重要的文件，為了撿起來，手忙腳亂的又弄掉了其他東西，如手帕、涼鞋、帽子或圍巾等。

又有一大群人蜂擁而進，迪娜走在人群之後慢慢進入，她發現自己所在的通道可以眺望中庭。在這裡也是，人們忙得像無頭蒼蠅一樣，從擁擠的審判廳進進出出，在樓梯間上上下下，好像大家都感染了迷路的流行病。房間和走廊上不停響著微弱的回音，有時候穩定的嗡嗡聲裡夾雜著一陣陣喧囂；迪娜納悶大家怎麼聽得清楚彼此在說什麼。

她站在一個審判廳門口，裡面顯然正在進行訴訟，法官吮著眼鏡的耳架沉思，辯護律師正在發言，但一個字也聽不到，他的手勢和喉頭上的鼓動是唯一能看出他在努力呈現事實的跡象。

偶爾有人在通道間突然停下來，口中急忙喊出一個名字或編號，負責搜尋的人立刻分散開來，嘴裡念著剛得到的號碼或名字四處找尋。迪娜不禁猜想，是不是司法系統遇到問題了?遇到罷工?或許，但也許臨時工和職員還有祕書打電話來請病假，讓法庭陷入現在的紊亂中。

後來她看到一家人，似乎很清楚自己在做什麼，她決定跟著他們。她跟著他們跑，聽他們說什麼，看他們所注視的地方。

經過一番仔細觀察，她開始從紛擾和混亂中漸漸理出一個模式來。她心想，跟做一件新洋裝一樣，紙模在有條理的拼湊起來以前總是雜亂無章的。

現在她能夠理解，這裡所發生的騷亂就是法院日常生活的一部分，譬如說，在走廊上踱來踱去的人們只是試著找出有他們案件編號的告示板，才曉得案子將在哪間審判廳進行；擠在陰暗角落裡可疑的人群是磋商賄賂的中間人；喊著名字和編號的是找尋客戶的律師，或找尋律師的客戶，因為就要輪到他們的案子了。等待了幾個月甚至幾年之後，爭訟者的激動是可想而知的，沒什麼比重新排定開庭時間更糟糕，只因為律師在關鍵時刻跑去上廁所或喝茶而沒事先告知辦事員。

一旦迪娜在混亂中抽絲剝繭、理出頭緒來，她就更有信心了，她回到外頭的中庭去尋找可以雇用的律師。有些人以手寫告示牌列出他們的服務項目和專長：辦理離婚、遺囑及認證、安排腎臟買賣、英文書寫具結書稿……流暢、迅速、清晰。

有人喜歡像市場裡的小販一樣叫賣他們的服務：「正版謄本，只要五盧布！宣誓書，十五盧布！所有的民事訟案和刑事罪案，通通都有優惠！」

她停在一個告示牌旁，上面寫著租屋糾紛——五百盧布整。當她準備開口時，一群像那樣的人嗅到機會的味道，蜂擁而上，他們的黑外套在空中鼓動著。事實上許多的外套已經褪色，歷經多次清洗，顏色已褪成灰色。

律師們擠到她跟前想引起她的注意，但仍保持風度的良性競爭，臉上並未顯露出同業相爭的神情，沒有皺眉頭，也沒有插嘴的狀況。但當他們的懇求引起迪娜的關注時，每個人便開始無視他人的存在。

有一個人一馬當先的把自己的律師證亮在她面前，「拜託，噢，女士！看這裡，來自優良大學的優越學位！有許多騙子假裝成律師！無論妳挑上誰都要當心，記得要檢查證書！」

「特別優惠！」一個男子從人群後方喊道：「繕打文件不額外收費，全都包含於單一優惠價中！」

迪娜被團團包圍住，被不停的煩擾苦惱不已，亟欲脫身，「抱歉，拜託，我要……」

「要告什麼，女士？」一個人踮起腳尖好被看到，「刑事或民事訴訟我都能處理！」

他口沫橫飛的將口水濺到她的眼鏡和臉頰上，她嚇得倒退，再接著想辦法脫身。

結果在一陣推擠中，一隻手擰了她的臀部一把，另一隻手從她的胸前滑過。

「你們這些無賴！不要臉的混蛋！」她用手肘反擊，用力踢了一兩個人的腿嚇阻他們。她真希望出門時有帶著那把寶塔圖案的雨傘，就能好好教訓他們了。

她的雙手在發抖，必須費力的集中注意力才能站穩。她退到大樓的旁邊，是中庭裡比較不擁擠的地方；那個地方沒有律師，安靜多了。中庭的欄杆旁放了一排木製長板凳，有人在草地上休息，把拖鞋放在頭下當枕頭打盹；有人拿著不鏽鋼餐盒吃飯；有位母親用小刀削奇果皮，把甜甜的褐色果肉餵孩子吃。炎熱的午後收音機裡傳來的音樂像是蒼蠅的嗡嗡聲。

在這寧謐的氣氛中，有一個男子坐在壞掉的長板凳上抬頭盯著芒果樹看，三個小男孩想用石頭打下青綠色的果實，他們的父母親正在草地上打瞌睡。一陣努力後終於掉下一顆芒果，他們傳著吃，酸澀的果肉令他們嘴都縮皺了起來。雖然酸得瞇上眼睛、身體打顫卻很開心，他們咬緊牙齒去回味那股酸澀的滿足。

坐在壞板凳上的男子看著孩子們的行為和反應微笑、點頭，他襯衫的口袋鼓鼓的，裡面放了一個別緻的塑膠盒，裝著幾支筆。他腳邊是一個方形的硬紙板，約三十乘二十五公分的大小，用一塊磚頭立起來。

在好奇心的驅使下，迪娜走近瞧瞧，板子上面寫的是：法山卓．弗米克──法學士。她心想，奇怪，如果他是個律師，怎麼會這麼被動的坐在這裡，而且這裡沒有黑衣人來競爭，招攬生意根本毫不費力。

「女士，剛剛在門口發生的事實在有失體面，我代表我的專業領域向妳道歉。」弗米克先生說。

「謝謝你。」迪娜說。

「不，是我要謝謝妳接受道歉。他們圍住妳的行為真的很丟臉，我從這裡都看到了。」他鬆開交叉的腿，腳趾不小心碰到硬紙板告示牌，使它倒了下來；他把板子弄直，調整用來支撐的磚頭。

「從這張板凳的位置上，我每天都能觀察到很多事情。其中許多令我感到失望，但公理已經屈服於蠻橫的野獸，國家領導人又使明智與良好的管理系統變得對上卑怯、對下自我膨脹，我們又能期待什麼呢？我們的社會正從上層向下腐敗。」

他挪到板凳上會搖晃的那一邊，騰出空間給她，「請坐。」

迪娜被他的言談舉止深深吸引，便接受了，她覺得他在這裡與眾不同。他看起來像是待在辦公室的人，用桃花心的辦公桌、皮沙發椅和擺滿書的書架。「在法院的這一邊，一切都好寧靜。」

「是的，這不是很好嗎？等待的家人可以自在的放鬆、消磨時間，直到裡頭對他們的案件做出宣判。誰會相信這個美麗的地方是上演真實仇恨與復仇，以及零星悲劇與鬧劇的場所？這裡看起來不像是戰場，倒像是郊遊的地方。幾個月前我甚至目睹一位即將臨盆的婦女就在這裡生產，多令人歡欣。她不想去醫院，不希望她的案子一再延宕，她正是我的客戶，最後我們贏了。」

「所以你也是一位執業律師？」

「是的，」他指指牌子，「絕對專業。許多年前當我還在大學讀一年級時，我的朋友都說我根本不用讀書，就儼然是個法學士了。」

「怎麼會呢？」

「他們叫我最後一排學士。」弗米克先生微笑道：「他們給我這個榮譽學位，因為我總是坐在教室的最後一排，從那個地方看到的比較寬廣。我必須承認，那個視野讓我學到比課堂上更多的人性與正義。」

他摸摸襯衫口袋裡的筆，像是確定它們都在的樣子，它們好好的豎立在塑膠保護套裡，像弓箭一樣。「現在我在這裡又獲得一個學位：破板凳學士，而且我還要繼續求學。」他笑了起來，迪娜禮貌性的跟著回應，他們坐的椅子又開始搖晃。

「弗米克先生，為什麼你不和其他律師一樣到前頭拉客人？」

他的視線又凝視著芒果樹說，「我覺得那種行為粗野到了極點，非常infra dig。」他又很快的補充道：「有失體面。」有點擔心她將那個拉丁字誤解為他的勢力眼。

「但如果你只是坐在這裡，要怎麼討生活？」

「順其自然，一次一點，有緣人會找上我。像妳這樣的人會討厭那些訟棍以俗氣的方式招徠顧客，當然，他們並不全是個性不好，只是急著找工作。」他向一位路過的法院職員輕輕揮手，然後又摸摸他的筆，「就算我有那種鄙俗的性情，我的聲帶也不允許我大喊大叫。妳知道，我的喉嚨有嚴重的問題，假如我大聲說話，我就會完全失聲。」

「哦，多不幸。」

「不，也不是。」弗米克先生安慰她。他認為真誠的同情是可貴的，不喜歡看到它被濫用，「這對我沒什麼影響，現在的律師不需要在法庭裡用宏亮的聲音發言，以吸引法官和陪審團投入在他精采的辯論中。」他咯咯笑起來。「這裡不需要克萊倫斯．丹諾❶，這裡沒有猴子審判案❷；雖然猴子很多，每間審判廳都有，可以為了香蕉和花生而表演。」

他重重地嘆了一口氣，諷刺轉變成了難過。「我們能說什麼，女士？我們能為國家現狀想出什麼辦法？國家的最高法院將總理的有罪改判為無罪，那麼這裡所有的……」他指著氣勢宏偉莊嚴的大樓，「所有的一切都不過是陳列廉價品的博物館，而不是強化社會道德的活生生的法律了。」

迪娜被他衛道的苦惱所感動，問道：「為什麼最高法院要這麼做？」

「誰曉得原因，女士。為什麼有疾病、飢餓和痛苦的存在？我們只知道如何、哪裡、何時。總理在選舉中舞弊，相關的法律立即就被修改，因此——她無罪。可憐的老百姓只能接受既定的事實，而總理還在繼續玩著她的把戲。」

弗米克先生停下來，突然意識到潛在的客戶就在他身邊，而他還在漫無目的的閒聊，「那妳的案子是什麼，女士？妳看來在這裡是識途老馬了。」

「不，我從沒有來過法院。」

「啊，那妳的人生很幸運，」他喃喃的說：「我不想過問太多，妳需要律師嗎？」

「是的，為了我的公寓，問題始於十九年前我丈夫過世之後。」她把一切告訴他，從魯斯登在他們結婚三週年過世幾個月後房東的第一份通知開始，還有裁縫師、房客、收租人不斷地騷擾、打手的威脅、乞丐主人的保護，以及他的死亡。

---

❶ Clarence Darrow，猴子審判案中的辯護律師。

❷ Scopes Monkey Trials，一九二五年發生在美國一項關於創造論與進化論的爭論。

弗米克先生兩手指尖相觸專心的聽，他沒動一下，甚至沒去撫摸他的愛筆。她很驚訝他全神貫注的程度，幾乎跟他自己說話時一樣審慎。

等她說完後，他才把手放下，然後用已開始沙啞的聲音輕聲說：「情況不簡單。妳知道，女士，有時候採取ex curia會是比較迅速地方式。」看到她疑惑的表情，他又補充道：「也就是說，庭外和解，雖然最後還是會衍生出更多的問題。沒錯，在這個亂無章法的時期，社會上到處都充斥著暴徒，這是一個受暴力統治的時代，因此誰能指責妳選擇這條路？誰願意進入這個被污染的正義殿堂？正義已橫躺在地上，被她的看守者殺害，而現在殺害她的凶手正在嘲笑神聖的司法過程，仿造她一視同仁的美德，賣給出價最高的人。」

迪娜希望弗米克先生不要再唱他的高調，剛開始是蠻有意思，但這樣持續下去不久就變得沉悶。她心想，人們總是喜歡高談闊論，誇張的言詞和巧妙的辭藻腐蝕著國家，上自總理下至律師、收租人和頭髮收集者。

「所以你是說沒有希望囉？」她打斷他。

「希望永遠都在，夠到足以平衡我們的絕望，否則我們就迷失了。」

現在他從公事包當中拿出一個墊板，從口袋裡愉快的挑了一支筆，然後開始做筆記。「也許正義的魂魄仍然在附近徘徊，要幫助我們。如果一個稱職的法官聽到我們的請求，批准了禁制令後，直到審判前妳會很安全的。妳的名字，女士？」

「達拉太太，迪娜・達拉。你怎麼收費？」

「以妳能力所能支付的，我們稍後再談。」他記下房東的名字和辦公室地址，以及這個案子的相關歷史細節。「我給妳的忠告是，別讓公寓閒置著；實質佔有，十訴九勝。打手基本上都是懦夫，有可能找什麼人，親戚或朋友陪妳住嗎？」

「一個也沒有。」

「是的，沒有，是嗎？請原諒我的問題，」他停頓一下，然後突然放聲大咳。「抱歉，」他沙啞的說：「我想今天的對話超過我喉嚨的負荷了。」

「我的天啊，」迪娜說：「聽起來很糟糕。」

「這還是經過治療之後，」他說話的語氣像在吹噓似的，「妳應該聽聽我一年前說話的樣子，那時我只能像老鼠一樣吱吱叫。」

「是什麼讓你的喉嚨受這麼嚴重的傷害？是意外還是……？」

「是說話的方式。」他嘆氣道：「追根究底，我們的人生就是一連串的意外，一連串的事件所組成的鎖鏈。不經意或故意的選擇所組成的鎖鏈，一一接在一起，形成一個大苦難，就是我們所謂的人生。」

她心想，他又來了，不過他的話是有幾分道理的。她把自己的經驗套用進去，偶然的事件操控了一切：在她十二歲時父親的死亡，裁縫師整個的人生，還有馬內克——前一分鐘說要回來，下一分鐘就要遠離去杜拜。她或許再也見不到他，以及伊斯佛和歐文。他們偶然走進她的人生，也偶然消失無蹤。

此時弗米克先生拍拍他心愛的筆，準備回答她的問題。不知怎麼的，迪娜覺得他這種習慣有點討厭。但摸筆的動作總比摸胯下好多了，有些男人會把他們的東西往左或往右推，有時根本毫無理由。

他用嘶啞的喉音說，當他年輕時還是充滿熱忱的法學院學生，老師看好他的前途，但在站上法庭工作後，他渴望平靜與獨處，終於在審稿中找到他要的，「二十五年來我一直沉浸於文字的世界裡，直到有一天我的眼睛嚴重過敏，我的世界就倒過來了。」

他喉嚨裡發出的刺耳聲響使迪娜難以聽懂他在說什麼，後來她適應了這種異常的音質和頻率。她了解到雖然弗米克先生把人生描述為一連串的意外，但他的專業敘事能力並非偶然，從他嘴裡說出的文句像完美的縫線，把他故事的衣裳天衣無縫地接合起來。他有特意依照時間順序來描述嗎？或許沒有，或許敘事本身就創造了一個自然的架構。又或許，那也是人類梳理凌亂失序生活的一種本領——一個隱藏的求生武器，跟血液中的抗體一樣。

他講話時，心不在焉地拉出一隻墨水筆，扭開蓋子，把筆尖放到鼻子上。她疑惑的看著，他輪流按住鼻孔，讓另一個鼻孔用力吸入墨水的香氣。受到皇家藍筆氣味的振奮後，他繼續說：「為了填飽肚子，我對文宣設計和抗議遊行的吵雜世界應該感到滿足。做標語和帶動大喊標語成為我的新工作，也成為毀滅我聲帶的開始。」

律師的故事使她想到自己花了不少精神的拼布被單——歐文的結婚禮物。而弗米克先生用自己的片段來製作他口述的被單，也就是他正在講給她聽的故事，就像魔術師從嘴裡拉出源源不絕的絲巾一樣。

「最後又是一則偶然事件，我遇到了一位士官長。喊叫是他的第二天性，連沒有必要時他也會用喊的，他的喉嚨就是為喊叫而生，然後我的喉嚨終於得以休息。」

他停下來拿片喉糖請她吃，她婉謝了，他塞了一顆到嘴巴裡，「當時我有一個擴張計畫，要在每個大城市開分店。我打算買直昇機和訓練一隻飄浮標語飛行隊，每當發生罷工或騷動、每當有抗議遊行的需求，只要一通電話，我的人就會從天而降，展開旗幟。」

他眼中企業家的神采漸漸消退。「不幸的，在國家緊急狀態時期集會與遊行被政府禁止，因此過去一年來我都坐在這張破舊的冷板凳上，拿著我的法律文憑，又回到原點。」他把含了一半的喉糖嚼碎，沒耐心讓它在兩頰間慢慢溶化，「在回到原點前我失去了多少，野心、孤獨、文字、視力、聲帶。事實上這就是我人生故事的中心主題——失落。但所有的人生故事不也都一樣嗎？失落是必要的，失落是人生這個必經的大災難中的一部分。」

她點頭，但並非完全信服。

「我不是在抱怨，只是提醒妳，由於宇宙間一種無法解釋的力量，我們失去的總是沒價值的東西，就像蛇蛻下來的皮一樣。失落，以及一再的失落是人生過程的基礎，到最後我們所擁有的就只剩下人類存在的純粹本質。」

此時迪娜對弗米克先生已經全然失去耐性了，最後這一段話聽起來都是乏味的廢話。「蛇在舊皮下會長出全新的皮膚，」她插話說：「我希望不會失去我的公寓，除非還會長出新的來。」

弗米克先生看起來像是被閃光燈震懾到一樣，但很快就反應過來，微笑著讚賞她的反駁，「很好，的確很好，達拉太太。我舉的例子不夠好，而妳提醒了我，很好，幽默感也不錯。幹我這行的缺點就是缺乏幽默感，法律是冷酷生硬的東西，跟正義不一樣；正義是詼諧、無常、仁慈、有愛心的。」

他拿起自己的告示牌包起來，把磚頭收到板凳下放好，直到他下次需要用到時。他拍掉手上的紅灰然後說：「我現在要動身去寫這份請願書，內容將具有說服力，文字充滿熱情。」

奇異的措辭令她覺得弗米克先生有點兒古怪，她懷疑自己是否挑對了律師。

「別管我，」他說：「我是受了詩人葉慈的影響，我覺得他的文字特別適合這個可恥的緊急狀態時期。妳知道，什麼都做不好，沒向心力，國家處於無政府狀態，一切都是這樣。」

「是的，」迪娜說：「什麼事都沒好結果。」

「啊！」弗米克先生說：「這樣對葉慈先生來說就太悲觀了，他絕不會寫那樣的詩句。後天請到我的辦公室來，我會告訴妳最近進展。」

「辦公室？在哪裡？」

「就在這裡，」他笑著說：「這個破板凳就是我的辦公室。」他輕輕拍著剛剛放回筆套中的筆，「達拉太太，我必須謝謝妳耐心聆聽我的故事，現在這個時代沒什麼人有時間讓我好好發洩一下了。最近一次是一年前在火車上和一位大學生，我們都在長途旅行中。再次謝謝妳。」

「不客氣，弗米克先生。」

他離開之後，又有一群小孩慢慢聚集在芒果樹下打青澀的果子。他們專心又興奮的樣子很吸引人，迪娜又坐了一會兒觀看，然後才回到公寓去。

一名巡官和警察在前門為掛鎖的事情和兩個人爭吵，這種場面迪娜已經看過太多，因此她並沒有任何警覺心。只不過是人生中的一章結束，另一章開始；她心想，該是展開新章節的時候了——為被單填上新的布塊。

她認出那兩個人，是房東的打手。他們的手看起來怪怪的，她才想到，是因為乞丐主人的關係。他們的手指彎曲的方式很奇怪，像是畸形，長度也不協調，像是小孩子畫出來的。那人雖然死了，但他的影響還在。

「怎麼回事，你們要做什麼？」她虛張聲勢的說。

「凱薩巡官，女士，」他挑釁地把手插在腰帶間，只將拇指抽出來，一臉兇惡地對她說：「很抱歉造成麻煩，這是這間公寓的逐出令。」

「你們不能這樣做，我剛從我律師那兒回來，他正在申請法院的禁制令。」

那個禿頭的打手不懷好意的笑著說：「抱歉，姊妹，我們領先了。」

「你說領先是什麼意思？」她向凱薩巡官請求：「這不是競賽，我有上法院的權利。」

他難過的搖搖頭，他幹這行那麼久，太了解這些打手，也希望有一天能把他們丟到監獄裡，「說實話，女士，我無能為力。有時法律行動就像一場競賽，逐出令是必須執行的，之後妳可以提出告訴。」

「我或許寧願去撞牆。」

打手同意這點，同情的點點頭。「法院是沒有用的，爭執和延期、證詞和證據，不停的開庭；在緊急狀態時期一切的蠢東西都是沒有用的。」他的夥伴把掛鎖搖得匡啷響，提醒他們執行法律命令。

「拜託，女士，」凱薩巡官說：「能請妳開門嗎？」

「如果我拒絕呢？」

「那我就必須破壞門鎖。」他遺憾的說。

「我開門後會發生什麼事？」

「公寓會被清空。」他說得很小聲，羞恥感讓他的話模糊不清。

「什麼？」

「清空，」他用較大的聲音重複，「妳的公寓會被清空。」

「被扔到街上？為什麼？為什麼他們的行為像野獸一樣？至少給我一兩天，讓我有時間安排。」

「說實話，這要由房東決定。」

「快沒時間了。」那個禿頭的打手說：「身為房東的委託人，我們不能允許任何的拖延戰術。」

凱薩巡官對迪娜說：「別擔心，女士，妳的家具會很安全。我會確定他們對每樣東西都很小心，我的警員會看守著。假如妳願意的話，我可以叫他幫妳雇輛卡車。」

她從皮包裡找出鑰匙，打開門鎖。打手想要衝進去，好像門又會馬上關上似的，卻被凱薩巡官阻止。就像交通警察一樣，他伸出手臂擋住他們的去路。

「妳先請，女士。」他鞠躬，然後跟在後面。

他們首先看到的是裁縫師的紙箱子，堆在廊房的一角，打手們過去搬動。

件事。

「那些不是我的箱子，我不要了。」迪娜爆發似的嚷著，心中燃起了怒火，他們遺棄她了，他們讓她獨自面對這

「不是妳的？好，那我們要了。」

她把衣服和小物件放到抽屜和衣櫥裡，想搶在打手開始把家具搬到外面之前稍做收拾。凱薩巡官跟在她身後蹣跚而行，很想幫點忙。「妳已經想好要把東西搬到哪裡了嗎？」

「我要去菲希朗打電話給我哥哥，他會幫我叫卡車來。」

「好的，我會盯著這兩個人。妳離開的期間我能為妳做什麼嗎，女士？」

「你被允許幫助一個『罪犯』嗎？」

他難過的搖搖頭，「說實在的，女士，罪犯應該是這兩個人和房東。」

「而我是被扔出去的人。」

「這就是我們所生存的瘋狂世界，如果不是有家要養，妳以為我想做這份工作嗎？尤其是它在我體內造成的潰瘍。自從緊急狀態開始後，我的潰瘍也開始了。剛開始我以為只是胃酸過多，然而經過醫師診斷確定後，我必須趕緊進行手術。」

「很遺憾聽到這種事，」她從廚房找出螺絲起子遞給他，「如果你願意的話，可以幫我取下門上的名牌。」

他很高興的接下工具，「哦，當然沒問題，我很願意，女士。」他懷著稍稍減輕的罪惡感離開，立刻氣喘吁吁的著手應付生鏽的銅製名牌，邊轉開螺絲邊流汗。

「什麼？」努斯旺在電話的那頭大叫：「逐出？妳在家具被搬到街上後才打電話給我？房子都著火了才挖井？」

「事情發生得很突然，你到底能不能叫卡車來？」

「我有什麼選擇？這是我的責任，如果我不幫妳，還有誰能幫妳？」

當她回到公寓時，那兩個人幾乎快搬完了，廚房裡的爐子和鍋碗瓢盆最後再帶出來，警員一直站在步道上監視。

她心想，家裡所有的東西用這種方式堆起來，看來並不多，不像能塞滿三個房間的樣子，也不像是二十一年來與她為伍的東西。

知道卡車已經在路上，凱薩巡官鬆一口氣。「妳很幸運，女士，至少妳有地方可去。我每天都看到人們最後必須以街為家，精疲力盡、失落、挫敗地躺在那裡，但令人驚訝的是他們學會使用紙箱、塑膠和報紙的速度之快。」

他要求迪娜把房子的使用權交還前先檢查一下屋內，「妳確定不想要廊房上的東西嗎？」他小聲的說。

「那不是我的，對我來說就像垃圾一樣。」

「妳知道，女士，留下的一切自動歸房東所有。」

「那是我們的。」打手急忙抱住箱子。他們關上前門，在搭扣上掛上新的鎖。凱薩巡官完成形式上的作業，簽了一式三份的文件。

然後那兩個打手把注意力轉向箱子，急著看裡頭的東西。「等一下。」禿頭的那個人拿起一把黑色的頭髮，「這是什麼垃圾？」

「怎麼會是垃圾？」他的同伴嘲笑道：「頭髮正是你需要的東西。」

禿頭的人一點兒也不高興，「看看另一個箱子裡是什麼。」

凱薩巡官盯著他們看了一會兒，他想起兩個乞丐的謀殺案，惡名昭彰的獵髮殺人魔案件。這就是他在等待的機會，他解開手鎗皮套的上蓋，只是以防萬一，然後對著警員附耳交待幾句。

「抱歉。」他很有禮貌的對打手說：「你們兩位因謀殺被逮捕。」

他們放聲大笑，「哈哈，凱薩巡官真愛開玩笑！」當被警員上了手銬後，他們抗議玩笑開得太過分了。「你在說什麼？我們沒殺害任何人！」

「說實在的，你們有——殺了兩名乞丐。這是一級命案，兩名遭謀害的乞丐頭髮被人剪下偷走，而你們持有頭髮，就說明了整件事。」

「但我們剛剛才發現！你看到我們打開箱子的！」

「說實在的，我沒看到任何事情。」

「你沒有謀殺的證據！你怎麼知道這是相同的頭髮？」

「不用擔心，就像你們之前所說的，像證據這種蠢東西是沒必要的。現在這個時期，我們有更好的東西，像是緊急狀態和國安。」

「什麼是國安？」迪娜問。

「國內維安組織，女士。非常方便，允許不審訊羈押，最多可達兩年，也可以視情況延長。」他笑得很親切。然後又轉向打手說：「我差點忘了告訴你們，你們有權利保持沉默，但是假如你們真的保持沉默，我在警局的手下會處理你們的骨頭幫你們坦白。」

他們兩個被喝令蹲下，上手銬的雙手舉在頭上。凱薩巡官還不打算帶走他們，他把頭髮放進箱子，「證物A。」他對迪娜說：「別擔心，女士，我會在這裡等卡車來，誰曉得我離開後妳的東西會少掉多少。一旦妳平安上路，我就把這兩隻走狗帶回警局。」

「非常謝謝你。」迪娜說。

「不，是我該謝謝妳，妳讓我今天過得很充實。」他檢查手槍皮套的上蓋看看是否蓋好，「你喜歡克林．伊斯威特演的電影《緊急追捕令》嗎，女士？」

「我從來沒看過，好看嗎？」

「非常刺激，充滿動作性的場面，」他帶著渴望的微笑說：「《緊急追捕令》的主角哈利警官是一位頂尖的偵探，即使法律發揮不了作用，他也能徹底執行正義。」他壓低聲音問道：「對了，女士，那些頭髮怎麼會出現在妳的廂房？」

「我並不清楚，有兩個裁縫師為我工作，他們有一個朋友，專門收集頭髮。然後……我不知道，他們通通憑空消失了。」

「緊急狀態時期消失了許多人。」他搖搖頭說：「妳知道，妳或許在不知情的情況下和殺人魔相處過。上天保佑，女士，妳現在安然無恙。」

「那兩個打手並非真的有罪，不是嗎？」

「說實在的，他們是犯了別的罪，他們絕對該關進監獄，女士。就像借貸一樣，有借有還。某種程度上哈利警官也算是會計師，最後的結餘對他來說很重要。」

她點點頭，看著對面街上一群停在乾掉的排水溝上的烏鴉，為了零碎的食物推擠爭吵。然後卡車開來了。

「你有孩子嗎？」她問巡官，努斯旺的人正將家具搬上車。

「哦，有的，」他很驕傲的回答，對她提的問題顯得很開心，「兩個女兒，一個五歲，一個九歲。」

「她們有上學嗎？」

「哦，是的。大的那個還有學西塔琴，放學後每週一次。學費很貴，但我願意為她加班，孩子是我們唯一的寶藏，不是嗎？」

當卡車裝載好後她爬上司機旁的座位，再次向凱薩巡官致謝，「這是我的榮幸，」他說：「祝妳順利，女士。」

「你也是，我希望你的潰瘍手術很順利。」

因路窄，司機花了點時間將卡車調頭。出了大門後，她看到伊伯瑞尹站在石柱後，把錫罐舉向路過的行人。當卡車經過時他想舉起紅氈帽揮別，但肩膀的疼痛阻止了他。他拉拉長袍的領口，然後輕輕揮手。

「**抱歉**，我遲到了。」努斯旺說，他親吻露比的臉頰，然後給妹妹一個擁抱。「這些開不完的會。」他揉揉前額，「卡車把東西都安全載回來了嗎？」

「是的，謝謝。」迪娜說。

「我猜妳的乞丐、裁縫師和房客都跟妳說再見了。」他對自己的笑話笑得很開心。

「夠了，努斯旺。」露比說：「對她好一些，她才經歷過這麼多事。」

「我只是開玩笑，迪娜回來了我真是說不出的開心。」

他的聲音轉為輕柔，也充滿了情感，「多年以來我一直向神祈禱，希望妳能回來。妳選擇自己一個人住，讓我好傷心。可是到最後，當世界都遺棄妳時，也只有家人才能幫忙。」

他有點哽咽，迪娜也受到感動。她幫忙露比準備餐桌，取來玻璃水壺和玻璃杯，它們都在原來的餐具櫃裡，迪娜心想，這麼多年來這裡沒什麼改變。

「再也不用因裁縫師或乞丐而覺得丟臉。」努斯旺說：「不需要他們，妳再也不需要擔心錢的問題，只要像平常一樣在家裡——這就是我的要求。」

「努斯旺！」露比叱責道：「可憐的迪娜常幫我的忙，她最不可能做的事就是懶惰。」

「我知道，我知道，」他咯咯笑著：「她所固執的事情，就是不懶惰。」

晚餐後，他們檢查從公寓運來的東西，他驚訝的問：「妳是從哪裡找來這些垃圾的？」

她聳聳肩，語言上的回答不見得都是必要的，這是她從馬內克身上學到的。

「嗯，這裡沒什麼空間了。看看那張醜陋的餐桌，還有那個沙發，一定是鮑娃亞當時期的。」他說要在幾天內叫收廢棄物的來把它們處理掉。

她一點兒也不爭辯，她不想讓這些微不足道的東西喚起她的回憶。

努斯旺驚訝於妹妹的改變，迪娜太溫順了，過分的溫和、安靜，一點兒也不像以前的她，這倒讓他有點兒不安，會是裝出來的嗎？會是計畫中的一部分嗎？在他最不期望的時候跳出來反抗？

他們把抽屜裡的東西搬到她原來房間的衣櫥裡。

「準備好等著妳，」露比說：「妳父親的衣櫥，我真的很高興妳回來了。」

迪娜微笑著，拿掉墊子上的遮蓋物，把它放到衣櫥下層；她在床腳放上自己做的被單。

「好漂亮！」露比一邊讚美，一邊攤開被單，「真是太美了！倒是那個角落是怎麼回事？為什麼空著？」

「我沒有布料了。」

「真可惜，」她想了一會兒，「妳知道，我有一些漂亮的布料，很適合做最後的補綴，妳可以用來完成它。」

「謝謝。」但迪娜已經決定要把那裡空下來。

那晚在床上她將自己裹在被單裡，開始回味那些緊密接合在一起的過往生活片段，是她用針線和感情製作出來的。假如她在過程中停住了，被單會把她往前推。從開啟的窗戶照進來的街燈剛好夠亮，足以分辨出每個五顏六色的小布塊——她的床邊故事時間。

有一天在午夜之後，當她故事說到一半時，努斯旺和露比敲門想進來，「迪娜？妳有需要什麼嗎？」

「沒有。」

「妳還好嗎？」

「很好。」

「我們聽到聲音，」露比說：「我們以為妳在說夢話，做惡夢或是什麼的。」

迪娜才知道她將心裡的回憶不經意的說出來了，「我只是在念祈禱文，抱歉打擾到你們。」

「沒關係，」努斯旺說：「只是我一點都聽不出來是祈禱文，妳最好到神廟向搭蹲——掐蹲大祭司的繼任者好好討教一下。」他們對自己的笑話笑得很開心，然後回到房間。

他低聲對露比說：「還記得魯斯登過世後她的狀況嗎？她幾乎每晚都叫著他的名字。」

「那是很久以前的事了，為什麼她仍無法釋懷？」

「或許她從沒克服這個痛苦。」

「是的，或許有些人就是無法克服某種事。」

迪娜在房間將被單摺起來，它會將她沉默的回憶變成流露的話語，最好從現在開始就把它鎖在衣櫥裡。她很害怕它奇怪的魔力對她的心智造成影響，不知道會把她帶到什麼地方，她永遠都不想跨越到那個領域去。

努斯旺不再揶揄迪娜，因為她不反擊就沒意思了。有時他坐在自己的房間裡回憶著那個任性、不服輸的妹妹，為她的消沉感到惋惜。他很感嘆，生命是怎麼對待那些學不會教訓的人——挫殺他們的銳氣、馴服他們的性情。不過至少她不用再過辛苦的日子，現在她的家人會照顧她。

之後不久，早晨來打掃的僕人被遣散了。「該死的女人要求加薪，」努斯旺一邊抱怨一邊解釋：「說家裡多一個人，她要做更多掃地、拖地等清潔工作；這種混蛋就是這麼會找藉口。」迪娜聽出暗示並接手這份工作，她像一塊海棉一樣吸收掉所有事情。一個人的時候她就把自己擰乾，然後準備再吸收更多的東西。

現在露比外出的時間變多了，在離開前，她總會問需不需要幫忙。迪娜寧願一個人在家，便鼓勵她到外頭走走。

「多虧了迪娜，我終於可以用到威靈頓會員卡了，」晚上她這麼告訴努斯旺：「之前的會費都浪費掉了。」

「迪娜是萬中無一的，」他說：「我總愛那麼說，我們曾有過許多爭執和拌嘴，對吧，迪娜？尤其是在結婚的事情上。但我一直很佩服妳的勇氣和毅力，我忘不了可憐的魯斯登在你們結婚第三週年過世時，妳表現得多麼勇敢。」

「努斯旺！你非得在餐桌上提這種事去煩可憐的迪娜嗎？」

「抱歉，非常抱歉。」他乖乖的將話題轉到國家緊急狀態上，「問題是，大家對它的熱忱已經過了，剛開始規範人們、令人們守時並努力工作的恐懼感消失了；政府應該想想辦法來促進這個法令。」

結婚的話題再也沒在晚餐時間出現過，他對露比坦誠，四十三歲再來談這個問題實在太老，也沒什麼用了。

他們習慣在星期日的晚上玩紙牌，「來，大家來。」五點一到他就立即召喚大夥兒，「玩牌時間。」

他很虔誠的看待這個活動，微弱的實現他與家人親密共處的夢想。有時候，如果剛好有朋友來，就四個人一起玩橋牌。然而通常只有他們三人，由努斯旺主持牌局，一回又一回的玩「酒鬼」消磨時間，他熱衷而固執的追求自己以為的家庭幸福。

「你們知道牌戲起源於印度嗎？」他問。

「真的？」露比說，從努斯旺的嘴裡說出這種話總是令她印象深刻。

「哦，是的，連西洋棋也是。事實上，這個理論說紙牌源自於西洋棋，直到十三世紀才經由中亞傳到歐洲。」

「真想不到。」露比說。

他重新整理手中的牌，正面朝下的丟出一張牌說：「酒鬼！」在出示所有的牌組之後，他糾正其他人犯的錯誤。「妳不該丟出紅心十一的。」他告訴迪娜：「那正是妳輸牌的原因。」

「我心存僥倖。」

他把牌聚起來，然後洗牌。「好了，現在換誰？」

「是我。」迪娜接過牌。

終曲

一九八四

波斯灣戰爭將馬內克送回家，班機延誤起飛後，終於在清晨抵達首都。他想在飛機上睡覺，但經濟艙中電影螢幕的光亮一直在他眼前閃爍，像壞掉的螢光燈，頗令他苦惱，他帶著惺忪的睡眼排隊等著過海關。

機場正在進行擴張工程，乘客被送到臨時搭建的鐵皮建築物中，他記得八年前啟程前往杜拜時，大樓工程才剛剛展開。一陣陣熱浪飄過在陽光下閃耀的金屬板，襲擊著群眾。汗臭味、雪茄煙味、變淡的香水味和消毒水的味道飄散在空氣中，人們用護照和報關表格搧風。有人熱到昏倒，兩名工人拿了海關辦公室的桌扇給他吹，想讓他甦醒，另外有人取水來。

這陣騷動過後行李的檢查又恢復正常，一位排在馬內克身後的乘客抱怨速度太慢，馬內克聳聳肩說：「或許他們得到情報說今天有宗大筆的走私要從杜拜過來。」

「不，一直都是這樣，」那人說：「對於所有從中東來的飛機都是這樣。他們想找的是珠寶、金塊、電子產品。」他解釋由於政府最近指示提供特別紅利的關係——從搜到的違禁品中抽成，現在海關變得很積極。「因此他們對我們的騷擾比以往更甚。」

「我小心翼翼疊好的沙麗會被弄皺的。」一位太太抱怨道。

海關人員檢查馬內克的皮箱，把手指伸進衣物裡摸索。馬內克不禁猜想，若把老鼠夾放到行李中不知會受到什麼樣的懲罰。在一陣盲目的搜索之後海關人員把手抽出來，不情願的讓他過關。

馬內克把行李蓋用力壓上關好，奔到外頭招計程車要到火車站，司機不太願意跑這趟生意。

「剛好處在暴動的中央，太危險。」

「什麼暴動？」

「你不知道？人們被毆打、屠殺和活活燒死。」

馬內克不想和他爭辯，直接換輛車。然而每輛車的司機都拒絕他，並且提出相同的警告。有人建議他暫時待在機場附近的旅館，直到事情平靜下來。

受到重重挫折，他決定給下一輛車一點誘因，「你會得到雙倍的車資，可以嗎？我必須回家，我父親過世了，如果我錯過火車，我就會錯過我父親的喪禮。」

「我擔心的並不是車資，先生，你我的生命都比那個重要多了。但上來吧，我盡力試試。」他把手伸向計費表，將「空車」的招牌俐落的翻轉下來。

計程車從擠滿機場車道的車陣中鑽出來，很快就上了高速公路。他一面留心著路況，也一面從後照鏡觀察他的乘客，馬內克察覺到那人在看他。

「你應該考慮把鬍子剃掉，先生，」司機說：「你會被誤認為錫克教徒。」

馬內克對自己的鬍子感到很驕傲，但若人們以為他是錫克教徒怎麼辦？兩年前他開始蓄鬍子，小心照料才有現在的樣子。「我怎麼會被誤認為錫克教徒？我又不纏頭巾。」

「很多錫克教徒都不戴頭巾，先生，我認為把鬍子刮乾淨對你來說比較安全。」

「比較安全？什麼意思？」

「你是說你不知道嗎？錫克教徒在暴動中被大量屠殺，這三天來他們燒了錫克教徒的商店和住家，砍死錫克教徒男孩和男人，而警察只是跑來跑去假裝保護街坊。」

計程車後有一支卡車武裝保衛隊接近，他把車開到左邊，盡量貼緊路旁。在卡車的隆隆聲中，他轉過頭去對馬內克喊著說：「那是國境保衛隊！新聞說今天會到這兒來！」

車隊過去後他的聲音就恢復正常，「我們最好的軍人『國境保衛隊』——抵抗外敵入侵的第一線軍隊，現在他們卻要在我們的城市內保家衛國，真是讓全國蒙羞。」

「為什麼只有錫克教徒？」

「什麼？」

「你說只有錫克教徒被攻擊。」

司機不可置信地盯著後照鏡，這人是無知的外國人嗎？但他認為這個問題問得很認真。「從三天前總理被殺害開始，她被自己的錫克教徒保鑣射殺，所以這次的事件被當作復仇行動。」

現在他轉頭直接看著馬內克，「你去哪裡了，先生？你都沒聽說過最近發生的事？」

「我知道暗殺事件，但不知道有暴動。」他盯著前面座椅塑膠皮的裂痕與司機磨損的領子看，那人的頸上有明顯的小癤，還沒要破掉的樣子，「我一直很忙，急著趕回來參加我爸爸的喪禮。」

「是啊，」司機同情的說：「你一定不好過。」為了閃避路上的小狗他突然偏離方向，那是一隻黃色的雜種狗，很瘦又長了疥癬。

馬內克從後窗看看那隻狗是否安全，可是跟在他們後面的卡車把牠壓爛了，「問題是，我在國外待了八年。」他給了一個更有力的藉口。

「真是好長的一段時間，先生，也就是說你是在緊急狀態結束前離開的——在選舉前。當然，對一般人來說沒什麼差別，政府仍然不停破壞窮人的房子和破屋。在鄉村裡，他們告訴農人必須有多少人做了節育手術後才會幫他們挖井，還說完成結育手術後會幫忙施肥。活著的每一天裡，都要面對不是這個就是那個的危機。」他對一個走在路肩上的人按喇叭，「你也聽過黃金聖殿被攻擊的事嗎？」

「是的，那樣的消息很難錯過。」馬內克說。那傢伙以為他是打哪兒來的，月亮嗎？一陣沉默之後他了解到，事實上他離開的八年來知道的事情太少。他納悶當他在炎熱的沙漠裡督導冷凍作業時，這個國家又發生了些什麼悲劇和鬧劇。

他想讓司機多聊些，「你對黃金聖殿事件的看法如何？」

那人很高興被問到，他在首都的郊區附近下交流道。

他們經過一輛四腳朝天的車子，被燒得只剩骨架，「我必須繞路去火車站，先生，有些路最好避開。」然後他回到馬內克的問題上，「總理說錫克教徒恐怖分子躲藏在黃金聖殿裡，聖殿幾個月前才受到軍隊攻擊。但最該問的重點是，這個問題在數年前是如何開始的，對吧？」

「對，怎麼開始的？」

「跟她所有的問題一樣，她自己是始作俑者，就像斯里蘭卡、喀什米爾、阿薩姆和坦米爾納都。她在旁遮普幫助一個團體為地方政府製造麻煩，之後那個團體的勢力變得很強大，為分裂和卡利斯坦獨立運動而戰。他們只為她製造麻煩，她特准他們使用槍炮彈藥，然而這些邪惡、猛烈的武器後來卻開始攻擊她自己的政府。英文是怎麼說的——她的小雞都跑回家做烤肉了，不是嗎？」

「是回家築巢。」馬內克嘴裡咕噥著。

「對，沒錯，」司機說：「然後她讓問題日益惡化，還叫軍隊攻擊黃金聖殿並逮捕恐怖分子。他們在裡面使用坦克車和重機槍，就像流氓似的，對聖殿造成了巨大的損害。對錫克教徒而言那裡是最神聖的地方，每個人的心裡都因此受到傷害了。」

馬內克對這段慘痛的描述感到痛心。「她製造了一個怪物，」司機繼續說：「然後怪物吞噬掉她，現在它又吞噬掉無辜的人，過去三天的屠殺真恐怖。」他的手指緊緊扣住方向盤，聲音在顫抖，「他們對錫克教徒潑灑煤油然後點火，或者抓住男人，從頭上或臉上扯下毛髮，或用劍砍下來，然後再殺了他們；也有許多家庭被燒死在房子裡。」

司機用手掩住嘴，深深吸了一口氣，接著繼續描述他所看到的屠殺事件。「這所有的一切都發生在我們國家的首都，在這期間警察的行動很令人失望；政客說民心怨憤，他們只是在為領導人的死亡復仇，我們還能怎麼辦？而我要對那些噁心的走狗說——呸！」他向窗戶外吐了口痰。

「我以為民眾並不是很喜歡總理，他們為什麼要如此失控？」

「沒錯，先生，她不受一般人愛戴，即使她穿著白色沙麗像仙女一樣的走來走去。但我們假設有人喜歡她——你以為一般人會做出這種舉動嗎？天啊，這是她的政黨付錢讓犯罪集團幹的。有些部長甚至支援那些集團，提供錫克教徒家庭和商店的官方名單，否則在這麼大的城市裡，殺手們是不可能幹得這麼有效率、這麼準確。」

他們現在經過的地方到處都是還在悶燒的斷垣殘壁，沿路上堆著破磚碎瓦，女人和孩童坐在房屋殘骸中發呆或哭泣。司機的臉似乎在抽搐，馬內克以為他在害怕。「別擔心，」馬內克說：「不會因為我的鬍子惹來麻煩。如果我們停下來，他們會立刻發現我是祆教徒，我會給他們看我身上穿的聖衫和聖帶。」

「是的，但他們可能會想檢查我的執照。」

「所以呢？」

「你還猜不出來？我是個錫克教徒——兩天前我刮掉鬍子、剪了頭髮，但我還戴著我的手環。」他把手舉起來，露出手腕上的鋼環。

馬內克仔細看著司機的臉，突然間證據變得顯而易見：他的皮膚因為不習慣刮鬍刀的刀刃而被刮破好幾個地方。那人所描述的所有事件——致殘、棒毆、斬首、暴徒打斷骨頭的各種方法、刺穿血肉、濺出鮮血……剛剛馬內克冷淡聽著的所有一切，現在都透過刮鬍刀的傷口變成活生生、血淋淋的現實。下巴和下頷上凝固的紅色斑點可能曾經血流如注，它們和蒼白、新刮過的皮膚形成強烈對比。

馬內克覺得噁心，他的臉在冒冷汗。「那些混蛋！」馬內克哽咽著，「我希望他們通通都被抓起來吊死！」

「真正的凶手永遠得不到懲罰，他們在群眾身上玩弄權勢、操控選票。今天是錫克教徒，去年是伊斯蘭教徒，再之前是『神的兒女』❶。或許有一天，你的聖衫和聖帶並不足以保護你。」

計乘車開到了火車站，馬內克看看計費表，從皮包裡數了兩倍的車資，但司機堅持只收實際的價錢。「拜託，」馬內克說：「請收下。」他把錢塞到他手上，好像這樣就能夠幫助他度過恐怖事件似的，司機終於接受了。

「聽著，」馬內克說：「為什麼你不把手環先拿下來藏一陣子呢？」

「這是拿不下來的，」他舉起手腕用力拉扯鋼製手鐲。「我本來想把它弄斷，可是必須找到一個可靠的鐵匠，不會向旁人洩露。」

「我試試看。」馬內克一把抓住司機的手，用力扭扯手環，但那不是指力可以應付的。

❶甘地認為不能將人稱為「不可接觸的」及賤民，甚至故意稱他們為「神的兒女」（Harijans）。

司機微笑著說：「像手銬一樣堅固，我被我的信仰束縛住了——一個快樂的囚犯。」

「至少穿長袖把它遮住。」

「可是有時我必須把手伸向窗外打轉彎訊號，不然會被交通警察抓到我違規駕駛。」

馬內克放棄了，放開手環。司機雙手緊握著馬內克的手，「一路順風。」他說。

阿班・柯拉一見到兒子就開始哭，她說能再看到他有多好，為什麼他一離開就是八年，是在生什麼氣嗎？還是覺得不受重視？她一面說話一面擁抱他，拍拍他的臉頰，摸摸他的頭髮。

「我喜歡你的鬍子，」她覺得該稱讚他，「讓你看起來很帥氣。你應該寄張照片給我們，這樣爸爸也可以看得到。不過沒關係，我相信他現在正從天上看著。」

馬內克默默的聽，在離鄉背井這麼久的時間裡，他沒有一天不想著家鄉和父母。在異鄉杜拜他總覺得身陷困境，跟那位年輕女士一樣——有一回他做到府維修冰箱時遇到的——她到波斯灣當女傭，因為薪水實在很誘人。

「怎麼了，馬內克？」柯拉太太懇求道：「你不想繼續住在山上，是嗎？你覺得這裡太無聊？」

「不，這裡是優美的好地方。」他心不在焉的拍拍她的手。

他無法停止猜想那個女傭後來怎麼了：超時工作、不斷被屋子裡的男人騷擾、晚上被鎖在房間裡、護照被扣壓。她用印度話請求他幫忙，這樣雇主才聽不懂，在馬內克還沒來得及回答以前，她就被叫到廚房去了。他夾在中間很為難，他所能做的就是打匿名電話到印度領事館。

比起那個可憐的女人，他幸運多了，他心想，那為什麼他會跟她一樣感到無助，即使是在自己家裡？

現在面對淚眼婆娑的母親，他希望能對她有所交待，但他無法解釋，不管是對母親或自己。他只能找老掉牙的藉口：工作忙碌、工作壓力、沒時間，用的是每年寫信給她時同樣空洞的理由。

「不，告訴我真正的原因。」她說，「算了，我們晚點再談，你先整頓好。可憐的爹地非常想念你，雖然從來沒聽他埋怨，但我知道在他體內這種感覺正一點一滴的吞噬他。」

「所以妳將他的癌症歸咎於我？」

「不！我不是這個意思！我沒有！」她用雙手捧著臉，不停否認直到確定兒子相信她，「你知道的，爹地曾告訴我，當格瑞瓦准將說服他讓你到波斯灣工作時，那是他生命中最糟的一天。」

他們坐在走廊上，她告訴他關於明天喪禮的安排：從離家最近的寺廟請來大祭司，雖然那仍然是段很長的距離，他們費了一番口舌才請到兩位願意主持儀式的人，因為大部分的人發現死者要火葬時都拒絕了這項任務，說他們只為送到寂靜塔的祆教徒服務——搭長途火車也無所謂。

「這些人的心胸真狹隘，」她搖搖頭說：「我們選擇火葬，因為那是爹地的遺願，但那些負擔不起遺體運送費用的人要怎麼辦？難道這些神職人員就因此拒絕為他們禱告嗎？」

她說不會以露天的方式進行火葬，已經在山谷裡預定好了電子火葬場，這樣可以使整個過程更莊重，而且爹地對細節並不計較，所以沒關係。

自從他過世後雜貨店就歇業了，她想在下週重新開張，和往常一樣繼續營業，「你要回來定居嗎？」她膽怯的試探看看，怕被認為在干涉他。

「我還沒想過。」

日暮漸沉，他看到一隻蜥蜴停在牆上不動，偶爾動起來的時候，牠纖瘦的身體像箭一樣往前射出去捕食蒼蠅。

「你在杜拜快樂嗎？對工作感興趣嗎？」

「還好。」

「跟我多聊一些，你在信裡說你現在是經理了？」

「是督導，負責一個中央空調的維修團隊。」

她點點頭，「杜拜是個怎麼樣的地方？」

「還好，」他想再補充點什麼，卻發現自己不了解那個地方，而且是不想了解。那裡的人們、習俗、語言，跟他八年前剛到達時一樣陌生，他似乎永遠沒有辦法在那個地方紮根。「有很多旅館，數以百計的商店都在賣金飾、立體音響和電視機。」

她又點點頭，「一定是很漂亮的地方。」她很清楚的感覺到他在那裡並不快樂，她覺得現在正是跟他談論回家的好時機，「這間店是你的，你也知道。如果你想回來經營，改成現代化，都隨你的意。如果你想賣掉它，把錢拿來發展自己的冷凍與空調事業，也可以。」

他聽出她聲音中不尋常的訊息，故而感到悲哀，一個母親竟然害怕跟自己的兒子說話，他真有這麼可怕嗎？

「我還沒完全想清楚。」他又重複這句話。

「慢慢來，別急，你想怎樣都可以。」

她軟性的態度讓他感到畏怯，為什麼不說她厭恨他的行為，離開這麼久只偶爾寫封無關痛癢的信？但如果她說了，他會為自己辯護嗎？他會找理由解釋說，他所努力的每件事情結果對他來說都毫無意義嗎？不，到時候她又要哭了，他會跟她說別傻了，然後她會要他說明，而他會叫她別管。

「我在想，」柯拉太太換了一個比較不敏感的話題，「既然你經過了這麼多年才回來，或許你應該趁現在拜訪我們的親戚，蘇答瓦拉家族的每個人都想死你了。」

「太遠了，我沒時間。」

「即使兩三天也不行？你可以順便向你在大學時寄宿在她家的那位女士問候一下，她看到你一定很高興。」

「經過這麼久，她一定忘記我了。」

「我不這麼想，要不是她，你不可能拿到你的證書。你不喜歡學校宿舍，你想直接回家，記得嗎？你把自己的成功歸功於迪娜．達拉和她的房子。」

「是的，我記得。」聽到母親說「成功」，令他感到心虛。

夜幕降臨，牆上的蜥蜴似乎融入了牆壁中，當牠移動時又變得清晰可辨。他心想，那個小傢伙的胃應該滿足了，因為牠不再攻擊蒼蠅，牠的肚子現在看起來脹得鼓鼓的。

「馬內克，」等到他回頭後，她才繼續說：「馬內克，為什麼你要去這麼遠的地方？」

他瞇起眼睛來觀察她的神情——他母親通常不會問這麼空洞的問題，「因為我在杜拜工作。」

「我不是指距離，馬內克。」

她的回答讓他覺得自己很蠢；她輕輕拍他的肩膀說，「準備吃飯了。」然後進到屋裡去。

他在走廊上聽著從廚房傳來的聲音，跟母親的話一樣小聲。鍋子、炒菜鍋，然後是刀子，一陣忙碌的輕敲聲在砧板上響起，她正在剁東西。水槽裡流著自來水，她砰的一聲關上窗戶，以免夜晚的冷空氣飄進來。

馬內克在位置上坐立不安，烹調的聲音、日暮時的寒意、從山谷升起的霧氣，開始在他憂煩的腦海中喚起一些回憶。兒時的早晨，醒來站在盡覽風光的窗前凝望覆著雪的山峰，此時太陽漸升、迷霧起舞，媽咪開始做早餐，爹地準備打開店鋪的門。接著吐司和煎蛋的香味誘發他的飢餓，他將暖暖的腳鑽進涼涼的拖鞋，享受直竄心坎的冰冷。刷牙後他連忙下樓給媽咪一個早晨的擁抱，再溜到座位上。不久，爹地搓揉著雙手走進來，用自己專屬的杯子站著大口喝茶，一面凝視外面的山谷，然後坐下來吃早餐、再喝些茶，然後媽咪說……。

「馬內克，外頭涼了，你要加件背心嗎？」

突如其來的打擾搖晃了回憶，他的思緒像紙牌屋一樣傾倒，他回話：「不，我馬上就要進去了。」思緒被打斷令他煩躁，似乎只要再多點時間他就能再重溫、建構、彌補那些快樂的時光。

蜥蜴仍緊緊貼在牆上，隱蔽在石頭的顏色中，馬內克決定等到薄暮退盡、完全看不到那隻小傢伙時再進去。他討厭牠的形狀、牠的顏色、醜陋的口鼻以及牠啪的一聲伸出邪惡舌頭的樣子。時間，那個至高無上的高段棋手，永遠不可能被將軍。

沒有什麼能逃出蜥蜴無遠弗屆的肚子，他想弄掉那個討人厭的小傢伙。他拿起走廊角落裡的枴杖，躡手躡腳的靠近，伸手向蜥蜴揮過去，棍子重擊在石牆上。他快速向後退，看看腳邊，有必要的話會再補上一擊。但什麼都沒有，他看看牆上，也沒有，他沒打中任何東西。沒打死蜥蜴倒讓他鬆了口氣，他想不透牠是在什麼時候逃掉的，讓他一個人對著殘影攻擊。他走近看牆壁的材質，用手指滑過表面到牠剛剛停留的地方，那裡一定有什麼奇怪的記號，一塊突起、裂縫或凹洞什麼的，欺騙了他的視覺。

輪廓消失了，他再試一次，但無法再顯現出剛剛的影像。

想像中的蜥蜴和真實的那隻一樣，消失得無影無蹤。

火葬隔天的清晨，馬內克和母親帶著裝有父親骨灰的木盒到他最喜歡散步的山腰上撒骨灰。他想讓自己的骨灰散落在這片景色中，盡量的向遠處撒。他曾開玩笑說：「若有必要，就雇一個雪爾帕人[2]，別把我倒在同一個地方。」

「我想你爹地是強迫我至少跟他散一次步。」柯拉太太說，她用手背擦去淚水，乾燥的手指要用來拿骨灰。

馬內克希望以前更常陪父親到外頭散步，希望父親在他兒時所顯露的愉悅與熱切能延續到近幾年，那是父親最需要他的一段日子。但是父親將情感寄託於山林鳥獸，對牠們吐露心聲的行為日益嚴重，尤其是鎮上的人們開始談論柯拉先生拍石頭、撫摸樹的怪異舉止後，這樣的困窘令他不堪負荷。

這天早晨的空氣很平靜，無風吹送骨灰，馬內克和母親輪流一丁一點的撒著灰色粉末。

撒完一半後，突然有股罪惡感襲上阿班．柯拉的心頭，她覺得做的不如丈夫交待的一樣徹底。她大膽地走到艱險的地方，抓起一把擲到瀑布上、混一些到野花叢裡、繞著一顆樹撒在它突出的枝葉上。

「這是爹地最喜歡的地點，」她說：「他常常提到這顆樹，它長得多奇怪啊！」

「小心，媽咪，」馬內克提醒她：「告訴我妳想撒到哪裡，別太靠近邊緣。」

但她覺得這樣一來，意義就不一樣了，堅持繼續往陡坡走下去。最後馬內克所擔心的事發生了，她沒踩穩失足滾下山坡。他跑到她停住的地方，揉揉她的膝蓋。「哦！」她喊痛，站起來想試著走路。

「別動，」他說：「在這兒等著，我去找人幫忙。」

「不，沒關係，我爬得起來。」她走兩步後又跌坐在地上。

他把骨灰盒放在一顆大石頭後安全的地方，然後匆匆跑回路上，逢人便喊說母親受傷了。在三十分鐘內聚集了一堆朋友和鄰居來幫忙，由所向無敵的格瑞瓦太太領隊。

格瑞瓦准將的太太在先生過世後變得愈來愈具有權威性，她到任何地方都自動掌控一切。她大部分的朋友都很喜歡這樣的結果，意味著他們要做的事愈少，無論是規劃晚宴或安排郊遊。

了解了柯拉太太的狀況後，格瑞瓦太太請兩位在五星級飯店裡做侍者的人充當腳伕。從前，他們兩個會用椅轎抬著年老或衰弱的遊客，讓他們沿著山路享受風景，自從開拓新的道路後，路寬足以容納下遊覽車，他們也就失業了。

② 喜馬拉雅山的一支種族。

這兩人很樂意為柯拉太太把椅轎從貯藏室裡拿出來，馬內克問他們是否能安全的載送她——在旅館工作這麼多年，來往於廚房及餐廳間的工作並沒有那麼費力，或許會喪失他們原本穩健的步伐。

他們說：「別擔心，先生。這份工作是我們家族的傳統，遺傳在血液裡的。」很顯然他們對這次的機會很興奮，雖然短暫，總算能夠施展身手。

「馬內克，你能留下來把盒子裡的骨灰撒完嗎？」柯拉太太被扶上轎時問道。

「是的，他會留下來，」格瑞瓦太太自行幫他們做決定。「馬內克，你結束後晚點再趕上我們，媽咪跟我們在一起會很安全的。」

她向腳伕使眼色，他們把椅轎舉到肩膀上，用協調一致的步伐疾行，雙腳和手臂像上過油的機械一樣擺動，在崎嶇不平的小路上規律平穩的輕晃，使乘客免去顛簸之苦。這令馬內克想到父親曾讓他在近距離看過蒸汽引擎……爹地在火車站把他舉到手臂上，火車司機鳴汽笛……車軸、曲軸和活塞，強大的推進力與衝刺力，和諧的噹啷聲……

「哦，如果法若克看到這一切，」柯拉太太笑著流淚，「他太太在撒完骨灰後乘著轎子回家，他會怎麼笑我假時髦的拙樣。」

馬內克望著腳伕消失在轉彎處，然後拿出藏在石頭後的骨灰盒繼續撒骨灰。漸漸起風了，原本慢慢飄遊的雲開始在天空中展開競賽，雲影遮住了山谷。他讓指尖的骨灰慢慢隨風飄散，最後輕輕抹過盒子內部，並把它翻過來，從外頭拍打，連最後一點兒也飛向廣闊無際的曠野。

格瑞瓦太太跟在腳伕後面大步走，不時對他們下指令，「小心點，那根樹枝很低，別讓柯拉太太撞到頭。」

「別擔心，太太，」他們喘著氣說：「我們還沒忘記以前的工作。」

「嗯，」格瑞瓦太太懷疑的回應。「現在小心，那顆石頭很大，別絆倒了。」

這回柯拉太太幫腳伕們說話了：「別擔心，他們是專家，我坐在上頭很舒適。」

當他們走出山間小路繼續往鎮上走去時，跟在後面的朋友及鄰人給兩位腳伕熱烈的喝采。

在大街上已經有許多年沒見過椅轎的蹤影，經過的路人都會親切的向它打招呼，很多人決定跟在後面，拉長了這支看似慶祝的隊伍。

偶爾椅轎必須靠邊讓卡車和巴士通過，到第五次停下的時候格瑞瓦太太開始發火，「真是受夠了！」她說：「來，大家站出去，站到馬路中央。我們不為任何人讓路，今天不讓。柯拉太太擁有路權，今天是她特別的日子，車子可以等。」

每個人都同意格瑞瓦太太，有三十五分鐘輝煌的時刻，他們堅決列隊行進到鎮上，後面跟著好幾排不耐煩的車輛，駕駛人按喇叭大吼。大部分的時候格瑞瓦太太都不理他們，決心不受他們小心眼的擾嚷所影響，但偶爾她的怒火還是會令她停下來反擊：「尊重點！這女人是個寡婦！」

從開始出發的一個小時後，救難隊安然抵達家中，柯拉太太被扶到舒適的椅子上歇息，膝蓋上敷著冰袋。格瑞瓦太太坐在她對面的直背椅上，她不願和其他人一起離開，堅決表示：「喪禮後妳不能自己一人獨處。」

她的態度令柯拉太太覺得有點想笑，但很感激她的陪伴。她們憶起雜貨店的興盛時期——軍隊駐紮的日子，有茶會和聚餐。以前的生活多美好，空氣清新又健康，任何時候你感到不舒服或疲勞，只要走到戶外做個深呼吸立刻就覺得好多了，不需吃藥或維他命。「現在整個環境都變了。」格瑞瓦太太說。

馬內克一進屋裡，氣氛就尷尬得沉默下來，他納悶她們剛剛在聊什麼。

「這麼快就回來了，」格瑞瓦太太說：「還是年輕人的腿夠力。所有的骨灰都處理完了嗎？」

「是的，謝謝。」

「確定都處理妥當了，馬內克？」他母親問。

「是的。」

又沉默了片刻。

「你在杜拜做些什麼？」格瑞瓦太太問：「除了留鬍子之外。」

他笑而不答。

「真神祕，希望賺了很多錢。」

他又只顧著笑。幾分鐘後她離開，說這裡不需要她再留下來了。「現在你可以照顧媽媽了。」她意味深長的說。

馬內克先檢查一下冰袋，然後去準備午餐的起司三明治。

「我兒子過了八年才回來，而我卻不能為他準備吃的。」他母親很感嘆。

「誰來做三明治有差別嗎？」

她從他聲音中得到告誡，退怯了，接著再試一次，「馬內克，請別生氣，你不想告訴我你不快樂的理由嗎？」

「沒什麼好說的。」

「我們對爹地的死都很難過，但這不會是唯一的原因。自從他的癌症被診斷出來，我們都知道會有這一天。你的難過是有其他理由，我可以感覺得出來。」

她在等他的回應，看著他切麵包，他仍然面無表情，「是因為他在世時你沒回來看他嗎？你不該這樣想，爹地了解你很難抽身回來。」

他放下麵包刀轉過頭來，「妳真的想知道為什麼？」

「是的。」

他又拿起刀子，小心的將麵包切片，平靜的說：「你們把我送走，你和爹地。我無法回來，你們失去我，而我則是失去了——一切。」

她一跛一跛的走到他身邊拉住他的手臂，「看著我，馬內克！」她流著淚說：「事情不是你想的那樣，你是我跟爹地的一切！不管我們做了什麼，我們都是為了你！請相信我！」

他輕輕的把手臂縮回來，繼續做三明治。

「你怎能說話這麼傷人卻又保持沉默？你總是抱怨爹地的脾氣很情緒化，但你現在不也一樣嗎？」

他不願再多談，她跟著他在廚房走來走去，跛著腳懇求他。

「如果妳帶著受傷的膝蓋一直在廚房裡走動，那我做三明治還有什麼意義？」他惱怒的說。

她乖乖坐下，直到他將午餐做好端上桌。用餐時，她趁他不注意時偷偷觀察他的表情。天空開始陰暗下來，他洗好盤子放到架上晾乾時，雷聲響徹整個山谷。

「我們早上很幸運，」開始下起小雨時她說：「我要去休息了，雨下大時你能把窗戶關上嗎？」

他點點頭，扶她上樓梯，她忍痛微笑，開心的靠著兒子的肩膀，為他的結實有力感到驕傲。

母親上床後，馬內克回到樓下站在窗邊看雷霆閃電。他在杜拜時很懷念這裡的雨季，山谷消失在濃厚的霧裡，他在屋裡不停踱來踱去，然後到店裡去。

他檢查架上的東西，回味瓶瓶罐罐上許多年前他曾見過的廠牌名稱。他心想，這間店曾是他世界的中心，如今看來是多麼小又多麼舊。現在他遠遠的搬離它，遠到不可能再回來似的，他也納悶是什麼使他遠離不歸，當然不會是乾淨明亮的杜拜。

他到地下室放裝瓶機的地方，到處都是蜘蛛絲，連機器都被覆蓋住了。近年來市面上幾乎遺忘了柯拉可樂，他爸媽曾在信中提到，每天只賣得出半打的量給忠實的朋友和鄰居。

他看著空蕩蕩的條板箱和瓶子，地下室的角落裡疊著一堆腐朽的舊報紙，有部分被一捆麻袋遮住了。他輕撫粗糙的黃麻袋感覺它的質地，吸入濃濃的木頭和植物的氣味。

報紙的年份可以回溯到十年前，而且日期雜亂交錯並未依順序排好。他心想，真奇怪，爹地在店裡固定會使用報紙，用來包裝包裹或墊在箱子裡，這些一定是被忽略了。

他決定把舊報紙帶上樓瀏覽一番，在下雨的沉悶午後，這看起來是打發時間的好方法。

他坐到窗邊的椅子上，從泛黃陳舊的報紙中取了上面的第一份來看，時間上是國家緊急狀態結束後選舉的那段期間，總理後來輸給反對黨聯盟陣營。裡頭有許多文章描寫緊急狀態時期的濫用權力、對受害者刑求逼供、無數死於警方拘留而引起的公憤，以及在她統治時期被鉗制的社論，後來站出來要求調查犯罪、懲奸除惡。

對於千篇一律的實地報導感到乏味，他便換了另一份報紙。新政府遲疑如何處理前總理的新聞也沒什麼可看性，除了一篇引自一位內閣部長的話：「她一定要受到懲罰，她是個可怕的女人，像克麗奧佩脫拉❸一樣邪惡。」癱瘓的

❸埃及豔后。

無能政府唯一一致認同的，是將可口可樂驅逐出境，因為它拒絕釋出其祕方及經營利益；過程中發生些許小小的轉折，這個行動最合聯盟陣營意識形態的胃口。

不久，聯盟陣營因不斷地內鬥而勢微，後來又舉行了新的選舉，前總理輕而易舉重掌政權。伸張正義的社論又被鉗制住，回到緊急狀態時期奉承諂媚的調調：「總理本身象徵了什麼樣的神明？無疑的，她擁有至高無上的權力，盤腿端坐，脈輪的能量正從她體內甦醒，將她帶入超凡卓絕的境界。」

再也沒有諷刺的意味，而是歌功頌德的文章。

馬內克覺得受夠了，開始找體育版來看。有幾張板球比賽的照片，文字說明出自於一位澳洲領隊：「一群第三世界的乞丐以為自己有實力玩板球。」結果一群乞丐在初賽打敗了澳洲隊，大家放煙火大肆慶祝。

他開始更快速的翻閱報紙，到後來連照片看起來都差不多。火車出軌、雨季氾濫、橋樑倒塌、部長授予花環、部長演說、部長巡視自然及人為災區現場。他一邊翻報紙一邊觀望著窗外的氣象，兇猛的雨勢、受狂風襲捲的喜馬拉雅杉和一陣陣的閃電。

報紙上有東西引起他的注意，他翻回來再看一遍。照片上是三個年輕女孩，穿綽尼短上衣和裙子，她們吊在吊扇上，每個人沙麗的一端綁在扇勾上，另一端套著脖子。她們歪著頭，手臂攤軟地懸著，像布娃娃一樣。

他瀏覽文字敘述，眼光不時回到照片上。她們是三姊妹，分別為十五、十七和十九歲，趁父母外出時上吊自殺。她們留了紙條說明動機，知道父親因為無法負擔她們的嫁妝而一直悶悶不樂，歷經許多激動不安的討論，她們決定採取這樣的手段，使父母將來不需為三個女兒感到羞恥。她們知道此舉會令父母悲傷，故乞求他們的原諒，但她們沒有別的辦法。

照片又攫住了馬內克的目光，裡頭清晰分明、靜如止水的畫面，卻曾是那麼擾人、可憐、淒慘的事件。他心想，三個姊妹看起來很沮喪，似乎除了上吊自殺之外還有更多的期望，到後來發現死亡才是一切的解決之道。他欽佩她們的勇氣，他想，一定需要很大的力量讓她們解下沙麗、在脖子上套圈打結，當然也可能很容易，只要這種行為的背後有什麼美麗的信仰或合理的解釋。他把注意力抽離照片，繼續閱讀以下的文字，記者採訪過她們的父母，他說他們遭受比眼前更大的悲傷——他們在緊急狀態時期失去了長子，並且得不到一個滿意的答覆。警方宣稱那是一宗鐵路意外，但父母說在陳屍所看到兒子身上有可疑的傷痕。據該名記者報導，這名死者的傷痕與其他受過拷打的人傷痕一致，「況且以緊急狀態時期的政治氛圍來看，他們的兒子阿文納希是學生會裡的活躍分子，顯然又是一宗死於警方拘留的案件。」

文章繼續評論國會議員質疑緊急狀態的暴行，但馬內克停住了。

阿文納希。

大雨傾瀉在屋頂上從窗戶流進來，他想把褪色的報紙依摺痕整齊摺好，顫抖的雙手卻把放在腿上的報紙弄得又皺又亂。房間裡毫不通風，他掙扎著支撐起自己的身體從椅子裡站起來，飄著地下室發霉和腐朽味的報紙沙沙的掉落到地上。他走向走廊，用力吸了幾口充滿水氣的空氣。勁風從打開的門竄進來，把掉在地上的報紙吹得團團轉，窗簾拍打著窗戶。他把門關上，在濕漉漉的走廊上踱了幾步，然後走到雨中，淚水和著雨水從臉上滑落。

沒幾秒他的衣服就濕透了，潮濕的頭髮厚重地蓋在額頭上。他繞著屋子打轉，走下坡，到後院，在地勢低處徘徊，又從另一端上來。從滂沱大雨中，他看到將地基固定在岩壁上的鋼索，它生鏽了，卻牢牢的歷經了四代的時間，可是他很確定房子在他離開的這幾年移位了，「有自殺傾向的房子」，阿文納希是這麼說的。剛開始有一點兒，然後再一點兒，最後它會扯斷它的錨，直往山下滾去。看起來很合理，一切都失去了它的支柱、滑走了，而且無法挽回。

他沿著遠離小鎮廣場的路走，後來幾乎是用跑的了。他沒注意到路人好奇的眼光，只看到照片裡三條沙麗勒著三個脆弱的脖子……阿文納希的三個妹妹……小時候他很喜歡餵她們吃飯，她們會咬他的手指玩。還有他可憐的雙親……這世界有什麼公理？神在哪裡？那個可惡的笨蛋！祂沒有公平的概念嗎？祂看不懂損益平衡表嗎？假如祂管理一家公司，早就該被開除了，祂所允許發生的事……那個女傭、成千上萬在首都被殺害的錫克教徒、戴著脫不掉的鋼環的可憐司機。

馬內克抬頭仰望天空，爹地的骨灰早上才撒出去，而現在濕了，被沖刷走。一想到此真是難以忍受，因為一切都白費了……媽咪被孤單的留下……。他在步道上奔跑，雨中的路變得又軟又滑。他奔跑、滑行、跌跤，希望能找出一塊令人舒暢的綠地，充滿快樂與平靜的地方，可以讓父親一面散步一面將自信而強壯的手臂搭在兒子的肩膀上。

他在泥水中激濺而過、滑行，向兩旁伸出雙手以免跌倒。現在他可以感受到當熟悉的世界漸漸從身旁消失時，父親心裡的絕望，山谷滿是傷痕又醜陋，森林也消失了。他心想，爹地是對的，我們的山正在死去，而我竟然笨到相信山是不朽的，以為做爸爸的可以永遠保持年輕，如果那時候我能多和他聊聊，如果那時候他能讓我多親近他……。

但現在骨灰躺在冰冷、流動的雨水中。他跑到早上倒空骨灰盒的地方，氣喘吁吁的停在每個母親曾經徘徊的地點，卻找不到任何骨灰的蹤跡。他放聲哭泣，撥開落葉，踢開石頭，搬開斷掉的大樹枝。

什麼也沒有，他來得太遲了。他踉蹌地跪倒在地，手指浸在淤泥裡。雨依然無情的下著，他無力站起來，用沾滿泥濘的手遮著臉哭泣，一直哭，一直哭。

一隻小狗在泥巴地上啪嗒啪嗒地走向馬內克，在大雨聲中他聽不見腳步聲。牠靠過去嗅他，鼻子碰到他的手時，馬內克嚇一跳的將手離開臉。小狗舔著他的臉，他拍拍牠，這也是爹地在走廊上餵過的其中之一嗎？他注意到牠的後腿上有一個膿包潰爛了，爹地曾用自製的藥膏為流浪狗療傷，就放在櫃台下的擱架上，不知道還有沒有用。

雨勢減緩了，他站起來用濕透的袖子擦臉，然後放眼向山腰望過去。雲層出現變化，迷霧中隱約可見山谷。他待在那裡等到雨差不多停了再走，現在只剩毛毛雨，雨絲細到比皮膚的呼吸還輕似的。他回到長得極為突出的樹那裡，小狗跟著他走了一會兒，腿上的膿瘡讓牠走起路來一拐一拐的，或許已經感染到骨頭了。馬內克心想，沒人照顧治療，可憐的小傢伙只剩幾週的時間好活，爹地不在了，還有誰會關心牠？

淚水又在他的眼眶裡打轉，他開始走回家。

大雨讓地上出現無數條小河流向山坡下流去，增加山澗的水量以及雨後產生的小瀑布；他想像骨灰被這條閃閃發亮的河流帶到山裡的每個角落。他父親的願望實現了，被遠遠地散播開來，比任何人為的力量更徹底，藉著自然的力量，他現在在任何地方，與他深愛的地方永不分離。

柯拉太太裹著一條喀什米爾圍巾在走廊上焦急等著，眼睛直盯著路的那頭。當馬內克出現時她急切的揮手，他加快腳步過去。「馬內克！你到哪兒去了？我打個盹醒來就發現你不見了！外面雨勢那麼大，我好擔心。」她抓著他的手臂，「看看你，都濕透了！你的臉上和衣服上都是泥巴！發生什麼事了？」

「沒事，」他輕聲回答：「我沒事，只是想走走，在路上滑了一跤。」他解釋他身上的泥巴。

「你就像爹地一樣，盡做些瘋狂的事，他也很喜歡雨中散步。去換衣服吧，我會幫你準備茶和吐司。」大雨把這些年的歲月都沖刷掉，他又是她的小男孩了，濕透而無助。

「妳的膝蓋現在怎麼樣？」

「好多了，冰袋很有效。」

他回房間、洗澡、換上乾衣服，當他下樓時茶已經準備好。母親為他加了兩匙糖，為自己加一匙。他的茶倒在父親的杯子裡，她把茶攪一攪端給他，「你記得爹地總是習慣怎麼喝第一杯茶的，在廚房裡走來走去？」

他點點頭。

她微笑說：「在我最忙時就嫌他礙手礙腳了，但近幾年他不再這樣做，只是進來靜靜地坐下。」她靠著椅子的一邊，用手指輕撫馬內克的頭，「看，你的頭髮還是濕的。」

她從碗櫃裡拿出一條餐巾幫他擦頭髮，她的手有力輕快的拍打讓他的頭前後搖晃，他幾乎要抗議出來，但發現感覺其實很令人放鬆就由她了。他閉上眼睛，似乎看到了城市裡的按摩師，那是八年前和歐文在海邊看到的，顧客坐在沙灘上任他們在頭上捏揉捶打。海潮在後方破成碎浪，還有日暮時輕盈的微風，小販賣給婦女戴在頭髮上的乳白色花串傳來茉莉的清香。

「我想我會拜訪我們的親戚，還有迪娜阿姨。」她輕快的撥動他的濕髮讓他的聲音有點顫抖。

「你聽起來好滑稽，好像想同時講話和漱口似的，」她一邊笑一邊拿掉餐巾，「他們會很高興見到你，你什麼時候動身？」

「明天一早。」

「明天？」她懷疑這是他離開她的詭計。「那你什麼時候回來？」

「我想我會從那裡直接回杜拜，比較方便。」

她知道自己的失落全寫在臉上，而他似乎沒察覺到。他的話在她耳裡愈來愈模糊，像是從很遠的地方傳來的。

「我想做的是，」他繼續說：「盡快回到公司通知他們，看他們最快什麼時候能讓我走。」

「你是說——辭職？然後呢？」

「我已經決定回來這裡定居了。」

她呼吸變得急促，「這個計畫真是太好了。」她盡力壓抑自內心一湧而上的情緒，「你可以賣掉這間店展開自己的事業，然後……」

「不，這間店正是我回來的理由。」

「爹地會很高興的。」

他離開桌子走到窗邊，不見得什麼事都沒好結果，他就要對自己證明。首先他要見見所有朋友：歐文，幸福的結婚了，還有他的太太，現在應該有兩三個孩子，他們會叫什麼名字呢？如果有男孩，一定要叫納若揚。還有伊斯佛那個驕傲的伯公，在縫紉機旁對著三個小可愛慈祥的笑著，告誡提醒他們不要太靠近轉輪和快速的車針。還有迪娜阿姨，在她的小公寓裡監督裁縫工作，精心安排家務，支配著忙碌的廚房。

是的，他將親眼看到這一切。

假如世上有許多的不幸，那麼也會有許多歡笑，是的，只要知道哪兒去尋找。很快的他就要回來接管柯拉可樂和雜貨店，拉住地基的鋼索需要有人照料，房子需要重新整修，他會添購新的裝瓶機，他早就已經存好了足夠的錢。

柯拉太太走到窗邊站在他身旁，他把手放在窗台上緊緊的握著，指關節處泛白。她心想，很強壯的手，跟他爸爸一樣。

「雲又變多了，」他說：「晚上會下更多的雨。」

「是啊，」她同意的說：「也就是說明天又將綠意盎然、一片清新，會是美好的一天。」

他用手環抱母親，給她一個兒時的早安擁抱，雖然現在是晚上。她滿足的嘆息幾乎聽不出來，她握著他放在她肩上的手，安穩又溫暖。

馬內克花三十二小時搭乘南下的火車，雨就跟著他經過鄉間、流下山坡跨越平原。他差點趕不上火車，從小鎮廣場出發要到火車站的巴士因為天雨路滑的關係誤點。昨天母親保證的陽光、綠地和清新還是沒實現，雨勢仍然強大。旅途結束後他從車站大廳喧嚷的人群中擠出來，城市裡下過大雨後的街道映著潮濕的光澤。

計乘車招呼站空無一人，他在路旁等車，四周都是水坑，沒地方放行李，他就用兩手交替提著。他發現身後路面上的鋪石板有個裂縫，蟲子從裡面大量湧出，一條條深紅色的東西滑溜溜的爬過被雨水浸濕的人行道，是環節蟲。有好幾條蟲被路過的行人踩爛了，更多的蟲子陸續冒出來，在薄薄的水面滑行，從死掉的同伴身上爬過。

他一面看著，時光彷彿回到了從前。熙熙攘攘的人行道變成了迪娜阿姨的浴室，那是他在她家的第一個早晨，他可以聽到她從門外叫他，然後他僵住了，眼睛直盯著不斷蠕動的入侵大隊，後來還被她好好嘲笑了一番，回憶讓他嘴角浮現笑容。最後一批蟲爬到排水溝裡之後，石板上的裂縫裡幾乎沒蟲子了。

他決定晚上去拜訪母親的親戚，把這項任務先解決掉，然後明天就可以盡情的去找迪娜阿姨、伊斯佛和歐文。

一輛計乘車喀啦喀啦的停在他旁邊，司機將手伸到窗外，滿懷期望的看著他。

「輝皇大飯店。」馬內克上了車。

洗過澡後他換了衣裳，啟程準備接受蘇答瓦拉家族熱情又令人難以招架的關愛。那一整晚他耐著性子讓人叫他馬克，他們對他擁抱、輕拍、討好的方式也讓他吃不消，覺得自己有點像選美比賽的得獎狗。

「你爸爸過世的消息真令人震驚，」他們說：「你們住得這麼遠，我們沒法參加喪禮，真是抱歉。」

「沒關係，我了解。」他想起爹地是怎麼形容這些蘇答瓦拉親戚的，沒有氣泡，無聊得像消了氣的蘇打水，處於把自己無聊死的危險當中。只是最後，爹地先失去了自己的氣泡。

馬內克突然感到心情沉重，造訪讓他很疲憊，覺得再待下去就要累垮了。

他站起來伸出手說：「再次見到你們真好。」

「再待一會兒，在我們這兒過夜吧？」他們堅持道：「早上我們吃煎蛋餅，然後做點鮮蝦咖哩。」

他堅決的拒絕，「我晚上約了人談生意，明早還有早餐會報，我一定得回旅館。」他們了解事情的重要性，並驚嘆竟有早餐會報這種事。他們致上祝福目送他離去，叮嚀說盡快再來，「別再讓我們等這麼多年，想死你了。」

回旅館的途中，他路過航空公司辦公室確認訂位，業務員確認說：「是後天的班機，先生，您的飛機起飛時刻是晚上十一點三十五分，請在晚上九點以前到達機場。」

「謝謝。」馬內克說。

他在飯店的餐廳裡點了一道羊肉口味的蔬菜燉飯，然後到大廳看了幾分鐘報紙，再到櫃台取鑰匙進房睡覺。他入睡的時候想著迪娜阿姨，以及伊斯佛和歐文失蹤後，和她一起趕著做洋裝交給奧荷華公司的那個晚上，那些面臨困難的日子。

更新後的大樓整個改頭換面，讓人認不出來，有一陣子馬內克以為自己走錯地方了。鋪大理石的樓梯間、一名警衛、門廳裡貼著亮晶晶的花崗岩地磚、每間公寓都配有一台冷氣、樓頂花園……廉價的出租屋搖身變成了豪華公寓。他檢查入口處的門牌，可惡的房東終於下手了，他趕走迪娜阿姨——對她來說結局並不好。那裁縫師怎麼辦？他們現在在哪兒工作？

到了外頭，他覺得又被絕望的魔爪緊緊握住，連太陽也在用光芒打擊他。或許迪娜阿姨知道伊斯佛和歐文在哪裡，她只可能去一個地方，她哥哥努斯旺家。他沒有地址，問題是，她真的會高興見到他嗎？他查閱電話簿，但她的姓氏是……？

他努力回想迪娜阿姨的娘家姓，她曾提過一次，在許多年前的一個晚上，伊斯佛、歐文和他坐著聽她講自己的故事。那天晚餐過後，她把被單放在腿上縫上新的布塊。「從不用悔恨的態度看待過去」，迪娜阿姨這麼說，然後什麼前途無量失去了……不，蒙上陰影……當她還是學生的時候，她的名字是——迪娜．史洛夫。

他路過藥局去借電話簿，姓史洛夫的有好幾個，但只有一個叫努斯旺・史洛夫，他拿紙筆記下來。櫃台職員告訴他地方不遠，因此他決定走路過去。

在走出了舊識的街區後，前方的路一點都不熟悉。路邊有一位補鞋匠，旁邊放了一袋工具，他過去問路。補鞋匠的拇指包著厚厚的繃帶，他告訴馬內克在下一個交叉路口右轉，走過板球運動場。

雖然並沒有進行任何比賽，但運動場的一角豎起一個大營帳，好奇的群眾在外頭徘徊，眼睛直盯著裡頭看。入口處上方有一面告示牌：「歡迎朝聖，包巴巴——施福德，每天早上十點到下午四點，包括星期日及銀行休息日。」一定是很勤奮的神人❹，馬內克心想，他很納悶他的專長是什麼，憑空變出金錶？使雕像落淚？從女人的乳溝裡變出玫瑰花瓣？從名稱上看來似乎是跟頭髮有關的把戲，他在入口處請教人：「誰是包巴巴？」

「包巴巴是非常非常神聖的人。」接待員說：「他在喜馬拉雅山的洞穴裡沉思很多年後，回來我們的社會。」

「他做什麼？」

「他擁有很特殊、很神聖的力量，他可以告訴你任何你想知道的事，只要用他神聖的手指握住你的頭髮十秒鐘就行了。」

「怎麼計費？」

「包巴巴不收費。」那人憤怒的說，然後他油嘴滑舌的笑了一下，「但包巴巴基金會歡迎任何捐款，任何數目都可以。」

馬內克愈來愈好奇，然後走進去，只想看一下。歐文會說這是城市裡騙人的新把戲，他決定看一看然後告訴裁縫師們，大家可以一起開心、一起歡笑——在經過了八年之後。

大營帳裡的人比外頭的人少得多，只有少數人在屏幕旁等待，坐在屏幕後的是非常非常神聖的包巴巴。馬內克心想，應該不會很久，為每位顧客冥想的時間只要十秒鐘，這裡排的是求福德和諮詢的隊伍。

❹ Godman，印度苦修者。

他排到隊伍中，很快就輪到他了。屏幕後的人穿著橙黃色僧袍，禿頭、鬍子刮得很乾淨，連眉毛和眼睫毛都拔光了，他的臉上和僧袍未遮住的地方看不到一根毛髮。

儘管皮膚出奇的光滑、臉上容光煥發，但馬內克認得他，「你是瑞亞朗，那個頭髮收集人！」

「啊?!」包巴巴跳起來，驚訝到失去穩重的叫出聲來。隨即又恢復沉著，抬起頭來字正腔圓的說話，兼以優美的手勢輔助，「頭髮收集人瑞亞朗已經放棄他俗世的生活、歡笑和悲傷、善與惡。為什麼?因為要化身為包巴巴，用他卑微的天賦來幫助人們從輪迴中得到解脫。」

矯揉造作的模樣在說完這段話後就消失了，他把頭往前傾用正常的聲音說：「你是哪位?」

「記得伊斯佛和歐文嗎?在你化身成現在這個模樣前——那些你收集頭髮的日子裡，那兩個裁縫師曾借錢給你，我跟他們住在同一間公寓。」瑞亞朗還在回想時，馬內克又補充說：「我留了鬍子，或許這是你沒認出我的原因。」

「才不是，世界上沒有任何髮型或鬍子可以騙得了包巴巴，」他趾高氣昂的說。「你要問我什麼問題?」

「你在開玩笑吧！」

「不，你測試我。快點，問問看，工作、健康、婚姻、太太、孩子、教育，任何事都行，我會給你答案。」

「我已經有答案了，我正在尋求問題。」

包巴巴斜眼看著他，光滑的臉上顯出氣惱的神情，這種深奧的話應該是他的專利，但他克制自己的不悅，擠出開明的笑容。

「再想一想，我的確有個問題，」馬內克說：「你要怎麼幫助像你一樣禿頭的人?」

「這不過是個小問題，包巴巴基金會以成本價販售特製生髮水，只收取額外的郵資和處理費。由珍貴的喜馬拉雅山藥草製作，效果就跟變魔術一樣，幾週內光禿禿的頭上就長滿了厚厚的毛髮。受惠者回來找我，我握著新長出來的頭髮沉思，然後回答問題。」

「你曾想把那些頭髮剪下來嗎?為了收集頭髮?」

包巴巴被激怒了，「那是另一個生活，另一個人，都結束了，你不懂嗎?」

「我懂了。你從山洞裡回來後去看過伊斯佛和歐文嗎?他們或許有問題要問你。」

「包巴巴負擔不起奢侈的旅費去拜訪任何人，他要待在這裡，讓人們有機會得到福德。」

「對，」馬內克說：「如此說來我最好別再浪費你的時間，有成千上萬的人在外頭排隊等著呢！」

包巴巴說：「願你早日得到幸福與滿足。」他舉起一隻手模樣尊貴的道別，但眼神仍顯得憤怒。

馬內克決定明天早晨再來，要帶著歐文和伊斯佛一起，反正明晚抵達機場就行了。那會是個大玩笑，挫挫包巴巴的傲氣一定很好玩，把他的位階降低，讓他回顧自己的過去。

出口在大營帳的後面，一張搖晃的桌上放了信封和信紙，有個人正坐著寫東西。馬內克盯著他，努力回想他們在哪裡見過。然後他瞥見那人上衣口袋裡的塑膠盒，裡面裝著墨水筆和原子筆。他想起來了——他是火車上那個聲音沙啞的人。「請問，你是那個校對員，是嗎？」

「從前是，」他說：「法山卓・弗米克，隨時為你服務。」

「你不認得我是因為我留鬍子了，許多年以前我還是學生時跟你搭同一輛火車，那時你大老遠的去找專家治療喉嚨的問題。」

「別再說了，」弗米克先生愉快的微笑道：「我記得很清楚，我從來沒忘記你。我們在火車上聊了很久，不是嗎？」他咯咯笑起來，拿著筆蓋在手上轉來轉去。「你知道，要找個好的傾聽者來聽一個人的故事很不容易，大多數的人在聽到陌生人說自己的故事時顯得很不耐煩，但你是個很好的傾聽者。」

「哦，我很喜歡聽，減少旅途中的寂寞。再說，你人生的故事很有趣。」

「你真好心，讓我告訴你一個祕密，根本沒有無聊的人生這回事。」

「那試試我的。」

「我很樂意，有一天你要告訴我你全部、完整的故事，不刪節、不跳躍，你一定要。我們另外安排時間見面，這是很重要的事。」

馬內克微笑說：「為什麼重要？」

弗米克先生眼睛睜得大大的，「你不知道嗎？因為能幫助你提醒自己是誰，所以極為重要。然後你才能無所畏懼、不迷失自我的在這個不停變化的世界中走下去。」

他停下來摸摸放筆的口袋，「一定是上天眷顧，我能夠完整的訴說自己的故事兩次。第一次是在火車上跟你，然後是法院中庭裡一位好心的女士，但那是好多年前的事了，我一直渴望再找到新的傾聽者。啊，是的，分享故事能夠救贖一切。」

「怎麼說？」

「怎麼說……我還不清楚，我只是覺得它就在這裡。」他又把手放到襯衫口袋上。

他是在筆中感覺到的嗎？然後馬內克才了解他指的是自己的心。「那你現在做什麼，弗米克先生？」

「我負責包巴巴的郵件業務，他也用通訊做預言。人們剪一段頭髮寄來，我打開信封，丟掉頭髮，把支票兌現，然後回答他們的問題。」

「你喜歡這份工作嗎？」

「非常喜歡，可以完全自由發揮，我用各式各樣的格式回覆，論說文、散文、詩文、格言。」他拍拍放筆的口袋後又說：「我的小可愛們才情洋溢，創造的故事一個接一個，比收信者的人生中所有悲傷的現實更真實。」

「真的很高興見到你。」馬內克說。

「我們什麼時候會再見面？你真的要跟我說說你自己的故事。」

「或許明天，我打算帶兩個朋友來見包巴巴。」

「很好，很好，再見。」

在出口處接待員拿出一只裝著一點零錢的銅碗，「任何數目的捐獻都歡迎。」

馬內克丟了一些銅板，覺得今天的捐獻值得了。

門鈴響了一會兒之後才有人來應門，那瘦巴巴的模樣看起來一點兒也不像他八年前離開時的迪娜阿姨。八年的時間讓他們都付出了某些代價，但眼前的情景不只是一點代價，簡直是搶劫。

「什麼事？」她靠向前問。

透過比以前厚兩倍的眼鏡，她的眼睛看起來只有豆點大，頭上灰髮也完全佔據了黑髮的領域。

「阿姨，」他的話哽在喉嚨裡幾乎說不出來，「我是馬內克。」

「什麼？」

「馬內克．柯拉，妳的房客。」

「馬內克？」

「我留鬍子了，所以妳認不出我來。」

她更靠近些，「對，你留鬍子了。」

他從她的聲音中感覺到冷漠，他心想，我竟然笨到還有任何期待，「我去妳的公寓……然後……妳不在那裡。」

「我怎麼會在那裡，那不是我的公寓。」

「我想再看看妳，還有那兩個裁縫師，還有……」

「沒有裁縫師了，進來。」她把門關上，在陰暗的玄關裡扶著牆壁和家具小心、慢慢地走在前面帶路。

到了會客廳時她說：「坐下，你出現得那麼突然，也不知打哪兒冒出來的。」

他聽出她的責怪，點點頭，並不辯駁。

「那個鬍子，你應該刮掉的，讓你看起來像馬桶刷一樣。」

他笑了出來，她也笑了一下。他很安慰聽到她犀利的幽默，只是還不足以驅走冷冷的氣氛。他們所在的大廳富麗堂皇，有許多舊家具、展示櫃裡的古董瓷器、牆上精緻的絲質波斯掛氈。

「下次妳看到我，鬍子一定就刮掉了，阿姨，我保證。」

「或許到時候我能更快認出你。」她費勁的弄著一隻髮夾，然後把它往下壓，「我的眼睛現在很糟糕，以前你強迫我吃的胡蘿蔔都浪費掉了，什麼都救不了這雙眼睛。」

他試探性的笑一笑，但這次她沒跟著笑。

「你過了這麼久才來，再過幾年我就完全看不到你了。即使是現在，你在這房間裡看起來也像個影子一樣。」

「我離開了，在波斯灣工作。」

「那是個怎麼樣的地方？」

「它……它就是……空空的。」

「空空的。」

「空空的……像沙漠。」

「那兒本來就是沙漠中的國家，」她停了一下，「你在那兒沒寫過信給我。」

「我很抱歉，但我沒寫信給任何人，這件事看起來很……很沒必要。」

「對，」她說：「沒必要，反正我的住址也變了。」

「後來那間公寓怎麼了，阿姨？」

她把經過告訴他。

他靠過去小聲說：「妳在這還好嗎？努斯旺有沒有善待妳？」他把聲音再壓低：「他有給妳足夠的食物嗎？」

「你不用這麼小聲，家裡沒有其他人。」她拿下眼鏡，用裙角擦乾淨再戴回去，「這裡的食物多到吃不下。」

他不自在的坐回去，「伊斯佛和歐文呢？他們現在在哪裡工作？」

「他們沒有工作。」

「那他們要怎麼辦？尤其歐文還有太太和孩子。」

「沒有太太，也沒有孩子，他們變成乞丐了。」

「抱歉……什麼，阿姨？」

「他們兩個現在都是乞丐。」

「不可能！這太奇怪了！我是說……他們不會覺得討錢很丟臉嗎？如果不做裁縫，他們就不能做其他工作嗎？我是說……」

她打斷他，「事情還沒搞清楚前就妄下斷語？」

她嚴厲的語氣令他抑制住爆發的情緒，「請告訴我發生了什麼事。」

當她說話時好似有一把刀在他體內一刀一刀的割劃，他僵坐著，像是旁邊玻璃櫃裡展示的小塑像。

她說完後他仍然一動也不動，她靠過去搖他的膝蓋，「你有在聽嗎？」他微微點頭，她的眼睛看不出細微的動作，又再問一遍，不耐煩的說：「你到底有沒有在聽啊？不然我就白費力氣了。」

這次他開口回答，「是的，阿姨，我在聽。」他的聲音毫無生氣。跟表情一樣空虛，她心想，「若你看到他們一定認不出來，伊斯佛縮水了，不只是失去腿的關係，整個人都小了一號。而歐文變得很胖，是去勢的副作用之一。」

「是的，阿姨。」

「你還記得我們以前一起做菜的時候嗎？」他點點頭。

「你還記得那些貓？」他再次地點點頭。

她想讓他恢復些生氣，「現在幾點？」

「十二點半。」

「如果你不趕時間，你可以見到伊斯佛和歐文，他們會在一點時到這裡。」

他的聲音裡有些情緒了，但不是迪娜期待的那種，「很抱歉，我不能留下來。」拒絕中隱含著恐懼，他的話匆匆拼湊而成，「明天我的飛機離開前我有好多事要做……看我母親的親戚，還要買些東西，還要去機場，或許等到下次我再來時。」

「下次，好的，沒問題，我們都等著你下次再來。」

他們站起來走出會客廳。「等一下，」到了門口時她說：「我有東西要給你。」

她踏著慢而小心的腳步回來，「你把這個留在我的公寓了。」

那是阿文納希的西洋棋組。

「謝謝。」他在搖晃，但聲音維持冷靜。他伸出一隻手接過棋盤和紅褐色的盒子，然後說：「我並不需要它，阿姨，妳留著吧。」

「我要它幹嘛？」

「送給其他人……給妳的姪子們？」

「傑利斯和札利不玩，他們是大忙人。」

馬內克點點頭，又說一遍：「謝謝。」

「不客氣。」

他猶豫著，把盒子放在手上轉，手指輕輕的在邊緣移動，「再見，阿姨。」她默默點頭，他靠過去在她臉頰上又輕又快的親一下。她舉起手像在道別，往後退，然後開始把門關上；他轉身沿著圓石路快速往前走。

聽到關門聲時他停了下來，站在步道盡頭的樹下，有隻鳥在枝頭上唱歌。他聽著，一面盯著手中的棋盤和盒子。忽然間有東西掉到他頭上，他跳到一旁以免再被打到。他用手指摸到黏黏的髒東西，於是摘樹上的葉子擦頭髮。他抬起頭來往上看，是一隻烏鴉，剛剛唱歌的鳥已經飛走了。他納悶掉到他頭上的鳥糞不知是哪一隻的，爹地曾說一隻尋常烏鴉的鳥糞會帶來不尋常的好運。

他看看錶，十二點四十分，伊斯佛和歐文就快到了。假如他再等一會兒就能見到他們，他們也能見到他，但……他該說什麼？

在屋外寧靜的街道上，他開始沿著步道漫步。往前走到街道盡頭，然後往回走到迪娜阿姨家，走個幾趟後他看到有兩個乞丐從大路上彎進來。

一個癱在裝有滑輪的板子上，他沒有腿；另一個用掛在肩上的繩子拉滑板。圓滾滾的身材在他身上看起來很怪異，像是過大、裝了填充物的衣服；他在手臂下夾了一支破傘。

我該說什麼？他拼命地問自己。

他們走近了，坐在滑板上的人搖著罐子裡的銅板，表情害羞的乞求說：「先生，施捨點錢吧？」

伊斯佛，是我，馬內克！你認不出我嗎？話語在腦海裡徒勞的飛過，找不到出口。說話呀，他命令自己，說話！

另一個乞丐直接了當的說：「先生，給點錢！」他的聲音尖而挑釁，表情直接而帶愚弄。他們期待的等著，伸出手來搖罐子。

歐文！酸檸檬臉，我的朋友！你忘記我了嗎？

但他含著愛與悲傷和期待的話語依然沉默如頑石。

那個沒腿的乞丐咳了幾聲，吐口痰，馬內克瞥見那團黏稠物，裡頭摻著血絲。滑板開始往前行，他看到伊斯佛坐在一張坐墊上。不，那不是坐墊，它又髒又破，只是摺成坐墊的大小，是那條拼布被單。

等一下，他想喊出來——等等我。他想跑向他們，跟他們一起回到迪娜阿姨家，告訴她自己改變主意了。

但他什麼也沒做，他們兩人轉到圓石路上從他的視線消失。他可以聽到滑輪在凹凸不平的石頭上發出短促的喀啦喀啦聲，聲音漸遠漸弱，他繼續往前走。

經過板球競賽場、經過包巴巴的大營帳、經過路邊受傷的補鞋匠，馬內克一路快走直到又回到熟悉的地方。他看到菲希朗素食餐廳的新霓虹燈招牌，那裡現在看起來生意很好，把兩旁的商店併入而擴大，它的燈光在午後的烈陽下依然嗡嗡閃爍著。霓虹燈招牌下有塊小板子寫著：食物、飲料，舒適的享用冷氣。

他進去後有人指引他到一張鋪有玻璃板的桌子，一位整潔、穿制服的侍者帶著一本大菜單出現。馬內克把棋組放到旁邊一張空椅子上，然後點了一杯咖啡。

餐廳內很忙，現在是午餐時間，侍者匆匆端來一杯水，「正在煮新鮮的咖啡，請稍候兩分鐘。」

馬內克點點頭。櫃台上的高擱架上頭有一個喇叭正在播放乏味的音樂，跟餐廳內忙碌喧嚷的氣氛一點都不搭調。他看看周圍的桌子，穿著襯衫、外套、打領帶的辦公室職員很有精神的吃著飯，刀叉碰撞聲中穿插著他們活力的對話——關於管理不良及高額的津貼、預算與升遷。這是新階層的顧客，跟以往在此出現的散工及勞工大相逕庭。

咖啡端來了，馬內克加了糖，充分攪拌後啜了一口。在附近流連的侍者立即走向前問：「好喝嗎？先生。」

「好喝，謝謝。」

那人俐落的調整桌上的鹽罐和胡椒罐，清理煙灰缸，「總理的兒子接管國家，你覺得他會是個好的統治者嗎？」

「誰知道，我們只能拭目以待。」

「沒錯，他們都說同樣的一件事，做點其他的吧。」他轉向另一張桌子服務，那邊客人剛吃完。馬內克看著他把盤子疊起來，然後到下一桌把盤子往上加，接著再到下一桌，最後捧著一大疊盤子搖搖晃晃的走到廚房。

他很快的回到餐廳內，看看馬內克半空的杯子，「想要吃什麼嗎，先生？」

馬內克搖搖頭。

「我們也有美味的冰淇淋。」

「不用，謝謝。」過分關心的侍者讓他有點緊張，那禮貌性的微笑彷彿是新菲希朗餐廳新裝潢的一部分。現在他獨自在這裡，而在舊菲希朗時每到下午他總是和歐文及伊斯佛一起來，三人就坐在飄著異味的桌子旁。尚卡在外頭坐在滑板上用殘缺的手向他們打招呼，擺動他截短的腿，微笑著搖動錫罐。然後是他的喪禮，祭司誦歌、燃燒的檀香、芳香的薰煙——完整的儀式。在火葬場爹地錯過了這一切，露天式的火葬絕對比較好，對活著的人來說……。

一群顧客將椅子嘰嘰嘎嘎的推開離去，另一群剛到的人又坐了下來，他們叫喚服務人員的名字打招呼，顯然是常客。馬內克拿起紅褐色的木盒，推開滑蓋，隨便挑出一顆棋子，是士兵，他把棋子捏在大拇指和其他指頭間滾動，看著它底座快剝落的綠色毛氈。

那個侍者也看到了，「你可以使用駱駝牌漿糊，它黏得比較緊。」

馬內克點點頭，他喝完剩下的咖啡然後把士兵放回盒子裡。

「我兒子也玩這種遊戲。」那個侍者驕傲的說。

馬內克把頭抬起來，「哦?他自己有棋組嗎？」

「不，先生，那太貴了，他只在學校玩。」看到杯子空了，他拿出菜單。「兩點了，先生，廚房就要關起來了。我們有很棒的乾炒香料雞肉，也有蔬菜燉飯，或者是小點心?羊肉捲、酸辣醬炸蔬菜餅、炸泡餅套餐？」

「不，再一杯咖啡就夠了。」馬內克起身到後面找洗手間。

裡面有人，他在走道上等著，剛好可以看到廚房裡活躍的狀況。滿頭大汗的助手們正在剁菜、炸菜、攪拌，一個瘦小的男孩正在刮掉盤上的油污，把盤子浸到水槽裡。

馬內克心想，儘管用了新的鋁合金、玻璃窗和霓虹燈，仍然看得到某些舊菲希朗時代的東西——煤油及煤炭爐。廁所門打開了，他走進去。

他出來時，離廚房最近的桌子已經沒人用，他決定坐到那桌去。侍者快步過來提醒他的第二杯咖啡在另一桌上。

「我要在這裡喝。」馬內克說。

「這樣不好，先生，廚房太吵，還有味道什麼的。」

「沒關係。」

於是侍者告退，跟同事聊了幾句顧客一時興起和怪癖的話，然後把咖啡和棋組拿過來。

有人向廚房大聲點了烤肉串，助手正在為爐子添上煤炭，聽到點餐的內容後也在小炭盆裡放一點。插上羊肉塊和肝的肉串放在炭盆上烤，搧風將煤炭燒得更旺。

燒得多麼熾熱啊，馬內克心想，就像生物的呼吸與悸動。剛開始小小的，維持一般的熱度，然後變成猛烈的紅色火焰，火舌發出劈啪的聲響，釋出所有的熱度和怒火、轉變、脅迫、吞沒，然後，歸於平靜，變成柔和的熱度，溫馴，最後完全靜止……。

菲希朗的午餐時間結束了，過了三點侍者開始懷著歉意的提醒，用笨拙的幽默感說：「大家很早就跑回辦公室了，先生，」他附上微笑，「他們怕老闆生氣，但你一定是位大老闆，只有你還留在這裡。」

對，只有我，馬內克心想，「只有慢馬車才會落後。」

「你在度假嗎？」

「是的，請給我帳單。」他又瞥了一下廚房，爐子關掉了，助手們正在將地方清理乾淨好為晚餐做準備，小炭盆裡的煤炭已崩成灰燼。

兩杯咖啡共六盧布，馬內克放了十盧布在碟子裡然後向大門走去。

「等等，先生，等等。」那侍者一邊叫一邊追趕他，「先生，你把皮包忘在椅子上了，還有棋組！」

「謝謝你。」馬內克把皮包放到褲子後的口袋裡，接過棋組。

「你今天忘了所有的東西，」那侍者有點覺得好笑的說：「要當心，先生。」

馬內克微笑並點點頭，然後打開門步出有空調的菲希朗餐廳，走向午後烈陽的擁抱中。

漸漸的，馬內克在人行道上行走愈來愈困難，他發現自己跟大堆的人潮方向相反。夜晚來臨時他還在街上晃，人們大量的從辦公室湧出來，匆匆趕回家。他的錶指著六點十五分，他轉到火車站的方向，讓人潮帶著他往前走。

尖峰的時間過去了，火車站挑高的大廳裡仍不停回響著火車如雷的隆隆聲。售票口前有人排隊，他想起曾聽過坐霸王車的故事。

他放棄排隊，往前推擠穿過人群到月台上，指示燈顯示下一班火車是特快車，不會在這站停下。

他看看周圍等車的旅客，有人埋頭於報紙中，有人在行李旁坐立不安的等車，有人喝茶，還有一位母親擰著孩子的耳朵要回家教訓他。耳中傳來遠遠的隆隆聲，馬內克移到月台前盯著鐵軌——它們閃閃發光的樣子就像生命的希望，向兩邊無盡延伸，銀色的鋼骨掠過礫石鋪成的床，與變黑、破舊的枕木編織在一起。

他注意到旁邊站了一位戴墨鏡的老太太，懷疑她的眼睛是不是瞎了，她站得離邊緣這麼近很危險，或許他該扶她到安全的地方。

她先是微笑一下然後說：「特快車，不會停在這一站，我只是來看一下告示牌。」她往後站一步，也伸手將他往後拉。

不是瞎子，只是時髦的打扮。他回應她一個微笑，卻依然站在原處抱緊手中的棋組。特快車在鐵軌上轉彎後遠遠的進入視線當中，隆隆聲隨著它的接近而愈來愈大。當第一節車廂駛進月台時，他從月台上向閃爍的鐵軌跳下去。

戴著墨鏡的老太太第一個放聲大叫，尖銳的緊急煞車聲淹沒了眾人的聲音，特快車拖行了好幾百公尺之後才停了下來。

馬內克腦中最後一刻想的是，他手上還抱著阿文納希的棋組。

在圓石路及人行步道交會的樹下，歐文放下伊斯佛的拖繩，他們就在那裡等著。上頭茂密的枝葉中有隻鳥受了驚嚇，他們纏著路過的行人要錢，順便瞥一下路人手錶上的時間。

到了一點，他們離開人行道轉到圓石路上，史洛夫家種的灌木叢和花園圍牆剛好遮住他們，不會被鄰居看到。他們直接走到後門，盡量貼近屋子，然後輕輕敲門。

迪娜帶他們進去，為他們各倒了一杯水。趁他們喝水的時候，她打開餐具櫃從露比的日常用餐具組中拿出盤子分裝扁豆。她懷疑在露比和努斯旺發現前，她還能這樣做多久？「有人看到你們進來嗎？」

他們搖搖頭。

「快點吃，」她說：「我嫂子今天會比平常早回來。」

「真好吃。」伊斯佛說，他小心的讓盤子在腿上放穩。

歐文嘀咕道：「印度薄餅有點硬，比昨天的差了點，妳沒照著我的配方做還是怎麼了？」

「這個傢伙以為自己是誰。」她向伊斯佛抱怨。

「有什麼辦法，」伊斯佛笑著說：「他是做印度薄餅的世界冠軍。」

「那些是昨晚剩的，」迪娜說：「我沒做新的，今天有客人，你們絕對猜不到是誰。」

「馬內克。」他們說。

「我們半小時前看到他走過去，雖然他留鬍子但我們認得出來。」伊斯佛說。

「你們沒跟他說話嗎？」

他們搖搖頭。

「他不認得我們。」歐文說：「或者他不想理我們，我們甚至故意說：『先生，給點錢』來吸引他的注意。」

「你們跟以前他認識的樣子差了很多。」她拿出裝著印度薄餅的大淺盤，「再多吃一點。」伊斯佛拿了一片，撕一半給歐文。

「我告訴他說你們一點會來。」她繼續道：「我要他等一下，但他說還有事要辦，下次再說。」

「那很好。」伊斯佛說。

歐文生氣的聳肩：「我們認識的馬內克今天會等我們的。」

「對！」伊斯佛說，他把盤子裡最後一點的扁豆舀起來吃掉。「但他去過很遠的地方，當你去過那麼遠的地方，你會改變。距離是個問題，我們不該怪他。」

迪娜表示同意。「現在記住了，明天是星期六，大家都會在家，接下來的兩天你們不能來。」她把他們用過的盤子放到水槽裡，打開門讓他們出去。

「呵—呵。」伊斯佛說：「這是什麼？」一條線頭從他坐著的被單上脫落，纏在一個滑輪上。

「我看一下。」歐文靠過去把被單抽出來，他叔叔用手臂將身體稍微撐起，他們找到線頭掉落的那個布塊。

「還好你看到了。」迪娜說：「不然那塊可能會整個掉下來。」

「要補好很容易。」伊斯佛說：「我能跟妳借根針嗎，迪娜女士？只要幾分鐘。」

「現在不行，我告訴過你我嫂子今天會比平常早回來。」但她走回房間拿出一捲軸線，上面插著一根針。「給你帶著。」她再次幫他們開門，「別忘了雨傘。」她把傘塞到歐文的腋下。

「昨天晚上它發揮用處了。」他說：「有一個小偷想偷我們的銅板，我拿傘把他打跑。」他拿起繩子開始拉車，伊斯佛用舌頭頂著牙齒發出喀啦喀啦的聲音，模仿駕牛車人的樣子；他姪子四肢著地，把頭擺來擺去。

「別鬧了。」她罵道：「如果你們在人行道上這樣做的話，沒有人會施捨你們一分錢的。」

「走吧，我忠實的牛兒。」伊斯佛說：「舉起你的蹄子，不然我就餵你一劑鴉片。」歐文咯咯笑著，老老實實的小跑步離開了，他們走到大街後就停止小丑的舉止。

迪娜搖搖頭，關上門。這兩個人總是每天都令她開懷，就跟馬內克從前一樣。她把盤子洗好，放回餐具櫃裡好讓努斯旺和露比晚餐時使用。她把手擦乾，決定在做晚餐前先打個盹。

（依姓名的中文筆劃、英文字母順序排列）

這個迷人的故事會直搗每一個人的內心，
讓你的情緒隨著書中人物，
起起又伏伏，
即使在讀完之後，
你還是無法控制自己，
一遍又一遍地去回想它……

這是個非常美麗的故事，充滿了生命的力量，讓人沉迷其中，難以自拔，雖然結局充滿了創傷……誠摯的推薦這本書，不管你今年多忙，或者說，正因為你很忙，這本書就更該一讀了。

——**毛毛牙**

羅尹登・米斯崔筆下流暢的文字，引領生動的故事一則一則地湧現，在閱讀前一、二百頁時，我告訴周遭親友，這本印度小說還不錯喔！讀到三、四百頁，我說：這書好看，還真是好看！讀完近六百頁的書稿後，癱在沙發上，擦著眼淚、猛擤鼻涕，我需要靜一靜，讓個人的情緒完全沉澱，才能進行有效的思考，幾個鐘頭後，打電話給好友，毫無頭緒地想傳達這本書的價值，在一番胡言亂語後，總算給了明確的訊息……這本書千萬不能錯過！

——**阿觀**

我愛這本書，敘事者功力甚強，在辛酸的故事中，不時有智慧和幽默話語點亮人生行路。生活的況味流淌，雖然不是舒適生活，但各安其位的人們哪，總是一則則動人傳說……生存的祕訣是擁抱改變以及適應，多麼可敬的人生，如此卑微卻不失光芒。

——**流轉**

這是一本讓人心痛又嘆息的小說，揭露了我們未知的世界一景。全書將近六百頁，然而與它帶來的沉重感相較，頁數實在算不了什麼。在混亂動盪、不公不義的時代，活著的人要如何維持微妙的平衡？

「如果你在臉上裝滿笑容，就不會有眼淚存在的空間」，這是人民受難唯一的選擇嗎？如果不，又能如何？究竟誰有答案呢？這是一本掩卷之後，才能開始閱讀的書。

——徐煙

故事題材和描述手法很吸引人，呈現印度底層社會的生活。但就像裁縫師伊斯佛所說，故事很有趣，但發生在自己身上可就不有趣了。令人感到沮喪的是，這不僅是個故事，同時也是真實、現實、事實。

——軒

閱讀至四位人物的故事最終，盈溢胸懷的是難以形容的無力和失落，如同喜愛葉慈詩句的律師提及，「失落以及一再的失落，是人生過程的基礎，是人生大災難中的一部分，就像蛇蛻下來的皮一樣。」不過迪娜說，「蛇在舊皮下會長出全新的皮膚。」

或許就是這種強韌，才能在絕望中看到希望。

——凱特喵

讀《微妙的平衡》有種揮之不去的辛酸沉重感，也有種歷劫重生的感覺。每件事看來是那麼地不可思議和令人感傷，生命好像是走在懸崖邊上的吊索，稍有不慎就會掉入萬丈深淵，就此翻不了身，每一步都是血跡斑斑，為了活著，為了生命的尊嚴，他們努力揮舞著雙手，向不公不義的國情抗議，可是換來的卻是遍體鱗傷的自己和再也沒有希望復原的家園……

但是，有太多太多事情逼得他們不得不棄守舊有的堅持，改以笑容取代眼淚的存在……

究竟需要多大的勇氣，才能夠無視於環境長久以來的欺辱和揮之不去的黑暗畫面？這樣的笑著活下去，本身就是一種勇氣，也是《微妙的平衡》裡小人物悲歡離合故事如此震撼人心的原因之一。

——**蒼野之鷹**

這是本我看過最深植人心，巧妙細膩、生動不已，也最讓人意想不到的超強翻譯小說——原諒我只能用「超強」兩個字，因為實在找不到更適合的詞彙來形容作者高竿的敘事功力。

——**衛亞**

我花了兩天的時間閱讀，兩天的時間沉澱，再用兩小時的眼淚去洗淨它……這本書的寫實程度後作力很大！

——**影川**

這本書會深深吸引你，讓你的心情隨著書中人物起伏，讀到一半的時候，你甚至會忍不住驚呼：「天殺的，不能給這些傢伙一點喘息的機會嗎？」這絕對是一本好書，它讓我學會欣賞、學會感激我所擁有的生活。

——AmberLynn

每個角色都如此可愛，理直氣壯地引發了讀者的共鳴，我一直想造訪印度這個多采多姿的國度，卻從沒想過他們如何在貧困中掙扎，努力維繫自己的尊嚴。這本書完全收服了我！

——avid reader

這是個迷人的故事，作者的描繪完美到讓我彷彿身處其中，小說的結局恰如其分，也許不若你期待的完美，但卻絕對真實，強烈的推薦本書。

——Booksmith

從來沒有一本書能讓我這麼害怕翻到下一頁，彷彿每翻一頁，就會害書中人物遭遇到更多苦難。即便遭逢挫敗，他們對自己的同胞始終充滿憐憫關懷，這也是本書最令我動容之處。引人入勝且發人深省。

——ccaprice

我已經買過三個版本了，我樂於把它分享給每個喜愛閱讀的朋友，這本書絕對會令你大開眼界，故事的架構和描繪都相當出色。

——Connie

我甚至找不到什麼字眼能形容這本書有多棒！即便是讀完它的四天之後，我還在不停地回想書中的一切，我絕對會再讀好幾遍！如果我承受得住的話。

——C. Poole

本書美麗和苦難交雜，仁慈和殘酷並存，有感人的遭遇和可怕的暴行。筆者擅於讓人們在斑駁的生活中，把目光焦點放在希望的小小微光，這個矛盾的平衡，正是它動人之處。

——D. D. Burlin

本書沒被收錄在文學教材裡實在是一大遺憾。

我必須數度將書放下，好平復我那過於負荷的情緒，然而書中人物的小智慧和小歡愉，都激勵著我繼續讀完它，雖然故事裡的苦難讓你必須蹣跚前行，但這種閱讀體驗卻是值得的！

——Diane A. Falconer-fayez

這本書絕不沉悶，每個角色都非常真實，讓你一窺印度過往的歷史。本書雖然容易閱讀，但請繫好你的安全帶，這將會是一趟顛簸的旅程。

——Keefer "pelosi"

悲慘跟好看兩件事，我個人一直認為是很難連結在一起的，但是作者卻完美無缺的做到了這件事……這本書雖然厚達五百九十二頁之多，但是看起來並不會很辛苦，因為故事裡每一個人的成長故事都很精彩、很動人、也讓人很感傷，會讓人一直想要知道他們最後的結局。

——MRW

警告：米斯崔用流暢的文字和故事勾引你，讓你隨著書中角色又悲又喜，對你揭示芸芸眾生如何為生存英勇奮戰……很快地，你就會不敢翻開下一頁，不忍想像書中人物將會有什麼遭遇。我在印度的每個街角看見歐文、馬內克和伊斯佛，相信你也會。

——windriver12

說書人1

說書人1

說書人1

說書人1